ハヤカワ・ミステリ

JOHN HART

終わりなき道

REDEMPTION ROAD

ジョン・ハート

東野さやか訳

TOKYO
HAYAKAWA
BOOKS

A HAYAKAWA
POCKET MYSTERY BOOK

REDEMPTION ROAD
by
JOHN HART

Translated by
SAYAKA HIGASHINO
First published 2016 in Japan by
HAYAKAWA PUBLISHING, INC.
This book is published in Japan by
arrangement with
ST. MARTIN'S PRESS, LLC
through TUTTLE-MORI AGENCY, INC., TOKYO.

装幀／水戸部 功

ノード、マシュー、そしてミッキーに。
いまは亡き、親友たち……

謝辞

以下にあげる方々のご厚意とご支援と忍耐に感謝の意を表したい。サリー・リチャードソン、ジョン・サージェント、トマス・ダン、ケイト・パーキン、ニック・セイヤーズ、ジェニファー・エンダリン、ピート・ウォルヴァートン、クリスチャン・ロア、エスター・ニューバーグ。いつもながら、力になってくれた人々はほかにもいる——家族と友人だ——が、有能なる版元の関係者、編集者、およびエージェントからの揺るぎのない支援はなによりも身にしみた。

献身的で知識が豊富な人々の不断の努力なしには本の成功はなく、それを誰よりもよく知るのは当の小説家本人である。そういう意味で——前述した業界のプロたちにくわえ——エマ・スタイン、ジェフリー・キャプショウ、ケン・ホランド、キャシー・トゥリアーノ、ケネス・J・シルヴァー、ポール・ホックマン、ジェフ・ドーズ、トレイシー・ゲスト、エミ・バッタリア、ジェスティン・ヴァレラ、ジミー・イアコベッリ、マイケル・ストーリングズにも感謝している。また、マクミランの営業部隊——真のプロフエッショナル集団であり、すばらしいのひとことにつきる——にも感謝したい。

法律に関して助言をいただいたジェイムズ・ランドルフ先生のお名前もあげておきたい。この分野に関する誤りがあるとすれば、すべてわたしの責任である。また、なにくれとなく励ましてくれたマーカス・ウィルヘルムにも感謝したい。インマン・メイジャーズは初期の草稿を読み、ひじょうにすぐれた指摘をしてくれた。コーバン、ジョン、インマン、チャドの意見の合わない四人組には格別の感謝を捧げたい——きみたちは最高だし、全員で創りあげたこの作品にわたしはとても満足している。

いつも言うことだが、妻は人間ができており、子どもたちはとにかくかわいいのひとことだ。というわけで、最後になるが、ケイティ、セイラー、ソフィーにも感謝を。きみたちがいなければ、なんの意味もない。

それは冷たく、途切れ途切れのハレルヤだ。

——レナード・コーエン

終わりなき道

おもな登場人物

エリザベス（リズ）・
**　　フランシス・ブラック**……………刑事
エイドリアン・ウォール………………仮釈放者。元警官
キャサリン………………………………エイドリアンの妻
チャニング・ショア……………………監禁事件の被害者
アルザス…………………………………チャニングの父
ギデオン・ストレンジ…………………母を殺された少年
ロバート…………………………………ギデオンの父
ジュリア…………………………………ギデオンの母
フェアクロス（クライベイビー）・
**　　　　　　　　ジョーンズ**……老弁護士。エイドリアンの元弁護人
チャーリー・ベケット…………………刑事。エリザベスのパートナー
ジェイムズ・ランドルフ………………古株の刑事。エリザベスの先輩
フランシス・ダイヤー…………………警部。エリザベスの上司
ハリソン・スパイヴィー………………エリザベスの父の教会の信者
イーライ・ローレンス…………………エイドリアンの同房者
ウィリアム・プレストン
スタンフォード・オリヴェット　}…………刑務所の看守
ハミルトン
マーシュ　}……………………………州の特別捜査官

昨日

その女は自分の完璧さに気づいていないという意味で稀有《けう》な美女だった。ずっと観察していた男はそんな感じがしていたが、実際に会ったとたん、自分の勘は正しかったとわかった。彼女はひかえめで内気、そして他人に左右されやすかった。自分というものがないのか、あるいは頭が少し鈍いのだろう。寂しがり屋なのかもしれないし、住みにくいこの世の中で居場所が見つけられずにいるのかもしれない。

そんなことはどうでもよかった。まるっきり。

この女にしようと決めたのは、その目が理由だ。

彼女が目をきらきらさせながら歩道を歩いてくる。サンドレスは膝《ひざ》に届くくらいと短めだが、感心しないほどではない。サンドレスの裾《すそ》がひらひら揺れる様子も、脚と手のさっそうとした動きも気に入った。彼女は色白で、物静かだった。髪型はちがうほうが好みだが、とくに問題があるほどでもない。

とにかく、肝腎《かんじん》なのは目だ。

濁《にご》りがなく、吸いこまれそうで、それでいて無防備な目でなくてはならない。そう思いながら、会う約束を取りつけてからの数日間で、なにも変わっていないか慎重に観察した。彼女はばつが悪そうに視線を泳がせているが、離れたところからでも、たちの悪い彼氏やくだらない仕事のせいでうつうつしているのがはっきりわかる。彼女は人生にもっと多くのものを望んでいる。そんな彼女の気持ちを、彼はたいていの男とはちがう形で理解していた。

「やあ、ラモーナ」

男とはすっかり親密になったからだろう、彼女はわざとらしくびくりとした。黒いまつげが頬《ほお》につくほど目を伏せ、顔をそむけたせいで完璧な顎《あご》が見えなくなった。

「やれることになってよかった」男は言った。「必ずや価値ある午後になるはずだ」

「時間を割《さ》いてくれてありがとう」女は顔を赤らめ、まだうつむいている。「忙しくなかった？」

「未来はわたしたちみんなの問題だからね。生活と暮らし向き、仕事と家族と個人の満足感。計画を立て、じっくり考え抜くことが大切だ。ひとりでやる必要などない。こういう街ではね。わたしたちはみな友人同士だ。だから助け合う。きみもここにしばらく住めば、わかると思う。みんないい人ばかりだ。わたしにかぎらず」

女はうなずいたが、男にはその奥にある思いが手に取るようにわかる。偶然のように出会ったふたりだが、彼女のほうは、なぜなんのためらいもなく、しかもまったくの赤の他人に心をひらいたのかわからずにいる。しかし、それこそ、この男の天与の才だ――顔立ち、やわらかな物腰、信頼を得やすい人柄。そういう、思いやりと寛容な心を必要とする女もいるのだ。男のほうに下心がないとわからせてやれば、話はとんとん拍子に進む。男はまじめで思いやりがある。女たちはそんな彼を世故に長《た》けていると思う。

「では、行くとしよう」男が車のドアをあけると、女は合成皮革のシートに煙草《たばこ》の焼け焦げや破れたところがあるのを見て不安な表情を浮かべた。「借りた車でね」男は言った。「申し訳ない。わたしの車は修理に出してしまって」

女は唇を嚙《か》み、すべすべしたふくらはぎを硬くしている。染《し》みだらけのダッシュボード。擦《す》りきれたフロアマット。

もうひと押しする必要がある。

「本当は明日のはずだった、そうだね？ 夕方近くに。コーヒーでも飲みながら話すことになっていた」男はほほえんだ。「最初の予定どおりならば、自分の車で来られたんだよ。でも、きみのほうから日を変えたいと言ってきた。あまりに急だったが、それもこれもきみのためを……」

男は語尾を濁し、会いたいと言ってきたのは女のほうであり、自分ではないことを強調した。女は最後に一度、うなずいた。相手の言うことはもっともだし、車のようなささいなことにこだわるタイプとは思われたくないからだ。なにしろ、自分はすかんぴんで車の一台も買えないのだから。「テネシーにいるママがこれから来るっていうんだもの」アパートメントを振り返った女の口もとに、いままでなかったしわが刻まれた。「それもいきなり」

「なるほど」

「ママが来るの」

「それはもう聞いた」その声にわずかないらだちが、わずかなあせりが混じる。男はとげとげしさをごまかそうとほほえんだが、ど田舎生まれの田舎娘のくせにと言う気はさらさらなかった。「これは甥《おい》っ子の車でね。大学生の」

「だったらしょうがないわね」

においや汚れを指しての発言だが、そう言いながらもおかしそうに笑っているので、男もつられて笑った。

「若者ってやつはまったく」

「本当に」

男はわざとらしくおじぎをし、あらためて車の件を詫《わ》びた。娘は笑ったが、それはもうどうでもよかった。

娘はすでに車に乗りこんでいた。

「日曜日って好きなんだ」男が運転席にすわると、娘は背筋をのばした。「静かだし、穏《おだ》やかだし。のんびりできるでしょ」彼女はスカートをなでつけ、あの目を見せた。「あなたも日曜日が好きなんじゃない？」

「もちろんだとも」そう答えるが、さらにどうでもよくなっている。「わたしと会うことを、お母さんには話した？」

「まさか。話したりしたら質問攻めにされちゃうもん。流されやすいとか、無責任だとか言われるに決まってる。だったらママに電話しなさいって」

「お母さんを見くびっているようだね」

「そんなことない、絶対」

男はきみが家族と疎遠にしているのはわかったよ、というようにうなずいた。母親は威圧的で、父親は近くにいないか死んでいる。男は車のキーをまわしながら、女がすわっている姿を堪能する——背筋をまっすぐにのばし、手を膝の上できちんと重ねている。「わたしたちを愛する人たちは、わたしたちの真《しん》の姿ではなく、自分たちの見たいものしか見ないものだ。お母さんはちゃんと目をひらいて見るべきだね。そうすれば、喜ばしい発見をするはずなのに」

そう言われて娘はうれしくなった。

男は車を出したあとも、娘の機嫌が変わらぬよう話をつづけた。「友だちは？　職場の人は？　みんなにきょうのことを教えたかな？」

「人と会うとしか言ってない。ふたりだけで会うとしか」娘はほほえみ、男がまず惹《ひ》かれた、温かみのある表情豊かな目を見せた。「みんな、興味津々《しんしん》だったけど」

「だろうね」男が言うと、娘はまたほほえんだ。

十分ほどしてようやく、娘がまともな質問をした。「ちょっと待って。コーヒーを飲みにいくんじゃないの？」

「さきに、連れていきたいところがある」

「どういうこと？」

「着いてのお楽しみだよ」

娘は後方に沈んでいく街並みを首をのばすようにして見ていた。田畑と木立《こだち》が右に左に流れていく。がらんとした道路があらたな意味を持ちはじめたのか、娘が指で自分の喉に、頰に触れた。「友だちが心配するわ」

「誰にも言わなかったはずではなかったのかな」

「あたし、そんなこと言った？」

　男は娘のほうに目をやったが、とくになにも言わなかった。空は紫色に染まり、オレンジ色の太陽が木立のなかに分け入ろうとしていた。すでに街はずれはとうに過ぎ、遠くの丘に廃墟となった教会がぽつんと見える。暮れかかった空の重みに耐えかねたように、尖塔が壊れていた。「わたしは荒れ果てた教会が好きなんだよ」

「え？」

「ほら、見えるだろう？」

　男が指で示すと、娘は古びた石造りの建物と、ゆがんだ十字架に目をこらした。「言ってる意味がわかんないんだけど」

　娘は不安なのだろう、なにもおかしなところはないと自分に言い聞かせていた。男はクロウタドリの群れが廃墟の上にとまるのを見ていた。数分後、娘は家に帰りたいと言いだした。

「気持ちが悪くなっちゃった」

「あと少しで着くから」

　娘はあきらかに怯《おび》えており、男の言葉にも、教会にも、男の唇から漏《も》れる聞き慣れない単調な口笛にも恐怖を感じていた。

「きみの目はとても表情が豊かだ」男は言った。「いままでそう言われたことはない？」

「あたし、吐いちゃいそう」

「すぐによくなるよ」

　車は砂利道に乗り入れ、木々と夕暮れと娘の肌が放つ熱しかない世界へと入っていった。さびたフェンスについたあけっぱなしの門をくぐると、娘が泣きだした。最初は声を殺していたが、じきにそうではなくなった。

「怖がることはない」男は言った。

「どうしてこんなことをするの？」

「こんなこととは？」

娘はいっそう激しく泣きじゃくったが、逃げようとはしなかった。車は木立を抜け、雑草と古い機材とさびた金属の破片で埋めつくされた空き地に出た。からっぽのサイロが一基、ぬっとそそり立っていた。円筒形の壁面には筋状の汚れがつき、てっぺんは沈む夕陽で薄紅色に染まっている。基部にある小さなドアが口をあけ、奥は暗く静まり返っていた。サイロを見あげていた娘が視線を下に戻すと、男が手錠を手にしているのが目に入った。

「これをはめなさい」

男が放った手錠が娘の膝に落ち、その下にぐっしょりと生温かい染みが広がった。見ると、娘は人か陽射しか希望のよりどころとなりそうなものはないかと、必死のおももちでウィンドウの向こうに目をこらしている。

「夢を見ていると思えばいい」男は言った。

手錠をはめると、金属が触れ合う小さなベルのような音がした。「どうしてこんなことをするの？」

さっきと同じ質問だったが、男はとがめなかった。エンジンを切り、しんと静まり返ったなかにカチカチという音が響くのに耳をすました。空き地は暑かった。車内はおしっこのにおいがしたが、男は気にしなかった。「やるのは明日の予定だった」そう言って、娘のあばらにスタンガンを押しつけ、引き金を引いたときに全身が痙攣《けいれん》するのをじっと見ていた。「それまでみに用はない」

1

ギデオン・ストレンジが闇と暑さのなかで目をあけると、父親がすすり泣く声が聞こえた。すすり泣きはべつにめずらしくも意外でもなかったけれど、それでもじっと動かずにいた。父がいつの間にか部屋の隅っこにいる——息子の寝室がこの世に残された唯一まともな場所とばかりに膝を抱えている——のはしょっちゅうで、ギデオンは訊いてみようかと思った。もう十三年もたったというのに、いまだに悲しみに暮れ、ぐじぐじとしおたれているのはどうしてなのかと。簡単な質問だから、父に少しでも男らしいところがあるなら、ちゃんと答えてくれるだろう。でも、ギデオンは父がなんと言うかわかっていたから、枕に頭をのせたまま暗い一隅をじっと見つめていると、父が立ちあがって近づいてきた。そして長いあいだ無言で見おろしていた。やがてギデオンの髪に触れ、自分を叱咤《しった》するように〝神よ、どうか、神よ〟とつぶやき、それから、死んだ妻に力を貸してほしいと乞《こ》いはじめ、〝どうか、神よ〟は〝おれを助けてくれ、ジュリア〟に変わった。

無力感も涙も、震えも汚れた指も、ギデオンには情けなく思えた。じっと動かずにいるのは楽ではなかったけど、それは死んだ母がなにも答えてくれないからではなく、ちょっとでも動こうものなら、父から起きているのか、悲しんでいるのか、あるいはおまえもどうしていいのかわからないのかと訊かれるに決まっているからだ。そうなれば、そのどれでもなくて、同じ年頃の少年とはくらべものにならないほど心に孤独を抱えているんだと、本当のことを話すしかなくなる。

けれど、父はもうなにも言わなくなっていた。息子の髪をなでながら、ひたすらじっと立っていた。ずっと探し求めていた力が魔法のように降ってくるとでもいうように。そんなのはありえないとギデオンは知っている。昔の父の写真は見たことがあるけれど、よく笑い、にこにことほほえみ、一日じゅう酒浸りでなかったころのことはぼんやりとも記憶がない。もう何年も、いつかは昔の父に戻ってくれる、夢は現実になると思いつづけてきた。しかしギデオンの父は、かつての自分を色あせたスーツのようにまとうだけの空っぽの男になりさがり、感情らしいものを見せるのは死んだ妻を思うときだけになっていた。そのときだけはやけに生き生きするけれど、ちょっとだけですぐに消えるのでは意味がない。

　父は最後にもう一度、息子の髪に触れると、部屋を出てドアを閉めた。ギデオンは一分待ち、きちんと服を着た状態でベッドから起きだした。いまの彼はカフェインとアドレナリンで動いているようなもので、最後に眠ったり、夢を見たり、人を殺す算段以外のことを考えたりしたのはいつだったか、思い出すのもむずかしかった。

　ごくりと唾《つば》をのみこむと、小さくドアをあけながら、自分の腕が生《なま》っ白《ちろ》くてか細いことも、心臓の鼓動がウサギ並みに速いことも頭から追い払おうとした。十四歳はりっぱなおとなで、引き金を引くには充分な年齢だと自分に言い聞かせた。神は少年がおとなの男になるのをお望みなのだし、ギデオンは父がもっと男気《おとこぎ》のある人ならば自分でやったはずのことを、かわりにやろうとしているだけだ。つまり、殺しをするのも死ぬのも神の思《おぼ》し召しなんだ。真っ暗ななか、ギデオンはそうつぶやきながら、震え、冷や汗をかき、いまにも吐きそうになる自分をなんとかなだめようとした。

　母が殺されて十三年、ギデオンが父の小さな黒い銃を見つけてから三週間、そして午前二時の列車に乗れば、郡の反対側にある灰色の四角い刑務所まで行けるとわかってから十日がたった。知り合いのなかには、その列車に飛び乗ったことがある連中もいる。彼らに言わせると、とにかく必死で走って、ぴかぴか光る大きな車輪が本当はとても鋭くて重たいことは考えないようにするのが大事だそうだ。でもギデオンは、飛び乗ろうとして失敗し、轢《ひ》かれるんじゃないかと不安だった。毎晩、その夢を見た。光と闇が現われては消え、生々しい痛みに襲われ、目が覚めたときにもまだ脚の骨にうずきを感じるほどだった。起きているときですらおぞましい夢の記憶をぐっと押さえこみ、居間のドアをあける。枕を胸に押しつけた恰好《かっこう》で古い茶色の椅子に力なくすわりこんだ父の姿が見える程度に。父は壊れたテレビをぼんやりながめているが、そこには二日前、父の整理簞笥《だんす》の抽斗《ひきだし》から盗んだ銃が隠してある。いま思えば、銃は自分の部屋に持ってきたほうがよかったけれど、ギデオンが五歳のときから映らないおんぼろテレビの埃《ほこり》まみれの内部よりもまともな隠し場所なんてなかったのだ。

　でも、父親が真ん前に陣取っているのに、どうやって銃を取り出せばいい？

　ほかのやり方もあったはずだが、ギデオンの思考はときにねじれることがある。べつにむずかしくしようとしているわけではない。自然とそうなってしまうだけで、理解のある教師からも、分厚くて重い本に出てくる凝った言葉ではなく、木工や金属加工のことに頭を使ったほうがいいと言われる始末だ。闇のなかにこうして立ちながら、先生たちの言うことは正しかったのかもしれないと考えていた。なにしろ、あの銃がなければ、撃つことも、自分の身を守ることも、自分にはやるべきことをなしとげる意思があると神に示すこともできないのだから。

　けっきょくギデオンはドアを閉めた。列車が通るのは二時だと思いながら。

しかし時計はすでに一時二十一分を指していた。

やがて一時三十分になった。

もう一度、ドアからなかをのぞくと、瓶《びん》が上下していたが、やがて父はだらんとして動かなくなり、手から瓶が滑り落ちた。ギデオンはさらに五分待ってから、足音をしのばせて居間に入り、エンジン部品や何本もの瓶をまたぎながら進んだ。途中、なにかにつまずいたが、ちょうど車が一台、のろのろと走り過ぎ、光がカーテンの隙間からさっと射しこんだ。室内がふたたび暗くなると、テレビのうしろに膝をつき、背面板をそっとはずして、黒く、つややかで、記憶にあるよりも重い銃を取り出した。シリンダーを振り出し、弾《たま》を確認した。

「ギデオン?」

小さな男が発した小さな声だった。立ちあがって確認すると、父が目を覚ましていた――染みだらけの張り布にできた人間の形のくぼみ。そのとまどったような不安そうな表情を見て、ギデオンは一瞬、布団《ふとん》のなかに戻りたくなった。計画を中止すれば、なにもなかったことにできる。人を殺さないほうがいいように思えてきた。銃を置いて、ベッドに戻りさえすればいい。

しかしそのとき、父の手のなかにある花のティアラに気がついた。すっかりひからび、もろくなっているそれは、母が結婚式の日に冠《かんむり》のように頭にのせていたものだ。いま一度、それに目を向け――カスミソウも白バラも白茶け、ぽろぽろと崩れている――他人がこの家を上からのぞいたら、どう見えるだろうと想像した。枯れた花を持った男に銃を持った少年。ギデオンはその光景が持つ威力を説明したかった――父がやろうとしないから、息子の自分がやるしかないんだと父にわからせたかった。けっきょく、背を向けて、駆けだした。また、名前を呼ばれたが、すでにドアを抜け、転《ころ》びそうになりながらポーチを飛びおり、全力で走った。手のなかの銃が熱を持ち、半ブロック走っただけで硬いコンクリートからの衝撃が脛《すね》を襲う。庭を突っ切り、小川沿いに東にのびる深い森に飛びこみ、大きな丘をのぼり、やがてたわんだ金網塀と閉鎖してさびついた工場にたどり着いた。

塀に倒れこむと、うしろから父の呼ぶ声が、何度も何度も聞こえてきた。あまりに大きなその声はしだいに割れてかすれ、最後には出なくなった。ギデオンは一瞬ためらったが、西から汽笛が聞こえると、銃をフェンスの下に押しこみ、大急ぎでよじのぼった。途中、あちこち引っかき傷をつくったうえ、反対側の草ぼうぼうの駐車場にへたな落ち方をしたときには両膝をしたたかに打った。

汽笛がさっきよりも大きくなった。

こんなこと、しなくたっていい。

誰も死なないほうがいい。

でも、そんなのは恐怖が言わせるたわごとだ。母が死んだ以上、殺したやつには償《つぐな》いをさせなくてはならない。だから彼は、燃え残った家具工場と、かつては糸を製造していたが、いまは片側が完全に崩落してしまった建物との隙間に向かった。両側を建物に隔《へだ》てられているせいで、暗さがいっそう濃くなったが、足もとのぐらぐらした煉瓦《れんが》の上を転ぶことなく進み、いちばん奥、大きなホワイトオークの木の近くのフェンスにあいた穴にたどり着いた。街灯と低く輝く星から光が射していたが、腹這《はらば》いになって金網塀の下をくぐり、反対側の溝に飛びこんだときには、それもなくなってしまった。溝の土はもろくて、崩れやすかった。銃が闇に落ちていかないよう苦労しながら滑りおり、ちょろちょろとした流れを突っ切って反対岸によじのぼると、息を切らしながら雑木林の小道にたどり着いた。前方に、金属のレールが土を背景に白く浮かびあがっていた。

横腹の痛みに耐えかねて腰を曲げたとき、列車がカーブをまわって現われ、丘全体が明るくなった。

そろそろスピードが落ちるはずだ。

でも、落ちなかった。

列車は丘などものともせずにのぼってきた。三基のエンジンを積んだ金属の箱が、ギデオンの肺から空気を奪い取ろうとするように走り過ぎた。しかし後続の車両が次々に丘をのぼりはじめると、五十両、さらには百両もの重みがエンジンの負担となって速度が落ち、ついにはどうにか並んで走れるくらいにまでなった。

ギデオンがやろうとしたのはまさにそれで、車輪が黄色い火花を散らし、脚の骨を吸い取ってしまいそうな求心力を発するのを感じながら、全速力で走った。これと思って選んだ車両によじのぼろうとして果たせず、次の車両に挑戦したが、踏み段が高い位置にあるうえ、滑りやすかった。

こわごわうしろに目をやると、二十両弱ほど後方を最後の車両が走ってくる。これに乗らなかったら、刑務所に間に合わない。指をめいっぱいのばしてみたが、転んで顔をすりむいた。すぐにまた走りだすと、ちぎれそうなほど腕をのばし、枕木の上で足を必死に動かすうち、どうにか踏み段に手が届いた。

やった。人を殺す場所に向かう列車に乗りこむと、暗闇のなか、殺すという言葉の意味が重くのしかかってきた。もはや、口先だけのことではなくなり、そのときを待つ段階も、計画を練る段階も過ぎたのだ。

あと四時間もすれば陽がのぼる。

銃弾が本当に人を撃ち抜く。

それがなんだ？

ギデオンは決意を胸に秘め、闇に包まれてすわっていた。丘の頂《いただ》きが高くなっては低くなり、丘のあいだに建つ家々は、まるで星のようだ。眠れずに過ごした夜とひもじさを思い出す。眼下に川がきらりとしたのが見え、刑務所はどこかと目をこらすと、何マイルも向こうの谷間に、明るい光がひとつぽつんと見えた。

それがぐんぐん近づくなか、地面がほぼたいらで、あまりごつごつしていないあたりで列車から身を乗り出した。飛び降りる勇気を必死にかき集めたが、土の地面はあっという間に消え、刑務所が船のように闇に沈んでもまだ、ギデオンは列車に乗っていた。このままではやりそこなう。母の顔を思い浮かべると、足を一歩前に出してそのまま落下し、石ころを詰めこんだ袋のように地面にぶつかった。

意識が戻ったときも、あたりはまだ暗かった。星の光は淡くなっていたが、それでも線路沿いをのろのろ歩くには支障はなく、やがて、いつだったか、走る車の後部座席から見えた茶色い建物群へと通じる道路に出た。〝よく来たな、囚人《しゅうじん》ども〟と黒文字で書かれた看板の下を通り、その向かいにある窓がふたつついたシンダーブロック造りのバーをのぞきこんだ。自分の顔がガラスにぼんやり映っていた。あたりに人の姿はなく、車は一台も走っていない。南に目を向けると、遠くに刑務所がそそり立っていた。ギデオンは長いこと、それをながめたのち、バーのわきの路地に入り、フライドチキンと煙草と小便のにおいがする大型ごみ容器にもたれた。ここまで来られた自分をほめてやりたい気分だったが、手にした拳銃がどうにも場違いな気がする。道路をうかがおうにも見るものはなにもなかったので、目を閉じ、幼かったときに連れていってもらったピクニックのことを思い出そうとした。あの日撮った写真は額に入れ、自宅のベッドわきのテーブルに飾ってある。ギデオンは大きなボタンのついた黄色いズボンを穿《は》いていた。父が高い高いをしながらくるくるまわってくれたことが思い出せるような気さえする。そんな幼年期のイメージを胸に抱きしめ、それを奪った男を殺したら、どんな感じがするんだろうと想像をめぐらせた。

撃鉄を起こす。

腕はまっすぐ、しっかりと。

頭のなかで何度も繰り返してきたから、いますぐにでもやれそうな気がする。しかし、想像のなかでさえ、銃は震え、沈黙を守っている。これまで千もの夜に千回も同じことを想像してきた。

父さんは意気地《いくじ》なしだ。

これからもそれは変わらない。

額《ひたい》に銃身を押しつけ、力をおあたえくださいと祈り、もう一度、同じ手順を繰り返した。

撃鉄を起こす。

腕をまっすぐのばす。

それから一時間、勇気を奮い起こそうとがんばったが、やがて闇のなかで吐き、この世のすべての熱まで奪われたかのように、わき腹を押さえた。

2

エリザベスは眠らなくてはならなかった——自分でもよくわかっていた——が、疲労は肉体的なものだけではなかった。疲れの源《みなもと》は死んだ男たちとそれにともなう質問、それにくわえ、不名誉な終わりを迎えそうな十三年間の警官生活だった。頭のなかで一部始終を再生する。行方不明の少女、地下室、血のついた針金、そしてパン、パンと撃ちこまれる最初の二発。二発なら言い訳もたつ。六発でもなんとかなるだろう。でもふたつの死体に十八発となると弁解の余地はあまりない。それで少女の命が助かったにしても。銃撃から四日たったが、あれ以来、生活は一変した。きのうは歩道で四人家族に呼びとめられ、世の中をよくしてくれてありがとうと礼を言われた。その一時間後には、お気に入りのジャケットの袖《そで》に唾を吐かれた。

　エリザベスは煙草に火をつけ、その違いはどこから来るんだろうと考えた。子どもがいる人たちにとって、彼女は英雄だった。少女が拉致《らち》され、犯人が死んだのだから。多くの人にとってはまあまあ妥当な結果だった。もともと警察に不信感を抱いている人にとって、エリザベスは権力の横暴の証拠だった。ふたりの男がむごたらしく殺されたのだ。彼らが麻薬の売人で、誘拐犯で、強姦犯《ごうかんはん》だろうと関係ない。ふたりは十八発の銃弾を受けて死んだのであり、それは、一部の人にとっては許しがたいことだった。そういう連中は拷問《ごうもん》だの処刑だの警察の蛮行《ばんこう》だのという表現を使う。それについてはむっとするところもあるけれど、とにかくただただ疲れていた。もう何日、まともに眠っていないんだろう。ようやく眠りが訪れても、悪夢を見ることが何回あったか。街は前となにも変わらず、彼女の人生に関わる人々も変わらないが、一時間たつごとに、かつての自分をたもちつづけるのがむずかしく思えてくる。きょうはその最たる例だ。かれこれ七時間、車で市街地や郊外をあてどもなく流していた。警察署や自宅の前を素通りし、刑務所まで行って戻ってきた。けれど、それ以外にすることなんてないのだ。

　自宅にいればむなしくなる。

　職場には行けない。

　ダウンタウンの危険地帯にある薄暗い一画に車を入れると、エンジンを切り、街の音に耳をかたむけた。二ブロック先のクラブから流れてくる大音量の音楽。交差点でファンベルトがきゅるきゅると鳴る。どこかで笑い声があがった。パトロール警官として四年、金バッジをつけた刑事として九年を過ごしてきたから、それぞれの音が持つ微妙な違いまですべて聞き分けられる。この街は彼女の人生そのものであり、ずっとここを愛していた。それがいまは……どう言えばいい？

どこか変、とか？　それではとげとげしすぎる。

よそよそしい？

いつもとちがう？

車を出て闇のなかに降り立つと、遠くの街灯が二度またたき、パッと切れた。彼女はゆっくりと向きを変えながら、半径十ブロックの範囲にあるすべての路地とくねくねした通りを思い描いた。クラックの密売所も簡易宿泊所も知っているし、売春婦と密売人も知っている。それにまちがったことを言ったら殺される確率が高いのはどの街角かも熟知している。この殺伐《さつばつ》とした荒れ果てた地域では、つながりのない七人が殺されているが、それもこの三年間だけの数字だ。

これよりもっと暗い場所に足を踏み入れたことは千回もあるけれど、バッジがないと勝手がちがう。それが持つ道徳的権威と、身の丈よりも大きな組織に所属しているという感覚が大事なのだ。恐怖とはちがう。無防備という言葉がぴったりかもしれない。エリザベスには恋人も女友だちもいないし、これといった趣味もない。彼女はあくまで警官だった。格闘と追跡を好み、滅多にないことだけれど善意の人を助けるのもまた気持ちがいい。それを失ったら、いったいなにが残るっていうの？

チャニングよ、と自分に言い聞かせる。

チャニングが残る。

ろくに知りもしない少女がこんなにも重みを持つなんて妙な話だ。でも、事実だった。気持ちが沈んだり、自分を見失ったときには、少女のことを考える。世間の風当たりが強いときや、あの冷たくじめじめした地下室での一件で刑務所に入ることになりそうだと思ったときも。チャニングは死を逃れた。いまは心も体もぼろぼろでも、まともな人生を送るチャンスが残されている。そう言えない被害者のほうが多いのだ。それに、そう言えない警官がいるのも事実だ。

煙草をもみ消し、客のいないダイナーのかたわらにある自動販売機で新聞を買った。車に戻り、ハンドルの上に新聞を広げると、自分の顔が見つめ返してきた。モノクロ写真だと冷淡で無愛想《ぶあいそう》に見えるが、それに拍《はく》車《しゃ》をかけているのは見出しかもしれない。

英雄か、それとも死の天使か？

二段落ほど読んだところで、記者の立場が明確になった。〝～と言われている〟という表現が頻出《ひんしゅつ》するが、〝不可解なまでの残虐性《ざんぎゃくせい》〟、〝正当な範囲を超えた権力の行使〟、〝苦痛にあえぎながら死亡〟という表現も同様に使われている。長年にわたって好意的だった地元新聞も、とうとう彼女に背を向けたらしい。市民からの激しい抗議や州警察の介入を考えれば、それもしかたのないところだ。掲載された写真がすべてを物語っている。裁判所の正面ステップから見おろす彼女は、冷ややかで近寄りがたく見える。高い頬骨と奥まった目、それに新聞だと灰色に見える白い肌のせいだ。

「死の天使だなんて、ひどい」

新聞を後部座席に放り投げると、エンジンをかけ、治安のよくない地域を抜け出し、大理石でできた裁判所も広場の噴水も通りすぎ、大学に向かったが、そこでもコーヒーショップやバー、大声で笑う若者のそばを幽霊のようにすり抜けた。やがて高級な界隈に出ると、分譲マンション、画廊、自家製ビールを出すパブ、日帰りスパ、実験劇場に改装された倉庫群を横目で見ながら車を流した。歩道には観光客の姿があり、サブカル系の若者もちらほら、わずかながらホームレスもいる。チェーン系レストランと古いショッピングモールの前の四車線道路に出たところで、スピードをあげた。交通量が少なくなり、歩行者も気をつけて歩いている。カーラジオをつけてみたが、トーク番組は退屈だし、音楽番組はどれもぴんとこない。東に折れ、細い道路に沿ってまばらな森や石の門をそなえた分譲地を通り抜けた。二十分後には市の境界線の外にいた。五分後、道はのぼりに転じた。山の頂上にたどり着くと、また煙草に火をつけ、街を見わたした。上からだとなんとも整然として見える。ほんの一瞬だが、少女のことも地下室のことも頭から消えた。悲鳴も血も煙もなく、傷ついた子どもも取り返しのつかない間違いもなくなった。あるのは光と闇だけ。灰色、あるいは薄暗いものはひとつとしてなかった。両極端なものしかなかった。

山のへりに進み出て、下界を見おろし、希望が持てる理由を探そうとした。まだいかなる告発もされていない。刑務所行きに直面しているわけではない。

あくまで、いまのところは……。

煙草を闇に投げ捨て、少女に電話をかけた。この三日間で三度めだ。「チャニング、わたし」

「ブラック刑事？」

「エリザベスと呼んでと言ったでしょ」

「そうだったね、ごめん。寝てたから」

「起こしちゃった？ごめんね。最近、どうかしちゃってるの」エリザベスは電話を耳に強く押しつけ、目を閉じた。「時間の感覚がなくなっちゃったみたい」

「気にしなくていいよ。睡眠薬を飲んでるせいだから。ママが飲めってうるさくって」

さらさらという衣擦《きぬず》れの音が聞こえ、エリザベスは少女がベッドで体を起こす姿を思い浮かべた。彼女は十八歳で人形のようにかわいらしいが、怯えたような目をして子どもには酷《こく》な記憶を背負っている。「あなたのことが心配で」エリザベスは手が痛くなり、地球の自転が停止するまで電話を握りしめた。「こうもいろいろあると、あなたが元気なことだけが救いなの」

「たいていは眠ってる。ひどいのは起きてるときだけ」

「本当にごめんね、チャニング……」

「あたし、誰にも言ってないから」

とたんにエリザベスの体が固まった。ふもとから生暖かい風が吹きあげてくるのに、寒く感じた。「それを確認したくて電話したんじゃないのよ。べつに——」

「言われたとおりにしたから、エリザベス。実際になにがあったかは誰にも話してない。これからも話さないし、話すつもりもないよ」

「それはわかってるけど……」

「ときどき、世の中が真っ暗になることってある？」

「泣いてるの、チャニング？」

「あたしの場合は、薄い灰色になるんだ」

声が震えたのが聞こえ、エリザベスは街の向こう側に建つ大きな家の少女の自室を思い浮かべた。六日前、チャニングは街の通りから姿を消した。目撃者はゼロ。動機は不明。その二日後、エリザベスはしきりにまばたきしながら、廃屋《はいおく》の地下室から彼女を連れて出た。少女を拉致した男たちは死んだ——十八発撃たれて。

いまはその四日後の深夜。少女の自室はあいかわらずピンクでまとめられ、子どものころから大事にしている品であふれている。そこになんらかのメッセージがあるとしても、エリザベスには読み取れなかった。

「電話しないほうがよかったわね。都合も考えずにごめん。もう休んで」

雑音が入った。

「チャニング？」

「みんな、なにがあったか訊いてくるの。両親とか弁護士さんとか。しょっちゅう同じことを訊かれるけど、刑事さんが男たちを殺してあたしを助けてくれたってことと、あいつらが死んですごくうれしいってことしか言ってないから」

「それでいいのよ、チャニング。それでいいの」

「あたしも悪い人間なのかな、エリザベス？　うれしいだなんて。十八発でもまだ足りないと思うなんて」

「そんなことない。あいつらはそれだけのことをしたんだから」

しかし少女はまだ泣いていた。「目を閉じると、あいつらが見える。ときどき言ってたジョークが聞こえる。あたしを殺そうと計画してたことも」彼女はまたも声を詰まらせたが、今度はもっと長くつづいた。

「いまだに、あいつに嚙《か》まれたときの感覚が消えないの」

「チャニング……」

「同じことを何度も何度も言われるうち、あいつの言葉を真《ま》に受けそうになった。あたしはああいうことをされても当然なんだって。そのうち、死なせてほしいとこっちから頼むようになる。そしてさんざん泣きついた末にようやく死なせてもらえるんだって」

電話を握るエリザベスの手がいっそう白くなった。

医師の報告によれば、嚙まれた痕《あと》は全部で十九、そのほとんどが肉にまで達していた。しかし、長時間にわたる聞き取りからエリザベスは見抜いていた。もっとも深く傷つけたものは連中の言葉であり、悟《さと》りと恐怖であり、人格の否定であったのだと。

「殺してってあいつに頼むところだった」チャニングは言った。「あのとき刑事さんが来てくれなかったら、お願いだからとすがりついていたと思う」

「もう終わったことよ」

「まだ終わってない」

「終わったの。あなたは自分で思ってる以上に強い子よ」

チャニングがふたたび黙りこみ、静けさのなかに彼女の荒い息づかいだけが聞こえた。

「明日、会いにきてくれる？」

「できれば」

「お願い」

「明日は州警察の事情聴取があるの。行けるようなら行く。だめだったら、あさってね」

「約束してくれる？」

「ええ」エリザベスは言ったものの、壊れてしまったものをどう直せばいいのかさっぱりわからなかった。

車に戻っても、エリザベスの孤独感はまだ癒《い》やされず、行くところもすることもないときの習いで、けっきょくは父親の教会に、夜空にちんまりとそびえる貧相な建物におもむいた。高い尖塔のもとに車をとめ、暗いなか、箱のように並ぶ小さな家々をながめ、これまで何度となく思ったことだが、こういうところに住むのも悪くないと考えた。貧しいながらも額に汗して働き、子どもを育て、たがいに助け合う。そういう近所づきあいは最近ではめったに見られなくなっているが、この界隈がそのめったにない存在なのは両親の尽力によるところが大きい。父とは人生とその生き方に対する考えが異なるけれど、彼がすぐれた牧師であるのは事実だ。神との結びつきを求める人にとっては、父はよき導き手となりうる。寛大さ。コミュニティ。父はこの地域をしっかりまとめているが、そのすべてが、父がやらなければうまくいかないものばかりだった。

エリザベスは十七のときにそういう父の信頼をなくした。

細いアプローチをたどり、鬱蒼《うつそう》とした木立をくぐると、やがて両親が暮らす牧師館にたどり着いた。教会と同じように小さくて質素、壁の色は無難な白だ。誰か起きているとは思っていなかったが、母がキッチンのテーブルについていた。エリザベスと同じ高い頬骨と奥まった目をした母は、白いものの交じった髪と、長年にわたって苦労してきたとは思えないほどすべすべの肌をした美人だ。エリザベスはたっぷり一分かけて様子をうかがい、犬の鳴き声、遠くのエンジン音、離れた家から聞こえる幼児の泣きじゃくる声に耳をすました。発砲事件があってからは、ここには来ないようにしていた。

なのに、どうして今夜は来たの？

お父さんに会いにじゃない、と心のなかでつぶやく。それだけは絶対にない。

だったらどうして？

でも彼女にはわかっていた。

ドアを軽くノックして待つと、スクリーンドアの向こうで布がこすれ合う音が聞こえ、母が姿を現わした。

「ただいま、お母さん」

「エリザベス」スクリーンドアが大きくあき、母がポーチに歩み出た。光で目をきらきらさせ、いかにもうれしそうな顔をしながら、両腕を大きく広げ、娘を抱きしめた。「ちっとも電話をくれないし、会いにも来ないんだから」

言い方こそ軽い調子だったけれど、エリザベスは強く抱きしめ返した。「ここ何日かは大変だったから。ごめん」

母はエリザベスから少し離れ、その顔をのぞきこんだ。「留守電にメッセージを残したのよ。お父さんからも電話がいってるでしょうに」

「お父さんには話せないもの」

「そんなに深刻な状況なの？」

「すでに充分すぎる批判を受けてるのに、神様からもお小言《こごと》をちょうだいするのはちょっとね」

冗談を言ったわけではなかったのに、母はおかしそうに笑った。「なにか飲みましょう」エリザベスをなかに入れ、小さなテーブルにつかせ、氷と半分だけ入っているテネシー・ウイスキーの瓶を出した。「例の件について話す気はある？」

エリザベスは首を振った。母には正直に打ち明けたいけれど、どんなに深い井戸もほんの小さなうそで汚染されてしまうことを、はるか昔に悟っていた。なにも言わず、胸にしまっておくほうがいい。

「エリザベス？」

「ごめん」エリザベスはまた首を振った。「無愛想にするつもりはないの。ただ、頭のなかがものすごく…

…こんがらがっちゃってて」

「こんがらがっちゃってるですって？」

「そう」

「なに、ばかなことを言ってるの」エリザベスは口をひらきかけたが、母は手を振ってしゃべらせなかった。「あなたは、わたしが知るかぎり、誰よりも頭が冴《さ》えてるわ。子ども時代も、大人になってからも。そこらの人よりもずっとものがしっかり見えていた。その点ではお父さんにそっくり。自分ではそう思ってないようだけど」

エリザベスは闇の落ちた廊下をうかがった。「あの人、いるの？」

「お父さん？　いないわ。ターナーさんのところがまた揉《も》めていてね。仲裁に行ってるの」

エリザベスもターナー夫妻のことは知っていた。妻のほうは酔うと暴力をふるう癖がある。一度、夫に怪《け》我《が》をさせたことがあり、制服警官としての最終月だったエリザベスがその通報を受けた。目を閉じれば見えてくる。間口の狭い家、ピンク色の部屋着を着た、体重が百ポンドもなさそうな女性。

〈牧師さんを呼んでよ〉

手にした麺棒《めんぼう》をむやみやたらと振りまわしながら言った。夫は血まみれで倒れている。

〈あたしは牧師さんとしか話さない〉

エリザベスは力ずくでおとなしくさせるつもりでいたが、父がどうにかなだめ、夫のほうはまたもや被害届を出すのを拒んだ。何年も昔のことだが、牧師である父はいまだにあの夫妻の相談に乗っている。「そういうのを苦にしない人だから」

「お父さんのこと？　そうね」

エリザベスは窓の外を見やった。「あの人、事件についてなにか言ってた？」

「いいえ。いったいなにを言うっていうの？」

鋭い質問だけれど、エリザベスには答えがわかっていた。父は人を死なせたこと、そして、そもそも警官になったことで彼女を責めるだろう。おまえは信頼を裏切った、こんなことになったのはすべてあの愚かな決断に起因すると言うにちがいない――地下室、死んだ兄弟、警官としてのキャリア。「あの人はわたしが選んだ人生を、いまだに受け入れてないのよ」

「そんなことはないわ。なんといっても父親なんだし、ずいぶん苦しんでいるようよ」

「わたしのせいで？」

「もっと単純だった時代がなつかしいんじゃないかしらね。昔のことが。誰だって自分の娘に憎まれたくなんかないもの」

「憎んでなんかいないわよ」

「でも、許してもいないじゃないの」

たしかにそのとおりだ。父とはいつも距離を置いていたし、同じ部屋にいても、ふたりのあいだには常に壁があった。「お母さんたちはどうしてそんなにちがうの？」

「そんなにちがわないわよ」

「笑いじわと眉間《みけん》のしわ。容認と非難。まったくの正反対なのに、どうしてこんなにも長く一緒にいられるのか、不思議でしょうがないのよ。本当に」

「それじゃ、お父さんに対してあんまりでしょう」

「そう？」

「どう言ったらいいのかしらね」母はウイスキーを少し含んでほほえんだ。「気持ちのことはどうにもならないものなのよ」

「何年たっても？」

「そうね、いまさら気持ちの問題というわけじゃないのかもしれない。お父さんは扱いにくい面もあるけど、世の中がはっきり見えているというだけのこと。善と悪を隔てる一本線がね。歳を取るにつれ、わたしもそういうはっきりした考えのほうが安心できるようになってきたわ」

「哲学を専攻していたくせに」

「そんなのはもう昔のことだし……」

「パリに住んでたのよね。詩も書いてたって」

母はその指摘を払いのけた。「あのころは若かったし、パリだろうとどこだろうと同じ。わたしたち夫婦がなぜ一緒に暮らせるのかと言うけど、いまもあのときの気持ちがよみがえってくるわ。夢と目的、この世をよりよいものにしようと固く決意していた日々。お父さんとの人生は、生々しい力と熱と目的が感じられて、いわば、たき火のすぐそばに立っているようなものだった。お父さんはなにかに突き動かされるように目を覚まし、その強い思いは一日の終わりにもまだつづいてる。お父さんのおかげで、わたしはこれまでずっと幸せだった」

「じゃあ、いまは？」

母はせつなそうにほほえんだ。「お父さんは頑固になったかもしれないけど、わたしが帰る家はこれからも、あの人という壁のなかなのよ」

エリザベスにもその結びつきが持つ素朴《そぼく》な美しさはわかる。牧師。牧師の妻。つかの間、両親はどう受けとめていたのかと考えた。情熱と信条、若かりしころと偉大なる石造りの教会。「ここは昔の教会とはずいぶんちがう」そう言って、窓に向き直り、石を並べた庭と茶色い芝生を、陽に灼《や》けた下見板に覆われた貧相で間口の狭い教会を見やった。「ときどき思い出すの。正面の階段から見あげたときの、凜《りん》として静かな姿を」

「あなたは古い教会を嫌ってるとばかり思ってた」

「ずっとそうだったわけじゃないわ。それに、見るのもいやというわけでもないし」

「どうして訪ねてきたの？」母の姿が同じ窓ガラスに現われた。「本当のところ？」

エリザベスは、そう訊かれたくて来たのだと気づき、ため息をついた。「わたしはいい人間？」母がほほえのまわりにしわを寄せながら、一度だけぎゅっと握り、向かいの椅子にすわった。「あなたがあの男たちを十八回撃ったのには、それなりの理由があったんでしょう。ほかの人がどう言おうと、そう思う気持ちに変わりないわ」

「新聞は読んだ？」

「ざっとね」母は軽蔑《けいべつ》するような声を漏らした。「歪曲《わいきょく》もいいとこ」

「男ふたりが死んだのよ。ほかに書きようがないでしょう」

「いいこと」母はエリザベスのグラスに注ぎ足し、自分のにはさらに多く注いだ。「あんなのは、のぼる満月を描写するのに白いという言葉を、美しい海を表現するのに水浸しという言葉を使うのと同じ。あなたはいたいけな少女を救ったの。それ以外のことは重要じゃないわ」

「州警察が捜査してるのは知ってる？」

「なるほど。そういうこと」母は娘の手を取ると、目もとしたのを制した。「まじめに訊いてるのよ、お母さん。いま知りたいの。真夜中だけど。人生がとんでもないことになって、どうしていいかわからないから、こうして訪ねてきたの」

「ばかなことを言うものじゃありません」

「わたしはどろぼうだと思う？」

「エリザベス・フランシス・ブラック、あなたは生まれてこの方、人からものを奪ったことなど一度だってないでしょうに。子どものときからずっと、あたえる側だった。最初はお父さんと信徒の人たちに。いまは街全体にあたえている。いくつメダルをもらったと思ってるの？　何人の命を救ったと思ってるの？　いったいなにが言いたいの？」

エリザベスはふたたび腰をおろし、肩を怒らせながら自分のグラスをのぞきこんだ。「わたしの射撃の腕前は知ってるわよね」

「わたしが知っているのは、あなたが正しいと思うことをしたことと、あの男たちに十八発撃ちこんだのなら、そうするだけの充分な理由があったはずだということだけ」

「州警察がそうは思わなかったら？」

「困った子ね、まったく」母はまたおかしそうに笑った。「そんな自信のないことを言うもんじゃないの。形ばかりの捜査があるだけで、すぐに疑いは晴れるわよ。絶対に」

「いまのところはまだ、なにもはっきりはしてないの。なにがあったのか。なぜそうなったのか。もう、ほとんど眠れなくて」

母はグラスに口をつけ、指を差した。「ひらめき《インスピレーション》という言葉の意味と由来は知っている？」

エリザベスは首を横に振った。

「中世の暗黒時代には、一部の人間を特別な存在にしているもの、たとえば想像力とか独創性とか洞察力といったものが理解されていなかったの。誰もが同じ小さな村で生き、そして死んでいった。なぜ太陽がのぼったり沈んだりするのかも、なぜ冬が来るのかもわからなかった。土にまみれてあくせく働き、若くして病死した。そんなつらく悲惨な時代の人たちは誰もが同じ限界に直面していたけれど、なかにはまったくちがうものの見方ができる、稀有《けう》な人たちもいたの。詩人、発明家、芸術家、石工などがそうよ。普通の人には彼らが理解できなかった。目が覚めたら、世の中がちがって見えるなんて理解できなかったの。そういう才能は神からの贈り物とされた。そして、ひらめき《インスピレーション》という言葉が生まれた。〝心に息を吹きこまれる〟というのが語源よ」

「わたしは芸術家じゃないわ。透視もできない」

「でも、詩人の才能と同じくらい稀有な洞察力をそなえているわ。物事を深く見抜き、理解できる。そんなあなたが、必要もないのにあの男たちを殺すはずがないわ」

「ねえ、お母さん」

「ひらめきよ」グラスの中身を飲みほした母の目は潤《うる》んでいた。「神様がみずから心に吹きこんでくださったの」

三十分後、エリザベスは中心街まで戻った。この街はノース・カロライナ州としてはそこそこの規模で、市街地の人口が十万人、郊外にはその倍の住民が暮らしている。地域によってはいまも裕福だが、十年におよぶ不景気のせいで少しずつほころびが生じてきている。以前にはシャッターをおろしたままの店など一軒もなかったが、いまはちらほら見受けられる。割れた窓はほったらかしにされ、建物のペンキも剝《は》げたままだ。お気に入りのレストランだった場所を通りかかると、十代の若者たちが街角でなにやら言い争っていた。最近はそういうのが増えてきた——怒り、不満。失業率は全国平均の二倍、しかも最良のときがまだつづいているふりをするのは年々むずかしくなっている。だからと言って、街をつくりあげている要素のひとつひとつが美しくないというわけではない——たしかに美しい。古い家に囲い柵、自信と戦争と犠牲について語るブロンズ像。プライドはそれなりに残っているが、かなり威厳のある人でもそれをおもてに出すのには慎重なようだ。危険だと思っているのか、あるいは、身をひそめ、もっと状況がよくなるまでやり過ごそうというのだろう。

警察署の前に車をとめ、窓ガラスの向こうに目をこらした。三階建ての建物は、裁判所と同じく、石と大理石でできている。向かって右のわき道沿いにある小さな一画を中華料理店が占めている。一ブロック先には南部連合国の墓地、さらにその先には列車の駅があり、線路が南北に走っている。昔の子どもたちはその線路をたどって街までよく出かけたらしい。土曜の朝、友だちと一緒に歩いて映画を観にいったり、公園で男の子たちをながめたり。いまでは考えられない。子どもが線路伝いに歩いたり、街をうろうろするなんて。

エリザベスはウィンドウをおろし、舗装と熱くなったタイヤのにおいを嗅《か》いだ。煙草に火をつけ、警察署をながめた。

十三年……。

もうないものと考えようとした。仕事も、仲間も、目的意識も。十七のときから警官になりたいとしか思わなかったのは、警官ならば普通の人が怖いと思うものも怖くないからだ。警官は強い。威厳も意義もある。そしていい人間だ。

いまの自分は胸を張ってそう言えるの？

エリザベスは目を閉じ、どうだろうと考えた。目をあけると、フランシス・ダイヤーが署の間口と同じ幅がある広い階段をおりてくるところだった。見慣れた顔にいらだちと悲しみを浮かべ、通りをまっすぐに渡ってくる。発砲事件以来、彼とは何度も言い合ったが、ふたりのあいだに確執はいっさいない。彼はかなり年上で性格は温和、そして心の底からエリザベスを案じている。

「あら、警部。こんな時間にここでお会いするとは思ってもいませんでした」

彼はおろしたウィンドウの手前で足をとめ、エリザベスの顔と車内をじろじろ見まわした。その目が煙草のパック、レッドブルの缶、後部座席に散らばった五、六紙ほどの丸めた新聞と移動していく。最後に、彼女のわきにある携帯電話のところでとまった。「六回も伝言をしたんだが」

「すみません。電源を切っていたもので」

「どうして？」

「かかってくるのはほとんど記者からなんです。連中と話せとおっしゃるんですか？」

その態度に警部はかっとなった。心配しているからであり、組織としての問題だからでもあった。彼女は刑事だが停職中で、友人ではあるが、いま彼が感じているようないらいらをぶつけられるほど親しくはなかった。高ぶった感情がその顔に表われていた。しわの寄った目とやわらかそうな唇に。急に赤らんだ顔に。

「ここでなにをしてる、リズ？　もう真夜中だぞ」

彼女は肩をすくめた。

「言ったはずだ。きみの件がはっきりするまでは……」

「なかに入ろうとしたわけじゃありません」

警部はしばらく黙っていた。表情にも心配そうな目にも変化はない。「州警察による聞き取りは明日だ。忘れてはいないだろうね？」

「もちろんです」

「弁護士にはもう会ったのか？」

「はい」うそをついた。「ちゃんと用意できています」

「だったら、家族か友人と一緒にいなさい。きみを大事に思っている人たちと」

「さっきまでそうしていました。友だちと夕食を」

「ほう？　なにを食べたんだ？」口をひらきかけたエリザベスだが、警部のほうが先だった。「答えなくていい。うそをついてほしくないからな」そう言って、細い眼鏡《めがね》ごしに彼女を見やり、それから通りの左右をうかがった。「わたしのオフィスに来い。五分後だ」

警部が立ち去ると、エリザベスは一分かけて気持ちを落ち着かせた。覚悟を決めて通りを渡り、街灯と星の光を反射する両開きのガラス扉を目指して階段を小走りであがった。入ってすぐの受付で作り笑いを浮かべ、防弾ガラスの奥にいる巡査部長に向かって片手をあげた。

「ああ、わかってる」巡査部長は言った。「警部からあんたを通せと言われたよ。ずいぶんと変わったな」

「変わったってどこが？」

相手は首を横に振った。「おれは年寄りだから、そういうのはちょっとな」

「そういうのって？」

「女なんだからさ。あくまでおれの主観だけど」

巡査部長が押したブザーの音が、エリザベスのあとを追うように階段まで届き、さらには二階にあがって、刑事課が使用する細長い部屋にまで響きわたった。部屋はほとんど人がおらず、デスクの大半は闇に沈んでいた。ほろ苦い思いを抱きながら立っていた数秒間、誰も彼女に気づかなかった。ドアが大きな音をたてて閉まると、しわくちゃのスーツ姿のがっしりした刑事がデスクから顔をあげた。「よお、よお。ブラックのお出ましじゃんか」

「よお、よお？」エリザベスは奥へと歩を進めた。

「なんだよ」相手は椅子の背にもたれた。「おれのストリート言葉はいけてないかよ？」

「わたしなら、いまあるもので満足するけどね」

「いまあるもの？」

エリザベスは彼のデスクのそばで足をとめた。「住宅ローンに子ども。体重は三十ポンド増えて、奥さんとは結婚して何年だっけ。九年？」

「十年だ」

「ね、そういうこと。愛すべき家族、詰まりかけてる血管、引退までの二十年」

「笑える。ありがとよ」

エリザベスはガラスの入れ物からサワーボール・キャンディを一個取り、チャーリー・ベケットの丸顔を見おろした。身長は六フィート三インチでやや太りぎみだが、二百ポンドもある容疑者を駐車中の車の向こうに投げ飛ばすところを見たことがある。それも、車体にかすることなく。「その髪型、いかしてるよ」

さわってみると、髪はひどく短く、前髪はぎざぎざしていた。「本気で言ってんの？」

「皮肉だって。なんでそんなふうにしちまったんだ?」

「鏡のなかの自分を変えたかったのよ」

「そういうのは心得のあるやつに金を払ってやってもらうもんだ。いつやった? たしか、二日前に会ったよな」

切ったときの記憶はうっすらとしかない。朝の四時で酔っ払っていた。浴室の電気はついていなかった。なにがおかしいのか、ばか笑いしていたけれど、むしろ泣いているのに近かった。「署に残ってなにしてるの、チャーリー。もう真夜中すぎなのに」

「大学で銃撃事件があったのさ」ベケットは答えた。

「まさか、また例のあれじゃ」

「いや、あれとはべつ。地元のガキどもが一年生を袋叩きにしようとしたんだ。ゲイだって理由でな。ゲイかどうかはさだかじゃないが、とにかくその一年生は銃の携帯許可法の大ファンだった。ガキどもはそいつを、キャンパスのはずれにある理髪店のわきの路地に追いつめた。四対一だ。そこで、そいつが三八〇口径を抜いたってわけだ」

「死人は出たの?」

「ひとりが腕を撃ち抜かれた。残りの連中はとっとと逃げたよ。名前はわかってるけどな。で、そいつらの行方を追ってるところだ」

「撃った学生は処罰されそう?」

「四対一だったんだぜ。しかも、一年生のほうには前科はない」ベケットはかぶりを振った。「おれが思うに、書類送検だけですむんじゃないかな」

「わたしもそう思う」

「だよな」

「ごめん、もう行かなきゃ」

「ああ、おまえが来ると警部から聞いた。うれしそうな顔じゃなかったよ」

「外で隠れてるところを見つかっちゃって」

「おまえは停職中なんだぞ。わかってんのか?」

「うん」

「なのに自分に不利なことばかりしてる」

ベケットが言わんとしていることはわかる。地下室での出来事については疑問が出ており、エリザベスはまともな答えを返していなかった。圧力は強まる一方だ。州警察。州検事総長。「話題を変えましょうよ。キャロルはどうしてる？」

ベケットは椅子の背にもたれ、肩をすくめた。「残業中だ」

「美容院でも緊急事態なんてあるの？」

「信じられないかもしれないが、そういうのは本当にあるんだよ。結婚式だったかな。でなければ、離婚記念パーティか。とにかく、今夜のうちに特殊なトリートメントをして、明日の朝にカットとスタイリングなんだとさ」

「大変ね」

「まったくだ。ところで、女房はあいかわらず男を紹介したがってるぜ」

「相手は誰だったっけ。歯列矯正医？」

「歯科医だ」

「どこがちがうの？」

「たしか、どっちかのほうが稼《かせ》ぎがいいんだよ」

エリザベスは肩ごしにうしろを指差した。「警部が待ってるから」

「なあ、リズ」ベケットは身を乗り出し、声を落とした。「発砲の件でおれは干渉しないようにしてきた。そうだろ？　パートナーであり、友人であり、理解ある態度を崩すまいとしてきた。だが、明日は州警察が――」

「供述書は提出してあるのよ。同じ質問をいくらしたって、ちがう答えなんか引き出せやしないのに」

「連中は四日かけて目撃者を探し、チャニングから話を聞こうとし、現場を調べてる。同じ質問などするわけがない。そのくらいわかってるはずだろ」

エリザベスは肩をすくめた。「だからって、話したとおりなんだもの」

「こいつはもう政治なんだよ、リズ。わかってるのか、え？　白人の警官に黒人の犠牲者……」

「あいつらは犠牲者なんかじゃない」

「とにかく」ベケットは心配そうに彼女の顔をのぞきこんだ。「連中は人種差別主義者か、情緒不安定か、あるいはその両方と思われる警官の首根っこを押さえたいんだよ。連中の考えでは、それがおまえだ。選挙も近いから、州検事総長《AG》も黒人コミュニティの反感を買いたくない。これで幕引きにしたいんだ」

「そんなのどうだっていい」

「おまえはあのふたりに十八発を撃ちこんだ」

「あいつらはあの子を一日以上、レイプしつづけたのよ」

「わかってる。だが聞け」

「針金が骨に達するほどきつく手首を縛ったうえで」

「リズ――」

「リズ、リズってうるさいってば！　飽きたら絞め殺し、死体を採石場に捨てると本人に言ったのよ。すでにビニール袋もダクトテープも用意してた。片方は、死にかけた彼女を犯すことまで考えてたんだから。白人女のロデオと称してね」

「そんなのはおれだって全部知ってる」ベケットは言った。

「だったら、こんな会話なんかしなくていいはずでしょうに」

「だが、実際にはしてるわけだろ？　チャニングの父親は金持ちで白人だ。かたや、おまえが射殺したふたりは貧しい黒人だった。だからこいつはもう政治なんだよ。マスコミが騒ぐたぐいの事件なんだ。というか、もう騒ぎはじめてる。新聞を読んだろ」ベケットは親指と人差し指を立てた。「全国に知れわたるのもまもなくだ。だから制裁を求める連中がいるんだよ」

誰のことかはわかる。政治家。市民運動家。警察組織は腐りきっていると考えている連中。「その話はできないの」

「弁護士には話せるんだろう?」

「もう話した」

「いいや、話してないね」ベケットはエリザベスをにらみながら、椅子に背中をあずけた。「弁護士から署に電話があって、おまえを探してたぞ。打ち合わせにも来ないし、折り返しの電話もしてこないとさ。州警察がおまえを二重殺人で挙げたがってるってのに、当の本人は丸腰の男にマガジンが空になるまで弾を撃ちこんでなんかいないって顔でほっつき歩いてるんだからな」

「ちゃんとした理由があったのよ」

「そうだろうとも。だがな、問題はそこじゃない。警官だって刑務所に入るんだ。そいつをおまえは誰よりもよく知ってるはずじゃないか」

ベケットのまなざしは言葉と同じくらいとげとげしかった。べつに気にならない。十三年がたったいまも。

「あの人の話をするつもりはないから、チャーリー。今夜は。あなたとは」

「あいつは明日、刑務所を出る。皮肉なものだな」ベケットはその基本的事実に反論してみろと挑発するように、頭のうしろで手を組んだ。

警官も刑務所に入る。

ときには出所することもある。

「警部のところに行かないと」

「リズ、待て」

エリザベスは足をとめなかった。ベケットの席を離れ、二回ノックしてから警部のオフィスのドアをあけた。ダイヤーはデスクについていた。こんな遅い時間なのに、着ているスーツはぱりっとし、ネクタイもまっすぐだ。「大丈夫か?」

彼女はなんでもないというように手を振ったが、怒りと落胆を隠せてはいなかった。「パートナーがちょっと。意見されました」

「ベケットはできるかぎりのことをしようとしているだけだ。それはほかの者も同じだ」

「だったら仕事に戻してください」

「そうするのがきみにとっていいことだと、本気で思っているのか？」

質問のあまりの鋭さに、エリザベスは顔をそむけた。

「わたしは仕事くらいしか取り柄《え》がないんです」

「今度の件の先行きが見えるまで復職させるつもりはない」

エリザベスは椅子に身を沈めた。「そうなるまでに、あとどれくらいかかりますか？」

「それは正しい質問ではないな」

エリザベスは窓に映った自分の姿を見つめた。体重が減った。髪はひどいありさまだ。「では正しい質問とはなんでしょう？」

「まじめに言ってるのか？」ダイヤーは両のてのひらを仰向けた。「最後に食事をとったのがいつかは覚えているか？」

「そんなことはどうでもいいことです」

「最後に睡眠をとったのはいつだ？」

「けっこうです。わかりました。ええ、たしかに、この数日間は……いろいろあって」

「いろいろあっただと？　勘弁してくれ、リズ。目の下にはペンキで描いたように隈《くま》ができているじゃないか。われわれの知るかぎり、きみはいつも留守にしている。電話には出ない。そしてあちこち走りまわっている、あのおんぼろ車で」

「六七年型マスタングです」

「公道を走っていい代物《しろもの》じゃない」ダイヤーは身を乗り出し、指を組み合わせた。「州警察の連中から何度も何度もきみについて訊かれるが、まともなやつだと答えるのがだんだん苦しくなってきたよ。一週間前には思慮分別、有能、抑制という言葉を並べたが、いまはどう言ったものやらさっぱりわからん。いまのきみはとげとげしているし、陰気だし、まったくあてにできなくなっている。酒は飲みすぎるし、煙草もかれこれ十年ぶりに吸いはじめた。弁護士とも同僚とも話そうとしない」彼はわざとらしくエリザベスのみっともない髪と血の気のない顔をながめた。「それではゴスのガキどもとおんなじじゃないか。吸血鬼にでもなったみたいな――」

「話題を変えませんか？」

「わたしはきみが地下室でのことで虚偽の説明をしたと思っている。話題を変えろと言うなら、この話にしてもいいんだぞ」

エリザベスは目をそらした。

「きみの供述には時間のずれがあるんだ、リズ。州警察は納得していないし、わたしも同感だ。少女の話はやけにくわしすぎるしな。だから、彼女もうそをついているとにらんでる。きみには空白の一時間がある。弾を全部撃ちつくしている」

「もう話が終わったのなら……」

「終わってないぞ」ダイヤーはむずかしい顔で椅子の背にもたれた。「お父さんに電話をした」

「あら」声の響きに言わんとすることが表われていた。「ブラック牧師はどんな様子でした？」

「お父さんによれば、きみのなかにある亀裂は深すぎて、神の光ですら底が照らせないとのことだ」

「そうですか」エリザベスはまた目をそらした。「父はいつもうまいことを言う人ですから」

「お父さんはいい人だ、リズ。手を貸してもらうといい」

「一年に二度、父のミサに出ているからと言って、警部にわたしの人生を父と論じ合う権利なんかないはずです。父を巻きこみたくはありませんし、そもそも助けなど必要ありませんから」

「いや、必要だ」ダイヤーはデスクに肘《ひじ》をついた。

「身を切られる思いなのは、まさにその点なんだよ。きみはわたしの知るなかでもっともすぐれた警官だが、いまはのろのろと走るおんぼろ列車になっている。われわれとしても見て見ぬふりはできない。みんなきみを助けたいと思っているんだ。きみの力にならせてほしい」

「そうしたらバッジを返してもらえますか?」

「本当のことを話せ、リズ。正直に話すか、州警察に生きたまま食われるかのどっちかだ」

エリザベスは立ちあがった。「自分がなにをしているかはちゃんとわかっていますから」

ダイヤーも立ちあがり、ドアに手をのばしかけたエリザベスの背中に向かって言った。「昼間、刑務所の近くを車で通ったろう」

彼女は片手をドアノブにかけたまま固まった。振り返ったときには冷ややかな声になっていた。警部が話したかったのは明日の事情聴取と刑務所のことだったのだ。なるほどね。ベケットと同じだ。世の中の全警官と同じだ。「尾行していたのですか?」

「ちがう」

「誰が見かけたんです?」

「それはどうでもいい。わたしの言いたいことはわかるはずだ」

「わたしは他人の心が読めないということにしておいてください」

「エイドリアン・ウォールには絶対に近づくな」

「エイドリアン?」

「とぼけるのもやめろ。あいつの仮釈放が認められた。朝には出所する」

「おっしゃりたいことがわかりません」

だけど本当はわかっていたし、ふたりともそれを知っていた。

エイドリアンのような警官にとってはあまりに耐えがたい。

彼は闇に包まれた自分の作りつけ寝台にすわり、とても自分のものとは思えない顔に触れた。左目のそばにできた五セント硬貨大のくぼみに指がもぐる。骨が折れた痕をなぞって鼻まで達すると、そこからさらに進んで、こけた頬にいくつもついた長い傷のところで指をとめた。傷はふさがって白くなっているが、刑務所の縫合の腕前はみごととは言いがたい。だが塀のなかでの歳月に教えられたことをひとつあげるとするなら、それこそが人生で本当に大事だという点だ。

失ったもの。

残してきたもの。

ごわごわのシーツをはねのけ、腕が震えるまで腕立て伏せをやると、暗いなかに立って、闇と静けさ、それに真っ白になるまで引っかいた記憶の感触を忘れようとした。入所したのは三十歳の誕生日の二カ月後だ

3

塀のなかの生活が矛盾しているのは、いつ流血の惨事で終わってもおかしくない場所でありながら、朝の始まりは必ず判で押したように同じであることだ。目覚めたのち、心臓が二拍打つあいだは、自分がどこにいるのか、あるいはどんな境遇に置かれているのかわからない。魔法のような、揺らめく炎のような数秒間ののち、現実が記憶という黒い犬を引き連れ、胸をよぎっていく。けさもこれまでとなにひとつ変わらなかった。まず静けさがあり、つづいて十三年におよぶ刑務所生活でのすべての出来事がよみがえった。ほとんどの人間にとってつらい瞬間だ。

警官ならばいっそうつらい。

った。いまは四十三歳、傷だらけでぼろぼろで、まるで別人だ。おれだとみんなわかるだろうか？　女房は？

十三年か、と彼は心のなかでつぶやく。

「長かったな」

その声はあまりにかぼそく、ほとんど聞き取れなかった。目の隅でなにかがちらりと動き、監房のもっとも暗い一隅にイーライ・ローレンスの姿があった。作りつけ寝台の奥の暗がりにぽつんと立った彼は、黄色く濁った目をして、顔が黒いうえにしわだらけで、どこからが顔で、どこからが闇なのか判然としない。

「また、声がする」エイドリアンは言った。

老人は、〝そういうこともあるさ〟というように目をつぶった。

エイドリアンも目を閉じると背を向け、熱を帯びて汗をかいているような鉄格子をつかんだ。イーライが声をかけてくれるかどうか、わからなかった。黄色い目をあけるのか、まばたきするのか、それとも閉じたまま本人が闇にのみこまれていくのか、わからなかった。いまも、監房内に聞こえるのはエイドリアンの息づかいと、握った鉄格子を指が滑る音だけだ。きょうは塀のなかで過ごす最後の一日で、鉄格子の向こうでは夜が白《しら》みはじめている。そこと彼がいまいる場所のあいだには、人けのない灰色の廊下がのびている。塀の外も同じように空疎に感じるのだろうか。いまのエイドリアンは昔とはちがうし、現実にこれといった幻想を抱いてもいない。有罪判決を受けて以来、体重は三十ポンド減り、筋肉は古いロープのように硬く、引き締まっている。塀のなかでは痛い目にも遭《あ》った。囚人が口にする泣き言――おれがやったんじゃない、おれが悪いんじゃないというたぐいだ――には虫酸《むしず》が走るが、〝この傷はあいつにやられた〟、〝ここの骨を折ったのはあいつだ〟と名指ししてやることもできる。もちろん、そんなことをしても意味はない。これをやったのは刑務所長で、べつのは看守にやられたと塔の上から叫んだところで、誰も本気に受けとめないか、気にもかけないだろう。

あまりに多くのダメージ。

暗闇のなかで過ごした長すぎる歳月。

「おまえさんならできる」老人が言った。

「出られるはずがないんだ。こんなに早く」

「理由はわかってるはずだ」

エイドリアンは鉄格子を握る手に力をこめた。十三年は二級殺人の刑期の下限だが、それには服役態度が良好であるとの条件がつく。所長が短縮を認めた場合のみ可能になる。「やつらはおれを見張るつもりだ。そうだよな」

「そうだろうとも。それについてはさんざんふたりで話し合ったじゃないか」

「やれるかどうか自信がない」

「おまえさんならできると言ったろう」

老人の声は闇のなかから聞こえてきた。エイドリアンは湿っぽい鉄格子に背中を押しつけ、こんなにも長く一緒に過ごした相手のことに思いをはせた。イーライ・ローレンスは刑務所のルールを教えてくれた。いつ闘い、いつ折れるべきかを、最悪の事態もいずれ終わると教えてくれた。しかも、老人のおかげで彼は正気を失わずにすんだのだ。永遠につづくかと思われた闇のような日々、ばらばらになりそうな心をイーライの声がつなぎとめてくれた。どれだけ孤独でも、また、どれだけ血を流したとしても、それだけは変わらぬ事実だ。そしてイーライがその役割にぴったりだったのは、長年におよぶ変化のたまものだったように思う。塀のなかで暮らして六十年、老人の世界はふたりがいる監房の大きさにまで縮んでいた。彼はほかの誰も知らないし、ほかの誰にも話しかけない。老人と若い男、ふたりの関係が密接すぎたから、エイドリアンがこの監房を出たとたん、イーライが消えてしまいそうな気がさえする。「あんたも連れていきたいよ」

「わかってるだろう、おれがここを生きて出ることはないよ」イーライはジョークだというように笑顔になったが、彼の言葉は刑務所のいかなる真実よりも真実だ。イーライ・ローレンスは一九四六年にノース・カロライナ州東部の農村地帯で起こった強盗殺人事件で終身刑を宣告された。殺した相手が白人だったら絞首刑になっていたところだ。しかし三回の終身刑となり、彼が二度と外の空気を吸えないのはエイドリアンもよくわかっている。暗闇に目をこらしながら、エイドリアンは老人にあれもこれも言いたくなった。礼を言い、謝罪し、イーライがどれほど大切な存在だったかを説明し、これまではなんとか持ちこたえられたが、イーライという導き手なしに塀の外でやっていけるか自信がないと言いたかった。口をひらきかけたところで、重たい鉄の扉の向こうで光がちらつき、一帯にブザーが鳴り響いた。

「来るぞ」イーライが言った。

「まだ心の準備ができてない」

「できているとも、もちろん」

「あんたなしじゃ、だめだ、イーライ。ひとりじゃ出られない」

「落ち着け。ここを出たらたいていのやつが忘れちまうことを話してやるから」

「そんな話は聞きたくない」

「おれは一生とも言えるほどの年月をここで過ごしてきた。大勢の連中がこう言ったよ。〝ちゃんとやれるさ、自分がやってることくらいわかってるって〟ってな」

「べつに侮辱《ぶじょく》するつもりで言ったんじゃない」

「わかってるって。だから、落ち着いて、この老いぼれの言うことをもう一度聞け」

エイドリアンは金属がぶつかり合う音を聞きながらうなずいた。遠くで声がし、コンクリートの床を歩いてくる固い靴の音が響いた。

「金なんてどうでもいいんだよ」イーライは言った。「言ってる意味がわかるか？　ここで二十年つとめたあげく、六ヵ月後、わずか数ドルのために舞い戻ってくる連中を何人も見てきた。学習能力がないのか、出たり入ったりの繰り返しだ。金《きん》だのドルだのきらきら光るものなんてのは、そんな程度だ。おまえさんの人生や喜びや自由な日々を犠牲にするほどの価値などない。太陽の光。新鮮な空気。それで充分じゃねえか」

イーライは暗がりのなかでうなずいた。「ということで、前に話したことは覚えてるな？」

「ああ」

「滝があって、小川が分岐しているところだぞ」

「覚えてる」

「おまえさんはここでぼろぼろにされ、外の世界でやっていくのは無理だと思ってるんだろうが、その傷も折れた骨も関係ないし、恐怖と闇も関係ない。記憶も憎しみも復讐《ふくしゅう》の夢もだ。そういうものはすっぱり断ち切れ。なにもかも。ここを出たら、ひたすら前を見て歩きつづけろ。この街を出て、よそに移れ」

「所長は？　あいつともおさらばするべきなのか？」

「やつが追ってきた場合か？」

「追ってきた場合でも、追ってこない場合でも。やつを見かけたらどうすればいい？」

　いまのは危険な質問だった。イーライのどんよりした目が一瞬にして血走った。「いまさっき、復讐についてどうしろと言った？」

　エイドリアンは歯ぎしりし、それだけで言いたいことは充分伝わった。

　所長だけはべつだ。

「憎しみなんてものは断ち切れ。ちゃんと聞いてるのか？　おまえさんは早くに出られるんだ。それなりの理由があるのかもしれないし、ないのかもしれない。おまえさんが行方をくらましたところで、どうなる？」看守はますます近づき、もうあと数秒の距離まで来ていた。老人はうなずいた。「おまえさんがここで味わった痛みに関して言うなら、大事なのは耐え抜いたという事実だ。わかるな？　耐え抜いたことは悪いことではない。さあ、言ってみろ」

「悪いことではない」

「それから、おれのことは心配しなくていい」

「イーライ……」

「さあ、この老いぼれをハグしたら、とっとと出ていけ」

うなずいているイーライを見て、エイドリアンは喉が締めつけられる思いがした。友人というより父親的な存在のイーライ・ローレンスを抱きしめると、その体は思ったよりもずっと軽く、骨の空洞で石炭が燃えているのかと思うほど熱かった。「ありがとう、イーライ」

「胸を張って出ていけ。背筋をまっすぐのばして歩くおまえさんを見せてやれ」

エイドリアンは体を引き、最後にもう一度、老人の疲れたような、なんでもお見通しだという目を見ようとした。しかしイーライは暗がりに引っこみ、背中を向け、ほとんど見えなくなっていた。

「さあ、行け」

「イーライ？」

「心配することなどなにもない」老人は言ったが、エイドリアンの顔は涙でぐっしょり濡れていた。

看守たちはエイドリアンに廊下に出るよう指示したが、近づきすぎないようにしていた。大柄でないとはいえ、看守たちの耳にも彼がどれほどの仕打ちをされ、それをどのように耐えたかという噂《うわさ》は届いていた。数字は否定しようがなかった——入院日数、縫合数、手術や骨折の回数。刑務所長でさえエイドリアン・ウォールを警戒しており、そのことが怯える気持ちにいっそうの拍車をかけた。所長にもなにかと噂があるが、誰も真相を究明しようとはしない。ここは所長が支配する刑務所であり、彼は容赦のない男だ。つまり、目立つようなことはせず、口を閉じていろということだ。そもそも噂が本当とはかぎらない。まともな看守たちはそれで折り合いをつけていた。

　しかし、すべての看守がまともというわけではなかった。

　手続きをする段になると、とりわけ悪質な三人が隅に立っていた。強面《こわもて》で感情のない目をした男たちを見ると、エイドリアンはいまだに腰が引けてくる。制服は折り目がしっかりついて染みひとつなく、靴やベルトはぴかぴかに磨きあげられている。壁際に一列に並んだふてぶてしい姿からはっきりとメッセージが伝わってくる。おれたちからは逃げられないぞ。そう言っている。塀のなかだろうと外だろうと、なにも変わらない、と。

「なにを見てる？」

　エイドリアンは三人から目をそむけ、金属の柱と金網で仕切られたカウンターの向こうにいる小男の指示に従った。

「着ているものを脱いでくれ」カウンターの上に厚紙の箱がひとつ置いてあり、十三年間、目にしなかった衣類が出てきた。「さっさとしろよ」係官は三人の看守をちらりと一瞥《いちべつ》しただけで、すぐにエイドリアンに視線を戻した。「あいつらのことはいいから」

　エイドリアンは刑務所支給の靴から足を抜き、オレンジ色のつなぎを脱いだ。

「うわっ……」無数の傷を目にしたとたん、係官は青ざめた。

　エイドリアンはなんでもないようにふるまおうとしたが、なんでもないわけがなかった。彼を監房から連れてきた看守たちは黙ってじっと立っているだけだが、例の三人は曲がった指やビニールのようにてかてかした皮膚を冗談の種にして笑っている。エイドリアンは全員の名前を知っていた。声の響きも知っているし、誰がもっとも腕っぷしが強いかも知っている。誰がいちばんのサディストで、いまこの場でもほほえんでいるのがどの男かも知っている。それでも、彼は背筋をまっすぐにのばして立っていた。ひそひそ声がやむまで待ってからスーツを身に着け、ほかのことに気持ちを集中させた——カウンターの黒い染み、金網の向こうの時計。シャツのボタンを上までとめ、日曜日のようにネクタイを締めた。

「いなくなったよ」

「え？」

「さっきの三人」係官は身振りでしめした。「いなくなった」係官は細面の男で、そのまなざしはとても穏やかだった。

「おれはぼんやりしてましたか？」

「ほんの数秒ほどね」係官は気まずそうに目をそらした。「心ここにあらずという感じだった」

エイドリアンは咳払いをしたが、係官の言っているのは事実だと思った。ときどき、周囲が真っ暗になることがある。時間の感覚をなくすことがある。「申し訳ない」

小男が肩をすくめ、その姿を見たエイドリアンは、さっきの三人組は多くの者の人生をみじめなものにしたのだと察した。

「さてと、あんたをここから出してやらなきゃな」係官はつるつるしたカウンターの上を滑らすようにして、一枚の書類を差し出した。「こいつにサインしてくれ」エイドリアンは読まずに名前を走り書きした。係官は札を三枚数え、カウンターに置いた。「じゃあ、これを」

「五十ドル？」

「州からの餞別《せんべつ》だ」

エイドリアンは札に目をこらしながら思った。十三年で五十ドルか。係官がカウンターの向こうから札を滑らせ、エイドリアンはたたんでポケットにしまった。

「なにか質問は？」

　なかなか言葉が出てこなかった。なにしろ、イーライ・ローレンスをべつにすれば、もう長いこと他人としゃべっていないのだ。「誰か来てるだろうか？　誰か……待ってる者は？」

「悪いな。そこまではわからないんだ」

「ここからの足はどうしたらいいんだろう？」

「刑務所でタクシーは呼べない決まりでね。前の道を行った先に〈ネイサンズ〉って店があって、そこなら公衆電話が使える。あんたらはみんな、知ってると思ってた」

「あんたらとは？」

「まえのある連中さ」

　エイドリアンはその言葉をじっくり考えた。監房からここまで付き添った看守が無人の廊下を示した。

「ミスタ・ウォール」

　聞き慣れぬ呼び名をどう受けとめればいいかわからず、エイドリアンは振り返った。

　ミスタ・ウォール……。

　まえのある連中……。

　看守が片手で左の廊下を示した。「こっちへ」

　エイドリアンは彼に従い、ドアの前まで行った。扉があき、まぶしくも広々とした光景が目に飛びこむ。ここにも柵と金網からなる門はあるが、暖かな風を頬に感じながら、太陽から顔をそむけ、中庭を照らす太陽と感じ方がどうちがうか、正確に見定めようとした。

「受刑者が出所します」看守は無線で告げ、それから、車輪でひらきはじめたゲートのほうを指差した。「そのゲートをまっすぐ進め。第二ゲートは第一ゲートが閉まるまであかない仕組みになっている」

「女房は……」

「奥さんのことはおれの関知するところじゃないんで

ね」

看守に押され、エイドリアンはあっけなく塀の外に出た。所長室はどこかと探し、東側の壁の三階に目的の窓を見つけた。つかの間、陽射しがあたって窓はまぶしく光っていたが、すぐに雲が太陽の前に広がり、あの男の姿が確認できた。立っていたくて立っているように見えた。両手はポケットのなか。肩に余分な力は入っていない。しばらくふたりはたがいに見つめ合ったが、相手の目にはエイドリアンのこれまでの十三年にもおさまりきらないほど膨大《ぼうだい》な憎しみがこもっていた。さっきの三人組も現われるものと思っていたが、それはなかった。陽射しが雲を突きやぶって窓ガラスがふたたび鏡となるまでの十秒ほど、エイドリアンと所長はそうやってにらみ合っていた。

胸を張って出ていけ。

すぐそばにいるようにイーライの声が聞こえた。

背筋をまっすぐのばして歩くおまえさんを見せてやれ。

エイドリアンは駐車場を横切ると道路の端に立ち、妻が来ているのではないかと考えた。いま一度、所長室を見あげてから、車が一台、また一台と走り去るのを見ていた。何度となく足を踏み替えるあいだも太陽は上へ上へとのぼっていき、一時間がたち、やがて三時間がたった。歩きはじめたときには喉はからからで、シャツが汗でぐっしょり濡れていた。なるべく道路ぎわを歩くようにしながら、片方の目で車を探し、もう片方の目は半マイルほど先にある、ぽつんぽつんと建物が集まった場所に据えていた。そこにたどり着くころには気温は三十五度を超えていた。道路から陽炎《かげろう》が立ちのぼり、白っぽい砂埃が舞いあがる。公衆電話が見え、その隣にトランクルーム、運送会社、それに〈ネイサンズ〉というバーがあった。あいているのはバーだけで、窓には看板、正面の入り口近くにさびだらけのピックアップ・トラックが一台、斜めにとまっていた。エイドリアンはポケットのなかの札を握りしめると、ドアノブをまわし、なかに入った。

「おっ、釈放されたね」

威勢のいいだみ声は、悪い意味ではなしにおもしろがっている口調だった。カウンターのほうに歩いていくと、六十過ぎとおぼしき男がずらりと並ぶボトルと長い鏡を背に立っていた。縦にも横にも大きく、うしろに流した白髪《しらが》交《ま》じりの髪が革のベストにまで届いている。エイドリアンはさらに近づき、かすかな笑みを返した。「なんでわかるんだい？」

「いかにも刑務所帰りって肌。しわくちゃのスーツ。それに、こっちはあんたみたいなのを一年に十人以上も見てんだぜ。タクシーを呼びたいんだろ？」

「両替できるかな」

エイドリアンは札を一枚差し出したが、バーテンダーは手を振って引っこめさせた。「公衆電話なんか使わなくていい。短縮番号でかけてやるよ。すわって待っててな」エイドリアンは合成皮革のスツールに腰をおろし、男が電話するのを見ていた。「やあ、〈ネイサンズ〉にタクシーを一台頼む……ああ、刑務所を出たばかりのやつがいてね」バーテンダーはしばらく相手の話を聞いていたが、送話口を覆ってエイドリアンに訊いた。「どこまでだい？」

エイドリアンは自分でもわからず、肩をすくめた。

「とにかく一台頼む」バーテンダーは電話を切り、カウンターに戻った。重たげなまぶたと灰色の目、頬を覆うひげは黄ばんでいる。「どのくらい入ってたんだ？」

「十三年」

「おっと、いけね」バーテンダーは片手を差し出した。

「ネイサン・コンロイ。ここの主《あるじ》だ」

「エイドリアン・ウォール」

「さてと、エイドリアン・ウォール」ネイサンはグラスをサーバーの下で傾け、カウンターの上を滑らせた。

「残りの人生の第一日にようこそ」

エイドリアンはビールが入ったグラスをじっと見つめた。シンプルのきわみだった。グラスについた水滴。ひんやりとした感触。一瞬、まわりの世界が傾いたように感じた。なぜまたたく間にこれだけ変わったのだろう？　握手とほほえみと冷たいビール。鏡に映った自分の顔から目がそらせない。

「つらいよな」ネイサンがカウンターに肘をつくと、太陽にあぶられた革のにおいがした。「いまの自分と対峙《たいじ》し、過去の自分を思い出すってのは」

「あんたも刑務所に？」

「ヴェトナムで捕虜になってた。四年間」

エイドリアンは顔の傷に触れ、身をぐっと乗り出した。刑務所の鏡は磨いた金属だったから、人の本質を映し出すにはあまり向いていない。顔を横に、それから反対に向けた。思ったよりもしわが深く、目は大きく血走っている。「みんなそうするのか？」

「深く考えこむかって意味かい？　いいや」バーテンダーは首を横に振り、ショットグラスに茶色い液体を注いだ。「大半はただ酔っ払うか、女を抱くか、喧嘩《けんか》をおっぱじめるだけだ。いろんなパターンを見てきたよ」彼はグラスを干すと音をたててカウンターに置いた。ドアがぎしぎしいい、鏡のなかで光がきらめいた。

「だが、あんたみたいなのはめずらしい」

エイドリアンが鏡から視線をはずすと、陽の光に包まれるようにやせっぽちの少年が立っていた。歳は十三か十四。手にした銃の重みで片腕がぶるぶる震えている。ネイサンがカウンターの下に手をもぐりこませると、少年は言った。「やめてください」

ネイサンは手をカウンターの上に戻した。少年は思いつめているのか、口数が少なく、ぴくりとも動かない。「来るところをまちがったんじゃないか、坊主」

「いいから……ふたりとも動かないで」

小柄で、身長はおそらく五フィート半。全体的にほっそりしていて、爪がのびていた。目は明るいブルーで、やけに見覚えのある顔だなと思っていたが、突然、強い圧迫感が胸を襲った。

まさかそんなはずは……。

だが、まちがいない。

口の形に髪の色、ほっそりした手首に顎のライン。

「うそだろ」

「あんた、あのガキを知ってんのかい?」ネイサンが訊いた。

「知ってると思う」

少年の顔は整っているものの、やつれていた。着ているものは二年前ならぴったりのサイズだったろうが、いまは汚れた靴下と手首がたっぷり見えている。なにかに怯えたように、目を大きく見ひらいていた。手に持った銃がやけに大きく見える。「ぼくがいるところで、ぼくのことをあれこれ言うな」

少年がなかに入ると、そのうしろでドアが前後に揺れながら閉まった。エイドリアンはスツールをおり、両のてのひらをあげて見せた。「驚いたな。彼女そっくりだ」

「動くなって言ったろ」

「そうかりかりするな、ギデオン」

「なんでぼくの名前を知ってんだよ」

エイドリアンはごくりと唾をのみこんだ。最後に見たとき、少年はまだ乳《ち》飲み子同然だったが、この顔立ちならいつでもわかる。「お母さんそっくりだ。それに、声も……」

「母さんのことを知ってるみたいに言うな」銃が震えていた。

エイドリアンは指を大きく広げた。「お母さんはきれいな人だったよ、ギデオン。そんな人をおれが傷つけるはずがないじゃないか」

「母さんの話はするなって言ったろ」

「おれは殺してない」

「うそだ」

銃が上下に揺れた。撃鉄がカチッ、カチッと二度鳴った。

「おれはきみのお母さんを知っていたんだ、ギデオン。きみが思ってるよりもずっとお母さんのことを知っていた。やさしくて気立てのいい人だった。そんなことをしてもお母さんは喜ばないぞ」

「喜ばないって、なんでわかるのさ」

「とにかくわかるんだ」

「こうするしかないんだってば」

「いくらだってやりようはあるとも」

「もう決めたんだ。男ならこうするべきだって。誰だって知ってることだよ」

「ギデオン、頼むから……」

少年の顔がゆがみ、きつく握った銃がさらに激しく揺れはじめた。目がしだいに輝きはじめたのを見て、エイドリアンは怯えるべきか、悲しむべきかわからなくなった。

「頼む、ギデオン。お母さんはこんなことを望まないはずだ。きみも、おれも。こんなことはしちゃいけないよ」

銃がほんのわずか持ちあがり、エイドリアンは少年の目に憎悪と恐怖と喪失感を見てとった。あとひとつだけ考える時間があり、なぜか少年の母の名前――ジュリア――が頭をよぎった直後、カウンターの奥ですさまじい音があがり、少年の胸に赤い穴があいた。ギデオンは衝撃で一歩あとずさりながら銃を持った手をおろし、油のようにどろりとした血がシャツの繊維にじわじわ広がるのを見ていた。

「あ」少年は痛いというより驚いた様子で口をあけていたが、エイドリアンと目が合うなり膝から倒れこんだ。

「ギデオン!」エイドリアンは三歩で店を突っ切った。銃を蹴って遠ざけ、少年の隣に膝をついた。

傷口から血がどくどく流れていた。目はうつろで、いまにも気を失いそうだ。「痛いよ」

「しゃべるな。じっとしてろ」エイドリアンは上着を脱ぎ、丸めて傷口に押しあてた。「救急車を呼べ」

「おれはあんたの命を救ってやったんだぜ、兄弟」

「いいから！」

ネイサンは銀色の小さな拳銃をおろし、電話を手にした。「おまわりが来たら、ちゃんとそう言ってくれよな」彼は受話器を顎ではさみ、９１１をダイヤルした。「あんたを助けるためにそのガキを撃ったんだって」

4

エリザベスの自宅はこれまでずっと安らぎの場所だった。この街でも歴史ある地区の狭い土地に建つこぢんまりとしたヴィクトリア朝様式の建物で、枝振りのいい木々が庭に影を投げかけ、青々とした芝をたもっている。ひとり暮らしとはいえ、ここには彼女が人生でこよなく愛するものすべてが完璧なまでに反映されており、寂しいと感じたことは一度もない。事件、人間関係、あるいはとばっちりなどいろいろあっても、玄関をくぐればいつも自然と仕事モードのスイッチが切れる。壁にかかった油彩画をながめるもよし、ずらりとならんだ本の背なり、子どものころから集めている木彫なりに指を這《は》わせるもよし。家はこれまでずっと避難場所だった。そのルールがおとなになってからの日々の癒《い》やしになっていた。

なのにいま、家は木とガラスと石でしかなくなった。ただの場所になってしまった。

考え事が多すぎて夜はほとんど眠れなかった。この家と人生のこと。あるいは地下室で死んだ男たちのこと。四時をまわるころには、頭のなかはチャニングのことばかりになり、エリザベス自身の愚行について堂々めぐりを繰り返した。

わたしはあまりに多くの間違いをおかした。

その厳然たる事実に追いつめられたあげく、夜が白々《しらじら》と明けるころ、ようやく眠りに落ちるのだった。それでも、夢を見ながら体が痙攣《けいれん》し、野獣のような声をあげながら目を覚ますこともある。

五日がたった……。

手探りで浴室の洗面台まで行き、顔に水をかけた。

信じられない。


悪夢から逃れ、キッチンのテーブルについて、使いこまれた古いマニラフォルダーをじっと見つめた。自宅にあると知れたら、この首が飛びかねないほど危険な代物だ。きのうは三時間をこれに費やし、先週は十時間以上を費やした。エイドリアン・ウォールが有罪判決を受けて以来、ずっと手もとに置いていた。新聞の切り抜きや自分で撮った写真をべつにすれば、地区検事のオフィスのどこかに保管されているジュリア・ストレンジ殺害事件のファイルをそっくりコピーしたものだ。

写真を束ねたもののところで手をとめ、エイドリアンの写真を一枚取り出した。青い制服姿で、いまのエリザベスよりも若い。整った顔立ちをしていて、たいていの警官なら数年もすれば忘れてしまうような、きらきらした志《こころざし》にあふれて見える。次の一枚は私服姿で、もう一枚は裁判所の階段に立つ彼をとらえたものだった。裁判の前に彼女が撮ったもので、顔に光があたっている感じが気に入っている。いまの彼女以上に疲れた様子だ。それでも、ハンサムで真摯《しんし》で、警官としてずっと尊敬していた彼に変わりはなかった。

新聞記事をめくっていくと、ジュリア・ストレンジの検死写真が出てきた。この若い女性が殺害された事件は郡全体を揺るがしたが、そのような例はほかにほとんどなかった。生前は若く上品だった彼女だが、血の気のない肌、つぶれた喉、それにモルグのまぶしい光のせいで美しさは完全に奪われていた。美しかった彼女は、抵抗をこころみるほど強くもあった。その証拠はキッチンのそこかしこにあった。壊れた椅子、ひっくり返されたテーブル、粉々になって散乱した皿。エリザベスはキッチンの写真をぱらぱらと見ていったが、見えるものは変わらなかった。戸棚にタイル、隅のベビーサークル、冷蔵庫にぺたぺた貼った写真。

通りいっぺんの報告書があったが、中身は全部覚えていた。分析結果、指紋、DNA。一家の略歴を斜め読みする。妻が若いころはモデルをしていたこと、ギデオンの誕生、夫の仕事。いろいろな意味で理想的な家族だった。若く魅力にあふれ、金に不自由しないというほどではないにしろ、そこそこの暮らしはできていた。一家の友人から聞いた話によれば、被害者はすばらしい母親であり、夫は妻に夢中だったという。ファイルには証言はひとつしかなく、エリザベスはそれも百回は読んでいた。年配の隣人が午後三時ごろに言い争う声を聞いたが、その女性は寝たきりで、体も弱く、大まかな時系列を確認する以上の役にはたたなかった。

事件発生当時、エリザベスは新人で、職に就いて四カ月の制服警官だったが、街はずれから七マイルほどのところにあった教会の祭壇でジュリアの遺体を見つけたのは彼女だった。エリザベスが子ども時代を過ごした教会が現場だったのは不快ではあるものの、とくに関連はなかった。単に、建物のなかに遺体があったというだけで、あくまで犯行現場のひとつにすぎなかった。当時のエリザベスには、遺体を発見したことが自分の人生に、あるいは両親の人生に影響をあたえることになるとはわかるはずもなかった。あの日彼女は母の顔を見に寄って、ジュリア・ストレンジの遺体を見つけたのだった。ジュリアは無残にも絞殺されたのち、服を脱がされ、祭壇に寝かされたうえ、白い布を顎のところまでかけられていた。性的外傷の痕跡はまったくなかったものの、爪のなかで見つかった皮膚片からエイドリアン・ウォールのDNAが検出された。さらに捜索を進めたところ、キッチンに散乱したグラスのひとつと教会近くの側溝で見つかったビール缶に彼の指紋が付着していた。裁判所命令によっておこなわれた身体検査の結果、彼のうなじに引っかき傷があることが判明した。検察官がエイドリアンと被害者が知り合いだったことを証明してみせると、あとは有罪判決に向かってまっしぐらだった。彼はアリバイを証明できず、弁明もできなかった。パートナーまでもが不利な証言をしたほどだった。

エリザベスだけは彼が有罪とは思えずにいたが、なにしろまだ二十一歳だったから、誰もまともに取り合ってくれなかった。自力で捜査しようとしたけれど、やめるよう警告を受けた。おまえは先入観にとらわれている、そう言われた。頭が混乱しているだけだと。でも、エイドリアンに対する信頼の念はそんな単純なものではなかった。証言者から二度めに話を聞こうとしたときは停職処分を受けた。その次のときは捜査妨害で告発すると脅《おど》された。そこでエリザベスはあきらめた。来る日も来る日も法廷にすわり、彼に不利な評決が出たときにはまっすぐ前を見つめていた。彼女がエイドリアン・ウォールを気遣う理由は、本人以外わかっていない。誰にもわからなかった。

エイドリアンでさえ。

さらに三十分ほどファイルを見ていると、玄関のドアを叩く音が聞こえ、部屋を突っ切りかけたところで、まだ下着姿なのを思い出した。「ちょっと待って。いま行く」狭い廊下に出てクローゼットのドアの裏からローブをわしづかみにして居間に戻ると、三度めのノックの音がした。のぞき穴に目を近づけると、ベケットの妻がポーチに立っていた。陽気な性格で小太りの彼女は手鏡をのぞきこんでいた。エリザベスはドアをわずかにあけた。「キャロル、いらっしゃい。どうかした？」

キャロルはにっこりほほえむと、小さな青い手提《てさ》げかばんを持ちあげた。「手伝いに来たわよ」

「ごめん、なんのこと？」

「亭主の話では、あなたが髪をどうにかしたいと言ってるってことなんだけど？」キャロルは質問のように語尾をあげた。

「わたしの髪？」

キャロルは体をねじこみ、腰でドアを閉めた。感心したように室内を見まわしたのち、エリザベスの目の下にできた黒い隈、青白い顔、ひそかないらだちに目を向けた。「髪の話は冗談じゃなかったみたいだね」

エリザベスの手が無意識に動き、三本の指でぎざぎざの前髪に触れた。「ねえ――」

「あたしに来てほしいなんて言ってないんだね、ちがう？」

「あの人、そんなことを言ったの？」

「ごめん。どうやら、予定してなかったみたいだね」

エリザベスはため息をついた。キャロルは生まれてこの方、いらいらしたことがないほど辛抱強い人だ。

「いいのよ」エリザベスはほほえみながらうなずいた。「ふたりとも、あの人のことはよくわかってることだし」

「ちょっと仕切りたがり屋なところがあるもんね。しょうがないなあ、もう」

「彼と働いてみたらいいわ」

「まったくだ。さてと」キャロルは急にきびきびとした表情になって、かばんをおろした。「うちの亭主はあたしを差し向けるとは言わなかった」両手を腰にあて、居間とキッチンをゆっくりながめまわした。「それはわかった」さっきほど力がこもっていなかったが、それでも彼女はうなずいた。「まずはシャワーを浴びておいで。コーヒーを飲みながら待ってる。そしたら、その頭をなんとかするから、なんか着ておいでよ」

「ちょっとそんな――」

「ちゃんとした服をさ」

「どういうこと?」

「なにが?」

「いま、ちゃんとした服を着ろと言ったでしょ」

「そうだった?」キャロルの顔が青ざめた。「あたしったら、もう。ごめん。全然、記憶にないよ」そう言いながら手を体の前で振った。「そんな丈の短いローブで長い脚を出してるもんだからさ。ううん、そうじゃない。そういうことを言いたいんじゃないんだ」彼女はいったん深呼吸してから、言い直した。「リズは美人だから、なにを着てもきれいだよ。あたしたち夫婦は家のなかでも、もうちょっとつつましい恰好をしてるんだ。本当にごめん。そんなことを言ったなんて自分でも信じられない。あなたの家に、いきなり押しかけておいて……」

エリザベスは片手をあげた。「もういいわ」

「本当に許してくれる? 頭の堅いやつだなんて思われたくないよ。あたしがどうこう言える筋合いのことじゃないのにさ」

「ちょっと時間をちょうだい。シャワーを浴びて、もう一杯コーヒーを飲みたいの」

キャロルは弱々しくほほえんだ。「そっちにその気があるならね」

「五分待って」

浴室に入って鏡の前に立ち、深呼吸をすると、笑顔が消えてなくなった。戸棚の扉を開閉する音や皿がぶつかり合う音を聞きながら、両手を洗面台に置き、鏡をのぞきこんだ。体重についてはダイヤーの言うとおりだ。エリザベスの身長は五フィート八インチ、ふだんなら、刑事という仕事を手際よくこなすだけの引き締まった筋肉がついている。がっしりした肩。力強い腕。しかしいまの彼女はホームレスのようにやせこけ、頬骨がいつも以上にくっきり浮き出ているうえ、淡い緑色の目が異様に大きく、落ちくぼんで見える。ローブを脱ぎ捨て、キャロル・ベケットのような人から自分はどう見えるかしらと想像をめぐらした。短く切った茶色の髪に、小さな鼻とほっそりした顎。顔色は悪いものの、肌にはしみひとつなく、顔立ちは完璧に整っている。自分でも美人なのは自覚しているけれど、麻薬の常習者にナイフであばらから腰骨のところまで切られたせいで下腹部に白い傷が走っているし、硬いコンクリートに倒れこんだせいで肩のところが醜《みにく》く変色している。男好きするタイプらしいけれど、だからと言って現実を甘くみてはいない。腕の骨を折ったことが一度、あばら骨に関しては四度あり、フェンスを越えようとして皮膚に裂傷を負ったこともあるし、窓から外に投げ出されたことも二度あった。警官になって十三年。で、いまのわたしはいったいなに？　簡単に答えられる質問ではない。五人の男性とまじめにつき合ったけれど、いずれも破局を迎えた。牧師の娘、大学中退、酒飲みの喫煙者、落ちこぼれ警官。男がふたり死んだ件で捜査を受けている身だけど、後悔の念は気《け》ほども感じていない。感じることができれば、なにか変わったかしら？

変わったかもしれない、と思う。

どうせ変わらない、とも思う。

すべてのものには理由がある。なぜ父を憎むのか。なぜ警官になり、なぜ人づきあいが苦手なのか。地下室での発砲事件についても、エイドリアン・ウォールについても同じことが言える。大事なのは結果だが、理由も大事だ。

理由のほうが大事なことだってある。

さっぱりとして浴室を出たときには、できるかぎりおとなしめの服、つまりジーンズとブーツと麻のシャツという恰好だった。ジーンズは普通より低い位置で穿《は》いているし、シャツはキャロルのような人から見たらやや男っぽすぎるかもしれない。そういうことは深く考えないことにした。「ましになった？」

「かなりね」

エリザベスはコーヒーテーブルにジュリア・ストレンジ事件のファイルが置きっぱなしだったのに気づき、ひょいと拾いあげた。「結婚式かなにかで忙しいんじゃなかったの？」

「大丈夫。ここ一時間は暇だし、そもそも、そんなに時間はかからないよ」

「本当に？」

もしかしてと思いながら言ったが、キャロルは椅子を引きずってくると、片手でぽんと叩いた。エリザベスはしかたなく腰をおろし、髪をカットされ、スプレーをかけられ、ブロウまでしてもらった。ふたりでとりとめのない話をしたが、大半はキャロルの夫の話題だった。「あの人はあなたと組めて喜んでるんだ」キャロルは一歩さがり、ブラシを微妙に動かした。「働いてるあなたを見るのは楽しいって言ってる」

「そう……」

「あの人、あたしの話はする？　一緒に車に乗ってるときとか、捜査してるときとか。あたしや子どもの話はする？」

「そりゃもう毎日」エリザベスは言った。「ほかの話のときと同じで、ぶっきらぼうだけど、胸のうちは見え見え。子どもたちがかわいくてしかたないし、奥さんを大切に思ってる。あなたたち夫婦を見てると励まされるわ」

キャロルは顔をほころばせ、ブラッシングする手に少し力をこめた。

「そろそろ終わる？」

キャロルはエリザベスに手鏡を差し出した。「見てごらん」

茶色の髪はボブに切りそろえてあった。自分の好みよりもややスプレーの量が多く、かっちりまとまりすぎている。手鏡を返して立ちあがった。「ありがとう、キャロル」

「それが仕事だもの」キャロルは青い手提げかばんを軽く叩いた。階段をおりる途中、彼女の携帯電話が鳴った。「ちょっとこれを持っててくれる？」かばんをエリザベスに押しつけ、前ポケットから電話を出した。階段の途中に立ったまま応答した。「もしもし」耳を傾ける。「あら、あなた……え、なに？……そうだけど」そう言ってエリザベスのほうを見た。「もちろんよ。まだ彼女の家にいる」はちきれそうな胸に電話を押しつけ、エリザベスに言った。「チャーリーから。話があるって」

電話を渡されると、エリザベスは薄化粧したキャロルの大きな顔の先にある通りに目をやった。「どうかしたの、ベケット？」

「おまえのうちの電話、受話器がはずれてるようだな」

「わかってる」

「しかも携帯電話の電源が切れてる」

「話をしたい相手なんかいないもの。で、なんの用？」

「刑務所の近くで少年が撃たれた」

「気の毒だと思うけど、なんでそれがわたしに関係あるの？」

「五十パーセントの確率で、撃ったのがエイドリアン・ウォールだからだ」

足もとの地面がぐらぐらするような感覚に襲われた。

腰をおろしたかったが、キャロルがじっと見つめている。

「それだけじゃない」ベケットが言った。

「撃たれた少年はギデオン・ストレンジだ。なあ、こんなことを伝えるのはつらいんだが――」

「ちょっと待って」

エリザベスは赤い靄《もや》と白い閃光《せんこう》が見えるまで目をぎゅっとつぶった。ジュリア・ストレンジの事件ファイルにあったすべての検死写真が次々と現われ、やがて母親の行方がわからなくなった日のギデオンの様子がまざまざとよみがえった。少年の家の居間の様子が細部にいたるまでまぶたに浮かぶ。家具、ペンキの色、刑事たち、キッチンから煙のようにさまよい出てきた鑑識職員。エイドリアン・ウォールの真っ青な顔も、血走った目をして泣きじゃくる父親がほかの警官になだめられるあいだ、エリザベスの腕のなかで身をよじらせながら泣きわめいていた幼子の体の熱さも覚えていた。

「命は助かったの？」

「手術中だ」ベケットは言った。「それ以上のことはわからん。悪いな」

太陽があまりにまぶしく、エリザベスはめまいがした。「撃たれた場所は？」

「右胸の上のほうだ」

「そうじゃない、ベケット。現場はどこ？」

「〈ネイサンズ〉っていうバイク野郎がたむろしてるバーだ」

「十分で行く」

「だめだ、おまえは現場近くに来ちゃいけない。ダイヤーから釘《くぎ》を刺されてる。おまえをエイドリアン・ウォールやこの事件に近づけるなとさ。わかってるだろうが、おれも当然だと思う」

「だったら、なんで電話してきたの？」

「おまえがあの子を大事に思ってるのを知ってるからさ。病院に駆けつけ、そばにいてやりたいんじゃないかと思ったんだ」

「病院に行ったところで、わたしにできることなんかないわ」

「こっちに来たってできることがないのは同じだ」

「ベケット……」

「あの子はおまえの息子じゃないんだ、リズ」エリザベスは身をこわばらせ、痛いほど電話を耳に押しつけた。「あの子の母親の遺体を見つけた警官にすぎない」

それは厳然たる事実だけれど、わたし以上に少年との絆《きずな》が強い者がいるっていうの？　父親？　社会福祉局の人間？　ギデオンの母親の行方がわからなくなったとき、最初に現場に駆けつけたのがエリザベスだった。それだけで終わるはずだったが、さらに彼女は父の教会の祭壇でこときれていたジュリア・ストレンジを発見し、その痛ましすぎる姿に、思わず泣きくずれそうになった。被害者と会ったことは一度もなかったが、それでもエリザベスはいまも彼女に親近感を抱いている。十三年という歳月に編みこまれ、忘れ形見の幼い少年のなかに埋めこまれた一本の糸のようなものを。ベケットのような男はそういう感覚をわかろうとしない。わからないのだ。

「病院へ行け」彼は言った。「あとでそっちで会おう」

電話が切れるとエリザベスは電話をキャロルに返したが、さよならの言葉はろくに聞いていなかった。ぼやけた顔と、道路に刷毛《はけ》でさっと色をつけたように車が走りだしたときの、咳きこむような音があるだけだった。それが消えてなくなると浴室に行き、顔を見ないよう目を伏せながら、洗面台で髪のスプレーを洗い流した。全身がしびれたように感じ、頭のなかで、よちよち歩きのギデオン、つづいて少年になったギデオンの姿がぐるぐるまわった。彼のことはすべて知っているとおもっていた。望みも欲求も心の傷もすべて。あの子はどうして刑務所なんかに行ったの？

その答えに向き合うのにためらいを感じたのは、心の奥底ではわかっていたからだ。

ソファに腰をおろして事件のファイルをひらき、ジュリア・ストレンジが行方不明と判明してから一時間そこそこの現場で撮影された写真を出した。制服姿で写ったエリザベスは、真っ赤な顔をした幼児を腕に抱いて立っていた。その奥に見えるストレンジ家のキッチンは雑然としていた。ギデオンはエリザベスのシャツを小さな手で握りしめている。新人であり、現場にいる唯一の女性であったエリザベスは、社会福祉局が到着するまでのあいだ、子どもの面倒を託されたのだった。当時の彼女は無力な子どもにどう対応すればいいかわからなかった。彼女自身もまだ子どもだったのだ。わかるはずがなかった。

エリザベスはソファにもたれ、母親を亡くした少年と過ごした日々に思いをはせた。担任の教師のことも、父親のことも、学校でつき合いのあった友だちのことも知っていた。少年のほうもおなかがすいたり、怖い思いをしたりすると電話をかけてきた。彼女の自宅まで歩いてきて、宿題をやったり、雑談したり、あるいはポーチにぼんやりすわっていることもときどきあった。少年にとっても、この古い家は安らぎの場所だった。

「ギデオン」

写真の彼に指で少し触れただけで目が潤んだけれど、頬を伝い落ちていく涙をぬぐおうともしなかった。

「どうして相談してくれなかったの？」

でも、思い出した。彼は相談しようとしたのだ。一日に三度電話が鳴ったことがあり、次の日もそれが繰り返され、やがてまったく鳴らなくなった。エイドリアンが出所することは前から知っていたし、ギデオンも知っていたはずだ。少年が抱えた苦悩を察してやるべきだったし、愚かなことをしでかす可能性にも気づくべきだった。あの子はそれほどに感受性が鋭く、思い悩むタイプなのだから。

「わたしがわかってあげなきゃいけなかったのね」

しかし、そのころの彼女は病院でチャニングに付き添っていたうえ、州警察から事情を聞かれ、内なる地獄の回廊をさまよっていた。なにも見えない状態だった。少年のことなんてちらりとも浮かばなかった。

「ひとりで思いつめたりして……」

彼女はわずかな時間、穏やかな気持ちになり、実際に母になったことはなくても母性愛にたっぷりとひたっていた。やがてファイルを片づけ、拳銃をベルトに差し、刑務所のすぐ近くに建つシンダーブロック造りのバーに車で向かった。

5

エリザベスは法定速度の二倍のスピードでメイン・ストリートを走った。歩道も狭い路地も、錬鉄の塀も、古びてオレンジ色の粘土《ねんど》にしか見えなくなった赤煉瓦の建物も、すべてがぼんやりかすんで見えた。図書館を過ぎ、時計台を過ぎ、一七一二年から存在しつづけ、いまも中庭にさらし台が残っている古い刑務所の前を通りすぎた。六分後、車はタイヤ痕を残しながら入りロランプをのぼり、街の残りの部分を抜けて北に向かう州のハイウェイに合流した。左手に遠くのビルがいくつか建ち並んでいたが、地面に吸いこまれたように、すぐに見えなくなった。そのあとは森と丘とくねくねした道路だけになった。

ギデオンが死んだら……と心のなかでつぶやく。どういう経緯にしろ、撃ったのがエイドリアンなら……。

そんな仮定をするだけでも胸が張り裂けそうになるのは、どちらも大事な存在だからだった。男のほうも。少年のほうも。

「ちがう」エリザベスはつぶやいた。「大事なのはギデオンだけよ。少年のほうだけ」

しかし単純な真実は必ずしも単純とはかぎらない。この十三年間というもの、エイドリアンがかつて自分にとってどれほど大きな存在だったかを忘れようとつとめてきた。つき合っていたわけじゃない、とつぶやく。男女の関係などなかった。それはまぎれもない事実だ。

それなのに、運転しているいまも彼の顔がまぶたに浮かぶのはどうしてなの。

なぜわたしはいま病院にいないの。

その質問に答えるのは容易ではなく、ひたすら運転に集中した。峡谷にはさまれた道を走り、川を渡ると、遠くにこぶしのような刑務所が見えてきた。二マイルほど前方で、低い建物が集まった一画が陽炎に揺らめいており、エリザベスはそこをじっと見つめた。砂色の建物の前に何台もの車がとまっている。青い光がいくつもくるくるまわっているのが見え、救急車がとまっているのだろう、赤いラインがのぞいている。車をとめると、ベケットが近づいてきた。むっとした顔をしている。

「病院に行けと言ったじゃないか」

「どうして？　あなたに言われたから？」エリザベスはがっちりした腕を軽く叩きながら、彼のわきをすり抜けた。「わたしの性格はよくわかってるでしょ」ベケットも並んで歩きだした。現場のバーは三十ヤード前方にあり、ドアのまわりに警官が寄り集まっていた。エリザベスは警察の車をちらりと見やった。「ダイヤーが見当たらないけど、まさか、怖くて顔を出せないとか？」

「どう思う？」

　考えるまでもなかった。エイドリアンの裁判では最前列の真ん中の席にすわっていたから、フランシス・ダイヤーの証言は一言一句《いちごんいっく》覚えている。

〈はい、わたしのパートナーは被害者を知っていました。彼女の夫が情報提供者だったので〉

〈はい、ふたりきりでいるところを見たことがあります〉

〈はい、エイドリアンは以前、彼女はとても魅力的だと言っていました〉

　検察官は十分かけてこの単純な事実を証明し、ものの数秒でそれを納得させた。

〈ウォール氏は被害者の外見についてどう表現したか教えてください〉

〈連れ合いにはもったいないほどいい女だと考えていました〉

〈連れ合いとは被害者の夫のロバート・ストレンジのことですね〉

〈はい〉

〈被告人は被害者の外見について、より具体的な言及をしましたか？〉

〈おっしゃる意味がよくわかりません〉

〈被告人、すなわちあなたのパートナーは被害者の外見についてより具体的な言及をしましたか？　わかりやすく言うなら、彼女が魅力的かどうかというようなことを言いましたか？〉

〈善良な男を悪事に駆り立てるような顔をしていると言っていました〉

〈すみません、刑事。いまの答えを繰り返してもらえますか？〉

〈善良な男を悪事に駆り立てるような顔をしていると言っていました。ですが、わたしが思うに――〉

〈ありがとう、刑事。質問は以上です〉

それで充分だった。検察官はダイヤーの証言から執着、拒絶、報復という絵を描いてみせた。エイドリアン・ウォールは被害者と知り合いだった。彼女の家も、日頃の行動も、夫の予定も把握していた。彼は仕事でつき合ううち、情報提供者の美しい妻にしだいに惹かれていった。口説《くど》いたものの拒絶されると、誘拐し、殺害した。被害者の自宅および殺害現場付近から彼の指紋が見つかった。被害者の爪から彼の皮膚片が見つかった。彼の首には引っかき傷がついていた。

動機があったのです、と検察官は言った。

古くからある、哀れなたぐいの動機が。

事件はそういうふうに起こったのかもしれない。一級殺人。二十五年以上の懲役。陪審は三日の評議ののち、それより軽い、第二級殺人の評決をくだした。警官は評決を出したあとの陪審と話してはならないが、エリザベスはその規則を無視した。陪審たちはかっとなっての犯行であり、計画性はなかったとみていた。被告人は被害者を自宅で殺害したのち、ゆがんだ悔恨の情を表現するため、遺体を教会に運んだのだと。そうでなければ、白い布をかけ、髪をとかし、金色の十字架の下に置くはずがない。十二人の陪審はそこに奇妙なやさしさを感じ、評決はすんなりと出た。二級殺人。懲役十三年以上。

「彼はどこ？」

「三台めの車のなかだ」ベケットは指差した。

警察車両の後部座席に男らしき人影が見えた。あまりよく見えないが、背格好は合致しているし、首のかしげ方も変わっていない。こっちを見ている。まちがいなく。

「立ちどまるなよ」

「わかってる」そう言ったけど、うそだった。話しながら歩みが少しずつゆっくりになった。車にいるのはエイドリアンではないし、彼のせいで人生が変わったわけではないし、彼を愛したことなどなかった。そう思いこもうとした。

「とまるなと言ってるだろ、リズ」ベケットが彼女の腕をつかみ、無理に歩かせた。「もう一台の車に乗ってるのがネイサン・コンロイだ」そう言って指で示した。「退役軍人で元バイカー。ここはやつの店だ。正当防衛で少年を撃ったと言っているが、たしかにそのようだ。駆けつけた制服警官は、カウンターにやつの銃を発見した。三二口径のワルサーで、一発だけ発射されていた。製造番号が削りとられてたんで、とりあえず銃の不法所持で拘束している。正当防衛の主張についてだが、三八口径のコルト・コブラが床に倒れたギデオンのわきに落ちていた。弾はこめてあったが発砲はしていない。きょうという日を考えれば、少年が銃で報復するためにやってきた可能性はきわめて高い」

「まだ十四歳なのよ」

「おふくろが死に、親父は廃人同然の十四歳だ」

「ちょっと、チャーリー……」

「現実を言ったまでだ」

「ギデオンの銃は登録されてるの？」

「おいおい、そもそもおまえはここにいちゃいけないんだぞ」

「わかってるってば。病院で付き添ってろ。他人のことに首を突っこむな。わたしのためにならないと言いたいんでしょ」

　バーに向かって歩く途中、知り合いの刑事とあけはなしたドアの近くにできた血だまりに目が釘づけになった。ベケットに袖を引っ張られたがそれを振り払い、刑事に声をかけた。CJ・シモンズという名の穏やかな声をした、まじめな女性だ。「こんにちは、CJ。調子はどう？」

「あら、リズ。今度のことは残念ね。撃たれた少年を知ってたと聞いたわよ」

　ＣＪは薄暗い店内に入るよううながしたが、そこでは全警官が足をとめて見入っていた。エリザベスはうなずいたものの、唇を固く引き結んだ。なかに入り、入り口近くの血に染まった床を大きくよけた。炎暑を逃れてあらためて見まわすと、バーは狭苦しく、消毒薬と饐《す》えたビールのにおいがぷんぷんしていた。数人の制服警官は忙しいふりをしていたが、床の血をよけ、椅子やカウンターにいちいち触れながら店内を歩く彼女を目で追っていた。警官の彼女に対し新聞は批判的で、つまりは市民の半分も同じように思っている。州警察からは二重殺人の容疑をかけられており、店内にいる全警官がエリザベスがこの現場にいるのはまずいとわかっている。彼女は撃たれた少年ともエイドリアン・ウォールともつながりがある。いまはバッジがなく、なんの資格もない。しかも、誰もひとことも言わないが、少年が死亡するか、マスコミが予告もなしに現われたりすれば、大勢の人間が怒り心頭に発するだろう。エリザベスは見られているのを無視しようとしたものの、あまりにとげとげしい視線に耐えかねて、われを忘れた。「なによ？」誰もなにも言わなかった。誰も目をそらさなかった。「あなたたち、なにを見てるの？」

　ベケットが小声でたしなめた。「落ち着け、リズ」

　しかし、どれもマスコミや隣人や道行く人から向けられるまなざしと同じだった。新聞にどう書かれようと、仲間の警官だけはちがっていてほしかった。彼らならこの仕事にともなう危険や闇の感覚がわかるはずだからだ。なのに、ここには仲間意識のかけらもなかった。

　ひとりのパトロール警官がひときわ食い入るように見つめてきた。その視線が彼女の胸から顔、さらには背中へと移動していく。相手が警官ではなく、つまらぬ存在であるかのように。

「あなたがここにいるのはなにか理由があってのこと

なんでしょうね」エリザベスは言った。パトロール警官はベケットのほうを向いた。「その人のほうは見なくていい。わたしを見なさい」

パトロール警官は彼女よりも八インチ背が高く、九十ポンド体重が多かった。「おれは自分の仕事をしてるだけです」

「だったら、その仕事とやらは外でやりなさい」相手はまたベケットを見たが、エリザベスは言った。「その人もそうしろと言うはずよ」

「そういうことだ」ベケットはあけはなしたドアのほうを示した。「外に出ろ。CJ以外は全員」

一同は列をつくって、ぞろぞろと出ていった。巨漢のパトロール警官は最後のひとりになるまで待ち、エリザベスに肩をぶつけるようにして通りすぎた。触れたのはほんの一瞬だったが、巨体がものをいい、衝撃が全身に伝わった。彼が出ていくのをエリザベスはじっと見届けた。

ベケットが肘をつかんだ。「誰もおまえを非難してるわけじゃないよ、リズ」

「さわらないで」エリザベスの目には表情がなく、噴き出した汗で全身がぐっしょりしていた。パトロール警官の黒い髪は両側を刈りこんであった。彼はその黒い針金のような髪を両手でなでつけた。

「おれだよ」ベケットは言った。

「さわらないでと言ったでしょ。誰にもさわられたくないの」

「わかった、さわらないよ、リズ」

外に出ると、さっきのパトロール警官が彼女をにらんでから、友人に顔を近づけ、なにやらささやいた。首が太く、黒い目は底が知れず、尊大だった。

「リズ」

彼女は警官の手を、荒れた肌と四角い爪を見つめた。

ベケットが言った。「血が出てるぞ」彼女は取り合わなかった。店内がぼやけはじめた。「リズ」

「なに？」彼女は顔をしかめた。

ベケットが指を差す。「口から血が出てると言ったんだ」

口もとに指で触れると、赤いものがついた。パトロール警官のほうに目をやると、相手はとまどったようにきょとんとしている。彼女は二度まばたきをして、彼がそうとう若いことに気がついた。せいぜい二十歳というところか。

「ごめん」と謝った。「なにか見えた気がして」

ベケットは彼女に触れようとしたが、思いとどまった。CJも見ているが、エリザベスは心配そうな目と他人の同情を受け入れる気分ではなかった。最後にもう一度パトロール警官に目をやってから、血のついた指をズボンでぬぐった。「エイドリアンはなんて言ってる？」

「おれたちには話そうとしないんだ」

「わたしになら話してくれるかも」

「どうしてそう思う？」

「エイドリアン・ウォールを知る全警官のなかで、彼が無辜《むこ》の女性を殺したと非難しなかったのは誰だった？」

そう言うと、早足でバーをあとにした。目的の車まで行く途中でベケットにつかまった。「なあ、おまえがあの男に特別な感情を抱いていたのはわかってるが……」

「特別な感情なんて抱いてない」

「いまのことを言ってんじゃない。抱いていたと、過去形で言ったろ」

「あ、そう」エリザベスは勘違いを軽くいなした。「昔も特別な感情なんて抱いてなかったから」

ベケットが顔をしかめたのは、それがうそだとわかっていたからだ。いまのエリザベスがなにを言おうと、エイドリアンに対する彼女の思いは誰の目にもあきらかだった。当時の彼女は若く熱心で、エイドリアンはロックスター並みの警官であり、単に頭が切れるだけでなく、テレビ映りもよかった。重大事件をまかされ、大物を次々に逮捕していた。そのため、街のすべての記者が彼をヒーローに仕立てあげようと、列をなすありさまだった。駆け出しの警官たちは、彼のそういうところに夢中になった。先輩警官の多くはおもしろく思わなかった。しかし、エリザベスの場合は尋常でないのめりこみ方で、ベケットはそんな彼女をそばでずっと見守っていた。

「いいから聞け」彼は腕をつかんでとまらせた。「友だちとしての意見だ、いいな？　批判とかそういうんじゃない。だが、ほかの誰とも距離をおいているおまえが、エイドリアンには親近感を抱いている。やつはおまえにとって大きな存在だったんだろうが、それはそれでかまわない。メダルをたくさん獲得したからか、顔が男前だからか知らんが、そんなことはどうでもいい。だが、やつはこの州でもっとも過酷な刑務所で十三年を過ごしてきた。警官が塀のなかに入れられたら、どうなるかわかるか？　ジュリア・ストレンジを殺していようがいまいが——言っておくが、おれはやったと確信してる——おまえの記憶にある男とはもう別人になってるはずだ。わずか数年くらっただけの警官だって同じことを言うよ。かつてのエイドリアンが善人だったかどうかは関係ない。刑務所ってところは人間を一回壊し、まったくべつのものに作りかえてしまうところなんだ。それが証拠に、やつの顔を見てみろ」

「彼の顔？」

「要するにやつは前科者であり、前科者は他人を利用しがちだってことだ。どうせおまえとの過去につけこんでくるつもりだ。おまえがいまだに抱いている感情がなんであれ」

「もう十三年もたってるのよ、チャーリー。それに当時だって、単なる友だちでしかなかったし」

エリザベスは向きを変えようとしたが、またもベケットに引きとめられた。腕に置かれた手を見つめ、それから目を見つめると、重たそうなまぶたの下で悲しそうに潤んでいた。彼はぴったりの言葉を懸命に探ったあげく、目と同じくらい悲しそうな声を出した。

「友情には気をつけろよ」彼は言った。「全部が全部、ただじゃないんだからな」

エリザベスは腕に置かれた手にきついまなざしを向け、解放されるのを待った。「三台めの車だったわね？」

「ああ」ベケットはうなずき、わきにどいた。「三台めの車だ」

エリザベスはゆったりとした足取りで歩いていき、ベケットはその姿を見送った。長い脚。熱意。毅然《きぜん》としているように見えるが、彼はだまされなかった。彼女はずっとエイドリアン・ウォールを深く崇拝していた。公判中、来る日も来る日も傍聴席に陣取って、青い顔で背をまっすぐにのばし、ひたすらエイドリアンの無実を信じていた姿を、ベケットはいまも思い出す。結果として彼女は、同じ署の警官全員から距離をおかれることになった。ダイヤーしかり、ベケットしかり。新人警官たちも同様だった。無実を信じていたのは彼女ひとりだけで、エイドリアンのほうもそれを知っていた。彼は法廷に着くとまず彼女の姿を探し、ランチ休憩のあともその日の審理の終わりにもそうした。椅子にすわったまま体をひねり、彼女と目を合わせた。ベケットは一度ならず、あの悪党がほほえむのを目撃している。評決が出たときは誰も浮かれ騒いだりはしなかったが、ほぼ全員が毒を含んだ満足感を抱いたことは否定のしようがなかった。エイドリアンはジュリア・ストレンジを殺したことで、善と悪を常に意識している全警官のプライドを踏みにじった。それ以上に、まさに広報にとっての悪夢だった。

英雄的存在の警官が若い母親を殺害……。

また、ギデオン・ストレンジ少年の存在もある。理由はなんであれ、エリザベスは彼に対しても強いつながりを感じていた。葬儀のときは泣き崩れる父親にかわって抱いてやっていたし、いまも少年の人生に深く関わっている。彼女は少年をいつくしみ、大切にしていた。ベケットにはその理由は理解できないが、深い愛情を注いでいるのはわかっていたから、どうやって気持ちをすり合わせているのか不思議だった。

「あのう」CJ・シモンズのおずおずとした声に思考を中断された。

「CJ、なんだ?」

CJが指を差したので、バーの先に目をやると、路肩に濃色の車が見え、そのわきに男たちがひとかたまりになっていた。「刑務所長が――」

「ああ」ベケットはさえぎった。「そのようだ」所長はスーツ、看守たちは紙程度なら切れそうなほどパリッとした制服姿だった。ベケットは警察車両を示した。「リズを見張っててくれ。面倒を起こさないよう見ていろ」

「はい?」

「いいから……見張ってろ」

ベケットはバーの敷地を突っ切った。靴底をとおして熱を感じ、感情の塊《かたまり》が胸にこみあげる。所長とは長いつき合いだが、その関係は複雑だった。車のそばで足をとめると、所長がにらんでいるのが感じでわかった。

「ベケット刑事」所長は暑さで汗をかいており、笑みは必要以上ににこやかだった。

ベケットは看守たちには見向きもせず、早口で言った。「あんた、いったいなにしに来た?」

その警察車両は敷地の奥、影になったところにとまっていた。エリザベスは顎を引き、横目でちらちら見ながらボンネットを迂回《うかい》し、後部ドアにまわりこんだ。

最初に目に入ったのはエイドリアンの首から上だった。彼は後部座席にひとりきりで、下を向いて、死んだようにぴくりとも動かずにすわっていたが、その様子にエリザベスは本当に死んでいるのではないか、息を引き取ったのではないかと、縁起でもないことを考えた。それから傷痕の残る顔が見え、昔とまったく変わらぬ目がのぞいた。たちまち、全世界が縮み、大人になってからの歳月をすべて剝ぎ取られたブラックホールと化した。彼に命を救われながらそれに気づかずにいた自分が見えた。肌寒かったあの日、彼は足をとめ、大丈夫かとやさしく声をかけてくれたのだった。エリザベスは一瞬にして十七歳のころに逆戻りし、高さ二百フィートもある崖のへりにひとり立ち、あと一歩を踏み出す勇気を出そうとしていた少女になっていた。

〈大丈夫かい、お嬢さん〉

肩はいかつく、ベルトにつけたバッジが金色に輝いていた。足音は聞こえず、姿も見えなかったのに。

〈わたしはただ……〉彼女は足首まで靴ひもを編みあげるハイヒールを履き、ひらひらした古着のワンピースを着ていた。下の採石場にたまった、広さ三十エーカーにもおよぶ黒い水をながめやった。〈ただ数えてただけ〉

　ばかなことを言ったのに、彼はそんなことは思っていないようにふるまった。〈なにを数えていたのかな？〉

落ちるのに何秒かかるか、と心のなかで答えたが、口には出さなかった。

〈本当に大丈夫かい？〉

　エリザベスはベルトのバッジから目が離せなかった。そのわきに添えられた彼の指はぴくりとも動かない。

〈親御さんはどこかに？〉

〈先に登山道を歩いてる〉とうそをついた。

〈きみの名前は？〉

彼女が声を詰まらせながら答えると、彼は森の手前にある登山口を見つめた。もう遅い時間で寒く、かなり暗くなっていた。眼下に広がる水は、金属のように硬そうに見える。

〈こういう場所では親は子どものことが心配になるのが普通だ。夕闇が迫っているとなればなおさらだろう〉

警官は山頂に、つづいて眼下の採石場に目をやった。エリザベスは吸いこまれそうな真っ黒な水に、それから足もとの石の道を見やった。とうとう目を向けてみた彼の顔は、ほれぼれするほど整っていた。

〈親御さんは本当にこの先で待ってるんだね？〉

〈はい、おまわりさん〉

〈じゃあ、きみも行ったほうがいいよ〉

警官が最後にもう一度ほほえんだのを見てから、彼女は冷えきって力の入らない震える脚で歩きだした。彼はついてこなかったが、振り返ると、まだ彼女のほうを見ており、その目は薄れゆく光で見えなくなっていた。エリザベスは木立に囲まれたところまで行くと、死ぬ気で走りだした。全身が焼けつき、息ができなくなるまで走ると、落ち葉の上に倒れこんだ。彼女がやろうとしていたことから引き戻すために、神さまがあの警官をつかわしたの？　お父さんならそうだと言うだろう。神はすべてに宿ると。しかし、神さまはもう信頼できない。神さまもお父さんも、〝ぼくを信じて〟と言う男の子たちも信頼できない。そんなことを考えながら、落ち葉の絨毯《じゅうたん》に横たわって震えていた。世の中が悪い。でも、全部が全部悪いというわけではないのかもしれない。あと一日くらい、生きてみよう。たぶん生きられる。

いまのエリザベスは神を信じてはいないが、パトロールカーのウィンドウごしにエイドリアンを見ていると、運命というのは本当にあるのだと思う。彼とはじめて出会った日、彼女はあと少しで死ぬところだったが、いまは目の前にその彼がいる。もう自殺するつもりはないけれど、それでも……。

「ひさしぶり、エイドリアン」

「リズ」

ドアが腰にぶつかったが、あけた記憶はまったくなかった。世界は彼の声と彼の目、そして唐突に高鳴りはじめた胸の鼓動だけになった。彼の顔の傷はうっすら見える程度で、片頬にはハーフダイヤの形をした傷があり、左目のわきを上から下まで六インチほどの傷が走っていた。あらかじめベケットから聞いていたとはいえ、そのおぞましさには言葉を失ったし、やせたせいで顔の骨格が記憶にあるよりくっきりしているのにも驚いた。歳をとって精悍《せいかん》になり、見ているほうがどぎまぎするような、けだものにも似た静謐《せいひつ》さをそなえていた。本当はもっとちがう態度を取るものと、たとえばこそこそしたり、あるいは恥じ入ってみせたりするものと思いこんでいた。

「いい？」

エリザベスがシートを示すと、彼は横に移動して彼女がすわれるようにしてくれた。するりと車に乗りこむと、革から彼のぬくもりが伝わった。彼の顔をしみじみながめ、彼が手で傷のもっともひどい部分を隠しても目をそむけなかった。

「肌だけのことだわ」彼女は言った。

「外側はたしかにそうかもしれない」

「じゃあ中身はどうなってるの？」

「ギデオンの容態を教えてくれ」

彼がギデオンの名前を知っていたとは驚きだった。

「あの子だとわかったの？」

「十四歳でおれを殺そうとするやつが、この世にいったい何人いるっていうんだ」

「じゃあ、本当にあの子はあなたに復讐しようとしたのね」

「頼む、あの子は無事だと言ってくれ」

エリザベスはドアにもたれ、しばらくなにも言わなかった。「どうして気になるの？」

「なんでそんなことを言うんだ」

「だって、あの子はあなたを殺すためにここまでやって来たわけだし、普通の人なら、そんなことをしようとした相手をそこまで気遣ったりしないもの。あなたが最後に見たときのあの子は生後十五ヵ月だったし、あの子はあなたの家族でも友人でもない。あの子は生まれてこの方、ハエも殺せない純真な子だし、体重は百十五ポンドで、しなくてもいい苦労をしてきた。それに、あの子はわたしが育ててきたようなものだし、あなたが殺したとされている女性にそっくり。というわけで、撃ったのがあなたじゃないと確信できるまで、わたしのやり方でやらせてもらう」

言い終わるころには大声になっていて、感情の高ぶりにふたりとも驚いた。少年のことになると、どうしても気持ちがおもてに出てしまう。要するに過保護だが、それをエイドリアンにも知られてしまった。

「ただ無事がわかればいい。それだけだ。あの子は母親を失い、それをおれのせいだと思ってる。あの子が一命をとりとめ、なにもかも失ったわけじゃないという言葉が聞きたいだけだ」

いい答えね、とエリザベスは思った。誠実で適切だ。

「いまは手術中。それ以上のことはまだわからない」

そこで少し間をおいた。「あの子を撃ったのはコンロイだとベケットは言ってた。それは本当？」

「ああ」

「正当防衛だったの？」

「あの子はおれを殺しにきた。コンロイはやるべきことをやっただけだ」

「ギデオンはやりとげたと思う？」

「引き金を引いたかってことか？　ああ、そう思う」

「ずいぶん確信があるのね」

「本人が、男ならこうするべきだと言っていた。本心からそう思っているようだったよ」

エリザベスは彼の指に見入った。骨折したのに、まともな処置を受けなかったように見える。「わかった。その言葉を信じる」

「ベケットに話すのか？」

「ベケット。ダイヤー。全員に説明する」

「ありがたい」

「エイドリアン、聞いて――」

「よせ」

「よせって？」

「いいか、また会えてよかったよ。あれからずいぶんになるが、きみには本当によくしてもらった。だが、おれの友だちだってふりはしちゃいけない」

厳しい言葉だったが、エリザベスには理解できた。彼が有罪になってから、いったい何度、刑務所のそばを通ったか。何度、車をとめたか。なかに入ったか。一度もない。ただの一度も。

「なにかわたしにできることはない？　お金はある？　移動の足は？」

「この車を降りてくれれば、それでいいよ」彼はベケットと、路肩にとまった濃色のセダンのそばに立つ男たちを見ていた。突然、顔色が悪くなって汗をかきはじめ、いまにも吐きそうな顔になった。

「エイドリアン？」

「いいから降りてくれ。頼む」

反論しようかとも思ったが、それでどうなるというの？「わかった、エイドリアン」彼女は両脚を暑いなかにおろした。「気が変わったら言って」

エリザベスはエイドリアンから遠ざかり、敷地の途中でベケットに合流した。その後方で、男たちがセダンに次々と乗りこみ、Uターンして刑務所に向かってスピードをあげた。ウィンドウの向こうに一瞬だけ見えた横顔には見覚えがあった。「いまのは刑務所長よね」

「そうだ」

「なんの用だったの？」

ベケットは目を細くして、くだんの車をじっと見つめた。「発砲があったと聞き、出所者が関わっているのを知ったんだそうだ」

「言い合っていたみたいだけど」

「ああ」

「原因はなんなの？」

「おれの犯行現場なんだから、やつにはどうこうできないってことさ」

「落ち着いて、チャーリー。ちょっと訊いただけじゃない」

「そうだな。悪かったよ、本当に。おまえのほうはエイドリアンからなにか聞き出せたのか？」

「バーテンダーの話が裏づけられたわ。ギデオンは復讐しにやって来た。コンロイはエイドリアンの命を救うために少年を撃った」

「そうか。ひどい話だな。かわいそうに」

「あの人はどうなるの？」

「エイドリアンか？　供述を取ったら、解放することになるだろうな」

「ギデオンの父親には知らせたの？」

「まだ所在がわからないんだ」

「わたしが知らせる」

「あの男はいかがわしい酒場だらけの田舎で、のらくらしてるしか能がない酒飲みだ。どこに雲隠れしてるかわかったものじゃないぞ」

「わたしなら居場所を突きとめられる」

「やつがいそうな場所を教えてくれれば、制服の連中を行かせるよ」

エリザベスは首を横に振った。「ギデオンのことを第一に考えなきゃ。あの子が目を覚ましたときに、父親がそばにいるようにしてやりたいの」

「あの子の父親は、自分の息子にまともなことをほとんどしてないような、くずじゃないか」

「そうだとしても、わたしが捜しにいく。個人的なことなの、チャーリー。わかって」

「州警察の事情聴取まであと三時間しかないぞ」

「それもちゃんとやるってば」

「わかった。いいだろう。好きにしろ」彼は怒っていたが、それを言うなら、全員がそうだった。「三時間だからな」

「わかってる」

「遅れるんじゃないぞ」

遅れる？　そういうことになるかもしれない。そもそも、ちゃんと戻るかどうか、自分でもわかっていなかった。

車のシートに深々と身を沈め、やっと解放されたと思った。しかし、ギアを入れるより早く、あけたウィンドウをベケットの巨体がふさいだ。身を乗り出してきた彼は、きついスーツのせいでむくんだように見えた。結婚指輪には細かな疵《きず》がいくつもつき、妻のものと思われるシャンプーの香りがする。彼はすべてに関して一途《いちず》で重々《おもおも》しかった。まなざし。声の響き。「いまのおまえは微妙な立場にいるんだぞ。チャニングと地下室。州警察とエイドリアン。まったく、あの子の血がまだ乾いてもいないってのに」

「ちゃんとわかってやってるわ、チャーリー」

「そうだろうとも」

「だったら、なにが言いたいの？」

「頭が混乱してるときは、まともにものが考えられないと言ってるんだよ。たとえ警官でも、それが普通だ。おれはただ、ばかなことをしでかしてほしくないだけだ」

「ばかなことって？」

「悪党ども。暗い家」

彼は力になろうとしてそう言ったのだろうが、エリザベスの世界にとって強烈な一撃だった。悪党どもと暗い家で起こった出来事。

バックミラーに映る刑務所を見ながら、エリザベスは慎重な運転で街に向かった。しばらく静かに過ごしたいが、ギデオンが手術中だと思うとそうも言っていられない。三二口径の弾は小さいとはいえ、相手は小柄な子どもだ。彼を撃ったネイサン・コンロイに非はある？　いえ、そうとは言いきれない。非があるのはエイドリアン？　そもそも自分はどうなの？

生前のギデオンの母を、長身で澄んだ目をした品のいい姿を思い浮かべ、弾をこめた銃をポケットにしのばせ、暗いなかで待ち伏せする息子の姿を思い浮かべた。あの子はどこでリボルバーなんか手に入れたのか。〈ネイサンズ〉にはどうやって行ったのか。歩き？　ヒッチハイク？　銃は父親のものなのか。まったく、あの子ったら本気で人を殺すつもりだったの？　あれこれ考えるうちに吐き気がしてきたが、少年の血を大量に見たせいか、二日もろくに食事をしていないところへコーヒーを三杯も飲んだせいか、あるいはこの六十時間で六時間足らずしか寝ていないのが、いまになってきいてきたのだろう。川の手前で速度を落として路肩に寄せ、ギデオンの容態を尋ねようと病院に電話した。

「ご家族の方でしょうか？」と訊かれた。

「警察の者です」

「外科に代わりますのでお待ちください」

エリザベスは待ちながら、水面に目をこらした。川のそばで育ったから、様相の変化にはくわしい。八月の穏やかな流れ、冬の嵐のあとの激流。時々、ギデオンを連れて魚釣りに出かけたけれど、それがこの場所、自分たちの場所だった。なのにきょうの川はいつもとちがって見える。プラタナスも柳も見えず、水面にはさざ波が立っていなかった。赤土の土手が大地にできた傷口のようにえぐれていた。

「ギデオン・ストレンジの容態をお尋ねだとか？」

　エリザベスはあらためて警官という切り札を使い、できるかぎりの情報を手に入れた。まだ手術中。なんらかの見通しを述べるのは時期尚早。

「ありがとうございます」彼女は言うと、一度も下をのぞきこむことなく川を渡った。


　二十分後にたどり着いたのは、がらんとした店先に始まり、百年以上の歴史に終止符を打った工場や製粉所で終わる七マイルの区間からなるさびれた一画だった。景気が停滞する以前に繊維産業が撤退し、家具工場や瓶詰工場、大手の煙草メーカーも同様だった。かくして街の東側にあるのは無人の工場と破れた夢ばかりとなった。警官になりたてのころ、エリザベスはこの東側で経験を積んだものだが、いまはその当時よりも状況が悪化している。ギャングがアトランタから北上し、DCからは南下していた。ドラッグが州間高速道路を行き来し、それにともない事件も増加した。暴力事件の多くはこの七マイルの区間で発生し、貧しいながらもまっとうな住民が多数、巻きこまれている。

　そんな住民のひとりがギデオンだ。

　細い通りに折れ、捨てられた家具と古い車のあいだをすり抜けるようにして走っていくと、やがて白っぽい黄色の家の前を過ぎ、急な坂道に入った。車はどれもさびが浮いて赤茶け、視界から芝生が消え去った。坂をくだりきると、道路は完全に陰になり、細くのびたアスファルトのわきを冷たい川が流れ、灰色の岩やコンクリート片にぶつかって白波をたてている。ギデオンは最初からこんなわびしい土地に住んでいたわけではなく、母の死後、父のロバート・ストレンジが酒を飲むようになったのをきっかけに負の連鎖がつづき、ここに行き着いた。まともな仕事についていたのが臨時雇いとなり、飲酒癖はいっそう悪化した。そこにドラッグもくわわった。ただひとつ謎《なぞ》なのは、そもそも彼がどのようにしてギデオンを人生の一部としつづけられたのかという点だ。だが、結局のところ、それは謎でもなんでもなかった。制度は拡大解釈できたし、エリザベスは少年を溺愛《できあい》するあまり、彼を悲しませるようなことはどうしてもできなかった。社会福祉局が介入するたび、父親と引き離さないでほしいとギデオンに頼みこまれたのだった。

　ぼくの父さんなんだよ、と少年は訴えた。ぼくにはもう父さんしかいないんだ、と。

　里親に預けられた数カ月をべつにすれば、少年の希望はかなった。そのかわり、エリザベスは距離をおくことができなくなった。着るものが洗濯されているか、食事をきちんととっているか、常に目を光らせた。それでうまくまわっていたが、だめになるときが来た。
かくしていま、ギデオンは生死の境をさまよい、エリザベスは厳しい疑問に直面していた。

　これのどこまでがわたしの責任なんだろう。

　くねくねとした谷間の道を進んでいくと、小川のわきにある石ころだらけの土地に少年の自宅が見つかった。まわりの家にくらべて小さく、色あせた立方体の上にトタン屋根が載っている。積みあげられた薪《まき》のせいでポーチの片側が沈み、シンダーブロックの煙突が本来よりも十度ほど傾いている。それにも増して川の流れが、よりよき場所へといきおいよく流れていく冷たく澄んだ水が、すべてを無味乾燥なものに見せていた。

　エリザベスは車を降り、ちらりとのぞく空を、小川を、筋向かいの淡いピンク色の家をながめた。日陰は静かで、そして暑かった。古い車がパンクしたままさびついている。地面は赤土だった。

　ポーチに立ち、二度ノックしたが、誰もいないのはもともとわかっていた。いかにも無人という風情《ふぜい》を醸《かも》していたからだ。なかに入り、酒瓶やエンジン部品、古い郵便物をまたぎながら進んだ。真っ先に少年の部屋をのぞいた。ベッドは整えてあり、靴はすべて壁際にきちんと寄せてあった。ひとつだけある棚には本と額入り写真が並んでいる。エリザベスは結婚式の日に撮ったギデオンの母の写真を手に取った。飾り気のないドレスを身に着け、花の冠をかぶっている。こざっぱりとした若くてハンサムな新郎と並んで、古い教会の前に立っていた。次の二枚はエリザベスとギデオンの写真で、公園でピクニックをしたときのものと、川に行ったときのものだった。父親が写っているものはほかになかったが、それはしかたないところだろう。最後の一枚ではギデオンがエリザベスの両親と写っていた。少年は教会が好きで、聖歌隊の一員だった。エリザベスは日曜のたびに彼を連れていった。彼女自身は通っていなかった——何年も前にそう決めた——が、両親はエリザベスに負けないほど少年を溺愛した。月に一度は夕食に招いたし、成績を尋ねたり、学芸会を見にいきもした。父である牧師はギデオンが大人になるまで見守る決意を固めており、少年の父が昔はりっぱな人だったという話をした。

　ギデオンの部屋のなかを歩きまわりながら、教科書、鼈甲《べっこう》、一セント硬貨をためている瓶に触れていった。なにも変わってない、と心のなかでつぶやき、ギデオンが死んだ場合はどうなるのかしらと考えた。

　なにも変わりっこない。

　少年の部屋のドアを閉め、ほかの部屋も調べると、父親を捜しに出かけた。ロバート・ストレンジに対するベケットの評価はまったくもって正しい。酒飲みで、あてにならないが、だめ男なりに息子を深く愛している。彼はいま、市境の向こうにある違法な改造を請け負う自動車整備工場にパートタイムで勤めている。オーナーは酒飲みであり、ゆえにロバートが酒を飲んでもとがめられない。そこで帳簿外賃金をもらいながら、おもに国産車を、おもに現金払いで担当している。彼がいるのはそこだと思った。役立たずの酔っ払いは自動車整備工場にいる。

　そこに行くには採石場や射撃場、古い劇場跡があるくねくねとした郡道を十八マイル走らなくてはならなかった。酪農場を過ぎ、耕された畑を過ぎ、風にそよぐどっしりした木の下をくぐった。砂利道を二マイルほど進んだところで、土の道に折れ、川が最後に湾曲するあたりの高い土手に建つ、波形鉄板の小屋に通じる小道を進んだ。エンジンを切り、何秒かウィンドウごしに目をこらした。このあたりで違法なものは、なにも盗難車や盗んだタイヤだけにかぎらない。メタンフェタミンの密造所もあれば闘鶏場もあり、長髪に鉤《かぎ》十字《じゅうじ》のタトゥーを入れた大男が経営するトレーラーハウス型の売春宿もある。人里離れたこの場所で行方不明になる者は多く、何年かに一度はハンターが身元不明の死体を発見している。そのためエリザベスはあたりを充分すぎるほど見まわし、背中の銃を確認してから車を降りた。


　それでもいやな感じはぬぐえなかった。犬が何匹も日陰に寝転んでいた。その奥では川が土手沿いをごうごうと流れているが、郡境を越えると流れは平坦でゆるやかなものになる。エリザベスは犬の様子をうかがいながら、歩を進めた。二匹は寝たまま動かなかったが、一匹が頭を低くして立ちあがり、暑いのか、ピンク色の舌をだらりと出してハアハアいいはじめた。エリザベスは片方の目をその犬に、もう一方の目を小屋に据えた。荷おろし用扉の十フィート手前からでも、油とガソリンと煙草のにおいがした。

「なんか用かい？」

　油圧リフトで持ちあげたトラックの下から男が現われた。五十代後半だろうか、頭は丸刈りで肩のところに油染みがついている。身長は六フィート四インチ、体重は二百三十ポンドと踏んだ。男は分厚い手を汚れたハンカチで拭き、警戒するような表情を浮かべた。

「わたしはエリザベス・ブラック」

「あんたが誰かは知ってるよ、刑事さん。このあたりでも新聞は来るからね」

喧嘩腰ではない、とエリザベスは判断した。協力的でもない。「ロバート・ストレンジに話があるの」

「そんなやつは知らないな」

「ここで週四日働いてるはず。給料は現金払いで、帳簿にはつけてない。ペカンの木の下にとまってるのは、彼のモペッドでしょ」

彼女が黄色いペダル付きオートバイを指差すと、べつの犬が立ちあがって、張りつめた空気を感じとったかのように鼻を鳴らした。

大男は砂利のところまで足を踏み出し、ぎらつく陽射しをもろに顔に受けた。「たしかあんた、停職中の身だろ？」

数えたところ、ここには五人の男がいるようだが、その大半は薄暗い小屋から出てこようとしない。そのうちの何人かには逮捕令状が出ているのだろう。裁判所への不出頭、あるは重罪容疑か。「わざわざことをややこしくしなくてもいいんじゃない」

「まだ決めかねてるんだよ」

「ただ、彼と話したいだけなの」

「やつの息子の件か？」

「知ってたの？」

「グレンの女房が緊急司令室の交換手をやってんだ」男は仲間のひとりを指差した。「彼女から全部聞いてるよ。あの子はときどきここに来ててね。いい子だ。ここじゃみんなの人気者なんだ」

エリザベスは小屋と、なかにいる男たちをうかがった。ギデオンがここに来るのもわかる気がする。あの子は車が好きだし、森も好きだ。「あの子の父親と話がしたいの。とても大事なことなのよ」

「面倒は困るんでね」

「面倒なことになんかならないから」

「わかったよ。やつは奥の部屋にいる」彼は肩のうしろを親指で示した。「コルベットの先だ」

コルベットはフロアジャッキに載っていて、前のタイヤが両輪ともホイールからはずされ、ベアリングも取りはずされていた。その奥に金属の黒いドアがあった。そこに目をやりながらも、手の指にぴりりとした緊張を感じた。男たちはまだ彼女の様子をうかがっており、誰ひとり作業に戻っていない。まずはこの男たちという壁を突破し、そのあと車とジャッキと整備用リフトをよけながら進まなくてはならない。小屋のなかは薄暗かった。男たちは息を殺してエリザベスを見つめている。奥の部屋にはなにがあるのだろう。あるのは窓か、闇か、あるいは、世界にぽっかりあいたマットレスの形の穴か。

「刑事さん？」

エリザベスはぎくりとし、それから男たちをかきわけるようにして小屋のなかに入った。意外にも、全員がわきに寄って場所をあけてくれた。三人は礼儀正しく黙礼し、ひとりは「どうも」と言い、照れくさそうに首をすくめた。ドアの手前で振り返ったところ、誰も動いた様子はなく、エリザベスは取っ手に手をのばし、かちりという音をたてながらまわした。目の前に現われた部屋はなんの変哲もないもので、正方形のわずかなスペースに自動販売機と合成皮革のソファ、テーブルがひとつに椅子が四脚あるだけだった。ロバート・ストレンジはテーブルに両手をついてすわっていた。顔に刻まれたしわが、いつになく深い。体調もよくなさそうだ。

「こんにちは、ロバート」

「探しに来るのはあんただろうと思ってた」

「どうして？」

「だって、いつもあんただからさ」彼はコップを持ちあげ、茶色い酒を飲んでむせた。「あいつは死んだのか？」

「一時間前に病院の人と話した。いまは手術中。わたは望みを持ってる」

「望みを持ってる、か」

ぽつりとつぶやくような言い方だった。疑いの色と後悔がにじみ出ていたが、なにか隠しているようでもあった。どの程度飲んでいるのか見定めようと思うが、この男はいつもぶすっと黙りこくって飲む。「息子さんがなぜ撃たれたか知ってる？」

「帰ってくれ、刑事さん」

「エイドリアン・ウォールを殺そうとして撃たれたの。酔っ払ってるようだけど、言ってる意味わかる？　あの子は刑務所の近くまで行ったのよ。わずか十四歳の子が弾をこめた銃を持ってね」

「あの人でなしの名前を言わないでくれ」

「その間、あなたはどこにいたの？」彼が持ちあげかけたコップを、エリザベスは乱暴に奪い取った。「あの子はどこで銃を手に入れたわけ？」

「コップを返せ」

「質問に答えて」

「一度くらい、よけいな口出しをするのをやめてくれないか」

「いやよ」

「あいつはおれの息子だぞ、わかってんのか？　なんであんたが出しゃばってくる？　なんでいつも出しゃばってくるんだよ」

ふたりのあいだで何度も繰り返された議論だった。エリザベスはギデオンの人生に入りこんでいる。ロバートはそれが気にくわないのだ。エリザベスはロバート・ストレンジの姿をあらためてながめた。ぎらぎらした目に浮き出た血管。ボトルをエリザベスの首がわりにひねっている。

「あの銃はあなたが渡したの？」

「冗談じゃ……」

「あなたもエイドリアンを殺すつもりだったの？」

彼はうなだれ、脂《あぶら》ぎった髪を手で梳《す》いた。エリザベススはがっちりした顎と血管の浮いた鼻をじっと見つめた。まだ三十九歳なのに、疲れきり、抜け殻のようになっている。ぶっきらぼうなうえにやさぐれているせいで、彼がまだ若く、美しい妻の死から立ち直れずにいることをつい忘れがちだ。「あの子がなにをしようとしてたか、わからなかった？」エリザベスは少し口調をやわらげて言った。「銃を持っていたことは知ってたの？」

「おれはてっきり……」

「てっきり、なに？」

「酔ってたんだよ」彼はまぶたに指を押しつけた。「てっきり夢だと思ってた」

「どういうこと？」

「ギデオンの手に銃があった」ロバートがかぶりを振り、黒い髪が光った。「テレビのなかから出したんだ。そんなのは夢に決まってる、だろ？　テレビから銃が出てくるなんてさ。本当のわけがない」

「あなたの銃なの、ロバート？」彼が口をひらかないので、エリザベスはさらに詰め寄った。「きょう、エイドリアン・ウォールが出所するのは知ってた？」顔をあげた彼の目が突然、うっすらと赤くなり、動揺の色が浮かんだ。「やっぱり、知ってたのね」

「あれは夢だ。そうだろ？　本当のわけがない」

彼は両手に顔をうずめ、エリザベスは——事情はわかったというように——背筋をのばした。

この人は本気で夢だと思っているの？

うすうす、勘づいていたんじゃないの？

だから泣いているのだ。あれは夢ではないと知ったから。警察に通報しなかった自分を責めて。エイドリアン・ウォールの死を望み、その汚れ仕事を息子にやらせようとしたせいで。

「おれの息子は無事なのか？」さっきと変わらぬ、うっすら赤くなった目が見えた。「頼むから無事だと言ってくれ」

「ええ、少し前に問い合わせたときは生きていた」彼はそれを聞き、堰《せき》を切ったように泣きじゃくった。

「一緒に行きましょう、ロバート」

「どうして？」

「あんまり言いたくないけど、ギデオンはあなたを愛しているから。目をあけたとき、そばにいてやってほしいの」

「連れてってくれるのか？」

「ええ」彼女が言うと彼は立ちあがった。恐ろしい宿命を背負わされたかのように、目をしばたたき、おどおどしながら。

6

エリザベスはロバート・ストレンジを病院まで車に乗せ、手術室から廊下を少し行った先にある待合室にすわらせた。看護師のひとりと短くやりとりしたのち、彼を残してきた場所に戻った。「ギデオンはまだ手術中。でも、望みが持てそうよ」

「本当かい？」

「まずまちがいなく」エリザベスはポケットから二十ドル札を出し、テーブルに放った。「これで食べるものを買いなさい。お酒はだめ」

皮肉なことに、エリザベスのほうが酒を欲していた。精も根《こん》もつき果て、大人になってはじめて警官であることがいやになった。でも、辞めてどこに行けばいいの。

ほかの仕事？

刑務所？

後者の可能性が高そうねと思いながら車を走らせた。州警察官。投獄。署に戻るまでに長時間、車を乗りまわしたのはそのせいだったのかもしれない。三十分遅刻したのはそのせいだったのかもしれない。

「いったい、どこに行ってたんだよ？」

外で待っていたベケットはネクタイをだらしなくゆるめ、いつになく顔が赤かった。エリザベスは車をロックし、二階の窓をじっくり見ながら歩いた。「エイドリアンはどうなった？」

「いなくなった」ベケットはパートナーが冷静で落ち着いていることに拍子抜けしながら、並んで歩いた。

「どこに？」

「最後に見たときは道路を歩いてたよ。ギデオンの容態はどうだ？」

「まだ手術中」

「親父は見つかったか？」

「いま病院にいる」

「飲んでたか？」

「ええ」

ふたりとも肝腎な話を避けていた。ベケットが切り出した。「連中が待ちかねてるぞ」

「また同じ顔ぶれ？」

「ちがってた」

「場所は？」

「会議室だ」

「うそでしょ」

「そう言いたくもなるよな」

会議室は刑事部屋の隣で、壁はガラス張りだ。つまり、州警察は丸見えの状態でやりたいのだ。ほかの警官への見せしめとして。「こっちは正攻法で行くまでよ」

ふたりは階段で二階にあがり、刑事部屋に足を踏み入れた。全員が話をやめ、目を向けてきた。エリザベスは不信感と非難を感じたものの、すべて払いのけた。たしかに警察署は非難の矢面《やおもて》に立たされている。新聞が背を向け、多くの市民が怒っている。それもわからないではないが、誰も彼もが真っ暗ななかに飛びこんで、厳しい選択を迫られるわけではないのだ。

自分が何者かはわかっている。

会議室にいる警官はどちらもはじめて見る顔だった。ガラスごしに見たところ、ふたりとも前回のふたりより年配できまじめそうだ。腰に拳銃を帯び、州発行の身分証を持ったふたりは、机のあいだを縫うように歩く彼女を食い入るように見つめていた。

「警部」会議室のドアのところでダイヤーが待っていたので足をとめた。「このあいだとちがう捜査員ですね」

「ハミルトンとマーシュだ」ダイヤーは言った。「名前に聞き覚えは？」

「なくちゃだめなんですか？」

「ふたりは州検事総長の直属の部下だ。汚職政治家に悪徳警官。そのなかでも悪質なものを担当する。それが仕事だ。大きな案件。注目を集める案件」

「光栄に思わないといけませんね」

「いわば狙撃チームだ、リズ。政治との結びつきが強く、結果も出している。なめてかかるなよ」

「わかってます」

「ところで、きみの弁護士が来ていないようだが」

「ええ」

「まだ一度も顔を合わせていないと聞いた。電話があったのにきみは折り返さなかったそうじゃないか」

「大丈夫です」

「時間を変えてもらうから弁護士を連れてきなさい。火の粉《こ》はわたしがかぶる」

「本当に大丈夫ですから」彼女は警部の顔の前でての

ひらを広げると、ドアをあけ、なかに入った。州警察官ふたりは、磨きあげられたテーブルの片側に並んで立っていた。片方は指先を木のテーブルに軽く置き、もう片方は腕を組んでいた。

「ブラック刑事」背が高いほうが切り出した。「わたしはマーシュ特別捜査官で、こちらはハミルトン特別捜査官だ」

「紹介はけっこうです」エリザベスは椅子を引き、腰をおろした。

「よろしい」マーシュというほうがすわった。もうひとりは一拍おいてから、やはりすわった。ふたりはにっこりと顔を見合わせることもなく、一瞬たりとも温和なところを見せなかった。「弁護士をつける権利があるのは理解しているね？」

「いいから始めましょう」

「けっこう」マーシュは被疑者の権利放棄書を押してよこした。エリザベスが無言でサインすると、マーシュはそれをフォルダーにおさめた。それからダイヤーに目をやり、あいている椅子を示した。「警部、おすわりになったらどうです」

「いや、けっこうです」ダイヤーは隅で腕を組んで立っていた。ガラスの向こうでは、全警官がじっと見ている。ベケットはいまにも吐きそうな顔をしていた。

「では始めよう」マーシュはテープレコーダーのスイッチを入れ、日付、時刻、臨席者全員の名前を吹きこんだ。「この事情聴取はブレンドンおよびタイタス・モンロー兄弟、死亡当時三十四歳および三十一歳の射殺事件に関するものである。ブラック刑事は弁護士立ち会いの権利を放棄した。ダイヤー警部は証人として立ち会い、聴取には参加しない。さて、ブラック刑事……」マーシュは無表情で言葉を切った。「八月五日の出来事の一部始終を話してください」

エリザベスはテーブルの上で指を組み合わせた。

「ご質問の件についてはすでに供述しました。それ以上つけくわえることも、変更することもありません」

「ここでは細かい点について話をうかがいたいんですよ。われわれとしては、なにがあったか、もう少し具体的に知りたいだけでして。理解してもらえますね」

「ええ」

「あなたがモンロー兄弟が死んだ家に出向くことになったいきさつを、くわしく話してください。チャニング・ショアが行方不明になって一日半が経過していた。そうですね？」

「四十時間です」

「いまなんと？」

「一日半ではありません。四十時間です」

「警察は熱心に捜索をおこなっていたのですか？」

「家出ではないかという憶測もありましたが、ええそうです。彼女の特徴を入手し、捜索をおこなっていました。両親が所轄の分署を訪ねてきたんです。ふたりともかなり心配していました」

「報奨金を出すと言ったそうですね」

「それに、地元テレビ局の取材にも応じました。ふたりの説明には説得力がありました」

「家出とは考えませんでしたか？」

「わたしは誘拐されたと考えました」

「根拠となる情報は？」マーシュは訊いた。

「ご両親から話を聞いたあと、彼女の家に行き、自室を調べました。交友関係、教師、部活の指導者からも話を聞きました。ドラッグやアルコールに溺《おぼ》れていた形跡はまったくありませんでした。ご両親は非の打ちどころがないとまでは言いませんが、虐待していた様子もありません。ボーイフレンドはおらず、コンピュータからも不審なものは見つかりませんでした。彼女は大学に進学するつもりでした。まじめな子だったんです」

「いまのはあなたの判断にもとづく推論ですね」

「彼女はピンクの寝具を使っていました」

「ピンクの寝具?」

「ピンクの寝具。ぬいぐるみ」エリザベスは椅子の背にもたれた。「家出するような子はたいてい、ピンクやひらひらしたものとは無縁です」

ハミルトンが汚いものを見るような目つきでエリザベスを見つめた。マーシュは椅子にすわり直した。

「最終的に、チャニングはペネロープ・ストリートにある廃屋の地下室で見つかった」

「そうです」

「その界隈を簡単に説明してもらえますか」

「すさんでいます」

「物騒な場所ということですか?」

「過去には発砲事件がありました」

「殺人事件は?」

「若干《じゃっかん》」

マーシュは身を乗り出した。「あなたはなぜ、その家にひとりで入ったんです? パートナーはどこにいたんですか?」

「それはもう説明しました」

「もう一度、説明してください」

「すでに遅い時間でした。その日は朝の五時からチャニング・ショアの失踪を捜査していて、ふたりとも疲れていたんです。ベケットはシャワーを浴びて、数時間ほど睡眠をとるために帰宅しました。わたしはコーヒーを買って、少しドライブしました。翌朝の五時に落ち合うことになっていたんです」

「つづけて」

「通信指令から無線連絡があり、ペネロープ・ストリートにある廃屋で不審な動きがあるとの通報を受けたので、確認するよう指示されました。通報によると地下室で人が動いている気配があり、悲鳴のようなものが聞こえるとのことでした。そのような指示は普通受けないのですが、その晩は忙しく、署は対応に追われていたんです」

「具体的には？」

「あの日は電池工場が閉鎖され、三人分の仕事がなくなるだけでも大変なこの街で、三百人の雇用が失われました。暴動が発生し、車が何台か燃やされ、みんな頭に血がのぼってました。署の人員はぎりぎりの状態だったんです」

「ベケット刑事はどこにいたんでしょう？」

「彼には家庭があり、子どももいます。少しはゆっくりさせてあげたいと思いました」

「そこであなたは危険な界隈にひとりで出向き、悲鳴がしたと通報があった廃屋に乗りこんだわけですね」

「そうです」

「応援は呼ばなかったんですか？」

「呼びませんでした」

「それが通常のやり方なんですか？」

「あの日は通常な日ではなかったので」

マーシュはテーブルを指で何度か軽く叩いた。「当時、あなたは酒を飲んでいましたか？」

「ずいぶんと悪意のある質問ですね」

マーシュは一枚の紙を滑らせた。「これはあなたの上司が作成した事件報告書です」彼はダイヤーのほうを一瞥した。「これによると、発砲のあとのあなたは放心状態だったとか。まったく反応を示さなかったこともあったそうですが」

エリザベスは問題の瞬間を思い返した。あのときは廃屋の外の縁石にすわりこんでいた。緊張性硬直の状態だったチャニングは、毛布にくるまれ救急車のなかだった。ダイヤーがエリザベスの肩に手を置いた。説明してくれ、リズ。彼の目がはっきりしたりぼやけたりする。お願いだ、と彼は言った。いったいあそこでなにがあった？

「飲んでません。酔ってはいませんでした」

マーシュは椅子の背にもたれ、エリザベスをながめた。「あなたは若い人に弱い」

「それは質問でしょうか」

「無力だったり虐待された若い人に対してはとくに。記録からもそれが読み取れるし、署の者にも知れわたっている。若い人が窮地に陥っていると見ると、あと先考えずに対応してしまう。これまでにも関係当局に干渉し、実力行使に出たことが複数回ありますね」マーシュは身を乗り出した。「若くてか弱く、ひとりではなにもできない存在と見ると、同情する傾向にあるようです」

「それはこの仕事の一部だと思いますが」

「本来の業務を妨げるものでなければかまいません」マーシュはべつのフォルダーをひらき、死んだ男たちの写真を並べはじめた。光沢のあるカラー写真だった。犯行現場の写真。解剖時の写真。それらが扇状に広げたトランプのように並んでいる。写っているのは血と生気の抜けた目と砕けた骨。「あなたはひとりで廃屋に入った」彼は話しながら写真に手を触れた。「電気は通じていなかった。悲鳴が聞こえたという報告だけで、あなたはひとりで地下室におりた」マーシュは一直線に並ぶよう、写真のへりをまっすぐにした。「なにか物音が聞こえたのですか？」

エリザベスは唾をのみこんだ。

「ブラック刑事？　なにか聞こえたのですか？」

「水がしたたる音。壁のなかをネズミが這いまわる音」

「ネズミ？」

「そうです」

「ほかには？」

「チャニングが泣いていました」

「彼女の姿が見えたのですか？」

まばたきすると、記憶が崩壊し、ぼんやりとしたものに変わった。「彼女は二番めの部屋にいました」

「部屋の様子をくわしく」

「コンクリート造り。低い天井。隅にマットレスがありました」

「暗かったですか？」

「木箱の上にろうそくが一本立っていました。赤いろうそくです」

目を閉じると、はっきり見えた。溶けた蠟《ろう》に、ゆらめく光。廊下、ドア、暗がり。どれも夢に出てくるときと同じくらい生々《なまなま》しいが、いちばん鮮明なのは少女の声だった。切れ切れの言葉と祈り。どうかお助けくださいと神に懇願する声。

「そのとき、モンロー兄弟はどこにいましたか」

「わかりません」エリザベスは咳払いした。「部屋はほかにもあったので」

「では少女は？」マーシュは一枚の写真を滑らせてよこした。マットレスと針金が写っていた。エリザベスはもう一度まばたきしたが、周囲はあいかわらずぼやけたままだ。写真だけが鮮明だった。マットレス。記憶。「チャニングはどんな様子でしたか？」

「そちらがご想像のとおりです」

「もちろん、怯えていたでしょう」マーシュはマットレスの写真に指を置いた。「針金でマットレスに縛りつけられていたのですからね。一糸まとわぬ姿で。たったひとりで」そう言うと写真をどけ、死んだ男たちが写っている二枚を示した。全身が傷だらけでねじ曲がり、ずたずたになっていた。「わたしがもっとも興味を抱いたのがこの二枚なんですよ」そう言って、エリザベスのほうに押しやった。「とくに撃たれた箇所がね」彼は片方の男に指で触れ、つづいてもう片方に触れた。「両者とも膝が撃ち抜かれている」損壊した膝の拡大写真を滑らせた。「股間は複数撃たれています。これも両者ともです」あらたな拡大写真がテーブルの上を移動した。今度のは解剖時の写真で、殺風景なくらいくっきりしていた。「あなたはこの男たちを拷問しましたか、ブラック刑事」

「暗かったので……」

また一枚、べつの写真がテーブルの向こうから差し出された。「タイタス・モンロー。両膝と両肘を撃ち抜かれている」

「ねらったわけではありません」

「しかし、かなりの痛みをともなう傷です。しかもすぐに死ぬことはない」

エリザベスは吐き気をおぼえ、息をのみこんだ。マーシュがそれに気づいた。「写真をちゃんと見ていただきたいと言ったはずですが」

「前にも見ましたから」

「これらは無差別にできた傷じゃありませんよ、刑事」

「相手は武器を持っていると思ったんです」

「膝。股間。肘」

「しかも暗かったんです」

「十八発ですよ」

「少女が泣いていたんです」

「十八発を撃ちこみ、最大限の痛みを味わわせている」

エリザベスは顔をそむけた。マーシュは椅子の背にもたれた。青い目が冷ややかだ。「ふたりの男が死んだんですよ、刑事」

エリザベスはゆっくりと顔を戻した。その目からは生気も感情もまったくうかがえず、まるで死人のようだった。「二匹のけだものです」

「いまなんと？」

心臓が二度、脈打った。エリザベスは慎重に口をひらいた。「二匹のけだものが死んだんです」

「リズ！　なんてことを！」

駆け寄りそうになったダイヤーをマーシュが手をあげて制した。「いいんです、警部。そこを動かないで」そう言ってエリザベスに注意を戻し、両手をテーブルの上で広げた。「この男たちを拷問しましたか、刑事」むごたらしい一枚を取りあげ、彼女の前にそっと置いた。エリザベスが目をそむけると、さらに二枚置いた。どちらも解剖時の拡大写真だった。生々しい傷がカラーで写っていた。「ブラック刑事？」

エリザベスは立ちあがった。「もう終わりにしましょう」

「まだ退室していいとは言ってませんよ」

彼女は椅子を引いた。

「質問はまだ終わっていませんよ、刑事」

「わたしのほうは終わりましたので」

彼女はくるりと向きを変えた。

ハミルトンが立ちあがったが、マーシュは制した。

「行かせてやれ」

エリザベスはドアを引くと、ダイヤーが腕に触れて思いとどまらせるようなことを言うより先に、外に出た。興味本位の目を向けてくる警官の一団をかき分け、友人やライバルやはじめて見る顔をかき分けた。部屋全体が色あせて灰色に変わり、まわりからいろいろな声が聞こえてくるが、どれもエリザベスには関心のないことか、理解できないことばかりだ。すべてが地下室と同じになった。石と布、悲鳴と血。自分の名前を呼ぶ声がしたけれど、きっと気のせいだろう。世界は硝煙《しょうえん》と針金とからめたチャニングの指と……。

「リズ！」

ぬめった肌と痛みと……。

「リズ、待てよ！」

ベケットの声だったが、まだかなり距離がある。彼の指が軽く触れてきたがそれを無視し、新鮮な空気のなかに出てはじめて、彼が自分を追って階段をおりてきたのに気がついた。車と黒いアスファルトが見えたところで、ベケットに手首をつかまれた。

「話すつもりはないから」

「リズ、おれの顔を見ろ」

できなかった。一台の車からオイルが漏れ、アスファルトにしたたっていた。陽射しが水たまりを溶けた鉄に変えていたが、いまの彼女が感じているのがまさにそれで、骨から固いところがすべて抜かれたような、自分が溶けてなくなったような感覚だった。「電話しないでよ、チャーリー。わかった？　絶対に電話してこないで。あとをつけてくるのもだめ」

「どこに行くつもりだ？」

「わかんない」そう答えたが、うそだった。

「ウィルキンズと話したらどうだ」

「訪ねる気なんかないから」ウィルキンズは署の精神科医で、一日おきに電話してくる。彼女のほうは一日おきに診察を断っている。「わたしなら平気」

「おまえはそれしか言わないけどな、強風に吹き飛ばされたみたいな顔をしてるぞ」

「平気だってば」

「リズ……」

「もう行くわ」

車に乗りこみ、チャニングが四十時間の長きにわたってとらわれていた廃屋まで運転した。そこに行った理由は自分でもさだかでないけれど、たぶん写真と夢、それにずっとこの界隈を避けてきたことと関係あるのだろう。暮れゆく空の下に、その建物はあった。道路からかなり奥まっており、一部は倒木に押しつぶされ、残りの部分は若木やトウワタ、さらには高く茂った草でよく見えない。ガラスのはまっていない窓から腐敗とかびと野良猫のにおいがただよってくる。隣の家は無人だった。同じ通りに並ぶほかの三軒にも明かりはついていなかった。

この街は崩壊しかけている、と胸のうちでつぶやく。

彼女も崩壊しかけている。

張り出し玄関にあがったところでエリザベスはためらった。ドアのところで黄色い現場保存テープがはためいていた。窓には板が打ちつけられている。もろくなったペンキに触れながら、ドアの向こう側で死んだすべてのものを思い出していた。あれから五日よ、と自分に言い聞かせる。ちゃんとできる。それでも、取っ手にのばした手は震えていた。

　信じられない思いで手をじっと見つめたのち、ぎゅっと握りしめた。しばらくなにもせずに突っ立っていたが、バッジをつけるようになってはじめて、パニックを起こして退却した。なんてことのない、ただの場所じゃないの、と自分に言い聞かせる。どこにでもある、ただの家だと。

　なのにどうしてなかに入れないの？

　車に戻って走りだした。家並みがいきおいよく流れ去り、太陽は高木の向こうに沈みかけている。長くゆるやかなカーブに差しかかったところで、家に向かっていないことに気がついた。家並みも山の稜線《りょうせん》も景色もちがう。それでも、そのまま走りつづけた。なぜって？　なにかを必要としていたから。試金石となるものを。そもそも警官になろうとした理由を思い出させてくれるものを。


　エイドリアンは街から十マイル離れたところにある、かつては自宅だったものの、焼け落ちた建物のなかにいた。半マイルほど私道を進んだ突きあたり、大きな木の下に建つその家は、昔はみごとな農場だったが、いまでは灰をかぶった壁と煙突の骨組みくらいしか残っていない。星めぐる空の下に出ると、風に乗ってほのかな煙の味が感じられた。

「なにしに来たんだ、リズ」エイドリアンが暗がりから姿を現わした。

「お邪魔してるわ。こんなふうに押しかけてごめんなさい」

「べつにおれの家じゃないよ」

「そういう意味で言ったんじゃない」

「じゃあ、どういう意味だ？」

「刑務所。十三年」そこで言葉がつきたのは、いまの自分をつくったのはエイドリアンだからだ。つまり彼はいわば神であり、彼女にとって神は恐ろしい存在だった。「面会に行かなくて申し訳なく思ってる」

「当時のきみはまだ駆け出しだった。おたがい、ろくに知りもしなかったじゃないか」

うなずいたのは、このときも彼の言葉が適切でなかったからだ。彼が刑務所に収監された最初の年は手紙を三通送り、文面はどれも同じだった。ごめんなさい。もっと力になれればよかったのに。そのあとは、これといったことはできなかった。

「知ってたの……?」そう言って両のてのひらを返し、質問を終えた。知ってたの? 自宅が焼けたことを。奥さんが出ていったことを。

「キャサリンからはなんの連絡もない」彼の顔は暗がりにできた灰色の傷のようだった。「裁判のあとは誰からも連絡なんかなかった」

エリザベスは一気に押し寄せてきたうしろめたい気持ちをよけようと背中を丸めた。妻が去ったことも、自宅が焼失したことも、何年も前に伝えるべきだった。刑務所に出向き、顔を見て告げるべきだった。なのに、塀のなかでうちひしがれている彼を思うと、とてもできそうになかった。「キャサリンはあなたが有罪判決を受けた三カ月後にいなくなった。ここはしばらくのあいだ無人のまま放置されていたけど、ある日、火事に見舞われたの。放火らしいわ」

彼はうなずいたが、胸を痛めているのがわかった。

「なぜここに来たんだ、リズ?」

「あなたの様子をたしかめたかっただけ」その先は言わずにおいた。自分自身も殺人容疑をかけられていることも、なにかアドバイスがほしかったことも、昔は彼を愛していたような気がすることも。

「なかに入らないか?」

冗談を言ったのかと思ったが、彼は足をおろす場所を選びながら瓦礫《がれき》のなかを進み、オレンジ色の光のすぐそばで足をとめた。居間だった場所のようだ。床はなくなっているが、暖炉に火がついており、ぱちぱちと音をたてている。エイドリアンが木をくべると、光は大きくなった。あたりを見まわすと、灰が掃き寄せてあり、椅子がわりに丸太が一本運びこんであった。エイドリアンの両手は汚れていたし、シャツにはギデオンの血がどす黒くついたままだ。「わが家がいちばんだな」彼はそっけなく言ったが、つらい気持ちがにじみ出ていた。彼の曾祖父が建てた家だった。ここでエイドリアンは育ち、裁判費用を工面するのに必要ならばと、妻に譲渡したのだった。南北戦争にも、彼の破産にも、彼の裁判にも耐えた家。それがいまは、歴史の流れを見守ってきた木々の下、骨組みだけの姿をさらしている。

「奥さんのことは残念ね」エリザベスは言った。「居場所を教えてあげられればいいんだけど」

「裁判が始まったとき、女房は妊娠していた」エイドリアンは丸太に腰かけ、炎を見つめた。「評決が出る二日前に流産した。それは知ってたかい？」エリザベスは首を横に振ったが、彼はまったく見ていなかった。

「あっちで誰か見かけなかったか？」

「あっち？」彼女は畑と私道のほうを示した。

「さっき、車が一台とまってたからさ」

彼は心ここにあらずで、ぼんやりしているように見えた。エリザベスは隣にしゃがんだ。「あなたはなぜここにいるの、エイドリアン？」

彼の目にちらりと浮かんだものは、どこか危険な感じがした。怒り。強い気持ち。それは残酷で鋭いものだったが、あっという間に消え去った。「ここ以外にどこに行けばいいんだ？」

彼は肩をすくめると、ふたたびぼんやりとした顔になった。エリザベスは穴があくほど見つめたが、さっき一瞬だけ垣間見えたものはすっかり消えていた。

「ホテルとか。とにかくここじゃない場所」

「ほかの場所なんかないよ」

「エイドリアン、あの——」

「あっちで誰か見かけなかったか？」

　さっきと同じ声が同じ質問をしたが、なにを心配しているにせよ、それはおもてには現われていなかった。エリザベスがこうして立っているというのに、暖炉の火を気にするあまり気遣いがどこかにいってしまったのかもしれない。「きつかった？」刑務所の意味でそう尋ねた。彼は答えなかったが、両手が小刻みに震え、傷に光があたって象牙《ぞうげ》のように輝いている。エリザベスは少女時代に思いをはせた。世の中を闊歩《かっぽ》する彼を、自分のデスクについている姿や射撃練習場に立つ姿を、目撃者や犯行現場や役所の煩雑《はんざつ》な手続きに取り組む姿をいつも目で追っていた。笑顔と同じように自信をまとっていた人だったから、目を白煙の向こうに向け、じっと身じろぎもせずにいる姿はまったくの別人に思えた。「しばらく一緒にいてもいい？」

　彼がゆっくりと目を閉じ、エリザベスは答えがノーであるのを知った。これはいわば聖体拝領のようなものので、エイドリアンのなかの彼女は、昔ちょっと知っていた子どもでしかないのだ。「来てくれてうれしかったよ」彼は言ったが、その言葉には少しも心がこもっていなかった。

　立ち去れ、と言っているのだ。

　ひとり静かに苦しませてくれ、と。

7

真っ暗なサイロのなかで、ラモーナは時間の感覚をすっかり失っていた。ここには湿り気を帯びた土と暑さとコンクリートの壁しかなかった。扉は真四角の金属で、そこに一インチほどの隙間ができ、外の錠前ががちゃんと音をたてた。

「誰か……」

とぎれとぎれの、かすれた声しか出なかった。

「助けて」

サイロの上のほうからばたばたという音がするのは、おそらく彼女と同じように閉じこめられてしまった鳥だろう。ラモーナは顔をあげてドアを引っかいたが、さびついたねじや表面の亀裂で爪がはがれただけだった。さらに一時間が経過したが、もしかしたら一日だったかもしれない。いつの間にか眠っていて、ひと筋の黄色い光で目が覚めた。光が全身を照らした瞬間、手と腕に汚れがびっしりついているのがわかった。胸のうちに希望の光が灯《とも》ったが、男の声がしたとたん、それもはかなく消えてしまった。

「そろそろ時間だ、ラモーナ」

「水……」

「わかっている。ちゃんと水はあげるよ」

彼女は足を引きずられるようにしてドアから引っ張り出された。まだ夜だったが、月はうっすらした灰色で、ヘッドライトがサイロに映った影を躍らせていた。彼女はまばたきしたが、男の顔はにじんで見えた。

「ほら」男からボトルを渡され、彼女は大量に飲みすぎて、思わず咳きこんだ。「手伝ってあげよう」男はボトルを彼女の唇にあてがい、傾けた。彼女は叫ぶか逃げるかしたかったが、動くのもやっとという状態だった。男が濡れタオルで彼女の顔や腕についた黒い土をぬぐった。それから声も出せずに怯えている彼女をよそに、サンドレスの裾をめくって、同じタオルで両脚をきれいにしたが、その手はなれなれしいながらもいやらしい感じはなかった。「これでいいかな？」

「どうして……」

「よく聞こえないな」男は彼女の膝の裏のやわらかい部分に片手を置いて、ぐっと顔を近づけた。

彼女は荒れた唇をなめた。「どうして？」

男は彼女の顔にかかった髪を払い、目をじっとのぞきこんだ。「わたしたちは黙って従うしかないんだよ」

「お願い……」

「もう出かける時間だ」

男は彼女を引っ張りあげるようにして立たせ、ぼろぼろの合成皮革のシートに煙草の焼け焦げがついた車まで連れていった。手首の手錠がかちゃかちゃいうので、鎖のところを握って彼女を車に乗せ、シートベルトを締めた。

「おとなしくしていなさい」男は言うと、上下する影となってまぶしいライトを突っ切り、やがて姿が見えなくなった。彼女はシートベルトを引っ張ろうとしたが、飢えと暑さのせいですっかり体が弱っていた。男が車に乗りこみ、自分の側のドアを閉めた。

「家に帰りたい」

ダッシュボードの時計は五時四十七分を表示していた。フロントガラスの向こう、木立のなかに淡い光が集まっている。

「おとなしく言うことを聞いていれば、簡単にすむ。わかるね？」

彼女は泣きじゃくりながらうなずいた。「どこに連れていくの？」

男は無言で未舗装の道路に入り、森を抜けた。舗装した道に出ると、畑に色が差しはじめ、眠たげな目のような太陽がのぼるなか、右にハンドルを切った。

「お願いだから乱暴なことはしないで」

男はなにも言わず、スピードをあげた。

四分後、教会が見えてきた。

8

エリザベスは夢を、記憶の夢を見ていた。暑い夜のこと、彼女はペネロープ・ストリートにある廃屋の庭を突っ切った。通りの先は明かりがちらほら見えるが、どれも遠くてぼやけていた。最後の木から家の側面まで移動した。濡れた芝生に足を滑らせながら草ぼうぼうの茂みをかき分けていき、嵐の影響でひび割れ、湿っている古びた下見板に背中を押しつけた。息を殺し、なかから音がしないか耳をそばだてた。通報者は悲鳴を聞いたという。けれどいま聞こえるのは自分の呼吸と心臓の音、それに詰まった雨樋《あまどい》から水がしたたる音だけだ。濡れた葉に手や顔をなでられながら壁伝いに移動した。遠ざかる嵐のなか、遠くの空に稲妻が走った。最初の窓のところで足をとめた。半地下の窓で、黒く塗りつぶしてある。そこを二歩行きすぎたとき、音が聞こえたが、ほんの一瞬のことで、エリザベスは空耳ではないかと疑った。

声？

泣き声？

張り出し玄関のところで、最後にもう一度、ベケットでもダイヤーでも、誰かに連絡しようかと考えた。でも、ベケットは家族のもとに帰ったし、いま街は緊急事態だ。だいいち、なかに人がいるにしても、若者がマリファナを吸っているか、セックスの真っ最中といった程度だろう。制服警官だった時代に、その手の通報を何度受けたことか。十回？　百回？

銃を抜き、手探りで取っ手をまわした。なかは真っ暗で、空気はかびと猫と腐ったカーペットのにおいが強烈にただよっていた。ドアを閉め、懐中電灯のスイッチを入れて、部屋をざっと照らした。

床に雨水がたまっていた。天井はぐしょぐしょに濡れている。

居間とキッチンが無人なのをたしかめ、奥の部屋と廊下も同じように調べた。二階にあがる階段がひどく傷んでいたので、上の部屋は無視して地下に行く階段を探しあてた。懐中電灯を低く持ち、壁に背中をぴったりくっつけた。八段でおりきって向きを変え、ぎしぎしいうドアをあけた。

銃を体の前でかまえて進んだ。最初の部屋は無人だった。ここも床に水たまりがあり、朽《く》ちた段ボールが山をなしていた。廊下をたどっていくと、家のちょうど中心とおぼしき正方形のスペースに出た。右にマットレスにうつぶせになったチャニングの姿があった。その向こうにも廊下があり、べつの部屋のドアが並んでいる。木箱の上でろうそくが燃えていた。

いったん退却し、連絡を入れるべきだ。けれど、チャニングの黒い目が、すがりつくようにエリザベスを見つめていた。

「大丈夫よ」

エリザベスは奥に進むと、銃を上に向けてドアを調べ、その先の廊下を調べた。通路と小部屋と死角だらけだ。

「ここから出してあげるからね」

エリザベスは少女のわきに膝をついた。肌に食いこんでいた針金をほどいてやる。まずは片方の手首から、つづいてもう一方の手首。両手に血が通いはじめ、少女が声をあげた。

「じっとしてて」チャニングの口からさるぐつわをむしり取り、ドアを、四隅をうかがった。「何人いるの？　チャニング？　何人？」

「ふたり」エリザベスが足首の針金をほどきはじめると、チャニングはすすり泣いた。「犯人はふたりよ」

「これでよし、と」エリザベスは少女を立たせてやった。「どこ？」チャニングが迷路のずっと奥を指差した。「ふたりとも？」

チャニングはうなずいたが、それは間違いだった。おぞましくも悲惨な間違いだった。


エリザベスは椅子の肘かけに爪を立て、少女の名をつぶやきながら目が覚めた。眠るたびに、これと同じ夢を見る。最悪の場面に達する前に目覚めることもあった。最後まで行くこともあった。コーヒーを飲んで歩きまわるのも、眠りのほうから忍び寄ってくるまで眠らないのも、そのせいだった。

「まったく、楽しい夢だわね」

エリザベスは両のてのひらで顔をこすった。汗だくで、心臓の鼓動が速かった。どこを見ても病院の緑の壁とチカチカする光しかない。ギデオンの病室にいるのはわかるが、靴を脱いだ記憶も、目を閉じた記憶もなかった。まさか飲んでいたのだろうか。たしかに、そういうこともときどきある。夜中の二時、あるいは三時に。コーヒーに嫌気が差して。記憶に嫌気が差して。

病室は薄暗かったが、時計の表示は六時十二分になっていた。少なくとも数時間は眠ったわけだ。夢は何回見ただろう。三回だった気がする。階段をおりることと三回、闇のなかに足を踏み入れること三回。

立ちあがり、ベッドに歩み寄って少年を見おろした。遅い時間に来てみると、病室にはギデオンしかいなかった。父親の姿はなかった。かなり遅い時間だったから医師もいなかった。夜勤の看護師がいろいろ教えてくれ、よかったら泊まってもいいと言ってくれた。規則にはいくらか抵触するが、目覚めたらそばに誰もいなかったということにはしたくない、という点でふたりの意見が一致した。エリザベスはしばらく少年の手を握ってから腰をおろし、時計の表面を長針が移動していくのをながめていた。

ベッドに身を乗り出して、ギデオンの顎のところまで上掛けを引っ張りあげ、カーテンを少しずらして外を見やった。芝生に朝露がおり、空が薄紅色に染まっている。きょうはチャニングに会いにいこう。できればエイドリアンにも。ひょっとしたら、州警察官がいよいよ逮捕しにくるかもしれない。だったら、車に乗って逃げてしまおうか。愛車マスタングの幌《ほろ》を全開にして西に向かうのもいい。二千マイルも走れば、乾いた空気と砂漠と岩の上にのぼる真っ赤な太陽とどこまでもつづく景色が待っている。

でも、そうしたら、ギデオンが目覚めたときに誰もいないことになる。

チャニングのそばにいてやれなくなる。

扉一枚隔てたナースステーションには、昨夜とはべつの看護師がいた。「きのうもいましたよね」

「はい」

「ギデオンのお父さんはどうしたんでしょう?」

「警備員が病院の外に連れ出しました」

「酔っていたんですか?」

「酔っ払って、手がつけられなかったんです。刑事さんのお父様が自宅まで連れていくとおっしゃって」

「父が?」

「ブラック牧師はきのう、昼間のほとんどと、夜も半分ほど付き添っていました。つきっきりでしたよ。お会いになりませんでした?」

「父が力になれたようで安心しました」

「お父様は心の広い方ですね」

エリザベスは看護師に名刺を差し出した。「ミスタ・ストレンジがまた問題を起こすことがあったら、わたしにご連絡を。気の毒で一般の警官にまかせるわけにはいきませんが、やっかいな人なので父の手にはあまると思いますので」看護師はなにか訊きたそうな顔をしたが、エリザベスは手を振ってそれを制した。「聞くも涙の物語なんですよ。よくある話でもあるけれど」


エリザベスはさらに二十分ほどギデオンに付き添い、その後、木々の上に太陽が顔を出すころ、車で自宅に戻った。また砂漠に思いをはせながら、シャワーを浴び、服を着替えた。九時には歴史地区の奥にいて、木陰の道をくねくね走り、チャニングが暮らす築百年以上にもなる屋敷が、庭と生け垣と錬鉄のフェンスを見おろすように建っている通りにたどり着いた。

少女の父親がドアのところで出迎えた。「ブラック刑事。急なお越しで」彼は端整な顔立ちをした五十代で、いかにも健康そうに、ジーンズとゴルフシャツ、素足にローファーという恰好だった。彼とは一度ならず顔を合わせているが、いずれも厳しい状況下でのことだった。チャニングがいなくなった当日の警察署、地下室から救出したあとの病院、州警察がブレンドンとタイタスのモンロー兄弟に対する発砲について正式に捜査を開始した日。有力者である彼は、無力感と警察と傷ついた娘には慣れていなかった。それはエリザベスにもわかる。だからと言って、彼が扱いやすい相手になるわけではない。

「チャニングと話がしたくてうかがいました」

「申し訳ないが、刑事さん。時間が早すぎますよ。娘は休んでいるんだ」

「娘さんから電話してほしいと言われたのですが」

「そうだとしても、電話ではなく押しかけてきてるじゃないですか」

エリザベスは父親の向こうに目をこらした。屋敷は暗い色の敷物と重厚な家具で埋めつくされていた。

「お嬢さんはとてもわたしに会いたい様子だったんです、ショアさん。ぜひとも話をする必要があります」

「いいですか、刑事さん」父親は外に出てドアを閉めた。「ニュースで言ってることは、ひとまず忘れましょう。あなたが捜査対象になっていることも、州警察がうちの弁護士をせっついて、その気のないチャニングから話を聞こうとしていることも忘れましょう。そういうことはすべてわきにどけて、単刀直入に申しあげます。うちの娘のためにあなたがなさったことには感謝しているが、あなたの役割はもう終わったんです。娘は無事、家に戻りました。わたしどもでちゃんと面倒を見ている。あの子の母親とわたしとで。家族ですからね。おわかりいただけるかな」

「もちろんです。それはもうたしかに」

「あの子は恐ろしい経験を忘れなきゃいけないんだ。あなたがそばにいては、忘れようにも忘れられないじゃありませんか」

「忘れることと乗り越えることは同じではありませんよ」

「あのですね」一瞬、父親の表情が穏やかになった。「あなたがりっぱな人間ですぐれた警官であるという話は充分すぎるほど聞いています。判事からも、ほかの警官からも、ご家族の知り合いからも。お気持ちを疑うわけじゃありませんが、あなたがチャニングにしてやれることはなにもないんだ」

「そんなことはないと思いますが」

「刑事さんが立ち寄ったことは伝えます」

父親はなかに引っこんだが、エリザベスは閉まりかけたドアのへりをつかんだ。「お嬢さんには頑丈な壁よりも必要なものがあります、ショアさん。理解してくれる人が必要なんです。あなたは身長六フィートあまり、世界を股にかける大金持ちです。チャニングはそうじゃありません。彼女がいまどんな気持ちか、おわかりになりますか？　わかるとお思いですか？」

「わたしほどチャニングを理解している者はいませんよ」

「そういうことを訊いてるんじゃありません」

「刑事さんにはお子さんはいますか」彼はエリザベスを見下すように立ち、答えを待った。

「いいえ、いません」

「だったら、子どもさんができたら、この会話を再開しましょう」

父親はドアを閉め、エリザベスだけが外に残された。彼の気持ちもわからないではないが、チャニングには今後待ちかまえているつらい未来を切り抜けるための案内役が必要であり、エリザベスはそこらの人間よりずっとそのルートに精通している。

高いところにある窓を見あげ、大きく息を吐き出すと、壁のようにそそり立つ箱形の植え込みのあいだを縫うように歩きはじめた。通路に沿って巨大なオークの茂みをまわりこんでアプローチに出たところ、車のボンネットにチャニングが腰かけていた。ゆったりしたジーンズとパーカが小さな体をすっぽり包んでいた。フードで目が陰になっていたが、顎のラインに光を受けながら口をひらいた。「刑事さんが車をとめるのが見えたから」

「チャニング、こんにちは」少女は車から滑りおり、ポケットに両手を突っこんだ。「どうやって出てきたの?」

「窓から」彼女は肩をすくめた。「しょっちゅうやってる」

「ご両親が……」

「チャニング……」

「両親はあたしを子ども扱いしてばかり」

「もう子どもじゃないのに」

「そうね」エリザベスは沈んだ声で言った。「たしかに、もう子どもじゃない」

「ふたりとも、なにもかも大丈夫、助かったんだからって言うんだ」チャニングは口を強く引き結んだ。重さ九十ポンドの磁器。「大丈夫なわけないのに」

「いずれ大丈夫になるわよ」

「刑事さんこそ大丈夫なの?」

チャニングが顔を太陽に向けたとき、骨が皮膚を突き破らんばかりなのと、目の下にエリザベスのと同じくらい黒い隈ができているのに気がついた。「ううん、大丈夫とは言えないわね。ほとんど眠れないし、眠れたら眠れたで悪夢ばかり見るし。食事も運動もしてないし、必要がなければ誰ともしゃべらない。まだ一週間にもならないのに、体重が十二ポンドも減ったわ。あそこでの出来事はあんまりだった。腹がたってしょうがない。誰かをめちゃくちゃにしてやりたいくらい」

チャニングはポケットから手を出した。「パパはさ、あたしの顔をまともに見られないんだ」

「そんなことはないでしょうに」

「もっと速く走って、もっと必死に抵抗するべきだったと思ってるんだ。そもそも、出かけたあたしがいけないんだって」

「お母さんはなんて言ってるの?」

「ココアを持ってきてくれたり、あたしには聞こえないと思って泣いたりしてる」

屋敷をあらためて見あげると、拒絶と静かなる完璧がひしひしと伝わってくる。「ちょっと抜け出そうか」

「ふたりで?」

「そう」

「どこに行くの?」

「それって大事なこと?」

「そんなことない」

チャニングが車に乗りこむと、エリザベスは歴史地区を出て、ショッピングモール、自動車販売店、デイケア施設を通りすぎた。街はずれまで行くと、砂利道を森の奥深くまで進み、街を囲む丘陵から頭ひとつ抜けた山の斜面をのぼりはじめた。風がひゅうひゅうと車内を抜けていくが、頂上が近づき、道路がたいらになって駐車場に入るまでふたりとも口をひらかなかった。

「ここって昔の採石場だよね」チャニングが沈黙を破ったが、さして関心のなさそうな声だった。

エリザベスは森が裂けたようになっているところを指差した。「あそこにある登山道をあがったところがそう。四分の一マイルくらいかな」

「なんでこんなところに来たの?」

エリザベスはエンジンを切り、サイドブレーキを引いた。これからやることは、かなりの苦痛をともなう。

「少し歩きましょう」

チャニングを従えて日陰に入り、長い歳月をかけて多くの人に踏み固められた曲がりくねった山道をのぼりはじめた。しだいに急な箇所が増えていった。散乱するごみや樹皮にイニシャルを彫りつけた灰色の木を通りすぎた。頂上に達すると景色がひらけ、片側は街が、反対側は採石場が一望できる見晴台になっていた。採石場は浅土に木がちょろちょろ生えているところもあったが、大半は石があるだけだった。寂寥《せきりょう》として美しい場所だが、採石場までは垂直に二百フィートもの落差がある。

「なんでこんなところに連れてきたの？」

エリザベスはへりに進み出ると、冷たく光る黒々とした広大な水面を見おろした。「わたしの父は牧師なの。たぶん知らないと思うけど」チャニングが知らなかったというように首を振り、水面から吹きあげた透明な壁のような風にエリザベスの髪がふわりと浮いた。「わたしは教会で育ったの。というか、教会の裏にある小さな家でね。牧師館というんだけど、その言葉は知ってる？」

チャニングがまたも首を振り、エリザベスはそれもしかたないと思った。生活の一部としての教会、祈り、恭順、服従の日々と言っても、たいていの子どもには理解できないだろう。

「日曜のミサが終わると、信者の子どもたち同士でここに来るの。少ししか来ないときもあれば、大勢のときもあった。何人かの親が車で下まで連れてきてくれて、わたしたちが上で遊んでるあいだ、車のなかで新聞を読んでいたものよ。楽しかった。ピクニックに凧《たこ》あげ、裾の長いワンピースに編みあげブーツ。川の上に張り出した狭い岩棚に行ける通路があってね。泳いだり、石切遊びをしたりした。キャンプファイアを囲んだこともあった」エリザベスはこくりとうなずいた。きょうのような日の記憶が、疑うことを知らない貧弱な尻の少女の記憶が、セピア色になってよみがえる。「わたしね、十七のとき、あそこの木立のところでレイプされたの」

チャニングが首を左右に振った。「無理に話してくれなくていいよ」

それでも、エリザベスはつづけた。「ふたりきりになっちゃってね、その男の子とわたしが。遅い時間だった。父は下にとめた車のなかで待っていた。あっという間の出来事で……」エリザベスは石を一個拾って投げ、それが採石場に落ちていくのをじっと見つめた。

「彼が追いかけてきたの。わたしのほうはゲームのつもりだった。たぶん、最初はそうだったんだと思う。たしかめたわけじゃないけど。しばらくは、おかしくて笑ってたけど、突然、笑えなくなった」そう言って木があるほうを指差した。「あの小さなマツの木のところで捕まって、大声を出せないよう口にマツの葉を詰めこまれた。とっさのことですごく怖かったし、なにがどうなってるのかほとんどわからなくて、ただ、彼の重みと痛みだけは覚えてる。坂を下っていく途中、彼は誰にも言わないでほしいと頭をさげたわ。あんなことをするつもりじゃなかった、友だちであることに変わりはない、自分はだめなやつだ、二度とこんなことはしないと言って」

「エリザベス……」

「わたしたちはそこの森を四分の一マイルほど歩いて抜け、父の車で帰宅した。後部座席に並んですわってね」少年の脚と自分の脚が密着していたことには触れなかった。触れ合った部分が熱を帯びていたことも、彼が一度手をのばしてきて手の甲を指で触れたことも説明しなかった。「父には話さなかった」

「なんで？」

「よくわからないけど、自分のせいだと思ったからかな」エリザベスはまた石を放り投げ、落ちていくのを見つめた。「それから一カ月ちょっとたったころ、わたしは自殺しかけたの。ちょうどこの場所で」

チャニングは同じ環境に身を置いてみようというのか、落差を上からのぞきこんだ。「どのへんで踏みとどまったの？」

「一歩手前。ほんの数秒のところだった」

「なんでやめたの？」

「信じてみようと思えるものが見つかったから」エイドリアンのことに触れなかったのは、あまりに個人的にすぎるし、自分の胸にしまっておきたかったからだ。

「あなたのお父さんには、いまの状況をよくする力はないわ、チャニング。お母さんにも無理。あなたが自分でなんとかするしかない。そしてわたしはその力になりたいの」

怒り、疑念、不信感で少女の顔がゆがんだ。「刑事さんは立ち直ったわけ？」

「いまだにマッのにおいが苦手だけどね」

チャニングは形ばかりの笑顔をのぞきこみ、うそはないか、わずかなりともうそはないかと探った。エリザベスはてっきり背を向けられると思ったけれど、そうはならなかった。

「相手の人はどうなったの？」

「いまは保険の仕事をしてるわ」エリザベスは言った。

「肥満ぎみで、結婚してる。たまにばったり会うのよ。わざとそうするときもあるんだけどね」

「なんでそんなことするの？」

「だって、けっきょく立ち直るにはひとつしか方法がないもの」

「方法って？」

「選ぶこと」エリザベスは少女の顎にてのひらをあてがった。「自分で選ぶことよ」

9

エレン・ボンデュラントは若くしていい結婚をし、四十一歳になったとき、容貌の衰えと男の身勝手に関して苦い真実を学んだ。最初はとまどい、つづいて悲しみに襲われた。最後には心が完全に麻痺《まひ》してしまい、夫から書類を見せられるとすぐにサインした。弁護士からは世間知らずにもほどがあると言われたけれど、そういうわけではなかった。お金の話をするのが昔から苦手だったのだ。車やパーティやどんぐりほどもあるダイヤモンドも同様だ。婚姻の契《ちぎ》りを交わした相手さえいればよかった。

でも、その相手はずいぶん昔に去った。

いま彼女は街はずれにある小川沿いの小さな家で犬とともに暮らし、生活はとても質素になっていた。馬の調教で生計を立て、余裕があるときには広々とした場所を散歩するのが趣味だった。物思いにふけりたいときは川沿いに広がる低地帯を、ながめを楽しみたいときは尾根伝いに歩いて古い教会まで往復する。

きょうは教会に行くことにした。

「行くわよ」

愛犬たちにそう声をかけ、つらなる丘を南東方面に縦走する山道に向かって急な斜面を歩きはじめた。足取りは軽く、自分でも四十九という実年齢よりずっと若く感じる。いつも早朝から馬に乗り、調馬索と鞭《むち》を持って長時間、調教に励んでいるたまものだろう。顔はなめし革のようでしわも多いが、雪も雨も暑さもいとわずに働く手には誇りを持っている。

最初の丘のてっぺんで足をとめ、はるか下の自宅を、プラスチックでできた木立のうしろに落ちたおもちゃのような家を見おろした。前方には曲がりくねった山道がさらに上へとのび、それから三マイルほどは平坦になっている。教会が見えてくると、いつもながら、質素でいて威厳のある美しさに胸を打たれる。大理石の階段、折れ曲がって下に落ちた鉄の十字架。

足を滑らせながら忘れられた教会がある稜線《りょうせん》のくぼみに出ると、どこがどうとは言えないものの、なにかがちがう感じがした。犬たちが興奮したように頭を低くし、目に見えない臭跡をたどったり、哀れっぽく鼻声を出したりしはじめた。教会を半周しただけで駆け足で戻ってくると、幅のある階段のたもとで鼻をくんくんいわせ、肩甲骨《けんこうこつ》のあいだの毛を逆立てて右往左往している。

エレンが呼び寄せようと口笛を吹いたが、犬たちは従わなかった。いちばん大型の、トムという名の黄色いラブラドールレトリバーが、爪の音をたてながら階段を駆けあがった。

「どうかした?」

しばらく草に脚をなでられていたが、よく見ると、ドアの近くにタイヤ痕があった。ここに人が来ることはたしかにある。でも、その場合は未舗装道路か砂利が敷いてある場所にとめるのが普通だ。タイヤ痕はドアの手前までついていた。

階段のたもとで立ちどまって建物を見あげると、ほかにもいつもとちがうところがあった。両開き扉はオークの一枚板で、黒い鉄の取っ手は彼女の腕ほどの太さがある。記憶によれば、ふたつの取っ手は鎖でつないであるはずだが、きょうはそれが切断されて、右側の扉があけはなしてあった。

エレンは急に怖くなり、恨《うら》めしそうに丘をながめやった。立ち去るべきだと直感的に思ったが、トムが扉の前で哀れっぽい声を出している。「大丈夫よ」犬の首輪をつかんで、なかに入った。奥は薄暗く、板を張った窓から入りこむ剣のような光が、闇を切り裂いていた。アーチ形の天井は暗かったが、祭壇に目がとまった。そこだけ両側の窓の板がはずしてあり、光が射しこんで祭壇を宝石のように輝かせていた。白と赤と黒が見えた。まず頭に浮かんだのは白雪姫だった。そんな感じがしたのだ。恐れ多いほどの静けさ。髪と肌と赤く塗った爪。五歩進んでようやく、目にしているものがなにかわかり、わかったとたん、全身が氷に変わったかのように動けなくなった。「うそでしょ」世界までもが動かなくなったように感じた。「ああ、なんてひどいことを」

ベケットはなじみのダイナーの奥のブースでコーヒーに口をつけた。ここはお気に入りの地元の店で、どのブースもビジネスマン、整備工、幼い子を連れた母親で混んでいた。半分だけ手をつけたベーコンエッグの皿が、わきに押しのけてある。あまり寝ておらず、二十年ぶりに煙草が吸いたくなった。リズのせいだった。心労。ストレス。彼女は私生活と仕事をきっちりわけるタイプだ。それならそれで、しかたない。彼女はこれまで組んだパートナーたちとちがい、異性、スポーツ、いいセックスと最高のセックスの違いについては話したがらなかった。自分の過去や不安についてはロを閉ざし、睡眠時間や酒量についてはうそをつく。そもそもなぜ警官になろうとしたかについても。まあ、それならそれでかまわない。どうしても距離をおきたいなら、そうすればいい。ささやかで罪のないうそから出発したものが、恐ろしく、とんでもなく悲惨なものにならないかぎり。

彼女はうそをついている。

チャニング・ショアもうそをついている。

噂によれば、ハミルトンとマーシュはまだ街にとどまっているらしい。現場となった廃屋に出向き、チャニング・ショアにも二度、面会をこころみている。リズに対し申し立てられた訴えをすべて入手し、いまはタイタス・モンローの妻から話を聞いている最中だ。

具体的にどんな情報を得ようとしているかは知りようもないが、話を聞いてまわっているという事実が多くを語っている。

　連中の目的はリズの逮捕だ。つまり、いずれ彼にも手をのばしてくる。揚《あ》げ足を取るなり、寝返らせるなりするはずだ。なにしろ、彼はリズが新人だったときから知っているのだ。そしてパートナーとしても四年を過ごしている。しかし、連中にとってひとつ問題がある。リズはまっとうな警官だ。堅実で聡明で頼りになる。

　地下室の一件までは……。

　厳罰に処すべく虎視《こし》眈々《たんたん》とねらう州警察官に向かって、殺した相手は人間ではなくけだものだと返すとは、いったいリズはなにを考えているのか。危険というだけではすまない。自殺行為であり、正気の沙汰《さた》じゃない。しかも、わかりやすい説明がないことがベケットの頭を悩ませていた。リズは警官として特異な存在だ。ダイヤーのように論理一辺倒ではなく、ベケットがこれまで出会ったろくでなし連中の半数のような熱意が空回りするタイプともちがう。この仕事をしているのはスリルを味わうためでも、権力がほしいからでもない。ベケットのように、もっとましなことをするには疲れ切っているからでもない。本人は誰にも見られていないつもりでも、心の奥がふとのぞけることがあり、それが胸が締めつけられるほど美しいのだ。ばかげているのは承知の上だが、もしひとつだけ質問できて、きちんと答えてもらえるならば、警官になった理由を尋ねたい。一本気で聡明な彼女なら、どんな職業にもつけたはずだ。なのに事情聴取を投げ出した。それがまったく理解できない。

　それにエイドリアン・ウォールの存在もある。

　ベケットはふたたび、新人のころのリズに思いをはせた。あのころの彼女はエイドリアンに熱をあげ、彼にはほかの警官には欠けている特殊な洞察力があるかのように、そのひとことひとことを傾聴していた。その心酔ぶりに不安を感じたのは、誰の目にもあきらかだったからだけではなく、署の半数の警官たちが自分も同じ目で見つめられたいと願っていたからだ。エイドリアンの有罪が確定したことで、純真な憧憬《しょうけい》にも終止符が打たれるはずだった。それが無理でも、十三年の懲役がその役目を果たすはずだった。あの男は刑務所帰りで、いろいろな形で壊れている。なのに〈ネイサンズ〉で見せたリズの様子ときたら。エイドリアンと同じ車にするりと乗りこむところ、はっと息をのむところ、話をするエイドリアンの口の動きをじっと見つめるところ。彼女はいまもあの男に首ったけで、いまも信じているのだ。

問題だ。

とんでもなく大きな問題だ。

ベケットはむしゃくしゃしてコーヒーカップを押しやり、勘定書を持ってくるよう仕種《しぐさ》で伝えた。ウェイトレスがのんびりした足で持ってきた。「ほかになにかある、刑事さん」

「けさはもういいよ、メロディ」

ウェイトレスが勘定書を裏にして置くのと同時に、ベケットのポケットのなかで携帯電話が振動した。出してスクリーンを確認してから応答した。「ベケットだ」

「やあ、ジェイムズ・ランドルフだ。ちょっといいか?」

ジェイムズも刑事仲間のひとりだった。ベケットより年上だ。頭は切れるが喧嘩っ早い。「どうした、ジェイムズ?」

「エレン・ボンデュラントを知ってるよな?」

記憶をたどると、六、七年前に会った女性を思い出した。「ああ、思い出した。離婚話がこじれた件だったな。亭主が接近禁止命令を破って、家をめちゃくちゃにしたんだった。彼女がどうかしたのか?」

「そのご婦人から二番に電話が入ってる」

「七年も前の話だぞ。そっちでなんとかしてくれればいいじゃないか」

「しかたないんだよ、チャーリー。取り乱してて、おまえをとご指名なんだ」

「そうかい、わかったよ」ベケットはブースの背に腕をまわした。「つないでくれ」

「切らずに待ってろ」

　かりかりというノイズののち、カチッという音が二度聞こえた。電話がつながってみると、エレン・ボンデュラントは思っていたよりも落ち着いていた。

「わざわざごめんなさいね、刑事さん。でも、あのときとってもよくしてもらったものだから」

「いいんですよ、ボンデュラントさん。どうかしましたか?」

　彼女はさびしそうに笑った。「わたしはただ、散歩をしたかっただけなのに」


　教会の手前の通路に乗り入れたベケットは、ランドルフを電話口に呼び戻した。「まだはっきりしたことは言えないが」車は教会をはるか上方に見ながら、洗濯板のような轍《わだち》の上をがたがた進んだ。「いちおう待機させておいてほしい。制服警官数名、鑑識、監察医。たいしたことじゃない可能性もあるが、どうもそうではない気がする」

「例のあれか?」

「まだ、なんとも言えない」

「ダイヤーに報告したほうがいいか?」

　ベケットはどうしたものかと思案した。ダイヤーは管理職としては悪くないが、世界でもっとも優秀な警官というわけではない。なんでも自分に対する批判と受け取るうえ、逡巡《しゅんじゅん》が危険である場合ですら決断が遅くなりがちだ。場所が場所だし、エイドリアンがすぐ刑務所を出てすぐということもあり、また同じことが起こった可能性はある。ベケットが思うに、ダイヤーはパートナーが人殺しだったショックから、いまも完全には立ち直っていない。署内では長年にわたって疑問の声がささやかれていた。

なぜダイヤーは気づかなかった？

まったくたいした警官だよ。

「待ってくれ、ジェイムズ。知らせたらフランシスは変にぴりぴりしかねない。どんな事件かはっきりさせるのが先だ。また連絡するから、それまでじっと待っててくれ」

「あとでちゃんと話を聞かせろよ」

エイドリアンがまさにこの教会でジュリア・ストレンジを殺害してから十三年がたつが、ランドルフも感じ取っているのだ。邪悪なエネルギーを。この事件ですべてが変わるかもしれない。世間。この街。

リズ……。

ベケットは電話をポケットにしまうと、両手をハンドルに置き、地面から盛りあがるようにして建つ教会をフロントガラスごしにながめた。ここに来ると、いまだに心の奥底がかき乱される感じがする。建物は古く、地面はカミツレモドキやヒメムカシヨモギ、矮性《わいせい》のマツがぼうぼうに生えている。この場所の歴史にくらべれば、たいした問題ではない。始まりはジュリア・ストレンジだった。彼女が殺害されただけでも悲惨だったが、教会が使われなくなったのちも、彼女の死は後味のように、しつこく残りつづけた。乱暴者がガラスを割り、墓石を倒した。さらには壁や床にスプレー塗料で汚い言葉や悪魔のシンボルを落書きした。その後はホームレスが出入りするようになった。空き瓶やコンドームが捨て置かれ、煮炊きの跡も片づけられず、その火の不始末で建物の一部が焼け、十字架が落下する事態となったのだった。しかし、よく見れば、かつての栄光はいまもしっかり残っている。どっしりした石の建造物に大理石の階段、十字架にしても落下してゆがむまでは二百年近くにわたってそびえていた。ベケットのなかの信仰心は完全にすたれてはいないから、この違和感は過去におかした過ちに対する罪悪感に起因するのかもしれない。もしかしたら善と悪の対比のせいかもしれないし、ひょっとしたら昔の教会の記憶、日曜のミサと賛美歌の記憶、つまりはパートナーのかつての人生に起因するのかもしれない。

いずれにせよ、気持ちがふさぐあまり、歯ぎしりしながらハンドルを強く握りしめた。車が尾根を越えると、エレン・ボンデュラントが高くのびた雑草のなかで、二匹の犬をわきに従えて立っていた。片方の犬が吠えていた。ベケットはブレーキを踏み、車は横滑りしながらとまった。いやな感じはまったく消えなかった。

「二匹とも人なつっこいの」女性が言った。

そうでないラブラドールにはいまだお目にかかったことがない。彼は女性に名前で呼びかけ、それから教会と野原と遠くの森をじっと見つめた。「ここまで歩いて来たのですか？」

「自宅はあっちよ」彼女は指で示した。「距離にして三マイルほどかしら。週に数回、ここまで歩いてくるわ」

「誰か見かけましたか？」女性は首を振り、ベケットは教会を示した。「なにかにさわりましたか？」

「右側の取っ手だけ」

「ほかには？」

「鎖は切断されてたの。しばらくその場にたたずんで、それから奥に入ったところ……あの、あの……」

「いいんですよ」ベケットはうなずいた。「前回、ここを訪れたのはいつですか」

「何日か前に。三日ほど前かしら」

「そのときには誰かいましたか？」

「そのときはいなかったけど、たまに人を見かけることはあったわね。ときどきごみが落ちてるし。ビール瓶。煙草。たき火の跡。こういう場所がどんなふうになるか、わかるでしょ」最後は声を詰まらせた。

一般市民は警官のように遺体を見ることはないのだと、ベケットは自分に言い聞かせた。「これからなかに入って、見てきます。あなたはここにいてください。まだお訊きすることが出てくると思いますので」

「また、あれなんでしょう?」

女性の目には恐怖の色がくっきりと浮かんでいた。教会の上で木々が風にそよぎ、片方の犬がリードを強く引っ張った。「ここで待っていてください。すぐ戻ります」

ベケットは女性をその場に残して教会に向かった。途中、少しだけ足をとめ、草むらに残ったタイヤの跡を調べた。これといって特徴はない。模様を採取できるかもしれないが、おそらく無理だろう。

下に落ちた鎖をまたぎ、闇と暑さのなかに足を踏み入れた。十フィートも進むとほぼ真っ暗で、目が慣れるまでしばらく待った。やがて闇が形を取りはじめ、天井の低い、薄暗い部屋が現われた。壁の燭台《しょくだい》と左にある階段が見え、小室のドアが蝶番《ちょうつがい》からはずれていた。拝廊を抜け、身廊に通じる両開きドアまで手探りで進んだ。ドアの向こうは天井が見あげるほど高く、彼がいる手前側は薄暗いものの、左右の翼廊のステンドグラスから射しこむ光が祭壇と、そこに横たわる女性を照らしていた。光がいくつかの色に染まり――青と緑と赤――窓の鉄枠が筋状の影を落としている。それらをべつにすれば、光は剣のように射しこんで横たわる遺体をとめつけ、肌と、足から顎までを覆う糊《のり》のきいた白い布に色を落としていた。真っ先に印象に焼きついたのは黒い髪と静寂、そして真っ赤な爪だった。さんざん見てまぶたに焼きついた光景に、ベケットはその場に根が生えたように動けなくなった。

「まさか、例のあれだなんてことは……」

思わずひとりごとを言わずにはいられなかった。光が箱に入った宝石のように遺体を照らしていたが、それだけではなかった。上向いた顎とリンゴの皮のような爪のせいだった。

「ああ、やっぱり」

ベケットはほとんど忘れかけていた子ども時代の習慣で十字を切り、壊れた床板や傷んだカーペットの山をよけながら近づいていった。ひっくり返った会衆席のあいだを進んだが、足を一歩踏みだすごとに完璧という幻想が少しずつ崩れていく。光から色がなくなる。青白い肌が灰色に濁り、暴行の痕跡が魔法のように浮かびあがる。あざ。首を絞めた痕。傷だらけの指先。ベケットは最後の数歩を進み、祭壇の手前で視線を下に向けた。被害者は若く、髪の色は黒で目が血走っていた。ジュリア・ストレンジのときと同じように祭壇に仰向けに寝かされ、腕を布の上で組んでいる。首がつぶれて、黒ずんでいた。ベケットは首を絞めた痕、目、歯形が残る唇を調べた。布を持ちあげるとなにも着ておらず、血の気のない胴体は傷ひとつない。こんな状況でなければ完璧だと思っただろう。布をおろしたとたん、不意にこみあげてくるものを感じた。

通報者の言うとおりだ。

またあれだ。


木々の合間から強い陽射しがこぼれるなか、エリザベスの車はチャニングを乗せて山を下った。チャニングの家の近くになるまで、車内には沈黙がおりていた。ようやく口をひらいた少女の声は小さく、ばねのように張りつめていた。「あのことがあった場所にあとで行ってみた？」

「さっき連れていったでしょ。場所もちゃんと教えた」

「連れてってくれたのは採石場で、あれがあった場所じゃないよ。指で差して、話してくれただけ。刑事さんが押し倒された小さなマツのそばには行かなかった。

あたしが知りたいのは、あの場所に立ったのかってこと」

車はチャニングの家の前でとまり、エリザベスはエンジンを切った。生け垣の奥に煉瓦と石の建物が、指一本触れさせるものかという風情で建っていた。「そんなことをするつもりはないわ。いまも、これからも」

「ただの場所だもん。怖くなんかないよ」

エリザベスは啞然《あぜん》として、シートにすわったまま体の向きを変えた。「まさか、現場に行ったんじゃないでしょうね、チャニング。あんなうらびれた家にたったひとりで行ったなんて言わないで」

「あれをされた場所に横たわってみた」

「ええっ？　どうして？」

「だったら、自殺でもしたほうがよかった？」

チャニングがむっとした表情になり、ふたりのあいだに壁が生じた。エリザベスは理解してあげたかったが、そう簡単にはいかなかった。少女の目が鈍い輝きを帯びた。それ以外の部分からはぴりぴりしたものが伝わってくる。「あたしのことでなにか怒ってる？」

「さあ、どうかしら」

エリザベスは十八のときの気持ちを、丸裸にされ、針金で縛りつけられる気持ちを思い出そうとした。むずかしいことではなかった。「どうして、またあそこに行ったの？」

「あのふたりは死んじゃったでしょ。残ってるのはあの場所だけだから」

「そんなことないわ」エリザベスは言った。「あなたはいままでどおりだし、わたしもそう」

「いままでどおりだなんて思わない」チャニングはドアをあけ、車を降りた。「刑事さんだって、そうでしょ」

「チャニング……」

「いま、この話はしたくない。ごめんね」

少女はうなだれたまま歩き去った。エリザベスは彼女がアプローチを進んで木立に消えるまで見送っていた。気づかれずに家に戻れるか、娘をもてあましている両親に窓からこっそり入るところを見つかるか。どっちにしても、あの子のためにはならない。どちらか片方が事態をより悪化させるだけだ。そんなことをあれこれ考えていると、電話が鳴った。ベケットからで、彼もチャニングと同じくらい混乱していた。

「親父さんの教会まで来るのに、どれくらいかかる?」

「父の教会?」

「新しいほうじゃない。古いほうだ」

「それは例の――」

「ああ、それだ。どれくらいかかる?」

「どうして?」

「いいから答えろ」

腕時計に目をやった。いやな予感がした。「十四分で行ける」

「十分で来い」

彼女が次の質問をするより先に、ベケットは電話を切った。

あと十分。

北の翼廊の窓のそばに立った。ステンドグラスは一部、何年も前に壊されたが、大半はそのまま残っている。穴に目を近づけ、嵐でも来るかのように外をうかがった。エイドリアンが出所してたった一日。あらたな殺人が報じられたら最後、ウイルスのように急速に広まるだろう。教会。祭壇。あまりに有名であまりに残忍な事件だ。市民は責任を追及するだろうし、すべてに厳しい視線が注がれることだろう。量刑指針。判事と警官。おそらくは刑務所にも。

なぜ司法はまた女性を死なせたのか。

ギデオンが撃たれた件まで公《おおやけ》になれば、この嵐は手がつけられなくなる。新聞がどう書きたてるか、目に見えるようだ。殺人と遺族と失敗に終わった復讐というストーリーにとどまらず、最初の被害者の子どもが社会から無視されたあげく、刑務所のそばで撃たれるという行政の無能ぶりにも言及されるだろう。リズが〈ネイサンズ〉の現場にいたことを突きとめる者もいるだろうし、そうなると、警察の立場はますます悪くなる。彼女は死の天使と言われ、エイドリアン以来、警察における最悪の汚点となっている。すでに多くの市民が彼女に反感を抱いている。その彼女が社会福祉局をギデオンに近づけないようにしていたことが知れたら、状況がどれだけ悪くなることか。なにもかもがとんでもないことになる。ダイヤーはリズを二度と現場に行かせないだろう。

それでもベケットはここに来てもらいたかった。彼女はパートナーであり友人であり、しかもいまだにエイドリアンに特別な感情を抱いている。それをなんとかしたかった。

「早く来いよ、リズ」

祭壇とのあいだを行ったり来たりした。

「早く来いったら」

七分後、電話が鳴り、ジェイムズ・ランドルフの番号がスクリーンに表示された。ベケットは出なかった。

「ったく、なにやってんだ」

十分が経過したところで、ランドルフからまた電話があり、さらにもう一度あった。四度めのコールがポケットのなかの携帯電話を振動させると、ベケットは乱暴に出して応答した。

ランドルフはいらだっていた。「なんなんだよ、チャーリー。もう監察医は確保したし、いまおれは、八人の警官から、どうかしてるんじゃないかって目を向けられてんだぜ」

「わかってる。申し訳ない」電話口の向こうから声が聞こえ、道具ががちゃがちゃいっている。

「出動していいのか？」

道路に一台の車が見えた。車はフルスピードで丘を越え、そのあと速度をゆるめた。ベケットは五つ数えて彼女だと確信すると言った。「出動してくれ、ジェイムズ。ダイヤーにも連絡を入れろ。さっきも言ったが、やつはかりかりするかもしれない。おれに要請されたとだけ言ってくれ。同一犯の仕業だとも」

「やっぱりか」

「もうひとつ頼みたい」

「ん？」

「エイドリアン・ウォールを見つけろ」

ベケットは外に出ると、リズが子ども時代を過ごした教会のすり減った大理石の階段に立って待ちかまえた。離れたところからでも、浮かない顔をしているのがはっきりわかる。彼女は大きな木や崩れた尖塔に目を向けながら、ゆっくりとやって来た。険悪なことになりそうな気がして、ベケットはうんざりした。

「ここにはずっと来てなかったのに」彼女は言った。

「わかってる。悪かった」

ふたりがいるのは階段の最下段で、ベケットは疑念のせいで見るものすべてがゆがんで見えるのがいやだった。教会は何年ものあいだ、リズの人生の中心だった。信徒、両親、そして子ども時代。裕福な教会ではなかったが、歴史があり影響力も大きかった。ジュリア・ストレンジがここの祭壇で死んだことで、その大半が変わった。彼女はこの教会で結婚し、息子が洗礼を受けたのもここだった。信徒の多くは彼女の死や自分たちの教会が冒瀆《ぼうとく》された事実を乗り越えられなかった。踏みとどまったわずかな人たちは、あらたな場所に移転するべきだと訴えた。エリザベスの父はその案に抵抗したが、最後に母が迫った。いわく、大事な信徒が恐れおののきながら孤独に死んでいった場所で、どう祈れというの？ どう子どもたちに洗礼をほどこせと？ 若い人たちの結婚式を、どう執《と》りおこなえと？　その熱を帯びた訴えには、さすがの牧師も心を動かされ、いさぎよく折れたという話だ。その結果が、街でも危険な地域のわずかばかりの土地に建つ下見板張りの建物だった。教会はどうにかこうにか存続したが、移転先の教会に通ってきた信徒はひと握りでしかなかった。大半は第一バプテスト教会か合同メソジスト教会、あるいはその他の教会に流れていった。リズの人生が変わったのはそれからだ。

　両親は世間から忘れ去られた。

　エイドリアン・ウォールは刑務所に入った。

「あまり時間がない」ベケットは言った。

「どうして？」

「おまえがここにいるのを見つかったら、ふたりともダイヤーに逮捕されちまう」

　ベケットはそう言うとなかに入り、エリザベスもあとを追って暗い拝廊を抜け、その先の明るいところに出た。光が痛いとでもいうように、バルコニーが頭上に張り出している部分を抜け、天井が高くなっているところに出るまで目を伏せて進んだ。垂木《たるき》、黒く焦げた跡、鉄の王冠のように垂れさがった天井灯を食い入るように見つめる彼女の顔を、ベケットは隣で見ていた。それから彼女は少し向きを変えたが、目はあいかわらず祭壇に向けようとせず、先に窓、壁、それに無数の影になった部分を見ていった。彼女の頭のなかのことはベケットに推測しようもなく、表情からはなにひとつうかがえない。冷静で表情ひとつ変えず、最後に祭壇のほうを向くと、目に見えたものがなにかわかるのに三秒かかった。

「なぜこれをわたしに見せるの？」

「理由はちゃんとわかってるはずだ」

「エイドリアンの仕業じゃないわ」

「同じ教会の同じ祭壇だぞ」

「あの人が出所したからって……」

　ベケットは彼女の腕をつかむと、彼女が生まれたときから知っている祭壇へと引っ張った。「よく見ろ」

「被害者は誰なの？」

「それはどうだっていい」ベケットは荒々しい声で言った。「いいから見ろ」

「見たわよ」

「もっとじっくり見るんだ」

「じっくりもなにもないでしょうに。この女性は死んでいる。手口は同じ。それが聞きたかったわけ？」

リズは汗をかいていたが、うっすらとした冷や汗だった。彼女が胸のうちでどう感じているのか、顔を見ればあきらかだ。子ども時代と裏切り、醜い不信感。ここは彼女の教会だった。そしてエイドリアンは彼女のヒーローだった。

「なんでこんなことをするの？」

「おまえの頭がどうかしてるからさ。エイドリアン・ウォールは人殺しで、あいつを盲信するのは危険だとわかってもらいたいんだ」

「盲信なんかしてない」

「だったら、やつには近づくな」

「いやだと言ったら？」火花が散り、激しい怒りが燃えあがった。「どうしてあの人をそこまで嫌うの？ 彼はジュリア・ストレンジを殺してないし、この女性も殺してないのに」

「落ち着けよ、リズ。少しは考えてからものを言え」

ベケットはこんな簡単なことも果たせない自分にいらだち、顔をしかめた。新人のころ、リズはエイドリアン・ウォールを信じるあまり、人間関係に多大な支障を来した。同僚の信頼を失い、わからず屋のだめ女の烙印《らくいん》を押された。仲間として受け入れてもらえるまでに何年もかかり、かりかりすることなく署内を歩けるようになるにはさらに何年かかかった。ベケットはそれをずっと見守っていた。「おまわりらしい態度で見ろと言ってるんだ。わかったか？」

「誰とくらべて？ 宇宙飛行士？ 家庭の主婦？」

悪くなる一方だった。またいつもの喧嘩腰だ。またとげとげしはじめた。

「あの人がやったんじゃないわ、チャーリー」

「いいかげんにしないか、リズ――」

「ゆうべ、あの人と一緒だった」

「なんだと？」

「こんなことをやりそうな様子じゃなかった。そもそも、他人には興味がなさそうだった。ただただ……悲しんでいた」

「悲しんでいた？　あいつがそう言ったのか？」

「わたしを呼び出したのは間違いよ」彼女はまわれ右をして歩きだした。「とんだヘマをしたわね」そのとおりだった。

とんでもなくまずいやり方だった。

リズが離れていった。

10

エリザベスは運転しながら、いましがたの教会での出来事を理解しようとした。遺体のことは、あらたな殺人の件はひとまずおいておく。重大すぎるし唐突すぎる。それを理解するには時間が必要だったから、かわりにベケットのことを考えた。彼は救いの手を差しのべようとした――それは彼女にもわかった――が、エリザベスはベケットには理解できないほどあの教会を忌《い》み嫌っていた。長年の憎しみはエリザベスの心に深くからみついているため、あの祭壇を前にして客観的でいるのはむずかしかった。あそこにいると自分がちっぽけな存在に思えると同時に、怒りと裏切られた思いとがこみあげてきた。きつい組み合わせだった。

そこで、静かな車のなかで、肝腎な一点だけを考えた。

エイドリアンを信じたのは正しかったの？

彼とは一般に言う親密な関係になったことは一度もない。彼は命の恩人であり、身を切るような絶望に沈んでいた夜に灯った光だった。そのため、彼に対する気持ちは尋常ではなかった。彼を思うたび、採石場で見た、安心と誠意に満ちた顔が目に浮かんでくる。信頼の気持ちがふくらんだのは、自分も警官になってからだった。彼は勇敢で頭の回転が速く、被害者やその家族を思いやる気持ちを持っていた。とはいえ、自分が警官になってみても、彼はやはり雲の上の人だった。たまにほほえんでくれたり、声をかけてくれるだけの存在だった。いずれも他愛のないささやかなものだったが、そうされるたびに湧いてくる感情も、その感情から生まれる危険な疑問も否定しようがなかった。

わたしはとりこになっているの？

むずかしい質問だけれど、それも、いままで自分に問いかけたことがなかったというだけのことだ。警官になったのはエイドリアンが警官だったからだし、ひたむきなのもエイドリアンがそうだから。ジュリア・ストレンジの爪から彼の皮膚片が発見されたときも、エリザベスだけは彼が犯人とは思わなかった。しかし友人も同僚も陪審もそうではなかった。彼の妻でさえ、最後には消えてなくなりそうにしていた。傍聴席でうなだれ、誰とも目を合わせようとせず、判決が言い渡されるときには姿を見せなかった。そういったもろもろが、これまでになく心に引っかかった。妻でさえ信じなかったのに、なぜ自分はエイドリアンの無実を信じたのだろう。こんなふうに自己不信におちいるのは本意でないけれど、エイドリアンへの信頼が一途なものだったのは事実だ。若かった自分は、信じるものがほしくて躍起になっていた。こうして振り返ってみるとすべて納得がいく。でも、いまも一途に信じているの？　十三年という隔たりこそあれ、ふたつの殺人は同じに見えた。目を閉じれば、祭壇に横たわるギデオンの母親の姿が目に浮かんでくる。あれと、今度のとではどこがちがうの？

わからない。それが問題だった。あらたな犠牲者の死亡時刻はわかっていないが、遺体の状況からすると、エイドリアンが州立刑務所を出所したあとという可能性が高い。エリザベスは小一時間ほども考えたが、偶然すぎる偶然という点がどうしても気にくわなかった。今度の被害者とエイドリアンとをつなぐものがいくらかでもあるのだろうか――目撃証言、物的証拠、犯人と目される人物が十三年の刑を終えて出所したばかりという以外のなにかが。いつもなら、あちこち電話できるけれど、いまは停職中で蚊帳《かや》の外に置かれている身だ。首を突っこみすぎれば、冗談でなくフランシス・ダイヤーにくびにされる。関わってはだめ、と自分に言い聞かせた。いまや彼女の人生は崩壊寸前で、チャニングの人生も同様だ。ギデオンは病院にいる。州警察が二重殺人の容疑で彼女を逮捕するつもりでいる。でも、疑われているのはエイドリアン・ウォールなのよ。

しかも現場は父の教会。

無意識のうちに道端の駐車場まで戻り、高いところから様子をうかがった。監察医の姿があった。それにベケット、ランドルフのほか、十人ほどがいた――鑑識、制服警官、おそらくどこかにフランシス・ダイヤーもいるはずだ。来ていないはずがない。ダイヤーはエイドリアンの元パートナーで、その証言が有罪の根拠のひとつとなった。

エリザベスは煙草に火をつけ、ミラーの向きを変えて自分の顔をじっと見つめた。げっそりとして、目が赤く、まるで覇気《はき》がない。

エイドリアンを信じたのが間違いだったとしたら？

すべて自分の勝手な思い込みにすぎなかったとしたら？

ミラーをもとの位置に戻し、煙草を半分まで吸ってからもみ消した。なにかおかしい感じがするが、教会や遺体のような、見てすぐにわかるもののことではなかった。被害者？　現場全体？　さらに五分ほど教会をながめるうち、突然、なにがおかしいのかひらめいた。

ダイヤーの車はどこ？

彼は刑事たちの束ね役だし、これはかなりの大事件だ。ベケットの携帯電話にかけると、呼び出し音が三回鳴って、彼が出た。

「やあ、リズ」ひそめた声が応答し、エリザベスの目に彼が遺体から離れていくところが浮かんだ。「電話をくれてよかった。さっきの件だが――」

「フランシスはどこ？」

「ん？」

「車が見当たらないんだけど。いるはずよね」

ベケットは口をつぐみ、電話の向こうから荒い息だけが聞こえてきた。「いまどこにいる、リズ？　まだ現場近くにいるのか？　言ったはずだぞ――」

しかし、エリザベスは聞いていなかった。ダイヤーは教会に来ていないのだ。こうなることくらい、予測できたはずなのに。「やられた！」

「リズ、待て」

それは無理な注文だった。エリザベスはUターンすると教会を背にし、速度制限をことごとく破って街に向かった。二マイルほど離れた丘の頂上からは、尖塔、屋根、木々の合間に白くのぞく家々が見える。丘を下りきって道が混雑してくると、右に折れ、それから玉石で舗装された道に入り、街の反対側に抜けた。まだ着いていないはずよと思いながら。しかし、エイドリアンの焼け落ちた農場に通じる最後の直線まで来ると、一マイル前方に回転灯が見えた。まだ遺体が運び出されてもいないというのに、ダイヤーはもうかつてのパートナーを逮捕しに来ていた。憤慨。怠惰。憎悪。理由はなんであれ、紙にインクで書いたようにはっきりわかる。彼を牢屋《ろうや》に閉じこめ、なんだかんだと理由をつけて出さないつもりだ。

「きみの考えているようなことじゃない」

車を降りると、ダイヤーが立っていた。両手をあげて後ずさりする彼を尻目に、エリザベスは車のあいだを抜け、十ヤード前方の焼け落ちた家に向かって強引に進んだ。

「まだ遺体は冷たくすらなってないんですよ。彼を逮捕する理由なんかないでしょうに」

「落ち着いてくれ、リズ。頼むから」

制服警官たちを肩で押しのけ、まわりこむようにして例の焼け焦げた部屋に入ると、エイドリアンが煤《すす》の上でうつぶせにされていた。どんなタックルをかけられたにせよ、かなり乱暴だったようだ。シャツが破れ、両手と顔に血がべっとりついていた。足首と手首を拘束され、動物のように地面に転がされていた。

三歩も行かないうちに、ダイヤーの鋼《はがね》のような手に腕をつかまれ、うしろに引っ張られた。「彼と話がしたいんです」

「許可するわけにはいかん」

「フランシス――」

「いいかげんにしろと言ってるだろう」

警官たちが見守るなか、ダイヤーは頬を赤くほてらせながら、エリザベスを外に引きずり出した。オークの木に押しつけられた彼女は、彼の腕を乱暴に振り払った。「ふざけるのもいいかげんにして」

「落ち着くんだ、ブラック刑事」ダイヤーは目に威厳をこめ、張りのある声を出した。「これはきみが考えているようなことではないし、あいつと話をさせるわけにはいかないんだ。つまり、逮捕するあいだ、邪魔をしないでもらいたい」エリザベスが右に動くと、ダイヤーも同じように動いた。「冗談だと思うなよ、リズ。妨害するならきみもしょっぴく。本気だからな」

エリザベスは前に進もうとした。

ダイヤーは彼女の胸にてのひらを押しあてた。とんでもなく不適切な行為だが、その顔からは当惑している様子はうかがえなかった。「なんなら手錠をかけてもいいんだぞ。神と全署員が見ている前で。そうされたいのか？」

エリザベスはそれまでとはちがった目で相手を見返した。ここまで強硬な態度に出るとは、いつものダイヤーらしくない。「かまいません」

「本気なのか？」

エリザベスは一歩さがり、両手を体の前に持ってきた。人だかりの向こうでエイドリアンが地面に寝かされている。ふたりの目が合った瞬間、全身に電気が走るような感覚に襲われた。「なぜ手も足も拘束しているんですか？」

「危険な男だからだ」

「なんの容疑で逮捕したんですか？」

「答えたら、おとなしくするか？」

胸のなかで怒りがふくらんだ。おとなしくしろとは、まるで子ども扱いだ。「いつだっておとなしくしているじゃないですか」

「ここを動くな。こっちが終わったら話そう」

「ひとつだけ教えてください」

ダイヤーは振り向き、指を一本立てた。

「容疑はなんです？」

ダイヤーは黒く焦げた板に打ちつけられた赤と白の表示板を指差した。それとそっくり同じものは、エリザベスもこれまで何度も目にしている。四角い鉄板に、単語はわずかふたつだけ。

「うそでしょ」

「あいつはもう、ここの所有者ではないんだ」

ダイヤーは家に入っていき、外にひとりぽつんと残されたエリザベスは、エイドリアンが無理やり立たされ、瓦礫のなかを引きずっていかれ、車に押しこめられるのをぼんやり見ていた。彼を乗せた車を見送ると、こみあげる感情を隠しきれなくなった。いまがどうであれ、エイドリアンはかつて格別に優秀な警官だった。有能であるだけでなく、勲章を受け、高い評価を得ていた。そんな彼が、おかしたはずのない罪で十三年を獄中で過ごし、出てきてみれば、もとは自分の土地だった場所で乱暴なまねをされた。

手錠をかけられ、車に押しこまれた。

不法侵入の容疑で逮捕された。

　エリザベスはダイヤーからこれ以上なにか言われる前にと、その場を離れた。道路で待ったのち、一列になって走るパトロールカーのあとをついて署まで行き、エイドリアンが車から乱暴に降ろされ、よろよろとセキュリティゲートに連れていかれる様子を遠くからうかがった。彼は手荒な扱いに抵抗し、いっそう手荒な扱いを受けていた。署内に姿を消すころには、彼の足は完全に地面から浮いていた。警官ふたりに足を持たれ、べつのふたりに肩のところを持たれながら、もがいていた。エリザベスは車のなかからドアをじっと見つめた。ダイヤーが出てくるのを待ったが、いっこうに現われなかった。

　教会に行ったんだわ、と心のなかでつぶやいた。そういう段取りだからだ。まず捜査をし、それから逮捕する。

　車のギアを入れ、道端からゆるゆると発進したが、専用駐車場の端に濃紺のセダンがとまっているのに気がついた。ブラックウォールタイヤを履き、州のナンバープレートがついている。ハミルトンとマーシュの車だろう。

　まだこっちにいるのだ。

　彼女の首にかける縄を探して。

　教会を見おろす位置に丘があり、知らないと見つけにくい場所に砂利道が一本、通っている。くねくねしたその道を進んで木立を抜けると、やがて小高くひらけた場所に出るが、そこからはゆるやかに起伏する丘陵と遠くの山々が、なににもさえぎられることなく見わたせる。昔はよくひとりになるためにのぼって、この街のあらゆる善に思いをはせたものだった。あのころは筋のとおらないことなどなにもなく、上を見れば空があり、なにもかもがあるべき場所にあった。

しかし、それも大昔のことだ。

男は木陰に車をとめると、草むらを歩いていき、崩れた尖塔とてんでんばらばらにとまった車を見おろした。教会を訪れる者がいるのは知っている——馬に乗る女だのホームレスだの——から、いずれ死体が見つかるのはわかっていた。しかし、あそこに警察がいるのを見ると吐き気がしてくる。これだけの長い年月をへてもなお、あの教会は彼にとって特別な場所だった。他人にはその理由も、教会の存在意義も理解できない。彼の心にぽっかりあいた穴を、教会がきれいに埋めてくれたことも。

では、祭壇の娘はどうか？

彼女も男のものではあったが、これまで選んだ女たちにくらべればさほどのことはなく、おまわり連中が彼女をながめ、さわり、あれこれ憶測をめぐらしている状況となればなおさらだ。本当ならばあの娘は静かな暗い場所にいるべきであり、ステンドグラスの向こうでおこなわれていることを想像するだけで腹がたった。まぶしい光に疲れきった警官、気味の悪い作業を黙々とおこなう監察医。娘が死んだ理由も、彼女を選んだ目的も、見つかるようにしたいきさつも、連中にはわかるまい。あの娘は彼らの理解をはるかに超えた存在であり、単なる女でも死体でもパズルの一片でもないのだ。

彼女は死んで子どもになった。

最後は誰でもそうなる。

病院を訪れたエリザベスは、ギデオンが回復室から同じ階の個室に移ったと知らされた。「どうしてそんなことができたんですか？」

「お金のこと？」看護師は前回と同じ、鼻のあたりにそばかすが散った、茶色い目と赤毛の美人だった。「刑事さんのお父様が寛大にも申し出てくださったんですよ。今週は入院患者さんが少ないので、事務長も同意しました」

「なんでそんなことをしたのかしら」

「お父様とお話しになっていないんですか？」

エリザベスは想定外の寛大な行動に頭を抱えたが、父もギデオンを愛しているのだということで納得しようとした。「いまもこちらにいるんでしょうか？」

「お父様ですか？　お見えになったり、帰られたりですが」

「ギデオンの容態は？」

「一度、目を覚ましましたけど、しゃべるのは無理なようです。わたしたち一同、あの子のことでは本当に心を痛めているんですよ。まだほんの子どもで、お母さんのことでつらい思いをしたんですもの。みんな、あの子が拳銃でなにをするつもりだったかは知ってますけど、そんなのは関係ありません。ナースの半数は、あの子を家に連れ帰りたいと思ってるくらいですから」

エリザベスは礼を言い、ギデオンの病室のドアをノックした。返事はなく、静かになかに入ると、少年は腕と鼻にチューブを挿入された状態で眠っていた。心臓の鼓動に合わせてモニターがピッ、ピッと鳴っているが、上掛けにくるまれた少年はあまりに小さく、胸が上下するのもほとんどわからない。生まれてこの方、少年は悪運つづきだった。貧困。ネグレクトすれすれの状態。そして今度はみずからも罪を背負うことになった。彼は自分を赦せるかしら。赦せるとして、なにを？　人を殺そうとしたこと？　それとも失敗したこと？

　あけはなしたドアの外から自分はどう見えるかしらと考えながら、エリザベスは長いこと立っていた。知らない人の目には少年を心から大切に思っているように映るかもしれない。

　どうして？　そう尋ねる人もいるだろう。自分の子どもでもないのに。

　簡単な答えなどあるはずもないけれど、なにか理由をひねり出さなくてはならないとしたら、こんな感じだろう――あの子がわたしを必要としているから、あの子の母親の遺体を見つけたのがわたしだから。

　とはいえ、それもありのままの真実というわけではない。

　身を乗り出し、ほっそりした顔とあざになった目に見入った。十四歳というより八歳に見えるし、生きているというより死んでいるように見える。

　少年の目があいたが、暗くもっていた。「あいつ、死んだ？」

　エリザベスは少年の髪をなでつけながら、ほほえんだ。「いいえ。殺さずにすんだわよ」

　その知らせにほっとしているだろうと思い、さらに顔を近づけた。しかし、少年の頭の後方で、モニターのピッ、ピッという音が速くなりはじめた。

「本当なの？」

「あの人は生きてる。あなたは罪をおかさずにすんだのよ」モニターの音が急に高くなった。少年が白目を剝《む》く。「ギデオン？　ゆっくり息をして」

　モニターが甲高い音を発しはじめた。「看護師さん！」エリザベスは叫んだが、必要なかった。ドアはすでにあいて、看護師が、そのあとを追うように医師が飛びこんできた。

　医師は尋ねた。「なにがあったんです？」

「ただ、話をしていただけなんですが……」

「患者になにを言ったんです?」

「これといったことはなにも。ただ——」

「出てください」

エリザベスはベッドから離れた。

「早く!」

医師は少年の顔をのぞきこんだ。「ギデオン。わたしを見て。落ち着きなさい。深呼吸してごらん。ほら、わたしの手を握って。そうそう、それでいい。わたしの目を見て。わたしを見るんだ。ゆっくりとでいいからね」医師は大きく息を吸って、吐いた。ギデオンの手は強く握りすぎているのか真っ白で、目は医師に据えられている。すでにモニターの音はゆっくりになってきていた。「よしよし……」

「外に出てもらえませんか?」看護師の声がした。

「あの……?」

「あなたでは誰も助けられませんから」看護師は言ったが、あながちそうとも言い切れない。

エイドリアンを助けることはできるかもしれない。

犯行現場である教会から警官たちが引きあげたのは、午後も遅くなってからだった。そのときエリザベスは、署の北を走るわき道にとめた古いマスタングのなかにいた。外は暑く、ビル群から並木から、さらには自分の車に向かって歩く人々からのびる影が長くなってきていた。普通の人にとっての普通の一日。日没が迫りつつあった。夕食と家族のための時間。休息の時間。署に向かう警官にとっては、まだ始まったばかりだった。証拠品を適正に処理し、報告書を書き、捜査方針を練らなくてはならない。エイドリアンを勾留《こうりゅう》したものの、ダイヤーは制服警官によるパトロールを実施し、刑事たちにはあらゆる角度からとことん捜査をさせることだろう。どのような捜査方針でいくにせよ、慎重で徹底したものが求められるはずだ。つまり、全署あげての捜査となるため、エリザベスはその混乱の隙を突いて求めるものを手に入れるつもりだった。

身をかがめていると、鑑識のバンがそばを通り、裏の専用駐車場に向かった。パトロールカー三台があとにつづき、さらにベケットとダイヤーと地区検事局の検事ふたりが帰ってきた。最後がジェイムズ・ランドルフだった。ウィンドウごしにつるりとした頭と無精ひげの生えた顔が見えた。それが求める相手、規則を守っていたらまっとうな警官がばかを見ると考える頑固な古株だ。実際、地下室での一件のあと、死体を始末してだんまりをとおせばよかったのにと真顔で言われたくらいだ。最初は冗談を言っているのかと思ったが、顔をしかめた様子からして本気なのだとわかった。

あのあたりには森がいくらでもあるじゃないか、べっぴんさん。

深くて静かで、地獄のように暗い森がいくらでも。

彼が署に入ってから十分待って携帯に電話をかけた。

「ジェイムズ、どうも。わたし」彼のデスク近くの窓を見あげると、人影が動いたような気がした。「もう夕食はすませた？」

「テイクアウトを注文しようと思ってたところだ」

「ワンの店？」

「なんでわかった？」

「わたしにおごらせて」

ランドルフの椅子がきしむ音が聞こえ、デスクに脚を載せたところが思い浮かんだ。「長い一日だったんだよ、リズ。しかも、このあとは長い夜が待ってる。なにが望みか言ったらどうだ？」

「エイドリアンのことは聞いた？」

「そりゃもちろん」

「彼と話をしたいの」

七秒がじりじりと過ぎた。通りを車が走っていく。

「青椒肉絲《チンジャオロースー》」彼が言った。「箸《はし》をもらってくるのを忘れるなよ」

二十分後、ふたりは署のコンクリート壁と段差のない地下扉の前で落ち合った。

「段取りを教える」

ランドルフはエリザベスを建物のなかに入れた。廊下の壁は緑色で、床は磨きあげたビニールタイルだった。

「すみやかに、こっそりとだぞ。それからおまえは口を閉じてろ。廊下で誰かとすれちがうようなことがあってもおとなしくして、いまも言ったように絶対に口を閉じてるんだ。話をするとなると面倒だから、そっちは全部おれにまかせろ」

「わかった」

「こんなことをするのも、おまえがいい警官でべっぴんだからだ。それに、おれが古いタイヤ並みに醜男《ぶおとこ》でも気にしたことがないからだ。だからって、おまえをあの人殺し野郎に会わせるためなら、この仕事をくびになってもかまわないってわけじゃないからな。よくわかったか？」

エリザベスは口をしっかり閉じてうなずいた。

「よし、それでいい」彼は言うと、エリザベスが目にする唯一の笑顔を向けた。「掩護《えんご》しろよ、こんちくしょうめ」

エリザベスは言われたことを守り、誰にも見とがめられずに目的地まで行けても驚かなかった。ふたりはわきからこっそり署内に入った。人の動きがあるのは、入り口近くの巡査部長のデスクと、二階の刑事部屋だけだろう。これだけ遅い時間ならば、留置場は閑散《かんさん》としているはずで、ふたりはそれをあてにしていた。最後の角を曲がると、重い鋼鉄の扉近くのデスクに見張りの警官がひとりいるだけだった。顔をあげた警官にジェイムズが気さくに手を振った。「マシュー・マシーニー、調子はどうだい？」

マシーニーは腕を組み、エリザベスを見やった。

「どうしたんだ、ジェイムズ？」

「煙草でも吸ってこいよ」

「そいつは頼んでるのか、それとも命令か？」

「おまえに指図なんかするわけないだろ。そんな顔するなって」

　マシーニーはまたもエリザベスに目を向けた。蛍光灯の光のせいで、顔色がやけに悪く見える。ジェイムズと同じく五十代で髪が薄い。ジェイムズとちがうのは、やせていて猫背、意地の悪い目をした男で、日々、人生に嫌気が差しているタイプである点だ。「誰がぶちこまれてるか知ってるよな？　社会の敵ナンバーワンの男だ」マシーニーはエリザベスを指差した。「でもって、そこにいる女は社会の敵ナンバーツーと言っていい。つまり、そうとう厚かましいお願いってことだ」

「彼女は少し話がしたいだけだ。それ以上のことは望んでない」

「理由は？」

「そんなことはどうでもいいじゃないか。話をするだけなんだから。ひと言、ふた言かわすだけさ。なにもやつをここから出そうってわけじゃない。そんなぐじぐじ言うなよ」

「なんでおまえはいつもそういうことをする？　おれはいやなんだよ、ジェイムズ。昔からずっと」

「そういうこととはなんだ？　まだなにもしてないぜ」

　マシーニーはリズをにらみながら、頭のなかで計算した。「おれがうんと言ったら、もう貸し借りなしにしろよ。あの日の話はこれっきり聞きたくないからな。二度と蒸し返すなよ。いまここにダイヤーがやって来て、この女を見つけたとしてもだぞ。今後一切、貸し借りなしだ」

「ああ、それでかまわん」

「二分だけやろう」

「彼女は五分必要だと言ってる」

「なら、三分だ」マシーニーは立ちあがった。「やつは拘禁房にいる。通路をまっすぐ行って右だ」

「なぜ拘禁房に？」エリザベスは訊いた。

「なぜかって？」マシーニーは鍵束をデスクに落とした。「そりゃ、くそ野郎だからさ」

マシーニーがいなくなると、エリザベスはジェイムズ・ランドルフに向かって片眉をあげた。相手は肩をすくめた。「署内はああいう考えのやつが多いんだ」

「だったら、なぜあの人はわたしたちに協力してくれるのかしら」

「ガキだったころ、ふたりでウズラ狩りに行って、おれはやつに撃たれたんだよ。なにかにつけてその話を持ち出されるもんだから、うんざりしてるのさ」

「でも拘禁房というのは……」

「一分よけいに引き出してやったんだ」ジェイムズは大きな扉のロックを解除した。「おれが迎えにいくような事態だけは勘弁しろよな」

廊下に足を踏み出すと、左右には大きな檻が並び、いちばん奥に拘禁房ののっぺらぼうの扉が見えた。奥へと歩を進めるにつれ廊下は暗くなり、古い蛍光灯がちらちらとまたたいたかと思うとぱちんという音がし、エリザベスは思わず身を縮めた。まるで刑務所そっくりで、その刑務所はいまの彼女にとって、かなり現実味のある存在になってきている。低い天井。汗をかいたようにじっとりした金属。奥の壁に押しつけられたような恰好の拘禁房に目が吸い寄せられた。見るからに恐ろしげで、頑丈そうな鋼鉄の扉には、顔の位置に八インチののぞき穴がついている。麻薬常習者、嚙みつき癖のある者、精神に障害を抱えている者専用の監房だ。壁と床は古びた帆布に覆われているが、それが糞便や血液、その他もろもろの液体で汚れている。怒り、恨み、狭量《きょうりょう》をべつにすれば、エイドリアンがここに閉じこめられているまともな理由などひとつもない。

　スライド錠をはずし、蝶番つきのプレートをあげて、監房をのぞきこんだ。なぜか息を詰めていた。静けさが外に向かって広がっているような気がした。監房内にはなんの動きもなく、ささやく声以外、なにも聞こえなかった。

　隅の床にエイドリアンがいた。素足。上半身裸。顔を膝のあいだにうずめている。

「エイドリアン？」

　なかは真っ暗で、淡い光がエリザベスの頭のそばをかすめていた。彼女がもう一度名前を呼ぶと、彼は顔をあげ、目をしばたたいた。「そこにいるのは誰だ？」

「リズよ」

　彼は立ちあがった。「誰が一緒にいる？」

「わたしだけ」

「ほかのやつの声も聞こえたぞ」

「そんなことない」リズは廊下を振り返った。「本当にほかにはいないから」エイドリアンが足を引きずりながら近づいてきた。「シャツはどうしたの？　靴は？」

　彼はあいまいな仕種をした。「ここは暑いんでね」

　そのようだった。汗がエイドリアンの肌を光らせ、目の下で玉になっている。彼のなにかがなくなっているように見えた。思考力。関心の大半。彼が頭を傾けると、汗が顔を転がり落ちた。

「なぜここにいるんだ、リズ」

「大丈夫なの、エイドリアン？　わたしを見て」エリザベスは辛抱強く待った。彼の肩の筋肉が小刻みに震えているのに気がついた。それから彼はひとつぞくりと全身を震わせると、咳きこみはじめた。「ここに入れられてから、なにかされたの？　扱いが荒っぽかったのは知ってるけど、乱暴された？　脅《おど》された？　見

「なにをされたの？」

彼はシャツを拾いあげ、肩にはおった。「たいしたことじゃないと言ったろ」

その顔をあらためてのぞきこむと、骨の配置が記憶とちがっていることにはじめて気がついた。左目の横がくぼんで、そこが影になっている。鼻も以前と完全には同じではなかった。エリザベスは廊下を振り返った。あたえられた時間は数分だけ。のばすのは無理だ。

「教会のことでなにか訊かれた？」

エイドリアンはうつむいたまま、両のてのひらをドアにぴたりとつけた。「きみは停職中のはずだろ」

「どうして知ってるの？」

「フランシスが言っていた」

「ほかにどんなことを言われた？」

「きみとは距離を置くようにと。口をしっかり閉じて、きみをおれの問題に引きずりこむなとさ」エイドリアンが顔をあげ、その瞬間、十三年という歳月が消えた。「たいしたことじゃない」

「エイドリアン……」

四十？

た白い筋がいったいいくつついているのか。二十五？

えた。しかし背中も胸と大差なかった。うっすらとし
彼は傷痕を見られているのに気づき、体の向きを変
「ちょっと、エイドリアン」

彼の胸から腹部へと視線を這わせた。

始まり、二十秒ほど体を震わせていた。エリザベスは
彼はまたほほえもうとしたが、すぐにあらたな咳が
「そんなところだ」

「閉所恐怖症なの？」

んだ。「狭いところが苦手なものでね」

「暗闇と壁のせいだよ」エイドリアンは無理にほほえ
い、とは。

ことを最後まで言いたくなかったからだ。縮んだみた
た感じ……」声がしだいに小さくなったのは、思った

「いまさら言ってもしょうがないが、おれは彼女を殺してないよ」

彼女というのは教会で見つかった、新しい被害者のことだろう。

「ジュリア・ストレンジは殺したの？」

エリザベスが無実かどうかを尋ねたのはこれがはじめてだった。長い間があき、エイドリアンは口を引き結び、古傷が口をあけた。「もう刑期は終えただろ」

その目にはあきらかな怒りが浮かんでいた。昔のエイドリアン。弱々しさなど微塵《みじん》もない。

「裁判で証言すればよかったのに」エリザベスは言った。「その質問に答えるべきだったのよ」

「その質問か」

「そう」

「だったら、いま答えようか？」

そっけない言い方だったが、食い入るように見つめられ、頭の奥がずきずきしはじめた。エリザベスが求めているものが彼にはわかっている。わかっていて当然だ。彼女は裁判のあいだ毎日、その質問に答えが返ってくるのを待っていたのだから。きっと説明がつくことだ、と思っていた。すべて、なるほどとうなずけるはずよ、と。

しかし、エイドリアンは証言台に立たなかった。

質問に答えが返ってくることはなかった。

「要するにあれだろ」彼はひたすらエリザベスを見つめていた。「おれの首についた引っかき傷。彼女の爪から見つかった皮膚片」

「無実ならちゃんと説明できたはずだもの」

「当時、いろいろあったんだよ」

「だったら、いま説明して」

「説明したら、力になってくれるのか？」

そう来たか、とエリザベスは心のなかでつぶやいた。ベケットが忠告していた。前科者は他人を利用しがちだ、と。

「ジュリア・ストレンジの爪からあなたの皮膚片が見つかったのはどうしてなの？」エイドリアンは口を一《いち》文字《もんじ》に結んで顔をそむけた。「話してくれないなら帰る」

「それは脅しか？」

「交換条件と言って」

エイドリアンはため息をついて、かぶりを振った。どう思われるかわかったうえで口をひらいた。「彼女とつき合っていたんだ」

一瞬の間。ゆっくりとしたまばたき。「ジュリア・ストレンジと不倫していたの？」

「キャサリンとおれはうまくいってなくて……」

「でも、キャサリンは妊娠してたって」

「妊娠してたのは知らなかった。事件のあと、わかったことだ」

「そんな……」

「べつに自分のしたことを正当化しようってわけじゃないよ、リズ。ただ、わかってもらいたいだけだ。あのころ、結婚生活はうまくいってなかった。おれはキャサリンを愛してなかったし、彼女のほうもそれは同じだった。たぶん、赤ん坊は最後の頼みの綱《つな》だったんだと思う。おれは流産するまで妊娠してたことを知らなかったんだよ」

エリザベスは一歩さがり、またもとの位置に戻った。なんとも忌まわしい。そんな話で納得したくなかった。

「なぜ彼女との不倫を証言しなかったの？　DNAの分析結果で有罪になったのよ。ちゃんと説明できるなら、そうすべきだった」

「キャサリンにそんな仕打ちはできないからさ」

「ばかばかしい」

「彼女を傷つけ、屈辱をあたえるなんて」彼はまたもかぶりを振った。「それでなくても、彼女には悪いことをしたんだ」

「それでも証言すべきだった」

「言うのは簡単さ。だが、それでどうなる？　考えてもみろ」エイドリアンはあらゆる意味で壊れていた。顔は傷だらけで、目の下は黒ずんでいる。「真実を知っているのはジュリアだけで、その彼女はこの世にいない。身の証《あかし》を立てようとして不倫の事実を認めたからって、誰が信じてくれるっていうんだ。きみも裁判はいやというほど見てるだろう。人は追いつめられるといくらでもうそをつくし、ちょっとでもましな評決が得られるチャンスがあれば、魂だって売りかねない。だから証言したところで、自分勝手な計算高いうそだと思われるのがオチだったろうよ。それでおれはなにを得られる？　同情でも尊厳でも合理的な疑いでもない。反対尋問を次々と繰り出され、終わるころにはいっそう疑わしく見えるだけさ。たしかに一度ならず、そうしようとも考えた。すでにおれはキャサリンを無駄に苦しめた。ジュリアはもう生き返らない。つき合ってた事実をあきらかにしたところで、よけいに不利になるだけだと思ったんだ」

「一緒にいるところを見た人はいないの？」

「そっちの意味ではないよ。一度も」

「手紙もなし？　留守電も？」

「ふたりともすごく慎重だったからな。証明したくても無理だったろう」

　エリザベスはその皮肉な響きに反応した。「なにもかもが裏目に出たのね」

「それだけじゃない」彼は言った。「聞いて楽しい話じゃないぞ」

「聞かせて」

「証拠を捏造《ねつぞう》したやつがいる」

「エイドリアン、いくらなんでもそれは……」

「彼女の家からおれの指紋が検出されたことは、DNAの件も含め、事実だからしょうがない。しょっちゅう訪れていたからな。そういう関係だったんだ。だが、教会で空き缶が見つかったのは変だ。あの近くには行ってない。あそこでビールを飲んだことなんかないんだよ」

「それじゃあ、誰が捏造したと？」

「おれを刑務所にぶちこみたいやつの仕業だろう」

「残念だけど、エイドリアン……」

「そんなことを言わないでくれ」

「そんなことってなに？　これまで出会ったすべての犯罪者と同じことを言ってるってこと？　〝おれはやってない。誰かにはめられた〟って」

エリザベスは一歩さがった。不信感は隠しようもなかった。エイドリアンにもそれは伝わった。「刑務所に戻るわけにはいかないんだよ、リズ。あそこがおれにとってどんなところか、きみにはわかりっこない。絶対に。頼む、どうしてもきみの助けが必要だ」

エリザベスは力になれるのかわからず、煤で汚れた肌と黒に近い瞳に目をこらした。目の前のこの人によって彼女の人生は変わったが、いまの彼はごく普通のひとりの男であり、しかも深刻で、致命的とも言えるほどのダメージを負っている。それが彼女にとってどんな意味があるのだろう。彼女の選択にとって。

「考えてみる」彼女はそれ以上なにも言わず、監房をあとにした。


署を出るのに二分かかった。ランドルフに横にぴったりつかれ、ひとつの廊下から次の廊下へと急《せ》かされた。入ったときと同じわき道に面した低いドアまで来ると、彼はエリザベスを歩道に追いやり、自分も外に出てドアがかちりと閉まるにまかせた。西の空が真っ赤に染まっていた。生暖かい風がコンクリートをかすめるなか、ランドルフは煙草を二本振り出し、一本をエリザベスに差し出した。

「ありがとう」

エリザベスは受け取った。ランドルフが両方に火をつけ、ふたりは三十秒ほど黙って煙草をふかした。

「で、なんなの？」彼女は灰を落とした。「本当の理由は？」

「理由？」

「わたしに手を貸した理由」

ランドルフは肩をすくめ、ゆがんだ笑みを浮かべた。

「上層部のお偉方が嫌いなのかもな」

「あなたがお偉方を嫌ってるのは知ってる」

「だったら、おれが手を貸した理由もわかるよな。必要とあらば、この郡のいちばん奥にあるもっとも暗い森にモンロー兄弟を埋める手伝いをしてやるつもりだったのと同じ理由だ」

「娘さんがいるからでしょ」

「あの娘にあんなことをしたやつらなど、くたばっちまえばいいからだよ。おれだって撃ち殺してたはずだから、おまえがムショに行く必要なんかないと思ってる。おまわりになって何年だっけ？　十三年？　十五年？　冗談じゃないよな」彼は煙草を深々と吸い、煙を吐き出した。「被告人側の弁護士は、あの娘にまた地獄のような苦しみを味わわせるに決まってるし、紋切り型の対応しかできない判事は、連中の戦術をやめさせようとはしないだろうよ。おれもおまえも、そうなるのは充分にわかってる」彼は首をポキッと鳴らした。「場合によっては法よりも正義のほうが大事なこともあるんだよ」

「警官がそういう考え方をするのは危険じゃないかしら」

「法体系そのものが崩壊してるんだ、リズ。おまえだってわかってるはずだ」

エリザベスは壁にもたれ、隣の男をじっくりながめ、その顔に、煙草に、ごつごつした指に光があたる様子に見入った。「いくつになったの？　娘さんたちだけど」

「スーザンが二十三で、シャーロットが二十七だ」

「ふたりともこの街に？」

「ありがたいことにな」

やせっぽちの女と背中の丸まった男はしばらく無言で煙草をふかしていた。エリザベスの頭のなかは正義と法、それにランドルフが鳴らす首のポキッという音でいっぱいだった。「エイドリアンには敵がいた？」

「おまわりはみんな、敵のひとりやふたりはいるもんだ」

「組織内にという意味で訊いたの。ほかの警官とか弁護士とか地区検事局の人間でもいい」

「事件当時か？　いたかもな。一時期、テレビのスイッチを入れると必ずと言っていいほど、美人レポーターと並ぶエイドリアンの顔が映ってたからな。それをよく思わない警官は大勢いた。ダイヤーに訊いてみるといい」

「エイドリアンのことを？」

「そうだ、エイドリアンのことをだ」ランドルフは煙草をもみ消した。「フランシスは昔からあいつを嫌ってた」

ランドルフが署内に戻ると、エリザベスは煙草を吸い終え、考えこんだ。十三年前のエイドリアンに敵はいただろうか。そんなこと、わかるはずがない。当時、エリザベスはまだ駆け出しだった。採石場での一件のあと、どうにかハイスクールの最終学年を終え、ノース・カロライナ大学で二年を過ごしたのち、中退して警官になった。つまり、訓練を終えたときには二十歳だった計算になる。期待に胸をふくらませると同時に死ぬほど怯えていた二十歳だった。憎悪や組織内政治などわからなかったし、わかるはずもなかった。

だけど、いまこうして、当時のことを振り返っている。

歩行者の一団をよけながら歩道を進み、交差点のところで左に曲がって大通りに出た。車は半ブロック先の反対側にとめてある。敵の存在が気になりながらも、どうにか無事に抜け出せそうだと思った。

そう思えたのも十二歩進むまでのことだった。

ベケットが彼女の車のボンネットに尻を載せていた。

「なにをしてるの、チャーリー？」エリザベスは道路の真ん中で歩調をゆるめた。

彼はネクタイをだらしなく垂らし、シャツの袖を肘までまくっていた。「おれも同じことを訊きたいね」

そう言ったきり、彼女が暗い道路の最後の部分を渡るのをじっと待っている。その表情をエリザベスはうかがった。なにも読み取れない。

「ちょっと寄っただけ。捜査の進捗《しんちょく》状況が知りたくて」

「ふうん」

エリザベスは車のところで足をとめた。「被害者の身元はわかった？」

「ラモーナ・モーガン。二十七歳。地元在住。きのう行方がわからなくなったらしい」

「ほかには？」

「美人だが内気。真剣につき合っていた男はいない。同僚のウェイトレスによると、日曜の夜に予定があると言ってたそうだ。いまはそれがなにか、突きとめようとしているところだ」

「死亡したのはいつ？」

「エイドリアンの出所後だ」

彼はその情報を岩を落とすように投下し、エリザベスがどう反応するかうかがった。「監察医から話を訊きたいわ」

「それは無理だな。わかってるはずだろ」

「ダイヤーの命令？」

「エイドリアン・ウォールに関係する一切のことからおまえを遠ざけろとのことだ」

「わたしが捜査に悪影響をおよぼすと思ってるわけね」

「あるいは、おまえ自身にな。ハミルトンとマーシュのコンビがまだこっちにいることだし」

エリザベスはベケットの表情をうかがおうとしたが、大半は影になって見えなかった。それでも、心中にひそむ感情は読み取れた。嫌悪？　落胆？　そこまではっきりしない。「ダイヤーはあの人を憎んでるのかしら」

ベケットが質問の意図を理解したのがわかった。

「フランシスは誰も憎んじゃいないよ」

「十三年前ならどう？　当時は誰かを憎んでいた？」

ベケットの顔に苦笑いが浮かんだ。「ジェイムズ・ランドルフに聞いたのか？」

「そうかも」

「情報源に問題ありだな」

「どういうこと？」

「ジェイムズ・ランドルフはエイドリアンとは正反対だってことさ。凡庸《ぼんよう》で了見が狭い。しかもなんと、三度も離婚してるんだぜ。びっくりだよな。エイドリアンを嫌ってる人間がいるとすれば、なんと言ってもランドルフだ」

エリザベスはそのピースをパズルにはめこもうとした。

ベケットはボンネットから滑りおり、フェンダーをこつんと叩いて話題を変えた。「まだこんなぽんこつに乗ってたとは知らなかったよ」

「いつもじゃないわ」

「年式は？」

エリザベスはなにがねらいか見定めようと、ベケットの顔を見つめた。なにかが進行中だけど、車は関係ないはずだ。「六七年型。夏にアルバイトして買ったの。はじめて自分で買ったと言えるのがこれってわけ」

「十八のときか？」

「十七歳」

「なるほど。十七で牧師の娘とくれば――」ベケットは口笛を吹いた。「そうとう大変だったろうな」

「まあね」そこから先は言わずにおいた。この車を買ったのは、採石場を流れる黒々とした冷たい川に身を投げようとしたところをエイドリアン・ウォールにとめられた二週間後だったこと。何時間もぶっつづけで運転していたこと。長年にわたって、これが人生で唯一すばらしいものであったこと。「で、なにをごちゃごちゃ訊いてるわけ、チャーリー？」

「昔、ひとりの新人警官がいてね」話の切り替えによどみがなく、まるでずっと新人警官の話をしていたかのようだった。「二十五年前、おまえが入ってくるより前のことだ。文句なしにいいやつだったが、不器用が服を着て歩いてるようなやつでね。わかるか？　およそ警官には向かないタイプだった。とにかく、そのどんくさいやつは治安の悪い地域でまちがった家に入りこんじまい、その結果、ジャンキーふたりに胸に乗っかられ、割れた瓶のとがったほうを首に突きつけられるはめになった。相手はやつの喉を掻《か》き切り、その場で殺すつもりだった」

「そこへあなたが突入し、命を救ったんでしょ。はじめて発砲したんだったわよね。その話は聞いたことがある」

「大変よくできました。おれが命を助けた新人警官の名前を覚えてるか？」

「ええ。たしかマシュー……」エリザベスは下を向いた。「あいつめ」

「最後まで言ったらどうだ」

　エリザベスは首を振った。

「黙るなよ、リズ。よくできたと言ったろ。そいつの名字はなんだった？」

「マシュー・マシーニー」

「この話のキモは、マシーニーのようなやつは、かつて鳥撃ち用の散弾を脚にくらった間抜けなガキが五十になった男より、命を救った男のほうに忠実だってことさ。こんなんで、こっそりやったつもりか？」

「ダイヤーは知ってるの？」

「まさか。あいつなら、署を全焼させたあげく、その罪をおまえになすりつけるだろうよ。あれとこれを結びつけているのはおれひとりだ」

「だったらなぜこんな待ち伏せめいたことを？」

「明日の朝早くには、この通りは遠くはDCやアトランタあたりからもやってくる報道陣で埋めつくされるからさ。日が暮れるころには、トップニュースとしてアメリカじゅうを駆けめぐるだろうよ。布をかけられた女の遺体、元警官の人殺し、撃たれた少年、すぐれた昔の建築そのままの、荒れ果てた教会。映像だけでも国じゅうから注目を集めるさ。おまえもそこに交ざりたいのか？　州検事総長が二重殺人でおまえを逮捕しようと手ぐすね引いてるってときに？」

「エイドリアンを拘禁房に入れたのは誰の指示なの？」

「それがなにか関係あるのか？」

「あの人は閉所恐怖症なのよ。指示したのはダイヤー？」

「いいかげんにしろよ、リズ。あの野良犬となんかあったのか？」

「あの人は野良犬なんかじゃない」

「犬で前科者ではぐれ者さ。なんでもかんでも救えるわけじゃない」

何度となく繰り返された議論だが、いつになくぐさりときた。「彼ははめられたとは考えられない？」

「それが言いたかったのか？　本気かよ。言っただろ、リズ。やつは前科者だ。前科者のくそ野郎なんだよ」

「わかってる。ただ――」

「ただ、やつは傷つき、孤独だって言いたいんだろ？　そういうところがおまえの弱点なのをやつもわかってんだよ」そこで急にベケットはあきらめたような表情になり、苛立ちが消えてなくなった。「手を貸せ」彼は有無を言わせず彼女の手をつかみ、歯でペンのキャップをはずした。「この番号にかけろ」そう言いながら、手の甲に番号を書きつけた。「おれが先に電話しておく。おまえから連絡があると伝えておくよ」

「誰なの？」

「刑務所長。明日の朝いちばんに電話しな」

「どうして？」

「おまえが不毛の土地で迷子になってるからだよ、リズ。おまえには出口が必要で、やつから聞かされる話を信じないだろうからさ」

11

エリザベスはパートナーを通りに残し、車で西に向かった。やがて道路は小高い尾根に達し、太陽が押しつぶされたようにゆがみながら沈んでいくのが見えた。エイドリアンの話がうそかどうか、求める答えが手に入る場所はひとつしか思いつかなかった。そこで二車線道路で郊外に向かい、十分後、五百エーカーの土地を走る長く暗い私道に入った。片側は切り立った崖で、その下を川が白く泡立ちながら激しく流れている。四角く刈りこんだ生け垣に車のボディをこすられながら、さらに奥へと進んだ。枝が道の上に低く張り出しているところまで来るとそれ以上進めなくなり、彼女は車を降りた。暮れゆく空の下、その家は威圧するように建ち、玄関ポーチにあがると歴史の重みが感じられた。ジョージ・ワシントンもここで一夜を過ごしたことがあるという。かの有名な開拓者ダニエル・ブーンや、知事も五、六人泊まったそうだ。現在の住人――かつては負けず劣らず大物だった――が着たまま寝たようなポプリンのスーツ姿で玄関に現われた。無精ひげがのび、引きつった顔の上には薄くなった白髪がのっており、ドアをあけたときにそれが小さくそよいだ。最後に見たときよりやせたうえ、背が縮んで弱々しくなり、ぐっと老《ふ》けた感じがした。

「エリザベス・ブラック？」相手は最初きょとんとしたが、すぐに笑顔になった。「驚いたな。ひさしぶりじゃないか」彼はエリザベスをきつく抱きしめ、手を取った。「さあ、一杯やろう。いや、二杯だ」目が生き生きと輝いた。「エリザベス・ブラック」

「クライベイビー・ジョーンズ」

「とにかく入った、入った」

そう言うとなかに引っこみ、小声で詫《わ》びながら、あちこちに置かれた古いりっぱな家具から新聞や法律書をどけた。ガラス同士が触れ合う音が響き、空瓶とカットガラスのグラスがキッチンに消えた。エリザベスは室内を歩きまわり、杖、油彩画、埃をかぶった銃をひとつひとつ見ていった。戻ってきた老人はシャツのボタンを上までとめ、髪もきちんとなでつけて、動いても乱れない程度に濡らしてあった。「さて」彼は言い、ホームバーと酒瓶が並ぶ壁を隠してある両開きのクローゼットをあけた。「たしかバーボンは好きではないんだったな」

「ウォッカをロックでお願いします」

「ウォッカをロックで」彼はずらりと並んだ酒瓶に手をさまよわせた。「ベルヴェデールでいいかな」

「もちろんです」

彼はまずエリザベスの飲み物を用意し、自分にはオールドファッションドをこしらえた。フェアクロス・

ジョーンズは弁護士だったが、いまは引退している。いわば叩きあげの苦労人で、週末と夜に仕事をしながら自力で学業をおさめ、ノース・カロライナ州で——ほぼまちがいなく——もっともすぐれた被告人弁護士となった。五十年の弁護士生活の——殺人、虐待、背信行為などを手がけた——なかで法廷で一度だけ泣いたことがある。その日、黒の法衣をまとった判事は若き彼の州法曹会への加入を認めたのち、感心しかねるという顔で眉をひそめ、なぜそんなにも目を潤ませ、体を震わせているのかと尋ねた。フェアクロスがこの崇高なる瞬間に感動したのですと説明すると、判事は子どもみたい《クライベイビー》にすぐ涙をながすまねは、この法廷以外のところでやるようにと諭したのだった。

そのあだながいまだにつきまとっているというわけだ。

「きみが訪ねてきた理由はわかっている」彼は飲み物を彼女の手に押しつけ、ひびの入った革椅子に腰をおろした。「エイドリアンが出所したからだな」

「彼とはもう会いましたか？」

「引退と離婚からこっち、めったに家を出なくなってね。さあ、かけなさい」彼は自分の右側を示し、エリザベスはワインカラーのベルベットを張った木の肘掛け椅子に腰をおろした。布は色あせ、ところどころ擦りきれて白くなっていた。「きみの置かれた状況については、たいへん興味深く見ているよ。まったく不運だった。チャニング・ショアにモンロー兄弟。弁護士の名前はなんといったかな？」

「ジェニングズです」

「そうそう、ジェニングズだった。まだまだ若手だ。そいつに満足しているかね？」

「まだ一度も話してなくて」

「お嬢さん」彼は飲み物を椅子の肘掛けに置いた。「水は低きに流れると言うし、州のやり方はそうとうえげつない。弁護士に連絡したほうがいい。必要ならば今夜にでも会いなさい」

「大丈夫ですから、本当に」

「残念だが、わたしの言うとおりにしたほうがいい。若い弁護士でもいないよりはましだ。新聞の報道によれば、きみが置かれている状況は明々白々《めいめいはくはく》であるし、州検事局内の政治力学はいまもしっかりと頭に入っている。こんな老いぼれでなければ、わたしがみずからきみを訪ね、代理人にするよう要求するところだ」

彼はすっかり気が高ぶっていた。エリザベスは聞き流した。「わたしのことを相談しにお邪魔したわけじゃないので」

「ではエイドリアンのことか」

「はい」エリザベスは椅子のへりまで腰を移動した。必要としている真実はごく小さなものなのだろう。ほんのひとこと、たったの数語。「彼はジュリア・ストレンジと不倫していたんですか？」

「ふむ」

「一時間たらず前に本人から聞きました。確認したいだけです」

「では、彼と会ったわけだ」

「会いました」

「そして、ジュリアの爪の下に彼の皮膚片があった理由を尋ねたのだな」

「はい」

「残念だが……」

「話せないなんて言わないでください」

「力になってあげたいところだが、その情報については守秘義務が課されているし、きみはいまも警官であることに変わりない。よって、話すわけにはいかんのだ」

「話せないのか話すつもりがないのか、どっちなんですか？」

「わたしは人生を法律に捧げてきた男だ。残りの人生が少なくなってきたいま、それを曲げるわけにはいかないんだよ」彼はむきになったように、グラスの中身をぐいっと飲んだ。

エリザベスは必死な思いを伝えようと、顔をぐっと近づけた。「ねえ、聞いてください、クライベイビー……」

「フェアクロスと呼んでほしい」彼は片手を振った。「その名前で呼ばれると、よき時代を思い出すが、過ぎ去ってしまったがゆえによけいにつらくなるのでね」そう言うと、見えない手に押さえつけられたかのように腰をおろした。

エリザベスは両手を組み合わせ、これからする話もつらい思いをさせてしまうかもしれないというように口をひらいた。「エイドリアンは、自分を犯人にするために証拠を捏造した者がいると本気で信じています」

「ビールの缶だな。それについては何度も話し合った」

「なのに、裁判では提出されなかった」

「そのためには、エイドリアンに証言させる必要があったからだ。そして彼はそれを望まなかった」

「その理由を教えてほしいんです」

「悪いが、それはできない。理由はさきほどと同じだ」

「あらたに女性が殺されたんです。十三年前と同じ手口で、場所も同じ教会。そしてエイドリアンが逮捕された。明日の新聞に記事が載るはずです」

「まさか、そんな」

彼の手のなかでグラスが震えはじめ、エリザベスはその腕にそっと触れた。「ビール缶の件や、ジュリアの爪の下に彼の皮膚片があった理由について真偽をたしかめる必要があるんです」

「もう起訴されたのか？」

「フェアクロス――」

「彼はもう起訴されたのかと訊いている」感情が高ぶ

ったのか、老人の声は震えていた。グラスをつかむ手は真っ白で、頬が点々と赤くなっている。

「殺人ではないんです。逮捕されたのは不法侵入容疑。警察は好きなだけ勾留しておくつもりでいます。あなたもそれはよくご存じでしょう。亡くなった女性については、エイドリアンが出所したあとに殺されたとしかわかっていません。それに、警察がどんな証拠をつかんでいるのかも。わたしは捜査から閉め出されているので」

「例の事件のせいだな？」

「それに、フランシス・ダイヤーはわたしの意図を疑っているし」

「フランシス・ダイヤーか。参ったな」老人が腕を振るのを見て、エリザベスは彼がダイヤーを反対尋問したときのことを思い出した。フェアクロスがどれだけ手をつくしても、ダイヤーの証言の信憑性《しんぴょうせい》を失わせることはできなかった。証言台での彼は動揺した様子をまったく見せず、エイドリアンがジュリア・ストレンジに執着していたと心から信じていた。

「また彼が血祭りにあげられてしまいます」エリザベスはさらに顔を近づけた。「いまも気にかけているんでしょう？　顔を見ればわかるわ。お願いですから話してください」

ぼさぼさの眉の下から細めた鋭い目がのぞいた。

「きみはあの男を助けようというのか？」

「信じるか、見捨てるか。どっちかひとつです」

椅子の背にもたれた老人は、くしゃくしゃのスーツに比して体がやけに小さく見える。「わたしの一族とエイドリアンの一族は二百年以上、この川沿いに住んでいたのは知っているかな？　もちろん、きみが知っている道理はないが、とにかくそうだった。ジョーンズ家とウォール家。わたしの父は第一次世界大戦で体が不自由になったので、エイドリアンのひいおじいさんがわたしに狩りや魚釣りや耕作を教えてくれたんだよ。両親のことも気遣ってくれてね、大恐慌のときにはバターと牛肉と小麦粉を切らさないようにしてくれた。わたしが十二歳のときに亡くなったが、いまもにおいを覚えている。トラクターのグリースや草や湿った帆布のにおいがしていた。手の力が強く、顔はしわくちゃで、日曜日に夕食に招くと、必ずネクタイを締めてくるような人だった。わたしはその後、法律の道に進んだから、エイドリアンのことはたいして知らなかった。だが、彼が生まれた日のことは覚えているよ。何人かがそこのポーチで葉巻を吸っていたっけ。彼のお父さんやら知り合いやらがね。ここは川沿いのすばらしい土地だ。そしてわれわれはすばらしい家族だった」

「うるわしい思い出ですが、漠然とした信頼感程度ではだめなんです。もっと具体的なことを話してもらえませんか。エイドリアンについて。事件について。なんでもいいので」

最後の言葉には切羽詰《せっぱつ》まった思いがこもっており、老弁護士はため息をついた。「わたしに言えるのは、法律は闇と真実からなる広大な海であり、法律家はその水面に浮かぶ小船でしかないということだ。ロープをいろいろ引っ張ることはできるが、進路を決めるのはけっきょく依頼人だ」

「エイドリアンはあなたの助言を拒んだんですね」

「その話はできんのだよ」

老人は酒を飲みほし、グラスの底に真っ赤なチェリーだけが残った。目を合わせようとしない様子に、エリザベスはぴんときた。この人も不倫の事実を知っていたのだ。それを使えば陪審の頭に疑念の種をまくこともできたのに、エイドリアンはうんと言わなかった。

「せっかく来てくれたのに、たいしたことを話してやれず心苦しいよ。すっかり衰えてしまった老人を許してくれるとありがたいが、自分でもまったくうんざりする」

老人の手を取ると、軽くていまにも壊れそうな骨の感触がした。

「よかったらもう一杯つくってもらえないか」彼は手を引っこめ、グラスを差し出した。「エイドリアンのことを思うと胸が痛いし、脚がうまいこと動かないのでね」エリザベスはおかわりをつくり、彼が受け取るのを見ていた。「その昔、ジョージ・ワシントンがこの家に一泊したのは知っていたかな?」彼は全体をあいまいに示した。疲れすぎて体が透明になってしまったように見える。「どの部屋だったのか、しょっちゅう考えるんだがね」

「そろそろひとりにしてさしあげるわね」エリザベスは言った。「おしゃべりしてくれてありがとうございます」

高さのある大きなドアの前まで行くと、彼の声が聞こえた。「わたしのあだなの由来は知っているかな?」

エリザベスはゆるやかに弧を描く階段と歳月で黒ずんだ床に背を向けた。「聞いてます」

「あの薄情な判事もひとつだけ正しかった。法律家は感情移入するべきではないんだよ。依頼人が軟弱ならこっちは強くならねばならず、依頼人に問題があるならこっちはまっすぐでなければならない。芝居。自制心。法律」そこで椅子に深く腰かけたまま顔をあげた。「どの依頼人でもそれでうまくいっていた。だがエイドリアンのときはちがった」

エリザベスは息を殺した。

「彼とは事件の準備で七カ月を過ごし、何週間という公判のあいだ、並んですわった。あの男が清廉潔白《せいれんけっぱく》だなどと言うつもりはないよ。われわれと同じ人間にすぎないのだから。だが、有罪を言い渡されたとき、わたしのなかのなにかが壊れてしまったんだ。わたしを弁護士たらしめている器官がぱったりと動きをとめたみたいに。言っておくが、顔にはなにも出さなかった。

判事に礼を言い、検察官と握手もした。法廷から人がいなくなるまで待ち、それから被告人席に突っ伏して、子どものように泣いたよ。さきほどきみは、わたしからなにか話せることはないかと訊いたが、いまのがその答えになると思う。クライベイビー・ジョーンズが手がけた最後の裁判」彼はグラスのなかのカクテルにうなずいた。「悲しき老人と涙。まるで一対のブックエンドのようじゃないか」

署に戻ったエリザベスは歩をゆるめることなく玄関を大股で抜けた。エイドリアンの主張は事実だ――それが老人のメッセージだった。今度は、警察がどのような証拠をつかんでいるのかを突きとめなくては。不法侵入の件ではなく、殺人のほうだ。なんとしても答えが知りたかった。

「なにしに来たんだ、リズ？」

彼女は早足のまま刑事部屋に入った。ベケットが大きな体でデスクのあいだを通り抜け、ダイヤーのオフィスめざしてまっしぐらに突き進む彼女を捕まえようとした。

「リズ。待て」

彼女の手が取っ手にかかった。

「だめだ。リズ。やめろって……」

しかしすでにドアはあきはじめていた。なかに入ると、ダイヤーが立っていた。ハミルトンとマーシュのふたりも。

「ブラック刑事」まずハミルトンが口をひらいた。「ちょうど、きみの話をしていたところだ」

エリザベスはたじろいだ。「警部？」

「だめだろう、入ってきては」

エリザベスはダイヤーから州警察官ふたりに視線を移した。日が暮れてから何時間もたっており、たまたま打ち合わせ中だったというにはいくらなんでも時間が遅い。「わたしの話ですか？」

「新しい証拠が見つかったのでね」ハミルトンが言った。「きみの見解を聞きたい」

「認めるわけにはいきませんね」ダイヤーが言った。

「弁護士の同席が必要ですから」

「ご希望とあらば、オフレコにしてもいい」

　ダイヤーは首を横に振ったが、エリザベスは手をあげた。「いいんです、警部。新しい証拠が見つかったのなら、聞かせてほしいので」

「ではオフレコということで。なかに入ってドアを閉めてくれないか。きみはだめだ、ベケット」

「リズ？」ベケットは両のてのひらを彼女に向けた。

「心配しないで。わたしなら大丈夫」

　そのとおりだと自分にも言い聞かせようとしたが、ダイヤーはこの世の終わりのような顔をしていた。ハミルトンとマーシュも、見えない重荷を背負っているように見える。エリザベスは信念と目的を見失うまいとかまえた。エイドリアンのためにここに来たのは、老弁護士の確信がこれまで見たどの証拠よりも説得力があったからだ。しかし、この狭苦しい部屋の空気はよどみ、吐き気がするほど甘い。恐怖だ。まだ三フィートほどしかなかに入っていないのに、彼女はすでに怯えていた。「わたしは起訴されるんでしょうか？」

「まだだ」ハミルトンがドアを閉めた。

　エリザベスはうなずいたが、〝まだ〟ということはいずれそうなるという意味であり、近いうちにという意味だ。「どんな証拠が見つかったんですか？」

「地下室の現場検証の結果が出た」ハミルトンはデスクに置いたファイルに指を触れた。「あそこでの出来事について、きみのほうから話しておくことはないかね？」その声ははるか遠くから聞こえてくるようだった。「ブラック刑事？」

　全員の目がエリザベスに注がれていた。ダイヤーは急に不安そうになり、州警察官のほうは、なんとも表現のしようのない憐憫《れんびん》の情をあふれさせていて、気味が悪いほどだった。

「ＤＮＡ検査をおこなった」ハミルトンが言った。「チャニング・ショアを縛るのに使われた針金の。分析の結果、ふたりの異なる人物の血液が付着していると判明した。片方はもちろん、こちらの予想どおり、被害者となった少女のものだ」そこでひと呼吸おく。「もうひとつは未知の人物のものだった」

「第二の人物？」

「そうだ」

「モンロー兄弟のどちらかでは」エリザベスは言った。

「兄弟はふたりとも除外された」

「だったら、その血液はべつの犯罪の際に付着したものでしょう。相互汚染。古い証拠」

「われわれはそう見ていない」

「だとしても、説明ならほかにいくらでも……」

「きみの手首を見せてもらっていいだろうか、ブラック刑事？」全員の目が彼女の袖に、薄手のジャケットとボタンをきっちりとめた袖口に注がれた。ハミルトンが身を乗り出した。その表情は声と変わらず穏やかだった。「われわれとしても同情の余地がないわけでは……」

　肌が焼けるように熱くなったが、エリザベスは手をぴくりとも動かさなかった。「おっしゃる意味がわかりませんが」

「気が動転しているようだが、なにか理由でも――」

「お邪魔だったようですね」彼女は言った。

「酌《く》むべき事情があるのなら――」

「そもそもここに来たのが間違いでした」

　彼女は耳まで真っ赤になり、肌が焼けるような痛みを感じながら、ドアを乱暴に閉め、急いでその場をあとにした。理由を考えなかったのは考えることに疲れていたからであり、それと同時に、感じることにも、思い出すことにも、話すことにも疲れていたからだ。

　地下室のことはもうケリがついている。

終わったのだ。

一瞬、背後にベケットの存在を感じた。彼の声が階段に響き、外の通りまで追ってきた。エリザベスは足を速め、するりと車に乗りこむと、いきおいよく発進した。彼の顔は白い染みと化し、両手があがってすぐ下におりるのが見えた。エリザベスはスピードを出し、車に気持ちを代弁させた。交差点ではタイヤに。まっすぐな道ではエンジンに。皮膚はまだひりひりしたが、痛みというよりは恥辱と怒りと自己嫌悪によるものだった。

針金に付着したDNA。

手をハンドルに打ちつけた。

ひたすら走りつづけたかった。でなければ、酔っぱらいたかった。暗いなかでひとり、椅子にすわって、手にずしりとくるグラスの重みを感じたかった。それでも記憶は消えないだろうけれど、色は淡くなるかもしれない。モンロー兄弟はぼやけ、回転木馬がとまるかもしれない。

でも、ベケットの考えはちがったようだ。エリザベスが自宅のアプローチに入った二十秒後、彼の車が到着した。「なにしに来たの、チャーリー？」

「話は聞いた」ベケットは玄関ステップの最下段に立った。「ドアごしに聞こえたよ」

「そう、それで？」

「それで、どうしていいかわからなくなってね」彼はダイヤーに負けず劣らず悄然《しょうぜん》とした表情で、エリザベスの手と腕をつなげている部分を見ないようにしていたが、うまくいかなかった。「リズ、まさか……」

「あの人たちがなにを言おうと、わたしには全然、関係ないから。わたしは警官よ。なんともない」

「なにかあったんなら——」

「わたしがあいつらを撃ったって言ったでしょ。後悔なんかしてない。何度だってやってやる。話はそれだけ。善人が勝ち、少女の命は助かった」

「あの娘が証言したらどうなる？　ハミルトンとマーシュが父親が雇った弁護士という壁を突破したら？」

「彼女も同じことを言うはずよ」

「おそらく、それが問題なんだ。おまえたちふたりの」彼が大きな頭を傾けると、顔という整っていない景色の上で影が動いた。「どうしても最悪の事態を考えてしまうんだよ」

「わたしたちがおたがいを大事に思っているから？」

「証言で同じ言葉を使っているからだ。自分たちの証言を読んでみたらいい。両方を並べて、比較してみろ。同じ言葉。同じ表現」

「偶然でしょ」

「手首を見せてくれ」

「いやよ」

　ベケットが彼女の腕を取ろうとすると、思いきりはたかれ、銃声のような音がした。しばらくふたりは無言でにらみ合った。パートナー。友人。つかの間の敵。

「見せてくれてもいいだろう」ベケットは言った。

「ぶしつけにもほどがあるわ」

「悪い。おれはただ――」

「帰って、チャーリー」

「いやだね」

「もう遅い時間よ」

　おぼつかない手で鍵束を出すエリザベスをベケットは不満でもやもやした目で見ていた。ドアがふたりを隔てるように閉まると、彼は大きな声で言った。「おれに連絡すればよかったんだよ、リズ！　なにも、ひとりで行くことはなかったんだ！」

「もう帰ってよ、ベケット」

「おれはおまえのパートナーなんだぞ、こんちくしょう。ちゃんと取り決めてたじゃないか」

「帰ってって言ってるでしょ！」

　ドアに体重をかけると、心臓がどくんどくんいうのがわかり、皮膚をとおして木の感触が伝わってくる。

ベケットはまだじっと立っている。やっと引きあげてくれたときには、体がぶるぶる震えていたが、自分でも理由はわからなかった。

みんなに疑われているから?

皮膚がまだ痛むから?

「過去は過去」エリザベスは目を閉じ、同じ言葉を繰り返した。「過去は過去で、いまはいま」

「それが刑事さんの信条?」

声はソファの奥の暗い隅から聞こえ、エリザベスの手が刻み細工をほどこした木のグリップにのびたところで、声の主がわかった。「びっくりさせないでよ、チャニング」拳銃のグリップから手を放し、頭上の明かりのスイッチを入れた。「いったいここでなにをしてるの?」

少女は奥行きのある椅子に両膝を立ててすわっていた。身に着けているのはジーンズ、はげかけたマニキュア、それにキャンバス地のスニーカー。以前にも見たパーカのフードのなかに目がおさまっていた。目は澄んでいるものの、あいかわらずなにかに取り憑《つ》かれたようだし、細い肩が丸まっている。そして握った手にはキッチンナイフがあった。「ごめん」彼女は椅子の肘掛けにナイフを置いた。「怒ってる男にどう対処すればいいかわかんなくて」

エリザベスはドアに錠をおろした。部屋の奥まで行き、ナイフを回収してキッチンテーブルに置いた。

「どうやってなかに入ったの?」

「刑事さんが留守だったから」チャニングは親指をうしろにくいっとそらした。「そこの窓をこじあけた」

「いつから他人の家に不法侵入するようになったわけ?」

「今夜がはじめてだもん。それより、警報器をつけたほうがいいんじゃないの?」

「ついてたら思いとどまった?」

「刑事さんと一緒だと安心なんだもの。ごめんね」

エリザベスは流しに水をためｍ、顔に少しかけた。この娘は本気で悪いと思っているのだろうか。けっきょくのところ、どうでもいいことだ。少女は苦しんでいる。リズが苦しんでいるように。

「ご両親には居場所を伝えてあるの？」

「ううん」

「わたしは起訴されるかもしれない身なのよ、チャニング。そしてあなたはわたしに不利な証人になる可能性がある。だから、こういうのは……軽率だわ」

「だったら、どっかよそに行く」

「そんなのだめよ」

「平気、平気」チャニングは立ちあがり、ずらりと並んだ本の前を歩いていった。「出てくよ。こんなところ、とっととおさらばしてやるんだから」若く汚れのない口が発する乱暴な言葉はどこか場違いだったが、少女はエリザベスの心を読んだかのようにこう言った。「まさかあのことは考えてないよね。あれを考えてたわけじゃないって言ってよ」チャニングがドアに向かって指を鳴らしたのは、ベケットと交わした会話、それにほとんど祈りと化した口癖を差していた。「ここを出て、どっかにいなくなったりしないよね」

「わたしが抱えてる問題は、あなたには関係ないことよ、チャニング。あなたはまだまだ若い。なんだってできるし、どんな人間にもなれる」

「でも、もう年齢なんか関係ないじゃない」

「そんなことない」

「もとには戻れないし、前と同じになれないもん」

「どうして？」

「だって、全部燃やしちゃったから」チャニングの目のなかで火花が散った。「ぬいぐるみの動物、ポスター、ピンクの寝具、写真に本、子どものときに男の子からもらったメモ。それをみんな庭で燃やしたら、ものすごく大きな炎になっちゃって、ほかのものもみんな、持ってかれちゃうんじゃないかってくらいだった」チャニングがフードを脱ぎ、サクランボ色の頬と、先端が燃えた髪が現われた。「庭木が二本、燃えちゃった」

「なんでそんなことをしたの？」

「刑事さんはなんで採石場のへりまで行ったの？」

ささやくような声だったが、エリザベスの胸にぐさりときた。

「パパがとめようとしたんだ。でも、その姿が見えたとたん、あたしは走りだしたの。パパはフェンスをまたいだときに怪我《けが》をしたみたい。大声で怒鳴《どな》ってたし、たぶん怒ってた。とにかく、もう家には帰れないよ」

少女の反抗的な態度が薄らぎ、自暴自棄へと変化した。

「出ていけって言うなら、もう二度と、あなたには会わない。世界を燃やしてやる。うそじゃないんだから」

エリザベスは飲み物を注ぎ、チャニングに背中を向けた。「ご両親に無事でいるのを知らせなさい。せめて携帯でメールくらいしなきゃだめ。元気にしてるって伝えるの」

「それって、ここにいていいってこと？」

エリザベスは振り返り、苦笑いをした。「世界を燃やすのを黙って見てるわけにはいかないもの」

「あたしもそれと同じの、もらっていい？」チャニングは飲み物を指差した。「歳は問題じゃないんなら……」エリザベスはべつのグラスにワンフィンガー注ぎ、無言で差し出した。少女はひとくち飲んで、少しむせた。「バスタブがあるのが見えたんだけど……」

少女が語尾を濁すと、エリザベスは廊下の先を指差した。「タオルはクローゼットにあるわ」

エリザベスは少女が廊下を歩いていくのをじっと見つめていたが、やがてもう一杯注いで、明かりを消し、真っ暗ななかで腰をおろした。携帯電話が二度、振動し、二度とも留守電につながるまで放っておいた。ベケットともダイヤーとも、この番号をどうにかして突きとめた記者たちとも話したくなかった。

それから一時間、暗いなかで酒を飲みながら、じっとしていた。ようやく立ちあがったときには、浴室は無人で客用の寝室のドアは閉まっていた。聞き耳をたてたが、古い家が地面にいくらか沈むときのきしみ音以外、なにも聞こえなかった。それでもいちおう施錠は確認した。ドア。窓。浴室に入ると、そのドアにも鍵をかけ、それからシャツを脱いで、手首にできた筋状の醜い傷を調べた。傷は手首をぐるりと一周し、ところどころ深くえぐれている。赤い筋は場所によってはかさぶたになっていた。記憶。悪夢。

「過去は過去……」

残りの服を全部脱ぎ、浴槽に湯をためた。たしかに事実を隠しているけれど、それにはちゃんとした理由がある。だったらもっと気持ちが上向いてもいいはずなのに、理由は単なる言葉にすぎない。

家族が言葉にすぎないのと同じで。


あるいは、信念、法、正義と置き換えてもいい。

熱い湯が気分をましにしてくれるような気がして、浴槽に浸かった。全身が温まり、無重力のなかにいるようだった。水はかようによきものだが、あがってては沈み、ふたたびあがるのが水の持つ性質だ。目を閉じると、世界が遠ざかっていき、やがてまた感じるようになった。首にかかった手のように、あの地下室に囲まれていた。


男は片腕を彼女の首にまわして絞めあげると、片手で彼女の手首をがっちりつかみ、銃を持った手を壁に叩きつけた。人形のように床に転がされたチャニングが悲鳴をあげるなか、銃はコンクリートの床で三回、四回と跳ね、闇のなかを滑っていった。

エリザベスは銃を失ったのを感じ、体の向きを変えようとした。

この男は何者?

いったいどこの誰……？

男が大柄で不潔なのはわかったが、それだけだった。彼は首にまわされた腕であり、体を強く押しつけてくるときにこすれる頬ひげだった。足の甲と脛をねらって足を蹴り出した。頭をうしろにそらしてもみたが、あたえたダメージは小さく、不充分だった。

「シーッ……」

息が耳にかかったが、彼女は意識を失いかけていた。血がまったく通わない。目を固く閉じた。

男の腕を引っかいたとき、闇のなかでなにかが動いた。ふたりめは猫背の巨漢だった。チャニングもその男を見るなり、汚れた床に踵《かかと》を交互に蹴り出して後退し、壁に背中をつけた。

チャニング……。

なんの音もしなかった。気づくとエリザベスは手をのばしていたが、視界がぼやけるにつれ、指は丸まっていった。

チャニング……。

ふたりめの男は太い指をくねらせるようにして少女の髪に差し入れると、床を引きずり、薄暗い別室に連れていった。

銃はどこ？

無理やり膝をつかされ、ハイカットスニーカーと薄汚れたジーンズ、それに自分の手形がついた床が目に入った。男が背中に体重をかけてくると、体が前に倒れ、うつぶせにされた。ひげが首に食いこみ、さっきと同じ息が耳をなめた。

「シーッ……」

今度はさっきよりも長かった。

しだいに意識が遠のいた。

そして闇が訪れた。

格闘技の世界では、裸絞め、頸動脈圧迫《けいどうみやく》、またはスリーパーホールドと呼ばれる技だった。警官は首血管圧迫と呼んでいる。名称はどうでもいい。肝腎なのは、その目的と効果だ。頸動脈と頸静脈を同時に圧迫すると、成人でも数秒で意識を失う。正しくやれば、それほど力は必要としない。やり方をまちがえれば失敗に終わるか、死にいたることもある。映画のようにはいかない。正しくやるにはそれなりの心得が必要だ。タイタス・モンローには、それなりの心得があった。

どう始まってどう終わったか、その間の一部始終を数え切れないほど何度も頭のなかで再生した。マットレスから起きあがったチャニングとふたり、部屋から出ようとしているときだった。少女の熱く湿った手がエリザベスの手にねじこまれていた。エリザベスは銃を地下室の奥に向けていた。必要とあらば撃つつもりだったが、ドアはあけはなたれ、後方はしんと静まり返っている。どうにか三段のぼったところで、少女がつまずいて足を踏みはずしたが、問題はなかった。エリザベスの銃は上を向き、最後の廊下はあと十フィートのところまで迫っていた。閉じたドアがいくつかあり、階段もいくつかあるものの、なんとか逃げ切れそうだった。

背後でドアがあく音は聞こえなかった。そもそも、男がたてる音はなにひとつ聞こえなかった。いきなり首に腕を巻きつけられ、手首を握られた。すぐに抵抗したが歯が立たず、そのまま闇に急降下した。目が覚めると、服を剝ぎ取られ、口をきつく覆われた状態でマットレスに針金で縛りつけられていた。男の舌が耳を、首筋を這い、彼女は獣のように抵抗し、赤いろうそくが揺れるなか、男の手が体を這いまわると、汗じみた手に覆われた口から悲鳴をあげた。男は彼女をレイプし、おそらくは殺すつもりだろう。しかし抵抗しながらも落ちていくような感覚に襲われ、男の乱暴な手つきもしだいに感じなくなっていった。ろうそくの光が二度またたいて消えた。いまよりも若い自分の声が聞こえた。

も、も、もうやめて、も、も、もうやめて……。

どこまでも落ちていくようだった。あまりに深くて、もうもとには戻れず、まるっきりちがう自分になってしまいそうな気がした。男は彼女を闇に放りこみ、そのまま置き去りにするつもりだろう……。

エリザベスは寒さと熱さに震えながら、浴槽深く体を沈めた。いちばん肝腎なときに理性を失っていた。警官になって十三年にもなるのに、石膏《せっこう》の面のようにばらばらに壊れていた。

そんな彼女を救ったのはチャニングだった。

あの少女。

わずか十八歳の少女。

男は膨大な量の汗をかき、膨大な量の体毛に覆われ、膨大な量の筋肉と贅肉《ぜいにく》と太くて固い指からなっていた。

「上モノだぜ……」

男の肌が彼女の肌とこすれ合うが、彼女の肺には空気がほとんどなかった。息を吐いたところを上からのしかかられたのだ。

「上等でエロいクソアマだぜ……」

銃声が闇の世界を吹き飛ばし、まばゆい光の小片に変えたとき、エリザベスはほぼ完全に意識を失っていた。悲鳴が聞こえ、その方向に顔を振り向けるとまばたきする目があり、大男がのたうち、なにやら叫んでいたが、のちにそれはきょうだいの名前だと判明した。

返ってくるのは苦悶《くもん》に満ちたおぞましいわめき声だけだった。その声は隣の部屋であがり、コンクリートの壁に反響したもので、チャニングがどうやって銃を手にしたのか、エリザベスはいまだに見当もつかない。とにかく彼女がとてつもなく大きな銃を小さな手で握り、裸でドアのところに立っていた。ゆっくりと、しだいに鮮明に見えてきたが、それでもまだ夢のまた夢のような感じだった。まるで、はるか昔に聞いた、よその誰かの身に起こった出来事のようだった。

　最初の一発は男の膝を粉みじんにした。男は右に左に体を引っ張られたのち、立っていた場所にぱったりと倒れた。倒れる途中、もう片方の膝も消え失せた。砕けた骨がコンクリートの床に打ちつけられ、そのときの重たく湿った音は二度と忘れられそうにない。男の悲鳴がきょうだいのそれと混じり合い、ほとんど意味不明な言葉を苦しそうに羅列《られつ》するだけのものに変わった。

「クソアマ！」

　男はのたうちまわった。

「くそったれな……い、い、いてーよ！」

　足を引きずりながら入ってきたチャニングもまた、壊れた仮面をかぶったような顔をしていた。目は暗く腫れあがり、口はあいているが声が出てこない。銃の重みで腕を下に引っ張られ、一度、足をふらつかせたものの、絶叫する男を見おろすように立った。

「チャニング……」

　エリザベスに名前を呼ばれたのも気にせず、チャニングは銃をかまえた。表情はまったくなく、目の下の汚れに涙の筋がついていた。放心状態で汚れにまみれ、手首から流れた血が指先からしたたっている。

「チャニング……」

　エリザベスはあがくのをやめた。少女はわめきちらす男をじっと見ている。

「チャニング……」

　十八発全部を撃ちつくすのに、永遠とも思える時間が流れた。実際には、数秒は数分にのび、数分は数時間にも感じた。実際には、ほんの一瞬のことだったのかもしれない。エリザベスはわかりようがなかった。どうにかチャニングに目を向けると、そこには若くして破滅した人特有の無表情があった。要するに単純なことだった。

銃がとどろき、男たちが悲鳴をあげた。ふたりが死ぬと、チャニングは長いこと突っ立っていたが、ようやくエリザベスの言葉がいくらかなりとも耳に届くようになった。

〈銃声を聞きつけた人がいるはずよ〉

〈警察がじきに駆けつけるわ〉

硝煙が立ちこめ、すでに世界は大きく引き裂かれていた。遠くでサイレンが鳴り響くのが聞こえ、針金が手首にいっそう深く食いこんできても、エリザベスにはわかっていた。警察は亀裂のあちら側で、エリザベスとチャニングは永遠にこちら側にいることになるのだと。

だからすぐさま決断をくだした。

さっさと古い人生を終わらせたのだった。

もう終わりにしたかったが、映像が勝手に闇から次々に現われてくる。震えながら針金をはずしたチャニングの指、近づくサイレン。服をかき集め、銃をぬぐう。少女を抱きしめながら作り話を繰り返し、口裏を合わせるよううながす。

チャニングはマットレスに寝かされていた。

エリザベスが暗闇のなかで兄弟を撃った。

〈もう一度言ってみて、チャニング〉

〈あたしはマットレスに寝かされてて、刑事さんが暗闇のなかで兄弟を撃った〉

二時になり、エリザベスはようやくベッドに入った。ほとんど眠れず、眠れたとしても汗びっしょりになって目が覚めた。それが三回つづいたとき、耳慣れない音をたどっていくと、浴室の床でチャニングが丸くなっていた。光らしいものといったら部屋からこぼれるちらちらした明かりだけだったが、それでもあざや嚙み痕、手首に巻いた包帯がはっきりと見えた。

「吐きそうな気がして。起こしちゃってごめんね」

「これを使って」エリザベスは洗面用タオルを冷たい水で濡らし、チャニングに差し出した。「手伝うわ」そう言って少女を起こしてやった。洗面台のそばに立って鏡をのぞきこむと、ふたりはかなりちがっていた。エリザベスは細くてしなやか、少女のほうは背が低く、全体に丸みがある。少女は泣いていたが、自力では動けそうになかった。「貸して」エリザベスはタオルを受け取り、少女の肌に押しあてた。涙をぬぐってやり、血の気のない冷たい額にかかった髪を払ってやった。「これでよし、と」そう言って、チャニングを鏡に向かせた。「よくなったでしょう?」

少女は鏡に映った自分の顔をのぞきこみ、それからエリザベスの顔を見つめた。「あたしたち、同じ目をしてる」

エリザベスは目の位置が少女と同じになるよう背を縮めた。ふたりの頬がもう少しでくっつきそうになった。「本当だ」

「あたしが悪いんだよね」チャニングが言った。「地下室でのこと。刑事さんがあんなことになっちゃって」

「ばかなことを言わないの」

「それでも友だちでいてくれる?」

「あたりまえじゃない」

少女はうなずいたが、納得はしていない様子だった。

「ねえ、地獄って本当にあると思う?」

「あなたが地獄に行くことはないから」エリザベスはチャニングの肩を抱き寄せ、真剣な声で言った。「あのことでは」

少女は顔を伏せ、澄んだ目を閉じた。「小さいほうをたくさん撃ったのは、あいつのほうがあたしを痛めつけて楽しんでたから。さっきその夢を見てた。あいつの指と歯、ささやいてきた言葉、あたしに目をあけさせていたぶったこと、そして、じっとにらみつけてくる底の知れない目」

「あの男は当然の報いを受けただけよ」

「でも、あたしはあえてそうしたんだよ」チャニングは言った。「小さいほうがひどいやつだったから、よけいに撃ってやった。十一発も。それがあたし。わざわざそうしたの。それなのに、地獄なんかないって言えるの？」

「そんなふうに考えちゃだめ」

「よく眠れなくて。でも、夢が怖いからじゃない。目が覚めたとき、ほんの一瞬だけど、あんなことがあったのも忘れちゃうことがあるからなの」

「そういう瞬間があるのはわかるわ」

「でも、そのうしろにはべつの瞬間が隠れてる。次の瞬間にはすべてが一気に押し寄せてきて、生き埋めにされたみたいになるんだもの。それが来るのが怖くて、びくびくしながらベッドに入るの。あたしは十八歳で、あんなことを……」

「あんなこと？」少女にはぴしゃりと言ったほうがいいと思い、エリザベスは険しい声を出した。「あなたはわたしの命を救ってくれたのよ。あなたのおかげでふたりとも、いまこうして生きてるんじゃない」

「やっぱり誰かに話したほうがいいような気がする」

　誰かとは警察、両親、精神科医のことだろう。誰だろうと同じだ。「誰にも言っちゃだめよ、チャニング。絶対に」

「あたしがやったことは拷問だもの」

「そんなことを言うもんじゃないわ」

「正当防衛だって言えばいい」

　チャニングの顔にひと筋の希望が射していたが、事の次第を理解してくれる陪審なんていないだろう。あの場にいなくては理解などできない。あのチャニングを見なくては、一糸まとわぬ姿を見なくては、指先からしたたる血を見なくては、あのときの彼女の顔を、無数についた歯形を見なくては。

十八発……。

拷問……。

裁判となれば、彼女はまた同じことを経験させられる。それも公の場で、記録に残る形で。エリザベスはレイプや殺人の裁判をいやというほど見ており、それがどれほどの破壊力を持つかよくわかっている。証言は何日も、あるいは何週間もつづくだろうし、それによってチャニングのなかにわずかに残ったあどけなさは骨抜きにされることだろう。彼女はそれを一生背負うだろうし、おそらくは有罪になるだろう。

検察官の声が聞こえるようだ。十八発ですよ、みなさん。三発でも四発でも六発でもないんです。痛い目に遭わせ、こらしめるために十八発を撃ちこんだのです……検察は政治利用のためにチャニングにねちねちと質問するだろう。「約束して、チャニング。あのことは絶対にしゃべらないと誓って」

「もう自分で自分がわからない」

「そんなこと、言わないで」

「一緒に寝てもいい？」

「どんなことでもしてあげるわよ」エリザベスはほっとした気持ちになって、チャニングを抱きしめた。

「なんだってしてあげる」左にある角の寝室の大きなベッドにチャニングを案内した。つっぱった少女はすっかり影をひそめ、怒りも強がりも傷ついたプライドも消えていた。ふたりは同じ苦境を生きのびた姉妹として、無言でベッドに横になった。

「泣いてるの？」エリザベスは訊いた。

「うん」

「じきに、なにもかもうまくいくようになる。絶対に」

チャニングは腕をのばし、エリザベスの背中に二本の指で触れた。「こうしてもいい？」

「かまわないわよ。お休み」

背中に触れたのがよかったのだろう、チャニングは眠りについた。最初のうちこそ寝息は浅かったが、じきに規則正しくゆっくりしたものに変わった。少女の存在を、ほてった肌を感じる。背中に触れている二本の指はぴくりとも動かず、エリザベス自身の呼吸も穏やかなものに変わった。時間こそかかったが、部屋が遠のいていった。

胸のうずきがゆるんだ。

回転木馬がとまった。

12

ベケットはどうすればパートナーの力になれるか悩んでいた。エリザベスは負傷しただけでなく、かってないほど苦しみ、内にこもっている。ふだんなら、仕事がある。現場、署内政治、警官がくださねばならないむずかしい判断。彼女は苦渋の決断をしながら、それとしっかり向き合って生きている。交際相手がいても、そのぶれない自意識が最優先となる。関係が終わるのは、彼女が終わりにしたいと言うからだ。譲れない線というものをはっきりルール化し、始まりも終わりも自分の口から宣言する。彼女の血管には氷が詰まっていると言う連中もいるが、ベケットはそうは思わない。それどころか、彼女は誰よりも感受性が豊かで、それをうまく隠しているにすぎない。それこそサバイバルするための技術であり、強みでもあった。しかし、あの地下室での一件がすべてを奪ってしまった。いまの彼女は歩く腫れ物といった状態で、どう守ってやればいいのか、ベケットも万策つきていた。どうすれば刑務所入りを避けられるのか。どうすればエイドリアンから遠ざけておけるのか。それらはいちばんに考えなくてはいけないものだ。

それ以外のものは？

チャニングの両親が所有する家の前に車をとめたときは、すでに夜も遅くなっていた。本当は来てはいけないのだが――弁護士からきっぱりと言われている――地下室で実際になにがあったのかを知るのはふたりしかおらず、そのひとりであるリズはだんまりを決めこんでいる。

残るは少女のほうだ。

問題は、少女の父が金持ちで各方面にコネがあり、弁護士をこれでもかとはべらせていることだ。州警察官ですら、その壁を突破できなかった。実際、かなりの難関だ。なぜ少女はしゃべらないのか？　弁護士たちは精神的なショックが大きすぎるせいだと主張しているが、もしかしたらそのとおりなのかもしれない。ベケットにも娘がいる。気の毒だとは思う。

それでもやはり……。

木が鬱蒼とした庭をのぞきこむと、石と煉瓦と黄色い明かりが見えた。チャニングの行方がわからなくなったときに、父親とは数回会っている。とんでもなくいやなやつではないものの、〝ちゃんと話を聞きたまえ、刑事〟というように、〝聞きたまえ〟という言葉を使いたがる男だった。しかしそれも、心配している父親だからこそだろうし、家族を守ろうとする姿勢を批判するつもりはない。ベケットも同じことをしたと思うからだ。妻の場合でも子どもたちの場合でも。大きな脅威を感じれば、街そのものを破壊してみせる。

車のエンジンを切り、アプローチを歩いて正面玄関にまわりこんだ。焦げくさいにおいがあたりにただよっていた。窓から漏れ聞こえた音楽が、呼び鈴を鳴らすと同時にとまった。しんとしたなかに、セミの鳴き声がしていた。

　出てきたのはチャニングの母親だった。「ベケット刑事」高価な服を着た彼女は、あきらかに迷惑そうな顔をした。

「ミセス・ショア」彼女は小柄な美人で、娘をいくらか老けさせた感じだった。「こんな遅くにお邪魔して申し訳ありません」

「もう遅い時間なの？」

「お嬢さんと話をさせてもらいたいと思いまして」

　チャニングの母はまばたきし、体をふらつかせた。倒れるのではないかと思ったが、どうにか壁に手をついて回避した。

「誰だね、マーガレット？」玄関広間の階段から声がした。

　チャニングの母はあいまいな身振りで示した。「主人です」チャニングの父親はトレーニングウェアに汗をびっしょりかいて現われた。ボクシング用シューズを履き、手にテーピングをしている。「刑事さんがチャニングと話をしたいとおっしゃるの」

　このときは少しろれつがまわっていなかった。ショアが妻の肩に手を置いた。「上に行っていなさい。あとはわたしにまかせて」男ふたりは夫人があやしげな足取りで去っていくのをじっと見ていた。ふたりだけになると、ショアは両のてのひらを見せた。「わたしたちなりに心を痛めているんだ、刑事さん。どうぞお入りください」

　ベケットはショアのあとを追ってりっぱな玄関の間を抜け、書棚と高価な芸術品とおぼしきものが並ぶ書斎に入った。ショアはホームバーに歩み寄り、氷を入れたトールグラスにミネラルウォーターを注いだ。

「なにか飲みますか？」

「いえ、けっこう。ボクシングをされるんですね」

「若いころにちょっと。地下にジムがあります」

そう言われて感心しないわけにはいかなかった。アルザス・ショアは五十代なかば、脚は筋肉質でたくましく、肩もがっしりしている。どこかに贅肉がついているにしても、ベケットにはわからなかった。彼の目に見えるのは二ヵ所に貼った大きなガーゼ付き絆創膏《ばんそうこう》だけで、一枚はシャツの袖からのぞき、もう一枚は右脚の上のほうに貼られていた。「怪我をされたのですか？」

「実は火傷《やけど》をしまして」ショアはグラスのなかの水をまわし、家の裏を仕種で示した。「バーベキューグリルでね。まったくお恥ずかしい」

ベケットはうそだと思った。言い方。目の泳ぎ方、よくよく見れば、指先が焦げ、どちらの腕にも体毛が焼けてなくなったらしい痕がある。「あなたは悲しみ方は人それぞれだとおっしゃった。ならばあなたは具体的に、なにに心を痛めているんです？」

「お子さんはいるかね、刑事さん？」

「娘がふたりに息子がひとり」

「娘というのは……」ショアはどっしりしたデスクにもたれ、せつなそうにほほえんだ。「娘というのは父親にとって特別な授《さず》かり物だ。われわれ父親に向けるまなざし、父親にまかせればなんの問題もないという信頼、この世のどんな脅威からも守ってくれるという確信。娘の目から信頼のまなざしが消えるところなど、刑事さんは見たことがないでしょうな」

「ええ、一度も」

「ずいぶんと自信があるようだ」

「もちろん」

またもつらそうな笑みが浮かび、ショアの顔がゆがんだ。「お嬢さん方はいまおいくつかな？」

「七歳と五歳です」

「具体的に説明しましょう」ショアはグラスを置き、木の幹のような脚を大きく広げて立った。「あなたは余裕のある人生を築き、しかも、それをしっかり守っているつもりでいる。なにが最善かはわかっているし、愛する者たちを守るのに必要な要塞《ようさい》も築きあげたと思っている。妻。子ども。自分に手出しできる者はひとりもいないと信じてベッドに入るものの、ある日、目が覚めると、自分のやってきたことでは不充分で、思っているほど要塞は強固でなく、信じていたつもりの相手もさほど信頼にあたらないと気づく。どこをどうまちがったにせよ、やり直すには遅すぎる」ショアは、同じ七歳か五歳で、信頼をみなぎらせていたチャニングが見えるかのようにうなずいた。「娘を無事に連れ戻すことと、以前のままの娘を連れ戻すことは別物なんです。わたしたち夫婦が知っていた娘はほぼ完全にいなくなってしまった。そこがつらかったんです。母親にとってはとくに。刑事さんはさきほど、われわれがなにに心を痛めているのかとお尋ねになった。いまので充分、おわかりいただけたのではないかな」

　ショアの話は誠実で実感がこもっているようではあったが、それでもベケットは真《ま》に受けていいものか迷っていた。やや不自然で、よどみがなさすぎる気がした。いかめしくとがめるような感じがした。口のゆがみ具合からそれがわかる。だが、彼の言うことはもっともだ。人にはいろいろな嘆き方がある。「今回のことは本当にお気の毒に思います」

　ショアは大きな頭を少しさげた。「おいでになった理由をうかがいましょう」

　ベケットは、これから話しますというようにうなずいた。本の壁に沿って歩きはじめ、足をとめて顔を近づけた。「射撃をなさるんですね？」背が割れた本が並ぶ棚を指差した。本はどれも古いもので、かなり読みこまれていた。『戦術的射撃術』。『正確な速射』。『ピストル射撃術』。まだほかにもあり、全部で十冊以上はあるだろう。

「それ以外にスカイダイビングやカイトサーフィンもやりますし、ポルシェでレースにも出ます。アドレナリンがたくさん出るものが好きでね。おいでになった理由をお話しいただけるはずだが」

しかしベケットは急かされるのを好まなかった。いわゆる警官根性というやつだ。自分では〝場を仕切る能力〟と呼んでいるが、リズはマッチョ崇拝者のたわごとだと非難する。他人を怒らせるだけでしかない、と。おそらく、そういう面もいくらかはあるだろう。ベケットはやりすぎないようにしていた。仕事があり家族がいる、過去を悔い、引退に思いをはせる。いつもはそれで充分だった。だが、うそやうそをつく人間はどうにも好きになれない。「要するにですね、ショアさん」ベケットは射撃術の本を何冊か出し、ページをめくった。「チャニングさんと話がしたいんです」

「娘は事件のことは話したくないと」

「それはわかっています。ですが、地下室の一件以降、人が変わったのはお嬢さんだけではありません。ほかにも同じように心を痛めている者がいるんです。ひょっとすると、もっと大きな問題があるのかもしれません」

「わたしが気にかけるべきは娘ですから」

「そうはおっしゃりますが、それほど単純な話じゃないのでね」ベケットは射撃に関する二冊めの本を閉じ、べつの本をぱらぱらめくり、書棚に顔を近づけた。カーマ・スートラの手引きが目についた。

「ブラック刑事はあなたのパートナーだとか」

「そうです」

「家族のようなものですな」ベケットがうなずくと、ショアはグラスを置いた。「あなたのパートナーは娘を拉致した男たちを殺してくれ、そのことで一生、感謝したい気持ちはあります。でも、相手が彼女であっても、チャニングと話をさせる気はない。彼女だろうが、州警察だろうが、あなただろうが、だめなものはだめです。これでおわかりいただけましたか？」

ふたりはしばしにらみ合った。ふたりの大男。ふたつの強大な自我。

先にまばたきしたのはベケットだった。「いずれ州警察の要請で証言を余儀なくされますよ。時間の問題です。おわかりなんでしょう？」

「説得をこころみるだろうとは思っています」

「召喚状が出た場合にお嬢さんがしゃべる内容をご存じですか？」

「娘は被害者なんだ、刑事さん。隠すようなことはなにもありません」

「しかしですね、わたしも身をもって経験していますが、真実というのは流動的なんです」

「これに関してはあてはまりませんよ」

「そうでしょうかね」

ベケットは射撃の手引き書を三冊ひらき、そのままデスクに置いた。どの本の見返しにもチャニングのサインが入っていた。達筆だ。

「どれもわたしの本です」

父親が声を詰まらせながら言うと、ベケットは同情するようにうなずいた。

その言葉もまた、うそだった。


目覚めたとき、エリザベスは何度も見たはずの夢が思い出せなかった。暗くて暑くて狭苦しいところだったとしか覚えていなかった。たぶん地下室だろう。

でなければ刑務所。

でなければ地獄。

身をくねらせるようにして毛布を剝ぎ、足を冷たい木の床におろした。窓のところに行くと、霧のなか、木が兵隊のように並んでいる。まだ早朝で、うっすら明るくなった程度だった。霧の奥へとのびた道路は黒く静かで、先に行くにしたがってぼやけ、最後には完全に見えなくなっている。しんとした静けさは、六年前にギデオンと過ごした朝を彷彿《ほうふつ》させる。夜半過ぎに彼から電話があったときのことだ。父親はどこかに出かけ、少年は病気で寝込んでいた。怖いんだと訴える少年をあばら家のポーチまで迎えに行って、自宅に連れ帰り、きれいなシーツを敷いたベッドに寝かせた。少年が熱っぽい体を震わせながら語ったところによれば、真っ暗ななか、小川の向こうから声が聞こえて、恐怖のあまり眠れなかったらしい。エリザベスはアスピリンを飲ませ、額に冷たくしたタオルをのせてやった。何時間かかってようやく少年は眠りに落ちたが、その直前、最後にもう一度目をあけて言った。〈刑事さんがお母さんならいいのに〉と。夢を見ながら発したような、かすかな声だった。エリザベスはその後、椅子にすわったまま眠ったが、目が覚めるとベッドは空で、湿った灰色の光が射していた。少年はポーチにいて、木立の合間に立ちこめた霧が、長くのびる黒い道路にまで広がっているのをながめていた。顔をあげると黒い目が光り、やせた胸を両腕で抱きしめた。冷たい外気に身を震わせているのを見て、エリザベスは玄関ステップに腰をおろし、少年を自分の隣に引き寄せた。

〈あれはぼくの本当の気持ちだからね〉少年は彼女の肩に頬をうずめ、涙が落ちたところがじんわりと温かくなった。〈あんなに本気で思ったのは、生まれてはじめて〉

言い終えると少年は泣きじゃくったが、あのときのことはいまもいい思い出で、大切に胸にしまってある。彼は二度とその話を持ち出さなかったが、あの朝のことはふたりにとって特別な出来事だったから、霧を見るたび、ギデオンへの愛がつのって胸がちくりと痛んでしまう。でも、きょうはいつもとちがう。エリザベスはこみあげてきた思いを振り払い、数時間後のことに頭を集中させた。エイドリアンが出廷し、マスコミ、たくさんの質問、昔の顔なじみと相対するのだ。彼は憔悴《しょうすい》しているだろうか。警察は彼を拘束できるだけの証拠を握っているのだろうか。不法侵入の容疑では弱すぎる。殺人で起訴はできるだろうか。頭のなかで彼の人生を再生しながら、はたと気づいた。自分のこれからを心配するより、エイドリアンのこれからを案ずるほうが簡単だということに。記憶の殿堂のなかで彼は大きな位置を占めているとはいえ、これからもその苦しみを分かち合うことはできない。少なくともエリザベス自身が刑務所行きに直面するまでは。それでも、そのリスクは常にあり、いつそうなってもおかしくない。霧のなかに現われる車。銃を抜いた警官たち。ハミルトンとマーシュがいきなりやって来たら、なんと言えばいいの？　どうすれば？

「逃げたほうがいいよ」

振り返ると、チャニングが目を覚ましていた。「いま、なんて言った？」

ベッドに半身を起こした少女の目に窓から射しこむ朝日が当たっているが、それ以外は影になって薄暗く、輪郭も判然としなかった。「あたしがしたことを正直に話しちゃいけないっていうんなら、刑事さんは逃げるしかないじゃない。なんなら、一緒に逃げようか」

「どこに逃げるの？」

「砂漠」チャニングは言った。「ずっと一緒にいられるところ」

エリザベスはベッドに腰をおろした。万華鏡《まんげきょう》のようにきらきらした少女の目を見ていると、なんでもできそうに思えてくる。逃亡。砂漠。さらには将来も。

「わたしが考えてることがわかったの？」

「なんであたしにわかるわけ？」

エリザベスは、この娘は知っていたのだと思いながら半拍待った。「もう少し寝てなさい、チャニング」

「うん」

「話はまたあとで」

エリザベスは寝室のドアを閉め、がまんできるぎりぎりの熱さのシャワーを浴びた。そのあと、手首の傷を手当てし、ジーンズとブーツ、手首まわりがぴったりしたシャツを身に着けた。居間にいると、ベケットが玄関に現われた。

「用件はふたつだ」彼は言った。「その一、おれは昨夜、事件からはずされた。完全に。残念だが」

「ずいぶん急ね」

「どうしようもないさ。おまえはおれのパートナーなんだから。つまり原因はおまえだ」

「もうひとつの用件は?」

「もうひとつは、やはり刑務所長に会ってくれ。彼は早朝から出勤してる。おまえが来るのを待ってるよ」

「エイドリアンの出廷があるのよ」

「冒頭手続きが始まるのは十時すぎだ。時間はたっぷりある」

エリザベスはドアにもたれ、いまは疲れているし、コーヒーが飲みたいし、そもそも玄関でチャーリー・ベケットと立ち話をするには早すぎる時間だ。「なぜ所長に会わせたいの? 本当の理由を言って」

「前にも言ったとおりだ。エイドリアン・ウォールの真《しん》の姿を知ってもらいたいんだよ」

「真の姿?」

「落ちぶれ、凶暴で、更生の見込みがない姿を」

ベケットが最後に大きなピリオドを打ったのを見て、エリザベスはなにがねらいかと必死に考えた。この郡にとって刑務所は重要な存在だ。職場と安定をもたらしているからだ。所長は絶大な力を持っている。「わたしがまだ知らないことを教えてもらえるのかしら」

「所長が教えるのは真実で、そうするよう頼んだのはおれだ。おまえの目をひらかせ、わからせてやってほしいと」

「エイドリアンは人殺しじゃない」

「いいから行けよ。さあ」

「わかったわよ。会いにいけばいいんでしょ」

エリザベスはドアにもたれかかったが、ベケットは閉まるのを阻止した。「あの娘が銃の扱いに慣れてるのは知ってたか？」

エリザベスは身をこわばらせた。

「昨夜、確認した。チャニングは射撃競技をやってるそうだ。知ってたか？」エリザベスは顔をそむけたが、ベケットは図星だと見抜いた。「おまえの報告書には書いてなかったぞ」

「知る必要のないことだもの」

「知る必要がないとは、なんのことだ？　あの娘が暗闇のなかでおまえのグロックを奪い、蚊トンボ野郎のムスコを撃ち落としたことか？　あの娘のスコアを見つけたよ。百人の警官のうち九十九人より腕がいい」

「それはわたしも同じ」

「彼女はきのう、自宅の庭に火をつけた。それも知ってたか？　消防隊員の話によれば、家が燃えてもおかしくなかったそうだ。近所の家もな。死人が出てもおかしくなかった」

「なんでそうしつこいの、チャーリー」

「友だちだからだよ。ハミルトンとマーシュがおまえを逮捕しようとしてるからだし、べつの供述が必要だからだ」

「べつの供述なんかないわ」

「あの娘がいるだろ」

「あの娘？」リズは片方の目の半分しか見えなくなるまで、ドアに強くもたれた。「あなたの話に彼女は関係ない」

ベケットは納得がいかなかった。弾はねらいどおりに当たっていた。膝。肘。股間。あの少女がやったのか？　ほぼ真っ暗ななかでモンロー兄弟を仕留めたのか？　さきにさんざんいたぶってから？　彼女は十八歳で、体重はせいぜい九十ポンド。わかっているのはそれだけだから、なんとも判断しようがない。

だが、リズのことならよく知っている。

彼女はギデオンを息子同様に、少女を妹同様に扱い、エイドリアンをいわゆる堕《お》ちた聖人のように思っていた。彼女は絶望に瀕《ひん》した人を見ると放っておけないたちだが、ここであらたな疑問がわき起こった。

チャニングは引き金を引けたのか？

針金の血は誰のものなのか？

その疑問は署に着いて階段をあがるあいだもついてまわった。ホワイトボードに目をやり、ラモーナ・モーガン事件の進捗状況を確認したが、たいして進展していなかった。スタンガンでついたとおぼしき痕がくっきり残っていたが、指紋、繊維、DNAはまったく見つからなかった。性的暴行の形跡はなかった。首を絞められて殺されており、まずまちがいなく祭壇の上、あるいはその近くで時間をかけておこなわれたと見ていい。遺体が動かされた形跡はないが、衣類はまったく見つかっていない。指先がぼろぼろなのは、どこかよそに閉じこめられているあいだに、必死で逃げようとしたせいだろう。爪や皮膚から細かなさびが採取されている。職場の同僚から話を聞いたかぎりでは、ルームメイトはおらず、つき合っている恋人もいなかったようだ。通話記録によれば、プリペイドの携帯電話から三度かかっているのが興味深いが、現時点では役にたたない情報だ。監察医はきょうじゅうに毒物検査をのぞいた詳細な報告書を作成すると約束した。それまでは、被害者の母親が遺体を引き取りたいとうるさくせっついてくるのもひたすらがまんだ。

「なにかひとつあれば」

ひとこと小さく言い、残りは口に出さなかった。

これをエイドリアン・ウォールに結びつけるには、なにかひとつ必要だ。

エイドリアンが犯人でなくてはならないが、その理屈を理解できる者はほとんどいない。とにかくなにもことはないのだ。近隣、職場の同僚、ラモーナと同じバー、コーヒーショップ、レストラン、公園に足を運んでいた人たちから徹底的に話を聞いた。しかし、エイドリアンと被害者を結びつける証言はひとつも出ていない。

おれがまちがっていいたのか？

考えただけで不快な気持ちが広がってくる。エイドリアンがラモーナ・モーガンを殺してないなら、ジュリア・ストレンジも殺していない可能性が高い。つまり、有罪判決にケチがつき、長年にわたって彼を憎悪してきた警官は全員、完全にとんでもない間違いをおかしたことになる。

まさか。

ベケットはその疑念を振り払った。

そんなはずはない。

コーヒーを注いで、デスクまで持っていった。頭はすでに殺人事件を離れ、リズと少女の件に戻っていた。気が散るのは考えものだが、チャニングはリズにとって大事な存在であり、リズは彼にとって大事な存在だ。そこで原点に立ち返った。なぜ少女は拉致されたのか？　いや、正確に言うなら、なぜ彼女だったのか？　なぜあのタイミングであの場所だったのか。誘拐は、一般に思われているのとはちがい、行きずりの犯行であるケースはまれだ。たしかにそういうこともある——かわいい少女が悪いときに悪い場所に居合わせるというやつだ——が、誘拐は被害者を知る人間が犯行に関わっている場合が圧倒的に多い——被害者宅で働く職人、家族の友人、いつも物静かで礼儀正しい感じがした隣人。チャニング、彼女の自宅、事件を頭に思い描いた。チャニングの父親との会話を再生する。

「ふうむ」

ベケットはブレンドン・モンローと弟のタイタスの記録に目をとおした。ふたりとも、どこにでもいる悪党だ。武器の不法所持。暴行。麻薬。交通違反が数件に公務執行妨害が二件。性犯罪がらみで有罪になったことはないが、タイタスは強姦未遂で二度、起訴されていた。それらは全部頭に入っていたので、ベケットは麻薬容疑に焦点を合わせた。クラック、ヘロイン、メタンフェタミン。その他の合成麻薬やマリファナでも捕まっている。ベケットは自分でもなにを見つけたいのかわからず、麻薬課に電話をした。「リアム、チャーリーだ。早くからすまない……実はな、モンロー兄弟の調書におまえの名前がやたらと出てくるもんだから……なんだって？……いや、問題ない。ちょっと質問したいだけだ。ステロイドを売ってる話は聞いてないか？」

　リアム・ハウは物静かな警官だ。まじめ。信頼できる。若い。さわやかな顔立ちのせいで、警官のバッジを持っているようには見えないことから、潜入捜査に従事している。売人からは大学生で、金持ちのボンボンと思われている。「金が入り用なら売るでしょうが、ステロイドは記憶にないですね」

「最近はよく流通してるのかな。重量挙げの選手や騎手なんかを相手に」

「それはないと思いますよ。ステロイドはなにがなんでも必要ってものじゃないですしね。どうしてです？」

　ベケットは汗だくでがっちりした体格のチャニングの父を思い出していた。「ちょっと思いついただけだ。気にしないでくれ」

「少し訊いてまわりましょうか？」

　ベケットは反射的にノーと言おうとしたが、チャニングの父は二度もうそをついたのだ。「アルザス・ショアがステロイドを使用してるらしいんだ。年齢はたしか五十五。トラックみたいな体格をしてる。彼がモンロー兄弟を知ってたんじゃないかとにらんでいる」

「アルザス・ショアですか」麻薬課の刑事は低く口笛を吹いた。「そいつを突くには長い棒を使ったほうがよさそうだ。モンロー兄弟となんらかの関係があったとにらんでいるならよけいに」

「おれがほしいのは情報だよ。やつを絞りあげるのに使えそうな情報だ」

「なにを聞き出そうっていうんです？」

娘のことだよ、とベケットは胸のうちで答えた。地下室でのことだ。

「とにかく、訊いてまわってくれ、いいな」

「お安いご用です」

「それとな、リアム」

「なんでしょう」

「他言しないでもらえると助かる」

リズはチャニングにメモとマスタングのキーを残した。


ゆっくりくつろいでて。

必要なら車を好きに使っていいから。


覆面パトカーに乗りこむのは、自分の一部がもう警官ではないようで、妙な気がした。太陽が木の上から少しずつ顔を出したときもまだ、気づまりな感じは消えず、車は古いヴィクトリア朝様式の家並みを過ぎて郊外に向かった。着いてみると、刑務所のほとんどはまだ薄闇に包まれていて、高い壁だけがまだらなピンクに染まり、高いところに張られたワイヤーが光っているだけだった。一般用の入り口まで行くと、制服姿の看守がドアのところで出迎えた。歳は四十代前半だろうか、淡い色の目と、締まったところのほとんどないでっぷりした色白の男だった。

「ミズ・ブラックですか？」

刑事とも巡査とも呼ばなかった。

ミズ・ブラック……。

「そうです」

「ウィリアム・プレストンといいます。所長からお連れするよう申しつかりました。武器を携行していますか？　持ち込みを禁止されているものは？」個人所有の銃は車に置いてきたが、くしゃくしゃになった煙草のパックが上着のポケットにおさまっていた。エリザベスはそれを出し、看守に見せた。「それはけっこうです」彼は言うと、訪問者受付エリアへと案内した。

「記帳してください」彼女が名前を記入すると、看守はその書類を、防弾仕様の仕切りの反対側にいる係官に滑らせた。「こちらへ」エリザベスは磁気探知機をくぐり、プレストンが立っているそばで、体重二百ポンドはありそうな女性からボディチェックを受けた。

「わたしが警官なのはご存じでしょうに」

太い両手が片方の脚を、つづいてもう片方の脚をさすりあげる。

「規則ですから」プレストンは言った。「例外はいっさい認められません」

エリザベスはがまんした。繊維をとおして伝わる手の感触、ゴム手袋とコーヒーと整髪料のにおい。ようやく終わると、プレストンのあとについて階段をのぼって廊下を進み、建物の東の角に向かった。プレストンは背中を丸め、丸い顔を少し突き出すようにして歩いた。靴底が床にこすれてキュッ、キュッと音をたてる。「ここでお待ちください」彼はソファと椅子がある小さな部屋を示した。奥に秘書らしき人がひとりいて、さらにその奥に両開き扉が見えた。

「所長さんはわたしが来たことをご存じなんですか？」エリザベスは訊いた。

「所長はこの刑務所内で起こっていることをすべて把握しています」

看守は去り、エリザベスは腰をおろした。所長はさほど待たせずに現われた。「ブラック刑事」秘書の前を颯爽《さっそう》と歩いてくるのは、六十に近い黒髪の男だった。エリザベスはまず、感じがいい人だと思った。次に、感じがよすぎると思った。彼は両手でエリザベスの手を取り、ホワイトニングしたとしか思えないほど真っ白な歯を見せてほほえんだ。「お待たせして大変申し訳ない。ベケット刑事が何年も前からきみのことを熱心に話していてね。昔から知っているような気がするよ」

エリザベスは手を引っこめ、〝感じがいい〟と〝口がうまい〟の境界線はどこにあるのだろうかと考えた。

「ベケットとはどういうお知り合いなんでしょうか」

「矯正施設と警察は大きくちがうというわけではなくてね」

「それでは答えになっていませんが」

「たしかにそうだ。申し訳ない」彼は、またごまかした。「チャーリーとわたしは以前、ローリーでおこなわれた再犯に関するセミナーで出会った。しばらく友だち付き合いをしていたが――似たような仕事に従事するプロ同士ということでね――やがて、よくあることだが運命のいたずらでべつべつの方向に進むことになったんだよ。彼は自分の仕事にいっそう打ちこみ、わたしはわたしで自分の仕事に打ちこんだというわけだ。それでも、警察にはまだ何人か知り合いがいるがね。たとえばきみの上司のダイヤー警部とか」

「警部をご存じなんですか」

「ダイヤー警部のほかにも数名をね。きみの署の一部の人間は、いまもエイドリアン・ウォールに関心を持ちつづけている」

「あまり適切なこととは思えませんけど」

「病的な好奇心というやつだよ、刑事。犯罪というほどのものではない」

所長は両開き扉の奥のオフィスを示したが、返事は待たなかった。なかに入ると、所長は自分のデスクに着き、エリザベスはその向かいにすわった。部屋はいかにも役所然としており、それを隠そうという努力がうかがえた――温かみのある絵画にやわらかな光、オーダーメイドの家具の下には厚手の敷物が敷かれていた。「さてと、エイドリアン・ウォールのことだが」

「はい」

「以前から彼を知っているそうだね」

「刑務所に入る前からです」

「塀のなかの連中を大勢知っているかな？　もちろん、長期刑に服している連中のことを言っているんだよ。軽罪を繰り返しているようなやつではなく、冷酷な重罪犯だ。エイドリアン・ウォールのような」

「ベケットがなにを言ったか知りませんが――」

「なぜこんなことを訊くかと言えば、われわれの職務には大きな違いがあるからだよ。きみたちは人間をこういう場所へと導く行為に目を向ける。連中のおこないや、連中が傷つける相手を。われわれは刑務所が引き起こす変化に目を向ける。乱暴な男はいっそう残忍になり、やわな者は生き残れない。いとしい人も刑が終了したときにはちがう人間になっていることがほとんどだ」

「エイドリアンはいとしい人ではありません」

「ベケット刑事がわたしに力説したところによれば、きみは彼に特別な感情を――」

「いいですか。チャーリーに行けと言われたから、こうしてうかがったんです。なにか目的があってのことと思いますが」

「そうだな」抽斗があき、一冊のファイルが出てきた。所長はそれをデスクに置き、ほっそりした指でひらいた。「このほとんどは機密扱いゆえ、きみに見せたことも否定するからそのつもりで」

「ベケットも中身を見ているんですか？」

「見た」

「ダイヤー警部は？」

「警部もだ」

エリザベスはやはりどこか妙な気がして顔をしかめた。気安いほほえみ、本当の姿を見せまいとしているオフィス、むやみと読ませてはいけないはずのずっしりとしりとしたファイル。もちろん、みんなちゃんとその後も追っていたのだ。なぜそんなことも気づかなかったのだろう。もっと深刻な疑問は、なぜ自分も同じことをしなかったのかだ。

「小児性愛者と警官」刑務所長はファイルをひらいた。「囚人たちは両者を心の底から嫌う」彼は写真の束を差し出した。全部で三十枚ほどはあるだろうか。どれもカラー写真だった。「ゆっくり見てもらってかまわんよ」

心の準備はできていたつもりだったが、とんでもなかった。

「奇跡だよ」所長は言った。「彼が最後まで生き抜いたのは」

刑務所内の病院で撮影されたという写真は、人間の体のもろさと回復力の両方を示していた。ナイフによる傷、裂傷、目がふさがるほど腫れたまぶた。

「最初の三年間で、ミスタ・ウォールは七回、入院している。そのうちの四回は刺されたからで、そのほか、ひどく殴られた場合もあった。それは――」所長はエリザベスがじっくり見ている写真に指を振った。「きみのミスタ・ウォールが三十段あるコンクリートの階段をまっさかさまに落ちたときのものだ」

エイドリアンの顔の片側は擦りむけ、頭髪を剃《そ》ったところは頭皮を医療用ホチキスでとめてあった。六本の指があきらかに折れ、腕と脚も一本ずつ骨が折れていた。見ているだけで吐き気がしそうだ。「階段をまっさかさまに落ちたとのことですが、投げ落とされたのではないですか？」

「刑務所内でなにか目撃しても……」所長は両のてのひらを上に向けた。「証言する勇気のある者はめったにいないのが実情だ」

「エイドリアンは警官でした」

「それでも、ほかの連中と同じ、囚人のひとりであり、施設での生活にひそむ危険に免疫《めんえき》があるわけではないんだよ」

　エリザベスは写真をデスクに放り、それが滑って広がるのを見ていた。「彼は殺されていたかもしれないんですね」

「可能性はあったが、実際には殺されなかった。だが、こっちの男たちはちがう」大量のファイルがデスクに落とされた。「ここに収監されていた三人だ。それぞれ、異なる状況で死んだ。いずれもきみの友人の襲撃に一回、もしくは複数回、関わっていたと考えられている。三人ともぐさりと一回刺されていた。不審な音はせず、目撃者もいなかった」所長はうなじのやわらかいところに手で触れた。

「刑務所内で死んだのに、目撃者がいないなんてことがあるんでしょうか？」

「こういうところでも、暗い隅はあるのでね」

「エイドリアンがその三人を殺したとおっしゃるんですか？」

「いずれも、きみの友だちが襲われたあとに起こっている。二ヵ月後なり四ヵ月後に」

「なんの証明にもなっていないと思いますが」

「それでも、聞く耳を持つ者にとっては説得力があるんだよ」

　エリザベスは所長の顔をまじまじと見つめた。頭が切れて有能であるとの評判は聞いている。それをのぞけば、ほとんどなにも知らないにひとしかった。刑務所は郡の生活にとって大きな存在だが、所長自身は謎に包まれている。レストランや集まりで見かけることはほとんどない。刑務所は彼の人生そのもので、エリザベスはその徹底したプロ意識を尊敬するものの、どこかいやな感じがしてしょうがなかった。うそくさいほほえみのせいか。それとも目つきのせいか。ひょっとしたら、暗い隅の話を持ち出したときの言い方のせいかもしれない。

「ベケットはなぜわたしをこちらにうかがわせたんですか？」

しょうか。いまのお話をうかがうためとは思えないのですが」

「いまのも目的の一部だ」刑務所長はリモコンで壁掛けテレビのスイッチを入れた。ちらちらしたのちにはっきり映ったものは、クッション張りの監房にいるエイドリアンの姿だった。なにやらぶつぶつ言いながら歩きまわっている。カメラが隅の高いところに取りつけてあるのだろう、下向きのアングルだった。「自殺防止の監視システムだ」

エリザベスはもっとよく見ようとテレビに近づいた。エイドリアンの頬はこけていた。無精ひげが顎を覆っている。興奮しているのか、片手をさっと出しては、もう片方の手も差し出している。口論しているように見える。「誰と話してるんですか？」

「神だよ」所長もエリザベスのそばに来て、肩をすくめた。「あるいは悪魔か。そんなこと、誰にわかる？隔離して最初の一年が過ぎると、状態が悪化してね。いま見ているような状態になるのはしょっちゅうだった」

「彼を一般監房から隔離したんですか？」

「最後に襲われた数カ月後のことだ」所長は画面を停止させ、どこか申し訳なさそうな顔をした。「そうする頃合いだったんだ。もしかしたら遅すぎたのかもしれん」

エリザベスは画面に映ったエイドリアンをじっくりとながめた。顔をカメラのほうに向けていて、ぎょろりとすわった目の真ん中に粒子の粗い黒目があった。ずいぶんとやせて、精神のバランスが崩れているようだ。「なぜ彼は出られたんでしょう？」

「どういうことだね？」

「エイドリアンは早期の仮釈放を受けて出所しています。所長さんの承認がなければありえませんよね。さきほど、彼が三人を殺したとおっしゃった。それが本当なら、なぜ彼を釈放したんですか？」

「彼が関与したという証拠がひとつもないからだ」

エリザベスはかぶりを振った。「証拠の問題ではないと思いますが。仮釈放は素行が良好な場合にあたえられるものです。要するに主観的な基準ですよね」

「おそらく、きみが思っているよりも、わたしは思いやりがあるんだろう」

「思いやり？」エリザベスは疑念も嫌悪も隠さなかった。

所長はうすら笑いを浮かべ、デスクの写真を一枚選んだ。エイドリアンの顔が写っていた。裂傷を負った顔に医療用ホチキス、唇には縫った痕。「きみも問題を抱えているそうだね。だから、ベケット刑事はきみをここによこしたんだろう。自分の時間を適切に使うことを学ばせるために」彼から写真を渡されると、エリザベスは身じろぎもせずにじっと見つめた。「刑務所は恐ろしい場所なんだよ、刑事。避けるのが賢明だ」

プレストン刑務官が女を連れ出すと、所長は窓のところに行き、女が外に出てくるのを待った。四分後、彼女は現われ、一度足をとめて、所長室の窓を見あげた。朝日を浴びた彼女は美しかったが、それはどうでもいい。女が車に乗りこむと、彼はベケットに電話をかけた。「きみのパートナーはうそつきだな」車が走りはじめるのをじっと見つめる。「写真を見せて表情を観察したがね。あの女はエイドリアン・ウォールに愛情を感じているよ。それもかなり深い愛情を」

「事件に首を突っこまないよう説得してくれたんだろうな？」

「エイドリアン・ウォールを孤立させることが、われわれふたりの利益になるのだからね」

「あんたの利益のことはなんにも知らないが」ベケットは言った。「そっちが彼女と話したいと言ってきたんじゃないか。おれはそのお膳立てをしたまでだ」

「あとは？」

「言ったことはちゃんとやる」

「われらがミスタ・ウォールは本当にただの抜け殻なのか」刑務所長はテレビの画面に触れた。ピクセルで構成された目。「あるいはわたしが見たなかでもっともタフな男なのか。十三年がたってもまだ判然としない」

「そいつはどういう意味だ？」

「なぜいちいち説明しなくてはいけない？　かつては友人だったからか？　わたしがいくらでも時間を割いてやるからか？」

所長が言葉を切っても、ベケットはなにも言わなかった。

ふたりは友人などではなかった。

親しくもなかった。

エイドリアンの心の深いところまでのぞくつもりだったにしても、法廷に入ってしばらくは無理だった。彼は手錠と足枷《あしかせ》をされた状態で、二十人からなる列の十九番めに入ってきた。顔を伏せているので、頭頂部と鼻筋しか見えなかった。彼が長椅子の自分の場所までよちよち歩いていくのを見ながら、刑務所長のオフィスで見せられたビデオのなかの彼と比較した。見た目こそショッキングだけど、いまのほうが十倍はまともに見える――恰幅《かっぷく》がいいわけではないものの、がっちりしているし、不安そうでありながらも正気はたもっている。こっちを向いてと念を送っていたら、本当に黒い目が彼女のほうを向いたので、心が通じ合ったような衝撃を感じた。彼のいろいろな気持ちが、決意と恐怖だけでなく、底深い孤独感までもが伝わってきた。それもほんの一瞬のことで、すぐに法廷内の騒がしさという邪魔が入り、彼は周囲のまなざしの重みに耐えかねたように、またうつむいてしまった。警官。記者。ほかの被告人。全員がわかっていた。法廷内にこれだけ人がいるなかで――実際、満杯だった――エイドリアン・ウォールほど強烈なエネルギーを放っているものはなかった。

「たまげたな。なんだよ、これは」ベケットが隣にするりと腰をおろし、二列に並んだカメラマンと記者のほうに首をのばした。「判事がこんな見世物状態を許可したとは信じられないな。お、あの女も来てるな。チャンネル3に出てる女だよ。ほら、おまえのほうを見てる」

エリザベスは無表情で言われたほうに目を向けた。あざやかな色のネイルに体にぴったりした赤いセーターのブロンド美人だった。彼女は〝電話して〟という仕種をしたが、エリザベスが無視すると、顔をしかめた。

「刑務所長とは会ったか？」ベケットが訊いた。

「そのことだけど、外で話しましょう」エリザベスはベケットの肩を押し、彼につづいて席を離れた。いくつもの目がふたりを追いかけてきたが、ダイヤー警部やランドルフ、あるいはその他の警官にどう思われようと気にならなかった。「あなたの友だちの刑務所長は、とんでもない食わせ者だった」

廊下はおびただしい数の人でひしめいていたが、ベケットのバッジを見ると道をあけた。エリザベスはごみ箱とタトゥーを入れた若者が居眠りしているベンチがある一隅に、ベケットを押しやった。

「べつにやつは友だちってわけじゃない」ベケットは言った。

「だったら、どういう関係？」

「昔、困ったときに助けてもらったことがある。それだけだ。で、おまえの助けにもなってもらえるんじゃないかと考えたんだ」

「なんであの人は〈ネイサンズ〉にいたの？」

「知るかよ。勝手に現われたんだから」

「あのとき、なにを言い合ってたの？」

「おれの犯行現場に入ってくるなってことさ。いったいどうしたんだ、リズ？　腹をたてられるようなことは、なにもしてないだろ」

たしかにそうだ。自分でもわかっている。エリザベスは小さな窓に歩み寄り、胸の前で腕を組んだ。外は、これから起こることには似つかわしくないほどいい天気だ。「ビデオを見せられた」

「エイドリアンが殺した相手の写真もだろ？」

「彼が殺したかもしれない相手よ」

「あいつがそんなことをするわけがないと思ってるんだな」

エリザベスはガラスの向こうに目をこらした。昔のエイドリアンはたいていの人より穏やかだったが、い い警官の例に漏れず、気骨と断固とした意志の持ち主でもあった。あんな苦痛を味わえば、そういう人柄もゆがんで凶暴になるのではないか。もちろんそれはありうる。でも、実際はどうだったの？

「みんな判断を急ぎすぎよ、チャーリー。そんな気がする」

「それはちがうね」

「ちがわないわよ。冒頭手続きごときにこんな大勢の警官が傍聴に来たのはいつ以来？　さっき数えたら、警部も入れて二十三人もいた。いつもならどのくらい？　せいぜい六、七人でしょ。なのにあれを見て」エリザベスは法廷のドアのところにたむろする人々を示した。ふだん目にするゆうに二倍はいる——野次馬にマスコミ、腹をたてている者に好奇心丸出しの者。

「みんな不安なんだろう」ベケットは言った。「また女がひとり、同じ教会で殺されたんだ」

「こんなの、魔女狩りも同然だわ」

「リズ、待てよ」

しかし彼女は制止を振り切った。人ごみをかきわけ、警官用に確保されているエリアにべつの席を見つけた。まわりからじろじろ見られたが、気にしなかった。チャーリーのほうが正しいのだろうか？　心はこうだと思っても、事実がべつの可能性を示唆している場合、どちらを選ぶべき？　エイドリアンはこととてもよく似た法廷で裁かれ、一般市民から選ばれた陪審によって有罪とされた。しかし、陪審はすべてを知っているわけではなかった。被害女性の爪からエイドリアンのDNAが見つかったのには、ちゃんとした理由があったのだ。

理由と秘密、不貞と死。

被害者と関係を持っていたことは誰も知らないはずだとエイドリアンは言ったが、そこまで隠し通せるものだろうか。たとえばギデオンの父親。エイドリアンと妻が隠れてつき合っていたことを、ロバート・ストレンジは知っていたのかもしれない。セックス。不貞。もっとささいなことで殺された妻ならいくらでもいる。妻の愛人に殺人の罪を着せられれば、これほど愉快なことはないだろう。浮気をした妻は死に、相手の男は塀のなか。だけど、ロバート・ストレンジにはアリバイがある。それもベケットが証人だ。

だったら、エイドリアンの妻は？

その疑問は一考に値《あたい》する。キャサリン・ウォールは夫の不倫を知っていたのだろうか。妊娠していたのだから、嫉妬してもおかしくない。捜査対象にならなかったのは、エイドリアンと弁護士しか不倫の事実を知らなかったからだ。

あの話が全部本当というわけではなかったとしたら？

弁護士の助言に反し、エイドリアンは証言台に立つのを拒んだ。証言していれば、有罪の決め手となった証拠についてきちんと説明できたはずだ。沈黙を貫いたのは妻を傷つけたくなかったから、どうせ信じてもらえないと思ったからだという。ほかにも理由があるのでは？　妻を巻きこみたくないと思ったのかもしれない。

エイドリアンは、妻を守るために刑務所に入ったの？

キャサリン・ウォールが不倫の事実を知っていたとすれば、彼女にもジュリア・ストレンジを殺す動機が生まれる。アリバイはあったのだろうか。それがあきらかになることは、十中八九ないだろう。彼女の行方はわからないし、事件はすでに解決している。そこでエリザベスは犯行そのものを検討した。素手で絞殺するにはある程度の力が必要だ。被害者を抱きあげ、祭壇に横たえるのにも。女性にできるだろうか。

可能性はある。

かなりの力があれば。逆上していれば。

共犯がいたのかもしれないし。

エリザベスはエイドリアンにじっと目を向けたが、今度は顔をあげてくれなかった。そこで彼女は自分の顔をさすり、冒頭手続きがおこなわれている法廷に気持ちを集中した。容疑者たちが判事の前に立ち、容疑を読みあげられ、弁護士が任命されるのを待つ。エリザベスは同じ光景をこれまで数え切れないほど見てきた。エイドリアンの名が呼ばれるずっと前に、最初のさざ波が立った。被告人席の前で始まったそれは、エリザベスには風が草むらをそよがしたように見えた。寄せ合う頭、ひそひそと耳打ちする声。状況が理解できたのは、検察官がアシスタントのほうに顔を近づけ、こうささやいたときだ。「クライベイビー・ジョーンズのやつがここでなにをしてる？」

視線の先に目を向けると、被告人席の奥の通用口にフェアクロス・ジョーンズの姿があった。だいぶ体が弱っているようだが気品があり、現役時代の五十年間によく着ていたのと同じ、シアサッカー地のスーツに蝶《ちょう》ネクタイで決めていた。濃い色の杖に体重をあずけ、ぴくりともせずに立っている彼のほうに、判事がようやく目を向けた。すると老弁護士はわが物顔で法廷を突っ切りはじめ、ベテラン弁護士に会釈《えしゃく》すると、相手はただにやりとするか、会釈を返すか、昔の裁判や傷の癒えない自尊心を悔しい気持ちで思い出すかした。若手の法律家たちは肘でつつき合っては顔を近づけ、似たりよったりの質問をした——あれが噂に聞くクライベイビー・ジョーンズか？　そう言いたくなるのもわかると思った。フェアクロス・ジョーンズはこの郡で過去最高の弁護士だが、かれこれ十年近くも自宅以外の場所で姿を見られたことがない。判事ですら老弁護士の登場という衝撃に、思わず椅子の背にもたれて言った。「いいでしょう。まずはこれを片づけたほうがよさそうですね、ミスタ・ジョーンズ」判事は席についた法律家たちに宣言するように言った。「またお会いできてうれしく思いますよ」

フェアクロスは最前列の長椅子のわきで足をとめ、頭をさげることなく会釈したように見せた。「こちらこそ光栄です。裁判長」

「決めつけるつもりはありませんが、もしかして……？」

「エイドリアン・ウォールです、判事、ええ、登録弁護士として記録していただきたく存じます」

地区検事が苦々しい顔でもったいぶったように立ちあがった。「裁判長、ジョーンズ弁護士は十年以上、法廷に姿を見せておりません。資格がいまも有効なのかも不明であります」

「ならば本人に訊きましょう。ミスタ・ジョーンズ？」

「資格はいまも有効です、裁判長」

「ということです、検事のお方。有効だそうです」判事は一列に並んだ容疑者たちを一瞥し、指を立てた。「延吏」

ふたりの廷吏がエイドリアンを容疑者用の長椅子から選び出した。このときのエイドリアンは顔をあげ、老弁護士にうなずいた。フェアクロスは彼の肩に手を置いて言った。「よろしければ、手錠をはずしてやってもらいたいのですが」

判事がふたたび仕種で指示をすると、地区検事はいらだちを隠さなかった。「裁判長！」

判事は片手をあげて制し、身を乗り出した。「この被告人は暴力犯罪の容疑で本法廷に出廷しているわけではないはずですが」

「第二級不法侵入です、裁判長」

「たったそれだけ？ 軽犯罪のみですか？」

「それにくわえ、公務執行妨害の容疑もあります」地区検事は言った。

「それも軽犯罪ですね」

「しかし、ほかにも事情がありまして――」

「事情らしい事情はただひとつ」フェアクロスは地区検事をさえぎった。「わずかな証拠しかないべつの犯罪を捜査するあいだ、依頼人を隔離しておきたいというだけのことであります。明々白々ではありませんか。裁判長もおわかりのはずです。記者諸君もわかっております」フェアクロスは、ぎっしり詰まった記者席を示した。有名な顔がちらほら見え、なかにはシャーロット、アトランタ、ローリーの大手放送局の記者も見受けられる。その多くは十三年前の公判も取材していた。全員の目が老弁護士に注がれ、本人もそれを意識していた。「またひとり、若い女性が気の毒にも命を奪われたことについては誰も異論をとなえるはずもないのに、地区検事は適正な手続きという憲法上の制限を回避しようとしているのであります。わたしがしばらく引っこんでいるあいだに、いろいろ変わったのですかな、裁判長。検察が権力をかさに着てそのようなことを画策するとは、わが国はどこかの独裁国家にでもなったのでしょうか」

判事は指先でこつこつ叩きながら、記者たちに二度、目をやった。元検察官の彼は、たいていはそっちに肩入れをする傾向にある。記者たちが見方を変えたのが老弁護士にもわかった。そして判事も。「検事？」

「エイドリアンは殺人犯として有罪判決を受けた人物

です、裁判長。この界隈に親族はおりませんし、資産も所有していません。今後も出廷するといくら言ったところで、口約束でしかありません。検察側は再留置を要求いたします」

「わずか二件の軽罪で？」クライベイビーは記者のほうに半分だけ顔を向けた。「裁判長、お願いです」

判事は唇をすぼめ、渋い顔を地区検事に向けた。

「そちらは重罪で起訴する意向なのですか？」

「現時点ではいたしません、裁判長」

「ミスタ・ジョーンズ？」

「依頼人が逮捕された場所は、南北戦争以前より彼の一族が所有していた土地であります。十三年の刑務所暮らしを終え、そこを再訪したいと思い立つのはもっともなことです。さらに言うなら、逮捕時に抵抗したのは、警察側の強硬すぎる姿勢に反応したにすぎません。報告書によれば、十二人の警官が逮捕に関与したとのこと。ここは声を大にして繰り返しますが、不法侵入に対し十二人もの警官が対応にあたったのです。そのことから州側の意図はあきらかです。一方、ウォール家は一八〇七年の冬以来、この郡で暮らしてきました。依頼人にはここを離れるつもりはなく、必ずや出廷し、このようなちっぽけな容疑に対する弁論を展開いたす所存です。以上の理由から、再留置の要求は不合理もはなはだしく、妥当な保釈保証金を要求するものであります」

　弁護士が穏やかに締めくくり、しんと静まり返った法廷内に、言葉のひとつひとつが響きわたった。エリザベスは周囲にぴりぴりした空気が流れるのを感じた。それは地区検事のいらだちや、フェアクロスの堂々たる態度をうわまわるいきおいだった。女性が死に、エイドリアンは過去五十年でもっとも悪名高い殺人犯だ。記者が各自の座席から首をのばしている。地区検事自身も息をつめていた。

「保釈保証金を五百ドルとします」

木槌《きづち》が振りおろされた。

法廷内が騒然となる。

「次」


外に出たエリザベスは、人ごみから少しはずれたところにフェアクロス・ジョーンズの姿を見つけた。彼は彼女を待っているかのように、杖にもたれていた。

「また会えましたね、フェアクロス」エリザベスは彼の手を取り、強く握った。「予想もしてなかったけど、うれしいわ」

「わたしの腕を取ってもらえんか。少し歩こう」

エリザベスは彼と腕を組み、先に立って人ごみをかき分けた。大きな大理石の階段をおり、歩道に出た。五、六人ほどが声をかけてきたり、老弁護士の腕に触れてきた。彼はそのひとりひとりにほほえみかけ、軽く会釈し、ぼそぼそとあいさつの言葉を返した。ようやく人ごみを抜けると、エリザベスは彼をぐっと引き寄せた。「ずいぶんと華々《はなばな》しく登場しましたね」

「きみも勘づいていると思うが、法というのは芝居と理屈が半々なんだよ。優秀な頭脳を持った学者が法廷では苦労する一方、凡庸《ぼんよう》な思想家がやすやすとやってのける。論理と天性の勘、そして、ここぞというときの押しの強さ。そういったものが法廷弁護士に必要な素質なんだ。わたしが記者の件を持ち出したときの判事の顔を見たかね？　いやはや。気味の悪い生き物が法衣の下に突然棲《す》みついたような顔だったじゃないか」

彼はこらえきれずに笑いだし、エリザベスもつられて噴きだした。「駆けつけてくれて本当にありがとう、フェアクロス。エイドリアンを知りもしなければ、気にかけもしない国選弁護士ではあの人のためにならないと案じていたところでした」

フェアクロスは礼にはおよばないとばかりに手を振った。「たいしたことじゃないさ。何千回とこなしてきた出廷のうちのひとつにすぎん」

「だまされませんよ、ミスタ・ジョーンズ」エリザベスは彼の腕をさらにしっかり引き寄せた。「わたしはあなたの一列うしろにいたんですからね」

「ほう、そうだったか」彼はやせこけた顎を少し引いた。「では、襟に汗染みがついているのも見られたわけだ。両手がわずかにみっともなく震えていたのも」

「それは気づかなかったわ」

「本当かね?」おどけたような言い方で、目を生き生きと輝かせたものだから、エリザベスはまたも、こらえきれずに笑った。「だとしたら、そのきれいなおめめを検査してもらったほうがいい」

ふたりは人ごみの最後の輪を抜け、ゆっくりとした足取りでさらに三十ヤードほど、左にアスファルト、右に陽にあぶられた芝生を見ながら進んだ。どちらも無言だったが、フェアクロスはエリザベスの手をしっかり腕に押しつけていた。日陰にベンチを見つけて腰をおろすと、制服警官が手すりのところで一列に並び、自分たちのほうをじっと見ているのに気がついた。彼らはエイドリアンが保釈されたのが気に食わず、保釈を勝ち取った弁護士とリズが並んですわっているのを不快に思っているようだ。「物騒なながめだ」フェアクロスが言った。

「誰もがわたしたちと同じ目でエイドリアンを見るわけじゃないですからね」

「ろくに知りもしない相手なのにか? そういうのは新聞の見出しや中傷のたぐいがやることだと思っていたよ」

「殺人で有罪判決を受けた場合もです」老弁護士は顔をそむけたが、その前にエリザベスは自分がもたらした苦悶の表情に気がついた。「ごめんなさい。そんなつもりで言ったわけじゃ」

「いいんだよ。べつに忘れていたわけではないのだから」

エリザベスは制服警官たちに目を戻した。あいかわらず彼女をじっと見ている。それも、憎々しそうに。

「一度も面会に行かなかったんです」彼女は言った。「何度か行こうとしたけど、駐車場から先に進めなくて。とてもじゃないけど無理でした」

「あの男を愛していたからだね」

それは質問ではなかった。エリザベスは自分の口があんぐりとあき、顔がかっと熱くなるのがわかった。

「なにを根拠にそんなことを？」

「わたしは年寄りかもしれないが、目は昔と変わらずしっかりしているんだよ。若く美しい女性は、よっぽどの事情がなければ熱心に傍聴などしないものだ。きみがあの男を見る目は、誰が見たってわかるとも」

「べつにそんな……わたしはけっして……」

老弁護士は肩で彼女を軽く押した。「べつに悪いことだと言ってるわけじゃない。それに、女性がそういう気持ちを抱く理由はよくわかる。気まずい思いをさせたのなら申し訳なかったね」

エリザベスは一度だけ肩をすくめると、ベンチにすわり直し、両腕で片方の膝を抱えこんだ。「あなたはどうでした？」

「面会のことかね？　いや、一度も行かなかった」

「どうして？」

フェアクロスはため息をひとつつき、ほかの男だったら昔の恋人を見るような目で裁判所を見やった。

「最初のうちは行こうと思ったんだが、彼のほうが会おうとしなくてね。誰に会うのもつらいと言って。かける言葉もなかったよ。ああいう評決になったのはわたしの責任だと思われたのかもしれんが、べつに確認したわけじゃない。最初の一カ月が過ぎると、ひたすら避けられるようになった。また今度と自分に言い聞かせたが、そのままずるずると一週間が過ぎ、また一週間が過ぎた。そのうち、あれこれ理由を見つけては、刑務所があるほうに足が向かなくなった。刑務所に行く道を通ることさえ避けるようになった。うそや作り話をでっちあげ、彼もわかってくれるはずだと自分に言い訳した。もうわたしもいい歳だし、法律とは縁を切ったんだとか、彼との関係はあくまで弁護士としてのものだとね。毎日少しずつ自分の本当の気持ちを削り取っては手の届かないところに埋めていったんだよ」彼はかぶりを振ったが、目は裁判所に据えられていた。「エイドリアンがあそこに入れられたのは、わたしの力不足によるものだ。わたしのような人間にとって、その現実は受け入れがたかった。そのせいで酒を飲みすぎ、よく眠れなくなった。妻や友人、その他、人間として弁護士として大事にしてきたすべてのものに背を向けた。わたしが罪の意識に埋没していったのは、エイドリアンがこれまで弁護したなかでもっともすばらしい人間だったのに、出てくるときは別人になっているだろうと思ったからだ。そのあとは憎しみが忍び寄ってきた」

「エイドリアンはあなたを憎んでなんかいないわ、フェアクロス」

「このわたしのことを言ったんだ。自己嫌悪の威力の話だ」

「いまも同じように感じてます？」

「いまかね？　いいや」

エリザベスはそのうそから顔をそむけた。老人はずっと苦しんできた。それはいまも変わっていない。

「釈放されるまでにどのくらいかかるのかしら」

「これから保釈保証金を払いにいく」フェアクロスは言った。「基本的に手続きはだらだらと時間がかかる。おそらく数時間というところだろう。本人さえよければ、わたしの家に連れて帰るつもりだ。部屋はあるし予備の衣類もある、しかもこの老骨は幸いにもまだ生きている。好きなだけいてくれてかまわない」老弁護士は苦労しながら立ちあがり、エリザベスの案内で歩道に戻った。「車まで連れていってもらえんか。あそこにある」彼が杖で示したほうを見ると、黒い車が一台とまっており、運転手が後部ドアのそばに立っていた。ふたりで歩道を歩いていったが、フェアクロスがバンパーの数フィート手前で足をとめた。片方の手は真っ白になるほど杖を強く握り、もう片方の手はエリザベスの腕にかけたままだ。「彼は具合が悪そうだったな、え？」

「ええ」エリザベスは顔をくもらせた。「本当に」

「監禁生活が有する危険というやつだ」運転手がドアをあけたが、弁護士は手を振ってしりぞけた。急に目が輝いていた。「今夜、拙宅《せったく》に来ないかね？　ここだけの話だが、わたしたちでちょっとは気を楽にしてやろうじゃないか。そうだな、八時から一杯やって、そのあと夕食というのでどうだろう？」

顔をそむけたエリザベスにフェアクロスは訴えた。

「どうか来てほしい。わが家は広すぎるし、いるのはわれわれだけ、むさい男がふたりだ。きみがいてくれれば華やかになる」

「そういうことなら、行くしかないですね」

「よかった。ありがたい」彼は顔を上向け、大きく息を吸った。「いやはや、ほとんど忘れかけていたよ。新鮮な空気に、どこまでも広がる空。もっとじっくり味わわねばいかんな。なにしろきょうは、八十九年の人生ではじめて、強制勾留される危険をおかしたのだから」

「どういうこと？」

「免許なしに弁護士業務をおこなうのは違法なんだよ」彼はすばやくウインクし、老いた顔をにやりとさせた。「わたしのはもう何年も前に失効している」

13

遠くから裁判所を見張っていた男は、いくつも知った顔があるのに気がついた。警察関係者、弁護士、それに記者のうち何人かも。これだけ長くひとつの街に住んでいると、知り合いは多い。しかし、男はあの女を、彼女の一挙手一投足を、目を伏せて老人の肘に触れる様子をじっと見つめていた。

エリザベス。

リズ。

長かった、と思う。最後は彼女だと思いながら、暗闇のなかで横になっていたことが何度もあった。

やれるだけの力が自分にはあるだろうか。

計画を頭のなかで何度も転がし、ばらばらにし、またもとの状態に戻した。ほかの連中は全員、赤の他人だった。たしかに名前は知っていたし、住んでいるところも、なぜ自分が目をつけたかもわかっていた。それでも、側溝を流れる水のように、彼にとってはどうでもいい女たちばかりだ。

ここへきて、事態はしだいに複雑な様相を呈してきている。

同じ街。

見知った顔。

男はシートに深く身を沈め、女の顎の輪郭を、肩のラインをじっと見つめた。弁護士をリムジンに乗せたとき、女がこっちを向いたが、車に隠れている彼の姿が目に入ることはなかった。男は彼女が歩き去るのを見届け、次の女を思い浮かべた。考えるだけで胸が悪くなったが、それはいつものことだ。

吐き気がおさまると、車を発進させ、六ブロックほど走ってから縁石に寄せた。ウィンドウの向こうで、子どもたちがデイケア施設の職員に見守られながら駆けまわり、遊んでいる。職員の女性たちはほぼ全員がくたびれていた。ベンチにぐったりとすわり、木陰で煙草をふかしている。男が選んだ女はまったくちがっていた。滑り台のそばに立ち、にこにこほほえみながら幼い男の子の手を握っている。男の子は六歳くらいだろうか、小柄で、両親が仕事でいないのに楽しそうだ。ほかの子どもたちはひとりとして、彼のほうをろくに見ていない。男の子が滑っていくと、地面に着いたところで女が抱きあげ、笑いながらまわりはじめた。いきおいがよすぎて男の子の踵があがり、靴底が見えた。

なぜあの女を選んだのか理由を言えと言われても、おそらく説明できないだろう。外見はちがっているが、もちろん、目だけはべつだ。それにたぶん、顎の輪郭も。しかし、あの女はエイドリアンと同じ街に住んでおり、エイドリアンもこの計画の一環なのだ。

とはいえ……。

さらに一分見張った。女の動き、まつげ、ほくろ。女は気持ちのいい笑い方をするし美人だし、首のかしげ方が独特だった。頭もいいだろうか。男のうそを見抜くだろうか。それとも、遠くに建つ教会を理解してくれるだろうか。

けっきょく、そんなことはどうでもいいのだと気づき、男はどのようになるのかを思い浮かべた。白い布に温かい肌、死ぬときにがっくり垂れる首と一体感。考えるうち、また気分が悪くなった。しかしすでに彼の目は潤んでいた。

今度こそうまくいく。

今度こそ、彼女が見つかる。

男はあたりが暗くなり、女が家でひとりになるのを待った。一時間にわたって、女の家に灯る明かりを見ていた。それからそのブロックを一周し、もう一時間、見張った。なんの動きもなかった。道行く人も、ポーチにぼんやりすわる者も、ぶらぶらしているだけの者もいない。九時をまわるころには、確信した。

女は家にひとりだ。

通りにいるのは自分だけだ。

ライトはつけずに車のエンジンをかけると、いったん前に出して、女の家のドライブウェイにバックで乗り入れた。反対側は隣の家がすぐそばまで迫っているが、男の車がおさまっているのはポーチから十歩しか離れていない、油の染みがついているところだ。そちら側は茂みがあり、木立があり、よどんだような闇があるだけだ。

ポーチにあがり、窓ガラスごしに女をうかがった。ソファに横ずわりしている。男は窓を叩き、女が眉根を寄せて、ためらいがちに玄関に向かってくるのをじっと見ていた。片手をあげ、窓ガラスごしに見せつける。気さくな顔の男が気さくに手を振っているように見せかける。ドアが数インチだけあいた。

「なにかご用でしょうか？」不安そうな表情が一瞬のぞいたが、女はすぐにそれを引っこめた。若くて物腰がやわらかく、いかにも南部女性らしい。彼女のような若い女性は必ず引っこめる。

「お邪魔して申し訳ない。遅い時間なのは承知していますが、デイケア施設のことでちょっと」

ドアがさらに六インチあき、女が素足にジーンズ姿で、ブラジャーをつけていないのが見えた。着ているTシャツが着古して薄くなっていたので、思わず目をそむけたが間に合わず、女は顔をしかめ、ドアの隙間がまた狭くなった。

「施設のこと？」

「問題がありまして。突然なのはわかっています。よければ、わたしの車で行きましょう」

「すみません、前にもお会いしたことが？」

もちろん、あるわけがない。男は施設とはなんの関係もないのだ。「ミセス・マクラスキーが電話に出なくて、ドアをノックしても応答がないんです。意識を失ってるんじゃないかと心配で」男は人のよさそうな笑みを浮かべた。「それで、とっさにあなたのことを思い出したんです」

「どちら様と言ったかしら？」

「ミセス・マクラスキーの友人です」

女は足を見おろした——両方の太ももにそれぞれ手を置いた状態で。しごく簡単に思えた。「靴を取ってこなくちゃ」

「靴なんかいりませんよ」

「え？」

ばかなことを言った。迂闊《うかつ》にもほどがある。自分で思っている以上に緊張しているか、それとも失敗を恐れているのかもしれない。「すみません」そうしたほうがいいと思い、笑いながら言った。「思ってもいないことを口走ってしまいまして。もちろん、靴を履いていただかないと」

女は笑顔の男のうしろに目をやり、アプローチにとまった車を見つめた。埃だらけで、あちこちへこみがあり、さびが筋状に浮いている。あれを使っているのは、必要とあらば燃やすか、川に沈めればいいからだが、こういう問題も発生する。

「急ぎましょう」男がうながしたのは、二ブロック先にヘッドライトが見えたからだ。女を車に乗せるのに時間がかかりすぎている。

ドアがさらに一インチ閉まった。「わたしからミセス・マクラスキーに電話してみます」

「ええ、ぜひお願いします。わたしはただ、力になればと思っただけですので」

「なにが問題だとおっしゃいましたっけ？」

女は電話をしようと家に引っこんだ。ヘッドライトは一ブロックのところにまで迫っており、あと数秒もすれば、このポーチを明るく照らすはずだ。そのときにここに突っ立っているわけにはいかない。「とくにくわしい話はまだ……」

女はポーチで待つようにというようなことを言ったが、男はすでに行動を開始していた。女の二歩うしろからドアをつかんだ。電話は部屋の奥にあったが、女はそっちには向かわなかった。くるりと向きを変えるとドアを押しやり、男の顔に叩きつけた。女のシャツをつかんだ男は、生地が破けるのが感じでわかった。だが、女は逃げていなかった。横によろけながら、片手をドアのうしろにのばし、隙間からバットを取り出すと、それを男の頭に振りおろした。男は片腕をさっとあげ、殴打を肘で受けとめたが、黄色い熱が炸裂《さくれつ》した。女はもう一度、殴りかかったが、男は一歩さがってやりすごし、女の顎の下にてのひらを押しつけて黙らせ、白目《しろめ》を剝《む》かせた。

じたばたもがく様子に、男は一瞬、女の無言の攻撃力のすさまじさに感じ入った。叫ぶことも、泣くこともしない。

だが、それも終わった。

片腕で女を抱えると、華奢《きやしや》なウエストと、異常にはやい心臓の鼓動が伝わってきた。蚊がぶんぶん飛び交うなか、男は階段をおり、車のリアハッチをあけて、スペースをつくった。室内に引き返し、さわった場所をすべて拭いた。ドアのへり、そしてバット。それが終わると、通りをうかがい、女を車まで運んだ。

女の体はぴったりおさまった。

箱のなかのキャンディのように。

14

八時、エリザベスが訪ねると、フェアクロス・ジョーンズは古い屋敷のポーチにいた。連れはなく、片手に飲み物、もう片方の手に葉巻を持っていた。「やあ、エリザベス」彼は立ちあがると、かさかさした頰を彼女の頰に押しつけた。「例の友人を探しているなら、あいにく彼は時間と事情がどうとかと言って、いなくなったよ」ポーチは暗かったが、あいた窓から四角い光が射していた。長らく手入れをしていない植え込みが手すりを圧迫していた。崖の下では川が大人数でささやき合っているような音をたてながら流れている。「飲み物はどうだ？　約束したとおりの夜にはならなかったが、上等なボルドーワインを抜栓したよ。もちろん、ベルヴェデールもある。それにおいしいスペイン産チーズも」

「わからないわ。エイドリアンはどこに行ったんですか？」

「それが自宅なんだよ。しかも歩いて向かった」フェアクロスは丘の下のほうに頭を傾けた。「川沿いの道を知っていれば、せいぜい数マイルの距離だ。当然、彼はよく知っている」

エリザベスがロッキングチェアに腰をおろすと、老弁護士もそれにならった。「さっき事情がどうとかって」

「狭苦しい空間と妄想のせいだそうだ。予定どおり、あの男をこの家に連れてきたが、わが家の屋根の下、あるいはわが家の壁のあいだに閉じこめられるのがどうしてもいやだと言ってね。だが、無作法なふるまいをしたわけではないよ。何度も何度も礼を言い、愛想もよかった。それでも、どうしても無理だそうだ。どうやら、星空の下で眠るつもりらしい。また不法侵入で捕まる可能性もあると言ったが聞かなくてね。あの場所への愛着なんだろう。エイドリアンがそうとう苦しんでいるのはたしかだ」

「それに閉所恐怖症でもあるし」

「よくわかったね」弁護士は目を細めてほほえんだ。「そこまで見抜いた者はあまり多くないんだが」

「拘禁中の彼を見たんです」エリザベスは両手を膝に強く押しつけた。「気持ちのいい光景じゃなかった」

「理由について、彼から一度聞いたことがある。その後一年間、わたしまで悪夢を見ることになったがね」

「話してください」

「エイドリアンにはペンシルヴェニア州の農村地帯に親族がいてね。たしか、お母さんのご両親ではなかったかな。とにかく小さな町で、トウモロコシ畑とトラックとくだらない喧嘩しかないようなところだ。彼が六歳だか七歳のときのことだ。隣の農場をうろうろしているうちに、使われなくなった井戸に落ち、六十フィートのところではさまってしまったんだよ。翌日の昼食時まで見つからなかったそうだ。見つかってからも、無事に救出されるまでにさらに三十時間を要した。探すのなら、どこかに新聞の記事があるはずだ。一面扱いだった。写真を見るだけでも心が痛むよ。あんなにうつろな目と傷ついた表情の子どもは、見たことがない。たしか、事故のあと一ヵ月はしゃべれなかったという話だ」

まばたきすると、拘禁房に入れられたエイドリアンがまぶたに浮かんだ。上半身裸で、全身に傷を負い、汗だくになりながら、ぶつぶつひとりごとをつぶやいていた姿が。「気の毒に」

「まったくだ」

「わたしも一杯いただこうかしら」

「ベルヴェデールにするかね？」

「ええ」弁護士は家のなかに引っこみ、グラスを持って戻ってくると、カランという音をたてながら、エリザベスに差し出した。「さっき妄想がどうのって……」

「ああ、そうだった」弁護士はふたたび椅子にすわった。「裁判所からわたしたちをつけてきている者がいると言うんだ。灰色の車で、乗っているのは男ふたりだそうだ。そうとう興奮していたよ。もう三度も見かけたと言ってね。動機や目的はなんだとしつこく尋ねたところ、本人はくわしく話したがらなかったが、素《そ》振《ぶ》りからすると、察しがついている感じだった」

　エリザベスは浮き足だった。「具体的なことはなにか言ってました？」

「なんにも」

「話に信憑性はありましたか？」

「不安なのはたしかなようだった。もちろん、顔には出していなかったが、はやく立ち去りたくてしょうがない感じではあった。サイズの合う服を探す時間はくれたが、金を渡すまで待たせておくことはできなかった。わたしたちがすわっている、ここで服を脱いでね、着ていた服は燃やしてほしいと頼んだうえ、わたしにも身の安全のためにこの家を出るよううながしたんだよ。何日かはホテルにでも泊まったほうがいいと言ってね。まったくあきれたものだ」

「なぜ彼は、あなたの身が危ないと考えたのかしら」

「わたしがあまりに頑固なので、頭にきたようだったがね。あっちのほうを何度もちらちら見ていたよ」クライベイビーは左を指差した。「わたしのことを頭の堅い愚か者だの、いい歳をして信じるべき相手とそうでない相手の区別もつかないのかだのと言っていた。一緒に逃げよう、せめて警察に連絡しろとね。あのときは、ばかも休み休み言えと思ったんだがね」

「あのときは、というと？」

　老弁護士の目が夜の闇に光った。「きみは街のほうから来たんだね？　あそこの川を渡って」彼は右の、崖になっているあたりを示した。「橋を渡り、そこからまっすぐうちの私道に入ったのだろう？」

「ええ」

「そうか」彼は葉巻を吸い、細い脚を膝のところで組んだ。「左に目をやると——」彼は木立の隙間を示した。「——土地が高くなって尾根伝いを走る道路が見えるはずだ。距離はあるが、とにかくそうなんだ。しかし、そこに枝道が一本あって、そこからだと家が一軒見える。ときどき、観光客が見つけていくがね。紅葉がたけなわの時期にはいい写真が撮れる」

「いったい、なんの話をしているんです？」

「話をしているというより、待っているんだよ」

「待っているとはなにを……？」

「あれだ。きみにも聞こえるかな？」

最初は聞こえなかったが、すぐにわかった。車が一台、道路を走っている。小さな音がしだいに大きくなり、やがて橋を渡る音が聞こえたところで、老弁護士は葉巻で左を示した。「あの隙間のところを見ていなさい」エリザベスが言われたとおりにすると、車の音がし、木立のなかをのぼってくるライトが見えた。

「見えるかね？」

カーブを曲がりきると、ライトの動きは水平になった。車は尾根を走っており、その下の道路が光っている。見えたのは三秒間だけだった。やがて車が隙間を通りすぎたとき、べつの車が道路わきにとまっているのが見えた。

「見えたかね？」クライベイビーが訊いた。

「見えました」

「乗っている男たちも？」

「たぶん。ぼんやりとだけど」

「車は何色だった？」

「灰色にまちがいないわ」

「やっぱりそうだったか」老弁護士は椅子の背にもたれ、グラスのなかのものを干した。「カクテル三杯を飲みながら、あの丘を二時間見つめるうち、頭のおかしくなった友人の妄想がうつったのかと思いはじめていたところだよ」

エリザベスは私道の出口まではヘッドライトを消したまま進んだ。道路が見えてくるとライトをつけ、左に曲がった。尾根の頂上に出たところでアクセルを踏みこみ、駐車車両が見えると青ランプを点灯させた。フォードのセダンで、塗装の状態からするとかなり新しいもののようだ。すぐうしろに車をつけると、前の座席にすわる男たちの輪郭が見え、その形が変わったかと思うとふたりがうしろを振り向いた。エリザベスはヘッドライトは消さず、フロントグリルの青ランプも点滅させたまま、ナンバーをノートPCに打ちこんだ。目にした結果はほとんど意味をなさなかったが、結果は結果だ。

ナンバー。

登録。

片手を拳銃のグリップにかけ、エリザベスはドアをあけて外に出た。懐中電灯を高いところで持ち、拳銃を低い位置にかまえると、目指す車のバンパーから離れて立った。車のなかのふたりはじっと動かないため、姿形がはっきりわかる。ふたりとも濃い色の野球帽をかぶっていた。がっしりした肩、ブルージーンズ、濃い色のシャツ。年齢はおそらく三十代後半か、四十代前半といったところ。運転席の男は両手をハンドルにのせているが、助手席の男の手は見えなかった。そこでエリザベスは銃を持ちあげ、ウィンドウがするするとおりるあいだ、高いところでかまえていた。「なにかあったんですか、おまわりさん?」

彼女は運転手の左肩のうしろに立ち、男の顎のラインと、ハンドルに置いた手に目をこらした。「助手席の人も手を見えるところに置いて。はやく」暗闇から二本の手があがり、男の膝におりた。エリザベスは後部座席を確認し、少し身を乗り出すようにした。アルコールのにおいはしない。あきらかに違法と思われる点はひとつもない。「身分証を」

　運転席の男は両肩をあげ、帽子で懐中電灯の光から目を守ろうと、頭を少しさげた。「そんな必要はないでしょう」

　その態度にエリザベスはいらだった。男の表情にも。半分隠れてはいるものの、やけにえらそうで、不快なほど落ち着いている。「免許証と車の登録証を出しなさい。はやく」

「おまわりさんがいるのは、郡境から五マイル内側ですよ。なんの権限もないんじゃないですか」

「市と郡は必要とあらば協力し合います。五分もあれば、保安官助手を呼ぶこともできるんですよ」

「それはどうでしょうね。あなたは停職中で捜査を受けている身じゃありませんか。保安官が尻尾を振ってくれるとは思えませんよ、お嬢さん。あなたからの電話も受けないんじゃないですかね」

　エリザベスは男たちをさらに念入りに調べた。短く刈りこんだ髪に青白い肌。懐中電灯の光で顔立ちはわかりにくいが、運転手にはどこか見覚えがある。丸顔、色味のない目、いかにも粘着質そうな表情。「前にも会ったことが？」

「そういうこともないわけじゃないでしょう」

　その言葉の裏に嘲笑《ちょうしょう》が、さっきと同じ、人を小ばかにしたような態度と安っぽい虚栄心が見え隠れしていた。エリザベスの頭のなかで車輪がまわりはじめ、歯車が嚙み合いかけた。「この車両は刑務所の名義になっているようですが」

「もう帰りますので、ミズ・ブラック」

「あなたたちはエイドリアン・ウォールを尾行しているんですか？」

「では、失礼します」

「なぜ、あそこの家を見張っているんです？」

運転手はキーをまわした。エンジンがかかり、エリザベスがうしろに飛びのくと同時に、砂利をまき散らしながら、なめらかな舗装路に出ていった。見ていると車は坂をあがってくだり、やがて次の丘の向こうに消えた。そのときになってはじめて、最後の歯車がようやく嚙み合った。

ミズ・ブラック……。

銃をホルスターにおさめ、記憶をたどる。

やっぱり。

知っている男だった。

エイドリアンは農場には行かなかった。川沿いを歩きながら、なかなか聞こえてこない風の声に耳をすましていた。川の水がしゃべる。木の葉も枝も、履いている靴の底もしゃべる。動くものすべてが声を出したが、どれも必要としているものをあたえてはくれなかった。看守と刑務所長と秘密の回廊のようなエイドリアンの傷を知っているのはイーライ・ローレンスだけだ。暗く寒いなか、どうにか正気をたもてたのはイーライのおかげだった。彼こそエイドリアンをまっすぐ立たせてくれた鋼鉄であり、正気という糸を集めてくれた頼もしい手であった。

「やつらがつけてきてる」エイドリアンは言った。「農場にも現われたみたいだ。しかも、今度はクライベイビーの自宅も見張っていた」

返事はなく、声も気配もわずかなユーモアも感じられなかった。エイドリアンは夜にひとりきりだった。岩やぬかるみ、倒木や苔《こけ》、それにつるつるした黒い根を足に感じながら、踏み分け道をゆっくり進んだ。小さな流れがあるところで土手が傾斜していた。エイドリアンはスズカケノキやマツの枝につかまりながら歩いた。水を跳ねあげながら小川を渡り、反対岸にあがった。

「連中がまだあそこにいたらどうする？　あの人を痛

い目に遭わせているかもしれない」

弁護士さんには手を出さないさ。

安堵の気持ちが薬のように体じゅうを駆けめぐった。本当に声が聞こえているわけではないのはわかっている——刑務所と闇と無数の恐ろしい夜の名残《なごり》だ——が、もうずっと、彼にはそれしかなかった。イーライの声と忍耐強さ、ぼんやりとした小さな太陽のような目。

「ありがとう、イーライ。来てくれてありがとう」

礼を言うなら自分に言え。この幻聴はおまえさんが創り出したものなんだから。

しかし、エイドリアンは必ずしもそう思えなかった。

「はじめて運動場に出たときのこと、あんたも覚えてるか?」倒木を一本、また一本とよじのぼった。「警官だったせいで、おれはあいつらに殺されるところだった。それをあんたが追っ払ってくれた。おれの命を救ってくれたんだ」

自分じゃ数えられないくらい、塀のなかで過ごしてきたからな。おれの言うことを聞くやつが何人かいただけのことさ。

エイドリアンはあまりに控えめな答えに、思わずほほえんだ。いまも、イーライ・ローレンスのためなら殺すことも死ぬこともいとわない者は何人もいる。危険な男たち。忘れられた男たち。イーライは死んだその日まで、運動場における良識の声であり、仲裁人であり、調停役であった。彼が救った命はエイドリアンのものだけにかぎらなかった。

「あんたの声が聞けてうれしいよ、イーライ。あんたが死ぬのを見てからもう八年になるが、いまだにうれしくなる」

ひとりごとを言っているにすぎんがな。

「わかってるさ。おれがそんなこともわからないと思ってるのか?」

おや、今度は自分で自分に喧嘩を売りはじめたか。

川幅が広くなっているところで足をとめた。死んだ男と会話している彼の姿を、他人はおかしく思うだろう。だが、おかしくなっているのは世の中も同じで、川音のひとつひとつにそれが身にしみて感じられる。このあたりは水が流れていく音、マツの木がきしむ音。このあたりは少年のころから知っている。三十マイル上流でも下流でも魚釣りをしたし、どの踏み分け道も歩いたし、川面に枝をのばしている木のほとんどにのぼったことがある。それがなぜ、いまはこんなにも違和感があるのだろう？　いったいなにがおかしいのか。

それはおまえさんがどん底にいるからさ。

「黙っててくれ、イーライ。少し考えるから」

土手をおり、川に手をひたした。これは本物だし、昔と変わっていない、とひとりつぶやく。しかし空は広々しすぎているし、木々は高すぎる。エイドリアンは土手をのぼって踏み分け道に戻り、醜い真実から顔をそむけようとした。自分が変わっただけで、世界はこれまでと変わらずまわっているという真実から。歩きながら考えるうち、いつしかぼんやりと立ちつくし、空には月がのぼっていた。片手を差しあげ、指のあいだから月光がこぼれ落ちるのに目をこらした。十三年ぶりに見る月明かりで、思いがけず、リズのことが頭に浮かんだ。彼女が美人だからではなく――美人なのは事実だが――採石場にいる彼女を見つけたのも、彼女がはじめて逮捕したのも、いまと同じ月が出ていた夜だったからだ。光を浴びた彼女を思い描いた。月を。彼女の肌を。

おやおや。こんな美人を……。

エイドリアンは大笑いした。記憶にあるかぎり、これほど心から笑ったのははじめてだ。

「ありがとう、イーライ。そう言ってくれてよかった」

あいかわらずひとりごとを言ってるぞ。

「わかってる」エイドリアンは歩きはじめた。「たいていの場合、ちゃんと自覚してるから」

川は西に流れを転じ、踏み分け道も西に向きを変えた。一マイル進んだところでふたたび湾曲したので、エイドリアンは低地からそれて斜面をのぼり、右にのびる土の道に出た。半マイルほどはそれでよかった。しかし、この道もまた、行きたい方向からそれたので、雑木林を突っ切ると、明かりのともった小さな白い家がある農場に出た。ポーチで犬が二度吠えたが、エイドリアンはすばやく静かに行動するすべを知っており、犬の鼻がにおいをとらえるより先に夜の闇にまぎれこんだ。農場の裏を走る道路を三マイルほど歩くと十字路があった。左に行けば市街地、右に行けば山裾に広がる平地があり、ちょっとした住宅街になっている。

エイドリアンは右に折れた。

フランシス・ダイヤーは右に住んでいる。

ダイヤーの自宅まで行くと、郵便受けの名前を確認してから呼び鈴を鳴らした。誰も出てこないので、窓からのぞくと、なかは明かりがついていて、記憶にある品々が見えた。新人警官だったころと、刑事になったときのダイヤーの写真、革の家具にオリエンタルカーペット、最後にパートナーとして友人としてハンティングに行ったときのままの銃のコレクション。見るのがつらいのは思い出すからだ。笑い声と照りつける太陽を。獲物の鳥をテールゲートに並べ終え、最後の一挺を古いトラックの後部にしまったあとの内に秘めた競争心とバーボンを。息をきらしてずぶ濡れで横たわる犬たちを。自分とフランシスがかつては友人だったという悲しい事実を突きつけられる思いだった。さらには裁判と落胆、ふたりがきっぱりと縁を切ったというひやな記憶までよみがえる。

エイドリアンの裁判でフランシスが証言したことはすべて事実だった。ジュリアは男を悪事に駆り立てるような顔をしていたし、エイドリアンはたしかに心を奪われていた。あまりに激しく、そして一瞬にして惹《ひ》かれたものだから、いま思い出してもめまいがしてくるほどだ。しかし、顔だけの問題ではなかった。あれは理性では抑えられない、ぞくぞくとした、いてもたってもいられない思いのなせるわざだった。当時のふたりは幸せではなく、はじめて会ったときは、街全体を明るくできるほどのパワーが全身をつらぬいた。邂《かい》逅《こう》。欲望。いまも感じる強い思い。ふたりが必死にこらえたのは、おたがい結婚していたからというだけではなかった。彼女の夫が郡の職員で、数十万ドルにおよぶ横領事件の捜査に協力していたからでもあった。

長年にわたって金が使途不明になっていた。こっちで五千ドル、あっちで一万ドルという具合に。総額で二十三万ドルにものぼっていた。かなりの額で、深刻な事件だった。

一週間もたつと、ほとんど気にしなくなった。

一カ月後にはすっかりのめりこんでいた。

エイドリアンはポーチに力なくすわりこみ、彼女の死が何年も昔ではなく、わずか数日前の出来事のように感じていた。

「ああ、ジュリア……」

もう長いこと、思い出すという贅沢にひたっていなかった。タフでいなくてはいけないときにタフでいられなくなるから、刑務所ではできなかったことだ。そもそも、彼女は死んでおり、死は永遠だ。そしていま自分はどうなった？　刑務所を出たものの孤独で、無人の家の前にすわって、はちきれそうな思いを抱えている。

十三年！

その間ずっと、連中は彼を精神的にも肉体的にも痛めつけ、彼がなくしたものと、合わないパズルのピースについて何時間も考えさせた。

「フランシス！」

もう一度、ドアを強く叩いたが、無駄なのはわかっていた。

だったら、あの男を待て。

「それがあんたの助言なのか、イーライ。あいつを待てと？」

ドアを叩き壊すか、無人の家と会話するつもりでないならな。

エイドリアンは大きく息を吸い、はやる気持ちを抑えようとした。ここに来たのは情報がほしいのと、話をするためだ。つまり、イーライの助言が正しい。乱暴なまねはだめだ。

「わかった。一緒に待とう」

ポーチに暗がりを見つけ、壁を背にしてすわりこんだ。がらんとした通りを見つめ、怒りを追い払おうとした。しかし、そのあとになにが残るのか。

答え？

心の平安？

おまえさん、あまり具合がよくなさそうだな。

エイドリアンは暗いなかで唇をゆがめた。「たしかにあんまりよくないよ」

おまえさんならやれる。それだけの力がある。

「おれは死んだやつに話しかける前科者だ。もうなにもかもわからない」

おれの秘密を知っているじゃないか。

「連中に見張られてるんだぞ」

いまは見張られていないぞ。いますぐ向かえばいい。どこでも好きなところへ行き、なんでも望みのものを手に入れろ。

「おれの望みはやつらを殺すことなんだよ」

それはもう話し合ったじゃないか。

「殺さなければ、こっちが見つかってしまう」

そんなのは囚人のたわごとだ。

「おれはひとりになりたくないんだよ、イーライ」

やつだ。

「おれを置いていかないでくれ」

黙るんだ。声が揺らぎ、小さくなった。あんちくしょうが戻ってきたぞ。

エイドリアンが目をあけると、フランシス・ダイヤーがポーチにあがってくるところだった。ダークグレーのスーツ。ぴかぴかの靴。彼は銃を水平にかまえ、射撃姿勢をたもちながら、四隅と庭を確認した。

エイドリアンは両手を見せた。「落ち着け、フランシス」

「誰と話していた？」

「ひとりごとだよ。よくやるんだ」

ダイヤーはもう一度、四隅を確認した。手のなかの銃は、昔、携行していたのと同じリボルバーのようだ。

「こんなところでなにをしてる？」

「訊きたいことがある」

「なんだ？」

「おれの女房はどこに行った？」

ダイヤーの顔に緊張の色が浮かび、銃を握る手が白くなった。「それを尋ねにわざわざ来たのか？」

「理由のひとつだ」

エイドリアンは立ちあがろうとしたが、ダイヤーは気に入らなかった。「わたしがいいと言うまですわっていろ。もう一度、両手を見せろ」

エイドリアンは床につけた手を持ちあげ、てのひらを見せた。

「ここはわたしの自宅だ、エイドリアン。わたしの自宅だ。有罪になったやつが警官の自宅に現われるのはいいことじゃない。撃たれるのがオチだ」

「だったら撃てよ」エイドリアンは両手を床につけると、壁につけた背中を上へ上へと滑らせていき、最後には立ちあがった。ささやかな勝利だが、とにかく勝ち取った。「女房はどこにいる？」

「知らないよ」

「農場が焼けていた。女房が姿を消したことはリズから聞いた」

「奥さんがもっとはやく出ていかなかったことのほうが驚きだ」

リボルバーはぴくりとも動かなかった。エイドリアンは相手の細めた目と引き結んだ唇をじっと見つめた。キャサリンとフランシスは仲がよかった。そうじゃない。殺人事件と裁判の前は、エイドリアンも含め、三人とも仲がよかったのだ。

「おまえは女房の友だちだったんだ。全然ちがう」

「わたしは彼女の亭主のパートナーだった」

「頭をさげろと言うのか、フランシス？　七年もパートナーだったのに？　まあ、それはいい。頭をさげろと言うなら、さげるよ。頼む、女房がどうなったか教えてくれ。べつに彼女になにかせびろうとか、彼女の人生をめちゃくちゃにしようってわけじゃない。ただ、いまどこにいるのか知りたいんだ。元気でやっているのかを」

エイドリアンの口調か、あるいはパートナーだったころの思い出にほだされたのか。とにかくダイヤーは

銃をホルスターにおさめた。薄暗がりのなかで見ると、いかつい体形と黒い目しかわからない。次に彼が口をひらいたとき、その声は驚くほど穏やかだった。「裁判が終わると、キャサリンはわたしたちの誰とも話そうとしなかった。わたし、ベケット、とにかく署の誰ともだ。わたしたちはなんとか連絡を取りつづけようとしたが、彼女は電話に出ず、訪ねていってもドアをあけなかった。そんなことが三、四ヵ月はつづいたろうか。最後に会いに出向いたとき、家は完全に閉め切ってあった。車は見あたらず、郵便物が玄関にたまっていた。その二ヵ月後、家が火事で焼けた。彼女には荷が重かったんだろう。だから出ていった。そういう単純な話だと思っている」

「だが、いまもあの農場は彼女のもののはずだ」

質問をこめてそう言ったところ、ダイヤーは理解した。「二年後、州が押収したよ。税金の未払いで」

エイドリアンは壁にもたれた。あの土地は南北戦争

以来、彼の一族のものだった。自分を十三年にわたって監禁した連中に取りあげられるとは、不当にもほどがある。「おれはジュリアを殺してない」

「よせ」

「ただの世間話だよ」

「彼女の話はするな、絶対に」

　フランシス・ダイヤーはどこから見てもシャープになっていた。肩も、顎も。

「だったら、ビール缶の話をしよう」

「なんだと？」

　エイドリアンはうその痕跡はないかと、ダイヤーの表情をうかがった。「おれの指紋がついたフォスターズビールの十二オンス缶が、教会から三十ヤード離れた側溝で見つかった。おれを殺害現場に結びつけた証拠だが、ここでひとつ問題がある」エイドリアンは一歩前に踏み出した。ダイヤーは動かなかった。「おれはあの教会近くでビールを飲んだことはない。缶をあそこに捨てたこともない。ありえないんだ。おれが最後にフォスターズを飲んだ場所はここ、この家だ。彼女が死ぬ二日前に」

「わたしが証拠を捏造したと思ってるのか？」

「捏造したのか？」

「あの晩はほかの連中もいたぞ。ベケット。ランドルフ。リズもいた。五十人は名前をあげられる。パーティだったからな。だいいち、おまえを有罪にするのに証拠を捏造する必要なんかなかったじゃないか。それに関しちゃ、おまえが自分で証拠を残したんだから」

　ダイヤーが言っているのはDNAと皮膚片と引っかき傷のことだ。それはしかたのないことだと思っているが、缶は捜査初日に発見された証拠だ。現場にエイドリアンの指紋がなければ、身体検査を要求する裁判所命令が出ることはなく、つまりは首に引っかき傷があることはわからず、彼を殺人と結びつける証拠も出てこないはずだった。

「何者かが缶を現場に置いたんだ」

「誰もおまえをはめたりしないよ」

「缶がひとりでにあそこに行くわけがない」

「なあ、もうやめないか」

「おれは彼女を殺してないんだ、フランシス」

「あとひとことでもジュリアの話を持ち出してみろ、本当に撃つぞ。本気だからな」

エイドリアンはまばたきもせず、うしろにさがりもしなかった。かつてのパートナーのまなざしをしっかり受けとめ、その奥にあるすべての思いを感じ取った。

「そんなにおれが憎いのか？」

「なぜかはわかってるだろうが」ダイヤーは言った。

彼の苦々しげな黒い目をのぞきこみ、エイドリアンはその理由を知った。

フランシス・ダイヤーはいつも嫉妬していたからだ。

彼もジュリアを愛していたからだ。


昔のパートナーが住む界隈から歩いて出ていく途中、その確信はしだいに大きくなった。公判では缶は証拠としてあまり重要視されず、どうでもいいというほどではないにしろ、付け足しのように扱われた。そのころまでには、検察側はエイドリアンの首についた引っかき傷と、ジュリアの爪から見つかった皮膚片という証拠を得ていた。被害者宅からは彼の指紋が検出されたし、パートナーまでもが不利な証言をした。それらが論証を強固なものにしたため、教会で見つかったビール缶はささいなものになっていた。しかし、それは裁判でのことであり、捜査の初期段階はまったく様相がちがっていた。リズが古い教会で発見したジュリアの亡骸《なきがら》は、白くて無機質で汚れひとつなく、まるで大理石が祭壇にのっているようだった。通報を受けたときに全身をつらぬいた怒りと悲しみは、いまも生々しく思い出されるし、すべて克明に覚えている——数えきれないほど何度も頭のなかで再生した。車で教会に向かい、生涯の恋人である彼女の変わり果てた姿をこの目で見たこと。硬材の床に両膝をつき、人目を気にせず、子どものように泣いたこと。

しかしそれを見られていた。フランシスやほかの警官に。目撃した連中は首をひねった。やがて鑑識がエイドリアンの指紋を発見し、それからすべてが変わった。単に疑惑を向けられ、不快な顔をされるだけにとどまらず、裁判所命令で血液サンプルを採取され、身体検査を受けた結果、首に引っかき傷がついているのがわかった。何年にもわたってバッジに守られてきたエイドリアンは、それを剝奪され、容疑者となった。身分も信頼も失い、最後には大事にしてきたものすべてを失った。

まずはジュリア。

そして、それまでの人生。

パートナーが嫉妬のあまり証拠を捏造したという考えは、独房に入れられた最初の年まで思いつかなかった。あまりに突飛で、まともでないこの考えは、ささやかな思い出にひたっているときに思いついたものだった。ジュリアは片肘をついて体を起こし、腰のところにシーツをかけていた。ふたりがいるのはシャーロットにあるホテルで、十階の部屋だった。街明かりが射しこんでいたが、それ以外は暗かった。彼女が死ぬ一週間前のことで、彼女は美しかった。

〈わたしたちって悪い人間かしら、エイドリアン?〉

彼は彼女の顔にそっと触れた。〈そうかもな〉

〈それだけの価値がある?〉

ふたりのあいだで何度も出た質問だった。エイドリアンは彼女にキスをしてから言った。〈ああ、あるに決まってる〉

しかし、疑いの念が室内に充満し、闇が迫る。

〈あなたのパートナーは気づいてるみたい〉

〈どうしてそう思う?〉

〈顔つきかな。なんとなくだけど〉

〈たとえば？〉

〈必要以上にじっと見てたりするの〉

　それだけだった。その夜はそれ以上なにもなかった。

だが、奥行き八フィート、幅六フィートの監房に閉じこめられ、永遠にも思える時を過ごしていると、無はしだいに大きくなる。エイドリアンはこの記憶を百回再生し、さらに千回再生した。二日後、缶というパズルのピースをくわえ、それがどうおさまるかと考えた。ありうるとは思うが、それは信憑性があると同義ではない。しかし、缶も信憑性があるわけではなかった。

　彼の指紋がついていなければ。

　場所が教会でなければ。

　フランシスはいつも自信なさげで、エイドリアンの陰に隠れてしまうこともよくあった。警官にはそういうことが往々にしてある。ひとりがいつも先にドアをくぐり、もうひとりがあとにつづく。片方がマスコミの注目を集める。片方が英雄とされる。しかし、嫉妬心だけでは証拠の捏造という悪質な行為の説明には不充分だ。もっと強い感情がなくてはならない。おもてにはまぶしいほどの愛、裏には黒々とした嫉妬が描かれた硬貨を鋳造しなくては。それをくるくるまわしたら、なにが見える？

　無口でぎこちなくなったパートナー？

　必要以上にじっと見つめる男？

　やはりありうるようには思うが、道路わきでも、遠くでかすかに光る星の下でも、確信は持てなかった。焼け落ちた家のぼろぼろの壁のあいだから、なにかがひらめいてくることもなかった。エイドリアンは前回と同じように火をつけ、いくつかの疑問をきちんと整理しようとした。誰がジュリアを殺したのか？　そしてその理由は？　なぜ現場が教会だったのか。布の意味は？　なんのためらいもなく首を絞める残忍さはどこから来ているのか？

　誰かほかの人間が缶を置いた可能性はあるだろう

か？

最後には、それらの疑問は大勢の囚人の声にかき消された。エイドリアンは昔と同じ人間ではなくなり、それはよく自覚している。思考がときどき混乱するようになった。記憶が飛ぶこともある。こうなったのは刑務所長と看守たちのせいだ。そうは言っても、明晰《めいせき》な思考が完全に失われたわけではない。ひらけた空間と善意の表情。これらは彼にとって大事なものであり、ある種の希望をあたえてくれる。リズは友だちだ――それはまちがいない。弁護士も、この土地も、覚悟を決めることがどれほど大事かに関する記憶も。あのときの自分はいなくなってしまったのだろうか。なにもかもそぎ落とされてしまったのだろうか。

さらに一時間、あれこれ考えたのち、隅に腰をおろした。夜は暗く静かで、それもまた、単なる記憶のように過ぎ去っていった。


彼は金属の台に寝かされていた。

彼は叫んでいた。

「そいつを押さえつけろ。腕をつかめ！」

連中は自由なほうの腕をあらためて縛り、しっかりと固定した。彼がさるぐつわをかまされた口で叫ぶと、先の鋭い金属が赤くひらめいた。口のなかに血の味がした。舌を、頬の内側を噛んだようだ。部屋は漂白剤と汗と銅のにおいがした。刑務所長の顔に血の筋がついていた。天井はさびた金属だった。

「さて、もう一度訊く」所長が顔を近づけた。黒いガラスのような目が迫り、金属がまたひらめき、エイドリアンの胸に熱を持った筋がひとつついた。「ちゃんと聞こえているか？」別の場所を切られ、台に血がたまりはじめた。「話す気になったらうなずけ。わたしが話しているときはわたしの顔を見ろ。わたしを見るんだ！」

エイドリアンはいましめをはずそうとこころみたが、

皮膚が裂けただけに終わった。

「やりすぎです」誰かが言った。「失血死してしまいます」

「針をよこせ。そいつの指を押さえろ」針が爪の下に差しこまれた。エイドリアンは大声でわめき、背中をそらした。「もう一本」今度のはもっと強く、そして深くまで入った。「さあ、これで話す気になったか？　わたしを見ろ、天井ではなく。イーライはきみになんと言った？」エイドリアンの顔に平手打ちが飛んだ。「気を失うんじゃない。最初からもう一度やってやるぞ。ウォール受刑囚？　エイドリアン？　起きてるか？　イーライ・ローレンスはきみになにをしゃべった？」

　二発殴られ、エイドリアンは頭をがくがくさせた。所長はひとつため息をつくと、友だち同士のように声をひそめた。

「きみがあの男と親しかったのはわかっている。友だちに義理立てしているのだろう。それは認める。本当だ。しかし、問題がある」所長はぐっしょり濡れたエイドリアンの髪に片手を滑らせると、額のところでとめ、さらに顔を近づけた。「あの老いぼれはきみを息子のように思っていたから、死ぬ前に秘密の情報を漏らしたはずだ。なにが問題かわかるかね？　どうしても確認しておきたいんだよ。そして――」所長はてのひらに血がつくのもかまわず、エイドリアンの額を軽く叩いた。「――方法はこれしかない。さてと、理解した印に、うなずいてもらえるかな」

　エイドリアンはうなずいた。

「なにも死ななくてもよかろう」所長がさるぐつわをはずすと、エイドリアンは顔を横に向けて吐いた。

「これで終わりにできる。わたしが求めている情報を言いさえすれば、もう苦痛を味わわずにすむんだ」

　エイドリアンは口を動かした。

「なんだ？」所長はまたも顔を近づけた。

距離にして八インチ。

六インチ。

エイドリアンは所長の顔に唾を吐きかけ、その結果、さらに悲惨なことになった。より深く切られ、より長い針を差しこまれた。もう耐えきれないと思った瞬間、イーライの姿がまぶたに浮かんだ。明かりの向こうに影のように見える老人。子ども時代からいままで唯一、敬愛の情を抱いた相手。

「イーライ」

悲鳴と血と所長の質問が場を占めていたから、頭のなかで名前を呼んだ。黄色い目を、ひからびたような肌をじっと見つめた。老人は理解したようにうなずいた。「生きようと思うのは罪ではない」

「イーライ……」

「必要と思うことをすればいい」

「あんたは死んだはずだ。おれは死ぬところを見た」

「その男にほしがってるものをくれてやれ」

「教えたが最後、おれは殺されるよ」

「そうか？」

「こいつらがそうするのはあんただってわかってるはずだろ」

「だったら、おれの顔を見ろ」老人がひとつまばたきをし、台のわきに幽霊となって現われた。「おれの声を聴いていろ」

「体じゅうが痛い」

「ほら、おれはこんなに軽いだろう？　ふわふわ浮いてるだろう？」

「痛くて痛くて……」

「だが、痛みは少しずつ消えてきてるぞ。だんだん遠ざかってきたろう？」

「あんたがいないとさびしくてたまらないよ」

「さあ、落ち着くんだ」

「イーライ……」

「おれの声に集中するんだ」

彼らのねらいは、イーライがエイドリアンに話した内容という単純明快なものだった。そのために連中はすべてを調べた。通話、手紙、ほかの看守たち。つまり、彼らにはそれだけの力があり、それだけの時間もあった。一年におよんだナイフと針による脅しが不首尾に終わると、次は心理作戦に切り替わった。闇。剝奪。飢え。最後には四人仲間までもが、ひとり、またひとりと彼に背を向けていき、やがて起きている時間も悪夢に変わった。ルールは単純だ。痛めつけろ、だが殺すな。

しかし痛めつけるというのは大げさだった。

奇襲。威嚇《いかく》。隔離。好意的な表情が減りはじめた。一年のあいだに三人が死んだが、全員が頭蓋底をナイフでひと突きされていた。連中の仕業か？　エイドリアンはそう確信していた。運動場で小耳にはさんだ噂。テーブルの定位置だった場所。本当の悪夢は隔離棟に入れられてからだった。閉所がおよぼす影響に気づくと、彼らは創造力を発揮しはじめた。刑務所というところは地下にいくらでも部屋があるし、古いボイラーや使われていない配管にもことかかない。配管や裂け目など、空気がよどんで、息をするたびに金属味を感じるようなさびだらけの空間を想像すると、それだけでエイドリアンは身震いした。連中は嬉々《きき》として彼を逆さにして配管に押しこみ、なかを水浸しにしては、乱暴に引っ張りあげるのを繰り返した。ネズミを使うこともあった。一度など、そのまま二日放置され、子ども時代の恐怖がよみがえったこともある。それをやられたあとは一週間も廃人同然だった。明かりのスイッチが入っては切れ、食事は手つかずのままさげられた。意識がようやく戻ったときも、のろのろと這うようにして出てきた。連中は一週間おいてから、また同じことを繰り返した。闇のなかで金属の台に寝かせ、痛めつけては治るのを待ち、次はネズミとともにボイラーに押しこめた。

やがていっそう暗い声が聞こえた。その声は、終わりにすれば心の平安が訪れると説き、イーライの秘密を吐いて、沈黙に終止符を打てと訴えた。その説得も無駄に終わると、こいつは本当になにも知らないのかもしれないと思われるようになった。その後何ヵ月かはなんの手出しもされずにすんだ。普通に隔離された普通の囚人だった。ときとして、思考が混沌《こんとん》と入り乱れることがあり、すべて夢だったのだろうか、傷は公式記録にあるようにほかの囚人と喧嘩したせいなのだろうかと思うことがあった。質問されることはなくなっていた。誰も彼のほうを見なくなっていた。

そして釈放された。

エイドリアンは炎のそばにしゃがんだ。何本か棒きれをくべると、ゆっくり、物音をたてないようにしながら、自宅という殻の外に広がる闇のなかに出た。雑草が高く生《お》い茂っているため、私道から離れないよう、水路沿いに中腰で進んだ。月明かりを浴びて白亜《はくあ》に輝く道路が見えてくると、草むらに身をひそめ、車が見える位置まで近づいた。弁護士の家まで尾行してきたのとはべつの車だった。あれは灰色だったが、こっちは黒だ。しかし、あるのは事実で、つまり、記憶も正しいということだ。

妄想ではなかった。

正気を失ったわけではなかったのだ。

家に戻ると、炎にまた数本の枝をくべ、それがぱちぱちとはぜる炎に覆われるまでかきまわした。

「話してくれ、イーライ」彼はまた言った。頭上で古い木々が枝をのばし、空はどこまでも広がっている。

「どうすればいいか教えてくれ」

しかしイーライの話は終わっており、そのことが焼け跡で過ごす一夜をむなしいものにしていた。いっとき、起きあがって、道路までそっと戻ってみた。車はなくなっていたが、地面に跡が残っていた。寝不足でぼろぼろの状態とはいえ、連中がなにを望んでいるのかも、それを手に入れるためにどんな手を使ってくるのかもわかっていた。そのせいでエイドリアンは慎重になっただけでなく、危険にもなった。まだ誰も死んでいないのは、ひとえに彼自身がまだそこまでしようとは思っていないのと、連中のほうもまだ迷っているからだ。

彼はイーライの秘密を知っているのか、いないのか。

連中が決めかねているのは、あれだけの苦痛をあたえてもまだ口を割らないのはありえないとの思いからだった。なにしろ長年にわたって痛めつけたのだ。ナイフとネズミと十七カ所の骨折で脅したのだ。あの連中には理由がわかっていない。エイドリアンは強欲ゆえに秘密を守りとおしたのではない。それよりも古くからある単純な理由のためだ。

彼は愛のために耐えた。と同時に、憎しみゆえに耐えた。

手前で膝をつき、いちばんくっきりついたタイヤの跡に触れてみた。煙草の吸い殻がいくつも落ち、土が湿っているところは小便のにおいがした。連中がここを離れてもう一時間か、それ以上がたっただろう。あきらめたのか？　それはない。おそらく、サボっているだけだ。煙草でも買いにいったのだろう。

火のところに戻り、炎が高くあがるまで木を積みあげた。濃い雲が流れてきて、月を覆い隠していたせいで、たき火をしていても闇がじわじわ迫ってくる。炎を見つめているのに、目に映るのは闇ばかりだ。

「あいつら、ふざけやがって。ダイヤーもだ」

怒りをしっかり抱えこんでいたのは、それが闇を押しのけてくれるからだった。地面は現実であり、焼失した家も炎も現実だ。怒りがそれらを明るく照らすなか、エイドリアンは所長や看守たちのことを考え、やはり流血の結末を迎えることになるのだろうかと考えていた。しばらくはそれが奏功《そうこう》したが、一度、まばたきをして目をあけたところ、一時間もかけてまばたきしたかのように、火がほとんど消えていた。例のごとく朦朧《もうろう》としていたようだ。まばたき一回で意識が飛んだらしい。しゃっきりしようとするものの、体がひどく重い。なにもかもが重かった。またまばたきすると、今度はリズが見えた。最初は遠かったが、しだいに近づき、煙をはさんだ反対側にまでやって来た。潤んだ目は心配そうで、ありえないほど深みがあった。

「ここでなにをしてる、リズ？」

　彼女は幽霊のように動き、音もなく地面にすわった。顔は輪郭がぼやけ、髪は周囲にただよう煙のように軽くて黒っぽかった。

「わたしが飛びおりるつもりだったのは知ってた？」

　エイドリアンは目をこらそうとしたが、だめだった。ひょっとしたら夢を見ているのかもしれない。「飛びおりるはずがないと思ってたよ」

「じゃあ、知ってたのね」

「きみが怯えていて、若いということだけは知っていた」

　エリザベスがあのありえない目で見つめてきた。

「つらかったでしょう？　なにをされたの？」

　エイドリアンは黙っていた。皮膚が熱くなってくる。目の具合がおかしい。彼女がじっとこっちをうかがうと同時に、ふわふわ浮かんでいるようにも見える。

「ここががらんどうなのがわかるわ」

　彼女は彼の胸を指差し、ハートの絵を描いた。

「その話はしたくないんだ」彼は言った。「まだ少しはあなたらしいところが残ってるかもしれない。連中が見逃した部分が」

「なぜこんなことをする？」

「こんなことって？　これは夢よ」

　彼女は首をかしげた。マネキンのような体にマネキンのような顔。エイドリアンは立ちあがって見おろした。

「あいつらを殺すつもりなんでしょう?」

「そうだ」

「彼らがイーライにしたことの復讐?」

「殺すのはやめたほうがいいなんて言わないでくれよ」

「なんでわたしがそんなことを言うと思うの?」

エリザベスも立ちあがり、彼の顔をはさんで激しいキスをした。

「きみは何者なんだ?」

「新聞はわたしをなんて呼んでる?」

「きみがあのふたりを殺したとしても、おれはなんとも思わない」

「ほら、やっぱりわたしの夢を見てる。あなたは人殺しの夢を見ていて、わたしとあなたが同類だと思いたいのよ」

15

男は朝の光が好きだが、それはまっさらな感じがするからだ。やわらかなピンク色の唇が世界に押しあてられていればどんなことでも可能に思え、男は少し時間をおき——自分のためだけに——それから女をサイロから引きずり出した。今度の女はこれまでの女より激しく抵抗したため、肌が汚れ、指先が擦りむけて血だらけになっていた。女は足を蹴り出し、悲鳴をあげた。手首のところで手錠をがちゃがちゃいわせながら、張り出した金属をしっかり握っている。男は女の腰が浮くまで引っ張ってから、いったん大きく息をつき、スタンガンを皮膚の一部に押しあてた。女の体から力が抜けたところで脚をおろし、顔の汗をぬぐうために後ずさった。いつもなら、サイロに入れておけば女たちは御しやすくなる。恐怖。渇き。今回の女はしぶとかったが、男はそれをいい兆候と考えた。

呼吸が落ち着くと、男は女をブルーシートに転がし、着ているものを脱がせ、たっぷり時間をかけてきれいにした。ここは重要な過程だ。明るいなかで見る女は美しいが、胸ではなく顔に、両脚のつけ根ではなく脚そのものに神経を集中させる。爪についた乾いた血をこそげ、顔をていねいに拭いた。膝のうしろにスポンジを差し入れると女は動き、それをたいらな腹部にあてがったときにもぴくりとした。女がまばたきしたので、男はもう一度スタンガンを使い、それ以降はもっとてきぱき作業した。明るくなると女の表情がけわしく、老けたようになるのはわかっている。時間をかけすぎると、まったくの別人になってしまうのだ。体をきれいに洗って水気をぬぐうと、絹のひもで足首と手首を結び、車に乗せ、教会に向かった。ドアは黄色い現場保存テープで封鎖されていたが、このテープはなにを排除しているのか。警察？　それとも不安な思いか？

女を祭壇に横たえ、同じ絹ひもで体を固定し、両脚をぴったり合わせてくると、肩のラインがくっきり出るよう両腕を下におろした。女がもぞもぞ動きだしたので作業の手を速めた。白い布で覆い、完璧に見えるよう折りたたんだ。このころには視界がぼやけはじめていた。両目ともすっかり潤んでおり、まったく時間がたっていないような、過去といまを隔てる歳月が一枚のガラスのような気がしていた。女が唇をひらき、息がそよぐ。心の奥深くにいる自分は幻想なのをわかっているが、泣いている自分は大いなる喜びを味わいながら受け入れた。頬に触れると、女の目が小さく震え、瞳孔が大きくひらいた。「やあ」そう言って首を絞めた。このあと、何度となく繰り返される行為の最初の一回だった。

女が息絶えるまでには長い時間がかかった。女は泣いていたし、男も泣いていた。終わると、男は教会の床下にもぐり、重い足を引きずりながら祭壇の真下の踏みならされた場所まで行き、これまで何度となくしているように地面に丸くなった。ここは、教会の下の教会ともいうべき、彼にとって特別な場所だった。しかしそこでも、真実から隠れることはできなかった。

失敗した。

選び方がまずかったのか。どこかまちがったのか。

目をつぶって悲しみが消えるのを待ち、それから浅い墓にひとつひとつ触れていった。

九人の女。

九つの塚。

それらがゆるやかな弧を描いて彼のまわりに並んでいるが、そこに大いなる慰めを見出している自分に戸惑いをおぼえた。たしかに彼はこの女たちを殺したが、この世にはそうせずにはいられない孤独というものがある。男は地面に触れ、その下に眠る女たちに思いをはせた。ジュリアもここに葬るべきだったし、ラモーナ・モーガンと真上にいる女も同様だ。ここは彼の場所であるのと同時に、彼女たちの場所でもあり、彼女たちには教会の下で静かに眠る権利がある。心臓がゆっくりと、苦痛を味わいながら鼓動を停止した教会の下で。

16

ベケットは新しい一日の最初の十分で、悪いニュースをふたつ受け取った。最初のひとつは予期していたもので、二番めはそうではなかった。「なんだと、リアム？」

いまいるのは刑事部屋で、午前七時四十一分だった。ハミルトンとマーシュはガラスで仕切られたダイヤーのオフィスにいる。そこへ、麻薬課のリアム・ハウがやってきた。室内は蜂の巣をつついたような騒々しさだった。そこらじゅう警官だらけで、騒がしく、わさわさしていた。

「最低だと言ったんです」

ハウは向かいの椅子にすとんと腰をおろしたが、ベケットはほとんど気にとめていなかった。彼は六十秒前にこのデスクを離れたばかりの州警察官を見ていた。いまふたりはベケットにしたのと同じ話をダイヤーに聞かせているはずだ。ガラスの仕切りからはまったく声が漏れてこないが、召喚状、チャニング・ショア、それに妨害という単語くらいはベケットにもわかる。お遊びはここまでだ。彼らはリズを追いつめるつもりだ。しかも徹底的に。なぜか？　彼女がきちんと話をしないからだ。理解と節度を心がけている彼らに対し、同じ答えを——要するにうせろという意味の答えを繰り返すばかりだからだ。「なあ、おい」ベケットはデスクの下から脚を振り出した。「ちょっと歩こう」

最後にもう一度、州警察官を見て渋い顔をしてから、ハウの先に立って刑事部屋を出ると、奥の階段に向かった。外の専用駐車場に出ると、白い空はへりのほうが青く、アスファルトから熱が立ちのぼっていた。

「さて、リアム。もう一度、くわしく話してくれ」

「だから、言われたとおり調べたんですけどね。札をちらつかせて、訊いてまわりました。モンロー兄弟がステロイドを売ってた形跡はまったくありません。アルザス・ショアが使ってた可能性はありますが、その場合、べつのルートから入手してたってことです」

ベケットはハウの説明を少しのあいだじっくり考え、すぐに受け流した。「どっちにしても、そんなに期待してたわけじゃないけどな。で、オチはなんだ？」

「オチは女房のほうです」

ハウの言い方でぴんときた。「彼女も常習者なのか？」

「ええ。それもかなりの量ですよ。おもに処方薬ですがね。オキシコンチン。ヴァイコデン。鎮痛剤の仲間ならなんでもありです。たまにコカインもやってたようですね」

「彼女に前科はあるのか？」

麻薬課の刑事は首を横に振った。「全部、大もとのところで消されてます。コネがあるか、便宜をはかってもらったかでしょう。何度か関係先として言及されてますが、起訴にはいたらなかったようですね。おれがその事実を知ってるのは、引退した何人かに訊いてみたからなんです。その結果、お金持ちの主婦たちが大勢、悪の道に転落してるってことがわかりました。見て見ぬふりをするってのが暗黙のルールのようです。長年にわたって鬱積した欲求不満、暴君のような夫、そして増えすぎた体重ってところですかね」

小さな街というのはどこも似たようなものだと、ベケットは納得した。コネと秘密、世襲の財産と昔ながらの堕落。わずかばかりの主婦がヤクでラリってるくらい、かまわないじゃないか。ドラッグが街の半分をだめにしているなどと、口先だけの説教ならやめることだ。「彼女はどこで薬を手に入れているんだ？」

ハウはかぶりを振り、煙草に火をつけた。「この話はハッピーエンドにはなりませんよ」

「いいから話せ」

「題してビリー・ベルの物語」

八時十五分過ぎ、ベケットはショア宅を訪れた。二種類の悪いニュースを携え、ふたつの異なる理由から。アルザス・ショアはひとつめのニュースについては知っていた。「もう州警察には話したことだから、同じことを繰り返す。チャニングの居場所は知らない。知っていたとしても、あなたに話すつもりはないがね。妙なあてこすりも召喚状も知ったことじゃない」

仕立てたスーツを着て光沢のある靴を履いたショアは大きく見えた。彼のうしろでは家じゅうの明かりが煌々《こうこう》と灯っている。右の書斎に人がいるのが見えた。スーツを着た男たちと、ピンク色のシャネルスーツを着た小柄なブロンド女性。

「召喚状のことでうかがったのではありません」

「ならばなんです?」

チャニングの父親からは古タイヤから空気が漏れるように敵意が漏れ出ていたが、それでもやはり、責めるわけにはいかなかった。州警察が娘に対する召喚状を取り、太陽がまだ木立から顔を出す前に執行しようとしたのだ。まさに不意打ちだった。ベケットも同じ立場なら怒り心頭に発したろう。「娘さんは本当にこちらにいないんですね?」

「州警察に話したとおりだ」

「どこに行ったかはご存じですか?」

「知らないね」

「無事かどうかぐらいはおわかりなのでは?」

「無事ですよ」不承不承という口調だったが、おそらく本当だろう。「母親のところに届いた携帯メールによれば、無事でいるが、家にはしばらく帰らないと」

「よくあることですか?」

「メールはちがう。だが、これまでにも家をあけたことは何度もある。チャペル・ヒルでパーティだの、シャーロットのクラブに行くだの。男の子が一緒のことももあった。十代の若者のちょっとした冒険みたいなもんだ」

ベケットはその答えを吟味《ぎんみ》し、納得した。「なかに入っても？」

「いいでしょう。この家には郡の全警官が足を踏み入れてるからね」ショアはベケットがついてくると決めつけ、背中を向けた。書斎に入り、片腕をあげた。「あそこにいるのがわたしの弁護士だ」三人が立ちあがった。「家内のことは覚えているでしょう」

彼女は体が重すぎて沈んでしまったというように、濃色のベルベットの海にすわっていた。ピンクのスーツはくしゃくしゃで、化粧が崩れている。クスリをやっているな、とベケットは思った。ぼうっとした様子だ。

「ミセス・ショア」彼女は顔もあげず、返事もしなかったが、部屋にいるほかの四人の反応からすると、彼女の状態はいまさら驚くほどのことでもないらしい。

「ここにいらしてよかった。あなたのことでうかがいたいことがありまして」

ベケットのその言葉は、静寂に投下された爆弾だった。

「なにについてですか？」弁護士のひとりが尋ねた。白い眉と赤ら顔の男だった。シャーロットでもかなり大手の事務所に勤めているにちがいない、とベケットは見当をつけた。最低でも一時間あたり五百ドルは請求するはずだ。

「とりあえずは世間話を」ベケットは腹の底で怒りが沸《わ》きたっていたものの、落ち着き払った声をたもった。「死んだ兄弟、退屈した主婦、そしてささやかな裏の秘密に満ちた街についての話です」

「奥さんへの質問は認めませんよ」

「わたしが一方的に話をするだけです。ちょっとした世間話ですって」ベケットは弁護士を、そして夫を押しのけ、妻を上から見おろした。「おもしろい物語の常で、この話も核となる問題を中心に展開しますが、その問題とはタイタスとブレンドンのモンロー兄弟という下劣なふたりが、いかにしてチャニングのような少女と接触を持つようになったかです。麻薬の密売人で誘拐犯でレイプ魔。あなたもこの物語はご存じでしょう」ベケットは毅然としていた。ミセス・ショアはそうではなかった。「最初はブランチの席での酒から始まったとにらんでいます。五年前？　いや、十年前ですかね。ブランチは午後のワインになり、やがて午後五時のカクテルに、さらにはディナーの席のワインに変わっていきました。週に四日が七日になった。もちろん、パーティもあった。知り合いからマリファナをもらったのかもしれない。それに医師の処方薬。どれも害のないお楽しみでしたが、盗まれた錠剤、コカイン、それらを扱う下劣な売人がかかわるようになって状況が変わった」

　かなりきつい調子の声に、彼女はびっくりしたように顔をあげた。「アルザス――」

「おたくには庭師がいますね」ベケットはさえぎった。

「ウィリアム・ベル。通称ビリー」

「ええ、いますが」

「タイタス・モンローが最後に麻薬の密売で逮捕されたのは、おたくの庭師のビリー・ベルにオキシコンチンを売った容疑です。十九カ月前の火曜日でした。ご主人はビリーの保釈保証金を払っただけでなく、彼が刑務所に入らずにすむよう、弁護士費用まで払っています」

「もういいだろう、刑事さん」ショアがすぐそばまで迫っていた。

　ベケットは取り合わなかった。「チャニングさんは通りで拉致されたのではないんでしょう？」

「質問はしないと言ったじゃないか」ショアの声は大きかったが、怒りのせいではなかった。彼は懇願し、妻はますますソファに深く沈みこんだ。

「どこにでもあるありふれた話です」ベケットは失意の女性の正面に腰をおろした。「結末以外は」彼女は動かなかったが、涙がひと粒、こけた頬を落ちていった。「モンロー兄弟をご存じでしたか、ミセス・ショア？　彼らはこの家に来たことがあるんじゃないですか？」

「答えてはいけません」

ベケットは弁護士の声を閉め出した。ここではっきりさせなくてはいけないのは真実であり、責任であり、親のあやまちだ。「わたしを見てください」

ミセス・ショアの頭が動いたが、弁護士が割って入った。「これはフォード判事がサインした一時的接近禁止命令だ」弁護士はベケットの目の前に一枚の紙を突きつけた。「主治医が出廷して聴聞がおこなわれるまでは、本件に関する警察の事情聴取を回避するとある」

「なんだと？」

「依頼人は治療中なんです」

ベケットは紙を受け取り、目をとおした。「精神科医による治療」

「判事がべつの判断をしないかぎり、どのような治療かは関係ありません。ミセス・ショアは体が弱っており、裁判所の保護下にあるということです」

「日付が十二日になっている」

「いつ命令が出たかも関係ありません。これ以上の質問はひかえていただきたい」

「あなたは何日も前から知っていた」ベケットは紙を落とし、ショアに詰め寄った。「自分の娘があんな目に遭ったんですよ。それを知っていながら、なんてことを」

外に出ると、ベケットの気分に比してはるかに暑く、空は真っ青だった。拉致は偶発的なものではなく、犯人は通りでチャニングをたまたま見かけたわけではなかった。

しかも父親はその事実を知っていた。くそったれめが……。

「わたしはあとになるまで知らなかったんだ」

　ベケットはくるりと振り返った。

アルザス・ショアが外までついてきていた。ひとまわり小さくなって呆然とした姿は、すがりつく有力者といった風情《ふぜい》だ。「どうか信じてくれ。娘の行方がわからなかったときに知っていたら、刑事さんにちゃんと話したよ。どんなことでもしたよ」

「あなたは証拠を隠匿《いんとく》したんですよ、ショアさん。娘さんの拉致は偶発的なものではなかったんです。彼女の身に起こったことは、奥さんの責任です」

「わたしだってそのくらいわかっている。家内だってわかっている」ショアが自宅を指差したとき、ベケットは彼が悲しみだの心の痛みだの永遠に変わらないものについて話したのを思い出した。「娘の身に起きたことをなかったことにはできない。しかし、家内を守ることはできる。それはご理解願いたい」ショアは両手をあげ、組み合わせた。「刑事さんも結婚しているんだったね。奥さんを巻きこまないために、どんなことをするかね？」

　ベケットはまばたきした。太陽が、頬にそのてのひらをあてたように感じられる。

「理解したと言ってくれ、刑事さん。あなただって同じことをするでしょうに」

　リズが二杯めのコーヒーを飲んでいると、ドアを強く叩く音がしはじめた。ベケットが二件のメッセージを残していたから、そのうち来るとは思っていた。あらたな一日。決意。十二回ノックされたところでドアをあけた。彼女は色あせたジーンズと古い赤のトレーナーという恰好で、寝ていたせいで顔にまだ血の気がなく、髪はばらばらに乱れていた。「ずいぶん早いのね、チャーリー。なにかあった？　署にコーヒーがなかったとか？」

　ベケットはリズの皮肉をまったく無視してなかに入ろうとした。「いいね、コーヒー。ありがたくもらうよ」

「わかった。どうぞ入って」彼女はドアを閉めた。

　カップにコーヒーを注ぎ、ベケットの好みの量のミルクをくわえた。ベケットはテーブルにつき、彼女をじっと見ていた。「ハミルトンとマーシュが召喚状を取った。チャニングは地下室での出来事について、事情聴取に応じなくてはならない。それも、宣誓したうえで」

　リズはぴくりとも視線を動かさなかった。「どうぞ」カップとソーサーをベケットに渡し、向かいの椅子に腰をおろした。

「けさ、執行しようとしたが、チャニングがいなくなっていたそうだ。両親は行き先を知らないとのことだ。だが、携帯メールを送ってきてる」

「あの子にしては気がきくわね」

「いつもはそんなことはしないそうだ。こっそり抜け出すのはよくあるらしいが、メールが送られてきたことは一度もないらしい」

「ふうん」エリザベスは自分のコーヒーに口をつけた。「おかしなこともあるものね」

「彼女はどこだ、リズ？」

　エリザベスはコーヒーをおろした。「チャニングへの気持ちは、前にも話したでしょ」

「彼女がいなくなったんだよ。大変なことになってる。おまえでは彼女を守れない。守ってはいけないんだ」

「守ろうとするのがまちがってると言いたいの？」

「彼女は被害者で、おまえは警官だ。警官は被害者と私的なつき合いをしちゃいけないんだよ。おまえの身を守るためのルールなんだから」

　エリザベスは磁器のカップを持つ自分の指を見つめた。長くてほっそりしている。ピアニストの指みたいだと母に言われたことがある。しかし、目を閉じれば、その指が血で真っ赤に染まり、震えているのが見えるはずだ。「もうルールなんてどうでもいい」ぽつりとそう言っただけで、そのあとは言わずにおいた。もう警官でいるのもどうでもよく、もしかしたら――クライベイビーのように――肝腎なものを失ってしまったのかもしれないとは。被害者のためじゃないなら、なぜこんなことをしているのだろう。自分が被害者になったら、これになんの意味があるんだろう。答えるのはむずかしいが、とくに動揺はしていなかった。むしろ冷静で落ち着いていて、ベケットが――とても有能な人なのに――気づいていないらしいのを妙に穏やかな気持ちで受けとめていた。

「おれにチャニングを署に連れていかせてくれれば、おまえの名前は伏せてやれる。司法妨害の容疑をかけられることもない。経歴にはなにもつかない」ベケットが手をのばしてきて、自分の手に重ねるのをエリザベスはじっと見ていた。「あの子が真相をしゃべれば、終わりになる。州の捜査も、刑務所入りのリスクも。おまえは自分の人生を取り戻せるが、そのためにはいまじゃなきゃだめだ。連中がここでチャニングを見つけたが最後……」ベケットはそのまま言葉を濁したが、目は大まじめだった。

「求めてるものは差し出せないの。悪いけど」

「無理にでもと言ったらどうする？」

「危険な道を歩くことになるわよ」

「悪いな、リズ。おれとしてはその道を歩くしかないよ」

　最後の言葉を言い終わらないうちにベケットは立ちあがった。短い廊下を進みながら、エリザベスがとめようとしないのに驚いていた。最初のドアをあけ、次にべつのドアをあけた。二番めのドアをあけたところで、くしゃくしゃの髪と血色の悪い肌とからまったシーツを長いこと見つめた。戻ってくると、さっきと同じ椅子に腰をおろした。「あの子がおまえのベッドで眠ってた」

「そうよ」

「客用寝室ですらなかった。おまえのベッド。おまえの寝室」

エリザベスはコーヒーをひとくち飲み、カップをソーサーに戻した。「あなたには理解できないだろうから、説明はしない」

「おまえは重要参考人をかくまい、州警察の捜査を妨害しているんだぞ」

「州警察にはなんの義理もないもの」

「真相はどうでもいいのか？」

「真相ね」

エリザベスがうんざりしたように笑うと、ベケットはテーブルの向こうから身を乗り出した。「連中に見つかったら、チャニングはどんな話をするんだろうな。発砲があったとき、自分は針金で縛られ、マットレスから動けなかったと？　おまえが暗いなかで男ふたりを撃ったと？」

エリザベスは顔をそむけたが、ベケットはごまかされなかった。

「今度はそんな説明は通用しないぞ、リズ。検死、弾道検査、飛沫《ひまつ》血痕の分析の結果があるんだからな。兄弟はべつべつの部屋で撃たれていた。弾の大半は貫通していた。床には銃弾であいた穴が十四あった。それがどういうことかわかるはずだ」

「わかると思ってる」

「なら言ってみろ」

「兄弟は床に倒れたところを撃たれたと思われる。脅威でもなんでもない状態だった」

「つまり、拷問したうえで殺したってことだ」

「チャーリー――」

「おまえを刑務所に行かせるわけにはいかないんだ」ベケットは苦労しながらふさわしい言葉をひねり出した。「おまえはものすごく……不可欠な存在だから」

「そう言ってくれてありがとう」エリザベスは彼の手をぎゅっと握り、本心からだとわからせた。「気にかけてくれたこともうれしい」

「だったら、いいんだな？」

ベケットは握る手に力をこめ、大きなてのひらとエリザベスの袖口から一インチのところにある指がどれほど強いかを示した。一触即発の緊張状態のなか、ふたりの目が合い、エリザベスは喉を詰まらせ、子どものような声を出した。「だめ」

「おれを信頼してるのか、してないのかどっちだ？」

「やめて。お願い」

たった二語。弱々しい。ベケットは彼女の袖、それから、わずかにのぞく磁器のような手首に目をやった。ベケットが袖をまくることも、エリザベスにはそれをとめようがないこともふたりともわかっている。彼のほうがはるかに腕っぷしが強く、しかも意志を強く固めている。その気になれば答えを手に入れ、ついでにあきらめと真実とふたりの友情の残骸も見つけるだろう。「なぜおまえはあの子たちをそんなにかまう？　ギデオンにしろチャニングにしろ。心に傷を抱えた子どもを前にすると、おまえはまともに考えられなくなる。いままでもずっとそうだった」

鉄のようなベケットの手にきつく握られ、指の感覚がほとんどなくなっていた。「あなたには関係ないことよ、チャーリー」

「たしかにこれまではそうだった。でも、いまは関係あるんだよ」

「放して」

「質問に答えろ」

「わかった」エリザベスはベケットと目を合わせ、臆することなくじっと見つめた。「わたしはね、自分の子どもが持てない体なの」

「リズ、うそだろ……」

「いまも、これからも。子どものときにレイプされた話をしましょうか？　それとも、その後あったいろんなことを話しましょうか？　複雑にからみ合った事情、うそ、そして父がいまだにわたしを昔のように見ようとしない理由を。それでもあなたに関係あるっていうの、チャーリー？　手首がどうなってるかがあなたに関係あるの？」

「リズ……」

「どうなの？」

「ない」彼は言った。「関係ない」

「だったら、手を放して」

息をのむような気まずい瞬間だった。しかしこれでエリザベスのことがはっきりわかった。彼女がいつくしむ子どもたち。たくさんの壊れた関係と、彼女がしばしば見せる内にこもった冷ややかな態度。ベケットは彼女の手を握りしめ——そっと一度だけ——言われたとおり、手を放した。

「連中を近づけないよう、協力するよ」立ちあがったベケットは、どこから見てもぎくしゃくとした巨人だった。「できるかぎりの手段を講じ、チャニングがここにいる事実を伏せておく」エリザベスはそれでいいというようにうなずいたが、ベケットは彼女のあらゆる表情を知っている。「チャニングのスコアは公文書に記載されている」彼は言った。「彼女の射撃の腕前は隠しとおせない。いずれ誰かが突きとめる。いずれ、彼女は見つかる」

「少しでも先のばしにできれば、それでいいの」

「そもそもどうしてなんだ？　おまえの言い分は聞いた。子どもたちを守りたいんだろ。それはわかる。それがおまえにとって大事だってこともな。でも、おまえの人生なんだぞ」彼は肉づきのいい手を、苦労して広げた。「なぜ棒に振るようなまねをする？」

「チャニングには未来があるから」

「おまえにはないのか？」

「あの子のほうが大事だもの」

エリザベスが頭をそらしたのを見て、ベケットはようやく、彼女の献身の深さを理解した。駆け引きや遅延行為とはまったくちがう。彼女はチャニングの身代わりとなって非難にさらされる覚悟を決めている。殺人。拷問。チャニングの代わりに自滅するつもりだ。

「だめだ、リズ……」

「いいのよ、チャーリー。本当に」

彼は一瞬、目をそむけたが、視線を戻したときにはさらに強気になっていた。「もっとまともな理由を聞かせろ」

「まともな理由？」

「たしかにおれはいままでいくつも間違いをおかしたし、なかにはとんでもないのもいくつかある。いまさら、またひとつ間違いを重ねるくらい、なんともないさ。だから、おまえのほうにそれなりの理由があるなら――子ども時代に負った傷だの生々《なまなま》しい感情だのより説得力のある理由があるなら――」

「あったら、どうだっていうの？」

「その場合は、あらゆる手立てを講じておまえに協力する」

エリザベスは彼の誠意を推《お》し量り、それから両方の袖をたくしあげ、ベケットがすべてを理解できるよう、両腕をあげた。獰猛《どうもう》な目つきと罪の意識、まだ治っていないピンク色の傷とそれが意味するすべてを。「チャニングがいなければ、わたしは死んでいた。レイプされたあげく殺されていた。それで理由として充分でしょう？」

そう言われ、ベケットはそのとおりだと思い、うなずいた。彼女の顔を見ながら、これほどまでにもろいものも、毅然としたものも、あるいはこの世のものとは思えないほど美しいものも見たことがないと、はっきりわかったからだ。

ベケットが出ていくと、エリザベスはドアを閉め、車に向かう彼を見送った。その足取りはゆっくりとリズミカルで、やがてうしろに目をやることなく走り去った。

振り返ると、廊下にチャニングが立っていた。毛布を包み紙のように巻きつけている。寝起きのせいで顔に寝具の跡がついていた。「あたし、刑事さんの人生をめちゃくちゃにしてるんだね」

エリザベスはドアに背中をつけ、胸の下で腕を組んだ。「あなたにそんな力はないわよ」

「あの人にした話、聞いちゃった」

「あなたが心配することじゃないわ」

「でも、あたしのせいで刑事さんが刑務所に行くことになるんでしょ？」

「そんなことにはならないから」

「そんなのわかんないじゃない」

「わかるのよ」エリザベスは少女の肩に腕をまわした。チャニングはもっとまともな答えを聞きたいにちがいないけれど、あいにく持ち合わせていなかった。「よく眠れた？」

「また吐きそうになった。でも、起こしたくなかったから」

エリザベスは罪悪感をおぼえた。チャニングのぬくもりのおかげで、自分はよく眠れたからだ。「なにか食べなきゃだめよ」

「無理」

少女はガラスのようにもろく、腕の血管が淡青色に浮いていた。エリザベスの気持ちを反映したような姿だった。目の下の皮膚も黒ずんでいた。

「着替えてきなさい。出かけるから」

「どこに？」

「見せたいものがあるの。そのあと食事に行きましょふたりは幌をおろしたマスタングに乗りこんだ。すでに急激に暑さが増していたが、鬱蒼とした木々が通りに影を落とし、エリザベスの近所の芝生は青々していた。気持ちのいいドライブを楽しみながら、エリザベスはチャニングの様子を何度もうかがった。「どうして砂漠なの？」

「うん？」

「このあいだ、砂漠に行けばいいって言ったでしょ。あのとき、妙だなと思って」エリザベスは言った。

「というのもね、その直前、わたしもまったく同じことを考えてたから。どうしてかはわからないんだけど。それまで砂漠のことなんか考えたこともなかったし、そんなところに住みたいどころか、行ってみたいとすら思わなかったんだもの。わたしの人生はここにある。ここしか知らないのに、夜中にふと目を覚ましたときなんか、砂漠にはオーブンから吹きつけてくるような風が吹いてるんだろうな、と考えるの。赤い岩と砂、遠くの茶色い山々がまぶたに浮かんでくるの」エリザベスは少女に目を向けた。「どうして砂漠がいいの？」

「むずかしくもなんともないと思うけど」

「でも、ぴんとこないのよ」

「青いかびも白いかびもないから」チャニングは目を閉じ、太陽に顔を向けた。「砂漠なら地下室みたいなにおいがしないから」

そのあとはふたりとも無言だった。車の量が多くなった。チャニングは目を閉じたままだ。オフィス街まで来ると、エリザベスは高速の出口を降り、広場の六ブロック手前に出た。オフィスビルや荷物でいっぱいのカートを押すホームレスの前を通りすぎた。広場が見えてくると、裁判所をぐるりとまわり、メイン・ストリートへ入っていった。

トリートに入った。わずかな買い物客とスーツを着こんだ人がちらほら見える。コーヒーショップ、パン屋、弁護士事務所の前を走りすぎた。チャニングはパーカのフードをかぶり、他人の目が怖いというようにシートに深く身を沈めた。

「大丈夫だから」エリザベスは声をかけた。

「どこに行くの？」

「ここよ」

「ここってどこ？」

「すぐにわかるわ」

エリザベスは車を路肩にとめ、ドアをあけ、チャニングとともに歩道に立った。並んで金物店と質屋の前を通りすぎた。その隣にあるガラスのドアは、濃緑色に塗った木のまわり縁がついていた、ガラスに書かれた文字には〝スパイヴィー保険　ハリソン・スパイヴィー　代行代理業務〟とある。ちりんとベルを鳴らしながら、ふたりはコーヒーと整髪料と木製家具用つや出し剤のにおいがする小さな部屋に入った。

「あいつはいる？」エリザベスは訊いた。

あいさつなし。遠慮なし。受付係が立ちあがった。カーディガンの前を片手でかき合わせ、やわらかそうな顔を真っ赤にしている。「なにしに来たの？」

エリザベスはチャニングに耳打ちした。「あの人、いつも同じことを訊くの」

「あなたはうちのお客さんじゃないし、保険に入りに来たなんて一秒だって思わない。警察の用事なの？」

「スパイヴィー氏に個人的に用があって。あいつ、いるの、いないの？」

「スパイヴィーさんは金曜は遅い出勤なの」

「何時？」

「そろそろ来るはず」

「待たせてもらうわ」

「ここで待つのはお断りよ」

「じゃあ、外で待つ」

エリザベスは背を向けて出ていき、チャニングもそのあとを追い、ベルがまたちりんと鳴って受付係がふたりが出ていったドアに鍵をかけた。歩道に出るとエリザベスは日陰になった四阿《あずまや》に足を向けた。「悪いことをしたわ。彼女は本当はいい人だけど、わたしが訪ねてくる理由を上司が話さない以上、わたしが話すわけにはいかないでしょ」

「それならそれでいいんじゃない」チャニングはあいかわらず身を縮め、パーカに埋もれるようにしていた。

「いまの事務所、誰のだかわかる？」

「こんなことしなくたっていいのに」

「物事は変えられるってことを示したいの。大事なことだから。とってもね」

少女はまだ同意しかねる様子で、自分の両肩を抱き寄せていた。「どのくらい待つの？」

「もうすぐでしょ。ほら、来た」

一台の車が重低音を響かせながら通りすぎていき、エリザベスは顔を伏せた。運転席の男はハンドルを軽く叩きながら、なにか歌っているらしく、口を動かしていた。男は二百フィートほど先であいている場所に車を入れて降りた。三十をいくらか過ぎ、腹まわりが太く、頭のてっぺんが薄くなっているが、それをべつにすれば、目が覚めるような美形だった。

「あなたはなにも言わなくていいから」エリザベスは歩きだした。「わたしのそばを離れないで。あいつの顔をよく見てるのよ」

　ふたりは歩道を歩いていった。チャニングにはああ言ったものの、エリザベスは屈辱感が細い指をのばしてくるのを感じていた。大人になって警官になりはしたが、こんな遠くから見るだけでも、あの男の重みといったマツ葉の味、手の甲に重ねられた彼の手の熱さといった記憶がよみがえってくる。何年も悪夢に悩まされたし、恥辱と自己嫌悪とで自殺する一歩手前までいったこともあった。だけど、そんなことはもうどうでもいい。大事なのはその後の人生、力と意思と妥協しないことだ。チャニングのために。

「こんにちは、ハリソン」

下を向いて歩いていた相手は、彼女の声から電気が流れてきたみたいにぴくりとした。「エリザベス。びっくりさせるなよ」手を心臓のところに持っていき、よたよたと足をとめた。唇をなめ、落ち着きのない様子で事務所のドアをうかがった。「ここでなにをしてる?」

「べつに。ただ、ひさしぶりだなと思って。こちらはわたしの友だち。彼女にあいさつして」

彼はチャニングを見つめ、顔を真っ赤にした。

「あいさつもできないの?」エリザベスは言った。

彼はなにやらもごもご言い、顔には玉のような汗が噴き出していた。目をチャニングからエリザベスへ、ふたたびチャニングへとせわしなく動かす。「職場に……ええと……行かないと……だからその……」彼は事務所を指差した。

「ええ、わかってる。お仕事が第一だものね」エリザベスはわきにのき、彼がすり抜けられるだけの余裕をつくってやった。「元気でね、ハリソン。会えてうれしかったわ」

ふたりは彼があたふたと事務所に向かい、自分の鍵でドアをあけ、吸いこまれるようになかに消えるのをじっと見ていた。

彼が見えなくなると、チャニングは口をひらいた。

「あんなことをするなんて、信じられない」

「やりすぎだった?」

「そうかも」

「あいつがやったことは、わたしだけの秘密にするべきだった?」

「ううん。そんなことない」

「あいつの顔にどんな表情が浮かんでた?」

「羞恥心《しゅうちしん》。後悔」

「ほかには？」

「恐怖も見えた」チャニングは言った。「ものすごく恐がっている感じだった」

チャニングがその大事な点をのみこむあいだ、エリザベスは郡の反対側のがらんとした道路沿いにある、古いダイナーに向かって車を走らせていた。でこぼこのないアスファルトが流れていき、頭上では空が半円を描いている。

少女はおいしそうに食べ、ウェイトレスに二度ほほえみかけたが、車に戻るとげっそりした顔になった。

「なにもかも大丈夫になるって言ってくれたら、そう信じることにする」

「なにもかも大丈夫になるわ」

「約束できる？」

エリザベスは左折し、信号でとまった。「あなたは傷ついているだけ。傷はいずれ治る」

「絶対に？」

「気持ちを強く持っていればね」信号が青に変わった。

「そして、あなたが正しい道を歩めば」

そのあとふたりは黙りこみ、車の外はますます明るくなっていた。チャニングはラジオで音楽を聴きながら、ウィンドウの外に垂らした手をひらき、吹きつける風を受けていた。いい一日になりそう、とエリザベスは思った。実際、いまのところはいい一日だった。

エリザベスの家に戻ると、時間がゆっくりと過ぎていった。ポーチは陽が射しこんでおらず、ふたりのあいだに流れる沈黙は心地よかった。話をしたにしても、ささいなことばかりだった。通りの若者のこと、餌《えさ》やり場にとまるハチドリのこと。しかし、チャニングが目を閉じると、まぶたがこわばり、両腕を肋骨《ろっこつ》にぐっと押しつけているのにエリザベスは気がついた。少女時代のあの気持ちがよみがえった。なんの前ぶれもなくばらばらに壊れてしまうような感覚もまた、ふたりが共有しているものだった。「大丈夫？」

「なんとも言えない感じ」少女の目があき、椅子の揺れがとまった。「お風呂を使ってもいい？」

「ゆっくり入ってきなさい。わたしはどこにも行かないから」

「約束する？」

「なんだったら、そこの窓をあけておけばいいわ。なにかいるものがあったら呼んでね」

　チャニングはうなずき、エリザベスは少女が家に入っていくのを見送った。一分ほどして、窓がぎしぎしいいながらあき、古い磁器の浴槽に湯をためる音が聞こえた。それから長い時間をかけて、自分の気持ちを落ち着かせようとしたけれど、それもまた無理だった。

　父が追い討ちをかけた。

　父の車が木陰になった通路をゆっくりと入ってくるのが見えると、そのせいで芽生えた大きな不安を抑えこもうとした。父は娘の人生を構成する要素を避けている。警察署。この界隈。顔を会わせるのは母が同席しているときか、あるいはどこか中立な場所にかぎられていた。その方針はどちらにとっても都合がよかった。腹がたったり、神経を逆なでされることが減り、言い合いになる可能性も減るのだから。そのため、このときも家からできるだけ離れた場所で父を迎え、父のほうも同じ気持ちらしく、ポーチの二十フィート手前でとまり、目に手をかざしながら車を降りた。

「なにしに来たの？」エリザベスの言葉はとげとげしく響いたが、それはいつものことだ。

「娘を訪ねてはいけないのかい？」

「いままで一度も訪ねてきたことなんかないくせに」

　ほっそりと長い手が黒いズボンのポケットにおさまった。父はため息をついてかぶりを振ったが、エリザベスはだまされなかった。父がすることには必ず目的があるし、明確な理由もなしに娘の家を訪ねたりするはずがない。

「なにしに来たの、お父さん？　いまさら、なんなの？」

「ハリソンから電話があった」

「なるほどね。それでわたしが訪ねていったことを聞いたわけ」

父はまたため息をつき、黒い目でじっと娘を見すえた。「おまえには思いやる気持ちというものがないのか？」

「ハリソン・スパイヴィーを？」

「十六年にわたって後悔しつづけている男に対してだ。過去の罪を正そうともがいている実直な男に対してだ」

「そのためにわざわざここまで来たの？　わたしにはもがいているようには見えなかったけど」

「だが、彼は子どもを育て、慈悲深く、おまえの赦《ゆる》しだけをひたすら求めているんだぞ」

「ハリソン・スパイヴィーの話は聞きたくないわ」

「では、これについて説明してもらえないか？」

父は前部座席から写真を出し、車のボンネットにぽんと置いた。それを手にしたエリザベスは、急な吐き気に襲われた。「こんなの、どこで手に入れたの？」

「お母さんが受け取った」父は言った。「すっかりショックを受けてしまい、なぐさめようもないほどだ」

エリザベスは写真の束を一枚一枚見ていったが、なにが写っているかは知っていた。検死解剖と地下室の現場写真は、カラーで生々しかった。「州警察ね？」

父の顔に答えが書いてあった。「あの人たち、なんの目的でこんなものを？」

「不審な行動、告白、後悔している様子はないかと訊いていった」

「それで、連中がこんな写真をお母さんに見せるのを黙って見てたわけ？」

「わたしに八つ当たりするのはやめなさい、エリザベス。わたしたちがいまここにこうしているのは、おまえのやったことが原因なんだぞ」

「お母さんは大丈夫なの?」

「おまえのつまらない見栄と反抗心——」

「お父さん、やめて」

「暴力と正義とエイドリアン・ウォールへの執着」

父の声はあまりに大きく、エリザベスはチャニングにも聞こえているはずだと思いながら、家を振り返った。「お願いだから、声を小さくして」

「おまえはこの写真のふたりを殺したのか?」

エリザベスは父の視線を受けとめ、その非難の重みを感じた。ふたりのあいだはこれまでもずっとこうだったし、今度もそれは変わらないだろう。老いと若さ。神のルールと人間のルール。

「州警察が言っているように、おまえはこの男たちを拷問して殺したのか?」

長身をまっすぐにのばした父は、最悪のシナリオでも鵜呑《うの》みにしそうないきおいだった。それは早とちりだと言うためだけに真相を打ち明けたくなったが、うしろで少女が聞いていることを思い出し、暗闇のなかで絶望にとらわれる気持ちに、ふたたび失意のどん底に置かれる気持ちに思いをはせた。チャニングはエリザベスをそんな運命から、夜にうごめく怪物と体のいたるところから血のように流れ出る感情から救ってくれたのだ。その事実は父よりも、自分のプライドよりも、とにかくすべてにおいて優先されなくてはならず、だからエリザベスは胸を張って答えた。「ええ、殺したわ」そして写真を父に返した。「必要ならば、何度でもやってやる」

父はいらだちと失望と悲しみが入り混じった深いため息をついた。「おまえは後悔というものを知らないのか?」

「普通の人よりはよっぽどわかっているつもりよ」

「だが、やけに得意そうな声ではないか」

「いまのわたしを創りあげたのは神と父親なのよ」

酷な言い方に父は思わず顔をそむけた。娘は人を殺しながら、それを悔いていない。その事実を受け入れるしかないのだ。「お母さんにはどう言えばいいんだね？」

「愛していると伝えて」

「それ以外には？」写真とリズと彼女の告白を指してのことだ。

「わたしのなかにある亀裂は深すぎて、神の光ですら底が照らせないとダイヤー警部に言ったそうね。本気でそう思ってるの？」

「おまえは地獄からも落ちかけていると思っている」

「だったら、もう話し合うことなんかないわ」

「エリザベス、頼むから――」

「じゃあね、お父さん」

エリザベスは車のドアをあけてやり、それでふたりの時間は後味の悪さを残して終わった。父は最後にもう一度娘の顔を見やると、疲れきった表情でうなずき、車に乗りこんだ。エリザベスは父の車が往来のない道にバックで出ていき、走り去るのを見送った。車が見えなくなると、浴室の窓に目を向け、それから庭を突っ切り、またポーチに腰をおろした。外に出てきたチャニングは、さっきと同じ服を着ていたが、髪が濡れ、湯上がりで顔が上気していた。埃の積もった床をじっと見つめる様子に、エリザベスは確信した。「さっきの話、全部聞いたんでしょ」

「ところどころ。べつに盗み聞きしたわけじゃないよ」

「したとしてもかまわないわ」

「あたしはこの家の客だもん。そんなことはしないって」少女は洟《はな》をすすり、目を大きくひらいた。「さっきの人がお父さん？」

「そう」

「あたしにうそをついたのね」チャニングは言った。

「ええ。ごめん」

「その子が刑事さんにしたこと、お父さんには話さなかったって言ってたのに」

「怒らせちゃった？」

「あたしたち、友だちだと思ってた。刑事さんならわかってくれると」

「友だちよ。ちゃんとわかってる」

「だったら、どうして？」

「どうしてうそをついたか聞きたいの？」チャニングがうなずくと、エリザベスは少し間をおいた。というのも、あけるのがむずかしいドアもあれば、閉めることができないドアもあるからだ。エリザベスは穏やかで慎重な口調で話しはじめた。「わたしは父の教会で育ったようなものなの。祈りや禁欲や敬虔《けいけん》を教えこまれたわ。質素な子ども時代だったけど、神の愛と父の見識を信じて疑わなかった。自分がものすごく世間知らずだったことも、いまの子どもには理解できないくらいうぶだったことも知らなかった。うちにはテレビもインターネットもテレビゲームもなかった。わたしは映画に行ったことも、小説を読んだこともなくて、ほかの十七歳の女の子みたいに男の子のことをぼんやり考えたこともなかった。教会は家族で、とても身近な存在だったの。わかる？　箱入りで、他人とのつきあいが全然なかったのよ」チャニングがうなずくと、エリザベスはすわっていた椅子の向きを変え、少女と正面から向かい合った。「ハリソンに暴行されたあと、五週間ほど父に黙ってたんだけど、そのときはそうするしかなかったからよ。でも、そうするうち、自分が汚れたように、小さくなったように感じてきてね。父になんとかしてほしかったし、わたしはなにも悪くないと言ってほしかった。要するに、ハリソンに自分のした罪を償《つぐな》わせてほしかったのよ」

「彼はそうした？」

「償ったかってこと？　いいえ。父は電話で彼を教会に呼び出し、わたしと一緒に祈らせた。わたしたちふたりを並べてね。わたしは正義を望んだのに、父が望んだのは大いなる救いだったの。わたしたちは五時間もひざまずき、赦しがたいものをお赦しくださいと祈ったわ。もとに戻せないものをもとにお戻しくださいと祈ったわ。二日後、わたしは採石場で自殺しそうになった。父は警察に知らせなかったわ」

「お父さんとうまくいってないのはそのせいなのね」

「ええ」

「でも、それだけじゃない気がする。こんなに時がたっても、そこまで嫌うなんて」

エリザベスは少女の鋭い洞察力に舌を巻き、相手をまじまじと見つめた。「ええ、それで話は終わりじゃない。なぜわたしたちがろくに口をきかないか。なぜわたしは採石場に行ったか」エリザベスがそこで立ちあがったのは、これだけの歳月をへてもなお、これがすべての肝《きも》であり、どくどくと脈打ち、血が通っている核だからだ。「わたしは妊娠したの」と打ち明けた。「父は産めと言ったわ」

17

ギデオンは病院のベッドで目を覚ました。部屋は薄暗く、ひんやりしていた。一瞬、どういうことかわからなかったけれど、すぐになにもかも鮮明に思い出した。朝の光とエイドリアンの顔、撃たれた痛み、そして引けなかった引き金の感触。落胆を感じて目を閉じ、病室の隅であがった声に耳を傾けた。父だった。たまに静かにしていることもあるが、いつもではない。ぼそぼそとなにか言ったり支離滅裂なことを言っているのを聞き、ギデオンはなぜ急に憐憫《れんびん》の情を抱いたんだろうと不思議になった。撃たれた痛みといま横になっているベッドをべつにすれば、エイドリアン・ウォールを殺しに出かけた晩と、なにもちがわない。父はあいかわらず、死んだ妻に語りかけるしか能がない役立たずの酔っ払いのままだった。

ジュリア、と呼びかける声がした。

ジュリア、頼む……。

そのあとはすべてぼそぼそ、ぶつぶつと不明瞭になった。それが何分もつづき、一時間にもなった。その間ずっとギデオンはベッドでぴくりとも動かず、いつもとちがう、胸を締めつけられるような憐憫の情を感じていた。どうしてなのか。カーテンが閉まっているので室内は暗く、父は人間というよりも影でしかなかった。長い腕で膝を抱えている。ぼさぼさの髪と、左右に突き出た肘。これと同じ影は、数え切れないほど見てきたけれど、きょうはどこかがちがっている。ひどく必死で、とても真剣に見える。つぶやいている言葉のせいか。妻の名の呼び方のせいか。いったい父に……なにが？

「父さん？」

喉がからからに渇いていた。撃たれたところが痛む。

「父さん？」

隅の影が静かになり、目がギデオンのほうを向いて、ピンホールのように輝いた。おかしな時間はさらにつづいた。二秒。五秒。やがて闇のなかで父が動いて、明かりをつけた。

「おれならここにいるよ」

父の姿を見て少年は呆然となった。身なりが乱れているだけでなく、全体に灰色で、数日で体重が二十ポンドも減ったように顔がたるんでいた。ギデオンは父の頬に刻まれた深いしわと、さらに深い目尻のしわに目をこらした。

父は怒っていた。

ちがっているのはそれだった。

父はひたすら怒っていた。

「なにをしてるの？」ギデオンは訊いた。

「おまえを見ながら、自分を恥じていたんだ」

「恥じてるようには見えないけど」

父は立ちあがると、饐《す》えたにおいとともに近づいた。風呂に入っていないようだ。髪が脂ぎっている。「おまえがなにをするつもりか、おれはわかったんだ」父はベッドの手すりに手を置いた。「おまえが銃を持ってるのに気づいた瞬間に」

ギデオンはまばたきをし、あのときの父の顔を、手に持った花のティアラを思い出そうとした。「ぼくにあいつを殺してほしいと思ったってこと？」

「あいつが死にさえすればよかった。ちらりと思ったんだよ。死に方はどうでもいい。おまえが殺すのでもおれが殺すのでもとな。おまえが銃を手にしているのを見て、それでいいじゃないかと思ったんだ。ほんの一瞬だけどな。こんなふうに」父は指をぱちんと鳴らした。「だが、すぐにおまえは走りだし、あっという間に見えなくなった」

「じゃあ、父さんもあいつを憎んでるんだね」

「あたりまえだろう。あいつも、おまえの母親も憎いさ」

父の言葉には怒りがこもっていたが、エイドリアンだけに向けられたものではなかった。ギデオンは頭のなかでこの一時間のことを思い返した。父が何度も母の名前を呼んだこと、短剣のように名前を突き出したこと。「母さんのことも憎いの？」

「憎むってのとはちょっとちがう。憎むには愛しすぎていたからな。だからって、赦すなり忘れるなりしてやれるわけじゃない」

「意味がわかんないよ」

「おまえはわからなくていいんだ。子どもにはわかりっこないんだから」

「なんで憎むの？　結婚してたのに」

「書類の上の話だ」

「謎めいた言い方をするのはやめてよ！」ベッドの上で体を起こすと、包帯の下に痛みが一気に広がった。

ギデオンが父に声を荒らげたのも、不満をぶちまけたのもこれがはじめてだった。だけど、そうするだけのものが内にたまっていたのだ。不潔な家に貧しい食事に心ここにあらずの父。でも、それ以上に不満なのは沈黙とうそ、飲んでへべれけになっているくせに、リズが訪ねてきて宿題を手伝ったり、冷蔵庫に牛乳があるか確認したりすると毒づき、不満の声をあげる元気だけはある父の存在だった。そんな父がいま、自分は書類の上だけの父親ではないといわんばかりに、母との結婚生活は書類の上の話だなどと言っている。「ぼくはもう十四歳なんだよ。なのにあいかわらず母さんの話になると無視するんだね」

「無視なんかしてないさ」

「してるよ。なにがあったのか、母さんがどうして死んだのか、なんでときどきぼくがきらいみたいな目で見るのかって訊くと、いつもそっぽを向くじゃないか。ぼくがあいつを殺さなかったから怒ってるの？」

「ちがう」父は腰をおろした。ぴりぴりした感じはまったくおさまっていなかった。「おれが腹をたててるのは、エイドリアン・ウォールはいまも生きてて自由の身になったが、おまえの母親は死んで生き返らないからだ。おまえが撃たれてこんなところにいるのも頭にくるし、それを言うなら、女房を殺した野郎の顔をまともに見たうえ、やるべきことをやる勇気があったのが、おれたちのうち片っぽだけだったのも気に入らないんだよ」

「でも、ぼくはなんにもできなかった」

「問題はそこじゃない。肝腎なのはおまえは銃を手にし、臆病者のおれはそれを阻止しなかったってことだ。エイドリアン・ウォールはおれの大事なものをすべて奪った。そして今度はおまえがこんなことになった。なんでこうなった？　銃を手にしたおまえに気づいていながら、十秒も膝に力が入らなかったおれのせいだ。十秒もだぞ！　どうしておれは金縛りにあったように動けず、まっすぐ前を向けず、あの事件から湧きあがる怒りに身を震わせていなかったのか」

ギデオンはそれを聞きながら、そんなのはただの言い訳だと思った。あの晩、父はいくらでもギデオンを阻止するチャンスがあった。自分が刑務所に出向いて、〈ネイサンズ〉を訪れたっていいはずだった。「それで母さんのことだけど。なにをして父さんを怒らせたの？」

「おまえの母親のことか」父は顔をそむけると、ポケットからボトルを出して、中身を三分の一ほど飲んだ。「夫婦仲が険悪になると、おれたちは教会に行って祈るようにしてた。どうしてかなんておまえにはわからないだろうが、とにかくそうしてたんだ。たとえば、金やおまえのこと、それに……とにかくいろんなことで言い合いになったときにな。ひざまずき、手を握り合い、力、やる気、とにかくおれたちが必要だと思うものをおあたえくださいと神に祈ったよ。あの教会でおれたち夫婦は結婚し、おまえに洗礼を受けさせた。おれたちをまともにしてくれる場所があるとすれば、あそこしかないと、おれはいつも思ってたんだ。おまえの母親のほうはそう思ってなかったみたいだが、無理して合わせてくれたんだ。ちくしょう」父はかぶりを振り、ボトルをじっと見つめた。「女房はあの祭壇の前でひざまずき、おれに調子を合わせるために祈ったんだ」

「やっぱりわかんないよ」

「だったら、最後にもうひとことだけ言って、終わりにしよう。おまえの母親のことは心から愛していたし、彼女は本当に美人だったが……」彼は頭を振り、ボトルの中身を干した。「あの女は聖人でもなんでもなかったんだ」

父とやり合ったのち、エリザベスはチャニングを家に残し、田舎に向かう細道に古い車を向けた。子どものころ以来だ。口喧嘩。車を飛ばす。ときには何時間も。数日におよんだことも一度ならずあった。隣の州。隣の郡。どこでもよかった。吹く風が気持ちいい。エンジンが悲鳴をあげる。しかし、どれほど飛ばそうと、どれほど遠くまで走ろうと、行くあてなどなく、ゴールを示す白いテープもなかった。けっきょくはいつものむなしい逃亡――むなしいレース――でしかなく、終わってみれば、エリザベスの世界には父が言うとおり、暴力と仕事とエイドリアン・ウォールへの強い思いしかない。それについては父が正しいのだろう。以前、父はそれをくだらないと、光の射さない部屋がいくつあってもしょうがないと言い切った。いまエリザベスはそういうことを思い返していた。決意と過去について。唯一身ごもった子どもについて。

夜の九時、彼女ははじめて本当の意味で両親にうそをついた。「疲れちゃった。もう休むわ」

父はキッチンテーブルから、日曜の説法の原稿から目をあげた。「おやすみ、エリザベス」

「おやすみなさい、お父さん」

これまで毎晩のように口にしてきた言葉だった。夕食と宿題、頬に触れる父の乾いた唇。採石場での出来事を打ち明けてから一週間がたち、ふたりのあいだには平穏な空気が流れているはずだった。でも、エリザベスにはそうは思えなかった。父があの少年の肩に手を置くところが見え、うそをつくところを思い出した。「祈って罪を悔いなさい。そのふたつが神の右手にいたる道をつくっているのだから」

エリザベスは父がノートに目を戻すまで見ていた。顎ひげに白いものが交じりはじめ、頭頂部が薄くなりかけていた。

「いらっしゃい、エリザベス」

やさしくて笑顔でパンのにおいがする母のもとに行った。母による包みこむようなハグはしばらくつづき、その申し分のなさに、エリザベスはそのままずっと抱かれていたいと思ったほどだ。「やっぱりわたし、産みたくない」

「だめよ、そんなことを言っては」

「警察に相談しようよ」

母はまわした腕に力をこめ、いつもの慎重なささやき声で言った。「わたしからお父さんに話してみるわ」

「なにを言ってもお父さんの考えは変わりっこないよ」

「とにかく話してみるから。約束する。だから、がまんして」

「いやよ」

「言うことを聞きなさい」

思わず母を押しのけたのは、エリザベスのなかで急速に固まっていた決意を悟られそうな気がしたからだ。

「エリザベス、お待ち……」

エリザベスはその声を無視し、階段を荒々しくあがって自室に入り、脚と脚をぎゅっとくっつけた恰好で家じゅうの明かりが消えるのを待った。時間になると、窓から屋根に出て、言葉がしゃべれるようになる以前から部屋の日よけになっていた巨大なオークの木伝いに下におりた。

車を持っている友だちがアプローチの端で待っていた。名前をキャリーといい、彼女はその場所を知っていた。「本当にやるつもり？」

「いいから車を出して」

医師はすべすべの肌をしたリトアニア人で、医師免許を持っていなかった。柄《がら》のよくないトレーラーパークのなかでもとくに柄の悪いエリアにあるトレーラーハウスに住み、長い髪を真ん中わけにしていた。前歯は金で、ほかの歯は年代物の蜂蜜《はちみつ》のように茶色くつやつやしていた。「牧師さんのところの娘だね？」

医師はなめるような目で彼女をながめまわし、金色の前歯をのぞかせながら、しけた煙草を小さなほほえみの中心に押しこんだ。

「大丈夫よ」キャリーが言った。「ちゃんとしたお医者さんなんだから」

「そうとも、そうとも。きみのお姉さんも助けた。きれいな子だったね」

エリザベスは股間にひんやりとした痛みを感じた。キャリーのほうを向いたが、医師の手に腕をつかまれた。「おいで」医師は彼女をトレーラーの奥へと追いたてた。「シーツは清潔だし、手はちゃんと洗ってあるし……」

処置が終わって車に戻ると、エリザベスは歯の根が合わないほど震えていた。痛むところを抱えこむように体を丸めていた。道路は黒く、白いラインが次から次へととめどなく流れていく。痛みに慣れ、タイヤの音にも慣れてきた。「こんなに血が出るものなの？」横目でちらりと見たキャリーは、顔が道路の白線のように白くなった。「知らないわよ、リズ。わかるわけないじゃない」

「だって、お姉さんが――」

「姉さんのときはついてってないの！　ジェニー・ロフリンが連れてったんだから。ああもう、リズ。さっきの先生はなんて言ってたの？」

けれどエリザベスは医師のことなんて思い出したくなかった。死んだような目も、不潔な部屋も、さわられた手の感触も。「いいから家に連れていって」

キャリーはスピードをあげ、それに応えた。家に着き、ポーチまで連れていってもらったところで、体のなかでまたなにかがはじけ、ポーチが水浸しになった。

「やばいよ、リズ」

しかしエリザベスは声も出せず、水たまりのなかで呆然とするばかりだった。水は透明で生温かかったが、へりのほうが黒ずんできていた。友人の顔に恐怖の色を見てとり、黒い水がぐんぐん迫ってくるのが見えた。

「どうしたらいいの、リズ？　ねえ」

　仰向けに倒れると、全身が温かいものに包まれた。手をあげようとするが、まったく動けない。友人がドアを叩いただけですぐに背を向けて駆けだし、砂利をまき散らしながら車を出すのを呆然と見ているしかなかった。次に彼女の目に映ったのは父の顔で、そのあと光が見え、人が動く気配がしたが、やがてなにも見えなくなった。


　エリザベスはアクセルを踏む足をゆるめ、マイル標が次々と行きすぎていくのを見ながら、回想を再開した。長期入院と、その後、何カ月もつづいた沈黙の日々。長い夜には後悔した。産みたくないと思ったことを。体のなかにできてしまった死の場所を。産んでいたら、いまいくつになっているだろう。

　十六歳、とエリザベスは胸のうちでつぶやいた。

　ギデオンより二歳上。チャニングより二歳下。

　そこになにか意味があるのだろうか。神がちゃんと見守っているという意味なら、けっきょく父が正しかったということになる。とてもそうとは思えないけれど、そう考える以外、あのふたりと出会えた理由は思いつかない。こんな短期間で固い絆が結べた理由が思いつかない。

「心理学者ならいそいそと解明したくなるところでしょうね」

　そう思ったとたん、笑いたくなった。というのも、彼女のなかでは心理学者と牧師は同順位、つまり、うんと下のほうにいるからだ。でも、そうじゃなかったら？　母の願いを聞き入れてセラピーに通っていれば、大学をちゃんと卒業して、結婚していたかもしれない。不動産業かグラフィックデザインでキャリアを築き、ニューヨークかパリで贅沢な暮らしを満喫していたかもしれない。

　ばかなことを考えるのはやめなさい、と心のなかで自分をたしなめた。警官としてりっぱに仕事をしてきたじゃない。世の中につくし、何人かの命も救った。だったら、未来が漠然としているくらいで、なにをくよくよすることがあるの？　なにごともひとつではない。なにも警官にこだわることはないのだから。

「うん、そうよ」

そんなことを考えながら小川に近づくと、橋の上で少年ふたりが釣りをしているのが目に入った。エリザベスはアクセルから足を離して、ふたりのそばを通りすぎ、橋を渡りきったところで車をとめて見物した。小さいほうの少年が竿《さお》を投げ入れようとしたその瞬間、すべてが完璧なバランスをたもった。うしろに引いた竿、しなった小さな腕。九歳くらいだろうか。友だちのほうはヤナギの木と灰色の石の隣にある深そうなよどみをねらっているようだ。餌をつけた釣針が繰り出され、いい具合に沈んだ。ふたりがうなずき合う姿に、エリザベスは子どもにとっても人生はかくも単純なのねと目を見張った。そんなふうにしてつかの間の安らぎを味わっていると、電話が鳴り、それに出た。

チャニングからだった。

金切り声でわめいていた。


チャニングはポーチに立って手びさしをつくり、エリザベスがアプローチをバックし、通りを走り去っていくのを見送った。あの人はすまなそうな様子だったし、落ち着いていたけれど、急にばかなことをしたり、考えたりしたくなる気持ちはよくわかる。チャニングも地下室のことを考えるたび、同じ気持ちになる。大声で叫んだり、暗いなかで体を揺すったり、手が血まみれになるまで壁を叩いたり。どんなことでも、じっとしているよりは何倍もましで、普通にするのだけはどうしても無理だ。会話。アイコンタクト。どんなことでもきっかけになりうる。

もうしばらく通りをぼんやり見てから、家に引っこみ、なかをなんとなく歩いてまわった。なにもかもが気に入った。色使いに家具、ほっとできる程度に雑然とした感じ。居間の壁は一面が書棚になっていて、端から端まで見て歩いた。途中、適当な本をひらき、またべつのをひらき、エリザベスと小さな男の子が写っている写真を手に取ったりした。ほとんどの写真では少年は幼く、おそらく二歳か三歳くらいと思われた。もう少し大きくなった写真では、はにかんだ顔をしたやせた少年がエリザベスにぴったり寄り添っていた。不安そうな目と愛らしい笑顔をしている。いったい誰だろう。

写真から離れ、ドアに鍵をかけ、冷凍庫のボトルからウォッカをグラスに注ぐと、廊下の突きあたりにある浴室に向かった。そのドアにも鍵をかけながら思った。ドアを施錠しなくても緊張をゆるめられる日が来るのかなと。ここにいれば安全だとわかっていても、自分の着ているものが薄すぎるような、筋肉の一部が弛緩《しかん》するのを忘れたような感じがぬぐえない。ウォッカがそれをやわらげてくれると思い、ひとくち飲んでから風呂に湯をためはじめ、またグラスを手に取った。うんと熱くした湯から充分な湯気がのぼるのを待ち、慎重な手つきでゆっくりと服を脱いだ。縫った痕や嚙まれた痕が痛むからではなく、うっかり鏡に目がいって、あざや醜い糸や男の歯でついたピンク色の小さな三日月を長々と見つめてしまうのが怖いからだ。その覚悟はまだなかった。

それでも浴槽に身を沈めながら、エリザベスが体現してくれたものに、彼女の忍耐と力と意志の強さに思いをはせた。ウォッカなりなんなりの力を借りてのことだったのかもしれない。とにかく、チャニングは湯が冷める前に浴槽を出た。このときは下を向くことなく、なくしたと思っていた冷静な態度で鏡と対峙《たいじ》した。濡れた髪と肌についた水滴から始め、あざと傷痕、くっきり浮き出た肋骨に目をやった。だけど、目をやるだけではだめだ。しっかりと見つめなくてはならず、それこそチャニングがやろうとしていたことだった。過去と現在の自分と相対するだけでなく、自分がなりたいと思う女性像を見すえなくちゃ。

つまりリズにそっくりな女性ということ。

よしよしとひとり悦《えつ》に入っていたが、それも長くはつづかなかった。ドアを乱暴に叩く音がした。

「うそでしょ――」

チャニングはぎくりとした拍子に、手を洗面台にしたたかに打ちつけた。聞こえてくるのはノックなどというものとはほど遠い、乱暴で荒々しい叩き方だった。

「どうしよう、どうしよう――」

濡れた肌が生地《きじ》に貼りつくのもかまわず片脚をジーンズに突っこみ、もう片方も同じように苦労して穿《は》いた。ドアを叩く音はますます大きく、執拗《しつよう》なものになっている。玄関のドアだ。それを何度も何度も、しかも家を揺らしそうないきおいで叩いている。チャニングはパーカを頭からかぶり、電話をしなくちゃ、リズに逃げてと伝えなくちゃと考えていた。完全なパニック状態で、本能だけで動いていた。息をするのもやっとで、全身の力を総動員して、どうにかこうにか浴室のドアをあけた。廊下は薄暗く、人が動く気配はなかった。ドアを叩く音がさらに大きくなった。

忍び足で居間に入り、思い切って窓から外をうかがった。庭に警官がいた――青い光、銃、州捜査官《SBI》の文字が入ったウィンドブレーカーをはおったけわしい表情の男たち。

「われわれは州警察だ！」玄関から大きな声がした。「エリザベス・ブラックに対し逮捕令状が出ている。いますぐここをあけろ！」

チャニングはびくっとして窓から離れたが、一瞬早く、誰かに見られたようだ。

「人の気配あり！　左側！」

銃があがり、窓に向けられた。

「州警察だ！　これが最後の警告だ！」

　わきに駆けこむと、ポーチにいる男たちが見えた。ヘルメットにボディアーマー、黒い手袋で武装している。そのうちのひとりが大型ハンマーを手にしていた。

「破壊しろ」

　年配の男が鍵を示し、ハンマーがぶつかる音にチャニングは思わず悲鳴をあげた。まるで爆弾が炸裂したような音だったが、ドアはなんとか持ちこたえた。

「もう一度！」

　今度はドア枠がゆがみ、きらりと光る金属が見えた。ハンマーのうしろには、引き金に指をしっかりかけた六人が、兵士のように一列に並んで立っている。年配の男がうなずくと、ハンマーが三度めの攻撃をくわえ、ドアが枠からはずれた。

「突入！」

　チャニングはいきおいよく飛びこんできたのが感じでわかったが、自分も行動を開始していた。電話をひったくるようにして取り、左に走った。

「動きあり！　奥の廊下！」

〝とまれ《フリーズ》！〟という大声が聞こえたが、チャニングはとまらなかった。滑りこむようにして浴室に飛びこみ、ドアを乱暴に閉めて鍵をおろした。州警察官はひと部屋ひと部屋確認しているが、なにしろ小さな家だ。チャニングはすでにダイヤルしはじめていた。

　呼び出し音が一回鳴る。

　二回。

　男たちがひとかたまりになって、細い廊下を歩いてくるのがわかる。不気味なほど静まり返っている。

　お願い、早く出て……。

　三度めの呼び出し音が鳴ったとき、カチッという音がした。チャニングは口をひらきかけたが、ドアが大きな音とともにはじけとび、銃と男たちと叫び声に囲まれた。

過去の最速記録に迫るいきおいでがたがた道から州のハイウェイに出ると、エリザベスの車は猛然と走りはじめ、速度計の針が一〇五の位置を差した。風切り音がやかましく、ろくに考えられなかった。でも、どっちにしたって、なにを考えることがあるの？

チャニングが電話に出ない。

悲鳴。切れた電話。だけど、ほかにも聞こえたものがあった。けわしい声、怒鳴り声、板が割れる音。

家の電話にかけたが、受話器がはずれているようだ。少女の携帯にもう一度かけたが、こちらもつながらない。

「まったくもう！」

三度かけて、三度ともつながらない。

エリザベスは切羽詰まり、ベケットに電話をした。

「チャーリー！」

「リズ、いったいどこにいる？　なんだ、その音は？」

風のせいでろくに聞こえなかった。「チャーリー、なにがどうなってるの？」

「よかった。よく聞け。自宅には絶対に行くな！」彼は聞こえるように怒鳴った。「絶対に家に帰るんじゃないぞ！」

「どういうこと？　なんで？」

「ハミルトンとマーシュが……」そのあとひとこと、ふたこと聞こえなくなり、すぐにまた聞こえるようになった。「街じゅうの噂になってる。連中は起訴状を手に入れたんだよ、リズ。ふたりの殺害容疑で。おれたちもいまさっき知った」

「チャニングは？」

「リズ……」雑音が交じる。「……するなよ」

「なに？」

「州警察はおれたちを蚊帳の外に――」

「チャーリー！　待って！」

「とにかく自宅には絶対に行くな！」

エリザベスは呆然として電話を切った。捜索令状が執行される、あるいは自分が逮捕されるという話ではなかった。州警察がいま彼女の家にいて、命の恩人である少女も同じ場所にいる。まだ十八で抜け殻状態のチャニングは、すべてを自白しかねない。すでに五分が経過した。

「充分すぎる時間だわ」

古い車に活を入れ、速度計の針が一一〇を、やがて一一五を差した。のろのろ走る車と警察に気をつけながら急ハンドルを切り、この十年ではじめて祈りの言葉を口にした。

どうか、神様……。

しかし、自宅に着いたときにはすべて終わっていた。一ブロック手前からでもわかった。家の明かりはひとつもついておらず、車は一台もなく、警官の姿もなかった。それでも猛然とたどり着くと、ブレーキを踏み、アプローチに乗り入れた。

「チャニング！」

庭を駆け足で突っ切っていくと、芝生にタイヤ痕が見え、ドアが枠からはずれていた。ポーチにあがって、肩からドアにぶつかると、蝶番は一個だけになっていた。なかに入るといつもとちがう場所に家具があり、汚い足跡が点々としていた。浴室のドアも蝶番のところからはずれていた。

遅すぎた。

それだけはたしかだった。

それでも家のなかを調べてまわった。寝室。クローゼット。チャニングが見つかることを期待して。どこかに隠れているかもしれない。しかし、それは希望的観測にすぎず、自分でもよくわかっていた。令状はチャニングに対するものではないが、ハミルトンとマーシュは召喚状を盾に、いまごろは彼女から事情を聞いているにちがいない。

地下室でなにがあったのかな？　どっちが引き金を引いたんだい？

困惑したまま外に出ると、ドアをはめこむようにして閉めた。州警察の手に落ちたチャニングは、きっとしゃべる。罪悪感ゆえか、純真さゆえか、はたまたエリザベスを助けたいという一心ゆえか、チャニングはいずれ白状する。

そんなことは絶対にさせられない。

あの発砲事件は政治的で人種差別的な要素が多すぎる。チャニングは見せしめとして徹底的に糾弾《きゅうだん》されるだろう。

「一部始終を見ていたんだがね」

生け垣の向こうから声がし、右隣の住人で、七二年型ポンティアック・ステーションワゴンを鉄と塗料よりも貴重なものでできているかのように、週末になるとぴかぴかに磨いている老人だった。「ゴールドマンさん？」

「警官の数は二十人ほどだった。アサルトライフルにボディアーマー。まるでナチスかと思ったよ」彼は指で示し、軽くうなずいた。「ドアがあんなことになって気の毒にな」

「女の子がいたと思うんですが……」

「ああ、小柄な子だね。くそったれふたりに連れ出されたよ」

「あの子を見たんですか？」

「そりゃあ、見逃しようがないだろう。なにしろ、男ふたりのあいだにぶらさがって、目をぎらぎらさせながらロバのように足をばたつかせてたんだからね」

ぴったり一秒間、エリザベスはなにをすべきか迷った。殺人で逮捕令状が出ている身としては署におもむくことはできない。こうなっては、いくらダイヤーでも手を貸してはくれないだろう。ハミルトンとマーシュは起訴状を手に入れている。つまり、エリザベスはしょっぴかれ、ブタ箱に入れられるだろう。たとえ裁判に勝ったとしても——それはありそうにないが——国じゅうのマスコミから中傷され、八つ裂きにされ、骨までしゃぶりつくされるだろう。怒りに燃えるこの国で、彼女は誤った発砲をおこなった白人警官の仲間入りをすることになる。それ以外に考えようがない。なにしろ床に十四もの弾痕があったのだから。

これでもいちばんましなシナリオだ。

最悪なのはチャニングがしゃべってしまうことだ。

つまり時間が重要で、しかもそれは日単位ではない。時間単位か、分単位。

あの子はこの期におよんでも抵抗するかしら?

金縛り状態がガラスの棒を折るような音とともに解けた。車を発進させ、最初の曲がり角に到達するより早くチャニングの父と電話がつながった。彼は八方手をつくしてくれるだろうが、いかんせん、弁護士はシャーロットにいる。それでは時間がかかる。そこで、唯一、道理にかなう場所に向かった。市街地をまわりこみ、川を渡った。生け垣に塗装を剥がされはしたが、老弁護士はこの前と同じポーチの同じ椅子にすわっていた。彼があいさつの言葉を口にしながら椅子から腰を浮かしたのを、エリザベスは乱暴に制した。「時間がないの。とにかく話を聞いて」

話しはじめたものの、あまりに早口で、あまりに声が震えていた。

「落ち着きなさい、エリザベス。大きく息を吸って。なんだかわからんが、わたしにまかせればいい。さあ、すわって。最初から話してごらん」

「誰にも言わないでほしいの」

「わかった。自分の弁護士だと思ってくれればいい」

「無免許のくせに」

「だったら、友だちと思って話すといい」エリザベスがまだ迷っているのを見て、彼は慎重に説得にかかった。「きみから聞いた話は、とくに指示されないかぎ

り、墓場まで持っていく。脅されても、すかされても
だ」

「危険にさらされているのはわたしだけじゃないんです」

「なにしろこちらは法曹界に入って五十年だ。わたしがどれほどの秘密を抱えているか、きみは言っても信じないだろうよ。とにかく、なにがどうしたのかわからんが、ここに来たのは正解だ」

「わかりました」エリザベスは深呼吸をすると、フェアクロスの手を、卒業記念の指輪としわと潤いのない肌をじっと見つめた。彼は彼女の言葉にじっと耳を傾けた。彼女は彼の曲がった指から目を離さず、言葉が彼方の薄暗い場所から立ちのぼってくるように感じながら一部始終を説明した。最初にチャニングへの召喚状と自身の起訴の件を話し、それからペネロープ・ストリートの地下室であったおぞましい真実へと移った。寒いなかで裸になったような気がしたが、羞恥心や自己憐憫に割く時間はなかった。彼女はすべてを打ち明け、説得力を持たせるために手首の傷も見せた。フェアクロスが口をはさんだのは一回だけ、〝かわいそうに〟と言ったときだけだった。


そのときにも、エリザベスは彼の顔を見ることができなかった。恥ずかしさのせいだった。ただ裸にされただけでなく、その恰好で板に打ちつけられたように感じていた。「チャニングがどんな話をするかはわからないけど、本当のことを話したら大変なことになるわ」

「きみは自分のことよりも、その娘さんを優先したいわけだね」

「ええ」

「本当にそれでいいのかい？　彼女なんだろう？　あの連中を苦しめたうえで――」

「それはわたしが引き受ける。そう決めたんです」

「理由を訊いてもかまわないかな」

「理由なんて関係あるんですか？」

「きみがわたしにやらせようとしていることがどんな結果をもたらすかをわかっているなら、べつにかまわんよ。起訴状に書かれた名前はきみであって、娘さんではない。きみは刑務所に入るつもりはありません。そうなったら逃げます」

「刑務所に入る危険を――」

「友人として弁護士として助言させてもらうが、そのような計画が成功するケースはめったにない」

「とにかく、チャニングにしゃべらせないでほしいの、フェアクロス。結果はわたしが引き受けます」

「わかった。では、ひとつひとつ検討していこう」彼はそう言って、彼女の手を軽く叩いた。「わたしを頼ってきたのは正解だよ、エリザベス。信頼してくれて感謝する」

「わたしはなにをしたら？」

「まずは、パニックにならないことだ。チャニングがすべてを認めた場合でも、発砲は正当だったと主張できる。彼女はまだ子どもで、心に大きな傷を負っている。起訴されるかどうかは微妙なところだ。有罪になるかどうかは、議論するまでもない」

「十八発も撃ったのよ。新聞で読んだでしょ。話の流れは理解しているはず」

彼も理解はしていた。ボルチモアとファーガソンで黒人が白人警官に射殺されて以来、状況は一変していた。なんでもかんでも人種差別と結びつけられ、なんでもかんでも注目されるようになった。その結果、モンロー兄弟の死は広く知れわたったのみならず、政治的なものになった。拷問や報復の可能性に言及されたとあってはなおさらだ。州検事総長は標的を変える必要があったら、まちがいなくそうできるはずだ。警官。金持ちの娘。現時点ではどっちでもいいんだろう。検察はとにかく容疑者を必要としていた。

「たとえ無罪になったとしても」エリザベスは言った。

「裁判が若い女性にどれほどのダメージをあたえるか、あなたもわかっているはず。チャニングはきっと立ち直れない」

「一ドル出しなさい」老弁護士は片手を差し出した。

「え？」

「ふたり分にしよう」

「二十ドル札が一枚あるけど」

「それでいい」彼は札を受け取った。「十ドルはきみの前金で、残りの十ドルが娘さんの分だ。訊かれた場合の用心だよ。携帯電話はあるかな？」

「ええ、もちろん……」

「よこしなさい」エリザベスは渡した。彼はバッテリーとSIMカードを抜くと、それらをまとめて返し、悪く思わんでくれよと言うようにほほえんだ。「警官は逃亡者としては本当にだめだな。このくらいは常識だぞ」

「しまった」


エリザベスは携帯電話を見つめた。クライベイビーはすでに行動を開始していた。

「時間のあるときにプリペイド携帯を手に入れるといい。その電話から連絡するように」彼はしわくちゃの上着をはおった。それ以外に身に着けているのは、色あせたジーンズとデッキシューズ。ソックスは穿いていなかった。「娘さんのほうをなんとかしたあと、きみの起訴について話し合おう。彼女の父親はアルザス・ショアだったな」

「知ってるんですか？」

「弁護士を知っている。そいつらがことをややこしくしてくれそうだが、まあ、チャニングをしゃべらせないでいてくれるかぎりは問題ない。向こうで会おう。警察の友だちも州警察に協力してきみの行方を追うことになるのかね？」

「ベケットは味方です。おそらくダイヤー警部も。ほかの人はどっちとも言えない」

「だったら、いますぐ行方をくらましたほうがいいな。どこか安全な場所に心あたりはあるかね？　よそに住んでいる友だちとか？　家族でもいい」

その質問にエリザベスは打ちのめされそうになった。とてもじゃないけど、正直に話すわけにはいかない。友人の大半は警官で、見つけしだい彼女を逮捕するだろうことも、家族でさえ砂上《さじょう》の楼閣《ろうかく》のようなものだということも。「いまは、あなたとチャニングしかいないわ」

老人は彼女の手を取った。そのぬくもりから思いやりが伝わってくる。「よかったらひとつ提案をさせてほしい。わたしは湖の近くに釣り小屋を持っていてね。グッドマン・ロード沿いで、さして遠くない。もう長いこと行ってないが、人に頼んで、いつでも使えるようにしてもらっている。そこに行くといい。とりあえずの隠れ場所ということで。それならわたしもきみを探す面倒がないことだし」

「わたしはなにかしなくていいんですか？」

「状況の把握はわたしがやる。そのあと、一緒に計画を練ろう」

「わかりました。じゃあ行きましょう。車で送ります」

「いかん。きみは市街地には近寄らないほうがいい。人が多いところは避けなさい。わたしはリムジンを呼ぶから」

フェアクロスはポーチをおりるよううながしたが、エリザベスは二段めのところで足をとめた。「急ぎなさい、エリザベス。すでに携帯電話で居場所をたどられているかもしれない」

彼の気がはやるのもわかるが、どうしてもいま訊いておきたかった。「なぜここまでしてくれるんですか？」

「きみがきれいな目とすてきな笑顔をしているからだよ」

「からかわないで、フェアクロス」

「なら正直に答えよう。協力するのは、エイドリアンがたびたびきみの話をしていたからであり、彼の裁判以来、きみの仕事ぶりを見ていたからであり、きみがほかの刑事とちがって思慮深く、人間味にあふれているからであり、もっとも尊敬に値する女性だと思うからだ」老人の目がきらりと光った。「いままでそう言ったことはなかったかな？」

「無免許で弁護士活動をすれば、起訴される危険があるんですよ」

「先日、きみが訪ねてくるまで、わたしはかれこれ十年以上、この家から出たことがなかった。それがどうだ、裁判所に行き、新鮮な空気を吸い、助けを必要としている友人を助けることができた。わたしはもう八十九歳。この弱った心臓では、あと三年ももたないだろう。ほら、見たまえ」彼は両腕をあげ、古ぼけたジーンズ、風になびく髪、枕がわりにしていたような上着をエリザベスにとっくりと見せた。「これでもわたしが、なにかの容疑で起訴されるのを気にすると思うかね？」

18

ベケットは騒ぎを黙って見ていた。アルザス・ショア。弁護士たち。全員がガラスの向こうのロビーで激論を交わしていた。シャーロットから来た弁護士連中がいちばん声が大きかったが、それも当然だ。なにしろ三人で一時間あたり千五百ドルも請求するのだし、依頼人もやはり真っ赤な顔で同席しているのだ。クライベイビー・ジョーンズだけが落ち着いているようだった。彼は数フィート離れたところで両手を杖に載せて立ち、お集まりのどなたもチャニング・ショアの代理人にはなれませんと刑事たちが説明するのを、頭を傾けて聞き入っていた。

「本人が弁護士はいらないと言っているんです。すでに権利を放棄し――」

「弁護士をつけないなんて、若すぎるあの子には無理だ。わたしは彼女の父親で、こちらが弁護士の先生方です。いまここで、ただちに、娘に会わせるよう要求する！」

「ショアさん、どうか落ち着いて。もう一度説明しますから。お嬢さんは十八歳です。その彼女が弁護士はいらないと言っているんですよ」

しかし、アルザス・ショアは落ち着くようなタイプではなかった。あの男はあの男なりに疑念を抱いているのだろう、とベケットは思う。それも当然だ。彼は娘の銃の腕前を知っているのだから。つまり、娘が置かれている危険な状況を、ひとつまちがったことを言えば人生が永遠に変わってしまうことを知っている。そう考えるとベケットは気分が悪くなったが、それもリズを思えばこそだ。たしかに彼女とは約束をしたが、それを守り切れる自信はなかった。

「いつからこんな状態なんだ？」ベケットは巡査のほうに顔を寄せると、相手は肩をすくめた。

「一時間くらいですかね」

「ダイヤー警部は退席したのか？」

「いやな仕事は下の者にってね。いつものことです」

「いまより状況が悪くなったら連絡をくれ」

ベケットは受付を離れ、取調室に向かった。ハミルトンとマーシュは少女をひとりで放置し、地元警官の立ち入りも禁止していた。制服姿の州警察官がドアを見張っていた。ダイヤーでさえシャットアウトをくらい、そのせいであきらかに緊張感が高まっている。地元警察は仲間をかばっており、善悪の区別がちゃんとつくのは州警察だけだと州検事総長が考え、神自身がリズの処刑を望んでいるとしか思えなかった。

ベケットは不安になった。

リズはまったくの無実だ。

州のやつらはなぜそれがわからない？

そう、わからないのだ。いわゆるオッカムの剃刀《かみそり》。明白な説明が、うんたらかんたらというやつだ。胸につまった真実という石炭を、できることなら吐き出したい。

撃ったのはあの娘だ！

州警察官の二十フィート手前でベケットは足をとめ、腕時計に目をやった。連中がチャニングを取調室に閉じこめてから九十三分が経過した。リズが全米指名手配となって二時間がたち、あらゆる特徴が無線で流れている。名前。人相。乗っている車。エリザベスは正式に二重殺人の容疑者となった。この州の全警官が彼女を追っているが、最悪の部分はそこではない。

容疑者は武器を所持しており、危険である。

慎重に接近せよ。

「ダイヤーはどこにいる？」ベケットはすれちがった制服警官の袖をつかんだ。女性警官が指で示すと、彼は廊下を猛然と進み、近くにいた者があわてて道をあけた。ダイヤーは会議室のそばにいた。「どこに行ってたんですか？」

「電話を何本かかけにね」

「これを見ましたか？」ベケットは指名手配書のコピーをダイヤーに押しやった。

「だから電話をかけていたんだよ」

「州警察の野郎どもにまかせていたら、リズは殺されてしまいます」

「わたしにどうしろと言うんだ、チャーリー？　彼女には二件の殺人で起訴状が出ている。彼女が逃亡中で武器を所持していることは、州警察もつかんでいる」

「リズは誰も殺してません」

ダイヤーの眉がさっとあがった。「確信があるのか？」

「とにかく彼女を見つけないと」

「すでに市内のパトロールはさせている」

「もっと人数を増やすべきです。おれたちが先に彼女を見つけないと。仲間であるおれたちが」

「すでに管轄《かんかつ》外、さらには州の外に出ている可能性もある」

「リズにかぎって、それはありませんよ」ベケットは確信を持っていた。「チャニング・ショアの身柄が確保されている現状では」

ダイヤーは腕を組んだ。「わたしに話しておくことがあるようだな」

ベケットは顔をそむけ、例の熱した石炭で声を詰まらせた。「おれに言えるのは、あいつはあの娘に異常とも言えるほど強いつながりを感じてるってことだけです」

「ギデオンという少年の場合と同じということか？」

「もっと強いと思います」

「それはありえんだろう」

一日前ならベケットも同じことを言っただろう、だが、いまはそこまで断定的にはなれなかった。「ふたりのあいだには絆のようなものがあるんですよ、警部。本能によって深く結びついてるんです。心の深いところでつながっていると言ってもいい。あいつがチャニングを見捨てるはずがありません」

「いずれにしてもだ、われわれにできるのは、彼女を連行し、いろいろなチャンネルを通じてすべてを解決することだ。カウンセリングなり、弁護士なりの手を借りて。誰でも、ときとして暗黒にはまりこむこともあるし、キレることもある。われわれとしてはその結果にきちんと対処するしかないだろう」

「警部は本当にリズがあの男たちを殺したと思ってるんですか？」

「けだものだよ、チャーリー。彼女はそう言った」

「警部――」

「とにかく彼女を無事に連れ戻せ。いいな？」

「ええ。もちろん。わかりました」

ベケットはダイヤーがオフィスに引っこむのを確認すると、最初に目についた州警察官に声をかけた。

「ハミルトンと話がしたい」州警察官は身長六フィート三インチ、がっしりした体形、つばのある帽子と鳩《はと》羽鼠《ばねずみ》色の制服姿の手強そうな相手だった。「そんな、いかにも州警察官然とした冷たい目で見るな。とっとと探してこい」

数分かかった。ハミルトンが現われると、ベケットはいきなり用件を切りだした。「彼女はしゃべったか？」

「そんなことを訊くためにわたしを引っ張り出したのか？」

「彼女はあんたになにか話したのか？　イエスかノーで答えろ」

ハミルトンはベケットの顔をじろじろ観察し、そこに浮かんだ表情を読み取った。おそらくは決意。それにおそらくは必死な思いも。「机を見るばかりで、まだひとこともしゃべってない」

「もう二時間近くも拘束しているんだろ」

「そうとう強情な子でね」

「ちょっと来てくれ」ベケットは奥の階段のほうに歩きだした。

　ハミルトンはあとをついてきた。「きみにしてやれることはなんにもないよ。わかるだろう？」

　ベケットはハミルトンを従え、下の休憩室に入った。

「コーラでもどうだ？」

「起訴状が出てるんだよ。わかるだろ。わたしの自由にはならないんだ」

「それはいいんだ。まずは、コーラを飲もう」

　ベケットは販売機に札を挿入し、ボタンを押し、ボトルが落ちるのを待った。落ちてくると、キャップをはずしてひとくち飲んだ。「あんたらのボスはなにをねらってる？」

「きみのパートナーは男ふたりを拷問したうえ、処刑スタイルで殺害した。うちのボスがなにをねらってるか、わからないはずがないだろう」

「再選か」

「笑えるね」

「極刑にしようってのか？」

「死刑。終身刑。どっちだって同じだろう」

「そうだな」ベケットはコーラをもう一本買った。

「言えてる」ベケットはそれを差し出してから、時間稼ぎで釣りを取ろうと中腰になった。背筋をのばしたときには心は決まっていた。「おれなら彼女から供述を引き出せる」

「チャニングから？　そいつは眉唾ものだな」

「地下室でなにがあったか知りたいのか、知りたくないのか、どっちなんだ？」

「もちろん、知りたいに決まっている」

「五分だけ、彼女とふたりきりにさせてもらえないか」ベケットはまたボトルに口をつけた。目がすわっている。「絶対にしゃべらせてみせるから」

ベケットが取調室に入ると、少女はひとり、金属のテーブルについていた。彼はなにも持たずに、その向かいにすわった。チャニングはいっこうに顔をあげなかったが、爪のすぐ下のところにぷっくりふくらんだ血の玉が見え、下唇にも何ヵ所か嚙んだ痕がついていた。「おれはベケット刑事。エリザベスのパートナーだ」エリザベスの名前を聞いて彼女は体をもぞもぞ動かしたが、やはり目は伏せたままだった。「きみはリズと友だちだそうだね。心配してるのはわかるよ。おれも彼女の友だちなんだ」ベケットはテーブルに肘をついた。「信じてもらえるかい？」

「あの人の友だちだってのは信じる」

「よかった。そう言ってもらえて安心したよ。エリザベスの名前で逮捕状が出ているのは知っているね？」

「うん」

「地下室で起こった二件の殺人事件の容疑をかけられていることも？」

少女はうなずいた。

「つまり彼女は終身刑になるか、死刑になる恐れがある。それもわかってる？」

「うん」

「それもしかたないと思う？」

反応はなかった。

微動だにしない。

「逮捕の際に怪我をするかもしれないよ。なにしろ、十人以上の州警察官が郡内で彼女を捜してるんだからね。州内の全警官に似顔絵が配られている。撃たれたり、車が大破したり、逮捕を逃れようとするあまり、他人に怪我をさせることもありうるんだ。そしたら彼女はどうするかな？　逃亡生活に入る？　なにも持たずに？　ノース・カロライナ州には死刑制度があるのは知ってるね？」

「あの人からはなにも言うなと言われてる」

「それはわかってるよ。理由も知っている」すると少女が顔をあげた。「いいんだ。なにがあったか知ってるんだ」

「あの人が話したの？」

「おれだって警官だからね。自力で突きとめたんだ。ほかの連中もいずれ真相を突きとめるだろうね」少女が顔をそむけ、ベケットは彼女が前を向くのを待った。

「ビリー・ベルという名前に心当たりはあるだろう？」あった。両手がぴくりと動き、恥ずかしさのせいか、顔が急に真っ赤になったのを見て、図星だと思った。「きみのご両親のもとで庭師として働いている男だ。けさ、彼から話を聞いたんだけどね」

「それで？」

チャニングがぐらついてきたので、ベケットは声に少しすごみをきかせた。ぐらつかせるだけでは意味がない。完全に落とさなくては。

「ビリーはきみのお母さんの代理でドラッグを買っていた。購入先はほとんどの場合、モンロー兄弟だった。錠剤。コカイン。それが何年もつづいた。これは厳然とした事実だ。でも、きみは知っていたんだろう？お母さんがドラッグの常習者だったことも。庭師が売人にコネを持っていたことも。きみはその売人に会いたいと思った。きみと友だちとで。ワルを気取りたかったんだろう。スリルを楽しみたかったんだろう」チャニングが身をこわばらせ、一瞬、目に恐怖の色を浮かべた。それを見たとたん、ベケットは自分の推理が正しいのを確信した。「宣誓供述書がどんなものか知っているかな？」

「なんとなく」

「宣誓したうえで供述するもので、裁判では証拠として取りあげられる。ビリー・ベルはけさ、その宣誓供述書にサインをした。読んでみるかい？」

「ううん」

ベケットはポケットから折りたたんだ紙を出し、テーブルに置いた。「きみと友だちが危ない世界をのぞこうなどと思わなければ、きみがあの地下室に閉じこめられることはなかった。だが、実際はそうなってしまったんだろう？　きみはモンロー兄弟からドラッグを買い、その兄弟がふたたび現われ、きみを拉致した。通りすがりの犯行ではなかった。兄弟はきみを通りで見かけたわけではなかったんだ」

「一度だけのつもりだった。本当よ。ちょっとためしてみたかっただけ」

「ドラッグを？」

「マリファナ。本当に一回だけだった」

「しかし、連中はきみの前に現われた」

チャニングは小さくうなずいた。

「地下室での出来事はきみの責任だ」ベケットは身を前に乗り出し、ありったけの警官らしさをこめて詰め寄った。「リズに降りかかった災難もきみの責任だ。あいつの手首を見たよ。精神的にぼろぼろの状態にあるのも確認した」

少女の喉から音が漏れた。

「もう本当のことを言ってくれてもいいんじゃないかな、チャニング。地下室での出来事の責任をとるべきだろう」

「そうしたらエリザベスはどうなるの？」

ベケットは椅子の背にもたれた。「リズは自由の身になる。そして、これからも人生がつづく」チャニングは顔をそむけたが、ベケットの話は終わっていなかった。「目をそらすのは簡単だ。いつだってな。どうしても訊いておきたいんだが、きみと友だちがドラッグでハイになろうと思ったのが原因で、リズが腕に注射針を刺されながら死ぬことになったとする。きみはそれでもかまわないのか？　おれの顔を見るんだ。いまこそ正しいことをするチャンスだ。この場で。いますぐ」

少女はぐずぐずと迷っていた。ベケットは急かさなかった。

「刑事さんがこうしてること、リズは知ってるの？」

「こういうことはやらないと彼女には約束した」

「なら、なんでここにいるの？」

「なぜなら、大切な人のためになりたいからだよ。どれだけの犠牲を払うことになってもね」

「エリザベスは刑事さんの大切な人なの？」チャニングは訊いた。

「女房をべつにすれば、彼女はいままでで最高の友だちだ」

チャニングはまたしばらく、ベケットの言葉を噛みしめていたが、ベケットには彼女が落ちた瞬間がわかった。「ひとつ条件があるんだけど」

「なにかな？」

チャニングは自分の要求を伝えた。

ベケットはマジックミラーのほうに目をやると、肩をすくめてみせ、それからテーブルごしに剝ぎ取り式のメモ帳を押しやった。「いいだろう」

少女は手錠をした手で紙をならした。

ベケットはじらすようにしてペンを掲げた。「だが、一部始終を話さなくてはだめだ」

「なにからなにまで」

「カメラの前で、なにひとつ漏らさずに」

「彼女のために」チャニングは言い、ベケットはうなずいた。

「リズのために」彼はペンを差し出した。「なぜなら、彼女もきみのために同じことをするはずだからだ」

ベケットは少女が書き終えるのを待って、メモを剝ぎ取り、たたんでポケットにしまった。二分後、彼はマジックミラーの反対側にいて、マーシュが少女の供述を取るため、ビデオカメラを設置するのを見ていた。

彼女は小さく見えたが、覚悟を決めた顔をしていた。

ハミルトンがベケットの顔に浮かんだ感情を読み取

った。「彼女はきみになにを渡した？」

「ちょっとしたメモだ」ベケットは答えた。

「見せてもらえるか？」

「リズあての私信なんだよ」

「べつにいいじゃないか」

「見たけりゃ、おれを撃ち殺してからにするんだな」

ベケットの顔は、本気だぞと言っていた。

ハミルトンはもっと強気に出ることもできたが、そこまでする必要はなかった。なにしろ少女から供述が取れるのだ。「どうやって突きとめた？」

「ビリー・ベルのことか？」ベケットは肩をすくめた。「けさ、その庭師から話を聞いてね。それで、ドラッグを買っていたのは母親だったんじゃないかとぴんときたんだよ。そこから芋《いも》づる式にわかったというわけだ」

「わたしが訊いたのはそのことじゃない。チャニングがしゃべるとなぜわかった？」

「わかってなかったのかもしれないぜ」

「自動販売機のそばで話したとき、きみの表情を見ていた。あのときは五分で落とすと言ったが、実際には二分でやってのけた。もともと自信があったはずだ」

「リズはあの子を大事に思っている」ベケットはガラスごしに少女をながめた。可憐な顔立ちに腫れぼったい目。「あの子のほうもリズを慕ってるんじゃないかと見当をつけたのさ」

ハミルトンは納得しなかった。彼は窓ガラスにもたれ、ベケットの顔をのぞきこんだ。「わたしは女房を殺す亭主だの、息子に牙《きば》を剝く母親だのを見てきた。チャニングとブラック刑事はろくに知らない仲だ。理由がそれだけのはずがない」

「かもな」

「なにか心あたりでも？」

「チャニングには正直に打ち明ける必要があったのかもしれない」

「どうして？」
「慣れ親しむと軽蔑心が生まれると言うじゃないか」ベケットは両手を窓につけ、妻と刑務所長と自分の苦い失敗を思い返した。「自分のことは自分にしかわからないんだよ」

テープがまわり、事情聴取が始まった。質問されると、少女はぽつりぽつりと答えた。モンロー兄弟と出会ったいきさつ。拉致されたとき、どこにいたか。州警察官は一部始終を語らせ、その話にそうとう驚きはしたものの、それが事実であることを疑う者は誰もいなかった。内容は具体性に富んでいたし、感情にうそはなかった。少女はろうそくやマットレス、連中にされたことを説明した。ときどき涙声になり、ときどき口をつぐんでしまうこともあった。虐待の説明はむごすぎて、聞いている者全員が背筋を寒くした。四十時間にわたって少女は行方がわからなかった。四十時間にわたって怪物にとらわれていた。そしていよいよ、ベケットの心から最後のひとかけらをむしり取る場面に差しかかった。

そのころにはハミルトンも顔面蒼白で、ぎくしゃくとした様子で質問した。「どうして銃を手にすることになったのかな？」
「あたしはあいつにやれと言われたことがどうしてもできなかった。あいつってのは小さいほう。ブレンドン・モンロー。やらないでいたら、また殴られて、また噛まれた」チャニングはそこで言葉を切り、少し心を落ち着けた。「次に襲いかかられたときは、逆にあたしが噛んでやったんだ。このへんを」彼女は腰骨の上のやわらかい部分に触れた。「そしたらあいつは怒って、あたしを壁に投げつけた。あいつが近づいてくるのを見て、這って逃げようとしたけど、片足をつかまれて、そのまま引きずられちゃって。床の上をこすられながら、つかまるものはないかと手をのばしたの。

真っ暗でなにもわからなかったけど、たまたまそこに銃があったんだ」

「そのとき、ブラック刑事はどこにいたのかな?」

「べつの部屋」

「きみがいるところからも見えた?」

「うん、ときどき」

「もう少しくわしく説明してくれないかな」チャニングは首を横に振り、しばらく振りつづけた。一分が経過した。「きみがここにいるのはそのためなんだよ」ハミルトンは言った。「わたしたちが必要としているのは、まさにそれなんだ」

涙がひと粒、頰を伝い落ち、チャニングはそれを手でぬぐった。「エリザベスはマットレスの上にいた」

「目はあけていた?」

「うん」

「針金で縛られていたのかな?」

少女は答えなかった。また涙がひと粒落ちた。


「ブラック刑事がどの程度まで、体の自由を奪われていたか把握したいんだよ、チャニング。刑事が動けたのなら、なぜ行動しなかったのかという話になる。きみの話では発砲したのはブラック刑事ではないということだが……」

少女がマジックミラーに目を向け、反対側にいたベケットは心の奥底まで見透かされた気がした。

おれがこう仕向けた。

おれがやったんだ。

「エリザベスはマットレスに針金で拘束されてた」チャニングが言った。「うつぶせで……」

二十分後、ベケットがドアを出ると、フランシス・ダイヤーもあとから廊下に出てきた。近くにいた者が足をとめ、じっと見ている。みんななにが起こっているか知っているのだ。具体的なことまではわからないだろうが、とにかく知っている。「おれはなんてことをしちまったんだ」ベケットは無人のオフィスに荒々しく入った。ダイヤーもあとにつづいた。「どうしたらいいんだ、警部。リズは一生おれを赦さない」

「きみは彼女の命を救ったんだ。これで起訴も刑務所もなくなった。きみは警官としてやるべきことをやったまでだ。真相を突きとめたんだよ」

「おれのせいでリズを被害者にしてしまった」

「被害者にしたのはタイタス・モンローだ」

「あいつはまた警官をやれますかね。乗り越えてくれますかね。さっきの証言は多くの人が耳にする。署の全警官に一部始終を知られてしまう。あいつが大事に守ってきたものをおれが壊したことも」

「べつにきみが――」

「ごまかさないでくださいよ、警部。人間は誰もが、よろいをまとってるんです。誰だってよろいが必要なんですよ」ベケットは両手で髪をなでつけた。「彼女はおれを赦してくれっこない。今度のことでは。約束を破った以上」

「少し外の空気を吸ってきたらどうだ？　きょうはもう休め。ドライブでもしてくるといい」

「ええ。そうですね。ドライブでもしてきます」

「だが、宣誓供述書を提出してからだ」

「はい？」

「ビリー・ベルの宣誓供述書だよ。チャニングに見せただろう？」

「実は――宣誓供述書なんてないんです」ベケットは疲れたように笑うと、ポケットから例の折りたたんだ紙を出した。「なんにも書いてないまっさらな紙です。プリンタのところにあったのを一枚もらったんですよ」

19

クライベイビーは小屋と言っていたが、それは正確な表現ではなかった。私道は私有の森を突っ切る形で一マイル以上つづき、ゴールは鏡面のような湖をのぞむ断崖になっていた。湖の対岸は遠くの山すそと溶け合い、境目が判然としなかった。石と木でできた小屋は巨大で、永遠に壊れそうになく、まるで地面を彫《ほ》ってつくったように見えた。

エリザベスは車を降り、すべてをじっくりながめた。樹齢百年にもなるオークの木、果てしなく広がる景色。〝小屋は好きに使っていい〟と彼は言っていた。〝お酒でも飲んで、ゆっくりしなさい〟と。

いくらなんでもそれは無理だ。

通路に沿って裏にまわった。植え込みはのび放題になっていたが、芝生はときどき刈っているらしく、森との境がはっきりわかる。鍵は教わった場所、水の入っていないプールの反対側にあるひらたい石の下にあった。正面のドアの鍵をあけ、警報装置を解除してから家に入ると、丸天井のついた玄関の間を過ぎ、いちばん大きな部屋に入った。壁一面のガラスのなかに湖と山々がおさまっていた。暖炉は人がなかにすわれるくらい大きかった。シーツをかぶせた家具、本、三十人がいっぺんに食事できそうなほど大きなテーブル。あらゆるものに埃が積もり、そこに管理をしている人が通ったらしき足跡がついていた。エリザベスは足跡をたどってキッチンに入り、次に二階にあがると、世界の屋根のようなバルコニーに出てみた。

「驚かせてくれるじゃないの、クライベイビー」

彼が華々しい成功をおさめていたことを、法廷のなかでも外でも大きな影響力を持っていたことをすっかり忘れていた。部屋に引っこみ、六十年以上昔のものまである写真に見入った。クライベイビーと写っているのは元大統領たち、数々の有名人、妻だった女性だ。気をまぎらわし、五分間の平穏を楽しんだのち、私道に面したポーチに移動した。大きさは奥行き十五フィート、幅四十フィートほど。ロッキングチェアが十脚ほどひっくり返して置いてあるのは、風で飛ばされないようにだろう。一脚を正しい向きに直し、私道沿いの低い石壁のところまで引っ張っていった。老弁護士はこの私道を通ってくるはずだから、待つならここだ。けれど、ただ待っているのはつらかった。すわったり、立ってうろうろしたりを繰り返した。おだやかな暑い日に生きたまま食われる気分だった。

午後もなかばを過ぎるころ、到着の気配がした。森が急に静まり返ったかと思うと、タイヤの規則正しい音が聞こえたのだ。ひらけた場所にリムジンが現われたときには、エリザベスはポーチを駆けおり、私道に出ていた。車が完全に停止するより早く、そのドアに手をかけた。

「どうしたの?」エリザベスは老弁護士の表情を見るなり言った。「なにかまずいことでも?」

老人が手を差し出した。「悪いが、手を貸してもらえないか」エリザベスは車から降りるのを手伝った。しわくちゃの上着姿の彼はすっかり疲れた様子で、いつになく杖に体重を預けている。「腹は減ってないかな? ちょっと店に寄って、いくつか……」

「おなかはすいてないわ。チャニングはどこ?」

「腕を取ってくれないか」

「フェアクロス、お願い」

「頼むから腕を取ってくれ」彼はしっかりした足取りで、ポーチの日陰になったほうへエリザベスを案内した。「あれを――」彼はべつの椅子を示し、エリザベスがそれをひっくり返した。それに腰をおろし、「きみもすわりなさい」と言った。エリザベスは隣にはすわらず、石壁に腰をおろした。ふたりの膝がくっつきそうになった。「昔はここでよくパーティをひらいたものだよ。あちこちから人が来てくれてね。ヨーロッパ、ワシントン、ハリウッド」

「フェアクロス……」

「当時のわたしたちは、これこそが充実した人生の究極の形だと思っていた。影響力のある友人。意義ある仕事。それがいまはどうだ。がらんとして埃だらけ、かつてはバイタリティにあふれていた連中もこの世にはいないか、まもなくいなくなる状態だ」彼は首をのばし、石積み柱と巨大な梁をながめた。「家内と別れたとき、譲ると申し出たのだよ。だが、彼女はわたしがここをどれほど愛しているか知っていたから、もらえないと断った。男っぽい造りだから、男が住んだほうがいいと言ってね。できた女性だとは思わないか？　そんなやさしいうそをつくとはね」

「時間稼ぎをしてるんですね、クライベイビー」

「そうかもしれん」

「じゃあ、状況はかんばしくないんですか？」

「きみのパートナーが彼女を説得した。誇りある行動を取りなさいとね」

「ベケットが？　なんですって？」

「ほかにどうしようもないと思ったのだろう。起訴されたとあってはね。わたしから説明すれば、いくらかなりとも赦してもらえるのではないかということらしい」

「赦すですって？」エリザベスは立ちあがった。裏切りにもほどがある。「彼は、わたしがやらないでと頼んだことをやったのよ」

「そうかもしれないが、あの若い女性の行動には、安易に〝誇りある〟という言葉を使わせないものがあったんだよ。チャニングが自白したのはきみの命を守るためだ。脅されたわけでも、乱暴なまねをされたわけでも、刑の軽減を提示されたわけでもない。気高い動機から真実を話したのであり、それはそう簡単なことではないはずだ」

「身柄は州が拘束しているの、それとも地元警察？」

「現時点では地元警察が拘束している。起訴決定はまだおこなわれていない」

エリザベスは森をじっとのぞきこんだ。起訴決定のいかんにかかわらず、どんなことがおこなわれるかは知っている。いまごろは勾留の手続き中だろう。着ているものをすべて脱がされ、調べられる。ここでもまた陵辱《りょうじょく》されるのだ。

「きみにこれを渡してほしいと託された」老弁護士は一枚の紙を手にしていた。

エリザベスはたたんだ紙を受け取った。「読んでもいいんですか？」

「もちろん、かまわんよ」

エリザベスはポーチのはずれまで移動した。手紙はきれいな文字で簡潔にしたためてあった。

エリザベスへ

傷はいずれ治る、でも気持ちを強く持って正しい道を歩まなきゃだめだって言ったよね。あたしは強くなろうと努力してるし、強くなれると思うけど、なにをやったところで正しい道は歩めないと思う。刑事さんがあの地下室に入ることになったのはあたしのせいだし、しかも、いきさつは刑事さんが思ってるのとはちがうんだ。それについてはパートナーの人が説明してくれるはず。あの人は突きとめたんだ。それにいずれ、刑事さんも突きとめたと思う。そう思うとてもじゃないけど耐えきれない。お願いだから、本当のことを話したあたしを嫌いにならないで。刑事さんがしようとしてくれたことには感謝してるけど、引き金を引いたのはあたしで、ほかの誰でもない。全部、あたしのせい。お願いだから怒らないで。あたしを嫌いにならないで。

エリザベスは手紙を二度読み、湖のほうに視線を向けた。嫌いになんてなるわけがない。ふたりは姉妹も同然なのだから。似た者同士なのだから。

「大丈夫かい、エリザベス？」

「そうでもありません」

クライベイビーが隣に立った。「起訴は撤回され、州警察はもうきみには関心がないそうだ。よければ家まで送っていこう。車は明日までここに置いておいてもかまわんよ」

「しばらくここにいてもいいですか？」

「好きなだけいるといい。たくわえのことは冗談でもなんでもなくてね。食べるものも、酒もある。一週間は楽に過ごせると思う」うなずくエリザベスに、彼はついと近寄った。「少しはなぐさめられたかな？」と尋ねる。「娘さんからの手紙で？」

「いいえ。あんまり」

「では、わたしが八十九年の人生で学んだ教訓をひとつ教えよう。この家、友人、そして思い出――あの娘さんと同じ行動に、自由な意思による気高い行動に走るチャンスが得られるのなら、そのすべてをなげうってもかまわない。そのようなチャンスに恵まれる者が世の中にどれほどいると思う？　そしてそれに飛びつく勇気のある者はどれほどいると思う？」

「あなたはわたしが知るかぎり、誰よりも心やさしい人よ。そういうチャンスに何度も恵まれたはず」

「自分の自由よりも他人の自由を優先させるチャンスに？　ろくに知らない相手のために命を危険にさらすチャンスに？」彼は真剣な表情で首を振った。「彼女ときみが見せた犠牲的精神は、そうめったにお目にかかれるものではなく、実に美しいと思うね。同じことができる人間は百万人にひとりいるかどうか。いや、一億人にひとりかもしれん」

エリザベスは相手の鋭敏な目と白い眉に、彼がこれまで下してきたつらい決断のすべてを反映したようなしわ深い顔に見入った。「本気でそう思ってます？」

「心の底から思っているよ」

彼女は顔をそむけ、からからになった喉で唾をのみこんだ。「あなたはいい人ね、フェアクロス・ジョーンズ」

「とんでもない、つまらん老いぼれにすぎんよ」

エリザベスは手紙をたたみ、彼の腕を取った。「お酒があるって言ったわね」

「ああ」

「まだ飲むには早いかしら？」

「全然」クライベイビーはエリザベスの腕にもたれるようにして、ドアに向かった。「それどころか、こういう日はウイスキーランプがとてもよく灯るものさ」

20

ベケットはドライブには行かなかった。署の地下にあるジムに向かった。たいした器具はないが、妻から日頃、体重を減らすよううるさく言われており、これからの一時間の過ごし方はふたつしかない。バーベルでも持ちあげるか、誰かを徹底的に痛めつけるかだ。

数分。数秒。

彼はそこまで精神的に追いつめられていた。

ロッカーをあけ、スーツを脱いで灰色の運動着と古いスニーカーを身に着けた。長いバーに鉄のプレートを取りつけると、大きな音にもひるまず、これまでになく長い時間、上下させる運動を繰り返した。ダンベル、ベンチプレス、スクワット。それが終わると、マシントレーニングに移った。トライセップマシン、ラットプルダウン、レッグエクステンション。

それでも気持ちは落ち着かなかった。

あまりに多くのことが渦巻いていた。

冷たいシャワーで汗は引いたが、階段をあがって、向きを変え、逮捕の手続きをする部屋に向かったときもまだ、頭はほてっている状態だった。

「ベケット刑事?」声がしたほうを見ると、電話の応対業務に雇われた新人女性の姿があった。名前はローラだったかローレン。その彼女がベンチに手錠でつながれた血まみれの男ふたりを押しのけ、部屋の真ん中へんでベケットの目の前に立った。「携帯電話にかけたんですけど。すみません」

「悪い。下で体を動かしてた」

「この一時間でメッセージを二件、預かってます。これが刑務所長から」彼女はそう言うと、番号を書いたピンクの紙片を差し出した。「携帯に電話してほしいそうです。なんでも、五番めのメッセージに関することで、一刻も早く連絡してほしいとのことでした」

ベケットは紙片を丸め、ゴミ入れに投げこんだ。

「もう一件は?」

「情報提供用の番号に二十分ほど前にかかってきました。名乗りませんでしたが、ベケット刑事をとのことでしたので」

ベケットはその情報を頭のなかで整理した。いま有効な情報提供用番号といえば、ラモーナ・モーガン事件で設置してあるものだけだ。番号は新聞や地元テレビ局で知らせている。「相手はなにか言ってたかい?」

彼女はしゃべりながら、指で引用符マークをつくった。「教会で人の気配があるとベケット刑事に伝えろと」

「それだけか? 人の気配があるって?」

「変ですよね」

「電話の持ち主はたどれたのか?」

「プリペイド携帯でした。声はくぐもっていましたが、あきらかに男性でした。もうひとつ伝言があって、そっちはもっと変だったんです」

ベケットは問いただすような目を向けた。

彼女は小さく身をすくめた。「すみません。電話の接続が悪くて、一部、聞き取れないところがあったんですが、こう言っていたように思うんです。〝神の家ですら五枚の壁《ウォール》は必要としない〟と」

五枚の壁。ベケットはその響きに不安をおぼえた。四枚の壁は屋根を支える。では、五枚めの壁とはなんだ?

エイドリアン・ウォール?

ベケットはけっきょくドライブに出かけることにした。ウィンドウをおろしてこもった熱を追い出し、ダウンタウンを抜け、無秩序に広がった郊外を通りすぎた。情報提供用の番号は役にたつ場合よりも問題のもとになることが多く、それも世間の注目が集まる残忍な事件であるほどその傾向が強い。マスコミが騒ぐと頭のおかしな連中がわらわら出てくる。偽の情報。模倣犯。集団ヒステリー。長年、警官をやっていると、いろいろなケースに出くわすが、今回のこれはどこか引っかかる。

神の家ですら五枚の壁は必要としない。

遠くの丘に教会が見えてくるまで車を走らせた。頂上に達すると、東側にまわりこみ、この前と同じ場所にとめた。木の合間から光が斜めに射しこんでくる。熱風が吹いていた。

「勘弁してくれよ」

現場保存テープがはずされていた。ドアがあけっぱなしだ。

ベケットは車を降りると、銃のグリップに片手を置き、ガラスのない窓と見通しのきかない隅、それに巨大な木の黒い幹をうかがった。通報によれば、教会に人の気配があるとのことだった。疑いようがない。背中に太陽の熱を感じながら、階段をあがった。なかは前と同じように暗く、同じにおいがした。拝廊を突っ切り身廊に入る。次の瞬間、まったく時が経過していないような錯覚に襲われた。

「まさか」

ベケットは習慣から胸の前で十字を切り、身廊を奥まで進んだ。うそだ、こんなのはありえないと心のうちでつぶやきながら。

祭壇に横たえられた女は死んでいたが、死後あまり時間はたっていなかった。ハエは飛んでおらず、変色も始まっていない。それに髪がまだつやつやしていた。それでも、不快なにおいがかすかながら感じられた。嗅ぎなれた油のようなにおい、つまりは死臭だ。しかし、胸が悪くなったのはにおいのせいではなかった。遺体の片腕を持ちあげてみた。完全な死後硬直状態で、緩解《かんかい》が始まっている形跡はなかった。最低でも死後三時間で、十五時間以上ということはないだろう。布をめくり、なにも着ていないことを確認したのち、最後に顔に目を向け、すぐに新鮮な空気を求めて外に出た。階段が摩耗しつるつるしているせいで、あやうく足を踏みはずしそうになった。階段をおりきると、腰の高さほどもあるジョンソングラスやカミツレモドキをかき分けながら二十ヤードほどよろよろと進んだ。きょうという日が一変した。ベケットは焼けつくような痛みを感じながら大きく息を吸い、それから嘔吐するように体をふたつに折った。目を閉じても、周囲がぐるぐるまわる感じは消えなかった。気分が悪くなったのは教会のせいではなかった。血走った目でもつぶれた喉でもなく、同じ祭壇で三人めの女性が死んだからでもなかった。

知っている女性だった。

とてもよく知っていた。

四十分後、前回と同じメンバーを教会に呼び寄せた。鑑識、監察医、それにダイヤー。

「こいつはどう考えたらいいんだ？」ダイヤーはすでに十回以上、同じ質問を口にしていた。「なぜ教会なんだ？　なぜこの教会なんだ？」

ベケットも同じ質問を十回以上していた。同じことを何度も繰り返せば、魔法のようになにかひらめくとでもいうように。彼は肩をすくめた。「エイドリアンが通う教会だったからですかね」

「わたしも通っていた。ほかにも五百人は信者がいただろう。きみも一度か二度、見かけたぞ」

「おれは頭がおかしくなってないですよ。エイドリアンはおかしくなってるみたいですけどね」

ダイヤーは黙っていた。どうすればいいかわからないという様子で遺体のまわりを一周した。いまもまだ、部下を外で待たせているのだ。彼はベケットとふたりだけになりたかった。ふたりと遺体だけに。

「これは大変な騒ぎを引き起こしかねない」ダイヤーは言った。「きみもわかってると思うが」

「おそらく」

「おそらくなんてものじゃない。すでに市民は不安になりはじめている。こいつを伏せておける見込みはあるか？」

ベケットは外で待機している連中を思い浮かべた。十五人？　もしかしたらもっと多いかもしれない。

「むずかしいでしょうね」

「となると、間違いは許されない。規則どおりにやらないとな」

「わかっています」

「この女性を知っているそうだな？」

「ローレン・レスター。職場はセイント・ジョンズというデイケア施設で、ミルトン・ハイツのわき道に住んでます。以前、うちの子どもたちが世話になったんです。下の子はいまでも彼女の話をしますよ」

「捜査に私情がからむことになりそうか、チャーリー？」

「それは大丈夫です」

「通報者について、もう一度確認させてくれ。五枚の壁《ウォール》と言ったんだな。そしてそれはエイドリアンを示していると思われた、と」

ベケットは肩をすくめた。「あるいは、われわれがそう考えるよう仕向けたのかもしれません」

「通報者の身元を知る手がかりはそれだけか」

「〝五枚の壁に神の家〟ですよ。身元を知る手がかりなんかじゃないですよ、警部。支離滅裂なたわごとです」

「それでも電話してきた人間は、ここに遺体があるのを知っていた」

「あるいは、ここに置いた本人かもしれません」

「エイドリアンをしょっぴいて事情聴取しないといけないな」

「賛成です」

「必要なものがあるなら言ってくれ」

「なにもかもです、警部」ベケットはダイヤーの肩に片手を置き、ぎゅっと握った。「なにもかも必要です」


日没の一時間前、遺体捜索犬が到着した。白黒のパトロールカーの後部座席に乗って到着したのは、シャーロットにある州捜査局からレンタルしたソロという名の黒いラブラドールレトリバーだった。「お待たせ、チャーリー。遅くなってごめん」ハンドラーはジニーという若い女性だった。三十代前半。アスリートタイプ。彼女はうしろのドアをあけて、犬を出した。「エイヴリー郡でヘリコプターが墜落したのは知ってる？」

「観光用のやつだろ？」

「いまも、山腹に散乱したもろもろを回収する作業がつづいてるのよ」

「ひどいな」

「まったくだわ。こっちもそうとう大がかりじゃない」

　ベケットはあらたな目で現場をながめた。車が十九台。捜査員は二十人以上。遺体はすでに搬出されたが、鑑識職員が教会をくまなく調べるいっぽう、制服警官たちが敷地内をしらみつぶしに捜索している。

「ダイヤー警部はどこ？」

「さあな」ベケットは言った。「広報に精を出しているんだろう、たぶん。こっちの事件の内容は把握しているかい？」

「また遺体が出たことは知ってる」

「遺体がそれ一体だけなのを確認したい。犬はあまり疲れてないだろうな。墜落現場の捜索をしてたんだろう？」

「いやあね、からかってるの？　ほら、見てよ」

　ベケットは目を向けた。犬は目を爛々《らんらん》と輝かせ、やる気充分なのが伝わってくる。

　ジニーもやる気充分だった。「始めてよければそう言って」

　ベケットは空を、暗くなりかけた木立をうかがった。まもなく日没だ。犬が鼻にかかった声で鳴いた。「始めてくれ」

　ジニーがリードをはずした。

　男はこの前と同じ、谷をはさんだ丘の上から見ていた。犬を。それが動く様子を。

　なんてことだ……。

　双眼鏡を目にあてがった。これは想定外だった。祭壇の死体はかまわない。だが、あの特別な場所はだめだ。

　ほかの女たちはだめだ。

犬は教会の片側を移動していき、反対側から戻ってきた。足をとめ、引き返し、また前に進んだ。ハンドラーがきびきびした足取りで同じ場所をたどる。犬は見るからに興奮していた。

　教会の建物。

　犬が反応しているのはそこだ。頭を低くし、行ったり来たりを繰り返している。

　だめだ、だめだ……。

　男はたまらず、隠れていた場所から出た。今度はベケットがかかわってきた。見間違いようがない。あの巨体。もじゃもじゃの髪。彼が片腕をさっとあげると、制服警官たちが教会に駆け寄った。犬はどこにいる？

　やめろ！

　犬が茂みに向かった。ベケットもあとを追う。ハンドラーも。

　だめだ、やめろ！

　犬が茂みに入った。

　あちこち引っかいている。

　　ほじくっている。

「ようし、犬をさがらせろ」ベケットは茂みにいて、教会の基礎にある小さな扉を犬が引っかくのを見ていた。大きさは縦横二フィート。ペンキが剝げかけている。材質は木。「捕まえたか？」

　ジニーは首輪にリードを取りつけた。「いいわよ」

　犬がいなくなったところで、ベケットはドアを調べた。ゆがんで、ふくらんでいる。それを引きあけ、奥の暗がりをのぞきこんだ。「半地下だな。かなり広そうだ」立ちあがって、ジニーに目をとめた。犬はその横にすわっているが、一心にドアを見つめている。喉の奥からまた鳴き声を漏らした。「犬がじれているようだな」

「じれてるなんて言葉じゃ足りないわ」彼女は犬の毛をくしゃくしゃと乱してやった。「教会の下にもぐりこみたくてしょうがないのよ。証拠の保存なんか知ったことじゃないとばかりにね」

21

フェアクロス・ジョーンズは最後にこれほどいい気分になったのはいつか思い出せなかった。目的があるからだ、と思った。必要とされているという思いが体の内を熱くしてくれたせいだ。

かつての依頼人。

美しい女性。

眼鏡の縁ごしに彼女を見やった。精も根《こん》もつき果てているようだ。「なにか持ってきてあげようか？　もう一杯どうだね？　それともそろそろ腹が減ったのではないかな？」

ふたりはそれぞれ大きな椅子にすわり、火のついていない暖炉を前にしていた。エリザベスは靴を脱ぎ、脚を折り敷いていた。彼女がほほえむのを見て、老人はまた胸がはずむのを感じた。

「少し寝ることにします」彼女は言った。「ちょっとだけ。あなたはここにいる？」

「これからなにがあるかあててごらん」弁護士は身を乗り出し、炉床にグラスを置いた。「ちょっとしたパーティだよ」

「そのとおり」

「わたしたちふたりしかいないじゃない」

彼はにやにやしながら立ちあがった。

「出かけるの？」

「エイドリアンを連れてこないとな」フェアクロスは飾り棚にあったキルトを取り、やせた胸のところで抱きしめた。「いまは五時。きみは数時間、寝ていなさい。シャワーを浴びてもいい。わたしはこれからエイドリアンがいるはずの例の焼け跡まで行って彼を拾い、帰る途中でテイクアウトでも買ってくるとしよう。先日ぽしゃったディナーの会をひらこうではないか。きょう生きていることを祝って」

「とてもじゃないけど、お祝いをする気分にはなれないわ」

「とはいえ、どんなにつらかろうと人は食べねばならん」彼はエリザベスの膝にキルトをかけてやり、腰を落とした。「ここにいれば安全だ。きみはなにもしなくていい。誰もきみを探しにはこないのだからね」

「チャニングはどうなるの？」

「きみの若き友人はいま、われわれの手の届かないところにいる。だが明日という日は必ず来るし、彼女の父親の弁護士たちはひじょうに腕がいい。明日の朝、彼らに接触し、作戦会議の開催を打診してみよう。道は必ずひらける。それは保証するし、できるかぎりの努力をすると約束する」

「ありがとう、フェアクロス」エリザベスのまぶたが重くなり、やがて閉じた。「本当にありがとう」

老弁護士が私道を横切り、杖を振り出すと、リムジンの運転手が車を降りた。「ちょっと行ってもらいたいところがある」フェアクロスは言った。「あと数時間したら、きみを家族のもとに帰してあげるよ」

「家族はおりませんので」運転手は後部座席のドアをあけた。「べつに急がなくてもけっこうですよ」

「それはよかった」フェアクロスはやわらかな革のシートに体を沈めた。「ハイウェイ一五〇号線に乗って、北に向かってほしい」

運転手は裏道を使ってハイウェイ一五〇号線に入って市街地を迂回すると、あとは指示どおりにエイドリアンの農場に向かうアスファルト道路を進んだ。フェアクロスは谷間に沈んでいく真っ赤な太陽を、一日の移り変わりのような影と陽射しを見つめていた。「次の丘を越えたら、しばらく走って右だ」

リムジンは丘をのぼりきると、裏の斜面をおりていき、ようやくたいらな道路に出た。「お客さま？」フェアクロスが身を乗り出すと、運転手はフロントガラスの向こうを指差した。「あれが目的地でしょうか？」

草地と木立のあいだを半マイルほど走るごろごろした砂利の私道が見えた。壊れかけた家らしきものがぼんやり見える。しかし、車はくっきりと見えた。灰色のセダンが私道をなかばふさぐようにとまっていた。先日見たのと同じ車だ。

リムジンの運転手がアクセルから足を離した。「どうしたらよろしいですか？」

「あの車のうしろにぴったりつけてほしい。バンパーのすぐうしろに」運転手は言われたとおりにした。セダンに乗った男たちの姿が見え、運転席の男はルームミラーをのぞきこんでいた。「少しだけ、このままこうしていよう。連中がどういう行動に出るのか知りたいのでね」

しばらく待った。誰も動かなかった。

「あの……？」

「しかたない」フェアクロスはドアをあけた。「ちょっと様子を見てくるとしよう」そう言って片足を地面につけたとたん、セダンがエンジンをかけた。

「お気をつけて」運転手は言ったが、その声はエンジンの轟音にほとんどのみこまれ、セダンはアスファルト道路にいきおいよく飛び出した。

フェアクロスは、舞いあがった土埃で思わず咳きこんだ。車は金属部分をきらりと光らせ、猛然と走り去った。「おやおや」弁護士はふたたび車におさまった。

「必要かと思い、ナンバーをひかえておきました」

「それはありがたい。では、このまま進んでくれ」

「この道を行けばいいんですか？」

「そうだ」

リムジンは家畜の脱出をふせぐための細溝と色あせた砂利の上をゆっくり進んだ。小さな川を渡り、フェアクロスがこれまで見たことがないほど大きなオークの木の下をくぐった。暗いなかで見ると、壊れかけた家はわびしく見えた。かすかに火が見え、それからエイドリアンの姿が見えた。かつては壁があった場所にぴくりとも動かずにすわっている。その顔には、歓迎するような表情はみじんも浮かんでいなかった。

「ちょっといいかな」フェアクロスは運転手に五十ドルを差し出した。「どこかで食事をとってきなさい。帰る段になったら電話で連絡するから」

「ありがとうございます」相手は金を受け取った。

「わたしの名刺はお持ちですよね」

老弁護士は上着のポケットを軽く叩いた。「ちゃんと連絡するよ」

「あの……？」

フェアクロスは片手をドアにかけたまま動きをとめた。

「本当にいいんでしょうか？」運転手の言葉は周囲の

暗さと焼け跡、いましがた追い払った車、それにエイドリアンのぼんやりとした姿を指してのことだった。

「じきに真っ暗になりますし、あの人はとても信頼できるようには見えません。いや、べつに悪くとらないでほしいんですが、あなたのような方がいていい場所とは思えませんので」

フェアクロスは傷だらけでやせた体にサイズの合わない服を着たエイドリアンに目を向けた。「いいんだよ、ここで。さあ、うまいものでも食べてきなさい」

「わかりました」運転手はかなりとまどいながらもうなずいた。「そうおっしゃるのなら」

「では行っておいで。わたしのことは心配いらないよ」

フェアクロスは車を降り、それが走り去るのを見送った。土埃がおさまると、背中を丸めて杖にもたれかかり、エイドリアンが近づいてくるのを見ていた。

「やあ、若いの。ここに来ればきっといると思ったものでね」

「ほかに行くところなどないですから」

「世の中は広いじゃないか」木の下から出てくるエイドリアンを、フェアクロスは私道のへりで待ちかまえた。「きみは、こういう歴史がしみついたような場所は嫌いかと思っていたよ」

「やり残した仕事があって」

「ほう？」フェアクロスは片方の眉をあげたが、長年の弁護士生活から、そうすると鋭い目つきになるのがわかっていた。「だったら、それについて話し合ったほうがよさそうだ。というのも、いましがた、私道の入り口に、例の灰色の車がとまっているのを見かけたのでね」

「ああ、やっぱり」

「誰だか知っているのかね？」

「おれに話す義理があると本気で思ってるんですか？」

「ずいぶんと気が立っているようだ」老人は心の底から驚いた。エイドリアンは肩と顎を硬直させていた。いつもの温かみのある目はどこにもない。「わたしたちは友だちじゃないか」

エイドリアンは顔をそむけ、枯れ果てた畑を見わたした。その様子からは、全身が凍りつきでもしたような、かたくなさが伝わってくる。と同時に、深く傷ついた心を苦々しく思い返すような哀愁の念も伝わってきた。「あなたは一度も面会にこなかった」

「行こうとはしたんだが……」

「最初のころのことを言ってるんじゃないんです、クライベイビー。あの暗い日々はおれが自分で選んだことですから。そのあとの十三年の話です。あなたはおれの弁護士であり、友人だったはずだ」容赦のない声だった。彼が言っていることは事実で、反論の余地はない。

「あのレベルの上告を手がけるには、わたしは歳をとりすぎていたんだよ。それについては充分話し合ったはずだ」

「おれの友だちでいるのにも歳をとりすぎてたんですか？」

「いいかね、エイドリアン」老人はため息をつき、彼を正面から見すえた。「きみが収監されたのち、われわれの多くの人生が変わった。リズは自分の人生とそれを生きることを優先するようになった。わたしの場合は逆だった。同業者に会ったり、誰かと親しくなることに興味がなくなった。気にかけることそのものに興味がなくなったんだよ。鬱状態だったのかもしれない。それについては断定できないがね。太陽が熱を失ったような、血管を流れる血がいくらか濃くなったような感じがしていた。そんなふうに比喩《ひゆ》表現の幅が広がって、いくらでも出てくるようになったほどだ。だが、ぴったりの言い方をしたのは家内のほうだった。彼女は二年ほどがまんしたのち、こう言ったんだよ。

わたしは七十二歳だけど、死んだ男と暮らせるほどの年寄りじゃないとね。彼女が出ていったあとは、めったに外出をしなくなった。食べるものは配達してもらい、洗濯物は引き取りに来てもらった。飲んで寝るだけの生活だった。今週になるまで、この十年ほどは家を出ることもほとんどなかったんだよ」

「どうしてです？」

「どうしてかって？」うっすらとした笑みがフェアクロスの唇に浮かんだ。「失意の底にあったのかもしれんな」

「おれが原因じゃないですよね」

「法に対する失望か、あるいは司法の修復しようのない欠点に対する失望か。とにかく、信じられなくなったんだろう。あるいは、単に歳をとっただけかもしれん」

「助けを求める手紙を何通も送ったんですよ。失意の底にあろうがなかろうが、なぜ無視したんです？」

「そんなことはしていない」

「無視したじゃないですか」

「誤解しているようだな、エイドリアン。手紙は一通も受け取っていないよ」

エイドリアンは少し考えてから、小さくうなずいた。

「抜き取られていたのか」そういうと、またうなずいた。「そうか、連中が抜き取っていたんだ。あいつらならやりかねない。おれはなんてばかだったんだ」

最後には完全にひとりごとになっていた。フェアクロスが気になったのはべつのことだった。

「連中というのは誰のことかな？」

「そんな目でおれを見ないでください」

エイドリアンが暗い目になり、フェアクロスはわかったと思った。刑務所のことは知っているし、そこで長くつとめた依頼人はほかにもいる。あそこでは、一定の割合で人格の解離や妄想症が発現する。

「べつに妄想なんかじゃないですよ」エイドリアンは

言った。

「だったら、その話をしようじゃないか。手紙について。さっきの謎の車について」

エイドリアンは暗闇のさらに奥へと足を進めた。フェアクロスはその背中に、うなだれた頭に目をやった。

「エイドリアン？」老人は杖にもたれたまま体の位置を変えた。「わが友よ？」

エイドリアンはその呼びかけを無視し、次第に深まる闇をながめやった。実際に経験してみなければ、塀のなかの実態など理解できるはずもない。エイドリアンですら、事実と虚構の境界線がわからなくなっていた。空は本当にこんなにも暗くなるものなのか。老弁護士は実在するのか。どちらも答えはイエスだと思う。しかし、緑の芝生や生暖かい風を感じていたつもりが、目をあけると真っ暗なボイラーのなかにいたことが何度あったことか。氷結しかけた配管の冷え冷えとした狭い空間にいたことも一度や二度ではない。友情ですら裏切りのにおいがした。妻は去った。同僚も。友人も。ならば老弁護士の熱意を真《ま》に受ける理由がどこにある？

現実なのは看守の存在だけだ。所長の存在だけだ。

あいつらを殺すしかない、とあらためて思う。あいつらが生きているのに、どうやって生きろというのか。どうやって人生を取り戻せというのか。

「どこに行くんだね？」

エイドリアンは足をとめた。歩きだしていたとは思っていなかった。「いまのおれはいい話し相手にはなれないんです、フェアクロス。ちょっと時間をもらえませんか？」

「もちろんだとも。好きなようにするといい」

エイドリアンはうしろを振り返らなかった。まっすぐ草地に向かったのは、そこなら空が格段に広く、夜空に最初に輝く星が格別に明るく見えるからだった。広々とした場所にいれば少しは楽になるのではないかと思ったが、自分がよけいに小さく声なき存在に、何十億という人間がいる世界で忘れられた存在になった気がするだけだった。しばらくはそれでもかまわなかった。自分が声なき存在であることは理解していたし、普通の人にくらべればひとりでいることにも慣れている。生きのびるということは煎《せん》じつめれば決意と意思を持つことだ。それがだめなときには、無抵抗とイーライの言葉、それにただやりすごすという作戦に頼るしかない。だが、もうそんな手段はごめんだった。彼の望みは人生を取り戻すことと、こんなふうに薄っぺらで貧相な人生につくり変えた相手と対峙することだった。

対峙するとは、具体的にどうするのか？

会話？

それは疑問だ。その疑問のために、かつてはまともな人生がおさまっていた場所で何時間も過ごしたのだ。怒りはあまりに大きく、そのせいで生き物に、胸という檻に閉じこめられた恐ろしい化け物になっていた。エイドリアンはそれをいたぶって殺し、最後にはすべて埋めてしまいたかった。

しかしそうはできないものもある。

かつての自分の記憶だ。

草むらに分け入り、草が肌に触れる感触を楽しんだ。以前の彼はまともな男だった。完璧ではないし、それにはほど遠かった。だが、仕事には全力で取り組んでいたし、友人がいて、パートナーがいて、慕ってくれる連中もいた。ひとりの女性を愛したが、べつの女性を悲しませてしまった。複雑な人生だが、いまはより複雑になっている。五人を殺し、地中深く埋めてやるのだけが唯一の望みとなっているいまは。

このことを伝えたら、クライベイビーはなんと言うだろう？

あるいはイーライは？

暴力から距離を置いているのは、それも理由のひとつだった。イーライ・ローレンスはさっさと忘れてあらたな人生を築けと言った。彼から教わったすべての教訓が言っているのはこういうことだ——一日を、一ヤードを、言おうとした言葉を途中でやめるな。

生きようと思うのは罪ではない。

エイドリアンは日々、この言葉を聞きながら目を覚まし、つぶやきながら眠りについている。

罪ではない。

しかし、ただ姿を消すだけではだめな気もする。刑務所長は州の中央刑務所に勤務すること十九年。その間に何人の囚人が死んだだろう。何人が正気を失い、または忽然《こつぜん》と姿を消したことだろう。エイドリアンだけが唯一の例外ということにはならないだろうし、危険を甘く見てはいなかった。刑務所長。四人の看守。全員の名前を知っているし、立ちまわり先もわかっている。なのに連中は不安なそぶりをまったく見せない。法廷にも、少年が撃たれた現場にも姿を見せた。弁護士の家までエイドリアンを尾行し、この農場までついてきた。まさか、エイドリアンがそこまでもろく、崩壊寸前だと、本気で思っているのだろうか。

当然、そうだろう。

いたぶったのは彼らなのだから。

「いまのおれはちがうんだ」

だがちがわなかった。

記憶。悪夢。

「よせ」

大声で叫んだつもりだったが、そうではなかった。寝ていても起きていても、いつ襲われるかわからない。記憶が闇からいきおいよく入ってくる。台とネズミ、イーライの死と何度もされた質問。恐怖が水のように迫りあがるのは、壊れかけている証拠だ。

「そんなのはおれの人生じゃない」

しかし、感じているのはまったく逆だった。最後の波が引いたとき、エイドリアンは、子どものときから知っている草地にひとり、ぽつんと立ったままだった。壁も天井も凍てつく金属もなかった。では、もう終わったんだな。それがいつものパターンだ。

だが、そのとき、車が見えた。

車は草地を過ぎ、道路と私道が接しているところで赤いランプが点灯した。エンジンの音とタイヤの音が聞こえた。そして闇にまぎれた。

「あいつら」

エイドリアンは無意識のうちに草地を突っ切っていた。道路に出るところで足をとめた。相手は私服だったが、すぐにわかった。スタンフォード・オリヴェットとウィリアム・プレストン。髪型、体の動き、ライターの火に照らされた顔でわかった。ふたりを見たとたん、すべてがよみがえり、一瞬、彼は記憶に押しつぶされそうになった。揺らめく炎のような笑み、手首と足首をつかむ肉厚の手、ベルトで固定するあいだ、がっしり押さえつけられたこと。その手がナイフに、針に、ネズミが入っていて生きてるように動く袋にのびる。

ふたりを車から引きずり出して、顔をぶん殴ってやりたかった。そのためならば、この手がだめになってもかまわない。行動しろ、いますぐに、と心のなかで命じるが、べつの光景がまぶたに浮かんだ。見えるのは同じふたり、同じ顔だが、それは自分が地下二階のボイラーから死人のように出てきたときのことだった。彼らは哀れみにも似た表情を浮かべ、ひどいありさまだなどと小声でささやきながら、エイドリアンの体からネズミをはたき落とし、光と空気と水がある場所まで連れていく。

ばかなやつだ、とふたりは言った。

頑固にもほどがあるぜ。

突然、怒りと恐怖、服従への圧力が一気に押し寄せた。

　言われたとおりにしろ。

　目を伏せろ。

　この程度はごくあたりまえの恐怖であり、ごくあたりまえの囚人に対するものだった。エイドリアンがされたのはもっとひどいもので、いまになってようやくその甚大《じんだい》さが把握できた。いまは自由の身とはいえ、根っこの部分はなにも変わっていない。ふたりの顔がこっちを向き、彼に気づいた目になった。オリヴェットがなにか言い、色の薄い唇と小さな丸い目の太ったプレストンがまたほほえんだ。意味ありげな笑い方は、いっちょやってやるぜと言っている。この男はエイドリアンの体の隅々までを知りつくしている。血のにおいも、悲鳴のあげ方も、切ったところと切っていないところも知っている。エイドリアンは血が沸きたつのを感じたが、すぐにかちりと音がして、体の一部が停止した。倦怠感《けんたいかん》。無感覚。車のドアがあいたが、やけに遠くに見えた。あたりがほぼ真っ暗になり、次に明かりがついたときには、プレストンの手に伸縮式の鉄の警棒が握られていた。「ここでなにをしてる、ウォール受刑囚？」

　受刑囚……。

「こんなふうにおれたちのそばに寄っていいと思ってるのか？　そういうことをしていい身分だとでも？」

　エイドリアンの唇が動いたが、音はなにも出てこなかった。

　プレストンは警棒でエイドリアンの胸を小突《こづ》いた。

「やつからどんな話を聞いたか教えろ」彼はほんの少し声を荒らげた。「イーライ・ローレンス。なんの話かわかるな」

「こいつを見張るだけのはずだろ」オリヴェットが割って入った。「あくまで念のためにって話じゃないか」

「ごちゃごちゃぬかすな」

「ここじゃまずい。考えてもみろって。いつなんどき、ほかの車が通りかかるかわからないんだぞ。見られたら困るだろうに」

　プレストンが手首をひねり、警棒を長くした。それを目にもとまらぬ速さでエイドリアンの首に打ちおろし、つづいて膝頭に強く叩きつけ、痛みをたっぷり味わわせた。エイドリアンは地面に倒れ、砂利が後頭部にめりこんだ。動こうとしても動けず、息をしようにも肺ががちがちに凍っている。

「よせよ、プレストン」オリヴェットの声が上から聞こえた。「見張ってろとしか言われてないんだぞ」

「黙って見てろって」指の関節が鳴る音がした。目の前にプレストンの顔が現われ、ごつい手で頬をはたかれた。「おい、聞こえるか？　聞こえるかって訊いてんだよ、この間抜け」

「なあ、やめようぜ。まいってるみたいだ」

「おい！」つづけて二度、はたかれた。「あれはどこだ！　え？　イーライ・ローレンスはおまえになにを話した？」

　エイドリアンは体を横向きにした。プレストンがその首を足で押さえた。「塀のなかだろうが外だろうが関係ない。おれが訊いたら答えろ」

　エイドリアンは喉が圧迫されるのを感じはしたが、なにもかもが遠くに思えた。星。痛み。この男の言うとおりだ。塀のなか。塀の外。どっちにしても勝てっこない。

「おい、死んじまうよ」

「ばか、死ぬわけないだろ」

「喉を踏みつぶしちまったんじゃないのか。ほら、見ろよ」

　足がどかされ、空気が流れこんだ。エイドリアンは地面に大《だい》の字になったまま、ぴくりとも動かず、一点をじっと見つめていた。

「もうお遊びはうんざりだ」

ふたたび喉を圧迫された。エイドリアンは踵《かかと》が地面をこするのを感じながら、かつての闘志あふれる自分を取り戻そうとしていた。昔はいつも闘っていた。街でも、刑務所の運動場でも、はじめて台に固定されたときも、配管に押しこまれたときも。闘うことが正しいと思っていたが、このときばかりは死を覚悟した。

しかし、どうやら、世界は彼を完全に見捨てたわけではないらしい。クライベイビー・ジョーンズがそこらじゅうにいる勇敢な老人の幽霊のように、暗闇からふらりと現われた。

「その男に手出しをするんじゃない！」

振りあげた杖がプレストンの鼻に命中し、プラムのように押しつぶした。またも振りあげると、オリヴェットがあわててとびのいた。クライベイビーはさらにこころみたものの、こういう男たちが相手では三度めのチャンスを望むほうが無理だった。まもなく九十になる老弁護士は、一発殴られただけで死んだようにくずおれた。

「くそ！」プレストンが出血する鼻を押さえながら言った。「いったいどこから出てきやがった」

「こいつ、例の弁護士だ」

「あの弁護士なのはわかってるさ、ばか野郎。どこからともなく現われたわけがないって言ってんだ」プレストンはベルトから銃を抜き、オリヴェットに押しつけた。「家を調べてこい。ほかに誰かいないか確認しろ。車で行け。急げよ」

プレストンは鼻にハンカチを押しあてながら、車が出られるよう老弁護士を引っ張って私道からどかした。エイドリアンのところまで埃や砂利が飛んできた。彼はフェアクロスのそばまで這っていこうとしたが、息もできないほど苦しかった。

「動くな」プレストンがエイドリアンの喉にブーツの足をのせた。

車は一分もたたぬうちに戻ってきた。「誰もいなかった」オリヴェットはドアを閉めながら言った。「ほとんど焼けて、なにもなかった」

「銃を返せ。こいつを見張ってろ」ブーツが持ちあがった。プレストンがフェアクロスの足首をつかんで私道を引きずっていったが、エイドリアンはそれをなすすべもなく見ているしかなかった。老人は意識はあるようだが、かろうじてという感じだった。暗がりにのみこまれる寸前、片手があがった。と同時にプレストンの声が飛んだ。「さっき、車が来ると心配してただろ、オリヴェット。だから行くぞ」

「行くってどこに?」オリヴェットは訊いた。

「いいからそいつを連れてこい」

オリヴェットはエイドリアンを引っ張って立ちあがらせた。空がぐるぐるまわるのがとまった。「こいつを使わせないでくれよな」オリヴェットがべつの警棒を見せた。「ああなったときのあいつは、あんたもよく知ってるだろう?」

「クライベイビーが……」

「しゃべるな。さっさと歩け」

背中に置かれた手に強く押され、エイドリアンはつんのめりそうになった。そのときはなんとか倒れずにすんだ。次に押されたときには前のめりに倒れこんだ。けっきょく、オリヴェットに引きずられることになった。

たいした距離ではなかった。

二十ヤード前方では、プレストンが老人をかつぎあげていた。「ほらな。ここなら車は来ないし、よけいな心配をせずにすむ」

「なにをするつもりだ、プレストン?」オリヴェットはエイドリアンの足首から手を放した。「こんなことをしろとは所長に言われてないぞ」

「そんなの知るかよ」

「こいつがしゃべる心配はない。おまえだってわかってるだろうに。前にもやってることだ」

「そのときは、この弁護士はいなかっただろ」

「いいかげんにしろって」オリヴェットは一歩前に踏み出したが、プレストンはすでに膝をつき、老人の首に太い腕をまわしていた。「おれたちは監視するだけのはずだろ。あくまで念のために」

「そうは言うけどな、そいつを見ろよ」プレストンが言ったのはエイドリアンのことだ。「文句があるならそいつの面《つら》を見てからにしてくれよ。この弁護士さんを守るためなら、なんだって吐くって顔をしてるぜ」

「殺してやる」エイドリアンはどうにか膝立ちになった。「クライベイビー……」

「ちゃんと押さえてろよ」プレストンは言った。「とっくり見せてやるんだから」

オリヴェットはエイドリアンの首に警棒をあてがい、おとなしくさせた。五フィート前方ではプレストンも老人に同じことをしていた。クライベイビーは抵抗したものの、なんともお粗末なものに終わった。やせこけた脚で地面をかき、染みの浮いた手でプレストンの腕をつかむだけだった。エイドリアンは老弁護士の名を呼ぼうとしたが、オリヴェットが警棒に全体重をかけてきた。

「さてと、最初はゆっくりいくぞ」

プレストンが老人の小指をつかんだ。エイドリアンはフェアクロスの指が折られた瞬間も顔から目を離さなかった。そうとう痛いはずだが、老人は叫び声ひとつあげなかった。

エイドリアンは鋭く息を吸うと、どうにか声を絞り出した。「やめろ。よせ」

プレストンがべつの指をつかんだ。

「教える」

「ああ、あとで聞くよ」

二本めの指が折れ、クレイベイビーがすさまじい声をあげると、エイドリアンも大声をあげた。脚をばたつかせ、身をよじると、警棒にオリヴェットの全体重がかかった。周囲が赤く、つづいて黒くなった。エイドリアンは喉を詰まらせ、宙をかきむしりながら、闇のなかに落ちていった。

　気がつくと、同じ場所にひとり倒れていた。喉に押しつけられていた警棒はなくなっていた。息がしづらかった。どのくらい意識を失っていたのかわからないが、ずいぶん長かった気がする。十分？　それ以上？　喉がからからだ。唇にねばねばした血がついている。体の向きを変えて膝立ちになると声が聞こえ、顔をあげた。オリヴェットとプレストンが見おろす先を見ると、老弁護士が地面で痙攣していた。白目を剝《む》き、両の踵を激しく打ちつけ、口の両側に唾がたまっている。

「なんだよ、これは！　どうしちまったんだ」オリヴェットは見るからに怯えていた。「心臓発作でも起こしたのか？　脳卒中か？」

「いつまでこうしてるんだろうな」

「そんなの知るかよ」

「気味が悪いぜ。とめちまうか」

「冗談言うなって」

「これ以上、見てられないだろ」プレストンは銃を抜いてねらいをつけた。「だったらこの場で殺すしかないじゃないか。ああ、やってやる。頭を撃ち抜いて殺してやるさ」

　プレストンが撃鉄を起こすと、その音が老弁護士の耳に届いたのだろうか、脚の動きがとまった。手も宙をかくのをやめた。老人は大きく三度、息をすると、最後にもう一度、背筋をぞくりと震わせた。エイドリアンはその一部始終を見ていたが、最後の息をしたあとの静けさが、恐怖と服従の十三年に終止符を打った。脚の感覚がまだ戻っていなかったが、どうでもよかった。生。死。大事なのはプレストンの顔と握ったこぶしの重さだけだった。彼が立ちあがったのに気づき、看守ふたりは振り向いたが、そのときの顔には恐怖のかけらも浮かんでいなかった。ふたりは彼を、みじめな男だと見なしていたが、それも当然だ。配管に入れられ、金属の台に寝かされる日々ばかりだったから、ふたりが知るエイドリアンは悲鳴をあげるか引きこもっているかのどちらかだった。刑務所の隔離棟の住人であり、世間から忘れられた男による弱々しい抵抗でしかなかった。エイドリアンは秘密を知っているかもしれない囚人であり、ふたりはいまだにそう見ていたが、それはとんでもない間違いだった。エイドリアンの心の奥底には囚人だったときの彼はまったく残っておらず、いまは闘いに飢えていた。

「プレストン？」オリヴェットが先に気づき、エイドリアンを一度見ただけでわきにのいた。「プレストン？」

しかしプレストンは気づくのに遅れ、銃をかまえるのが遅れた。エイドリアンは怒りも憎悪もあらわにせず、あらんかぎりの大声でその思いをぶちまけた。雄《お》叫《たけ》びをあげながら突っこんでくる彼に向けて、プレストンはなんとか二発撃ったものの、どちらも大きく的《まと》をはずした。エイドリアンにぶつかられ、プレストンの体は六フィートほどうしろに飛んだ。地面に落ちた銃がくるくる回転しながらどこかに消えると、あとは素手の闘いになった。エイドリアンの一方的な攻撃に血しぶきがあがり、歯が飛んだ。次に彼はオリヴェットを捕まえると、同じことを繰り返した。

22

ベケットは小さな扉をくぐり抜けた。これから教会の下にもぐると思うと、なんだか妙な気がした。上からの重みを感じた。百七十年。この教会が建てられてから、それだけの歳月が流れていた。

「よし」彼はうしろに手をのばした。「明かりをくれ」

大きな懐中電灯を渡され、それであたりを照らした。柱は自然石で、使われている木材は彼の腰ほどの太さがあった。クモ、シロアリの巣、古いがらくたの破片。ただだっ広いが高さはなく、真っ暗だった。

「人が入った形跡があるな」

地面を一度ならず這ったらしく、引きずったような跡がくっきりついていた。跡は最初の石の柱を過ぎたところで曲がり、あとはまっすぐ身廊の前方に向かっていた。ベケットは狭苦しい空間で巨体の向きを変えた。

ジェイムズ・ランドルフが四角い出入り口のところにしゃがんでいた。うしろに広がる空が濃い紫色に染まっていた。「やれそうかい？」

「なにをいまさら。なんなら代わろうか？」

「遠慮しとくよ。五十四年も生きてると、地獄に落ちる一歩手前まで罪を重ねてるんでな。教会の下で遺体の捜索なんかしたら、とんでもないことになる」

ベケットは地面についた跡を照らした。「引きずった跡はあっちに向かってる」

「祭壇も同じ方向だ」

「おれも同じことを思ったよ」ベケットはさらに周囲を照らした。地面と床との隙間は二フィートほどしかない。「おれの体だとでかすぎる気がするな。おれがどこかにはさまるか、あんたを呼ぶかしたら、急いで助けに来てほしい」

「やなこった」

ランドルフがまじめに言っているのかどうか、ベケットには判断がつかなかった。もう一度、体の向きを変え、腹這いになった。「ダイヤーを探してくれ。ここに連れてくるんだ」

その結果、ベケットは教会の下の暗い空間にひとり取り残された。引きずり跡を避けて進み、最初の柱を過ぎると右に進路を変えた。土と石が肘に当たり、靴を汚した。しかし、それも気にならなくなった。というのも、五十フィートも進むと、ランドルフと同じ、信仰上の恐怖を感じはじめたからだ。頭上の教会でいったい何人が結婚し、洗礼を受け、死者を悼《いた》んだことか。おそらく何千人にもなるだろうが、その間もずっと、こんな手つかずの場所が下に広がっていたのだ。かびくさく、ごみ交じりの細長いかまどのような場所が。

ベケットは梁の下に巨体を押しこんだ。

どのくらい進んだろうか。七十フィート？　八十フィート？

柱が崩れて根太《ねだ》がたわんでいる場所で、いったんとまった。隙間は一フィートあるかないかで、しかたなくそこを迂回した。それでも肩や頭頂部が板でこすれた。落ちてくる土埃に咳きこみながら反対側に出たところ、目の前に墓が現われた。

「なんだ……これは」

彼はまたも胸の前で十字を切り、人生で一度か二度しか襲われたことのない寒気を感じた。墓はどれも土を盛った程度のものだったが、そのうちの五つから骨が突き出ていた。指の骨と思われるもの。頭蓋骨の丸い部分。墓は成人男性が横になれるほどの大きさのくぼみを中心に、弧を描くように並んでいた。

だが、彼を悩ませたものは骨だけではなかった。

ベケットは目を閉じると、大きく息を吸った。下から地面が盛りあがり、上から教会が押しつぶしてくるような感覚と必死で闘った。

「息をしろ、チャーリー」

閉所恐怖症に悩まされたことは一度もないが、いまいるのは祭壇の下、それも真下だ。つまり、墓も祭壇の真下にあるということだ。

全部で九基。

「落ち着け、落ち着くんだ」

横向きになり、過去百七十年間にこの教会に出入りしたすべての人々を想像した。頭の上を幽霊が、いたいけな子どもと熱心な信者、新婚の夫婦、死んでもまない者の霊が行き来しているように感じる。魂は上の祭壇に宿り、肉体はここ、この場所に……。

これは完全に冒瀆行為だ。

ベケットは目を閉じ、それから、どっしりした根太を見あげた。歳月で表面が黒ずみ、男の腰ほどの太さがある。

そこにわずかばかりの色があるのを、あやうく見逃すところだった。

小さくて色あせたそれは、二十五セント硬貨ほどの大きさもなかった。懐中電灯の光をあてたところ、根太にはさみこんだ写真の角だとわかった。緑色が少しと、石とおぼしきものが見える。ラテックスの手袋をはめ、裂け目から写真をそっと抜いた。古い写真は、懐中電灯のまぶしい光を受けて、全体が白っぽく見えた。教会の横に立つ女性を撮ったもののようだ。少し傾けてみる。そこで間違いに気づいた。

写っているのは女性ではない。

まだその年齢には達していなかった。

二十分後、外は完全に暗くなり、蚊の飛ぶ音がうるさくなっていた。床下のドアのまわりに投光照明が並べられ、ベケットの親指ほどもある蛾が光のなかを出たり入ったりしていた。ベケットとランドルフは蛍光灯のぶうんという音がするなかで立っていた。ふたりともダイヤーを待っていた。

「連中がいらいらしてきてるぞ」ランドルフが言ったのは、監察医、鑑識、その他の警官たちのことだ。

ベケットは意に介さなかった。「ダイヤーに見せるまでは誰だろうと現場に入れるわけにはいかないんだよ」

「顔色が悪いんじゃないか?」

「大丈夫だ」しかし、大丈夫ではなかった。この発見によって状況が変わった。おそらくはすべてが。

「全部で九基あったって?」

「そうだ」

「おれも見てみたいな」

「自分の仕事のことだけ考えてろ」

「これがおれの仕事だよ」

「だから言っただろう」ベケットは首にとまった蚊をつまみ、親指と人差し指ですりつぶした。「おれたちは警部が来るまで待つしかないんだって」

到着したダイヤー警部はげっそりとやつれた様子だった。彼が光の輪のなかに入ると、影が壁を這いのぼった。彼は最初、なにも言わず、板張りした窓と、貧相な茂みの奥の小さな四角い穴を検分した。「規則どおりにやれと言ったはずだ」

「わかってます」

「つまり、わたしの許可なく遺体捜索犬を出動させてはならんということだ」

「それもわかってます」

「それで?」ダイヤーの手が腰に置かれた。「遺体の数に不満でもあったか? もっとプレッシャーを感じたかったのか?」

「下で見つかったものからすると……」ベケットはかぶりを振った。「エイドリアンが犯人とは思えなくなりました」

「いまのはよそで言うなよ」ダイヤーは見つめてくるすべての顔をじっくり見てから、照明があまりあたっていない、静かなほうにベケットを連れていった。「思えなくなったとは、どういう意味だ？」

「遺体がいつから埋まっていたかはまだはっきりしません。ですが、まだ五年か十年程度しかたっていないとしたらどうなります？　エイドリアンはそれよりも長い期間、刑務所にいたんですよ」

「ひとりを殺したのなら、あと九人、あるいは五十人殺していたっておかしくない。ひょっとしたらジュリア・ストレンジは最初の犠牲者じゃないのかもしれないだろう」

「あるいは、べつに人殺しがいるのかもしれません」

「遺体は簡単に古くなる」ダイヤーは言った。「地下にあるという遺体は百年か二百年、そこにあったのかもしれないな。この教会は、われわれには理解できない理由により、その遺体の上に建てられたのかもしれないじゃないか」

「墓はそこまで古いものじゃありませんでしたよ」

「なぜそう言い切れる？」

ベケットは指をぱちんと鳴らし、鑑識のひとりが使い捨ての作業着を持ってくるのを待った。「これを着てください。証拠を見せます」

教会の地下にもぐると、ベケットは指で示した。

「あそこの引きずった跡には近づかないように」

「ふた組あるようだが」

「片方はおれのです」

「もうひと組も、ついて間もないようだ」

「おれが入ったときにはもうついてました」

「そんなことはわかっている」

「まだこれはほんの一部です。こっちへ」

ベケットが先にもぐった。二度振り返ったが、ダイヤーは根太の下を楽々通り抜けていた。墓のところまで来ると、ベケットは前進をやめ、ダイヤーが隣に来るまで待った。影が躍り、灰色の骨がちらりと見える。墓を目にしたとたん、ダイヤーはその場で動かなくなった。

「いまいるのは祭壇の真下です。これを」ベケットはダイヤーにラテックスの手袋を渡し、自分もはめた。

「九つの墓が二百度の弧を描くように並んでます」ベケットは骨と頭蓋骨の一部に懐中電灯の光を向けた。

「中央がくぼんでいるのがわかりますか？」

「それも、ついたばかりのようだな」

「ごく最近、掘られたものでしょう」ベケットはダイヤーの顔が見えるよう、体の向きを変えた。「ここに入った者がいるということです」

　ダイヤーは顔をしかめた。乾いた赤土の上をさらに数インチ前進し、自分の懐中電灯で墓を次々に照らした。「どれもそう新しくはないようだが」

「これを見てください」ベケットは根太にはさんだ写真を照らした。「二十分前に見つけました」

「見つけたというのはどういう意味だ？　その状態だったのか？」

「最初の状態を見てもらいたかったので、戻しておいたんです」ベケットは証拠品袋をあけて写真に手をのばすと、慎重な手つきで抜き取り、袋に入れてしっかり封をした。「写っているのが誰かわかりますか？」

　ダイヤーは写真を受け取ると、傾けたり、つるつるのビニールの表面を親指でさすったりしながら、しばらく目をこらしていた。それからもう一度、土にできたくぼみ、灰色の骨、盛りあがった土を見やった。「当分は」

「このことはリズには知らせるな」と言った。

23

エリザベスは眠れなかった。何度となく眠りに落ちそうにもなったが、うとうとするたび、チャニングかギデオンの声が聞こえた気がして、ぱっと目を覚ますのだった。そうなるとたちまち想像力が働きはじめ、いまのふたりが置かれている状況が目に浮かんできてしまう。一般監房にいるチャニング、狭いベッドに寝かされているギデオン。自分がいまもふたりの保護者がわりであることに変わりはなく、やわらかな毛布にくるまって、紫色の川面をながめていてはいけない気がしてくる。しかたなく、眠るのはあきらめ、家のなかをぶらぶらした。彫刻をほどこした梁を見あげながら、長い廊下を歩いた。もう一杯、飲み物をつくってテラスに出ると、昔はこの川の流れもちがっていたのだろうかと思いをめぐらした。

車が近づく音が、森の声のように聞こえた。家のなかを突っ切って裏のポーチに出ると、ちょうどリムジンがゆっくりとまるところだった。

「ミスタ・ジョーンズはどこ?」迎えに出ると、顔の造作も背丈も大きな運転手が車のそばに立っていた。近くまで寄ってみると、どこか不安そうだ。出発してどのくらい時間がたっただろう。二十分? もっと短い?

「あなたは警察の方ですよね? 新聞に顔が出ていたでしょう?」

「ええ、エリザベス・ブラックよ。フェアクロスはどこ?」

「食事をしてこいと言われました」

「でも、ここに帰ってきた」

「実を言いますと、あの、心配なんですよ。この何日か、ジョーンズさんをお乗せしてきました。とてもいい方です。温厚ですし。いつもやさしい言葉をかけてくださるし、アドバイスもいただきました。お世話のとても楽な方で、それが——あの——それが問題でして」

「彼はどこにいるの?」

「実はですね、あそこで降ろすよう言われまして」

「古い農場のこと?」

「わたしは気乗りがしなかったんです。あそこにいた男は、あの方とは住む世界がちがう感じで。傷があって怖い顔でしたし、暗くなってきてましたし」

「いま彼は農場にいるのね?」

「はい、そうです」

「それで、わたしのところへ来たのはなぜ?」

「この二十年間、いろんな人をいろんな場所に届けてきたんですが、おかげで自分の直感を信じることを学んだんです。で、その直感が言うんですよ。ここは柄《がら》がよくないと。柄がよくなくて危険で、ジョーンズさんのような紳士がいていい場所ではないと」

「心配してくれてありがとう。本当に。でも、エイドリアン・ウォールは危険でもなんでもないから」

「あの方もそう考えていたようなので、わたしもそうかなと思ったんですよ」運転手は大きな頭を傾け、分厚い手を白くなるほど握りしめた。「ですが、車が気になりましてね」

車。

エリザベスは私道から車を出した。

運転手によれば灰色とのことだ。乗っていたのはふたり。

充分に悪い予感がする。男ふたりを乗せた灰色の車が、エイドリアンの家の手前にとまっているのだから。まちがいなく同じ車だ。まずクライベイビーの家、つづいてエイドリアンの家。だが、最悪なのはそこではない。

〈車はわたしがご老人を降ろす前にいなくなりましたが、そのあと、すれちがった気がしますんで〉

〈そのあと?〉

〈向こうは引き返す途中だったようです〉

〈距離はどのくらい?〉

〈三マイル程度かと。街はずれをかなり飛ばしてました。警察の方かと訊いたのはそのためです。いやな予感がしたというだけなんですよ。以前にも見た車でしたし、目つきも気に入らなかった。そんな連中がご老人がいるほうに急いでいましたし、ふたりともぞっとするようなところがありましたんで〉

そう聞いてエリザベスも不安になった。ウィリアム・プレストンは下卑《げび》た感じの男だった。刑務所で会ったときにも、クライベイビーの地所の前の道路で見かけたときにもそう感じた。彼はエイドリアン・ウォールに対し、よからぬ関心を抱いている。刑務所の看守。元囚人。なにか変だ。一種の驕《おご》りが感じ取れた。単なるうぬぼれというよりは、安易に暴力に走りがちな感じだ。警官としての十三年の経験が告げていた。プレストンのような輩《やから》が、フェアクロス・ジョーンズのようなかよわい人間に用があるはずもない。

それもこんな暗くなってから。

しかも場所は、元囚人の、焼失した農場だ。

車はライトで闇を切り裂きながら進んだ。アスファルト。黄色いライン。その先の暗がりでは、家々が幽霊のように現われては消え、砂利と光がちらちらし、しんとしたアプローチに車がとまっている。道を行くのは自分だけだった。ここには自分と風、それにくわえて本格的な夜が迫って一本の線となった夕闇色の空だけしかない。幅のある川を渡って、最後の丘をのぼると、いつしか道路はたいらになり、右のほうに農道がくねくねとのびているのが見えてきた。タイヤを滑らせながらそこを曲がると、遠くのほうで喧嘩しているのが見えた。はっきりしたことはわからない。アプローチに車が一台あり、エリザベスの車のライトのなかに動く人影が浮かびあがる。それとはべつに男がふたり倒れていた。エイドリアンと三人めの男が戦っていた。五十フィート近づくと、戦っているという表現は適切ではないとわかった。エイドリアンがパンチを見舞うと、相手は倒れ、エイドリアンはそこに馬乗りになった。両のこぶしが上下して、赤く染まる。度を超したすさまじさに、エリザベスはとめた車のなかで身動きひとつできなかった。エイドリアンはまったくの無表情で、こぶしを受けている顔は血まみれで原形をとどめず、とても人間とは思えない。クライベイビーはぴくりともせず、もうひとりの男は這いずるように動いている。エリザベスはさらに一秒間、金縛りにあったように動けずにいたが、自分がなにかしなければ死人が出るという思いに突き動かされ、どうにか車を降りた。

「エイドリアン！」大声で呼んだが、彼は反応しなかった。「そんなことをしたら死んじゃうわ」腕をつかんだが、彼は乱暴に振りほどいた。「エイドリアン、やめて！」

それでも彼はやめようとせず、エリザベスは銃を抜いて彼の頭を殴りつけた。エイドリアンは地面に倒れこんだ。「そのままじっとしてて」エリザベスはそう言うと、フェアクロス・ジョーンズのもとに駆け寄り、そっと体を揺すってみた。「たいへん」意識がなく、血が通っていないのかと思うほど顔が真っ青だ。脈はあるものの、不規則で弱々しかった。

「どうしてこんなことに？」

エイドリアンはよろよろと体を起こして膝立ちになると、首を垂れ、自分の両手を、関節のところで破けた皮膚と皮膚にもぐりこんだ歯のかけらをじっと見つめた。

「エイドリアン！　いったいなにがあったの？」

彼の目がもうひとりの看守、オリヴェットのほうについと動いた。オリヴェットは腹這いのまま、まだ動いていた。四フィート先の地面でプレストンの銃が鈍い輝きを放っている。エイドリアンはふらつきながらも立ちあがると、銃にのばしたオリヴェットの手を踏みつけた。

「そこにいるやつは」エイドリアンは銃を拾いあげ、プレストンに向けた。「ウィリアム・プレストンだ」

「あれがプレストン？　ねえ、エイドリアン。いったいどうしてこんなことに？」

「あいつはクライベイビーを痛めつけて喜んでいた」

「痛めつけた？　どんなふうに？　待って。答えなくていい。そんな余裕はないわ。病院で診《み》てもらわなきゃいけないもの。それもいますぐ」エリザベスは老人の頭をそっと抱きかかえた。「危険な状態だわ」顔を近づけて呼吸を確認したが、頬にかすかな息がかかる程度だった。「すぐに出発しないと」

「彼を頼む」

エリザベスはプレストンを見やった。顔は十以上もの異なる傷で惨憺《さんたん》たるありさまだ。口から血の泡を吹いている。顔の造作すらまったくわからない。「あの人は？」

「救急車を呼ぼうが、このまま死なせようが、どっちだってかまわない。だが、クライベイビーと同じ車には乗せない」

「わかった、手を貸して」ふたりでエリザベスの車の後部座席に老人を乗せた。彼の頭ががくんと垂れた。子どもほども体重がなかった。「あなたも一緒に来て」

オリヴェットがまた動き、エイドリアンはその首に足をかけた。「まだこっちが終わってない」

「エイドリアン、お願い」

「いいから行ってくれ」

「わたしにはなにがなんだか、さっぱりわからないのに、フェアクロスは病院で診てもらわなきゃいけないし、それも一刻を争う状態なのよ」

「だったら、さっさと行くんだ」

「ちゃんと話が聞きたいの」

「わかった。街の東に古いテキサコのガソリンスタンドがあるのは知ってるよな？ ブランブルベリー・ロード沿いだ」

「ええ」

「そこで会おう」

エリザベスは最後にもう一度、現場をながめわたし、黄色い光と、傷だらけでのびている看守ふたりを見やった。「あのふたりは死ぬの？」

「まだ決めかねてる」

エリザベスはその答えに悩んだ。エイドリアンは冷酷で人を寄せつけず、どこから見ても完全な人殺しだった。彼がプレストンに銃を向けているのを見て、エリザベスは迷った。後部座席には弁護士が乗っていて、死にかけた看守が地面で血の泡を吹いている。エイドリアンは本当にやるだろうか。引き金を引くだろうか。正直言って、エリザベスにはわからなかった。

「時間を無駄にしてるぞ、リズ」

ああ、もう。

彼の言うとおりだ。いまは弁護士が最優先だ。「ブランブルベリー・ロードで三十分後に」

アプローチをバックで出るとき、エイドリアンが身じろぎもせず見送っているのがうっすらわかった。アスファルトの道に出たところでブレーキを踏むと、舞いあがる土埃のなか、彼がオリヴェットの襟をつかんで砂利道の先の暗闇に消え、灰色の車に向かうのが見えた。

銃声がするものと思ったが、聞こえてこなかった。うしろでは、弁護士が死にかけていた。

エイドリアンはオリヴェットを煌々と灯るライトの

すぐうしろ、前輪にもたれさせた。怪我をしているものの、プレストンにくらべればほんのかすり傷だ。具体的に言えば、目のまわりの骨が折れ、鼻が血まみれになっているだけだ。歯の隙間から漏れる息の音からすると、肋骨も一本くらい折れているかもしれない。もっとひどい状態も見たことはあるし、自分でも経験がある。看守の心臓に銃口を押しつけ、その圧迫する力で体が傾くのをふせいだ。看守は泣いていた。

「頼む、殺さないでくれ」

それを聞いてエイドリアンの顔が冷酷にゆがんだ。彼も何度となく泣いて頼みこんだが、そのたびにべつのところを切られるか、殴られるかした。親指で撃鉄をさすりながら、この男の心臓を撃ち抜いて、グレープフルーツ大の射出口をあけてやろうかと考えた。

「娘がいるんだよ」

「なにがいるって？」

「娘だ。まだ十二歳だ」

「だから命を助けろっていうのか？」

「あの子の肉親はおれだけなんだ」

「だったら、もっと早くそれを考えるんだったな」

「謝るよ——」

「そんなのは聞きたくない」

「あんたは所長を知らないからさ。理解できないのも当然だ」

「おれが所長を知らないだと？」夜が暗さを増すなか、エイドリアンは看守を見おろすように立った。「やつの顔も、やつの声の響きも？」

「頼むからやめてくれ」

「ほかにも殺された囚人はいるのか？　イーライ・ローレンス以外に？」

「あのじいさんのことは悪かった。死なせるつもりなんかなかった。ああなるはずじゃなかったんだよ」

「だが結果として彼は死んだ。おまえらはイーライを拷問し、おれを拷問した」

「娘のために仕方なくだ。うちには金が必要だった。子どもの世話。医療費。おれとしては一度だけのつもりだった。一度やって終わりのはずだった。なのに、やつらは解放してくれなかったんだ。所長もプレストンも。おれが悪夢を見ないとでも思ってるのか？　こんな人生に満足してるとでも思ってるのか？　頼む。娘はおれのすべてなんだ。天涯孤独にさせたくない」

十二歳の娘。それがなんだ？　さんざん苦しんだ果てにようやく、落とし前をつけさせる五人のうちふたりをとらえ、五人を三人に減らすチャンスがめぐってきた。プレストンは死んだも同然で、オリヴェットも同じだ。残るは所長とジャックスとウッズだ。迅速に行動すれば、彼らも殺せるだろう。今夜か。明日か。

その誘惑はあまりに強く、いまはだんまりを決めこんでいるイーライが、口をひらくとしたらなにを言うかエイドリアンにはわかっていた。

憎しみはもう忘れろ。

自由。新鮮な空気。

それでいいじゃないか。

それこそなににも代えがたい。

なんとも残酷な皮肉だ。エイドリアンはこれまで人を殺したことがない。警官だったときも。刑務所の運動場や監房でも。過酷な十三年のあいだに、五人全員を殺してもまだ足りないくらいの理由をためこんできた。しかし、いつもあの老人をそばに感じていた。黄ばんだ目と忍耐、思いやりのおかげで、ほかの男ならとっくに死んでもおかしくない状況を生き抜いてきた。

やってはいかん。

しかし銃は動かなかった。オリヴェットの胸に強く押しつけているせいで、心臓の鼓動が金属をとおして伝わってくる。

「頼む……」

引き金にわずかに力がこもる。耐えがたい十三年だった。やはり、引き金を引くしかない。エイドリアンの目に浮かんだ決意に気づいたのだろう、オリヴェットが口をあけた。最後の瞬間が訪れ、オリヴェットにとって最後になるはずの長くつらい一秒に差しかかったとき、畑の向こうに広がる闇に大きな音が響いた。

「サイレンだ」オリヴェットが言った。「警察が来る」

振り返ると、遠くのほうが光っていた。脈打つような青い光が急速に近づいてくる。だが、その気になれば時間はあった。一分。九十秒。引き金を引いて車に乗ればすむ。

オリヴェットにもそれはわかっていた。「娘の名前はサラというんだ」と訴えた。「まだ十二歳なんだよ」

橋から二マイルのところで、エリザベスは警察とすれちがった。彼女が来た方向に猛スピードで向かっていた。パトロールカーが二台と、ベケットのものにちがいない覆面車が一台。それが狭い道を時速八十マイルというスピードで走り去るのを見て、エイドリアンを捕まえにいくのだとぴんときた。あれだけのスピードを出しているのだから、ただごとのはずがないが、とまるわけにも引き返すわけにもいかない。いまは老弁護士が最優先だ。

うしろに手をのばし、彼の手を探りあてた。「がんばって、フェアクロス」

しかし、返事はなかった。

市街地を突っ切り、猛スピードで病院の駐車場に到着した。すり減ったタイヤを鳴らしながら縁石を越え、救急用のドアの前に乱暴にとめた。気がついたときは、建物のなかで大声で助けを求めていた。医師の姿が見えた。

「外です。いまにも死にそうなんです」

医師がストレッチャーを持ってくるよう指示を出し、ふたりでフェアクロスを車から出した。「状況を説明してください」

「なにかショックを受けたんじゃないかと思いますが、くわしいことはわからなくて」

「名前と年齢を」

「フェアクロス・ジョーンズ。年齢は八十九歳、だと思います」ドアがするするとあいた。ストレッチャーのかちゃかちゃいう音とともに彼はなかに運びこまれた。「近親者の方も緊急連絡先もわかりません」

「なにかアレルギーはありますか？　服用している薬は？」

「それもわかりません。わからないんです」

「なにがあったのか、もう少しくわしい状況がわかるといいんですが」

医師は自信にあふれ、エリザベスはまったく逆だった。「拷問されたみたいです」

「拷問ですか？　どのような？」

「わからないんです。すみません」

医師はストレッチャーを見送りながら、カルテに走り書きをした。「それで、あなたは？」

「通りすがりの者です」エリザベスは二番めの自動扉の前で足をとめた。「ただの通りすがりです」

医師は食いさがらなかった。やるべきことはあまりに多く、あの年齢ともなれば死に方はいくらでもある。「四号室！」と叫んだ。

エリザベスはそれを見送った。

車に戻って運転席にすわると、看護師たちの視線を感じた。医師は彼女が誰か気づかなかったようだが、ほかの者たちはちがった。これも新聞に載るだろうか。死の天使。拷問された弁護士。つかの間、気に病んだが、本当につかの間だった。車を降りて、病院に引き返し、最初のカウンターにいた最初の看護師に近づいた。「電話を借りたいの」

看護師は怯えた表情で指差した。

エリザベスは磨きあげた床を突っ切り、無料電話の受話器を取った。ぱっと思いついたのはベケットにかけることだったが、彼はいまエイドリアンの農場にいる——それはわかっている。だから、ジェイムズ・ランドルフにかけた。

「ジェイムズ、リズよ」彼女は自分のほうを不安そうに見ている看護師に、警備員に目を向けた。「なにがどうなってるのか教えて。最初から全部」

ジェイムズ・ランドルフはロべたでものろまでもなかった。通話は一分とかからず、ブランブルベリー・ロードに向けて出発したエリザベスは、父の教会の暗く不気味な地下でなにがあったのか、すべてランドルフから聞いて把握していた。天地がひっくり返るような話だった。

あらたな被害者が出た。

彼女が祈ることを覚えた場所で、さらに多くの遺体が見つかった。

まるで自分も現場にいるようにその光景が目に浮かんだが、ランドルフの最後の言葉がしっかり耳に焼きついていた。

世界じゅうがやつを探してるぞ、リズ。

冗談じゃなく、誰もかれもだ。

ランドルフが言っているのはエイドリアンのことで、それも当然だろう。祭壇に置かれたあらたな遺体。教会の下にはさらに九体が埋まっている。エイドリアンをどれほど信頼しているのか、エリザベスはあらためて自分に問いかけざるをえなくなった。簡単に答えられる質問だ——彼はいまも昔のままで、なにも変わっていない。なのに、目を閉じるとプレストンの顔面が浮かぶ。彼も一度くらいは命乞いをしたのではないだろうか。

冗談じゃなく、誰もかれもだ。

ブランブルベリー・ロードに入ると、助手席に置いた拳銃を確認した。好みのグロックではなかったが、古いガソリンスタンドに乗り入れ、車を降りたときには、やはり持っていくことにした。それが賢明で、当然のことだと自分に言い聞かせた。それでも親指で安全装置をかけた。静かで暗く、そよとも動かない高木と低木が見え、裏の木の下にとめた灰色の車が夜に溶けこんでいた。エリザベスが子どものときにも古かったが、いまは完全に過去の遺物で、がらんとした通り沿いにある小汚い立方体であり、化学物質とさびと腐った木のにおいを放つ引っかき傷となっていた。エイドリアンがここを選んだ理由はわかるが、もし死ぬのだとしたら、古いガソリンスタンドはどこよりもふさわしい、と皮肉のひとつも言いたくなる。朝になれば営業するのかもしれないし、そうでないかもしれない。建物のわきに横たわった死体が見つからないままいくつもの季節をへて、古い骨もコンクリートも壊れた歩道のひとかけらにしか見えなくなっているのかもしれない。ここはそういう感じがする場所だった。悪いことが起こってもおかしくない場所だった。

「エイドリアン？」

割れたガラスとシンダーブロックをよけて進むと、さびの浮いたドアのひとつからひと筋の光が漏れていた。近くまで行ったところ、バールとひしゃげた金属があった。錠前が壊されていた。

「誰かいる？」

返事はなかったが、ドアの向こうから水の流れる音がしている。ドアをあけると、ひとつだけ灯った電球の下に、薄汚れた洗面台と金属板の鏡があった。黒ずんだ洗面台の前でかがんだエイドリアンが手を洗っていて、赤く染まった水が流れていた。関節のところが腫れて皮が剝けていた。彼が皮膚にもぐりこんだ歯のかけらを抜いて洗面台に落とすのを見て、エリザベスは胸が悪くなった。

「刑務所に入るとこうなるんだ。これは本当のおれじゃない」

傷口をさらに石けんで洗うエイドリアンを見ながら、エリザベスは彼の立場で考えようとした。いつも命がけで戦わなくてはならないとしたら、自分ならどう戦うだろう？　「クライベイビーはあんなことをされるいわれはないわ」

「そうだな」

「とめてくれてもよかったのに」

「おれがとめようとしなかったと思うか？」彼は鏡に映ったエリザベスを見ながら言った。汚れた金属のなかの彼はぼやけていた。「彼は無事か？」

「わたしが病院を出たときには生きてたわ」エイドリアンが顔をそむけ、エリザベスはそこにもろさが垣間見えた気がした。まばたきのせいかもしれない。「彼らはなにが目当てだったの？　あのふたりの看守は？」

「きみが心配するようなことじゃないよ」

「それじゃ答えになってない」

「他人には関係ない話なんだ」

「クライベイビーが死んだら？　それでも他人には関係ないと言える？」

彼が体を起こして振り返ると、エリザベスははじめて本物の恐怖を感じた。目は黒かと思うほど濃い茶色で、底が深すぎて空虚に見える。「おれを撃つのか？」

エリザベスは持っていることを忘れていた銃に目を向けた。銃口は彼の胸に向いており、引き金に指はかかっていないものの、その寸前だった。彼女は銃をしまった。「いいえ、撃つつもりはない」

「だったら、ひとりにしてくれないか」

エリザベスは少し考えてから、彼の望みどおりにした。彼の力になれるかどうか、本当にわからなかった。でも、いまは心配したり計画を立てている場合ではない。クライベイビーは死にかけているか、死んでいるかもしれず、エイドリアンの心中を知りたい気持ちはとても強いけれど、いまはとにかくひと息ついて、ひとりになり、子ども時代を過ごした場所を思って静かに悲しみたい。「用があるなら、外にいるから」

「ありがとう」

ドアをそっと閉めたものの、最後の最後で手をとめ、隙間からなかをのぞいた。エイドリアンは長いこと鏡を見ていたが、やがてふたたび石けんで手を洗いはじめ、赤かった水はピンクになり、最後には無色になった。手を洗い終わると、両手を洗面台に広げて頭をさげ、そのままぴくりとも動かなくなった。そうやってうなだれている彼は昔とちがうようでいて同じだった。凶暴でいて冷静、そしていまも変わらずすてきだった。〝すてき〟という表現はなんとも間が抜けているが、それもまた子ども時代の記憶によるものだったから、しばらくのあいだそのまま嚙みしめていた。彼はすてきで、落ちぶれていて、なにもかもが謎だった。教会と同じだ、と思う。あるいはクライベイビーの心臓、または傷を負った子どもたちの心と。しかし、子ども時代はいいことずくめではなく、その教訓もしかり。いいことと悪いことは、闇と光、あるいは弱さと強さと同じで表裏一体だ。単純あるいは純粋なものなどなにひとつなく、誰もが秘密を抱えている。

エイドリアンが抱えている秘密とはどんなものなのだろう。

どこまで深刻なものなのだろう。

さらにもうしばらくのぞいていたが、金属板の鏡と薄暗い緑がかった明かりに照らされた汚れた部屋には、なんのヒントもなさそうだった。エイドリアンは古い農場の私道であのふたりを殺したのかもしれない。撃ち殺し、その場に置き去りにしたのかもしれない。彼は善人かもしれないし、そうでないかもしれない。

エリザベスは手がかりになりそうなものがないかと、まだぐずぐずとのぞきこんでいた。

彼が泣きはじめて、ようやくその場を離れた。

ドアがふたたびあいたとき、エリザベスは古いガソリンスタンドの使えなくなった給油機のわきで、いくつものテールランプが一マイル先の闇に消えていくのを見ていた。

「大丈夫？」

遠くに、また車が現われ、エイドリアンは肩をすくめた。

ライトがしだいに大きくなって、エイドリアンの顔に注がれるのをエリザベスはじっと見ていた。「ここを離れないと。街を出るの。郡の外に」

「さっきのあれのせいか？」

「それもある。でも、それだけじゃない」

「どういうことだ？」

エリザベスは祭壇でまた遺体が見つかったこと、教会の床下に墓があったことを説明した。少し時間がかかった。エイドリアンは理解に苦しんでいた。それはエリザベスも同じだった。

「警察があなたを捜してる。彼らが農場に向かったのはそれが理由。あなたを逮捕するのが目的だったの」

エイドリアンは親指で指の関節をひとつひとつさすり、反対の手も同じようにした。「墓はできて何年くらいだった？」

「まだはっきりわからないけど、それがいちばんの問題ね」

「祭壇で見つかった被害者は？」

「ローレン・レスター。一度会ったことがある。いい人よ」

「聞き覚えのない名前だな」エイドリアンは両手で顔をこすった。しびれたような寒気を感じ、なにも考えられなかった。釈放されて以来、女性ふたりが殺された。それとはべつに九体が教会の下で発見された。

「そんなことはありえない」

「でも、実際に起こったことなの」

「だがどうして？　どうしていまなんだ？」

エリザベスはエイドリアンがビール缶のことは陰謀だ、今度の事件も手のこんだでっちあげにちがいないとまくしたてるものと身がまえた。ほっとしたことに、彼はなにも言わなかった。陰謀と考えるにはあまりに規模が大きすぎる。死体が多すぎる。「看守のふたりはどうなったの？」

「おれが殺したと思ってるのかい？」

「あなたは苦しんでいると思ってる」

エイドリアンは、苦しんでいるではひかえめすぎるとばかりにほほえんだ。「殺してないよ」

「その言葉を信じていいの？」

道路脇に立つエリザベスは小さく、いかにもまともな警官らしく顔色ひとつ変えなかった。エイドリアンは車のところまで歩いていき、トランクをあけた。なかにオリヴェットがいた。

「どうして連れてきたの？」

彼は看守を引っ張り出すと、アスファルトに乱暴におろした。エリザベスはぎょっとしたが、エイドリアンは平然としていた。彼が腰から銃を抜いてしゃがむと、オリヴェットは未来を読み取ろうとするようにリボルバーを凝視した。動けなくなる気持ちはエイドリアンにもわかる。

「殺したいとは思ったよ」

「でも、そうしなかった」

エイドリアンは目の隅にエリザベスの銃をとらえ、かつての怯えた少女からずいぶん成長したものだと感心して、ほほえんだ。銃をホルスターから抜き、低いところでしっかりかまえている。彼女は落ち着いていた。

「質問に答えてくれるかな」彼は言った。

「銃を寄こせば答えるわ」

「地下室で死んだ男たちは、死んで当然の連中だったのか？」

「ええ」

「後悔してる？」

「いいえ」

「ならば、これもそれと大差ないと言ったらどう思う？」彼がオリヴェットの胸に銃を突きつけると、わきでエリザベスの銃があがった。

「あなたが人を殺すのを黙って見ているわけにはいかない」

「こいつの命を救うためにおれを撃つのか？」

「たしかめるのはやめましょう」

エイドリアンはオリヴェットの顔を、恐怖と打撲の痕と落ちくぼんだ目をのぞきこんだ。農場で殺さなかったのは、この男の娘が理由ではない。青いライトとサイレンでもない。あの場で殺して逃げることは可能だった。いまも指が引き金のカーブにかかっている。それでも理由はちゃんとあり、それがいまも歯どめになっていた。

「殺す気だったら、こいつはとっくに死んでいるさ」

エイドリアンは撃鉄を戻し、リボルバーを地面に置いた。エリザベスが腰をかがめて拾いあげたが、エイドリアンはオリヴェットから目をそらさず、顔と顔の距離が数インチに縮まるまで身を乗り出した。「所長にメッセージを伝えろ」

「ああ」オリヴェットは唾をのみこもうとしたが、むせてしまった。「なんでも伝える」

「おまえが殺されなかったのはイーライ・ローレンスのおかげだが、次もそうなるとは思うなよ。姿を見かけるようなことがあったら、ただじゃおかないと伝えろ。目に物見せてやるとな」看守はうなずいたが、エイドリアンの話はまだ終わっていなかった。「娘がいようがいまいが、同じことはおまえにも言える。わかったか？」

「わかったよ。ちゃんとわかった」

エイドリアンは立ちあがり、リズのたたずまいを、顔つきをうかがった。いまも拳銃のグリップを手が白くなるほど強く握っているが、それはべつに気にならない。大事なのは彼女がここにいてくれることであり、わざわざ戻ってきてくれたことであり、ほかの警官にはまねできないほどの自制心を発揮していることだった。この大きな世界ではささやかなことではあるが、古いガソリンスタンドの前の薄暗がりのなか、エイドリアンはひさしぶりに孤独感がやわらぐのを感じていた。平穏とまでは言えないが、惨憺《さんたん》たる状態ではなくなった。それをリズに伝えたかった。彼女は自分にとって意味のある存在であり、しかもその意味はけっして小さくはないと。「おれに訊きたいことがあるんだったな。すべてには答えられないかもしれないが、できるかぎり努力しよう」

「ありがとう」

「おれと一緒に来るか？」

「え？」

「さっききみが言ったんだぞ。おれはこの場所を離れたほうがいいと」

「どこに行くつもり？」

「それは秘密だ」彼がそう言うと、リズは闇に沈んだ道路を見おろした。秘密は危険だ。それはふたりともわかっている。しかしエイドリアンは見抜いていた。彼女が苦しんでいることも、彼女の人生もまた、岐路に立っていることも。「頼む」彼が言うと、彼女は口ほどにものを言う澄んだ目で見つめ返した。「ひとりでいるのはもう疲れたよ」

エリザベスの車で行くことにしたのは、警察がプレストンを発見し、すでに灰色の車は手配されていると思ったからだ。エイドリアンは東に向かう道を指示し、ふたりは無言で夜の闇を走りつづけた。小さな町をいくつも通りすぎ、町と町のあいだは黒くたいらでマツの木が点々と生えているだけだった。「わたしのこと、いかれてると思ってるでしょ」エリザベスはぽつりとつぶやいた。

「まっとうないかれかただけどな」エイドリアンのその言い方はどこかしっくりきた。エリザベスはいま、命の恩人である男性とふたりきりだった。その男性は殺人の容疑で手配中で、彼女の髪は風になびいている。ほかのことはどうでもいい。たしかにいかれているが、こうなるしかなかったのだとも思う。エイドリアン以外の大切な人たちはみな、彼女の力のおよばないところにいる。チャニングもギデオンもクライベイビーも。それぞれ刑務所行き、治癒、死と直面しているが、いずれもエリザベスにどうこうできるものではない。運命のいたずらでどうにかできる力を奪われ、いまはエイドリアンとふたりきり、闇とスピードと吹きつける風にさらされている。その気になれば、この一瞬にも、隣にすわる男性にも触れられる。それだけだ。こんな欲望を抱く自分が不思議だった。自分は警官なのか、逃亡者なのか、被害者なのか、それともめずらしい新種の生き物なのか。

この胸がざわざわする感じはなんなの？

おそるおそる目を向けたところ、エイドリアンは目を閉じ、顔を仰向け、髪を風になびかせていた。一瞬、つながりのようなものを感じ、これだわと思った。ひとつだけはっきりした。エイドリアンにはしなくてはならない話があり、彼女はそれを聞いて、かつては愛だと思っていたものがいくらかなりとも残っているのか見きわめなくては。

「話を聞かせて」

「移動中はやめよう」彼は言った。「どこかに落ち着いたら話す」

「わかった」彼女は不機嫌になって、ハンドルから伝わる路面を、タイヤのまわる音を、古いスプリングの動きを感じていた。「だったら、ひとつだけ本当のことを言って」

「ひとつでいいのか？」彼の目におどけた表情が浮かんだものの、一瞬にして消えた。

「いまはそれで充分」

「わかった」彼は言った。「きみが来てくれてうれしいよ」

「それだけ？」

「本当のことだ」

エリザベスはそれでいいことにし、好きなだけ黙らせておいた。これは彼のゲームで、彼女はそのルールに従うと同意したのだ。どのみち、明日になれば問いただす時間はたっぷりある。やり方が稚拙《ちせつ》だったとまでは言わなくても。主要幹線道路を避け、警察がいないかと目を光らせながら、まるで幽霊のように小さな町を抜けべつの小さな町に向かった。がらんとした道路をえんえんと走ったのち、エイドリアンが言った。

「そこにしよう」

彼が言ったのは、前方の闇にぼんやりと浮かびあがる安モーテルだった。エリザベスは速度をゆるめて駐車場に入り、埃と赤いネオンというブラシをかけられた十台ほどの古い車のわきを走りすぎた。モーテルは低い建物で横に長く、水の入っていないコンクリートのプールがあり、壁のモルタルから石灰の汚れがしみ出ていた。「ここはなんていう町？」

「それが大事なことかい？」

ふたりがいるのは小さな町のはずれだったが、沿岸の平地には似たような町がたくさんあり、裕福なところもあるが、大半は貧しかった。ここは後者に属するようだ。「ふた部屋取ってきて」エリザベスはオフィスの前に車をとめ、財布から数枚の札を出してエイドリアンに渡した。「なるべく奥の部屋、できればいちばん端がいいわ。数分で戻る」

エイドリアンは札を受け取っただけで動かなかった。左側を水色のドアが占めている。十フィート先で、製氷機が低く振動し、コロコロと軽い音をたてた。「どこに行くんだ？」

「信頼してるんじゃなかったの？」

エイドリアンは困ったような顔でモーテルを見やった。

「二十分で戻るから」彼女は言うと、彼が車を降りるのを待った。中心まで行くと、思ったとおりの街並みだった。しんと静まり返った通り、シャッターのおりた建物、小柄な男たちが茶色い紙袋に入ったボトルをまわし飲みしている。レストランは一軒もなく、フライドチキンと甘ったるい煙草のにおいがするコンビニエンスストアでビールと食べるものを買いこんだ。レジの女性から釣りを受け取るときに訊いてみた。「この町はなんていう名前？」女性から町の名前を教わると、エリザベスは頭のなかで地図を広げた。海岸に行く途中だ。なにもない場所と細い道だらけの場所。名前のとおりだと思った。「ここにはなにがあるの？」

「どういう意味？」

「そうねえ。大学とか工場とか。この町の名前を聞いて、まずなにが思い浮かぶ？」

「そんなの知るわけないでしょ」女性は箱から細巻き煙草を直接くわえた。「ここには貧乏人と沼くらいしかないんだから」

モーテルに戻ると、エリザベスはオフィスに入り、受付の老人に部屋番号を尋ねた。

「傷のある男のことかい？」

「そう」

老人はエリザベスを上から下までながめまわし、またこの手合いかというように肩をすくめた。「十九号室と二十号室。奥の左側だよ」

「ここの電話を使わせてもらいたいんだけど」

「部屋にも電話はあるよ」

「できればここからかけたいの」

「長距離かい？」

「たぶん」

老人の目が下卑たように輝き、エリザベスはカウンターに十ドルを置き、それが消えるまで待った。

「十ドルだと五分だね」老人はダイヤル式電話をカウンターごしに滑らせ、よたよたと奥の部屋に引っこんだ。

記憶にある番号をダイヤルし、病院の交換台につながった。「そちらに入院してる患者さんのことでうかがいたいんですが」

「ご家族の方ですか？」

エリザベスは警官というカードを使い、名前とバッジ番号を告げ、知りたいことを告げた。「ジョーンズさんは集中治療室にいます。少々お待ちを」

電話がかちりといい、集中治療室の看護師がエリザベスの質問に答えた。フェアクロスは生きているものの、危険な状態だった。「心臓発作です」看護師は言った。「重症ですね」

「気の毒に」フェアクロス」エリザベスは目をぎゅっと閉じた。「危険を脱したかどうかはいつごろわかります？」

「すみません。どちらさまでしたか？」

「友人です。かなり親しい友人」

「そうですね、少なくとも明日になるまではなんとも言えない状態です。その場合でも、いいお知らせよりは悪いお知らせになる可能性のほうが高いかと思います。ほかになにかお訊きになりたいことは？」

ためらったのは、フェアクロスのことで胸を痛めていたからであり、次にする質問が危険をはらんでいるからでもあった。

「あの……？」

「ああ、ごめんなさい。街の北の道路わきで殴られて気を失っていた男性のことはわかりませんか？　四十代前半。肥満気味。制服警官が通報したか、直接搬送したかと思うんですが」

「ええ、わかります。こっちはその話で持ちきりですから」

「どんな話ですか？」

看護師は話してくれ、エリザベスは電話を切るときにあいさつをしたかどうかもわからなかった。電話を切り、夜のなかに歩いていき、長いこと車のなかですわっていた。クライベイビーは生きている——考えうるかぎり最高のニュースだ——が、ウィリアム・プレストンはちがった。一時間の手術ののち、手術中に死亡した。特定されていない人物によって執拗に殴打されていたと看護師は言った。

でも、あの男はやってくる。

キーをまわすと、首筋に熱い風が吹きつけた。

オリヴェットが話せば、あの男は確実にやってくる。

エイドリアンは背筋をまっすぐにしてベッドのへりにすわっていた。不安ではあったが、ありきたりのことを案じていたわけではない。エリザベスを——クライベイビー・ジョーンズをべつにすれば、公判中ずっと信じてくれた唯一の人であるエリザベスを——失うのではないかと案じていたのだ。毎朝、手錠と足枷をされた状態で法廷に入っていくと、最前列に彼女の顔があった。退廷するときも必ず、最後にもう一度、目を向けた。すると彼女は、あなたが殺してないと信じてるわというようにうなずいてくれたのだった。

しかし、それははるか昔のことで、いまはあらたな問題が生じてしまった。オリヴェット。プレストン。彼女が自分を、血まみれの手を見たときのあの目つき。彼女は昔と変わらぬエイドリアンを望んでいた。だが、彼は昔と同じではなかった。

「おれはどうしたらいいんだ」

彼は自分に、部屋に、イーライ・ローレンスの亡霊に語りかけていた。答えが返ってこないので、窓の向こうに彼女の車の音がするのを待っていたが、それが聞こえた瞬間になって、ようやくイーライの声がした。

　堂々としていろ、エイドリアン。

　エイドリアンは目を閉じたが、部屋がぐんぐん迫ってくる感じがした。「彼女に見られてしまったよ」

だから？

「あんたもおれを見る彼女の目つきに気がついたろう」

　刑務所のせいでああなっただけだ。自分でもそう言ってたじゃないか。

「彼女が信じてくれなかったら？」

説得するんだな。

「どうやって？」

　イーライは答えなかったが、どう言うかはわかっていた。

　本当のことを言えばいい。

　もう彼女しかいないのなら、すべて話すしかない。

　エイドリアンはたしかにそうだと思ったが、どうすればいいのか見当もつかなかった。幻滅した、あるいはうそつき、あるいはその両方に思われるかもしれない。なにもかもが粉々になって入り乱れていた。現実と妄想とが。最悪の悪夢よりも起きている時間のほうがひどい時期がつづいたせいだなどと言ったところで、信じてもらえるものだろうか？　無理だ。信じてくれるはずがない。

　一分後、彼女がドアをノックした。

「帰ってきたんだね」彼はほほえみ、冗談のひとつも言おうとしながら、わきにのいて彼女を通した。

　エリザベスがレジ袋を整理簞笥に置き、なかの瓶がかちゃかちゃと音をたてた。なにか変だった。とげとげしくて、つっけんどんだった。

「どうした？」

「プレストン刑務官が死んだわ」

「たしかなのか？」

「手術中に死んだんですって」

エイドリアンはその情報を理解しようとつとめた。殴ったのはクライベイビーがされたことの仕返しと、過去の恨みを晴らすのと、抑えきれない怒りによるものだった。殺すつもりはなかったが、死んだと聞いて残念とも思わなかった。「じゃあ、おれを逮捕するのか？」

「そのつもりなら、ひとりでここに戻ってくるはずがないでしょ」

「じゃあ、なんだ？」

「両手を見せて」

エリザベスは近づいて、彼の手を取った。皮膚が裂けていたが、血はとまっていた。曲がった指をささえ、腫れた関節と小さな斑点だらけの爪をじっと見つめた。

「プレストンのことは――」

エリザベスは首を振って制した。「シャツを脱いで」

エイドリアンは恥ずかしくて下を向いた。

「いいから、脱いで」エリザベスは手を放し、彼はおぼつかない手つきでボタンをはずしはじめた。その間エリザベスは彼の顔に目を向けていたが、シャツを脱ぎ終えると、明かりの近くに連れていった。「いいから」とまた言った。エリザベスが最初の傷痕に触れ、その傷をなぞっていき、次の傷に触れると、彼は思わず顔をしかめた。「ずいぶんたくさんあるのね」

「ああ」

彼女がわざわざ数えればいくつになるかはわかっている。胸と腹に二十七、背中と脚には数え切れないほどあるはずだ。エリザベスの両手が腰でとまった。

「頼む、それだけは」しかし、彼女は彼を子どものようになだめると、背中を明かりに向けさせ、左の肩甲《けんこう》骨《こつ》から右の腰までつづく傷をなぞった。「エリザベス――」

「じっとして」

彼女はじっくり時間をかけた。ひとつの傷痕をたどっては次に移るを繰り返した。背中をくねくねとなぞられるうち、彼は魂を丸裸にされた気がしてきた。痛みなど感じることなく人に触れられたのはいつが最後だったろう？　心からの思いやりを示してもらったのはいつが最後だったろう？

「終わったわ、エイドリアン」彼女は最後にもう一度触れてから言った。ぴたりと押しあてられた両のてのひらはひんやりしていた。「もうシャツを着ていいわよ」

背中の筋肉がまだ細かく震えているのを感じながらシャツをはおった。

「この話をしてもらえる？」この話とは傷のことだったので、エイドリアンは顔をそむけた。話しても信じてもらえないかもしれないからというのもあるが、刑務所でこう叩きこまれたからでもあった――チクるな、信用するな、黙っていろ。エリザベスならわかってくれる気がする。小ぶりな椅子にすわって身を乗り出し、真剣でありながら、やさしいまなざしで見つめているエリザベスならば。「その傷は運動場で喧嘩した傷じゃないわね」

それは質問ではなかった。

ベッドに腰かけているエイドリアンとエリザベスの膝はほとんどくっつきそうだった。

「刺す場合はふつう手製のナイフが使われる。でも、傷の大半は薄い刃のついた長い刃物でついたもののようね。プレストン刑務官の仕業？」

「一部は」

「刑務所長もくわわってたのね」

これもまた、質問ではなかった。エイドリアンは彼女の無遠慮なまなざしにたじたじとなった。所長もやったとは言わなかった。ほとんど本能だった。看守たちでさえ、所長の名前を言うときは声をひそめるくらいだ。

「所長もあなたを拷問した」

「なぜわかる？」

「彼のイニシャルが、背中の三ヵ所に彫ってあるから」エリザベスはエイドリアンの表情をうかがった。彼は目を伏せたが、顔がさっと赤くなった。「知らなかった？」エイドリアンの頭が動き、エリザベスもぐっと顔を近づけた。彼女の息が顔にかかる。「連中はあなたからなにを聞き出そうとしたの、エイドリアン？」

「連中？」

「所長。医師。わたしが知っている看守ふたり。彼らから拷問を受けたのよね。彼らはなにを聞き出そうとしたの？」

エイドリアンはめまいがしてきた。エリザベスがすぐそばにいる。髪と肌のにおいがわかるほどに。イーライをべつにすれば彼女は唯一、気にかけてくれた人だったし、イーライが死んでもう八年になる。頭がくらくらする。真実。女。「なんでわかるんだい？」

両方の腕に縛られた痕が残っていた。うっすらとだけど、そういうものを見慣れてる人間には充分すぎるくらいはっきり見える。傷のほとんどは縫合されてるから、医者が仲間にいるはずよ。そうでないと、診療室経由で噂になったはずだもの。電話での通報。伝言。連中の望みがなにか知らないけど、あなたが第三者にしゃべるのだけは避けたかったはず」エリザベスは彼の右手を両手で包みこんだ。「指は何回折られたの？」

「その話はしたくない」

「爪の下の皮膚が硬くなってる。ほら、白い筋状に」そう言って爪に触れたが、いつくしむようにやさしい手つきだった。「これっきり、思い出させるようなことは言わない。秘密を打ち明けてくれたら、絶対に他言はしない」

「どうして？」

「だって、友だちだもの。それに、いまはもっと深刻な事態が起こっているから。所長。看守。あの堕落しきった刑務所でおこなわれているもろもろ。あなたを追っているのは彼らだけじゃない――州警察もいるし、すでにFBIもかかわってきている。刑務所の看守を殺すのは警官を殺すのと一緒。いままで以上に悲惨なことになる。もう引き返せないのよ。絶対に。わかってるでしょ？」

「ああ」

「彼らにされたことを話してもらえない？」

「傷痕を見ただけで充分わかったろう？」

「連中の目的がなにか、話す気はないの？」

「ない」エイドリアンは首を横に振ると、ようやくエリザベスと目を合わせた。「でも、見せてやるよ」

24

ベケットは朝の五時に帰宅した。妻は眠っていたので、足音をたてぬようこっそり入り、シャワーのそばで着ているものを脱いだ。だめになった靴をわきに押しやり、衣類は床に積みあげた。シャワーの下に立ち、熱い湯で汚れとにおいとウィリアム・プレストンの血の痕跡を洗い流した。若いころには流血沙汰《ざた》も虐待行為もいやというほど見た。

しかし今度のは……。

男の顔は完全になくなっていた。口。鼻。目を閉じても、はっきりと見える。引きずられた跡に折れた歯、土と一緒に固まった血。プレストンが死んでもう四時間。それが引き金になって、ベケットが見たこともないほど大がかりな捜索隊が編成された。州捜査局。ハイウェイ・パトロール。州内の全保安官事務所。ダイヤーはFBIにも協力要請を繰り返し、役人からにべもなくノーと言われるたび、ヒステリックにわめきちらしていた。危険なまでの気の入れようだった。誰もが神経を高ぶらせ、怒り、あせっていた。

そしてリズはその渦中にいた。捜索隊。熱狂。彼女はいろいろな意味で重要人物であり、世間は彼女の人生をずたずたにしてやりたいと望んでいるようだ。モンロー兄弟殺し。そして今度はこれだ。

「まいったな……」

ベケットは両手で顔をこすったが、そんなことをしている自覚はほとんどなかった。気分がふさいでいたが、つぶれた顔のせいでも灰色の骨のせいでも教会の下から運び出された遺体袋のせいでもなかった。

リズのせいですらなかった。

シャワー室の壁に両手をついて突っ張り、体を湯に打たれていたが、熱さも強さも足りなかった。エイドリアンの裁判や、あの教会で死んだすべての女性のことを考えた。

エイドリアンがやったに決まっている。

だがそうではなかったら？　あの狭苦しい床下に埋まっていた遺体が、死後せいぜい五年程度しかたっていないとしたら？　あるいは十年でもいい。エイドリアンが犯人でなければ、彼に有罪判決が下されたことで、ほかの誰かが十三年にもわたって女性をあさっては殺す道筋がついたことになるのでは？

教会の地下に埋められていた九人の女性。

ローレン・レスター。

ラモーナ・モーガン。

ベケットには彼女たちが重しのように感じられた。石と鉄でできた十一個もの魂を頭に載せられたような気がした。

「あなた……」

妻の声だった。遠くに聞こえる。

「チャーリー？」

浴室のドアが乱暴にあくと同時に、今度はもっと大きな声が湯気を切り裂いた。

「ちょっと待ってくれ、ハニー」ベケットは目もとの湯をあわててぬぐい、シャワーカーテンから顔を出した。キャロルはいつものローブ姿で、髪は寝癖で乱れていた。「やあ」

「なんで客用の浴室なんか使ってるの？」

「おまえを起こしたくなくてな」

「大丈夫？　ちょっと顔色が悪いみたいだけど」

「シャワーを熱くしすぎたのかもな」

「ショックなことがあったみたいな顔をしてるよ」

「シャワーのせいだと言ったろ！」キャロルは夫の剣幕にびくっと体を引き、彼は即座に謝った。「長い夜だったんだ。悪かった。つっけんどんにするつもりはなかったんだ」

「いいの。長い夜だったのは見ればわかるから。朝ごはんを食べる？」

「十分したらでいいか？」

「キッチンに行ってるね」

ベケットはシャワーを終えると、ひげを剃り、服を着替えた。表情が落ち着くまで鏡を見つめ、それから妻のいるキッチンに向かった。彼女は美しく、前の月よりはいくらか体重が増え、しわもいくらか増え、そして疲れて見えた。しかし、そんなことはかまわなかった。「わがいとしい妻のごきげんはいかがかな？」

彼女はコンロから振り返ったが、夫がきちんと服を着ているのを見たとたん、笑みを引っこめた。「仕事に戻るの？」

「行かなきゃいけなくてね、ベイビー。しかたがないんだ」

「あの恐ろしい男のせい？」

ベケットは一瞬、妻は彼の胸のうちを読んだのではと思った。

ないか、勘づいたのではないかと不安になった。だが、すぐにテレビのことだと気がついた。音を消した画面にエイドリアンの顔が映っていた。廃墟となった教会の全景のすぐ下に、彼の写真がおさまっている。

「それもある」

「あの人がわが家を訪れて、うちのテーブルで食事をしたなんて、信じられない」

「昔の話じゃないか、ベイビー」

彼女はリモコンを手にし、テレビを消した。口角のしわが深くなった。「リズとひと晩じゅう一緒だったの？」

「ゆうべはちがう」

彼は妻の肩に腕をまわし抱き寄せた。彼女は以前から、夫が美しいパートナーと過ごす時間を嫉妬していた。そして彼のほうは、リズは友だちでそれ以上の関係ではないのをわかってもらうべく、何年も努力していた。しかし、結婚生活がいちばん大事だ、それを守るためならどんな苦労もいとわないという夫の言葉をキャロルは額面どおりに受け取れずにいた。罪の意識によるものだった。誰もがあやまちのひとつやふたつは胸にしまいこんでいるものだが、問題は、それがどれほどのダメージを引き起こしたかだ。

ベケットは妻の頭のてっぺんにキスをし、カップにコーヒーを注いだ。

「で、ゆうべはどこにいたの？」

「教会。エイドリアンの農場。病院」

「それって、看守の人が気の毒にも殴り殺された事件？」

ベケットはたじろいだ。「知ってるのか？」

「ええ」

「彼の死はマスコミに公表してないんだぞ。ごくかぎられた人間しか知らない情報だ。医師。看護師。全員に箝口令《かんこうれい》をしいている。なのになぜおまえが知ってる？」

「だって、所長さんがゆうべ立ち寄ったから」

「なんだと?」ベケットはいきおいよく立ちあがり、椅子が床を滑ってひっくり返った。「やつがここに来たって?」

「なによ、チャーリー。コーヒーがこぼれちゃったじゃない」

「そんなことはいい。なんの用で来たんだ?」

「なんだかすごく気が動転してらしたわよ」キャロルはこぼれたコーヒーにペーパータオルを載せ、椅子をもとの位置に戻した。「亡くなった看守の名前はプレストンで、奥さんと息子さんがいるんだって。友だちだったみたいよ。責任を感じてるんじゃないかな。あなたとそのことで話をしたかったんだと思う。恐ろしい事件だもの」

「いつここに?」

「え?」

「わかんないのかよ、キャロル。いつだ? 何時だった?」

「もう、なんだっていうのよ、チャーリー」

ベケットはこぶしをゆるめた。顔が真っ赤にむくんでいるはずだ。「悪かった、キャロル。何時ごろだったか教えてくれないか」

「よく覚えてない。夜中の十二時をまわってた気がする。遅い時間で申し訳ないと謝ってたから。一日じゅう、あなたに連絡を取ろうとしたけど、電話を折り返してこないからって。また朝になったら訪ねると言ってた」

「あの野郎」

ベケットは部屋を横切り、カーテンをめくって外をのぞいた。まだ暗かったが、すでに車が縁石のところにとまっていた。「ここにいろ」

キャロルがなにか言ったが、そのときにはベケットはもう玄関にいて、そのまま外に出ていった。一歩一歩踏みしめるように歩いたが、簡単なことではなかった。「いったいここでなにをしてる？」

　そう言うと、車のドアがわずかにあいた。所長は嚙みつくような口ぶりを気にする様子はなかった。「乗ってくれ、チャーリー」彼はダークスーツ姿だった。

　ベケットは動かなかった。「奥さんが心配そうにしているぞ。手を振ってやったほうがいい」

　所長は身を乗り出し、ウィンドウから手を振ってほほえんだ。ベケットも数秒の間をおいて、それにならった。

「では、乗ってくれ」

　ベケットは革のシートにするりとすわった。ドアが閉まり、車内はしんと静かになった。「おれの家に来るのはやめろ」ベケットは言った。「おれが留守のときに家を訪ねてくるな。しかも真夜中だぞ。まったくなにを考えてるんだ」

「そっちが折り返しの電話をよこさないからだ」

「女房を巻きこまなくてもいいだろう」

「そうかな、チャーリー。ふたりとも承知のうえだと思っていたが」

「十三年も前のことじゃないか」

「横領の時効は何年だったかな？　証拠改竄《かいざん》は？　偽証はどうだ？」所長はほほえんでいるわけではなかったが、ほぼそれに近かった。

「あんた、おれの家を見張ってるのか？」

「わたしはそんなことはしない。いましがた来たばかりだ」所長は煙草に火をつけ、区画の先にとまったべつの車を示した。「だが、自分のものに目を光らせておく主義でね」

「おれはあんたのものじゃない」

「そうかな？」

　ベケットは怒りをのみこみながら思った。ごくごく小さな石ころでも雪崩《なだれ》を引き起こすことがある、と。

「昔は友だちだったじゃないか、くそったれ」

「そんなことはない。ウィリアム・プレストンは友人だった。二十一年来の友人だったが、この世を去った。顔をひどく殴られているので、奥さんも本人とは確認できないだろう」

「なにが望みだ？」

「囚人が部下である看守を、親友のひとりを殺した。わたしの世界ではそんなのはあってはならぬことなんだよ。わかるね？　自然の秩序を乱す行為だ。だとしたら、わたしの望みがなにかはわかると思うが」

「エイドリアンの居場所はわかってない」

「だが、突きとめてくれるだろうね」

「いくつかはっきりさせておく」ベケットはシートにすわったまま向きを変えた。窮屈なほど体が大きく、危険なほどいらだっていた。「おれはあんたの所有物じゃないし、脅しがきくのはある程度までだ。あんたはリズをエイドリアンに近づけるなと依頼してきた。それはかまわない。協力したのは、理性でものを考えられなくなってるリズがエイドリアンに接触するのはよくないと思ったからだ。エイドリアンの行き先と行動について内部情報を求めてきたのも、まあ、いいだろうと思った。なにしろあいつは人殺しだ。どうなろうと知ったことじゃない。だけどな、女房にだけは近づくな。女房とおれの家には近づくな。それが条件だ」

「たしかにそういう条件だったが、いまは状況がちがってきたものでね」

「なぜだ？」

「囚人が看守を殺すことがあってはならないからだよ。わたしの世界では、絶対に許されないことだ」

あまりに淡々とした冷ややかな言い方に、ベケットは心底寒気がした。「そうか、やつを殺すつもりなんだな」

「わたしがオリヴェットを差し出してやったから、そっちは令状、警戒、広域指名手配を出すことができた。必要なものはすべて、なにからなにまで手配できた。

だが、ここからはわたしたちふたりだけの秘密だ。きみがエイドリアンを見つけてわたしに差し出せば、きみの秘密は守られる。さもなくば、すべてばらす。きみのことも。奥さんのことも」

「女房にはなにひとつ話すな。エイドリアンのことはおれがなんとかする」

「なんとかするだと？　ありえないね」所長は冷ややかに笑った。「エイドリアン・ウォールのような男をなんとかするのがどういうことか、わかったうえで言っているのか？　わかるわけなかろう。きみには無理だ。だから、どうするのか話しておく。やつの居場所を突きとめたら、わたしに連絡するんだ。まっさきにわたしに連絡してくれれば、奥さんがおかした罪も、彼女を守るためにきみがやったことも誰にも知られずにすむ。奥さんは刑務所に入りたくはないだろうし、きみだってそれは同じだろう。だから約束する」

　ベケットはしばらく無言ですわっていた。もうぼろぼろだ。自分でもわかる。「あんたは友だちだと思ってたよ」

「わたしがきみの友人だったことなどない」所長は言った。「さあ、わかったらとっとと車を降りたまえ」

　ベケットは従った。両手をこぶしに握って道に突っ立ち、SUV車が去り、もう一台があとにつづくのを見送った。ふだんは、自分の人生は自分のものだ、友だちの衣《ころも》をまとった悪魔に大事な秘密を打ち明けたことなどないというふりでごまかしている。だが、実際はちがう。おどおどとして、罪の意識に押しつぶされていた。いまの彼は半分人間で半分奴隷《どれい》の状態だった。それには訳があるんだと自分に言い聞かせ、妻のことを、四十三歳でやさしく、本当にすばらしい妻のことを考えた。

　妻はキッチンにいて、コンロに青い火が丸くともっていた。「大丈夫？」

「ああ、大丈夫だ、ベイビー。心配いらない」

「所長さんはなんの用だったの？」

「おまえが心配するようなことじゃないよ」

「本当に？」

「なんにも問題はない。本当だ」

妻は夫の笑顔とうそを受け入れ、つま先立ちになって彼の頬にキスをした。「ベーコンを出してくれる？」

「いいとも」

冷蔵庫をあけると、最上段に缶ビールが一本置いてあった。「なんだ、これは？」

妻はコンロから顔をあげた。「ああ、それ。所長さんがゆうべ、あなたにって持ってきたの。あなたはビールは飲まないと言ったんだけど、これは好きなはずだと言うものだから。オーストラリアのビールよね」

「フォスターズだな。そうだ」ベケットはビールをカウンターに置いた。缶は冷えていた。彼も冷えていた。


「本当に残念」

「なにがだい？」

キャロルはフライパンに卵を割り入れ、白身が固まるのを見ていた。「あなたたちふたりは、前は仲がよかったんでしょ」

25

男が早くに目覚めたのは、なんとなく予感がしたからだ。終わり。露見。警察は教会の下から死体を次々に運び出していた。いずれなにか見つかるだろう。指紋。ＤＮＡ。

あの写真……。

暗いベッドに横たわり、近しい人のことをなによりも心配した。みんな、理解してくれるだろうか？

おそらく、と男は思った。

おそらくそれが最後のピースだ。

家のなかを手探りで歩いて浴室に入り、電気をつけると、一瞬にしてまぶしくなった周囲に目をしばたたいた。不信の念に凝り固まった年寄りじみた顔がにらんでいるが、あれはいったい誰だ？　男が顔をしかめたのは、かつての人生はこうではなかったからだ。若さと希望と目的があったからだ。

あの分岐点までは。

裏切られる前までは。

あのとき以来、男は自分を突き動かす感情を隠すようになった。必要とされるところでほほえむ。まともなことを言う。だが、内心では、途方もない寂寞感《せきばくかん》がうずまいており、それをどうにかなだめながら共存していくだけではだめだった。だからたくさんの仮面をかぶるしかなかった。仮面は簡単にとりはずすことができ、自分でも本当の自分がわからなくなることさえあった。

善良なる男。

凶悪なる男。

洗面台に両手を広げ、正しい顔がにらみ返してくるまでじっと鏡を見ていた。終わりが近づいているのなら、気を散らすことなく、あるいは後悔することなくそれに立ち向かうつもりだ。新しい一日が始まる。なにものも恐れまい。

シャワーでは体を一度ならず二度洗った。洗い終わるとローションをつけ、髪をとかした。ていねいにひげを剃り、ふさわしい外見になったのを確認した。きようで終わりなら、それでもいい。

彼はするりとこの世に現われた。

だからするりと去るつもりだ。

26

看守が迎えに来たとき、チャニングは混み合った監房の隅にひとりすわっていた。鉄格子の反対側から看守に名前を呼ばれて立ちあがると、十人ほどの同房者が彼女のほうを向いた。無表情の者もいたが、チャニングが出られて自分たちが出られないことに腹をたてる者もいた。誰も動こうとしないし、出やすくしようともしなかった。なかのひとりが彼女の髪に触れたとき、かんぬきが錠前にこすれる音がし、看守が言った。

「裁判所へ」

足首と腰に鎖をつけられ、体の前で手錠をかけられた。歩こうとしたけれど、あやうく転ぶところだった。鎖のやかましい音を聞きながら、チャニングは転ばずにふたりの看守にはさまれて歩くことを覚えた。目を伏せ、がちゃがちゃという音を聞いているうち、薄暗い壁がわきを通りすぎていき、たくましい手が両腕の骨にまで食いこんでくる。看守がまたなにか言って指差したが、チャニングは見わたすかぎりの人、人、人で呆然としていた。長椅子にすわらされると、父と弁護士たちと判事が見えた。大きくなったり小さくなったりする声はどれもちゃんと聞き取れたが、霧の奥深くから聞いているような気がした。保釈金と条件と出廷する日時についての話だった。大半は聞き逃したものの、ひとつだけ頭にこびりついた言葉があった。

故殺。

殺人ではなく。

彼らによれば、年齢を考慮してのことだという。それに状況も。判事の目が憐《あわ》れんでいた。彼女をガラスでできた四歳児のように扱った廷吏の目も同様だった。手錠と足枷がはずされると、裁判所の正面に軍隊のようにテントを張っているマスコミを避けるため、裏口に案内された。車体の長い車に乗り、話しかけてきた弁護士が答えをうながすような目を向けてきたので、うなずいた。「わかったわ」と言ったが、わかっていなかった。出廷日、犯行の意思、司法取引。そんなことはどうでもいい。いまはリズに会うこととシャワーを浴びることが望みだ。留置場のにおいが全身に染みつき、ぷんぷんにおっている。隙を見せないようにしていたけれど、実際のところは自信がなかった。看守たちは彼女をショア容疑者と呼んだ。たちの悪い同房者は彼女をぺたぺたさわったあげく、チャイナとあだ名で呼んだ。

「チャイナ……」

「なにか言ったかい、チャニング?」

質問には答えなかったが、家まであと一ブロックのところでうっかり父と目が合ってしまった。父はすぐに顔をそむけたが、そこにあった嫌悪の表情はしっかり見てとれた。もう、パパのかわいい娘じゃないのねと思いながらも、うつむくことなく言った。「言ったでしょ、あたしがあいつらを殺したんだ」

「そういう言い方はやめなさい」

否定と不信――これもまたチャニングには理解できないことだった。検死の写真を見たくせに。殺したと言ったのは一度だけじゃない、何度も言った。弁護士の先生たちがいわゆる主張とやらをしていたのは知っている。心神喪失とかなんとか。でも、裁判長に訊かれたら、同じように答えるだろう。

言ったでしょ、あたしがあいつらを殺したんだ。

そのほうが救われた気持ちになれるのに。スーツを着た連中にはそれがわからないようだ。自分がそんな連中とちがっている点を心の支えに、まっすぐ前を向き、自宅のアプローチ付近で張っていた記者の第二陣を突っ切った。車が裏にまわって、父がドアをあけて降りるのに手を貸してくれたときも目を合わせようとしなかった。

「お母さんに顔を見せて、安心させてやりなさい」

チャニングは父のあとから家のなかに入り、弁護士たちとは書斎のところで別れた。「ママも写真を見たの？」

「まさか、とんでもない」父が娘の顔を見たのは、娘がはじめて、父の感覚でまともと思えることを口にしたからだった。「おまえをびっくりさせるものがあるそうだ。さあ、二階にあがって」

父は下に残り、チャニングは階段に導かれるようにして上の階に行った。母は寝室のドアのそばで椅子にすわっていた。「おかえり、チャニング」

「ただいま、ママ」

抱擁はする前から失敗で、ぎこちないものだった。片方からは白ワインと化粧水のにおいがし、もう片方からは留置場のにおいがしていた。

「あなたのために、ママはがんばったのよ。大変だったけど、きっと気に入ってもらえると思うの。見てくれる?」

「いいよ」

母はドアノブをまわし、チャニングを寝室に引き入れた。「気に入った? 気に入ったと言って」チャニングはその場でぐるりとまわった。なにもかも、火をつける前の状態に戻っていた。ポスター。ピンクの寝具。「前のまんまがいいと思ったの」

「気に入った?」

「こんなことするなんて信じらんない」

「気に入ったかって?」チャニングはあいた口がふさがらず、ヒステリックに笑いそうになった。「気に入らないわけがないでしょう?」

「お父さんにもそう言ったのよ。〝まだ子どもなんだもの。気に入らないわけがないでしょ〟って」

チャニングは壁を一枚一枚見ていった。大声をあげながら駆けだしたい気分だった。赤ん坊の肌のようにすべすべとしたピンクの枕に手を置いた。

「さて」母が言った。「ココアでも飲む?」

チャニングの母はおぼつかない足取りで階段をおり、キッチンに入ると、いくつもノブをまわし、戸棚をあけた。ガスコンロに点火し、ココアとオーガニックの牛乳、それに娘が昔から好きだったアイシングクッキーを出した。悪いのは自分だ。タイタス・モンローもドラッグも娘のうつろな目も。自分が恐ろしい男たちを家族の人生に引き入れてしまった。でも、まだやり直せる。いつかチャニングも赦してくれる。

キッチンでやるべきことを終えると、トレイを持って、娘の部屋のドアをふたたびノックした。「チャニング?」ノックのいきおいでドアがあいたが、室内には誰もいなかった。「チャニング?」トレイをベッドに置き、浴室を調べた。

がらんとしていた。

無人だった。

「チャニング？」

じっと耳をすましたが、家のなかからはなんの音も聞こえず、ひとつだけ動いているものがあった。娘のベッドに腰をおろしてそれを見つめた。あけはなした窓で揺れるカーテンと、その向こうに広がる絵のような世界を。

チャニングは自分が住むブロックのすべての裏庭とすべての側庭を熟知していたから、記者をかわすのは楽勝だった。それ以外のものから逃れるのは少しばかりむずかしかった。

ココア？

ピンクの寝具？

幾何学模様にきちんと整えられた庭園を急ぎ足で突っ切ると、気づかれないようこっそりアプローチに出て、歩道に歩を進めた。最後に後方の道路を確認し、記者たちに背を向けて歩きつづけた。引き返すわけにはいかない。戻ればゲームにつき合わされるだけだ。誰もが彼女と目を合わせようとせず、なにもなかったふりをする。昼食会や茶会がひらかれるだろうし、盗んだ酒が供されることもあるかもしれない。でも、父は二度と射撃練習場には連れていってくれないだろう。ジョークを披露してくれることも、娘を大人扱いすることもないだろう。出廷日が近づき、弁護士が心配しなくていいと言うたび、頭のなかの靄が濃くなっていくことだろう。おとなしくうなずいているうちに、ある日突然、爆発してしまいそうだ。リズだけがわかってくれると思ったのに、携帯電話にかけたところ、すぐに留守番電話につながった。もう一度かけたが、すぐに切り、足を速めた。リズが住んでいるのは、街をはさんだ反対側だ。着いたときにはまだ早い時間だった。十時、あるいはもうちょっと遅い時間かもしれない。

家は留守だった。

窓ガラスの向こうは真っ暗で、壊れたドアが枠に無理やりはめこんであった。一瞬、フラッシュバックに襲われたかのように、胸騒ぎがした。壊れたドア、ライフル、それに大声で叫ぶ州警察官の記憶がよみがえる。この家は安全とは思えないけれど、ほかに行くあてはなかった。家族。友人。誰も、モンロー兄弟のせいでこうなってしまったあたしを理解してはくれないだろう。あたしは本当に血も涙もない人間なの？

手を見ると、震えてはいなかった。

これってどういう意味？

ドアを枠からどかし、もう一度リズはいないか確認し、それから戸棚からグラスを出し、冷凍庫からこのあいだと同じウォッカを出した。この時間に警察が来ることはないはず——そういう段階は終わっている——だけど、このあとはどうしたらいいんだろう？ 彼女は十八歳で現実に直面している。弁護士がどうにかしてくれるかもしれないけれど、どうにもならないかもしれない。最悪でも、五年から七年だという話だった。しかし、誰かのかわい子ちゃん《チャイナ・ドール》になんてなりたくない。一日だってごめんだ。

ウォッカのボトルを持ってポーチに出ると、最初の一杯をどうにか飲みほし、次の一杯は腰をおろしてゆっくり飲んだ。リズは戻ってくる、時間の問題だ、彼女ならどうすればいいかきっとわかっていると自分に言い聞かせた。でも、そうはならなかった。車が何台か通りすぎた。太陽がじりじりと空をのぼっていく。それは厳然たる事実だったが、一時間もするとどうでもよくなっていた。さらに一時間がたつと、彼女は気持ちよく酔っていた。そのせいで、おんぼろの車がアプローチに入ってきて、男が出てきたときに、立ちあがるのが遅くなった。だから、不安を感じることもなく、あっさり捕まってしまったのだった。

男はチャニング・ショアを知っていた。新聞とテレビに出ていたから、誰もが知っていた。さらに大事なことに、彼女はエリザベスにとって大事な存在だった。リズにとって、ブラック刑事にとって。それらの名前が一単語のように頭のなかを駆けめぐり、映像がつづいた。いまより若かったころのリズ、そしていまのリズ。チャニングの顔にはリズと同じ部分が多くある。なんらかのつながりがあるにちがいない。男はこのつながりというものを重視していた。もっとも、たいていの場合は目だった。目は魂をのぞきこむ窓だ。べつに憶測でものを言っているわけでも、詩人を気取っているわけでもない。男は人を破壊し、目が本当に窓になるまで拘束するすべを知っていた。その瞬間が大事だ。息が浅くなり、心臓の鼓動がゆっくりになる。そうなってはじめて頭をもたげてくるのが無我であり、魂なのだ。

男はそう考えながら、ポーチにひとりすわっている少女に目をこらした。最初に通りかかったときは目を伏せており、次もその次もそのまま通りすぎた。最後には二軒先に車をとめ、そこで考えごとをしながら見張った。この前のふたつの遺体は警察に発見されてもかまわなかったし、そもそもそれが計画の一部だった──なぜなら、エイドリアンも苦しませたかったからだ。しかし、教会の下に隠した死体も見つけられてしまった。すべてを考えぬかなかった自分の過ちだった。男はいい気になりすぎ、その結果、教会を失ってしまった。

「まだ、うまくやることは可能だ」

しかし、以前にはもっと簡単だった。寝床から起き、ほほえみ、あたりさわりのないことを言うのは。いよいよとなれば、よその街に行き、ほかの女たちを見つけるまでだ。そうすることで身辺をきれいにしておける。

だが、これは……。

マスコミがあおり、関心が集まる。総力をあげる警官とその仮説。なにもかもが大きくなりすぎた。連続殺人犯だの凶悪犯だの異常者という表現が頻繁に使われる。だが、誰も事件の本質をわかっていない。動機が憎悪ではないことも、男も無理してこんなことをする必要がないことも。

ならばなぜ、いま目の前の少女を見ながら、白い布のことを考えているのか。

時に神はそういうものだからだ。

つまり、複雑な存在なのだ。

チャニングはたいていの金持ちの娘よりはぽんこつ車にくわしいが、その理由は単純だ。彼女は労働者階級の男の子が好みだった。学校でも、ナイトクラブでも。親に内緒で大学のパーティに出かけたときも、働きながら学んでいる人や奨学金を受けている人を探した。まわりにいる、生まれたときからお金に恵まれている連中のような、爪の手入れの行き届いた色白タイプは好みではなかった。タトゥーを入れていたり、手ががさがさしている人、がさつで、彼女の親が金持ちかどうかをやたらと気にするタイプがよかった。そういう男の子は楽しむだけ楽しんで、とっとと逃げだすことしか考えていないし、チャニングも同じだった。それも地下室での一件までのことだったが、いまでもあの手の車はわかる。タイヤの溝はないに等しく、エンジンはゴロゴロとやかましく、さびだらけのおんぼろだ。

「前に会ったことあったっけ？」太陽を背にした男は、キャップをかぶり濃い色のサングラスをかけた大人だった。なんとなく見覚えがあるものの、なにしろウォッカの飲み過ぎで、周囲が適度にぼやけていた。

「どうだかな」男は五フィート離れたところで足をとめた。うしろの車はエンジンがかかったままだ。「きみのほうは記憶にあるのかい？」

チャニングの頭の奥でベルが鳴っていた。男はやけに余裕があった。彼女はその余裕のあるところに反感を持った。

「ひとりかい？」

チャニングは男の車に目を向けた。三十年落ちのダッジが青い煙を吐いている。なにもかもおかしい。いまははっきりそう感じる。ボンネットの下から漏れてくるエンジン音。見たことがあるようなないような男。

「この家の人は警官なんだけど」

「ここに誰が住んでいるかは知っているよ。彼女はいま留守なんだろう？」

男はワークブーツにフランネルのシャツという恰好だった。頭のなかのベルがますますやかましくなった。気温が三十五度もあるのにフランネルのシャツを着るなんて。「彼女に電話するけど」

「かまわないよ」

チャニングはヒップポケットから携帯電話を出し、どうにか六つの数字を打ったところで男がスタンガンを手にした。

「なんなの、それ？」

「これかい？」男は手のなかのものを傾けた。「べつになんでもないよ」

男の唇が少し動いたときにつやのない歯がのぞき、通りの左右に目をやったときに横顔がちらりと見えた。チャニングはもうひとつボタンを押した。「呼び出してる」

男が最下段に足をかけた。

チャニングは立ちあがった。「それ以上、近づかないで」

「悪いが、そういうわけにはいかないんだよ」

チャニングはドアのほうを向いたが、最後の段につまずき、いきおいよく転倒した。頭に触れると、手に血がついていた。

「きれいな目をしているね」

男は最後の一段をのぼり、腰をかがめてチャニングに顔を近づけた。

「とても表情豊かだ」

チャニングはガソリンと小便とひからびたゴムのにおいがする車のなかで目を覚ました。さっきの車、ダッジだった。後部座席でブルーシートを上からかけられていたが、それがわかったのはほかの車でも見たことがあるからだった。シートはがさがさした感触で、ブレーキをキーキーいわせながらカーブするたび右に左にずれた。頭はガソリン缶と油で汚れたフロアジャッキ、石を詰めこんだ段ボール箱のようなものに押しつけられていた。動こうとすると、プラスチックの結束バンドが手首と足首に食いこんだ。そこからくる恐怖は強烈だった。これほどまでの無力感がなにを意味するか、よくわかっていたからだ。

理屈ではなく。

実感として。

あんなことは二度とごめん。もう数え切れないほど心にそう誓ってきた。二度とごめん。そうなる前に死んでやる。でも、現実はちがっていた。現実は固いプラスチックとガソリン、汚い車に敷かれたフロアマットに吸われた自分の血だった。

それに、あの異常者。

教会がない、教会がない……。

男は同じことを何度も何度も言っていた。声が大きくなっては小さくなり、ふたたび大きくなるを繰り返している。男がシートを揺らすたびスプリングがきしむ。両手でハンドルを強く握り、背中を合成皮革のシートに力まかせにぶつけ、車を揺さぶる光景が目に浮かんだ。あの顔にはなんとなく見覚えがある。どこかで見かけたのだろうか？　テレビ？　新聞？

わからなかった。考えられなかった。

手首をひねってみたが、結束バンドが食いこむだけだった。もっとやっても皮膚がぱっくり割れるほど激しい痛みを感じるだけだ。あのときとまったく同じ。

針金……。

プラスチック……。

気づいたときには、段ボールに、つづいて車の側面に体をぶつけていた。自分では叫んだつもりだったが、実際はちがった。口のなかに血の味がした。

「頼むから、そういうことはしないでほしい」その声からは張りつめたような響きが消えていた。言い方が穏やかになっていた。

チャニングは動くのをやめた。「どうしたいの？　なんでこんなことをするの？」

「黙ってやるしかないんだよ」

「お願い……」

「さあ、静かにして」

「これをほどいて」

「痛い思いをさせるのは本意ではないが、こうするしかなくてね」

チャニングは男の言葉を額面どおりに受けとめた。声が変化し、異常とも言えるほど落ち着き払った態度に豹変《ひょうへん》したせいだ。車が右に折れ、坂をのぼり、揺れながら線路を渡るあいだ、とにかくじっと動かずにいた。うしろで金属がかちゃかちゃ音をたて、車は下りに転じた。ブルーシートがずれて、その隙間から木の枝や電柱、弧を描く黒いケーブルが見えた。車は西に向かってる。

西だわ、と彼女は胸のうちでつぶやいた。車は西に向かってる。

でも、それがわかったからと言ってどうなるものでもない。車はかなりスピードが出ていた。ほかの車の音はしないし、看板のたぐいも見当たらない。やがて車は速度をゆるめ、また方向を変えると、今度はがたがたの地面を何マイルにもわたって走った。車は道路をはずれ、森の奥へと入っていた。また金属ががちゃんと音をたてた。自分の頭が小さすぎて、なかでぐるぐるまわっている現実がおさまりきらない気がしてきた。一度ならず二度までもこんな思いを味わわされるとは、この地獄は神の思《おぼ》し召しにちがいない。二度めとなれば、偶然じゃない。だから、後部座席で揺られ、悪臭に怯えながらもチャニングは心に誓った。生きようが死のうが、怖くてもそうでなくても、このあいだのようなことには絶対にさせないと。さきにこっちが殺すか、さもなくば死ぬ。二度、そう誓い、さらに十回以上、誓った。

二分後、サイロが太陽を完全に覆い隠した。

27

朝靄のなかを運転しながら、エリザベスは自分が古い映画の登場人物のようにぺらぺらに薄くなったように感じていた。なにもかもが黒と灰色だった。木々は靄のなかに幽霊のように浮かびあがり、じゃりじゃりとした道路だけが現実感をともなっている。それ以外のものはすべて現実離れして見えた。隣の席にすわる男も、自分の気持ちも、ひんやりと湿った空気も、道路の向こうに広がる沼の存在も。静けさのせいか、まだ来ぬ夜明けのせいかもしれない。寝不足と漠然とした不安、あるいは、いま自分がしていることがあまりに現実離れしているからかもしれない。

「こういうのは苦手なんだよ」

エリザベスは右にちらりと目を向け、信頼の話をしているのだと察した。ふたりはべつべつの部屋で眠り、目覚めたときは決まりが悪く、意外なほど押し黙っていた。エイドリアンはエリザベスに知られたことを気まずく思い、彼女のほうは彼の体がどんなだったかを思い出し、どうしていいかわからずにいた。夢でうなされたのは触れたときの感じではなかった。盛りあがった傷や固くなった皮膚でも、弾力のある皮膚でもなかった。夢に出てきたのは細かな震えであり、それをどうにか抑えようとする意思だった。長年のあいだに多くの被害者を見てきたが、そういう人たちは絶望に沈むか、逃避するか、あるいは無気力になるのが普通だ。しかし、エイドリアンはぴくりとも動かず、エリザベスが信頼してほしいと言って、いちばん深い傷に触れたときも目を動かしただけだった。その夢が、ありのままの姿と熱と渋々ながらの信頼を長時間にわたって目にしたことが、彼女を思いとどまらせていた。

熱に浮かされて見る夢。エイドリアンは昔からそうだった。

もっとも、いまの彼はちがう。彼はわきを流れる川を、木立の向こうにちらちら見える、黒くてつやつやしたものをながめていた。

エリザベスは訊いた。「ここに来た理由を話してもらえる？」

最初のうち、彼はなにも言わなかった。タイヤのまわる音がし、急にさざ波が立って川面が揺れる。動き方からしてヘビだろうとエリザベスは思った。あるいは背中にとげのある大魚か。

「ここは古い沼地でね」彼は言った。「五十万エーカーのこの土地にはヌマスギと黒い水が広がり、アリゲーターとマツの木、それに世界じゅうでここでしかお目にかかれない植物が生息している。見つけ方を知らないとわからない、小さな島がいくつかあるし、三百年以上前から住み着いている何家族かがいる。脱走した囚人や逃亡した奴隷の子孫で、ひと筋縄ではいかない連中ばかりだ。イーライ・ローレンスもそのひとりだった。ここは彼の故郷なんだよ」

「イーライ・ローレンスというのは刑務所で知り合った人？」

「知り合った？ そうだね。だが、単なる知り合い以上の存在だった」

「どういうこと？」

エイドリアンは長いこと、森を見つめていた。「刑務所に入ったことは？」

「ないのは知ってるでしょ」

「だったら、自分が兵士で、敵の戦線に取り残されたと想像してみてくれ。ひとりぼっちで孤立しているものの、霧や暗がりには人の姿がある。きみを痛い目に遭わせるか殺すかしようとしている連中だ。きみは凍えそうに寒いうえに怯えているから、眠ることも食事をすることもできない。呼吸するのもやっとだ。それでも、最初のうちは敵の何人かを怪我させるくらいはできるだろうし、運がよければ初日は死なずにすむかもしれない。しかし、だんだんといろんなものが積み重なってくる。睡眠不足、寒さ、背筋も凍るほどの恐怖。きみが持っている知識では、こんな孤立無援状態には対処しきれないからだ。きみは精も根もつき果て、自分でもわからないものに変化してしまう。それでも、数日間はなんとか、うまくいけば一週間は持つだろう。そのころには手は血で汚れ、なにかを、おそらくはとんでもないことをしでかしているはずだ。それでもきみは希望にしがみつく。なぜなら、どこかに境界線があり、その反対側ではきみの愛するものすべてが待っているからだ。そこにたどり着きさえすれば、すべては終わる。きみは生きて故郷に帰り、やがて、恐怖は夢であり、きみの人生ではないように思えてくる」

「わかるわ」

「警官が塀のなかに入れられるのもそれと同じだが、

境界線がどこにもなく、数日単位ではなく数年単位の話になる」

「そんなときにイーライ・ローレンスが助けてくれたのね？」

「助けてくれた。救ってくれた。あいつらに殺されたあとも」

エイドリアンの声は乱れていたが、エリザベスは充分に聞き取れた。「あいつらに殺されたというのは？」

「プレストンと所長、オリヴェット、それからジャックスとウッズというふたりだ」

「そのふたりも看守なのね？」

「そうだ」

左カーブに差しかかると、エリザベスはシフトダウンしてから加速し、アウトからインに抜けた。

「イーライは友だちだった。それをあいつらは、ある情報を吐かせる目的で彼を殺した。彼が強盗で人殺しだからじゃなく、彼でなければ教えられないものを吐かせるために。彼は日曜日に連れていかれた。その後、九日間、彼の姿はどこにもなく、戻ってきたときは死ぬ一歩手前だった」エイドリアンの目は沼に、こっそり獲物に忍び寄ろうとする鳥やクロユリに向けられていた。「あいつらはイーライの骨の半分を折ったあげく、どうしても吐こうとしなかった秘密をおれにならしゃべるだろうと考え、監房に戻した。おれは彼が自分の血で溺れるのを見ているほかなく、おれの腕のなかで彼は息を引き取った。そして、次はおれの番になった」

「なんてひどい」エリザベスは言ったが、エイドリアンは同情など意に介さなかった。

「おれはやられた借りを返したいと思った。ずっと連中を殺すことだけを夢見てきたんだ」

「でも、オリヴェットは殺さなかったじゃない」

「それもイーライに教わったんだよ。慈悲の心ってやつを」

「じゃあ、ウィリアム・プレストンは？」

　エイドリアンは自分の腫れあがった手を見てから、一度うなずいた。「あれはあれでよかったんだ」

　彼はその後二十分間、なにも言わなかった。左、右と指示し、エリザベスが言われるままハンドルを切っていくと、道はしだいに細くなって穴ぼこだらけのアスファルトになり、さらには砂利とやわらかな黒土だけになった。エリザベスはもっと話を聞きたかったが、がまんした。だいいち、沼への道はエイドリアンの懺《ざん》悔《げ》室《しつ》であって、彼女のではない。

「いまどこにいるのかわかってるんでしょうね？」

「ああ」

　エリザベスは途切れなくつづく森を見やった。「標識も目印もないわよ」

「イーライの肺に血がたまって窒息するまで七時間かかった。ひとことと言うごとに地獄の苦しみに襲われていたよ。忘れようったって忘れられない。彼はおれにこの場所を見つけてほしいと言った」

「そのわけは……？」

「スピードを落として」彼は言った。「そこだ」

　エリザベスは古い道の真ん中で車をとめた。いまいるのは近場の町から三十マイルほど、深い森と沼が溶け合っている場所だった。エイドリアンがそこと言ったのは木立の切れ目のことで、そばには摩耗した石が山になり、さびた四角い鉄板でしかなくなった看板が落ちていた。「本当にここなの？」

「イーライに聞いていたとおりの場所だ」

　エリザベスは不安だった。小道は草がぼうぼうに生えているが、びっしりとではない。ときどきは人が使っているのだろう。「この先になにがあるの？」

「あらゆることの発端となったものだ」

　エリザベスはその答えにも不安になった。人けのない道路を見わたし、木立の奥の暗がりに目を向けた。

影と蔓《つる》と子どもの背丈ほどもある葉の大きな植物が見える。とてつもなく深く、存在すら忘れられた場所としか思えない。

「本当にここでいいのね？」エイドリアンがうなずくのを見て、エリザベスはそろそろと小道に乗り入れた。深い轍で車の底をこすりながら進んでいくと、やがて歩くよりは速く走れる程度に道がたいらになった。

「どのくらい行くの？」

「古い水車小屋と深い川が見えてくるはずだ。一マイルかそこらだと彼からは聞いている。道はそこで終わりになっているそうだ」

エリザベスは車を進めた。こんもりとした木々が上に迫っている。「ここが彼が住んでいた場所？」

「ここで生まれ、ここで育った。おふくろさんがお産で亡くなって、親父さんとのふたり暮らしだった。電気も水道もない。車すら持っていなかったそうだ」

一マイルを行くのに長い時間がかかった。森を出たところで小道はカーブし、前方に使われなくなった水車小屋が見えてきた。小屋のわきには朽《く》ちた桟橋《さんばし》があり、川が霧のなかへとのびていた。水車小屋はそうとうに古いものだった。屋根はなくなっていたが、水かきの残骸は残っていた。エリザベスは小屋のわきに車をとめた。壁面は苔むし、結露していた。エイドリアンが車を降りると、霧に覆われたほうでなにかが跳ねた。

「イーライはここでの子ども時代をいろいろ語ってくれたよ。家族とその失望の物語、靴も買ってもらえなかった少年の過酷な生活をね」

エリザベスは水車小屋をのぞきこんだ。床は腐って抜け、壁は石が剝き出しになっていた。「どのくらい前の話なの？」

「イーライは第一次世界大戦が影を落としていたころに生まれたそうだが、正確な年はわからない。その水車小屋は父子がここに住んでいたときにはもう使われていなかった。一八〇〇年代からそうだったらしい。一家は基本的に不法居住者だった。イーライの父も、その前のおじいさんもね。一家は沼で魚を釣ったり、狩りをしたり、勝手にヌマスギを切り倒して製材所に売ったりしていた。このあたりにはほかにも家族がいたが、その大半は沼にぽっかり浮かんだ小さな島に住んでいた」

「これからどうするの、エイドリアン?」

しかしエイドリアンは急ぐ様子を見せなかった。水車小屋の壁に軽く触れてから、朽ちた桟橋に向かった。十歩ほど進むと、両手をポケットに深く突っこんで話を再開した。「九十をすぎた年寄りが、電話も電気もラジオもなかった貧乏な生活を振り返ってした話なのをわかってほしい。出会った時点で彼は何十年も刑務所で暮らしていたわけだが、ここの話をするときだけは、きのう見てきたみたいな口ぶりだった。わかると思うが、彼はここがいやでいやでたまらなかった。暑さと蚊、荒涼とした土地、泥、そして水上生活。訊かれなくても、若いときはふてぶてしくて、少しでもいい生活を望んでいたと話すような人だった。だけど、そういう話をするときの彼はまるで詩人だった。言葉は荒っぽくてありきたりだが、とにかく……完璧だった。彼が黒い泥について語ると、においまでしてきたものだ。ガラガラヘビの味だってわかる。一度も食べたことはないけどね。ヒル、ガーパイク、ナマズもそうだ」

エイドリアンはそこでひと呼吸おいたが、エリザベスは彼がほほえんでいるような気がした。

「川を二十マイルほどくだったところにブルース・クラブがあった。クラブと言っても、柱と屋根があるだけの吹きさらしの建物だ。歩いていくしかなかったが、クラブには女たちが大勢いた。女と酒と喧嘩の理由にはことかかない場所だった。イーライは数ドルばかりかき集めては、数日間、行方をくらまし、二日酔い状態で、体のどこかにあざをこしらえ、よからぬ女のにおいをぷんぷんさせながら帰ってくるのが常だった。父親はまったくちがうタイプだった。頭が堅く、現実的で、容赦のない人だったそうだ。イーライの行状をめぐって父子は激しく言い争い、しまいには喧嘩になるのが常だった。最後にイーライが家を出たとき、彼は二十歳で、ぼろぼろで血まみれ、一文無しの状態だった。それがどれほど異常な光景か、おれくらい彼を知らないとわからないと思う。なにしろ、本当に物静かな人だったからね」

「どうしてそんな話を聞かせるの？」

「イーライがもう一回、ここに戻ってきたからだ。十六年後のことだった。そのときには父親は死んだか、よそに移ったかしていた——イーライも実際のところはわからないらしい——が、とにかく最後にまた戻ってきた。この場所に」エイドリアンは言った。「二発撃たれ死にかけていたが、ここに戻ってきたのには理由があった」

「どんな理由？」

「そこが問題なんだよ」エイドリアンは水車小屋に目をやり、それからそこに注ぎこむ小川を見やった。「少し歩こうか」

「からかってるの？」

「たいして遠くないから」

彼は小川に沿って歩きはじめ、エリザベスもあとにつづいた。ふたりは貯水池をぐるりとまわりこむように坂をあがり、ため池を迂回した。霧が薄くなり、沼が遠ざかった。半マイルほど小川沿いに進むと、ふたつの小さな流れが岩場のところで合流している分岐点にたどり着いた。滝の落差はあまりなく、四フィートくらいだった。そこでエイドリアンはつづきを話しはじめた。「一九四六年、若きイーライ・ローレンスは海岸沿いに住んでいた。詐欺師で、ちんけな悪党で、その世界に身を置く者なら誰でもそうだが、仲間とと

もにでかいヤマをあてることを夢見ていた。一生、何
不自由なく暮らせるようになるヤマを。その年の九月、
イーライはそれを見つけたと思った」
右側の流れに沿って歩いていくと、川岸がくだって
いき、ついには泥が靴底に吸いつくまでになった。
「イーライたちは、ウィルミントンのダウンタウンに
ある埠頭《ふとう》の銀行から現金輸送車が出発するという内部
情報を得た。移動ルートもタイムテーブルもわかって
いた。だが、それまでに彼らが手がけた仕事程度では、
とてもこなせないレベルのヤマだった。イーライの仲
間は銃撃を受けてふたりとも死んだ。警備員のひとり
も死に、もうひとりは三発受けたものの一命はとりと
めた。通行人がふたり撃たれた。あたりは血まみれで
騒然となった」
「イーライはどうなったの？」
「彼は十七万ドルを手にし、背中に二発、三八口径の
弾がめりこんだ状態で逃げた。医者に診せることなく、
ここまで戻ってきた。なぜそんなことが可能だったの
かはわからない。すでに撃たれた場所が感染し、あり
えないことに弾が危険な場所にまで達していた。観念
して助けを求めると、医師は手当てをしたのち、イー
ライを警察に突き出した。イーライは仮釈放なしの終
身刑となった」
エリザベスは雨で浸食された跡をまたぎ越した。エ
イドリアンが足をとめて指を差す。「きみにはあれが
島に見えるかい？」彼は答えを待たずに沼を歩きだし
た。水位は腰ほどもあったが、やがて彼は反対岸にあ
がった。「来ないのか？」
足を踏み出すと、水がブーツのなかに入ってくるの
がわかった。彼女も反対側にあがると、ふたりはキイ
チゴや低木をかきわけながら進み、島の中央の、あた
りを見おろすように立つ木にたどり着いた。大きな木
だった。くねくねした枝を大きく広げ、一部は地面に
つくほど低く垂れている。長い歳月で幹は黒ずんでい

るものの、あちこちねじれながら高くそびえ、太い根が地面をしっかりとつかんでいる。「ここはなんなの？」

「おれが知ってるのは、子どものころのイーライの遊び場だったってことだ」エイドリアンは幹に手をかけ、反対側にまわった。「刑務所に六十年もいて、世界で唯一、本当になつかしく思い出すのがここだったそうだ。この小島。この木」

「こんな木、見たことないわ」

「イーライによれば、てっぺんにのぼれば海が見えるらしい」

「八十マイルも離れてるのよ」

「イーライは大げさなことを言う人じゃなかった。彼が見えると言ったら、本当に見えるんだろう」

　エリザベスは首をのばしてみたが、木のてっぺんは見えなかった。巨大な老木はそびえるほど高かった。少年がのぼっていくところを、高いところにちょこんとすわって、八十マイル離れたきらきら光る海をながめているところを思い描こうとした。

「なにをしてるの？」木をまわりこむと、エイドリアンが膝立ちになって、はるか昔に幹が腐食してできた空洞に手を入れていた。彼がやわらかい土をかき出すのを見るうち、いやな予感がした。場所。理由。「まさか、盗んだお金が関係してるんじゃないでしょうね」

「なんとも言えないな」

「どういうこと？」エイドリアンは答えなかった。

「ちょっと手をとめて」

　エイドリアンは踵をついてしゃがんだ。手が土で汚れ、それで目もとの汗をぬぐったせいで顔に泥汚れがついた。「金や欲のためなんかじゃない。これは所長と看守と命より大事に思っていた男に関わる話なんだ」

「くわしく話して」

「所長は十九年前に刑務所に赴任した。そのころにはもう、イーライのことにしろ、現金輸送車のことにしろ、知っている者はほぼ死んだか、存在そのものが忘れ去られていた。イーライは塀のなかで死ぬ運命にある年寄りでしかなかった。単なるデータであり、数字だった。ほかの連中と同じで。それが八年前に変わった」

「どうして？」

「新聞の切り抜きか、イーライのファイルか。くわしいことはわからない。とにかく、所長は銃撃と現金輸送車の件を突きとめ、まだ金が見つかってないことを知った」エイドリアンは掘った穴の上で手を広げた。

「このためにイーライは死んだ。このためにおれはやつらから拷問を受けたんだ」

「お金のためということ？」

「そういうんじゃないと言ったろ。イーライの生涯と彼の選んだ道を守るためだ。勇気と意思と最後の反抗的な行為を守るためだった」

「どう言おうが、あなたのお友だちはお金のために死んだのよ、エイドリアン」

「抜け殻になるのを拒んだからだ」

「十七万ドルのためよ」

「いや、そこのところは必ずしも正しくない」

「はぐらかされるのはうんざりだわ、エイドリアン」

「だったら、しばらく黙っていてくれないか」彼はまた掘りはじめていた。ようやく手をとめると、肩まで穴にもぐりこみ、広口瓶を持って出ると、地面にどさりと落とした。ふたはさびつき、ガラスは泥で汚れていた。

エリザベスは指差した。「それはもしかして……？」

「最初の三万だ」

エリザベスは瓶のほうに手をのばしかけ、途中でとめた。

「かまわないよ」

コインを一枚つまんで、親指で泥をこすると、金色に光った。「何枚あるの？」

「コインか？　五千枚だ」

「イーライは十七万ドル盗んだという話だったけど」

「一九四六年当時、金は一オンス三十五ドルだったんだ」

「いまだといくらになるの？」

「千二百ドルくらいだろう」

「じゃあ、これだけで……」

「六百万ドル」エイドリアンは言った。「ざっくりした計算だが」

28

スタンフォード・オリヴェットが娘を起こさずにパンケーキの準備を始めると、二階からシャワーを使う音が聞こえてきた。ふたりきりの家族で、きょうは娘をぎゅっと抱きしめ、いくらかでも一緒に過ごしたかった。キッチンはどこを見てもきちんと片づき清潔で、バターとコーヒーとガンオイルのにおいがただよっていた。コンロのわきに四五口径が置いてある。その前はシャワーの近く、さらにその前はベッドのそばに置いていた。オリヴェットは怯えていたが、その相手はエイドリアン・ウォールではない。

「おはよう、スイートハート」

「わあ、パンケーキだ」娘が階段をおりてきた。アーチェリーと動物とスポーツカーが好きな、十二歳のおてんば娘だ。いつもショートヘアで、化粧はしたがらない。すでにこの歳にして、たいていの大人よりも運転がうまかった。

「射撃練習場に行くの？」

　銃を見て、そう尋ねたのだ。この四五口径は職場で支給されたものではないが、軍の払い下げ用品店で中古で買った軍の規格品だ。「かもしれないな」

「顔の傷はどう？」

　娘はアイランド式カウンターをまわりこんでくると、頬にそっとキスをした。縫合痕と絆創膏が痛々しい。四本の歯がぐらついていた。「大丈夫だよ」

「パパのお仕事は危ないからいやだな」

　オリヴェットはうそをとおした。就寝確認の際に囚人ふたりに飛びかかられたということにしてある。エイドリアン・ウォールにあやうく殺されかけたものの、なぜか生かしてもらえたという話ではなく。「けさはなにをしたい？」

「わかんない。パパはどうしたいの？」

　オリヴェットがパンケーキを皿に滑らせると、娘はフォークでひと切れ刺した。

「アプローチに車がとまってる」娘がフォークで示した。

　オリヴェットも気がついた。「くそ」

「パパったら！」

「おまえはここにいなさい」ドアのところに行きながら、銃を手にした。

　所長はすでに車を降りていた。ジャックスとウッズがわきにひかえている。「仕事に来るものと思っていたんだがね」

「わたしはてっきり――」

「どう考えていたかはわかっている」所長は無理やり家のなかに入った。「あざがいくつかできた程度で、一日休んでもいいと思ったんだろう。そういうわけにはいかないんだよ」

オリヴェットはドアを閉め、所長のあとを追ってキッチンに入った。娘が食べる手をとめると、所長が指差した。「娘は学校に行っていなくていいのか?」

オリヴェットは銃をカウンターに置いたが、手もとから離さなかった。「大丈夫だよ、ハニー。二階にあがってテレビを観ながら食べていなさい」

少女は二階に消え、所長はうしろ姿を見送った。

「足の悪いのがほとんど目立たなくなったようだな。手術は何回受けたんだったかね。四回?」

「七回です」

「症状はよくなっているのかな?」

「ここには来ていただきたくありません」

「不愉快なことを言うんだな」

「あいつらを連れてくるのも控えてください」

「ほらな、そこが昔からおまえの悪いところだ、スタンフォード。なぜか自分は別格だと思っている。自分の金と良心はなぜか汚れてないつもりでいる。これまでにいくら受け取ったと思ってる? 五十万ドル? 六十万ドルか?」

「娘が——」

「娘を言い訳に使うのはやめるんだ。アプローチに置いてあるあのボートはいくらした? いまはめている腕時計は? そうとも、おまえは断じてヒーローなんかじゃない」所長はシロップに指をつけてなめ取った。

「長年、やってきたじゃないか。きみとわたしとで。金とドラッグ、あくどい四人たちとそいつらの汚れたおこぼれ」

「ここでその話はやめてくださいよ、頼みますから。娘が二階にいるんです」

「娘など知ったことか」その声は氷のようだった。

「おまえはわたしのいちばんの親友がエイドリアン・ウォールに殺されるのを指をくわえて見ていたんだぞ」

「べつに指をくわえて見ていたわけでは……」

「とめようとしなかったのは事実だ。わたしがいまどんな思いでいるかわかるか？　プレストンは死に、おまえは生きている。おまえは腰抜けか、スタンフォード？　ウィリアム・プレストンが一歩も引くことなく命を落としたのに、おまえは這いつくばって慈悲を乞うたのか？」

「そんなんじゃありません」

「では、どういうことだったのか説明するんだ」

無言の時間が過ぎた。そこには長年のあいだに積もった憎しみがこもっていた。オリヴェットが沈黙を破った。「エイドリアンはなにも知りませんよ。知っていたら、何年も前に白状したはずです。つまり、やつを尾行するのは無駄なうえに、ばかばかしいだけです。やつは頭がいかれ、なにをしでかすかわかりません。そういうふうにしたのはおれたちなんです。こうなっては、いくら所長でもどうにかできるとは思えません。そもそも、あんなところで見張らないほうがよかったんですよ。プレストンが命を落とした原因は、所長にあります。所長が頑固で意地っ張りで強欲だからです」

「いまのをもう一度言ってみたまえ」

「わたしの家に入るのはやめてください」

「今後の計画を説明する」所長は冷ややかにほほえみ、間合いを詰めた。「エイドリアン・ウォールを探し出すんだ。われわれ四人で。やつを追いつめ、殺す。そのうえで、おまえも殺すべきか判断するとしよう」

オリヴェットは銃にちらりと視線をやったが、所長は即座に気づき、やれるものならやってみろとけしかけるように目を光らせた。

娘のことを考えろ。

次の二分を生き抜くことを考えろ。

「どうやって見つければいいんでしょう？」オリヴェットは咳払いをし、銃から距離を置いた。「やつはいまごろ、メキシコにいるかもしれません。どこに逃げてもおかしくないんですから」

「あいつはゆうべ、あの女と一緒だったんだろう？」

「そうです」

「だったら、メキシコには行っていない」

所長はいつものえらそうな態度で言った。階段を見あげたオリヴェットは、壁に影が映っているのが見えた気がした――娘が聞き耳をたてているのだ。「あの」と小さな声で言った。「さっきはあんなことを言って後悔してます」

「そうだろうとも」所長は四五口径を取りあげ、マガジンを落とし、弾を抜いた。「われわれは誰でも間違いをおかすし、思ってもいないことを口走るものだ」そう言いながら、四五口径をオリヴェットの胸に押しつけ、オリヴェットがうしろによろけ、流しにぶつかるまで押しつづけた。「だが、わたしの大事な友人が死に、おまえは生きている。つまり、誰もこのことから目をそむけてはいけないということだ。わかるな？ おまえも、わたしも、それにもちろん、エイドリアン・ウォールもだ」


リズはエイドリアンについて水車小屋まで戻った。ふたりともそれぞれ金貨の瓶をこわきに抱えていた。重い足取りで小川を渡りながら計算する。五千ドルが三十の瓶に入っている。ひと瓶につき百六十五ドル。あるいは百七十ドル。いまの価値なら？

ひと瓶で二十万ドル？

うまく理解できなかった。警官になって十三年、銀行に四千三百ドル、証券取引口座に一万五千ドルがある。金には頓着しないほうだ――昔からそうだった――が、沼地に六百万ドルが待っていると考えるだけで、頭がくらくらしてくる。そのために死んだ者がいて、そのために殺した者がいる。つまりは血に汚れた金だ。その血がエイドリアンにもつくのだろうか。

緑をかきわけながら進む彼に目をこらす。泥だらけのズボンに細い腰、しっかりとしたリズミカルな動き。

「ちゃんとついてこられるか？」

「ええ」彼女は答え、ついていくと決めた。イーライ・ローレンスは死に、彼の罪はあがなわれた。ウィリアム・プレストンは自業自得だ。それにそもそも、自分に人を裁く資格などあるだろうか？ 二名の殺人についてうそをつき、ひとりどころかふたりの逃亡者をかくまった自分に。「これからどうするつもり？」

　エイドリアンは最後の木立を抜け、水車に流れこむ水路を渡った。問いに答えたのは車に戻ったときだった。「逃げるしかないだろうな」エリザベスの手から瓶を受け取り、地面にふたつ並べた。「落ち着き先を見つけて、人生をやり直す。イーライはずっとそうしたがっていた」

　エリザベスは沼に目をさまよわせた。霧が晴れてきていた。光がうっすら射している。「所長のことはどうするの？」

「もういいさ」彼はほほえみ、エリザベスは復讐はあきらめたと言っているのを察した。

「金貨は？」

「これだけあれば当面はなんとかなる」彼はふたつの瓶を頭で示した。「残りはあのままにして、また取りに来ればいい」

　エリザベスはその言葉にこめられた信頼から顔をそむけた。

「おれと一緒に来てくれないか」彼は言った。

「冗談はやめて」

「冗談なんかじゃない」

「わたしはここを離れられない」

「そうかな？」

　厳しい質問だった。なぜなら彼も彼女と同じくらい答えをわかっているからだ。街じゅうの人が彼女に背を向け、仕事は失ったも同然だ。「知り合ってから、ずいぶんたったわ、エイドリアン」

「べつに結婚してほしいと言ってるわけじゃないよ」

エリザベスはそのジョークにほほえんだものの、裏の意味もしっかり感じ取っていた。ふたりの関係は変わったが、それは前夜、苦しみをひとつ乗り越えたことに起因すると思っている。肌に触れたことで生まれた思いやりの情か、あるいはおたがいに理解を深めたことで生まれた親密さか。もしかしたら、ふたりとも声には出さないものの孤独で、誰かを激しく求めていたのかもしれない。いずれにせよ、エイドリアンの目がいくらか打ち解けたものに変わり、ほほえむのもほんの少し速くなった。エリザベスは胸がときめくのを感じもしたが、正直なところ、淡い初恋と同じで、熱に浮かされているだけという気もする。黄色い光のなかのエイドリアンは笑顔で、傷ついていて、ハンサムだった。そう単純に考えられたら、ついていく気持ちになれたかもしれない。

落ち着き先を見つけて、人生をやり直す……。

「ひとりになりたくないんだ」エイドリアンの切実な訴えを聞いて、彼女の心は揺れた。しかし、優先すべきことはほかにもある。ギデオン。チャニング。フェアクロス。

「悪いけど」

しかし、モーテルに戻ると彼は「考え直してくれないか」と言った。笑顔は戻っていたが、無茶なところはなくなっていた。思いつめて不安そうに見えるのは、孤独であるがゆえだった。

「よかったわ、エイドリアン。ふっきれてくれて」

「だが、きみは来てくれないんだね」

「無理よ。悪いけど」

「おれがふたりを殴るのを目撃したからかい？」

「そうじゃない」

エイドリアンは硬い表情で目をそらした。「おれを臆病だと思うか？　こんなふうに逃げるなんて」

「あなたは先へ進んでいいのよ」

「オリヴェットの話では、秘密を持った囚人はほかにもいたそうだ。それが本当なら？　おれと同じ苦痛を味わってる連中がほかにもいるかもしれない」

「だからと言って、戻るわけにはいかないじゃない」エリザベスは言った。「殺人容疑の逮捕状が出てるからというだけじゃないわ。刑務所長を差し置いてあなたの話を信じる人がいると思う？　相手は看守を意のままにできるのよ。とてもじゃないけど太刀打ちできない。そういうところには天才的に頭がまわる人なんだから」

「囚人たちはうそをつくか、死ぬかのどっちかというわけか」

「そういうこと」

エイドリアンは顔を真っ赤にし、苦悩に満ちた黒い目で、埃の舞う道を車が走りすぎていくのを見ていた。

「やはりあいつを殺すべきかもしれないな」

「落ち着き先を見つけて」彼女は言った。「人生をやり直すのよ」

彼は顎を引いたが、同意の意味ではなかった。「刑務所の外の人間は誰も、所長がいかに危険かをわかってない。あいつがどんなことをするか、しかもそれをどれほど楽しんでいるかを知らないんだ。いまから一カ月後、あるいは一年後にそれに対する気持ちがどう変わるか、正直言ってわからない。イーライの忠告がまちがってるかもしれないじゃないか」

「たとえそうでも、たいした違いはないわ。州内の全警官があなたを捜してる。そこをよく考えて。プレストン殺害で逮捕されたら、結局はあの所長がいる刑務所に戻ることになるのよ」エイドリアンは首を横に振ったが、エリザベスはさらに訴えた。「わたしを見て、エイドリアン。やるだけのことはやってみる。あっちがミスをおかせば、運が向いてくるかもしれない。ほかの囚人なり、看守のなかから証言が得られるかもしれない。とにかくいまはがまんして。それに偶然にも、最近、州警察の人とも知り合ったことだし」

エイドリアンは片方の眉をあげ、口をゆがめた。

「いまのはジョークだろう？」

「かもね」

ああ、まただ。頬がゆるみ、急にどきどきしてきた。

「わかった」彼は言った。「じゃあ行くよ」

「そうして」

「だが、きみの気が変わるかもしれないから、一日だけ待つことにする」

「変わりっこないわ」

「ここで。このモーテルで」

「エイドリアン――」

「ものすごい額の金なんだぞ、リズ。きみに半分やる。見返りはいらない。なんの条件もついてない金だ」

彼女はつかの間、そのまなざしを受けとめていたが、やがてつま先立ちになって、彼の頬にキスをした。

「いまのはお別れみたいな感じだな」彼が言った。

「いまのは幸運のおまじない」エリザベスは彼の顔をはさむと、唇に長いキスをした。「これがお別れのキス」

帰りの運転はつらかった。エイドリアンなら心配ない、ちゃんとやっていけると自分に言い聞かせた。しかし、それは問題の半分でしかなかった。キスの味を、そして彼が返してきたキスを思い返していた。

「あの人のことはろくに知らないじゃない、リズったら」

二度、そう心のなかでつぶやいたが、キスをすることで理解ができるなら、エリザベスは彼をとてもよく知ったことになる――唇の形、そのやわらかさとそっと押さえつける力。彼はひとりの男にすぎないわ、と自分に言い聞かせる。どうにもならなかった遠い思い出よ、と。でも、彼に対する思いはそんな単純ではなかった。何度となく夢に見たし、さっきのキスの味のようにいつまでも消えなかった。いまもその思いが心を乱そうとしてくる。まさに少女時代の恋心そのものだった。愛または憎しみ、怒りまたは欲望――それらは絶対にひとつのところに収まろうとはしなかった。

低地帯をあとにし、西に向かっていくつもの砂丘を横断するのは時間がかかった。州の中心部まで戻ってきたときには、混乱した気持ちを胸という壁の内側にある、狭い場所に押しこめていた。昔からあるその場所は、長年の習慣でつめこんできたエイドリアンへの思いであふれていた。いまは子どもたちとクライベイビー、それにわずかに残った警官としての将来を考えなくてはいけない。だから深呼吸し、自分をいい警官にしてくれる核となるものを探した。ぶれない気持ち。筋のとおった考え。それが核だ。

問題は、それが見つからないことだった。

キスと風と彼の肌に手で触れたときのことが頭のなかを占めていた。エイドリアンはこの先も牢《ろう》につながれることは望んでいない。エリザベスも牢につながれてほしくないと思っている。

「しっかりしなさい」

でも、だめだった。

スライドショーのように画像がくるくると現われては消えていく。エイドリアン、子どもたち、クライベイビー、そしてあの地下室。もとの生活に戻れると請け合ったけれど、あんなこと、いったい誰が信じるというの？

彼女自身？

誰も信じない？

市境を越えると、小さなショッピングセンターで車をとめ、携帯電話の機種変更をした。店員はエリザベスを見て新聞に出ていた人だとわかったようだが、それについてはなにも言わなかった。彼は一度だけ指を立てた。口をあけて閉じた。

「スマートフォンはいらない。電話とメールができるだけでいいから、いちばん安いのをお願い」

　店員は灰色のプラスチックでできた折りたたみ式携帯電話の設定をしてくれた。

「なんにも変わってないのね？　パスワードも？　留守電サービスも？」

「ええ、お客さん。これですぐに使えますよ」

受け取りにサインをして車まで戻り、青空とそびえ立つ熱の柱を仰ぎながらすわった。キーをいくつか押し、留守電サービスを呼び出した。記者から七件。ベケットから二件、さらにはダイヤーから六件入っていた。

　最後の一件はチャニングからだった。

　エリザベスは二度再生した。引っかくような音と荒い息づかいがしたのち、三つの単語が聞き取れた。電話が遠くて声は小さかったが、はっきりしていた。

　待って。お願い、やめて。

　チャニングの声だった。まちがいない。蚊の鳴くような声だが、怯えているのがはっきりわかる。エリザベスはもう一度、再生した。

　待って。

　お願い……。

　このときは三番めの言葉は聞かずに電話を切り、駐車場を猛スピードで飛び出した。チャニングはもう保釈されているはずだ——なにしろ父親があれだけ裕福なのだから、疑問の余地はほとんどない——だとすると、どこに行ったのだろう？

　チャニングの携帯電話にかけたが応答はなく、エリザベスは裕福な人々が住む界隈へと車を向けた。父親の家は高い塀に囲まれ、のぞかれる心配がない。父親は娘をそこに閉じこめ、一歩も出すまいと考えたはずだ。監督を怠らず、マスコミを遠ざけているはずだ。

　最後の部分は悪い冗談だった。二ブロック手前からでも報道各社のトラックが見えた。先鋭チームではないものの——そういう連中は教会か警察署につめているはずだ——殺害されたのがふたりだけのわりには、張り切っている様子がうかがえる。人種と政治、拷問と処刑とパパのかわいい娘という切り口をねらっているのだろう。ハンドルを切ってアプローチに入るまで誰もエリザベスに気づかなかったが、とたんに大声があがりはじめた。

「ブラック刑事！　刑事！」

　しかし、誰も準備がととのわないうちにエリザベスはさっさと敷地境界を越えた。アプローチを五十フィートほど進むと、ガードマンが立っていた。ふたり。元警官。ふたりとも知った顔だった。ジェンキンズだったか、ジェニングズだったか。「ショアさんに会わないと」

　ひとりが車のところまでやってきた。六十代できちんとしたスーツを着ている。銃身が四インチのスミス&ウェッソンをベルトにさげていた。「やあ、リズ。ジェンキンズだ。覚えてるかい？」

「ええ、もちろん」

　ジェンキンズはウィンドウごしに身を乗り出し、シートと床を確認した。「来てくれてよかった。ミスタ・ショアがひどく動揺しているよ」

「どうして？」

「あんたが来るタイミングがさ」

「それじゃさっぱりわからないわ」

「なんと言えばいいものやら」ジェンキンズは無線でエリザベスが行くと屋内に伝えた。「あんたがかわいがってる娘さんが行方をくらましたもんだから、上を下への大騒ぎだよ」

「なんですって？」

　ジェンキンズはその問いに答えず、うしろにさがった。

　あの子がいなくなった？

よくない兆候だ。

「まっすぐ家に行ってくれ。ミスタ・ショアが待ってる」

エリザベスはブレーキから足を離し、くねくねしたアプローチを彫刻や幾何学模様の庭園を見ながら進んだ。短い距離だったがずいぶんと長く感じた。エリザベスが車をとめたときには、アルザス・ショアは玄関ステップの最下段に立っていた。ジーンズに、この前とはべつの高そうなゴルフシャツ姿だ。二十フィート手前からでも首まで紅潮しているのがよくわかる。

「まったくなにをぐずぐずしていたんですか!」そう言いながら、玉石を敷きつめたアプローチを大股で歩いてきた。「三時間も前に署に電話したんだぞ!」

エリザベスは車を降りた。「チャニングはどこです?」

「あなたが知っているとばかり思っていた」ショアの肩から力が抜けていった。目に見えて。うしろでは、妻があけはなしたドアのところで小さくなっている。

「最初から話してもらえませんか」

「説明ならすでに二度もしたじゃないか」

「もう一度話して」ショアの口が閉じた。こんな突き放した言い方をされることは、めったにないからだろう。エリザベスは意に介さなかった。「なにもかも話して」

ショアはいまいましげに、プライドを捨てて説明した。裁判所から車で戻るとき、ぎくしゃくした雰囲気だったこと、ピンク色の部屋とココアのこと、そして窓があいていたこと。「娘は普通じゃない様子で。まるで、まったくの別人のようだった」

「でしょうね」

「わかったようなことを言わないでもらいたい」

「彼女は以前にもこっそり出ていったことがありますよね」エリザベスは言った。

「ああ、だが、こういうのははじめてで」

「もう少し説明を」

ショアは身もだえし、またべつの感情が顔をのぞかせた。「あの子は心を完全に閉ざしていたんだ、刑事さん。うちにこもり、誰も寄せつけようとしなかった。まるで、これまでの自分に見切りをつけたかのようだった」

「動揺しているんですよ。当然でしょう」

「留置場にいたせいかもしれない。あるいは、刑務所に入るのが怖いのか」

「原因は留置場だけではありませんよ、ショアさん。前にも言ったはずです。お嬢さんはぼろぼろになるまでいたぶられたあげく、命を守るために男ふたりを殺したんです。わかっていると伝えようとは思わなかったんですか？　自分も同じことをしただろうと？」

ショアの顔がくもったのを見て、伝えてないのがわかった。「あなたも写真を見たでしょう？」

「わたしは見る必要なんかないんですよ、ショアさん。

その場にいたんですから。身をもって知ってるんですから」

「ああ、そうだった。申し訳ない。きょうは……」

「チャニングはなにか持って出ましたか？」

「いや、なにも持ち出してはいないと思う」

「なんらかの形でメッセージを残しましたか？」

「窓があいていただけです」

エリザベスは少女の部屋の窓を調べながら、子どものときの自室と、そのわきにある木を伝って脱出したときのことを思い出した。「お嬢さんは未成年ではありません。行方がわからなくなって二十四時間以上が経過しないと、警察は行方不明とは見なしません。それどころか、保釈中に行方をくらましたと案じる可能性のほうが高いでしょう。つまり、警察がどういう見方をするにせよ、あなたにとっては好ましくないものになるということです」

「そんなことはどうでもいい。とにかく娘を見つけたいだけだ」

エリザベスは相手の目をじっとのぞきこみ、彼がすがるような思いでいるのを見てとった。「お嬢さんの行き先に心当たりはありませんか？　友だちでも場所でも。彼女が内緒にしているもの、あるいはあなたに知られたくないと思っていることは？」

「正直言って、刑事さん、娘が大事に思っているのは、あなただけのようだ」

それでエリザベスはぴんときた。

「わたしは娘を愛してる、刑事さん。たしかに言葉なり態度なりで示してこなかったかもしれない。家、仕事、家内の問題などいろいろあって。口には出さなくても、娘はわたしの人生そのものなんだ」胸に手を置いたショアの目が赤くなっていた。「チャニングはわたしの人生そのものなんだ」

こういう光景は数え切れないほど見てきた。実際にいなくなってようやく、いてあたりまえだと思っていた自分に気づく姿を。エリザベスが辞去したときには、ショアはいまにも泣きそうになっていた。大男は悲しみにうちひしがれていた。

エリザベスはほとんど同情をおぼえなかった。

通りに出ようとすると、記者たちがアプローチの突端に集まってきた。カメラが向けられ、質問の声はさっきよりも大きい。命知らずの三人が出口をふさいだので、エリザベスは自分の意図を勘違いされないよう、スピードをあげた。

勘違いする者はいなかった。

無事に抜けると、さらにスピードをあげ、今度は街の中心部を迂回して、両側に白いフェンスが並び、フジの花が咲いている狭い一方通行の道に入った。これは自宅界隈に出る近道で、最初に曲がるときに古い車はきしむような音をさせたが、それでも数分ほど短縮できた。自宅前を走る道路——木陰の道——は、罪悪感などまったくおぼえずに猛スピードで突っ走った。すべてがまちがっている気がした。チャニングが残したメッセージだけでなく、エリザベスの判断も。そばにいてやるべきだったし、街を離れてはいけなかった。理由をいろいろあげてみる。電話をなくしたのかもしれないし、腹をたてているのかもしれないし、うまく連絡がつかないだけかもしれない。しかし、どれもしっくりこない。

待って。

お願い。

やめて。

アプローチに入ると、エンジンをかけっぱなしのまま車を降りた。ポーチでウォッカの瓶が割れ、グラスが横向きに倒れていた。

「チャニング？」

壊れた蝶番をぎしぎしいわせながらドアをあけ、エリザベスは少女の名を呼びながら無人の家を見てまわった。裏庭を確認し、もう一度、家のなかを探した。書置きなし。痕跡なし。外に出て、時間をかけてポーチを調べたところ、植木鉢がひっくり返り、血とおぼしきどす黒い汚れがついていた。その血に触れてから、再度、チャニングの携帯電話にかけたところ、ポーチのわきの茂みから呼び出し音が聞こえた。エリザベスは信じられない思いで携帯を見つめ、それから電話を切った。

少女は本当にいなくなっていた

29

署に着いたころには、不安の塊《かたまり》が胃に根をおろしていた。なにか変だった。よくないことがあったのはたしかだ。留守電のメッセージと血痕、割れたボトル、落ちていた電話。チャニングはエリザベスの家を訪れ、そのまま居着くつもりでいたのだろう。それはまちがいない。そしてトラブルに巻きこまれたのだ。しかし、警察の人手と設備にアクセスできなければ効果的な手段は講じられない。

チャニングの自宅の人だかりが比較的小さかったのにくらべ、警察署はFBIと州警察、それにかなりの数のマスコミでごった返していた。エリザベスは道をへだてた反対側、百フィートほど前方に車をとめた。FBIの連中は、黒い車に乗って、背中にステンシルで文字を入れたウィンドブレーカーを着ているため、すぐにわかった。州捜査局の捜査官は見て簡単に区別がつくというほどではなかった。新しい携帯電話を出してジェイムズ・ランドルフにかけると、相手は最初の呼び出し音で応答した。「おっと、リズじゃないか。どこからかけてる?」

「おもてにとめた車から」

「裏で会えるかい?」

「ええ」

「二分後に」

電話が切れると、エリザベスはカメラマンや記者を避けるために右折した。大きく迂回し、何ブロックかよけいに走って反対側から署の裏口に近づいた。職員用駐車場の手前でキーパッドに数字を打ちこみ、大きな車輪のついたゲートがするするとあくのを待った。薄い唇に煙草をくわえたランドルフが階段のところに立っていた。彼が頭で左を示したので、エリザベスは駐車場の左隅に向かい、フェンスの反対側の空き地に生えたニセアカシアの木で影になったところで彼と向かい合った。「おいおい、リズ。いままでどこに隠れてたんだ？」

「会えてうれしい、くらいは言ったらどう？」エリザベスは車を降りた。ランドルフはかなり取り乱していたが、これはめったにないことだった。彼はこの仕事に長く、あらゆることをいやというほど見てきている。

「わたしも一本もらっていい？」

「ん？　ああ。いいとも」

彼は一本振り出し、エリザベスはマッチをする彼の顔をじっと見つめた。少し落ち着いてほしかった。

「ありがとう」そう言うと、くわえた煙草をマッチに近づけた。「大丈夫？」

「ああ、悪いな。署内はいまとんでもないことになってな」

「エイドリアンの件？」

「それもあるが、それだけじゃない」

「看守が死んだせい？」

「ん？　ああ、あいつか」ランドルフは両肩をあげた。「まあ、それもちょっとはあるな。なにしろ殺されたわけだし」

「じゃあ、なんなの、ジェイムズ？」彼は目をそらさず、煙草を深々と吸った。「ジェイムズ？」

灰を落とし、冴えない顔になった。「ちきしょう」

ふたりが職員専用の出入り口を抜け、長い廊下を進んで階段で上にあがる途中、ランドルフはずっとしゃべっていた。彼は教会での捜査状況を説明した。「遺体は九つだった」

「そう」

「それが最終的な数字だ。全部を掘り起こしたのち、搬出した。いまは監察医のところだ。なあ、つらいのはよくわかる。特別な場所でまた被害者が見つかったんだからな」

エリザベスは手をあげて彼を制した。誰もがあそこを父の教会だと、エリザベスが子ども時代を過ごした場所だと思っている。そうでなくなって長い年月がたっているが、それでもかなりこたえるのはたしかだ。さらに九人の遺体？

九人？

「大丈夫か？」

「いまはちょっと。ほかの話をして」

ランドルフは彼女を証拠保管室近くの隅に連れていった。しんとしている。いるのはふたりだけで、聞こえるのは彼の声だけだった。「いいか、これはそうとうでかいヤマだ、わかるな？　州捜査局がローリーから出張ってきてるし、FBIもワシントンからはるばるやって来た。いまやここは、頭文字の組織だらけの街と化し、何百万もの目がわずかなミスも逃すまいと監視してる。連中によれば、この州が始まって以来の最悪の連続殺人事件じゃないかという話で、つまり全員がプレッシャーにさらされてるってことだ。良きにつけ悪しきにつけ、おまえの名前も取り沙汰されているわけだが、それもちょっと出てくる程度ってわけじゃない。いいかリズ、かなりまずいことになってるぞ」

「教会が現場だから？」

「おまえがエイドリアン・ウォールを連れてここを出ていったと、全員が思っているからだ。動機も関係もわからないからだし、おまわりってのはほかのおまわりが信用できないと不安になるものだからだ」

「わたしがエイドリアンを連れて出たとき、彼は不法侵入の容疑をかけられていたけど、みんな、そんなのはおかしいとわかってたじゃない」

「たしかにそうだが、その後、やつはプレストン刑務官を殴り殺した」

「みんな、わたしのことはよく知ってるでしょ、ジェイムズ。信用してるんでしょ」

ランドルフは顔をそむけ、おまけに顔を赤らめもした。

エリザベスは最初、意味がわからなかったが、すぐにぴんときた。地下室の一件だ。みんなにばれていたのをすっかり忘れていた。現場を掌握できなかったのにうそをついたこと、取り押さえられ、裸にされ、暗闇のなか、動物のように縛られていたことがすべてあきらかになっていたのだ。

「みんなおまえを疵物だと思ってるよ。気の毒だが」

エリザベスは床を見おろし、急に顔が赤らむのを感じた。三つ先の部屋にはFBIと州警察、それに見知ったほぼすべての警官が詰めていた。「あなたもそう思ってる?」

「いや」彼は即座に答えた。「思ってないよ」

「だったら、なんで顔が赤くなったの?」

「まだあるからだ」

「まだあるって、なにが?」

「悪い話だよ」彼は言った。「とんでもなく悪い話だ」

ランドルフは事件の概略をまとめたホワイトボードを見せるつもりだったが、それがある会議室は、刑事部屋を突っ切った先だ。「悪いな」彼がそう言ったのは、会議室に行くには混雑する部屋をえんえんと歩かなくてはならないからだ。少なくとも一分は、全警官の目にさらされることになる。

「ここに来たのは警部に会うためなんだけど」

「先にホワイトボードを見てほしい」そう言って、先に立って廊下を歩いていった。刑事部屋のドアの前まで来ると、ランドルフは目をエリザベスの顔に向け、手首は見ないようにして言った。「たいしたことじゃない」

しかし、そんなわけがなかった。彼がドアをあけるなり、一斉に視線が向けられ、静寂が円錐形《えんすいけい》に広がった。エリザベスはデスクとデスクのあいだを、無言の男たちのあいだを歩いていった。いくつもの目が追ってくる。ひそひそ話が始まる。部屋の半分まで来たとき、ランドルフが肘に触れたが、彼女はそれを振り払った。見たければ見ればいい。批判したければすればいい。

会議室まで来ると、ランドルフはドアを閉め、片方の眉をあげた。「大丈夫か？」

「ええ」

ランドルフは奥の壁へと連れていった。六台のホワイトボードが横並びに置いてある。日付、メモ、写真が見えるが、いろいろありすぎてごっちゃになって見える。「まだボードは見ないでいい。目はおれに向けてくれ」ランドルフはエリザベスとボードのあいだに立った。「それでいい。では聞いてくれ。警部はいつここに入ってきてもおかしくない。怒りくるうと思うから、そのつもりでいろ。おまえはここにいてはいけないことになってるし、おれもおまえにこれを見せてはいけないことになってる。それでも、見るべきだと思うんだよ。なぜならおまえに関係あることだからだ」

「わかった」

「教会のなかで見つかった遺体のことはひとまずおけ。これから話すのは床下で見つかった遺体のほうだ。全部で九体。全員が女性だ。遺体はすべて掘り出し、いまは監察医のところに安置されてるが、現時点で身元がわかってるのはふたり。最初のひとりはアリソン・ウィルソンといって——」

「ちょっと待って。アリソンなら知ってる。幼なじみだもの」

「そうらしいな」

「彼女が九人のうちのひとりだったの？」

「そうだ。しかし、悪いニュースというのは彼女のことじゃない」

エリザベスは片手をあげた。いまの話を理解するのに苦労していた。アリソンは美人で、学校では一学年上だった。成績はまずまずで、煙草を吸い、グランジ・バンドでベースを弾《ひ》いていた。エリザベスが警官になった数年後、ふいといなくなったが、騒ぎたてる者はいなかった。家族とうまくいっていなかったし、州外につき合っている人がいるという噂があった。誰もが、その人とどこかに行ったのだろうと思っていた。しかし実際には、教会の下で死んでいたのだ。これひとつだけでも手にあまるのに、ほかにもあるなんて。べつの問題が……。

「リズ？」

目を閉じると、記憶のなかのアリソンがよみがえる。ストロベリーブロンドの髪、魅力的な目……。

「リズ」ランドルフが指を鳴らした。「おれの話をちゃんと聞いてるのか？」

エリザベスは目をしばたたいた。「ええ。アリソン・ウィルソンね。いつごろ死んだかわかる？」

「まだだ」

「殺したのはエイドリアンじゃないわ」

「おれも全面的に賛成だ」

エリザベスが黙りこんだのは、ランドルフがきっぱり断言したのがしっくりこなかったからだ。警官たちはエイドリアンに疑いの目を向け、憎んですらいた。ジュリア・ストレンジの事件以来、彼らはずっとそうしてきた。エリザベスは、どこかに罠があるにちがいないと目を細くして探した。「なにがきっかけで状況が変わったの？」

「ふたりめの遺体だ」

「それがどうかした？」

ランドルフは一拍おいてから左にどき、ボードに貼った写真を見せた。「気の毒にな。機会があれば、エイドリアンにもそう声をかけたいよ」

「うそ、信じられない」エリザベスは写真に歩み寄った。この笑顔、この目、すべて知っている。「こんなことってあるの？」

「まだはっきりしたわけじゃないけどな」

エリザベスは写真に触れ、この女性の生前の姿を思い浮かべた。美しく、物静かで、どこか寂しげだった。

キャサリン・ウォール。

エイドリアンの妻。

エリザベスはフランシス・ダイヤーが探しにくるのを待ってはいなかった。彼はオフィスで電話中だった。ベケットもいた。「わたしに話すことがあるんじゃないんですか？」

警部はエリザベスと目を合わせつつ、電話をつづけた。「いいえ、彼女ならいまここにいます。わたしがなんとかします。ご忠告に感謝します」彼は電話を架台に戻した。「それにしても、ずいぶんと派手に入ってきたものだな」警部はベケットに合図し、ベケットがドアを閉めた。「いまの電話は担当のＦＢＩ捜査官からだ。複数の管轄による捜査の心臓部ともいえる場所で、停職中の刑事がなにを嗅ぎまわっているのか気にしているようだ」

「いつわたしに話してくれるつもりだったんです？」

「質問しているのはわたしのほうなんだがね」ダイヤーは言った。

「いつです？」

「リズ、聞けよ――」

エリザベスは両手を腰にあててベケットを振り向いた。「捜査本部のルールは教えてくれなくてけっこうよ、チャーリー。ルールはちゃんと心得てる。ただ、そんなのは気にしてないだけ」そしてふたたびダイヤーに顔を向け、こわばった声で尋ねた。「エイドリアン・ウォールの容疑が晴れたと、いつ教えてくれるつもりだったんですか？」

「容疑は晴れていない」

「奥さんが被害者なんですよ。殺されたのはエイドリアンが刑務所に入ったあとです」

「エイドリアンは刑務所の看守のひとりを、素手で殴り殺した」ダイヤーは椅子に背を預け、指先同士を触れ合わせた。「警官を殺したも同然だ」

　エリザベスは、あまりに不当な仕打ちに大きなショックを受け、思わず目をそらした。エイドリアンはやってもいないことのために刑務所に入った。そしていま、本来ならば知ることもなかった看守を殺した罪に問われている。「彼は十三年間を失い、今度は奥さんまで失ったんですよ」

「あいつがウィリアム・プレストンを殺した事実は変えようがない。オリヴェット刑務官がすでに宣誓供述書を提出している。じきにDNAの結果も出るだろう」ダイヤーは抽斗をあけ、エリザベスに支給された拳銃とバッジを出し、デスクに置いた。

「受け取りたまえ」

「はい？」

「そいつを返してやるから、エイドリアン・ウォールがどこにいるか話すんだ」

　エリザベスはバッジをじっと見つめ、申し出の内容を理解した。これでまた警官に戻れる。高いところから声が聞こえてくるにちがいない――リズが帰ってきた、リズはわれわれの仲間だ。しかし、復帰には代償がともない、その代償とはエイドリアン・ウォールだ。

「チャニング・ショアが行方不明になっているんですが」

「あの娘は成人であり、保釈中の身だ。ある程度の移動の自由はある。さあ、バッジを取りたまえ」

「彼女は危険な目に遭っていると思われます」

「なにか証拠はあるのか？　はっきりとした証拠が？」エリザベスは口をひらきかけたが、言っても無駄だとあきらめた。血痕。落ちていた電話。「バッジを取りたまえ。そしてエイドリアン・ウォールがどこにいるか言うんだ」

警部はバッジと拳銃に大きくひらいた手をのせた。チャニングのことはどうでもいいのだろう。この人はエイドリアンを捕まえたいだけだ。それだけが望みなのだ。

エリザベスはベケットを指差した。「あなたはどうなの？」

「彼女は不満を抱えた若い娘だ。そのうち、観念して帰ってくるさ。こっちの事件のほうがずっと大事だ」

「けっきょくはエイドリアンなのね」

「プレストン刑務官には妻も子どももあった。おれにも女房と子どもがいる」

エリザベスはふたりを交互にながめやった。妥協も疑念もない。「彼を差し出すなら、チャニングの捜索に協力を求めます」

「どのような協力をすればいいんだね？」ダイヤーは訊いた。

「ノウハウ。人員。チャニングの名を無線で流してください。彼女の発見を最優先にしてほしいんです。地元警察、州警察、連邦捜査局を総動員して」

「エイドリアンの居場所を知っているんだな？」

「知っています」

「で、それを話すと？」

「チャニングの捜索に手を貸してもらえるなら」

ダイヤーはバッジを滑らせてよこした。「取りたまえ」

「ちゃんと口に出して言ってください」

「捜索に協力しよう」

「わかりました」エリザベスはバッジを手にしてベルトにとめた。拳銃を取りあげ、装塡を確認する。

「ここからが肝腎だ」ダイヤーはペンと紙をテーブルごしに押しやった。

エリザベスは一度ベケットに目を向けてから、住所と部屋番号を書いた。

「怪我をさせないようにして」

そう言うと、紙をテーブルごしに滑らせた。

30

チャニングは自分が死にかけているように感じていたが、それは暑さのせいだった。サイロにこもった熱で、彼女は地面に押しつけられていた。これだけ時間がたつと、涙のひと粒も、汗の一滴も残っていなかった。あるのは闇と熱とたったひとつの質問だけ。

あの男はいつ戻ってくるんだろう？

気になるのはそれだけだった。なぜこんなことをされるのかでもなく、ここはどこなのかでもなく、いつになるのか、だった。

あの男はいつ来るんだろう？

寝返りを打つようにして膝をつき、熱を帯びた地面に顔をぴったりくっつけた。唇にも口にも、そして鼻孔にも土の味が伝わってくる。

「もう一度」

　体を起こすと、プラスチックの結束バンドがまたも食いこんだ。またあの痛み。またあのつるつるした感触。闇のなかで地面が傾いたが、それでもどうにか立ちあがった。両手はうしろにまわされたままだし、足首もひもで縛られたままだ。

「大丈夫、できる」

　すでに五十回、いや百回は転んでいた。タールを流したように真っ暗だった。血が出ていた。

「よし」

　おそるおそる一インチ進んだ。転ばなかった。

「いいよ、いいよ」

　一回ジャンプし、倒れずに着地した。同じことをあと二回繰り返し、これがいままでのところ、転ばずに進めた最長距離になった。それをひたすらつづけた。立ちあがる。転ぶ。泥を吐き出す。

　どこかに出口があるはずだ。先の尖ったものも。

　またもこころみ、今度は着地の際に足首をひねり、体がぐいと引っ張られた。踏みとどまることができないまま、顔を思いきりぶつけ、土が喉にまで入りこんだ。チャニングは咳きこみながら転がった。

「エリザベス……」

　祈りの言葉のようにその名をつぶやいた。エリザベスならどうすればいいか教えてくれる。エリザベスなら強くなりなさいと言うはずだ。なのに、チャニングは背中にあたっているてのひらのように、恐怖をはっきりと感じていた。

　あの地下室。

　そして今度はこれ。

　てのひらが背中に強く食いこみ、まともなところがすべてなくなってしまいそうだ。男ふたりを殺したのは、こんなところでひとり放置されるためだったのかもしれない。

　地面を這いつくばり、一度に一インチずつ進んだ。最初は体を横にして、次は腹這いで。声を殺して泣きながら進んでいくと、奥の壁に突き当たった。立ちあがり、手探りで壁伝いに進んだところ、十フィートおきに垂直の支柱のようなものが立っているのに気がついた。どれも同じくらいさびている。一時間か、ひょっとしたら二時間はたったろうか。とにかく四番めの支柱にへりの細いところがあり、しかもさびが剝がれて、鋭くなっていた。

　かなり鋭い……。

　チャニングはそこに背を向けて立ち、手首を、結束バンドを上下に動かした。皮膚もプラスチックと一緒にこすれたが、そんなことはかまわなかった。

　やった！

　ついにやった！

　プラスチックが小さな音をたてて切れ、両腕が枯れ枝のように揺れた。チャニングはまた声を押し殺して泣き、腕に血がめぐってくるのを待った。ようやく動かせるようになると、今度は地面に寝転び、同じ鋭い金属を使って足首のいましめも切った。それが終わると、湾曲した壁伝いに歩いていき、ドアを見つけた。しっかりした鉄でできたそのドアは、半インチあいたところで、外側の鎖がぴんとのびた。片方の目で外をうかがうと、土と草と木々が見えた。午後なのだろう、光が黄色かった。助けを呼んでみたものの、あの男が理由もなくこのサイロを選んだはずがない。つまり誰も来ないということだ。ここには誰もいないのだ。

　チャニングは最後にもう一度隙間に手を突っこんだが、すぐによろよろと立ちあがり、ふたたび内部の探索を始めた。できてからかなりの年月がたっているらしく、さびが浮いて、崩れかけていた。ドアのところを起点に、途中で二度転びながらも、一周して同じ場所に戻ってくると、もう一度まわった。その途中で梯《はし》子《ご》が見つかった。いちばん下の横木でも頭より高いところにあったから、最初は指がかすっただけで、二度めにちゃんとつかんだ。引っ張ると梯子はがちゃんがちゃんと音をたて、コンクリートに埋めこまれたボルトがきしんだ。ゆっくりと体を持ちあげていき、どうにかこうにか三段めに手をかけ、一段めまで両膝を引っ張りあげた。立ってみると、梯子はやたらと揺れた。小さな梯子で、幅は一フィートもなかった。そろそろと手足を動かし、また一段のぼり、そうやって十段ほどをのぼった。二度、梯子が妙な音をたて、そのたびにチャニングは壁からはずれるんじゃないか、あるいは横木が落ちるんじゃないかと身を固くした。どうにかあと二十段のぼったが、引きずりこまれそうな闇が広がっているのを見て、その場で動けなくなった。手と足にかかる重みだけが、どっちが上でどっちが下かを知る手がかりだった。チャニングは目を閉じ、十まで数えた。

梯子は頑丈でちゃんとしてる。

十フィートほどのぼったところで、握った横木が取れてしまった。

一瞬の出来事で、チャニングの体は反転しながら闇に吸いこまれた。ちぎれるほど肩がのび、思わず悲鳴をあげた。手足を必死でばたつかせるうちに、どうにか足が梯子にかかり、両手でべつの横木をつかんだ。

でも、後遺症は大きかった。

下に広がる空間を意識してしまい、痛くなるほど梯子に頬を押しつけた。

「ああ、どうか」

無意味な祈りだった。足の下の空気ほども頼りにならなかった。チャニングはひとり、死ぬのだ。自分で落ちるか、男に殺されるか。

それだけのことだ。

そう断言できる。

でも、そうならなきゃいけないわけ？　リズでもこうなると思う？

ひとつ息をつくと、勇気を奮い起こして横木が取れた場所を通過した。簡単ではなかった。金属はさびて薄くなっているし、心の目に映る横木はどれも同じ状態に見える。

折れるかもしれない。

落ちるかもしれない。

すでに地上から五十フィートか、ひょっとしたら六十フィートの高さまで来ていた。サイロの高さはどれくらいだろう。八十フィート？　百フィート？　横木の数を数えていたものの、梯子が動いたときにわからなくなってしまった。百数えるまで息をとめ、ふたたびのぼりはじめた。心のなかで、どうか、どうか、どうかと祈りながら。

上にのばした手が円形の屋根にあたったときもまだ、チャニングは祈っていた。屋根は顔から数インチのところにあるようだけれど、見えなかった。

真っ暗だった。

そして静かだった。

でも梯子があるのには理由がある。どこかにハッチがあるはずだ。

屋根を押したところ、ハッチは簡単に見つかった。というのも掛け金や錠のたぐいはかかっていなかったからだ。さらに力をこめて押すと、隙間がいくらか広くなり、黄色い筋が現われ、新鮮な空気が流れこんだ。強く押しあげるとハッチはうしろにひっくり返り、けたたましい音をたてて屋根にぶつかった。光が目に痛い。新鮮な空気はまるで天からの贈り物だった。目が慣れるまでじっとしたのち、手をかけるところと足をかけるところを探りながら屋根にのぼった。そよそよとした風が吹き抜け、眼下に森が広がっている。何マイルも。はるか遠くまで。外側におりる梯子があるはずだと思いながら身を乗り出したが、ずいぶん前に壊れてしまったようだ。いくつかボルトが抜け、梯子はサイロのなかばほどでねじ切れていた。あとは傾斜した屋根と垂直にそそり立つ壁しかなかった。てっぺんまでのぼって確認したけれど、もはや疑問の余地はない。

なかだろうが外だろうが、逃げようがなかった。

エリザベスはチャニングの名前と写真が郡内の全警官に行き渡るよう手配した。そこへFBIが現われ、州警察もくわわった。フランシス・ダイヤーは彼らに対する責任を果たした。それがすむと、会議室に戻った。じっと見つめてくる目はあいかわらずだったが、全部が全部、不信感に満ちたものではなかった。バッジの影響かもしれない。あるいは、ものめずらしさが薄れたせいかもしれない。いずれにせよ、エリザベスはガラスの壁に背中をつけ、いまある手がかりに集中した。留守電に吹きこまれていたメッセージ、ポーチについていた血痕、倒れたグラス、そして落ちていた電話。

チャニングの失踪は教会と関係あるのだろうか。

エリザベスは何度もその疑問に立ち返っていた。とても偶然とは言いがたい。事件は複雑をきわめている。忽然と姿を消した女性はほかにもいるだろうし、死に瀕している女性だってほかにもいるだろう。

なにか共通する要素はあるかしら？

エリザベスは事件のファイルを吟味《ぎんみ》した。すべてに目をとおし、もう一度最初から読み返した。エイドリアンの裁判にまでさかのぼり、先にジュリア・ストレンジ、ラモーナ・モーガン、ローレン・レスターの資料を読みこんだ。この三人は教会の祭壇で見つかった。彼女たちに共通しているものはなんなのか。なぜこの三人が選ばれたのか。年齢も育った環境も異なるし、身長、体重、体格もばらばらだ。ならば教会の床下で見つかった被害者は？　アリソン・ウィルソンとキャサリン・ウォールは？

ホワイトボードに貼られた五人の写真の前を、ひとつひとつ顔を確認しながら歩いていった。エイドリアンはジュリア・ストレンジ殺害で有罪となった。あとのふたりは、無実の人間が刑務所に入ったせいで死んだの？

もう一度、写真の前を歩いた。地下に埋められた被害者がいる一方、見つかるのを意図したように置かれた三人の被害者。それもエイドリアンに関係があるのか。

疑問が次々に浮かぶが、ふと気づくと、エリザベスはアリソン・ウィルソンの写真に何度となく目を向けていた。なにか気になる。かなり重要なことのような気がする。

「おまえに似てるな」

振り返るとジェイムズ・ランドルフが立っていた。

「いまなんて言った？」

「彼女たちがおまえに似ていると言ったんだ」ランドルフは入ってくると、エリザベスと並んでホワイトボードの前に立った。「ジュリア・ストレンジ。五人全員だ」彼はそう言い、写真にひとつひとつ触れていった。「目の感じがな」

六十マイル離れた場所では、武装した男たちが時間貸しのさびれたモーテルまで二マイルのところにある無人の駐車場に集まっていた。スタンフォード・オリヴェットもそのなかのひとりだったが、あまり乗り気でなかった。

「目標の部屋は奥だ。ターゲットはよくわかってるな」そう言ったのはジャックスだった。彼はシグ・ザウアー四五口径の装填を確認し、ホルスターにおさめた。「相手は敏捷《びんしょう》だし、腕っぷしも強い。われわれだとわかったとたん、頭に血がのぼることはおおいに考えられる。つまり、われわれとしては迅速に取り押さえ、バンに乗せなくてはならない」

「気が進まないな」オリヴェットは言った。

「またいつもの科白《せりふ》かよ」

オリヴェットはジャックスからウッズに視線を移した。ふたりともオリヴェットを嫌っている。昔から。

「警察も同じ住所をつかんでるんだ。わかるだろう？　連中がいつ現われてもおかしくないじゃないか」

「警察がなんだってんだ」

「ふざけたこと言うな」

「いいから車に乗れよ」

ジャックスはオリヴェットを後部ドアのなかに押しこみ、ドアを閉めた。全員が乗りこむと、バンは駐車場をいきおいよく飛び出すとひたすら飛ばし、やがて茂みに隠れたカーブの先にモーテルが見えてきた。建物は古く、周囲の砂混じりの地面は乾いて干上がっていた。オリヴェットは一瞬、うしろの靄に目をこらした。所長がどこかにいるはずだ。十マイルか、二十マイル離れたところに。安全な場所に、とオリヴェットは胸のうちでつぶやく。あの男が危ない橋を渡るはずがない。警察も向かっているというときに。

「行くぞ」ウッズがシートにすわったまま上体をねじった。「とっとと片づけてずらかろうぜ」

バンは駐車場に突っこみ、奥に向かった。オリヴェットはスキーマスクをかぶった。「おい、おまえたちもマスクをかぶれよ」

しかしジャックスは従わなかった。「やなこった。あいつはプレストンにあんなことをしたんだぞ。だからドアをくぐるとき、あのくそ野郎におれたちの顔を拝ませてやるんだよ。顔色が変わってはっとするところが見たいじゃないか。観念するところが見たいじゃないか」

オリヴェットは言い返したかったが、すでに受付オフィスを過ぎ、モーテルの側面に近づいていた。駐車場はがらんとし、プールには緑色のぬめぬめしたものがびっしりついていた。奥にまわりこんでバックでドアの前にとめると、三人は一斉に飛び出した。ウッズは大きなハンマーを手にし、ジャックスはホルスターから抜いた四五口径を脚にぴたりとくっつけていた。三人とも口をきかなかった。ドアの前で身がまえ、錠を壊すと同時に無言で室内に飛びこんだ。

人の姿はなく、ベッドが寝乱れていた。

「シャワーだ」

ジャックスが指差し、三人は浴室のドアのまわりに散開した。すでに全員が銃をかまえ、ジャックスが三つ数えたところで、シャワーの音がとまり、彼はドアをゆっくりとあけた。湯気がただよい出てきた。灰色のタイル、シャワーカーテン、床に落ちた衣類が三人の目に入る。その光景が目に焼きついたかと思うと、プラスチックのカーテンリングが甲高い音をたて、カーテンがあいた。現われたのは三十代とおぼしき男と、それより十は若いと思われる女だった。女は三人を見るなり悲鳴をあげた。男も悲鳴をあげた。ひょろりとして、顔のわりに目の大きな男だった。女がシャワーカーテンで前を隠した。

ウッズが言った。「やべえ」

「おい、おまえ」ジャックスは男の顔に四五口径を向けた。「いつからここにいる?」

「お願いです、撃たないで。お金なら――」

「いつからこの部屋にいる?」

「二日前です。ああ、どうか、撃たないで。おとといから泊まってます。二日前です。二日前」

「本当だな?」

「もちろんです。どうか、助けて――」

オリヴェットは一秒前にはなにが起こるかわかっていた。口をあけかけたが、とめるのは無理だった。四五口径が二度、音を発した。タイルに血しぶきが、脳と骨のかけらが散った。

「ばかやろう、ジャックス。なんで撃った?」

「顔を見られた」

「見られたのは誰のせいだと思ってるんだ?」

ジャックスはそれには答えず、薬莢《やっきょう》を拾い、浴室のドアを閉め、硝煙がたちこめる静かな部屋からオリヴェットを引っ張り出した。「乗れ」スライドドアのほうにオリヴェットを押しやった。「さっさと乗って、ドアを閉めろ」

バンが加速するなか、オリヴェットはマスクをむしり取り、モーテルがさっきと変わらぬどんよりした靄にのみこまれるのをじっと見ていた。サイレンの音が聞こえ、州警察の車が反対方向に猛然と走っていくのとすれちがった。全部で四台が向かっていた。本当にタッチの差だったな、と彼は思う。

ほんの数秒の差だった。

前に顔を戻したときは、ジャックスが耳に携帯電話をあてていた。「おれです、ええ。やつはいませんでした……いえ、たしかです。モーテルがちがってたか、部屋番号がちがってたか」速度計の針が五十五を過ぎ、六十を過ぎた。「警察のご友人に伝えてください。女がうそをついたと」


世の中には、悪いことを忘れる能力にめぐまれている人がいる。エリザベスにはそのスキルが欠けていたから、いやなものとまともに対峙しようという場合、目を閉じさえすれば過去を鮮明に見ることができる。音、光の射し方、相手の動き。その記憶は、例の出来事のあとのものだった。

ハリソン・スパイヴィーと自分の父親の記憶。

教会の記憶。

太陽の光が十字架にあたっていたが、ステンドグラスを通ってくる光は淡紅色で、エリザベスは血を思い出した。自分の体を流れる血、脚のあいだからそれが流れたときの記憶。十字架の色は不自然だったが、十字架に変わりはなく、そこには救済と罪、そして彼女をレイプした少年の顔があった。金属の十字架に映った少年の顔はゆがんでいたが、それは本物だった。彼が一緒にゲームをしたり、教会でウインクしてきたりした友だちであり、それが体をほてらせ草のにおいをさせていたのと同じように本物だった。彼がひざまずいてうそとわざとらしい後悔の気持ちを語るのを、エリザベスは隣で黙って聞いていた。彼の言葉はすべて、彼女の父が言わせたものだった。そしてこれまでずっと信者だったエリザベスも、同じ言葉を言わされた。

「父なる神よ……」

　あなたはなぜわたしをこんな目に遭わせるのですか。

　その部分を口に出さなかったのは、そういう人生をずっと送ってきたからだ。心の傷をたたえた泉を平穏というベールでぴっちり覆ってきたからだ。食事をし、学校に通い、ベッドの横で父が祈るのも、闇のなかでひざまずき、娘をお赦しくださいと神に祈るのも拒まないよう育てられていたからだ。

　父が神に赦しを乞うたのは、少年のことではなかった。

　娘のことだった。

　おまえは信仰心が足りないと父は言った。神のご意志と父の見識への信頼が足りないと。「身ごもった子どもは授かり物だ」

　けれど、授かり物であるはずもなく、父の教会でひざまずいているこの少年は、それを授ける神でもない。エリザベスは目の隅で少年を盗み見た。首に玉のような汗をびっしりかき、白くなるほど両手をきつく組み合わせて祈りの言葉を繰り返し、祭壇のほうも血を流すのではないかと思えるほどきつく額を押しつけている。

　ふたりは五時間、ひざまずいていたが、エリザベスの心に赦す気持ちは生まれなかった。

「警察に知らせてほしい」

　彼女は何度も小声で訴えたが、父はなによりも救済を重視していたから、沈黙と思いやりを求め、もっと祈るよううながした。

「必ずや道はひらける」父は言った。

エリザベスにそんな気持ちは毛頭なかった。すでに神を信じる心も、父を信じる心も失っていた。

「彼の手を握りなさい」父に言われ、エリザベスは従った。「さあ、彼の目を見て、赦す気持ちになれたと言ってあげなさい」

「本当にごめんよ、リズ」少年は泣いていた。

「言いなさい」父が迫る。「目を見て、言ってあげなさい」

でもエリザベスはどうしてもできなかった。いまも、そしてこれからも。たとえ、熱が救いそのもので、地獄の炎をすべて差し出されたとしても、できない相談だった。

つらい記憶によって、エリザベスの胸のうちは同じようにつらい疑問でいっぱいになった。全体像は見えていないが、可能性がいくつか並びはじめていた。教会、祭壇、エリザベスに似ている女たち。

十代のレイプ犯が成長し、いっそう恐ろしい存在になることはありうる？

ありえない話ではない。

でも、彼がそれにあてはまるだろうか。

教会でのあの日から三年間、ハリソン・スパイヴィーは夏になると父のもとで働いた。芝刈り。ペンキ塗り。古いショベルカーを使っての墓掘り。彼にとってそれは贖罪《しょくざい》だったが、エリザベスにとっては家を出る理由がひとつ増えただけだった。とにかく、彼はあの祭壇の前で何時間もひざまずいていたし、敷地のことも教会の建物のことも隅から隅まで知っていた。それ以外にも確認しなくてはいけないことがあった――アリソン・ウィルソンに関することだ。車のキーを手にして振り返ると、ジェイムズ・ランドルフにまともにぶつかってびっくりした。彼がいるのをすっかり忘れていた。

考え事をしていたせいだ。

頭に血がのぼっていたせいだ。

「まだ、出ていってもらっちゃ困るんだ」彼はそう言いながら、エリザベスの腕に手を置いた。彼女はそこに目を向けた。「頼む、最後にこいつを見てくれないか」エリザベスは彼の顔を見あげた。年齢を感じはするものの、用心深そうで、こざっぱりとして、真剣な表情だった。「さあ。すわって」

ランドルフはべつの椅子にすわり、刑事部屋の同僚たちを見やった。アフターシェーブと、吐く息に混じるミントのにおいがわかるくらい、近くにすわった。みんなに見られているのを気にしているようだった。

「お達しが出ていてな」彼は言った。「それもかなり厳しく言われてる」彼の手が上着のポケットにするりと入った。「おまえには見せちゃいけないことになっている。警部はおまえがまた、無鉄砲なことをするんじゃないかと案じ、そう箝口令をしいた。だがおれが思うに、おまえも知っておくべきだ。穏便になんてくそくらえだ。なにが分別だ」

エリザベスは黙っていた。彼の手はまだポケットに入ったままだ。

ランドルフはまた窓の向こうをちらりとうかがった。ポケットから出てきた手には、証拠品袋が握られていた。中身はなにかわからないが、ひらたくて小さく、写真のように見える。「ベケットが教会の床下でこいつを見つけた。遺体の上の根太にはさみこんであったそうだ。この存在を知ってるのは数人しかいない」ランドルフはつるつるしたビニール袋を彼女の脚に押しつけた。「見られないようにしろよ」

ランドルフが手を引っこめ、エリザベスは三本の指でビニール袋を押さえた。写真の裏が見えた。全体が黄ばみ、へりがぼろぼろになっている。「教会の下にあったのね？」

「遺体の真上にな」

ひっくり返し、しばらくじっと見つめた。ランドルフが顔をのぞきこんでくる。エリザベスは動くことも、しゃべることもできなかった。

ランドルフはしばらく待ってから、写真がよく見えるよう頭を傾けた。「おれはこいつがおまえとは思わなかったが、ダイヤーはそうだと断言してる。教会で子どものころのおまえを見かけていたから、若くて髪が長いが、見てすぐぴんときたそうだ。見た感じ、そうだな、十五歳くらいか？」

「十七よ」

その言葉は喪失感を吐露したものになった。写真は色あせ、細かい疵がつき、水染みができていた。写真のなかのエリザベスはシンプルなワンピース姿で、髪をうしろでまとめ、黒いリボンで縛っていた。教会の近くを歩いているところだった。笑顔はない。悲しそうでもない。まるでそこにいないかのような表情だった。

「写真に見覚えはあるかい？」

エリザベスは首を横に振ったが、まったくのうそというわけではなかった。写真自体は見たことがないが、このワンピースにも、この日にも覚えがある。「指紋は出た？」

「出なかった。おそらく手袋をはめていたんだろう。大丈夫か？」エリザベスは大丈夫だと答えたが、涙が頬を伝っていた。「大丈夫じゃないじゃないか、リズ。ほら、深呼吸をして」

そうしようとしたが、むずかしかった。教会の近くを歩いていたときのことを思い出していた。

レイプされた六週間後だ。

赤ん坊を殺す一日前だ。

刑事部屋に足を踏み入れたときも、エリザベスの表情はまだぼんやりしていた。すぐさま全員の目が彼女に向けられたが、本人はほとんど気づいていなかった。背中のなかほどまで垂らした黒いリボンのことを考えていた。少女時代、髪を結ぶリボンはいつも青か赤か黄色だった──親から許されていたのはその三色だけだった。でも、あの日は黒いリボンで縛っていた。そのリボンには自分の思いが封じこめられ、触れたり、はずしたりできるような気がしていた。

「リズ！」

刑事部屋の反対側から呼ばれたが、それすらかすかにしか聞こえなかった。

「おい！」

ベケットの巨体が部屋を突っ切ってくる。エリザベスはまばたきし、彼のやけに緊迫した様子に驚いた。彼は仲間たちを乱暴に押しのけ、押しのけられたほうがむっとした顔を向ける。室内にぴりぴりした空気がただよい、ついさっきとはちがっている。ひそひそ声と不信をあらわにした表情が復活していた。

しまった……エリザベスにもどういうことかわかった。

「リズ、待てよ──」

しかしエリザベスは待たなかった。待てなかった。廊下に出るドアは二十フィート先にあり、そこに向かって歩きはじめた──あと十五フィート、あと五フィート。ベケットはまだ追ってくる。手がドアノブにかかると同時に彼は追いつき、彼女の腕をつかんだ。振り払おうとしたが、ベケットは放してくれなかった。

「一緒に来い」そう言うとエリザベスを廊下に押しやり、さらに人けのない階段室へと押しやった。ドアが音をたてて閉まり、ふたりだけになっても、ベケットはまだ彼女の腕を強くつかんでいた。彼のただならぬ顔つきを見て、エリザベスも口をつぐんだ。ベケットは怯えていたが、その怯え方は尋常でなかった。「そのまま歩いてくれ。誰とも話すなよ。絶対に」

ベケットは先に立って階段をおりると、べつの廊下を通ってわきの出口に向かった。肩で鉄のドアを強く押した。ドアが壁にぶつかって派手な音をたて、ふたりは外に出た。「どこに車をとめた？」

エリザベスが指差すと、彼はその方向に彼女を引っ張っていった。「ダイヤーはもう知ってるの？」

「偽のモーテルを教えたことだろ、知ってるよ」

「あっという間に広まったみたいね」

「そうだな」

見あげると、窓にいくつもの顔が見え、こっちをうかがっている。何人かは携帯電話で話しているようだ。ひとりが指を鳴らし、指差している。「状況はかなり悪そう？」

「ダイヤーはおまえの逮捕令状にサインするつもりだ。捜査妨害。事後従犯。おまえのおかげでばかを見たんだからな」

もちろん、エリザベスにもわかっていた。うその居場所を教え、そのうそが見破られたのだ。

「やつの居場所を教えろ」

「知らないわ」

「うそだ」

「うそなら、なんだっていうの？」

「エイドリアンの居場所を教えれば、全部なかったことにしてやれるかもしれない。州警察に説明し、ダイヤーを説得して令状を撤回させてやれる。そのかわり、それなりの見返りがないとだめだ。本当の住所。電話番号」

「警部もすぐに冷静になるわ」

「ありえないね」

「たしかに、わたしのせいで警部はばかを見た」ふたりは車のところまで来ていた。エリザベスは腕を振りほどいた。「でたらめの住所を教えたわよ。だからなんだって言うの？」

「人が死んだんだ」

「なんですって？」

「州警察はおまえが教えたモーテルに向かった。そこの浴室で、ふたりの射殺体が見つかった。室内はまだ硝煙のにおいがぷんぷんしていたそうだ。タッチの差だったんだよ」

「どういうことなの？」

ベケットはエリザベスの手からキーを取りあげると車をあけ、彼女を乗せた。「やつの居場所を教えてくれ」

「教えられない」

「教えられないのか、それとも教える気がないのか？」

エリザベスはまっすぐ前を見ながら、ベケットの視線を痛いほど感じていた。

「あいつが必要なんだよ、リズ。どれだけ切実か、おまえにはわからないだろうけど、とにかく頼む。おれを信じてくれないか」

ベケットは苦しんでいた。嫉妬のせい？　それとも怒り？

「信じろですって？　どの口が言うわけ？」エリザベスはエンジンをかけ、彼が首をひねるのを見ていた。

「写真のこと、わたしにも話してほしかった」

「ジェイムズ・ランドルフか」ベケットは顎にぐっと力をこめた。「あいつが見せたのか？」

「ええ、そう。本当はあなたがやるべきだったことよ」

「リズ――」

「パートナーでしょ、チャーリー。友だちでしょ。わたしには知る権利はないとでも思ったわけ？」

「警部がおまえには見せないほうがいいと判断したんだ。わかるか？　いまのおまえは精神的にもろくなってるから、見せてもいい結果にはならないというのが警部の考えだった。説得力があったし、おれも完全に同意見だ。いまのおまえはまともな判断ができない状態だ。おまえ自身、さらにはまわりにいる全員を危険にさらしかねない」

「それでもわたしに話すべきだった」

「できなかったんだ」

「よくわかった」エリザベスは車のギアを入れた。「この溝は埋まりそうにないわね」

31

エリザベスが両親の家を訪れると、ふたりは牧師館のわきにある草ぼうぼうの花壇で草むしりをしていた。「エリザベス」母が先に気づいて立ちあがった。「突然訪ねてきてびっくりしたわ」

「お母さん」父がぎくしゃくと立ちあがった。「お父さん」

父は作業用手袋をはずし、ズボンについた土を払った。「わたしははずすから、ふたりでゆっくり話すといい」

「それが、お父さんにも関係ある話なの。ハリソン・スパイヴィーのことよ」

牧師は眉根を寄せたが、その顔に浮かんだものは怒りよりも不安だった。ハリソンについて話すことはめったになかった。父娘はいつも避けていた。裁き、傷をなめ、芝居をしてきた。

「いい話でないのなら、陰で教区民の話はしないよ。おまえもわかっていると思うが」

エリザベスは何度、聞かされたことだろう。連帯感と信頼、神のてのひらに握られた永遠の日々などの科白を。

「どんな話なの、エリザベス？」母が不安なのは火を見るよりもあきらかだった。

しかし、くわしく説明する時間はほとんどなかった。

「昔のこと。ハリソン・スパイヴィーとアリソン・ウィルソンのことでちょっと思い出したことがあって」

「アリソン・ウィルソン？　いったい全体……？」

「ふたりはつき合ってた？」エリザベスは訊いた。

「喧嘩したことがあったよね？」

「つき合ってなどいなかった。それに、あれは喧嘩というほどのものじゃない。ハリソンのほうがアリソンを学園祭に誘って、そのときにたしか――」

「アリソンが大声で笑ったんだったっけ」エリザベスも思い出した。「アリソンは彼のことを教会べったりとか、くそまじめとか、救いようがないとか言って。学校の子はみんな、彼をからかっておもしろがってたんだった」

「ハリソンはアリソンにとても心を奪われていたんだよ、かわいそうに」

「わたしのことは？」

「うん？」

「心を奪われるというのは具体的で強い言葉よね」エリザベスは教会の床下で見つかった写真を思い浮かべながら言った。十七歳の少女のぼろぼろの姿を。顔色が悪く、うずくような心の傷を抱え、野良犬のようにやせ細っていたあのころ。「あんなにいろいろあったのに――ポーチに倒れてたわたしをお父さんが見つけ、入院し、祈り、非難の応酬があったというのに、彼がわたしに抱いていた気持ちを表現したのと同じ言葉を使う？　彼はわたしをレイプしたのよ。押さえつけ、わたしの口にマツ葉をつめこみ——」

「エリザベス。ねえ、スイートハート——」

「さわらないで」エリザベスはうしろにさがり、母は手を引っこめた。「いいから質問に答えて」

「体が震えているじゃないか」

しかしエリザベスは懐柔される気はなかった。どす黒い事実が明るみに出ようとしている。そう感じていた。「ハリソンはあの教会で働いていた。外でもなかでも。お父さんは彼をうちに自由に出入りさせてたわよね。一緒に祈っていた。だからよく知ってるでしょ。あのころ、ハリソンはわたしの話をしてた？　いまもわたしの話をする？」

「どういうことなのか、くわしく話してもらえないか」

「できないの」

「では、力になれそうにないな。わたしたちがせいいっぱいの努力をしてきたのがわからないのか？　若さゆえの罪を赦し、将来に望みをつなごうと。いまのハリソンは、おまえの記憶にある少年とはまったくの別人だ。たいへんすばらしいことをいろいろと——」

「そんな話は聞きたくない！」エリザベスはこらえきれずに感情を爆発させた。両親に対する気持ちはいまも複雑に入り乱れている。痛みと愛情、怒りと後悔。そんな矛盾する感情が、なぜこんなにも長きにわたって背中合わせでいられたのか。

父はわかったというように口をひらいた。「おまえが思っているような選択はしていないんだよ、エリザベス。おまえよりもハリソンを選んだわけではなく、憎しみよりも愛を、絶望よりも希望を選んだだけだ。おまえが生まれたときからそう教えてきたろう。困難な道を選び、過酷な選択と過酷な愛を受け入れ、悔い改め、救済を求めながら生きるようにと。おまえもハリソンもそのようにしてほしいと願ったんだ。それが理解できないのか？　それがわからないのか？」

「そのくらいわかってる。でも、決めるのはお父さんじゃない。赦すも赦さないも、わたしが決めることだったのよ。お父さんがやるべきなのはべつのことだったのに、そうしてはくれなかった。わたしを守ってくれなかった。わたしの言葉に耳を傾けてくれなかった」

「だが、家族を捨てることも、教会を捨てることもしなかった」

「いいえ、捨てたわ。背を向けたんだもの」

「そうか、これは神による罰なのか」父は言った。「ひとり娘が辛辣《しんらつ》で憎しみに満ちたかたくなな女性に成長したことは」

「もうこの話はたくさん」

「そうだろうとも。おまえはわたしの顔もまともに見られないようだからな」

「お母さん？　ちょっとふたりだけで話せない？」

「エリザベス――」

「こっちに来て。お父さんのいないところに行こう」

エリザベスは父から離れ、ちょうどいい場所に日陰を見つけた。そこならば、背中を向けても灼熱《しゃくねつ》の太陽が顔にあたらずにすむ。

母の手が肩にかかった。「お父さんだってつらいのはわかってあげて、エリザベス。複雑な人だけど、あの人なりに心を痛めているのだから。わたしだってそう。でもね、わたしたちが生きているのは過酷な選択ばかりの過酷な世界なの。それについてはお父さんはまちがってないわ」

「あの人の弁護なんかしなくていいから」エリザベスは片手をあげて母を制した。「ハリソン・スパイヴィーが農場か商業用の不動産を持っているかどうかだけ教えて。狩猟小屋でもいい。簡単には見つからないような建物ならなんでもいいの」

「ケンブリッジにある自宅だけよ。それだって、そんな豪勢じゃないけど」

エリザベスは尖塔を見あげた。白く塗った壁と、ぺらぺらして安っぽく見える金色の十字架を。「ハリソンはわたしに心を奪われてたのかな？」

「あの子は教会でも自宅でも、あなたのために祈ってるわ。あなたのお父さんと一緒に」

エリザベスは日陰で指が冷えていくのを感じた。

「ほかになにか知ってることはない？」

「あの子が間違いをおかしたことと、心の底から赦しを求めていたということしか知らないわ。だからあなたの言うことも正しいし、お父さんの言うことも正しいの。そこがめんどうなのよ」

そのあとエリザベスはひとりになった。ひとつの仮説が浮かんだが、それは自分の過去と深く結びついており、まっすぐ向き合うのに難儀した。ハリソン・スパイヴィーは教会とも、エリザベスとも、彼女の家族とも密接な関係があった。凶暴なふるまいに出る可能性も、執着する可能性も秘めていた。

被害者はエリザベスに似ている。

ランドルフの見立ては正しいのか。エリザベスにはなんとも言えなかった。たしかに似ている人は何人かいるかもしれない。はっきりわかっているのは、チャニングの行方がわからず、時が刻々と過ぎているということだけ。逮捕。死。それがすぐそばで、くるくるまわっている。心の声が気をつけなさいと訴えるとしたら、心のいちばん深いところからのはずだ。ここにいたるまでにはあまりに長い歳月が経過し、あまりに多くの眠れぬ夜と深く埋もれた傷を要した。神の摂理という言葉が浮かんだが、それすら危険に思えた。こうするのは自分のためではないと言い聞かせる。チャニングを見つけるために必要なことなのだと。

ならばなぜ心の声は、遠くかすかにしか聞こえなかったのか。たしかに、運転しているときにささやきかけてきたけれど、どくどく流れる血の音にのみこまれてしまった。いまいるのはハリソンの自宅のポーチだが、採石場でも、教会でも、父の車の後部座席でもおかしくなかった。少年だったハリソンがエリザベスの肌に触れ、顔をあげろと、あるいは彼にされたことを声に出して言えと迫ってくる。エリザベスはそのすべてを感じながら、胸の奥にしまいこんだ。誰も傷ついてはならないし、誰も死んではならない。

なのに、ああ、やっぱり抑えきれそうにない。

そのせいでノックもせずにドアをくぐった。キッチンを抜け、居間に入る。銃はホルスターにおさまっているが、てのひらが熱を帯びていた。裏庭に妻と子ども姿が見え、ほっと安堵した。というのも、あの男の口をなんとしてでも割らせることしか考えていなかったからだ。左にちらりと目を向けると、ダイニングテーブルが見え、額におさまった数々の写真が見えた。隅にはゴルフクラブが置いてある。あまりにもごく普通の光景に、後悔の念が湧いてきた。人を殺すような人間がゴルフなんてする？

その答えが肌をとおして伝わってきた。また心の声が聞こえてきたが、ボリュームをさげて無視した。奥の廊下から音が聞こえ、分厚いカーペットに足音をのみこまれながら、そっちに向かった。彼は紙が散らばったデスクを前にしていた。横に大きく、ぽちゃぽちゃした男は、片手に鉛筆を持ち、旧式の計算機を耳障りな音をたてて叩いていた。あまりにありきたりな光景に、エリザベスはしばらく呆然となり、これからやろうとしていることがどれほど危険かを忘れそうになった。執着しているのは彼女のほうだったが、顔をあげたハリソンは、昔と同じ目と唇をしていた。あのときすばやくマッ葉を口に押しこみ、ボタンをはずし、服を破いたのと同じ手をしていた。「こんにちは、ハリソン」

彼は銃をじっと見つめると、まず最初に窓の外の子どもたちを確認した。「エリザベス。どうしたんだ、いったい？」

エリザベスは部屋に足を踏み入れ、ハリソンの顔と目、それからデスクに置かれた手を見ていった。うしろの壁には、二十以上もの写真が飾ってある。さまざまな起工式に出席したときのもので、ハリソンは金色のシャベルを手にしている。何人もの女性と一緒に写ったハリソン、あるいはスーツ姿の男たちと写ったハリソン。全員がくつろいで、うれしそうで、にこにことほほえんでいる。

「彼女はどこ？」

「誰だって？」

「わたしをなめないでもらいたいわね、ハリソン」

「どういうことかさっぱりわからないよ、リズ」彼は両手を広げた。「なんできみが銃を持ってここにやってきたのかも、なんの話をしてるのかも見当がつかない。頼むから子どもたちに手を出すのだけはやめてくれ」

エリザベスはさらに近づいた。自宅をこっそり抜け出し、トレーラーハウスの堕胎所で脚を広げて、医師を自称する変態男に冷たい金属を子宮の入り口に挿入されたときの感情が一気に湧きあがってくる。あれがハリソン・スパイヴィーのやったことだ。子どもについてエリザベスが知っていることといったら、それくらいだ。「彼女はどこ？」

「さっきから彼女と言ってるが、誰のことかまるっきりわからないよ」

「歩道で紹介したでしょうに。チャニング・ショア。あなたに紹介したとたん、いなくなった」

「なんだって？　誰が？」

「アリソン・ウィルソンも見つかったわ。教会の床下で。殺されていた」

「だからそれがどうしてぼくと関係あるんだい？」彼は本当に啞然としているように見えたが、異常性格の持ち主はそのくらいの芝居はやってのける。うわべを偽る。あやまった方向に導く。真っ黒な中心はそのままに、人生そのものをうそで固めているのかもしれない。

エリザベスはその中心を見たかった。「こうしましょう。ふたりでこっそりここを出るの。家族の人は外にいるから、見つかりっこないわ。どこか人けのないところに行って、あなたとわたしとで話し合うの。どんな話し合いになるかはあなた次第だけど」

「断る」

「立ちなさい」

「まあ、これは起こるべくして起こったのかもしれないな」彼が椅子の背にもたれたのを見て、エリザベスはその強気の姿勢に驚いた。急に肚《はら》をくくったのか、エリザベスがときたまオフィスに押しかけたり、通りで追いかけたりしたときに見せる怯えのようなものは浮かんでいなかった。「きみは本当にぼくのことを知らないようだね、リズ。ぼくがこれまでの人生でやってきたことも、どのように罪ほろぼしをしてきたかも」そう言うと、うしろの壁を示した。「目の前にあるそれすら、見てないのかい？」

エリザベスは写真に視線を走らせた。どれも同じに見えるが、さっきは気づかなかった点に気づくと、ちがったように見えてきた。

「六つのクリニックだ。六つともちがう街にある。十年かけてここまで来た。一ドル稼ぐごとに五十セントずつ貯めた結果だが、まだこれはほんのとっかかりにすぎないんだ」

建築現場の写真、完成した建物、金色のシャベルを手にしたハリソンにほほえむ女たち。確信が揺らぎはじめた。「これはどれも……」

「傷ついた女性のためのクリニックだ」エリザベスが

途中で言いよどむと、ハリソンがあとを引き取った。

「虐待された妻。売春婦。レイプの被害者。なぜぼくをその少女を拉致した犯人だと考えるのかわからないが、そんなことはしていないと断言できる。ぼくには妻と娘がいる。彼女たちはぼくの人生そのものなんだよ、リズ。できることなら、きみの人生をちがうものにしてあげたいさ。すべてなかったことにしてあげられればと思っているんだよ」

エリザベスの自信ががらがらと崩れた。「つまりそれは……」予期していなかったことばかりだ。

「パパ」幼い女の子が廊下から入ってきた。三歳か四歳だろう、かわいらしい声で、銃を持った赤の他人を恐れる様子はまったくない。

「おいで、かわいい子ちゃん」次々に襲いかかるめまいの波に押し流されそうなエリザベスを尻目に、少女は父親の膝に飛び乗った。ハリソンは娘の体に両腕をまわして手を組み、合わせた指でエリザベスを示した。

「あの女の人が誰だかわかるかな」少女は両脚を父親の膝に引きあげた。「毎週日曜日に、みんなであの人のためにお祈りをしているだろう？　いつも神様に赦しをおあたえくださいとお願いしてるだろう？」

「子どもたちに話したの？」

「パパがその昔、うんと悪いことをして、ものすごく後悔しているとだけ」ハリソンは娘を強く抱き寄せた。「ブラック刑事に名前を教えてあげなさい」

「エリザベス」

「妻と相談して、きみの名前をつけたんだ」

「でも通りで見かけると、あなたはいつも逃げるじゃない。ろくに話もしてくれないわ」

「きみが脅かすようなことをするからだよ。それに、引け目を感じてもいるしね」

エリザベスは幼い少女を見つめた。部屋はまだぐるぐるまわっている。「どうしてこんなかわいい娘さんにわたしの名前をつけたの？」

「忘れてはいけないことだからさ」ハリソンは少女の乱れた髪をなでつけながら言った。「よりよい人生を送りたいと願うならば」

男はできるだけ大きな通りを避けた。それでも、この車、あるいはこの車に乗った男の顔に見覚えがある者がいないともかぎらない。こんなに警官の姿を見るのははじめてだった。どこに行ってもいる。地元警察のパトロールカー、保安官助手。州警察。通りにも高架橋にもいた。検問を実施するという話を聞きつけ、男は不安になった。車を調べられたら、ダクトテープとスタンガンと結束バンドが見つかってしまう。そうなったら言い訳できない。できるはずもない。

ガソリンスタンドに寄って、テープと結束バンドを捨てた。スタンガンを捨てなかったのは、なにかひとつくらいは手もとに置いておきたかったからだ。布と絹のひもは安全なところに隠してある。それでも、州警察の車がわきを通りすぎるたび、車のなかで身を低くした。事態が山場を迎えつつあるのが、同じ結末と運命が近づいているのが感じられる。うまく逃れて、この先もつづける望みもないではないが、もう殺すのにも、秘密を抱えつづけるのにも疲れていた。長いことかかわりすぎていた。重苦しさがつのり、女が死に、それから何カ月かはふさぎこむ。

男は人殺しになろうとしたわけではない。

州警察の車が見えなくなるのを待って体を起こすと、若い父親がコンビニエンスストアから出てきて、男の車のそばでぼんやりしていた。六カ月くらいの男の子を抱きかかえている。男は父親が息子にキスをするのを見て、これこそ人生のあるべき姿だと思った。しかし、いまや、こんな純粋なものなど存在しない。例の道を目指して走りだした男は、一度だけルームミラーをのぞいた。唇が離れ、ふたりともにこにこ笑っているようだ。

父親も。

男の子も。

男は車の流れに乗った。まだ気が乗らないが、しかたがない。

サイロまであと七マイル。

同じ警官たちをエリザベスも目にし、同じような恐怖を感じていた。しかし、思いはまったくべつのところにあった。

さっきのあれは芝居なの？

同じ質問を十回繰り返し、そのたびに同じ答えを出した。

芝居とは思えない。

彼には娘がいて、奥さんがいる。

「まったくなんてことを」

手がまだ震えていた。彼女は子どもたちからあの男を奪うところだった。森にでも連れていき、痛めつけるつもりでいた。頭のなかで想像しただけでも、一種のダークファンタジーでもない。本当に実行する寸前だった。手錠。車。どこか森の奥深い場所。

ルームミラーに映った自分の目をちらりとのぞくと、殺気立って、隈ができていた。制御不能におちいって危険な状態になっているのが自分でもわかる。しかしチャニングの行方はいまだわからず、それもまた現実だ。先に進む以外、どんな道があるというの？

信号でとまり、検問に立つ警官たちをうかがった。

進むべき先がなくなったらどうなるの？

もう道に迷っていたとしたら？

ギデオンは撃たれ、チャニングは行方知れず。クライベイビーの生死についてはわかっていない。

そのうえエイドリアンのこともある。

エリザベスは検問から遠ざかり、裏道を使って自宅に向かった。警官がいるのか、あるいはチャニングが

——奇跡的に——帰ってきているか、たしかめなくてはいけない。走って二分ほどしたとき、ポケットのなかで携帯電話が振動した。「もしもし」

「本当なのか?」

「エイドリアン? いまどこ?」

「教会の床下で女房が見つかったと聞いたが本当か?」

またパトロールカーだ。本当にそこらじゅうにいる。

「こっちに来ちゃだめよ」

「女房が殺されたんだぞ」

「ええ。お気の毒に」

「いくらなんでもひどすぎる。たしかにおれたち夫婦は最後はうまくいってなかったが、彼女は穏やかな性格で、おれのせいでひとりぼっちにさせてしまった。じっとしているわけにはいかないじゃないか」

「警察があなたを捜してるのよ」

「きみもだろ」彼は言った。「どのニュースを見ても、きみの顔が出てる。看守が死んだ事件との関連が疑われているようだ。殺人の事後従犯だと言ってるぞ」

エリザベスは黙りこんだ。まさか本当にやるとは思ってもいなかった。ダイヤーが。しかも思ったより早い。「わたしに近づいちゃだめ。こっちに来ちゃだめよ」

エイドリアンが言い返す前に電話を切り、自宅近くに出る最後の曲がり角を曲がった。一ブロック手前に車をとめ、並木を抜けると、裏にまわってなかに入った。誰もいないのはすぐにわかったが、いちおう確認した。すべての部屋。すべてのドア。電話にはメッセージが十件以上も入っていたが、チャニングからは一件もなかった。

さて、どうしよう?

警察の車がエンジンを全開にして、あと一マイルのところまで迫っているかもしれない。見つかれば、留置場、裁判、そして刑務所が待っている。つまり、ここを離れるしかない。いますぐに。現金、衣類、予備の銃をかき集めた。それをすべてバッグにつめこんだ。大急ぎで準備をしたのは、あわただしくしていれば現実から目をそらしていられるからだった。実際には行くあてなどどこにもなく、なによりも大事に思っているものを見つけ出す手立てすらないという現実から。

チャニング……。

その現実が矢となって刺さると、エリザベスは本当に射貫かれたような痛みを感じ、キッチンの椅子にすわりこんだ。両のてのひらを上に向け、目は大きくひらいているものの、実際にはなにも見ていなかった。チャニングの行方はわからず、エリザベスには見つけようがない。

二分後、車がアプローチに入ってきた。

チャニングではなかった。

逮捕令状が出たと各所に通知された瞬間、ベケットの幻想はあえなく崩れた。それまでは、まだなんとかなると本気で信じていた。殺人犯が逮捕され、リズはおとがめなしですむ。刑務所長は忽然と行方をくらます。モーテルで死んだふたり連れのことも、自分がふたりを殺したも同然であることも知らんぷりを決めこむしかない。あれはいくらなんでもでかすぎる事件だ。

誰かに罪をかぶせようにもむずかしい。

リズがうそをつくなど、予測できたろうか？

できるはずもない。

しかし、ふたり連れが死んだ事実は変えられない。それが重くのしかかっていた。

「ダイヤーはどこだ？」ベケットは最初に目についた警官をつかまえた。彼と同じく、混雑した廊下を歩いていた制服警官だ。州警察に州捜査局。まるでアリの巣を蹴散らしたかのようだ。全員が怒り、容赦しないと思っていた。連続殺人犯。看守殺し。誰もがベケットのように感じていた。落ちるところまで落ちて、一気に加速したのだろうと。

「出かけました」制服警官は答えた。「三十分くらい前でしたかね」

「行き先は?」

「わかりません」

ベケットは警官を解放し、ダイヤーのオフィスをのぞいた。これで三度めだ。リズになにかある前に逮捕令状を破棄してもらいたかった。しかしオフィスは無人。携帯にかけても出ない。リズの番号にもかけたが、彼女も出なかった。怒っているのだ。ベケットは彼女の信頼を失っていた。

まあ、それもしかたがない。

「携帯を持って出る」電話交換手のひとりにぶっきらぼうに告げた。「ダイヤー警部を見かけたら、おれに電話するよう伝えてくれ」

ベケットは椅子の背から上着を取り、それをはおりながらおもてに出た。報道関係者と警官とあざやかな色があわただしく動いているのが目に入った。状況は彼にとって不利になりつつある。かつてのプレッシャー。かつての罪。なにかないとやってられないが、仕事とは無関係のものでなければならない。

階段をおり、大股で歩道を歩いていくと、車で街を突っ切り、ショッピングモールの二ブロック先にある美容室の前で車を降りた。店内は薬品とローションと髪をブロウするにおいで満ちていた。ベケットは受付に会釈すると、鏡台をいくつか通りこし、バスケットボールほどもある髪に手首まで埋めた妻を見つけた。

「少し話せるかな?」

「あら、ベイビー。なんかあった?」

「ちょっとでいいんだ」

妻は座席の女性を軽く叩いた。「ちょっと待っててね、シュガー」ベケットは先に立って、奥の壁のわきの静かな場所まで妻を連れていった。「なんなの?」

「おまえと子どもたちのことを考えていてね。声が聞きたくなったんだ」

妻は夫の目をのぞきこみ、なにかを察したようだ。

「あなた、大丈夫？」

「事態は収束に向かってる。事件も、ほかのもろもろも。次にいつ話ができるかわからないんだよ」

「電話してくれたらよかったのに、おばかさんね」

「まあな。だが、電話じゃこういうことはできないだろ」

ベケットが妻にキスをすると、彼女は背中をそらせた。気恥ずかしいながらもまんざらではない様子だ。

「あら、まあ」彼女は混雑した店内を見やり、気持ちを落ち着けた。「これなら、もっとしょっちゅう店に寄ってもらわないといけないわね」

ベケットは妻の頰をなでながらも、心のもっとも深いところに秘めた思いは伝えなかった。つまり、いまのキスは二度と戻らなかったときのためのものだとは。彼はほほえんだが、その笑みには、知り合ってからずっと愛している、欠点を含めたおまえのすべてが好きだ、それにおれだって完璧じゃないという意味がこもっていた。彼はたったひとつの笑みで、そのすべてを伝えると、ふたたび妻をうしろに傾けて、キスをした。永遠の別れのキスになるかどうかはわからないが、万が一のときのために妻にはそう感じてほしかった。だから、十年以上したことがないほど情熱的にキスをした。感触がいつまでも残るようにと願って。妻の息がはずみ、顔が上気するころには、店内にいた半分の客が口笛を吹いてはやしたてていた。

車は黒いエクスペディションで州のナンバープレートがついていた。しばし、静かにとまっていたが、やがてドアがあき、四人の男が降りた。そのうちのふたりは知った顔だったから、エリザベスは背中の銃を確認してポーチに出た。「そこでとまって」

刑務所長は玄関ステップの最下段から十五フィート

のところでとまった。右の男は顔があざだらけで、足を引きずっていた。スタンフォード・オリヴェットだ。この男は知っている。あとのふたりは私服姿だが、おそらく看守だろう。ジャックスとウッズと思われるふたりは、銃を持っていた。

「ブラック刑事」所長が両手を広げた。「こんな大変なときに訪ねてきて申し訳ない」

「大変なときというのはどういう意味？」

「きみが例の弁護士と、それにエイドリアン・ウォールと親しいのは知っている」彼は口をへの字に曲げ、肩をすくめた。「それにきみに逮捕令状が出ているのも知っているし、もちろん、エイドリアンにもだ」

腰に手すりがあたり、隠した銃の近くから手を動かさないようにした。いまでは所長が何者で、どんな人間かわかっている。

「エイドリアンの居場所なら知らないわよ」

「ほう、そうか」

「それが知りたくて来たんでしょ」

所長が間合いをつめ、黒いまつげごしに見あげた。

「十八年前、ウィリアム・プレストンがわたしの結婚式で付添人をつとめてくれたのは知っていたかな？ いや、もちろん知るまい。きみが知るはずはない。それに、わたしが彼の子どもの名付け親だったのも知らないはずだ。ついでながら、子どもは双子なんだが、もちろん、いまや母子家庭になってしまった。わたしも自分の子のように愛してはいるが、実の親と同じというわけにはいかないだろうね」

エリザベスは黙っていた。

「そこで教えてほしいんだが、ブラック刑事」所長がまた一歩、近づいた。「わたしの大の親友は、殴られて血まみれの状態で道路端に置き去りにされたとき、まだ息があっただろうか？」

「帰って」

「監察医の話では、彼は歯を四本と、自分の血液を半パイントほどのみこんでいたそうだ。それがどれほど苦しいか、自分の血と砂利と歯をのみこんで死ぬのがどれほどつらいか、想像しようもないよ。医者によれば、弁護士と同じタイミングで病院に搬送されていれば、命は助かったかもしれないとのことだ。数分の差が原因で死んだと思うとつらくてね。だから単刀直入に質問しよう。彼を放置してあのようなおぞましい死を迎えさせたのは、きみの判断だったのかね？」所長はポーチまであと七フィート、そして五フィートと迫っていた。「それともその判断はエイドリアン・ウォールがくだしたのかな？」

　エリザベスは拳銃を手にした。

「四対一だぞ、刑事」

　所長の声は穏やかだったが、ジャックスとウッズもいくらか距離をつめてきたのにエリザベスは気がついた。この連中はエイドリアンの居場所を聞き出し捕まえるつもりでいる。死んだプレストンの復讐をするつもりなのか、それとも刑務所でやっていたことの決着をつけようというのか、彼女にはわからなかったし、どうでもよかった。おおいなる無関心が彼女のなかに根をおろしていた。その原因は所長の傲慢と堕落、安易に浮かべる笑顔だった。「エイドリアンがあなたにされたことを話してくれたわ」

「ウォール受刑囚は妄想に取り憑かれていてね。それはわれわれが立証済みだ」

「フェアクロス・ジョーンズはどう？　八十九歳で無害の老人よ。彼も妄想に取り憑かれてたとでも言うの？」

「弁護士はどうでもいい」

「なんですって？」

「取るに足りない存在だと言っているんだ」所長は言った。「意味も価値もないとね」

　とまどう気持ちは完全に失せ、エリザベスは銃を強く握りしめた。突然、心のなかで怒りが燃えあがったがかまわなかった。所長は四対一と言ったが、本人は武器を持っておらず、オリヴェットは抜け殻にしか見えない。であれば、差し迫った脅威はジャックスとウッズのふたりだが、このシミュレーションは一日やっても結果は出ない。エリザベスの手には銃がある一方、ここはちょうど弾が飛んでくる位置でもある。所長があいかわらずにやにやしているのは、警官であるエリザベスは警官らしい行動をすると踏んでいるからだ。だが、いまの彼女はちがう。エイドリアンとフェアクロスの友人であり、血に飢えかけた、くたびれ果てた女だった。

「わたしの友人を殺した男を捕まえなくてはならない」

所長はすごんだが、エリザベスは聞き流した。右にいるほうを先に片づけようと決めたのは、そっちのほうが意志が強そうに見えたのと、右から左に銃を向けるほうが得意だからだ。もうひとりもホルスターから銃を抜かせることなく倒し、それからオリヴェットと所長を仕留める。あとはきっかけさえあればよかった。

「最後にもう一度聞く、刑事。エイドリアン・ウォールはどこにいる？」

「あなたたちはエイドリアンにむごい仕打ちをした」

「そんなことはしていない」

「あの人の背中に自分のイニシャルを彫ったくせに」

「それを立証するのはむずかしいのではないかな」

彼はからかって楽しんでいた。エリザベスはジャックスとウッズから一瞬たりとも目を離さなかった。ぴくりと動くのを待っていた。

どうか、神よ……。

きっかけをおあたえください……。

「そっちは何事もないかね？」

隣に住むミスタ・ゴールドマンだった。彼は生け垣のそばにおろおろした様子で立っていた。そのうしろにはいつもの七二年型ポンティアック・ステーションワゴンがあり、さらにその奥には妻の姿があった。ポーチに立った彼女は手に電話を持ち、いますぐにでも警察に電話しますからねという顔をしている。エリザベスはジャックスとウッズの銃から目を離さずにいた。状況は一瞬にして悪化するものだし、動きはじめるとしたら、いまこの場所からだからだ。

「これが最後のチャンスだ、刑事」

「そうかしら」

所長は隣人を、電話を手にした妻を見やった。「一生、老人の陰に隠れているわけにはいかないぞ」そう言って、無表情な目と真っ白な歯を見せた。「こういう街ではな」

32

男がこのサイロを高く評価しているのは、彼と同じく、特別な目的のために造られたものだからだ。来る日も来る日も、来る年も来る年もこれは役目を果たしてきた。誰にもありがたがられず、そもそも気づいてももらえずに。いまは使い物にならなくなって忘れられ、いつしか周囲は木が密生し、農場の母屋《おもや》は敷地にできた黒い点でしかなくなっていた。手入れをされないまま、何年が過ぎたのだろう?

七十年?

百年?

ここを見つけたのは少年のころで、以来ずっと、ほかの人がここに近づくのを見たことはない。噂によれば、周囲のゆうに一万エーカーはある土地を所有しているのはメイン州の製紙会社とのことだった。その気になれば確認することはできた——証書のたぐいは裁判所の抽斗深くに埋もれているはずだからだ。だが、わざわざそうする意味がどこにある？　深い森は風がそよとも吹かず、ひらけた林間地は彼が知るどこよりもひっそりとしてさびしげだ。もろくなったコンクリートが崩れかけている。鉄は完全にさびていた。

それでもサイロ自体はまだ立っていた。

男もまだ立っていた。

このサイロまで連れてこられた女は全員ではないが、ほぼ全員に近かった。戦う気力に満ちた者や意志の強い者など、落ち着かせるのに少し時間がかかる連中ばかりだった。なかには、拉致された瞬間に生きる気力を失った者もいる。まるで彼の出現を待っていたかのように、あるいは最後を考えるだけで体の重要な器官が動きをとめてしまったかのように。まったく期待はずれもいいところだ。しかし、それは全員に言えることではないか？

たしかに、基本的な部分ではそうだ。

ならば、なぜこんな手間をかけるのか？

アカガシワの木が道路にまで枝をのばしているところで速度をゆるめ、細い通路に曲がると、木立をかきわけゆっくり進んだ。何年も前に設置した門の手前で車をとめる。車を降りて、大きな錠をはずし、門を引きあけた。うしろから誰か来る気配はないが、それでものんびりすることなく、車を森の奥へと進め、門をスライドさせて閉めた。そこで、あらためてさきほどの質問の答えを考えた。なぜこんな手間をかけるのか？

小さなことが積み重なって失敗にいたるからだ。

すべての道がエリザベスに通じているからだ。

「われわれが時間や他愛のないものの支配と縁を切り、より深遠なる真実の存在に身を置くのは苦しみあってこそである」

男が好きな引用のひとつだ。

「より深遠なる真実……」

「時間や他愛のないものの支配……」

大きく揺れながら茂みを突っ切るうち、男は一時的に希望がわいてくるのを感じた。彼はエリザベスを愛しており、エリザベスはあの少女を愛している。今度の娘ならきっとうまくいくと思い、サイロの落とす影に入ると、これまでになく確信は深まった。

「時間や他愛のないものの支配……」

車を降りると、居並ぶ木々とひらけた場所をながめまわした。動くものはない。人が忍びこんだ形跡はなかった。車のドアをあけてブルーシート、バケツ、水十ガロンを出した。今度の娘にはあと一日、サイロで過ごしてもらいたいところだが、事態は急速に変化しているし、最後はエリザベスで締める必要がある。

もうすぐだ。

感じる。

不安がつのる。

スタンガンを見つけると、ドアを閉め、あらためて周囲を見まわした。木々に囲まれた狭い場所には芝と雑草とさびついて動かなくなった古い機械があるだけだ。

サイロを見あげ、鎖につけた錠前に目を向ける。

男のポケットがその鍵の形にふくらんでいた。

チャニングは男はもう来ないと思っていた。何時間も梯子の上にいたせいで、筋肉が焼けるように痛み、舌が渇いて腫れぼったくなっていた。暑さも、絶え間なくつづく緊張も勘定に入れていなかった。ここは地上から八フィートのところだが、小さなドアがあいたときには、男からは見えないはずだ。

外はまぶしいくらいに明るい。

瞳孔が収縮しているはずだ。

人は普通、暗いなかに入ると目が見えなくなるが、チャニングがあてにし、壁の向こうでエンジンの音が大きくなったときに声に出さずに祈ったのはそれだった。ここはあの地下室じゃないのよと自分に言い聞かせた。縛られていないし、いまの自分はあのときとはちがう人間なんだからと。でも、強気でいるのはむずかしかった。

男が帰ってきた。

まもなく入ってくる。

車が底をこする音につづいて、エンジンが異音を発し、それがやむと、静けさのなか、エンジンがかちかちいいながら冷えていく音が聞こえた。男は彼女が縛られ途方にくれているものと、暑さと恐怖でまいっているものと思っているはずだ。けれど、それは間違いだ。折れた横木はたしかにさびてはいるが、鉄であることに変わりはなく、場所によっては強度もしっかりある。男はきっと、目をしばたたかせながら入ってくる。

鎖が金属音をたてながら取っ手から引き抜かれるのを、息をつめて待った。脚が震えはじめた。どうしてもとまらなかった。

ああ、神様……。

こんな作戦ではうまくいきっこない。男はいとも簡単にチャニングを梯子から引きずりおろすに決まっている。引きずりおろしてレイプし、殺すのだ。すでに起こったことのようにはっきりわかる。おぞましく、忘れようにも忘れられないやり方で、何度も何度もされた経験がすでにあるからだ。

「エリザベス……」

鎖が最後にこすれるような音をたてた。

いよいよ男が入ってくる。

ドアがあくと、男のシルエットが見え、動くのがわかった。男はドアの向こうで身をかがめているが、なにも起こらないまま二十秒が、そして一分が過ぎた。

次の瞬間、懐中電灯がつき、サイロ内に光の槍が放たれた。光は奥の壁をかすめ、プラスチックの破片を照らし、しばらくそこにとどまった。数秒後、光は消えた。「梯子にのぼってるのかな、お嬢さん?」

やめて……。

「前に、若い娘さんが、その梯子から落ちたことがあったんだよ。落ちたときに、どのへんまでのぼっていたかはわからないがね。とにかく、首の骨を折るくらい高かったことはたしかだ。きみは屋根までのぼったのかな? そこからだといいながめだろう」

チャニングは本格的に泣きだした。

「冬になると谷の向こうに古い教会が見えるんだよ。山の斜面にぼんやりとね」男は懐中電灯のスイッチを入れ、またも内部をさっと照らした。「きみは教会が好きかい? わたしは好きだ」

光が消えた。

「おりておいで」

男の着ているものがさらさらと音をたてた。

「なんなら、ドアに鍵をかけて蒸し焼きにしてやってもいいんだよ。かなりつらい思いをするのはまちがいない。まだ上にいるのかい?」

チャニングは涙をぬぐった。

横木をきつく握りしめた。

男は少しもあわてなかった。いままでにもいましめを解く者はいた。そうでない者も。解いた者はほとんどが梯子を見つける。それもまた計画の一部だった。闇と恐怖を克服しようとさせることも、屋根も罠であると気づかせることも。ほとんどの者にとって残酷な組み合わせだ――闇のなかの梯子、新鮮な空気と陽射し、希望の世界、そしてその喪失。なかには意外な行動に出る者もいるが、それもまたけっこう。

女たちの気力を奪うのは、暑さだけではない。

チャニングは自分を奮いたたせ、どうにか泣きやんだ。梯子をのぼるわけにも、いまいる場所から動かないわけにもいかない。

　つまり、おりるしかなかった。

「このドアをまた閉めるとしたら、今度はたっぷり時間をかけて、そこで蒸し焼きになってもらうよ」チャニングは動かなかった。「三日。四日。いつ戻ってくるかは約束できないが、なにも蒸し焼きになって無駄死にすることはないんじゃないかな」

「わかった、わかったってば」チャニングの声は震え、かすれていた。「ドアに鍵をかけないで。いまおりるから」そう言って交互に足を動かし、最下段の横木に達した。それでも地面までは六フィートある。男がドアのところにいるのは気配でわかる。「おりられそうにないよ」

「大丈夫、できるとも」

　チャンスは一度だけだ。もっと近くに引き寄せなくては。「足首が痛くて」

「より深遠なる真実」男が言ったが、チャニングにはさっぱり意味がわからなかった。男はさっきの場所から離れず、ドアのところで背中を丸めてじっと見ている。ゆっくりおりたら、手にした横木に気づかれる。そう思ったチャニングは思い切って飛びおりた。横木を体にぴったり押しあて、見つからないように腰を曲げていたら、着地の際に金属でおなかのところを切ってしまった。思わず悲鳴が漏れたけれど、それでよかった。

　あいつを近くまでおびき寄せなくちゃ。

「うう、痛い……」チャニングは土の上で縮こまりながら、男の目には足首を痛めたように映りますように、血が出ているのに気づかれませんようにと祈っていた。しかし、生温かい血が腹にべっとりとつき、シャツにしみてきたのがわかる。チャニングは四つん這いになった。男がドアをくぐった。

近づいてくる。

「足首が……」

　シルエットがぐんぐん近づいてくる。男の髪が顔の前をよぎり、その手に触れられた瞬間、チャニングは力まかせに棒を振りまわした。なにか固いものにあたった。肩。腕。わからなかったが、どうでもよかった。腕に反動をおぼえ、闇のなかに赤いものがひらめいた。チャニングはもう一度、殴りつけると、一回つまずき、転げるようにしてドアに向かった。男に足首をつかまれ、顔から倒れこんだ。ドアはすぐ目の前にある。二度、うしろを蹴ると男のどこかにあたったらしい。陽射しに目を焼かれながらドアをくぐり出て、芝生に倒れこんだ。芝のにおいが鼻を突く。手で押さえた傷が広がっているようだ。どうにか立ちあがって、歩きだしたが、また倒れた。目の前に車がぬっと現われ、くるくるまわりだした。めまいがして、足がまともに動かないけれど、よろける足で車に向かった。キー、道路、逃亡と考えながら。途中、おそるおそるうしろを振り返った。

　男が猛然と追いかけてくるのが見えた。

　逃げ切れそうにない。車に倒れこむようにぶつかって血の跡をつけると、反対側のドアに向かって走った。ドンという音が聞こえ、見ると男がボンネットに乗っていた。板金がたわむのもかまわず彼女に飛びかかり、引きずり倒そうとした。チャニングのシャツが脱げ、血に染まった生地が顔をなでる。彼女は木立に向かって走りだした。彼女にあるのは、暗がりと希望と絶望だった。

　男にはスピードがあった。

　森に入って三歩と行かぬうちにチャニングは捕まり、後頭部を押されて顔を幹に叩きつけられた。目の前が真っ白になり、口のなかに血の味がした。次は地面に投げ飛ばされた。男の顔はむくみ、自分の血にまみれていたが、この日の暑さをすべて吸い取ってしまいそうな目をしていた。

　それほどまでに暗く、うつろな目だった。

　それほどまでに容赦のない目だった。

33

　エイドリアンは古びた部屋で、ちょっとした数の金貨に見入っていた。この部屋にあるだけで五十万ドル弱。まだ五百万ドルを超える金貨が埋まっている。彼はエリザベスから最後に言われた言葉を思い出していた。わたしに近づいちゃだめ。こっちに来ちゃだめよ。

　そんなことができるだろうか？

　いまの彼にわかる感情といえば、恐怖と孤独と怒りだけ。愛は死んだ男に感じたこともあったが、長いこと埃をかぶっていたせいで、胸に芽生えたこの感情を彼はもてあましていた。

　リズは本物だ。

　大切な人だ。

カーテンをめくり、未舗装の駐車場でひと握りの金貨と引き替えた十五年落ちのスバルを見やった。妻に関するニュースが報道されるまでは、すぐにでもこの街を離れるつもりでいた。西——コロラドかメキシコあたりに行こうとしていたが、状況が変わった。妻は死んでいたし、エリザベスの声には内に秘めた絶望感がにじんでいた。普通ならば聞き逃してしまいそうなほどわずかではあったが。

「おれはどうすればいいんだ、イーライ？」

エイドリアンはリズにキスされた唇に触れた。

イーライからの答えはなかった。

車のわきの日陰まで運ぶ途中で、少女は意識を失った。体の震えがとまり、力なく男の肩にもたれかかった。小柄な彼女は片腕でもやすやす持ちあげられた。しかしこの少女は闘志にあふれていたし、闘志あふれる者には明晰な頭脳がそなわっている。

リズと同類と言っていい。

きっと深い目をしている。

男は少女を芝生に寝かせ、鏡で自分の姿を確認した。首の下のほう、鎖骨の近くが切れていた。血のにじんだ頭のこぶにちょっと手をやり、車から古いタオルを出して首に押しあてた。傷は痛むが、自分も少女に傷を負わせたのだからと、その痛みを受け入れた。痛みによる衝撃と傷ついたプライドのせいだ。そのせいで必要以上に手荒いまねをすることになったが、その繰り返しだった。罪は罪を呼ぶ。らせん階段を下へ下へとおりていくように。腫れあがり、血だらけになった少女の顔をながめるうち、男はいつしか勃起していたが、べつにはじめてではなかった。ジュリア・ストレンジも殺すのに苦労した相手だった。教会でひとりひざまずいているところを見かけたのがきっかけだった。本当は誰もいないはずだったから、もう少し早くあの場所を去っていれば人生はどうなっていただろうかと、いまも考えることがある。とにかく、彼女は物音を聞きつけて振り返った。あの底のない目で見つめられたとき、あまりにひどい姿に男は心を激しく揺さぶられた。彼女は殴られ、うちひしがれていたが、腫れた口もとや血のにじむ唇以上に心の傷は深かった。それは目の奥にまで達し、彼女をなにか……それ以上のものに変えていた。見つめられたのはほんの一瞬だったが、男には彼女の心の傷が見え、その傷の下に穢《けが》れのない姿がひそんでいるのを見てとった。子どもに戻った彼女は道に迷っていた。男はその痛みを取りのぞいてやりたくなった。それが発端だった。しかし、彼女の目のなかになにがあるのか、それを見つけることが自分にとってどんな意味があるのかわからなかった。いまでも、そこのところは漠然としたままだ。渦巻く感情、彼女の肌の感触。とにかくそれが発端で、彼女が最初だった。十三年後のいま、エリザベスで終わりになる。終わりになるはずだと思うから、勃起したのだ。

しかし、まずはこの少女だ。

男はやさしい手つきで着ているものを脱がせ、汚れを落としてやった。いつものように、みだらなことは考えまいとしたが、なにかおかしな感じがして、さっさと終わりにしたかった。森のなかに用意した祭壇は合板と木挽《こび》き台でこしらえた簡素なものだった。不満が爆発しそうになるのを懸命にこらえたが、ひもでくくり、布をかけてもまだ、出来に納得がいかなかった。光の黄色みが強すぎて、教会らしくなかった。ピンクや赤がほしいし、丸天井の下にただよう静寂も必要だ。男は片手で髪をなでつけながら、なんとか納得しようとした。

これでもうまくいく。

ちゃんとやれる。

しかし少女はひどいありさまだった。木にぶつけたせいで顔は見るも無惨で、腹部の傷の血で布が赤く染まってきている。気が乗らないのは、光や場所がちがうだけでなく、清らかさも大事な要素だからだ。こんなのでうまくいくだろうか。男はその疑問を押さえつけた。男はここにいる。そして女も。少女の目の奥に必要としているものが見えることを期待して、顔をぐっと近づけた。すぐには見つからなかった。試行錯誤がつづいた。首に手をまわしたのは一度や二度ではなく、何度もだった。

少女が目を覚ますのを待ってから、一度、首を絞めた。本気なのをわからせるためだ。「最初はゆっくりいくよ」男は言い、少女が悟るまで絞めた。闇の一歩手前まで連れていって、しばらくそこに放置した。男の手のかすかな動き。わずかに漏れる息。「おまえのなかの少女を見せろ。子どもを見せろ」男は一度だけ息をさせてやると、つま先立ちになって少女のほうに体を傾けた。少女は喉を詰まらせながらも抵抗した。「静かに。われわれはみな苦しむのだ。われわれはみな、痛みを感じるのだ」男はそう言って、自分の手に体重をかけた。「本当のおまえを見せなさい」

男は時間をかけてゆっくりと首を絞め、次に強く短めに絞めた。これまで覚えたあらゆるテクニックを駆使し、十回以上もこころみたが、けっきょく、うまくいかなかった。

少女の目は腫れてふさがっていた。

目の奥を見とおすことはかなわなかった。

チャニングはなぜまだ生きているのかわからなかった。記憶にある痛みと闇のせいで、サイロにいるものとばかり思ったが、動いているのに気がついた。また車に乗せられていた。同じにおい。同じブルーシート。縛られた手で顔に触れると、闇の大半は目が腫れているせいだとわかった。ほとんど見えなかったけれど、服を着て、ちゃんと呼吸をして生きているのはわかった。

喉からかすれた音が漏れた。

どのくらい？

男の手と闇、黄色い木と男の飢えた顔つきがよみがえった。

あの男はどのくらい、あたしを殺そうとしてたんだろう？

ごくりと唾をのみこむと、ガラスに喉を切られるような感じがした。首に触れ、薄暗く青い空間のなか、さらに体を小さく丸めた。

どこに連れていかれるの？

なぜあたしはまだ殺されてないの？

そういった不安が心をむしばんでくるが、やがてもっとおぞましい不安が、もつれた思考にもぐりこんだ。木の下で見た男の顔。帽子はかぶらず、眼鏡もしていなかった。あのときは頭がよく働かなかったが、働かないなりにちがって見えた。少し正気を取り戻し、九死に一生を得たいま、男をどこで見たかを思い出した。

そんな、うそでしょ……。

男が誰か、はっきりわかった。

事実のあまりのおぞましさに、チャニングは全身に悪寒《おかん》が走った。まさか、あの人だなんて……。

でもたしかだったし、顔だけの話ではなかった。声にも聞き覚えがあった。いま男は車でいくつもの通りを走りながら、電話をかけていた。あちこちに電話をかけつつ、次の電話がつながるまでの時間は、怒ってぶつぶつ言っていた。エリザベスを探しているようだけれど、つかまらなくていらいらしていた。誰も彼女の居場所を知らないし、本人も電話に出ないらしい。男は警察署にも、エリザベスの母親にも電話していた。一度——ブルーシートの隙間ごしだが——エリザベスの自宅がぼんやり見えたときがあった。家の形も、植わっている木も、見てすぐにわかった。

マスタングはなかった。

そのあとチャニングはすすり泣きをはじめ、涙がとまらなくなった。あの車にエリザベスと一緒に乗っていたかった。でなければ、家のなかでもいいし、彼女のベッドの暗がりでもいい。恐怖から解放されて、安心したかった。それをかなえてくれるのはリズだけ。胸のうちでその名を呼ぶ――エリザベス――と、それが現実の世界に漏れたのだろう。突然、車が速度をゆるめて、乱暴にとまった。チャニングは凍りついたように身を固くしたが、しばらくは何事も起こらなかった。聞こえてきた男の声は穏やかだった。「きみは彼女が大好きなんだろう?」チャニングはボールのように丸まった。「エリザベスのほうもきみが大好きなのか気になるな。どう思う? わたしは、まずまちがいなくきみのことが好きだと思うね」男はそこで黙りこみ、ハンドルを指でこつこつと叩いた。「電話はあるかい? さっきからずっと彼女に連絡を取ろうとしているんだが、いっこうにつかまらないんだよ。きみの番号ならば出てくれるんじゃないかと思ってね」

　チャニングは息をつめた。

「電話だよ」

「ううん。持ってない」

「ああ、そうか。わたしが自分で確認したんだったな」

　長い沈黙がつづき、ブルーシートのなかは暑かった。男がふたたび車を出すと、チャニングはえんえんとつづく建物や並木をながめていたが、やがてさびの浮いた金網塀が目につくようになった。車がスピードを落としはじめ、太陽が沈んだのが雰囲気でわかった。黄色い家やピンク色の家、それに薄暗い穴に吸いこまれていくような、長い滑り台が垣間見える。車がまたとまって男がエンジンを切ると、その後の一分間、静寂が満ちあふれ、それがかえって恐怖を煽った。

「きみは第二のチャンスというものはあると思うかな?」男が訊いた。

　自分の汗のにおいがし、顔のまわりに自分の息が立ちこめている。

「第二のチャンスを信じるか否《いな》か。答えはどっちだ？」

「信じる」

「頼んだら手助けをしてくれるかい？」

チャニングは唇を噛み、泣きだしそうになるのをこらえた。

「手助けをしてくれるかと訊いてるんだ！　イエスかノーで答えろ」

「うん。できる。ほんとに」

「これからきみを車から出して、なかに運び入れる。近くには誰もいないが、もし、声を出すようなまねをしたら、痛い目に遭わせるからね。わかったかい？」

「うん」

車ががくんと揺れたのがわかり、リアハッチがあく音がした。男はブルーシートにくるまれたチャニングを抱えあげた。それからなにも生えていない地面を突っ切り、玄関ステップをあがり、ドアをくぐった。ほとんどなにも見えなかったが、ようやくシートがはずされた。男の顔とみすぼらしい浴室の四方の壁が目に入った。男はチャニングを浴槽におろし、片方の足首をわきにあるラジエーターにつなぎとめた。

「なんでこんなことをするの？」

「話してもわからないと思うよ」

銀色のテープをロールからちぎり取った。

チャニングは怯えた目でそれを見つめた。「お願い、教えて！　理解したいの！」

男は彼女をながめたが、疑っている様子だった。殺気と悲しみと確固とした決意のなかに疑いの色がはっきりと浮かんでいた。「静かにしなさい」

しかし、おとなしく従うわけにはいかなかった。口にテープを貼られたうえ、そのテープを頭に二周、ぐるぐると巻きつけられながらも、抵抗した。

ひと仕事終えると、男はチャニングを見おろすように突っ立った。浴槽のなかの少女は小さく、怯えていて、肌は血の気がなく真っ青だった。理解したいという少女の気持ちにうそはないのかもしれない。だが、男の心をのぞきこんだところで、彼がやろうとしていることの美しさは理解できまい。どうせこの少女も警官と同じことを言うに決まっている。連続殺人犯。危険。頭がいかれている。リズだけが——最後には——彼を駆り立てた真実を理解してくれるだろう。彼がこのような行動を起こしたのは、このうえなく崇高な理由から、すなわち、いとしい少女への愛ゆえであることを。

ギデオンはなにもかも清潔で、みんながやさしくしてくれるから病院が気に入っていた。看護師がほほえみかける。主治医は彼を〝ギデオンくん〟と呼ぶ。話や治療のことはわからないことも多いが、ある程度まではわかる。弾は小さくてまん丸の穴をあけたが、内臓にも主要な神経にもあたらなかった。もっとも、大事な動脈が一ヵ所傷ついたけれど、ただちに病院に運びこまれたのも、お医者さんが適切な縫合をおこなったのも、すべて運がよかったからだとみんなに言われている。病院はギデオンが快適に過ごせるよう気を使ってくれるが、頭をすばやく振り向ければ、ひそひそ話が聞こえてくるし、横目でちらちら見られているのがわかる。おそらく、ギデオンがやろうとしていたことが原因だろう。どこのテレビもエイドリアン・ウォールばかり取りあげているし、ギデオンはその彼を殺そうとした少年なのだ。彼の死んだ母と教会の床下で見つかった死体のせいかもしれない。でなければ、父のせいかもしれない。

父は最初の日だけはまともだった。おとなしくて静かで、礼儀正しくしていた。それがどこかの時点で変わった。むっつりとふさぎこみ、看護師たちに無愛想な態度をとるようになった。目はいつ見ても赤く血走り、ギデオンがふと目を覚ますと、父が古い帽子のつばの下からじっと見つめながら口をもごもご動かし、ギデオンには聞き取れない言葉をつぶやいていることが何度となくあった。あるとき、看護師が父に家に帰って少し休んだらどうかと言ったところ、父は椅子が床にこすれるほど急激に立ちあがった。その目には、ギデオンですら震えあがりそうな表情が浮かんでいた。

その一件ののち、父が病室にいるときは、どの看護師も長居をしなくなった。ほほえむこともなくなり、おもしろい話を聞かせてくれることもなくなった。しかし、それでもなんとかなっていた。ギデオンの父はほとんど見舞いに来なかったからだ。たまに顔を出すと、椅子で丸くなっているか、寝ているかしていた。ときには、病院の毛布をかけて夜を過ごすこともあったが、毛布の下に酒瓶があるのをギデオンだけは知っていた。暗いなかにガラスがぶつかり合うような音が響き、父が毛布をめくって喉を鳴らすのが聞こえることもあった。

その繰り返しだった。いつもよりも飲む時間が長く、量が多くても、ギデオンは責めなかった。ふたりとも憎む理由があるのは同じだし、ギデオンも失敗の痛みを知っているからだ。彼は引き金を引かなかったことで、自分も父と同じ弱虫だと思いこんでいた。だから、父が酔っ払うのも、いつまでも無遠慮に見つめられるのもがまんしたし、父がよろける足で浴室に入って、陽がのぼるまで吐きつづけても文句を言わなかった。看護師に嘔吐物のことを尋ねられると、ギデオンは自分が吐いたと説明した。鎮痛剤のせいで気持ちが悪くなったのだと。

以来、あたえられる薬はタイレノールに変わり、痛みに耐えなくてはならなくなった。

それでもかまわなかった。

病室は暗い状態にされていた。その暗がりにギデオンは母の顔を見た。写真で見る色あせた二次元の母ではなく、生きていたときはこうだったろうと思わせる姿だった。顔の色も、笑うときの表情も。記憶のなかの姿は本物ではありえないが、お気に入りの映画のように、何度も何度も頭のなかで再生した。だから告白は寝耳に水だった。

「母さんはおれのせいで死んだんだ」

父が病室に来ているとは知らず、ギデオンはびっくりした。この何時間かはいなかったはずなのに、いつの間にかベッドのわきにすわっていた。手すりに指をかけ、絶望と羞恥の表情を浮かべていた。

「頼むからおれを憎まないでくれ。頼む、死なないでくれ」

ギデオンは死なないとわかっていた。医師からそう聞かされていたからだが、父の神経は完全にまいっていた。目は血走り、顔はむくみ、口からはすっぱいにおいがした。「どこに行ってたの？　いつ来たの？」

「おまえにはわからないだろうな、ギデオン。いろんなことが積み重なっていくってことが――おれたちがすること、人を受け入れること、人を愛し、信頼し、他人を受け入れることの結果。おまえはまだ幼いもんな。そんなおまえに裏切りとか、傷心とか、あるいは追いつめられた男がしでかす不始末など、理解しろというほうが無理というもんだ」

少し体を起こすと、胸の縫ったところが引っ張られる感じがした。「なんの話？　誰も父さんのせいで死んでなんかいないじゃない」

「母さんのことだ」

「母さんがどうかしたの？」

ロバート・ストレンジは手すりに置いた手に体重をかけ、すとんと膝をついた。上着のポケットから酒瓶が転がり出て、床を滑っていった。「ちょっとした口喧嘩だったんだよ。それだけだ。いや、ちがう。そうじゃない。もうそはつかないって約束だったな。うん、おれは母さんを殴った。それも三回。でもその三回だけだ。三回殴って終わりだった。殴ったけど、ちゃんと謝った。息子にかけて誓ったよ。おれを置いて出ていくことはないし、教会に行く必要もないと説得しようとしたんだ。たしかに母さんはよくないことをした。うん、それはわかる。だが、おれはもう赦したんだから、祈って赦しを乞わなきゃいけない罪なんかなかったんだよ。神様も十字架も必要なかったし、おれのために祈る理由もなかったんだ。とにかくちゃんと家にいてくれさえすれば、彼女の罪はすべて赦すつもりだった。うそも、事実の歪曲も、心の奥にある秘密も全部。わかると言ってくれ、ギデオン。母さんのいない、おれとふたりきりの生活がおまえをむしばんでたのはわかってたよ。おれを赦すと言ってくれ。そしたら、悪い夢を見ずに眠れる気がする。世の亭主全員がやることを、おれもやったまでだと言ってくれ」

「話が全然見えないよ。父さんは母さんを殴ったの？」

「そんなつもりはなかったたし、おもしろ半分にやったわけじゃない」ロバート・ストレンジは自分の髪を引っ張り、立たせたままにした。「なにしろあっという間のことだったんだ。おれのこぶしが……二十秒か、もしかしたらもっと短かったかもしれない。本当にそんなつもりじゃなかった。母さんを追い出そうなんて気はなかったし、わずか二十秒のことで死んじまうなんて思いもしなかった。二十秒なんて本当にちょっとだろ。一、二、三……」

父が指を折って数えると、ギデオンもようやくのみこめたというようにまばたきをした。「母さんは父さんのせいで教会に行ったの？」

「犯人はそこで母さんを見つけたんだろう」

「父さんのせいで死んだの？」

厳しい質問に父は黙りこんだ。頭を少し傾けたので、光が目に入った。「おまえはいまだに母さんを聖人のように思ってるんだな。完璧な人間だと。そう思いたいいのはわかるよ、たしかに。息子ってのは母親をそういう目で見るものだからな。だが、母さんはベビーベッドに寝てるおまえを置き去りにしたんだよ、ギデオン。だからおれは腹がたって、キッチンをめちゃくちゃにし、ものを投げつけたんだと思う。だから、警察には本当のことを言わなかった。とにかく、母さんは自分から出ていったんだ」

「でも、それは父さんが殴ったからでしょ」

「理由はそれだけじゃないさ」父は床に力なくすわりこみ、酒瓶を胸にかき抱いた。「あの女はおれよりもエイドリアン・ウォールを愛してたんだ」

　ギデオンはなかなかすべてをのみこめなかった。床にすわりこんだ父、あらたな事実。母はエイドリアン・ウォールを愛していたという。いったいどういうこと？　あの男は母さんを殺したの、それとも殺さなかったの？

　ギデオンはいま一度、父に目を向けた。膝を抱えてすわり、顔を埋めている。拉致はなかったのだ。母は教会、あるいはべつの場所で犯人と出会った。自宅のキッチンではなく。拉致されるところをベビーベッドから見ていたんだろうなと思っていたけど、そうじゃなかったのだ。

　犯人は本当にエイドリアンなの？

　ギデオンにわかるはずもない。母さんはもしかしてあの男を愛していたの？　その質問はむずかしすぎた。大きすぎてギデオンの手にあまる問題だった。

　拉致されたわけじゃなかったんだ……。

　少年は目を閉じた。より大きな疑問が猛スピードで近づいてきたからだ。

　母さんは戻らないつもりだったの？

　ぼくを置いて出ていくつもりだったの？

　そこまでひどい人のはずがない。そんなにだめな人のはずは……。

「お母さんはりっぱな女性だった。心が温かくて愛情豊かで。しかし、わたしたちみんなと同じで、矛盾したものを抱えていただけなんだよ」

「ブラック牧師？」

「立ち聞きするつもりはなかったんだ、ギデオン。大事な時間だったようだから、邪魔をしたくなくてね」

「びっくりしました。なんだか別人みたいですね」

「顎ひげのせいだろう。というか、顎ひげがないせいかな。それに服もこんなだから。べつにいつも黒ばかり着ているわけではないんだよ」牧師は緑色のカーテンの際の暗がりに立っていた。彼はほほえむと、奥まで入ってきた。「やあ、ロバート。まったくなんてありさまなんだ。ほら、立って」牧師は片手を差し出し、ギデオンの父を引っ張って立ちあがらせた。「つらいのはわかる。だが、それを乗り越えていかなくてはいけないね」

「牧師さま」

ロバートは頭を軽くさげ、酒瓶を隠そうとした。ブラック牧師はほほえんだ。「弱さは罪ではないよ、ロバート。神は人それぞれに欠点があるようわれわれをお造りになり、それを認めるという試練をおあたえになった。なによりもつらい事実と向き合うことこそ、本当の試練というものだ。息子さんと教会に通っていれば、それがわかるはずだよ」

「そうですね。すみません」

「よかったら、次の日曜日にでも」

「ありがとうございます、牧師さま」

「なにを飲んでいるんだね」

「あの……」ロバートは前腕で顔をこすり、咳払いをした。「ただのバーボンです。すみません……あの……さっき言ったことですけど。ジュリアを殴ったことです。聞いてましたよね？」

「わたしの役目は非難することではないのだよ、ロバート」

「で、でも、おれが女房を殺したようなものだと牧師さんも思うでしょう？　女房はおれから逃げようとして死んだんですから。そういうふうには思いませんか？」ロバートは涙目で、声はあいかわらず乱れていた。「この秘密をずっとひとりで抱えこんでたんです。女房が死んだのはおれのせいじゃないと、言ってくださいよ」

「では、こうしたらどうだろう」牧師はロバートの肩に腕をまわし、酒瓶を取りあげた。掲げてみると、まだ中身はほとんど減っていなかった。「どこか静かなところに行くといい」牧師は彼をベッドの先へと、ドアのほうへと導いた。「家はだめだ。この近くがいい。さあ、これを持って、ひとり静かにゆっくり飲んでおいで。いろいろと考えながら」

ロバートは酒瓶を受け取った。「よくわからないんですが」

「公園か、あるいは駐車場ビルか。どっちでもかまわない」

「でも……」

「わたし以上に人間の弱さの根底にあるものがわかる者はいないんだよ。きみのも、奥さんのもわかっている。よかったら、ギデオンにはわたしからわかるように説明しよう。そのあいだ、きみはそのなかに入っているものを楽しみなさい。わたしが許可しよう」ブラック牧師はそう言ってロバート・ストレンジを廊下に押しやり、わずかな隙間が残る程度にドアを閉めた。「じきに明日になるから、きみの数々の罪についてはそのときにじっくり考えればいい」

牧師はドアを最後まで閉め、長いこと黙って立っていた。ギデオンの目にはいつもとちがうように見えたが、それは着ている服やひげがないせいとは言い切れなかった。いつになく体がこわばっているような、気持ちに余裕がないような感じがする。それに頭ごなしの話し方をしていた。「お父さんは弱い人間だ」

「シーッ」牧師は片手をあげ、ベッドの近くまで椅子を持ってきた。「きみはなにもまちがったことはしていない」

「エイドリアン・ウォールのことですけど……」

段階で、ギデオンは失敗した。その行動のときまで胸に秘めておくべきことだった。むずかしいし、行動を起こすじるもののことだった。

それは、ほかの誰かにやらせるわけにはいかないと感

ギデオンに理解できたのは、必要なことの概念だった。

旧約聖書と新約聖書の対比、〝目には目を〟という教えと〝もう片方の頰を差し出せ〟という教えの対比。

曜のミサとは別物だった。牧師は何度となく説明してくれたが、ギデオンは全部わかったふりはしなかった。

ことに関してよく話をしていた。日曜日のミサのあとで。つらい夜における長い祈りの言葉。その祈りは日

ドアから振り向いた牧師の顔は暗い目とごつごつした感じが目立っていた。牧師とはこれまでにも必要な

「必要なことをする意思に欠けている」

「わかってます」

「引き金を引けませんでした」

「わたしは、自分の心の命じるままに従い、行動することを恐れるなということしか言っていないよ。エイドリアン・ウォールの運命は以前からずっと、きみよりも大きな手にゆだねられているんだよ」

ギデオンは記憶にある話とちがうと思い、顔をしかめた。牧師から聞いた必要なことの話は、従うよりは行動することに重点が置かれていたはずだ。というより、行動せよという話だった。

この時間に受刑者は釈放される。
釈放された者はこの場所に行く。
隠れるのに最適な場所はここだ。

牧師の口から語られるにしては妙な話だったが、ギデオンはときどき大きな概念を誤解することがあった。実際、神は世界に大洪水をもたらした。ロトの妻を塩

の柱に変えた。ブラック牧師が説明すると、なぜかすべて納得できた。浄化。罰。創造的破壊。「牧師さまは怒ってるとばかり思ってました」

「そんなことはないよ、ギデオン。きみは運命によって傷ついた子どもだ。必要なこととはけっしてたやすいものではないと理解しておきなさい。たやすいものであったら、意思を持った者と下等な者との差がなくなってしまうからね。きみのことはずっと前から前者だと信じていたし、想定される不手際がいくらあろうと、その確信は揺らがないよ。きみは以前から頑張り屋だった。お母さんもきっと天国から見ておいでだ」

牧師はギデオンの手に触れた。「そこで訊きたいのだが、いまもわたしに協力するつもりはあるかな？」

「はい。いつでもやります」

「いい子だ。ちょっと痛いかもしれないよ」牧師は立ちあがり、ギデオンの腕から針を抜いた。

「うっ」

「服を着て、ついてきなさい」

「でもお医者さんが……」

「きみは医者とわたしと、どっちを信頼するのかな？」

牧師は眉をくいっとあげ、ふたりはそのまま見つめ合った。片方は平然と、もう片方はいつになく怯えて。

「服はクローゼットにあります」

牧師は部屋を突っ切り、着るものを探し出した。ベッドのそばに戻った彼は、ギデオンがはじめて見る、本物の笑顔になった。「さあ、出かけよう。急ぎなさい」

「はい、牧師さま」

ギデオンはふらつきながらもベッドを出た。まだ体力が戻っていなかった。胸部が痛んだ。片脚をズボンにとおし、つづいてもう片方の脚もとおした。体を起こしたとき、牧師の血が見えた。「首から血が出てますよ」そう言って牧師の首を示した。牧師がそこに手をやると、指に赤いものがべっとりついた。さらにギデオンは、襟にも血がついていて、首の側面に紫色のあざが広がっているのにも気がついた。なにからなにまで変だ。赤いフランネルシャツ姿なのも血が出ているのも変ならば、点滴の針を抜いたのもギデオンの父を酒を飲んでこいと追い出したのも変だ。

「どうして怪我をしたんですか?」

「さっきも言ったろう、ギデオン」牧師は少年にシャツを放った。「必要なことはたやすいものではないんだよ」

そのあとも不審な行動のオンパレードだった。牧師はギデオンを上から下までながめまわし、廊下をうかがい、やけに小さな声で尋ねた。「ちゃんと立てるかな? 歩けるかい?」

「はい、牧師さま」

「では、普通に歩きなさい。誰かが声をかけてきたら、わたしが答える」

ギデオンは牧師のあとについて病室を出ると、うつむき加減で歩いた。こんなことをしていいわけがない。医師からははっきり言われていた——最低でも一週間は安静が必要だよ。縫ったところがほどけやすいからね。傷口がひらくようなことになったら大変だ。

「血が出てきたみたいです」

エレベーターにはふたりだけで、ブラック牧師は一階ずつおりていくのをじっと見ていた。「よくあることだ」

「うんと出てる気がします」

「大丈夫だ」しかし、牧師は目を向けもしなかった。エレベーターは五階から二階まで降下すると、いったん停止し、看護師がひとり乗りこんできた。看護師はギデオンに目をやり、それから牧師の首についた深い傷に目を向けた。彼女が口をひらきかけると、ブラック牧師はそれを制した。「なにをじろじろ見てるんです？」

看護師は口を閉じ、顔を前に向けた。

エレベーターを降りると、ほかの人たちも見つめてきたが、誰もふたりをとめようとはしなかった。救急治療室を抜け、ガラスの扉から外に出た。駐車場では、さらにペースをあげてびっしり埋まった車のあいだを進んだが、ギデオンはついていくのがやっとだった。足に力が入らなかった。太陽がぎらぎらと照りつけてくる。

「これ、いつもの車じゃない」

「ちゃんと走るよ」

ギデオンは気が進まなかった。牧師の車には乗ったことがある。疵ひとつなく、十字架の入ったナンバープレートをつけたミニバンだ。いま目の前にある車は汚れた小型車で、ところどころさびが浮いていた。

「さあ、乗った、乗った」ブラック牧師はギデオンを車に押しこめてシートベルトをさせ、自分は運転席に乗りこんだ。

ギデオンは鼻にしわを寄せた。「変なにおいがします」

「運転中は少し静かにしてくれないか」

牧師はキーをまわし、車は市街地を抜けて貧しい地区へと向かった。運転しながら口笛のようなものが漏れてくる。ギデオンは最初、わずかばかりの土地に建つ教会に行くものとばかり思っていた。それで少し気持ちが落ち着いたのは、あの教会にいるといつもほっとできるからだった。賛美歌もろうそくも、クッションも木の家具もベルベットの膝あてもみんな好きだった。小さな教会だが、それゆえのぬくもりが感じられる建物だった。牧師はよく響く声をしていたし、奥さんは理想のおばあちゃんのような人だった。日曜のミサにはエリザベスが毎週車で連れていってくれる。本人はなかに入らないけれど、いつもギデオンが出てくるまで待っていてくれて、それもまた特別な感じがしたものだ。しかし、車は教会に行く道には曲がらず、そのまま通りすぎた。遠ざかっていく交差点をギデオンが呆然と見つめているあいだに、車は山腹を抜ける道に入っていた。「ぼくのうちに行くんですか？」

「特別に頼みたいことがあるんだよ。やってもらえるかな、ギデオン？　特別な頼みを聞いてもらえるかい？」

「はい、牧師さま」

「そう言ってくれると思っていたよ、きっと」

牧師はポーチの近くに車をとめ、玄関のドアをあけた。せかせかとした落ち着きのない動きだった。階段で一度、つまずいた。目はそわそわとあたりを見まわし、顔が紅潮している。家のなかは空気がよどみ、カーテンは全部閉まっていた。牧師はギデオンをソファまで連れていき、そこにすわらせた。

「さてと、頼むよ。頭を使って、うまくやってもらいたい」牧師はギデオンの手に電話を押しつけた。「彼女に電話して、会いたいと伝えるんだ」

ギデオンは不信の念が大きくなっていくのを感じた。あせった素振りと乾いた唇、異様に思いつめた表情。

「よくわからないんですけど。誰にかけるんですか？」

「エリザベスだ」牧師はギデオンの手から電話を奪い、番号をダイヤルした。「どうしても会いたいと言いなさい。家まで来てほしいと言いなさい」

「どうして？」

「寂しいと言えばいい」

ギデオンはブラック牧師をじっと見つめながら、エリザベスが電話に出るのを待った。呼び出し音が五回鳴って相手が出ると、言われたとおりのことを言った。言い終えるとしばらく黙っていたが、やがておずおずと言い足した。「寂しいから会いたいだけ」

そのあと十秒ほど相手の言葉に耳を傾けていたが、エリザベスのほうから電話を切ると、悪事に荷担してしまった気分になった。なぜいま自分は自宅にいるんだろう。なぜエリザベスに電話をしたんだろう。

「娘はなんと言っていた？」

せかせかとした手に電話を取りあげられ、ギデオンは奇妙な後悔の念に襲われた。「病院を出ちゃだめだって言われました」

「ほかには？」

「来てくれるって」

「すぐ来ると？」

「はい、牧師さま」

牧師は立ちあがると、室内を二度、往復した。それからギデオンの腕をつかみ、浴室に連れていった。

「次にとても大事なことをやってもらう」

「え？」

牧師は少年をしゃんと立たせ、その肩にがっしりした手を置いた。「大声を出してはいけないよ」

浴槽のなかに見知らぬ女の子がいた。銀色のテープで口をふさがれ、それを頭のまわりに二回か三回巻きつけられていた。両の手首もテープで縛られていたが、ギデオンの目をもっとも引いたのは、腫れあがった目だった。少女はラジエーターに鎖でつながれ、ブルーシートで覆われていた。「牧師さま……？」

牧師はギデオンを便座にすわらせ、もがく少女のそばに膝をついた。「そういうことはやめたほうがいい」

ギデオンは呆然と見つめながら、こんなに怯えた人を見るのは生まれてはじめてだと思った。目を大きくひらいた少女は、動かなくなった。ギデオンは理解しようとしたものの、まるで寝ているあいだに世界が変わってしまったような、ある日沈んだ太陽が、翌日にはのぼっても明るくならなかったような感じだった。

「牧師さま？」

「ここにいなさい。静かにしているように」

「こんなことをして、本当に大丈夫なんですか？」

「わたしを信じているんだろう、ギデオン？　なにが善でなにが悪か、ちゃんとわかっていると信じているんだろう？」

「はい、牧師さま」しかし、本当はそう思っていなかった。ドアが閉まったあとも、ギデオンはじっとすわっていた。少女にじっと見つめられ、違和感はますますつのった。「痛い？」と小声で訊いた。ゆっくりと。少女が上を向き、そして下を向いた。

「牧師さまのことはごめんね」ギデオンは言った。「ぼくもなにがどうなってるのか、さっぱりわからないんだ」

34

エリザベスはほかにどうしようもなく、車で走っていた。家にいるわけにもいかず、郡の外に出るわけにもいかない。

だから車で走っていた。

刑務所長に見つからぬよう、そして警察にも見つからぬよう、ひたすら走った。なるべく砂利の道や土の道を選び、どことも知れない場所に通じる細い道を走るようにした。彼女に残されたものは移動することだけだった。そうしていないと、不安と恐怖で勇気がしぼんでしまいそうだった。エリザベスが刑務所を恐れるのは、最後に絶望に支配されるのがどういうことかを知っており、それに起因する恐怖ゆえだった。刑務所は無力と服従の場であり、落ちたマツの葉の苦い味を知って以来、がんばってなろうとしてきたものとは対極にあるものだった。ずっと否定しつづけてきたが、けっきょくはエイドリアンに会って確認するしかなかった。そこで、若かった時分のように、風を受け、のびのびと運転した。それでも交差点に差しかかるたびに選ばねばならず、選ぶたびに西に向かっていた。郡の境界線まで来てようやくそれに気づき、東に進路を転じた。子どもたちがいるのは東だ。それが彼女にとっての檻だった——チャニングと少年、そして容赦のない境界線が引かれた郡の地図。

　そんなときにかかってきた電話は、悩ましいと同時に喜ばしい天の恵みでもあった。

　ギデオンの声はいつもとちがっていた。なにかあったのだ。

　市街地を抜けて反対側に戻るには、少し時間がかかり、エリザベスはこのときはじめて、古いマスタングに乗っていることを後悔した。どの警官もこの車を知っている。目立つ車だ。線路近くにある廃業した工場のところで曲がると、さらに東に進み、それからくだっていった。例の白っぽい黄色の家の前を通りすぎ、小川の手前で右に折れた。谷間の道は暗く、エリザベスはできるだけスピードを出した。右に山腹が見え、古い水車小屋が見おろしてくる。

　ギデオンの家の前にとまった車はさびつき、おんぼろで、はじめて見るものだった。べつに深くは考えなかったが、ふと見ると、塗装面に血がついていた。

「一五〇号線でオジロジカにぶつかってね」

　父がポーチに姿を現わした。顔がゆがみ、目はどこかどんよりとして、表情がまったく読めない。エリザベスは曲げていた腰をのばし、車のボディに手を這わせた。「どこもへこんでないようだけど」

「わたしが撥《は》ねたときはもう銃で撃たれていてね。たいした衝撃ではなかったんだよ。軽くぶつかっただけで、さっといなくなってしまった。おそらくいまごろはどこかの野原で死んでいることだろう」

エリザベスは血に触れてみた。乾いているが、まだねばねばした感じが残っている。「ここでなにをしているの、お父さん。これは誰の車？」

「教区民の車だ。ギデオンの様子を見にきたんだ」

「その首はどうしたの？」

「牧師館でちょっとした作業をしていてね。梯子からバケツが落ちてきたんだ。どうしてそう、次から次へと質問をするんだね？」

「こういうことをされるのは困るんだけど」

エリザベスが言ったのは少年のことで、父もわかっていた。ギデオンはしかるべき理由から教会が好きだったが、エリザベスのわがままで、長年のあいだにはっきりしたルールができていた。教会に行くのは日曜日だけ。それ以外の平日は、父はギデオンに近づかないこと。

「ならば、あの子が個室に移れたことはどうなんだ？　まさか、あの子の医療費を払うために集めた金は？　父親がそれだけの現金を持っていたとは思っていないだろうね。あれは教会の努力のたまものなんだよ。お母さんや、おまえが無価値だと見なしている人々のね」

エリザベスはうしろめたい思いを一瞬感じながらも受け流した。いまに始まったことではない。「あの電話はお父さんがギデオンに頼んだの？」

「状況が変わったんでね」父は肩をすくめた。「面倒な事態やらタイミングの問題やらがあって」

「なにを言ってるのか、さっぱりわからないんだけど」

「子ども時代と無垢《むく》と信頼、そのすべてがひとつにまとまるんだよ」父はドアをあけ、エリザベスが通れるように押さえた。「入りなさい」記憶にあるとおりの汚さだった。油で汚れたぼろきれに、エンジン部品。

「ギデオンは浴室にいる」

「じゃあ、待つわ」

「そういう意味じゃないんだよ」父は一緒に行こうと身振りで伝えた。「シャワーを浴びているわけではない。気分が悪いらしく、万が一にそなえて浴室にいそうだ。おまえが来るのは、あの子も知っている」

父はまた身振りで、先に入るよううながした。左に立った父が片手をドアノブにのばすと、エリザベスは父の腕とドアのあいだにはさまれる形になった。「子どもにはそれほどの愛がある」父は言った。「わたしはいつもそう自分に言い聞かせている。起こること全部。ここから通じている道」父の手がドアノブにかかった。

「それはすべて無垢にいたるのだよ」

「いまのはギデオンの話のつづき?」

「ギデオン。家族。おまえの人生の次の一時間」

父がドアをあけると、目の前に霧がかかったようになった。ギデオンと怪我をした少女、血と肌ときらきらした銀色のテープ。心臓が一拍鼓動するあいだにそれらすべてを見てとったエリザベスは、世界が崩壊し、わけのわからない冷たいものに変わったように感じた。なにが起こっているのかわからなかった。わかりようがなかった。しかし腫れあがった目はチャニングのもので、つまり、予想していたものとはまったくちがった。エリザベスは反射的に首をすくめて振り返ろうと、どういうことかと探るための時間を稼ごうとした。だが、父はすぐうしろで身がまえていた。片手でエリザベスをなかに押しやると、もう片方の手で固くすべすべしたものを彼女の首に押しつけた。エリザベスは片足をドア枠にかけたが、遅きに失したのが自分でもわかった。電流の衝撃が首を襲った。エリザベスは床に倒れたあともしつこくスタンガンの攻撃を受け、体を小刻みに震わせ、床を叩き、声にならない悲鳴をあげた。全身に焼けるような痛みが走る。皮膚が焦げるにおいが鼻を襲い、口をあんぐりあけたギデオンと、チャニングが見えた。彼女の悲鳴はエリザベスと同じく、ほんのわずかも漏れることはなかった。

牧師は肩で息をしながら立ちあがった。歳を感じたが、それもじきにおさまるだろう。エリザベスに言ったことにうそはなかった。本当に、愛するがゆえの行動であり——これまでしたことも、いましていることも——娘に対する父の愛はなににも増して強かった。

神への愛よりも。

妻への愛よりも。

それを全部足したよりもずっと、呼吸よりも信仰よりも命そのものよりもずっと、娘をいつくしんできた。娘は世界そのものであり、まぶしく輝く中心だった。

もちろん、目の前にいるこの女は自分の娘ではない。

牧師が愛した娘ではない。

彼女を足で突くと、心の暗いところから例の声が聞こえてきた。その大半はてんでんばらばらな、か細い声だった。「いますぐやめろ。そこを離れろ。神のもとに戻るんだ」しかし牧師は何年も前に学んでいた。それらの声が、うち捨てられ、息も絶え絶えになった倫理観の残骸でしかなく、喪失、悲しみ、あるいは裏切り行為がもたらす刺すような痛みについてはなにも知らない単なる亡霊であると。かつて彼は妻と自分の教会を得た若い父親だった。娘は彼を愛し、尊敬し、信頼していた。神が望む姿そのものだった。家族。子ども。父親。

娘はなぜそれに背を向けたのか。

なぜ生まれる前の子どもを殺したのか？

あれが大いなる裏切りの第一歩で、眠ろうとするたび、まぶたに浮かんでくる。伏せた目と偽りの承諾、秘密とうそとポーチに流れた血。娘はベッドで寝ているはずだったのに、あそこで見つけたときには子宮を抜かれて半死半生の状態でありながら、後悔している様子をまったく見せなかった。牧師の手にはいまもあのときの血が残り、溝が赤く染まっているが、これは彼にしか見えない。娘の血。孫の血。娘は実の父親にたてつくようになったが、それも神がなさったことだ。そもそも神は胎児殺しを認めたうえ、絶妙のタイミングで娘の心をエイドリアン・ウォールへと向けさせた。あまりに大きな裏切りによって、世界から光が消えた。彼女を最初に抱きあげた父親に、どんな居場所が残っているのか。彼女を育て指導してきた男に、いまも傷ついた心を抱えた男に？

居場所などない、と牧師は心のうちでつぶやいた。どこにもない。

そう結論づけると、彼はやるべきことをやった。銃を取りあげ、娘の両手両足を縛り、起きたらすぐわかるよう彼女の目をしっかり見ていた。説明しようとも議論しようとも思わなかった。とにかく、彼女が育った教会の祭壇に横たえることだけを考えていた。彼女がもっとも自分に信頼を寄せてくれた場所でなら、本当の娘を見つけられるだろう。目の奥に。ずっとずっと奥に。

牧師は浴室の子どもふたりに目をやり、はじめて、唯一ともいえる良心の呵責《かしやく》を感じた。最後はこのふたりも死ぬことになるのだろうか。わからない。おそらく、エリザベスは死ぬだろう。もしかしたら、死ぬのは自分のほうかもしれない。雑音がやむことだけはたしかだ。強い願いも絶望もなくなり、頭のなかに声が聞こえることも、愛そうとしたものの、けっきょく教会の下に埋めた者たちの悲痛な叫びが聞こえることもなくなるだろう。牧師は拳銃を持ちあげて自問した。これを口に突っこんだなら、声は静かになるだろうか。そうすればついに、神の本当の顔があきらかになるだろうか。そんなことをあれこれ考えるのは、べつにはじめてではないが、いつになく現実感をともなっていた。娘は見つけ出せるかもしれないし、見つけ出せな何度となく話したろう？　いまはとにかく、わたしがやろうとしていることを信じてほしい。たとえ理解できなくても」少年がまばたきし、唾をのみこんだ。ねじを巻かれるのを待つゼンマイ仕掛けのおもちゃのようだ。「わかったかい？」

「どうかな」

「やってもらえるね？」

「はい、牧師さま」

「では一緒においで」牧師は先に立って玄関に行き、慎重にドアをあけた。通りは静かでひっそりしていた。三軒先の庭に年配女性がひとり、部屋着に素足という恰好で目に手をかざしている。「車をあけなさい、ギデオン。うしろのドアを。リアハッチだ」

「牧師さま……」

「口答えはやめなさい。リアハッチをあけるんだ」ギデオンはリアハッチをあけ、牧師が力の抜けたエリザベスを運び入れるのを、微動だにせずに見ていた。次

「いまは必要なことの話をしているんだよ、ギデオン。

「そっちの女の子は？」

「眠っているだけだ」

「エリザベスは怪我したの？」

るね？」

していても、実際にはやさしさゆえであるのはわかっていているわたしが、傍目には残酷に思える行為をしたとずいた。「目的。明快さ。そのようなものがそなわっとについて話したことを覚えているね？」少年はうな年は目を大きくひらき、青い顔で従った。「必要なこり人形のように立ちあがった。「こっちへおいで」少「立ちなさい」牧師が身振りで示すと、ギデオンは操

牧師は銃口を下に向け、上着のポケットにしまった。

終的にひとつになることは、ないのだろうか？

のではないだろうか？　こういうものに終わりは、最が死んだ場合——自分も死ぬのが道理にかなっているいかもしれない。失敗した場合——探索の過程で彼女

は女の子だったが、こっちはブルーシートのなかでもがいていた。通りの先では、さっきの年配女性がまだ見ていたが、牧師は気にもとめなかった。事態は急速に動いていた。「車に乗りなさい、ギデオン」

　少年は従い、牧師も乗りこんだ。教会に行くつもりだった。娘が洗礼を受け、父を愛してくれた場所だからだ。ふたりで過ごしたすばらしい歳月はモルタルと一緒にあの教会にしっかり塗りこめられており、おかげで決断をくだすのはたやすかった。娘を見つけ出せても見つけ出せなくても、失敗しても成功しても、始まったように終わりにしよう。父と子と、ふたりをつなぐ誠意だけを連れて。

　ギデオンは、いま起こっていることはなにもかもおかしいとわかるだけの分別があった。リズがあんなに痛い思いをさせられるのは変だし、あっちの女の子にしたってそうだ。おしっこのにおいがする車なんかに乗せられるのは変だし、牧師さまがあんなに怖いのも変だ。いままで一度だってこんなことはなかった。たしかに厳格な人だし、ときどき、自分の価値観でものごとを決めつけるきらいはある。でも、それはささいなことだし、ギデオンはささいなことはあまり気にしないたちだった。もっと大きなことのほうが大事だった。たとえば、牧師さまは物静かで、いろんなことを知っている。人生について、どう生きればいいのか、さらには、毎日をいかにしておごそかで意義のあるものにするかを語ってくれる。ギデオンは常々、時間の重みがしっかり感じられる人生を送りたいと思ってきた。そのような人生ならば先細りすることも、吹き飛んでしまうこともないだろう。彼にとって大事なのはそういう人生だった。

　牧師は口笛を吹きながら運転していた。単調でメロディのはっきりしない曲を聴くうち、ギデオンは鳥肌が立った。爪で黒板を引っかく音に匹敵するほど不快な音だった。しかし、原因は口笛ではなく、車そのものかもしれないし、血、あるいはまっすぐな道路を走るときに牧師がギデオンに向ける目つきのせいかもしれなかった。「シロワニ《サンド・タイガー・シャーク》がどういうものか知っているかい？」

　牧師の声は落ち着いていたが、ギデオンはびくりとした。この十分ほど、牧師はずっと黙っていたからだ。すでに街の境界を越えていた。少女はもがくのをやめていた。「いいえ、知りません。ただのイタチザメ《タイガー・シャーク》とはちがうんですよね」

「シロワニの胎児は母親の子宮のなかで喧嘩し、死ぬこともあるそうだ。大きくなると、狭苦しくて真っ暗ななかで小競《こ》り合いを起こすようになる。最後の一匹になるまでたがいに牙《きば》を剝く。その残った一匹が生まれてくるわけだ。ほかは食われるか、朽ち果てるかだ。兄弟。姉妹。残っていれば卵までも」車はさらに一マイル進んだ。「まるで神のようだと思わないか？　その野蛮な生存競争は」

「いいえ」

「わたしのようだとは思わないか？」

　ここは黙っているべきなのがあきらかだったから、ギデオンは答えなかった。牧師は目を糸のように細くし、顎の筋肉をぐっと引き締めながらハンドルを握っている。ギデオンは思い切ってうしろに目をやると、女の子が彼を見ていた。鼻から懸命に息を吸いこもうとしていた。呼吸しようとしていた。彼女が首を横に振ったのを見て、ギデオンも同じ恐怖を感じた。

　頭がおかしい。

　完全にどうかしてる。

　二分後、教会が見えてきた。牧師は首をのばすようにして様子をうかがいながら、二度、前を通りすぎた。アプローチの手前で車をとめ、フロントガラスとルームミラーをのぞきこんだ。「なにか見えるかい？」

「なにかって、どんなものですか？」

「警察とか、ほかの人とか」

「いいえ、牧師さま」

「たしかだろうね？」

ギデオンが黙っていると、けっきょくなにも言わずに牧師はくねくねしたアプローチに乗り入れてとめた。

「車のなかにいなさい」

牧師がドアをあけると、ギデオンがさんざん嗅いだ夏のにおいがただよってきた。しばらくのあいだ、彼は楽しかった日々を思い返していたが、やがてリアハッチがあいた。エリザベスが抵抗を始めた。そのもがき方は正視に耐えないほど荒々しくすさまじいもので、地面に乱暴に落とされ、バチバチという音がしたあと死んだように動かなくなったときには、ギデオンの口から悲鳴が漏れていた。彼女を助けたかった。しかし牧師に例のうつろな目を向けられると動けなくなり、心のどこかで抱いていた、きっとなにか理由があるはずだという考えも粉々に砕け散ってしまうのだった。

ほんの数秒前までは、頭のなかでこんなシナリオを描いていた。車がとまる。牧師がウィンクして笑いだすと、突然、ほかのみんなも大笑いするんだと。そこでギデオンは、なんだ、からかわれたのか、と気づくのだ。

だけど、これは冗談ではなかった。

牧師はエリザベスを肩にかついだ。現場保存テープを取り払うと、木のドアのほうに体を傾け、肩で押してあけた。ふたりはのみこまれるようにしてなかに消えた。気がつくと、ギデオンは女の子とふたりきりになっていた。「お願い、泣かないで。牧師さまはきっと病気なんだ。じゃなかったら、自分でもなにがなんだかわかってないんだよ」

しかし牧師が出てくると、女の子は抵抗を始めた。テープでふさがれた口で悲鳴をあげ、エリザベスと同じように抵抗した。顔を真っ赤にし、やけくそになって抗う姿に、ギデオンは思わず車を飛び出し、女の子を引きずっていこうとする牧師の腕を引っ張った。

「牧師さま、お願い！　その子、怯えてるよ」

「車で待っているように言わなかったか？」

「このまま街に帰ろうよ。こんなのどうかしてる。絶対まちがってる」

　これは悪夢だと思い、ギデオンは早く目が覚めますようにと必死で祈った。だけど夢にしては太陽は熱すぎ、教会はとても堅牢で、どこまでも高くそびえている。もう一度、やめさせようとしたけれど、牧師に力まかせに押しやられ、そのせいで胸の奥でなにかが引き裂かれるような感じがした。ギデオンはいきおいよく地面に倒れこんだ、肌ごしに熱を感じ、包帯がぐっしょりしはじめた。牧師は女の子をわきに抱えた。ギデオンは牧師のベルトをつかんで、立ちあがろうとした。

「手を放しなさい、ギデオン」

「牧師さま、お願い……」

「手を放せと言っているだろう」

　それでもギデオンは言うことを聞かなかった。「こんなのよくないよ、牧師さまらしくない。お願いだからやめて！」ベルトをつかむ手に力をこめ、土の上をずるずる引きずられていく。「どうかやめて！」最後にもう一度叫ぶと、ブラック牧師はスタンガンをギデオンの胸に押しつけ――わざわざ目を向けることなく――引き金を引いておとなしくさせた。

　エリザベスは物音と人影で目を覚ました。魔法で呼び出したように、周囲に教会が現われた。ひっくり返った会衆席とステンドグラスのそばを運ばれていくところだとわかり、その瞬間、子ども時代までもが魔法で呼び出されたように感じた。頭上に見える梁も、古い床がきしむ音も全部知っている。

「お父さん……」

　幸せだったころの記憶は一瞬だけで、あのうずきが、割れたグラスのように砕け散った断片がよみがえった。銀色のテープ。痛み。どういうことかさっぱりわからない。

「お父さん？」

「辛抱なさい。あと少しだ」

まばたきすると、さらにほかのものもよみがえった。子どもたち、車の後部、二度めに倒されたときの電気ショック。あれは現実だったのだろうか。とても信じられないが、目はぼやけてよく見えないし、もっとも重要な神経が体からむしり取られたように痛い。

見おろす父の顔はほほえんでいるものの、その目には理性というものがまるでなかった。「もうすぐわたしたちは一緒になれる」彼は言ったが、そのあとの言葉は大きな音とともに崩れた。抵抗と静寂、ブルーシートと車の移動とチャニングのほてった肌。抵抗すると、下に落とされ、肌に尖った金属を押しあてられた。次に目を覚ましたときには、裸で祭壇に寝かされていた。「泣くんじゃない」父は言ったが、自分ではどうしようもなかった。涙で顔がひりひりする。エリザベスは傷つき、怯え、息が苦しかった。こんなのは父じゃない。わたしの人生じゃない。痛みをこらえて体を起こすと、床の上にチャニングの姿が見えた。エリザベスは彼女がかわいそうになって、また泣いた。彼女もここに連れてこられたことが気の毒だった。

「どうしてこんなことをするの？」

「恥ずかしがらなくていい」父が横を向き、エリザベスは縛ったひもをほどこうとした。「ここで恥ずかしがる必要はない。わたしたちふたりのあいだのことだ」

父は穏やかにそう言うと、上着を脱ぎ、会衆席に置いた。上着の隣には箱があった。父があけると、なかからきちんとたたんだ白い布が現われた。父がそれを振って広げたとき、その非道なまでの罪がしっかりと根を張り、おぞましい花を咲かせた。

父の教会……。

こんな恐ろしいこと……。

「あの女の人たちも……」

「もう黙りなさい」

「こんなこと、ありえない」エリザベスは頭を左右に動かした。その額を父が手で押さえる。「こんなこと、しちゃいけない」彼女は訴えた。「ここでなにをやろうとしてるにせよ、お父さんがなにを考えてるにせよ、絶対にやってはいけないことよ」

「ところが、やらなくてはならないんだ」

父はもう一度布を振るってから、慎重な手つきで娘の体にかけると、上端が胸のすぐ上にくるよう、顎の下で折り返した。下端と左右も調節すると、しわが消えるまでていねいにのばした。その間ずっと、色のついた光が父の顔を照らしていた。少女だったエリザベスが神の光と思っていたのと同じ光が。

「お父さん、やめて……」エリザベスは限界に近づいているのを感じた。父。教会。「あんなにたくさんの女の人たちを……」

「あの者たちは子どもになって死んだのだ。罪から解き放たれて」

「どういう意味？」

「いいかげんに黙りなさい」

「ギデオンのお母さんも？　うそでしょ。アリソン・ウィルソンも？」また声がつまったが、今度のはむしろ嗚咽を漏らしたのに近かった。「みんな、お父さんが殺したの？」

「そうだ」

「どうして？」

父はエリザベスのそばに立ち、両手を祭壇に置いた。

「それがそんなに重要なことか？」

「ええ、あたりまえでしょ。お父さん……」声がかすれた。

仕方ないなと言うようにうなずいた。「ギデオンの母親が最初だった」と父は言った。「最初からああしようとしたわけではなくてね。偶然ああなってしまった。だが、ちょうどこの場所で、彼女の目に見たのだ。苦悩と喪失、さらにはその下に見え隠れしていた子どもを。最初はただなぐさめていただけだった。彼女はひどく動揺しており、心を乱している原因を、結婚生活の破綻と家庭内暴力と不倫を告白した。よくある話ではあるが、とにかく泣いている彼女の目をもう一度のぞきこんだ。底の見えない無防備な目で、おまえと同じ色をしていた。彼女が体を近づけてきたので、わたしは頬に、喉に触れた。そのあとは、とまらない船かなにかに乗っているようだった。そんな、自分が自分でない状態でも、より深遠なる真実の存在はしっかり感じていた。わたしたちは、時間や他愛のないものによる支配から脱したんだよ。そのとき彼女が見えた。真の意味で彼女が見えた。そこでわたしは悟った」

「なにを？」

「無垢。道」

「ほかの人たちもなの？」エリザベスは訊いた。「ラモーナ・モーガンも？　ローレン・レスターも？」

「ああ、みんなそうだ。最後には子どもになった」

「エイドリアンの奥さんも？」

「彼女はべつだ。できることならあれはなかったことにしたい」

「どうして？　どうして彼女だけはちがうの？」エリザベスはわらをもつかむ心境で尋ねた。父が身を乗り出し、きれいにぬぐわれた顔と黒く光る底の知れない目が真上に現われた。父に髪をなでつけられたとたん、地下室や採石場でされたどんなことよりも激しい不快感に襲われた。いまにも吐きそうだった。父の目が迫る。自分と似ている目。同じ目。父。

「キャサリン・ウォールのことは過ちだった。わたしは彼女の夫に腹をたてていたんだよ。あの男はわたしからおまえを奪った。だから彼の妻と家を奪ってやった。いまはその罪を認め、この身を恥じている。彼女の死はなんの意味もなかった。家だって火をつける必要などなかった。どちらの行為も弱さと恨みに起因しており、それはわたしが目的とするところではなかったんだ」

「じゃあ、なにが目的なの？」

「それはもう話したろう」父はまた、娘の髪をなでつけた。「すべては愛のなせるわざなんだよ」

「チャニングを解放してあげて」エリザベスは頼みこんだ。「わたしを愛しているのなら……」

「だが、愛せないんだよ。おまえを愛し、子どもだったころのおまえを賛美するにはどうすればいい？」

「言ってる意味がわからない」

「では、教えてやろう」

父の手が首にかかり、エリザベスはそこに力がくわわってくるのを感じた。最初は軽くだったが、父の顔が近づくにつれて力は強まり、まわりがぼやけはじめた。チャニングが会衆席を蹴り、叫ぼうとしているのがはるか遠くに聞こえている。世界は一瞬だけ終わったが、意識を取り戻したエリザベスは、まずやわらかいものを、つづいて固いものを認識した。喉にかかった父の指、頭の下の祭壇。父は娘の目の焦点が合うのを待って、ふたたび首を絞めたが、今度はさっきよりもゆっくりで、圧迫される力がじわりじわりと強くなっていくのは、次にどうなるかがわかるだけによけいに恐ろしかった。消える寸前の光、彼女の目をじっとのぞきこむ父の目、しだいにゆがんでいく父の唇。

「どこにいる？」父の声はやさしかった。エリザベスは口をひらいたが、答えられなかった。父の顔を流れる涙と色のついた光が見え、やがてなにも見えなくなった。意識が戻ったときは咳きこみ、口のなかに鉄の味がした。三度めは輪をかけてひどくなった。闇のすぐ手前まで連れていかれ、なかなか帰してもらえなかった。

「エリザベス。頼む」

十回を超えると、回数がわからなくなった。数分なのか、数時間なのかもまったくわからなかった。わかるのは、父の顔と息、それに何度も何度も押さえつけてくる熱くがっしりした手だけだ。父は激することなく、エリザベスが秘密のようにしっかり守っている弱い部分に触れようとするように、少しずつ奥へ奥へとのぞきこんでいった。実際、父の指先にそこを軽く触れられたような気さえした。

その状態からエリザベスが意識を取り戻すと、父は涙目でうなずいていた。「おまえが見えた」そう言って口を押さえ、嗚咽をこらえた。「わたしの大事なベイビー……」

「わたしはあなたのベイビーなんかじゃない」

「もちろん、ベイビーに決まっているじゃないか。わたしのかわいい娘だ」

父は彼女の顔に唇を押しつけ、両の頬に、両の目に口づけた。父がうれし涙を流す一方、エリザベスは咳きこみながら、自分の流した苦い涙を味わっていた。

「ちがう」

「ばかなことを言うんじゃない。ほら、お父さんだよ。お父さんはここにいる」

「あっちへ行って」

「なにを言うんだ」

「あなたはわたしの父親なんかじゃない。あなたなんか知らない」

彼女はそう言うと目を閉じ、顔をそむけた。

それがせめてもの抵抗だった。

そうするしかできなかった。

「ばかな」父は声を荒らげ、エリザベスの顔に涙を落としながら、強くいきおいよく乱暴に首を絞めた。「戻ってこい！」体をぐっと傾ける。「エリザベス！頼む！」彼はエリザベスの目が充血し、闇の奥深くに達するまで首を絞めつづけた。そのあと、意識が戻ってからも、エリザベスはかろうじてこの世にとどまっている状態だった。父の苦悩を感じ、教会内が暗くなってきたのを感じた。それ以外はなにもかもぼんやりしていた。父の手。痛み。「彼女を見せてくれ」だらりとしたエリザベスの頭を父は手を添えて支えた。

「なぜそこまでかたくなに見せまいとする？　そんなにもわたしが憎いのか？」

　エリザベスはどうにかこうにか、蚊の鳴くような声を絞り出した。「お父さんは病気よ。わたしが力になる」

「わたしは病気などではない」

　エリザベスはまばたきをした。

「おまえはここがわからないのか？　感じないのか？　ここで一緒に人生と未来を、神の計画とおたがいがどれだけ大事な存在かを語り合ったではないか。ここでは、わたしはおまえの父だった。そしておまえはわたしを愛してくれたではないか」

「ええ」ほとんど聞き取れないほどか細い声だった。「たしかに愛していた」

「いまは？」

「いまは病気だと思ってる」

「うそを言うな」

　しかし、生まれてこの方、父にうそをついたのは一度だけだ。だから父の目をじっと見つめ、うそではないとわからせた。あなたは人殺しだと。もう、昔のようには愛せないと。

「エリザベス——」

「その手を放して。チャニングも自由にしてやって」

　父は手に力をこめた。エリザベスの目が細かく震えた。「わたしが望んでいるのは堕胎をしたりうそをついたりする前の娘だ。おまえは、わたしの言うことを聞き、言いつけに従いさえすればよかったのに、わたしから娘を取りあげた。そんなことさえなければ、わたしたち一家も教会も昔のままでいられたのに」彼は娘に呼吸をさせてやった。

エリザベスは息を切らしながら、かすれた声を出した。「わたしが取りあげたんじゃない。あなたが殺したのよ」

「そんなことはしていない」

「したでしょうに。ここで。この祭壇で」父はぴんとこないようだった。きっと、わからないのだろう。少女だったエリザベスを葬ったのは、レイプでも堕胎でもない。目の前にいる父だった。父に裏切られたからだ。なんとも皮肉な話だ。愛する娘を殺した父が、それを取り戻すために十二人もの女性を殺したとは。

「笑っているのか?」

たしかに彼女は笑っていた。死にかけていながら、笑っていた。脳が酸素不足になっていたからかもしれない。あるいはけっきょく、彼女は自分のことすらどうにもできない人間だとわかったからかもしれない。どっちでもいい。とにかく父の顔は見ものだった。驚愕と傷ついた自尊心、死にかけている娘のまともとは思えない最後の行動を前にした無力感。

「わたしを見て笑うんじゃない」

エリザベスはさらに大きな声で笑った。

「やめろ」父は言ったが、すでにエリザベス自身にもとめられなくなっていた。「エリザベス、頼むから——」

彼女は大きく息を吸いこみ、それをいきおいよく吐き出した。甲高くかすれた声は、とてもうれしそうには聞こえない。でも、彼女にはそれしかなかった。だから父の手がふたたび首にかかったときも、父がつま先立ちになったときも、同じことを繰り返した。呼吸がとまるとともに笑い声はやんだが、胸のうちではまだ笑っていた。しばらくは明るく、やがて暗くなり、命と同じように消えようとしていた。

35

ギデオンは風の音と血に染まったシャツの生温かさで目を覚ました。体がだるかったが、周囲は現実で満ちていた。

夢ではない。

現実に起こっていることだ。

体を起こそうとしたが、なぜかうまくいかず、もう一度横になった。次はもっとゆっくりとやり、教会がぐるぐるしなくなったところで、牧師が取り払った黄色いテープを見つめた。ここで死体が見つかった。テレビで見たから、死んだ人の名前も覚えている。

ラモーナ・モーガンさん。

ローレンなんとかさん。

それに床下からも遺体が見つかったんだった。九体あったと言っていた。つまり、ここにはさらに九人の幽霊がいることになる。なんだか怖いが、母もここで死んだのだ。幽霊が本当にいるのなら、母の幽霊もいるはずだ。そして母はいい人だったから、ほかの幽霊もきっといい人だと思う。幽霊は彼の心のなかをのぞいて、怖がらなくてもいいのよと言ってくれるかもしれない。でも、ギデオンは敬虔な信者だ。神と天使、それに悪魔も本当にいると信じている。

牧師さまも悪魔の仲間なのだろうか。

あってはならないことだけど、そうとしか思えない。でなければ、なぜ自分はいまエリザベスともうひとりの女の子と一緒にここにいるのか。なぜふたりは縛られ、口をテープでふさがれ、怯えているのか。あまりにひどいし、彼の手には負えない。それでも、いまやるべきことは単純だ。なかに入って、この目で見る。眼下重い足取りで階段をあがり、てっぺんに立った。眼下の谷間を、やわらかな色合いの、狭くてどこまでもつづく谷間を見やる。きれいだ、と胸のうちでつぶやいてから、扉をあけ、醜いものを探すために入った。見つけるのはむずかしくなかった。明るい祭壇の上にエリザベスが横たわっていた。彼女の父親がなにかひどいことをしていて、それを見たとたん、ギデオンは気が遠くなった。十歩も行くと気が遠い状態はさらに悪化し、失血、またはショックという言葉やドクターから聞かされた動脈の縫合の説明が頭に浮かびはじめた。シャツがずっしりと重かった。

まぶたも重かった。

会衆席につかまって、ふらふらする感じがなくなるのを待ったが、いつまでたってもだめだった。それどころか、具合はますます悪くなった。脚の感覚がなくなり、口が渇いてきた。足がよろけ、片膝をついた。絨毯《じゅうたん》や朽ちた木材のにおいが鼻を突く。女の子がなにかわめいているが、ギデオンには祭壇に横たえられたエリザベスしか見えなかった。小刻みに震えてはびくんと体をひきつらせる様子や、足首に食いこんだひもにしか目がいかなかった。首の血管が浮き出て、口があいている。のろのろと立ちあがりながら、ギデオンは考えていた。母さんはこうして死んだんだ。ここで。あんなふうにされて。その理屈の穴が埋まったのは、充血したエリザベスの目が見えるほど近くに行ったときだった。

こうして見ているあいだにも、彼女は死んでしまうかもしれない。痛めつけられているどころではなかった。殺されかけていた。

ギデオンはまたよろけた。やっぱり、母はこんなふうに死んだのだ。

この場所。

この男。

なんでこんなひどいことができるんだろう。牧師のことは実の父親よりずっと好きだったのに。信頼し、慕っていたのに。一日前の彼なら、ブラック牧師のために死ぬこともいとわなかったろう。

「うーん！　うーん！」

　女の子がギデオンの足のすぐそば、会衆席になかば押しこめられる恰好で倒れていた。全身でなにかを表現しながら、必死に声を出そうとしていた。牧師の上着が十フィート先の会衆席に置いてあった。女の子が二度頭を傾けたほうを見ると、上着のそばにスタンガンがあった。見るのはきょうがはじめてだけれど、構造は単純なようだ。金属でできた先端。黄色い引き金。取ろうと手をのばすと、上着のポケットから本物の銃がのぞいていた。黒くて固そうだ。一度だけ手を触れてみたが、人を殺したくはなかった。

なんだかんだ言っても、牧師さまに変わりはないのだし。

　そうだよね？

頭がまともに働かなくなっていて、手がびりびりしびれてもいた。なにもかも変な感じだったが、人生はしょっちゅうそういうふうになる。間違いは起こるし、はっきりしていたものもあいまいになる。いまは間違いをおかしたくなかったが、とにかく頭がくらくらしてしょうがなかった。

　これは本当に現実なんだろうか？

　スタンガンを取ろうと腰を曲げたが、そのまま会衆席に倒れこんだ。熱が胸全体に拡散し、指が思ったように動かなかった。必死でグリップ部分に手をのばすが、いっこうに届かない。両膝が絨毯につき、シャツの血が木の椅子にべっとりとつく。かたわらの女の子に目を転じると、鋭く光る目と黄色の髪が見え、もがいたり目で訴えたりテープでふさがれた口でわめいたりする様子がうかがえた。死にかけている女の人はエリザベスなのよ、あなたをずっと愛してくれたエリザベスなのよ、と発破をかけているようだ。

　エリザベスをこのまま死なせるわけにはいかない。

ギデオンはあらんかぎりの力を出し切った。力を出し切り、血を流しながらも、気づくと丸天井とステンドグラスの壁の下に立っていた。スタンガンは手のなかにあり、エリザベスが死にかけている場所に通じる細い階段が前方に見える。お願いだから力を貸してと、心のなかで母に助けを求めた。「怖い」と小さくつぶやいたとたん、十二人の女の人が彼の顔にキスをし、体を持ちあげてくれたような感じがした。胸の傷の痛みは消えていた。頭の靄が晴れ、彼は幽霊のように軽い足取りで絨毯を突っ切り、階段をのぼった。ピンク色の光があふれ、牧師の頭上で埃が舞っている場所に向かって。祭壇の奥にはステンドグラスに描かれたマリア像があり、聖母マリアは幼い息子を腕に抱いていた。どちらにも光輪があり、にこにことほほえんでいるが、ギデオンが感じているのは怒りと恐れであり、そんな穏やかな気持ちとはまったく無縁だった。充血したエリザベスの目をちらりと見やり、手にした金属を牧師の背中に突き立て、人でなしを感電させた。

一部始終を見ていたチャニングは、牧師が倒れた瞬間、胸がすくのを感じた。祭壇の上ではリズがぴくりとも動かずに横たわっている。息をしているかもしれないし、していないかもしれない。そのわきにいる少年は、血まみれのシャツと透きとおるような肌のせいで、死にかけているように見える。その場で足をよろけさせた様子から、いつ倒れてもおかしくない。そんなことになる前に、このテープをはがさなくちゃ。

「うーん！　うーん！」

叫ぼうとしたが、少年は気づいていないようだ。彼は牧師を見おろし、靴の先で軽く蹴った。その奥にいるリズは目はあけているものの、少年以上に顔色が悪い。

まったく動いていない。

息はあるの？

チャニングはテープにふさがれた口で声を出そうとした。少年はしゃがんで、倒れた男の顔をながめている。牧師がもぞもぞと動きはじめ、まぶたが小刻みに震えているのがチャニングにもわかった。目を覚ましたら少年はここから追い出されてしまうだろう。そうなったら、また同じことの繰り返しだ。リズは死に、たぶん自分も死ぬ。サイロに連れ戻されるか、この場で殺されるか。それをとめられるのは誰？　少年は目に生気がなく、身動きひとつしない。リズには無理だ。自分にはできるだろうか？　テープをはがそうともがいたものの、とてもはがれそうになかった。男が本格的に動きはじめているのに、少年はぼんやりと見ているだけだ。彼は男の目があくのを待ち、見たことがないほどわざとらしくゆっくり動いた。膝をついて、なにか言ったが、チャニングには聞こえなかった。それから牧師の体にスタンガンをあて、バッテリーが切れるまで引き金を引きつづけた。

すべてが終わると、ギデオンはエリザベスの様子を確認してから会衆席に急ぎ、少女の手首のテープを歯で噛み切った。体が弱っていたせいで、やたらと時間がかかった。それがすむと、床に倒れこみ、少女が残りのテープをはがすのをぼんやり見ていた。

髪の毛が抜け、皮膚も剝けたが、とにかく顔に巻かれていたテープをはがした。「リズは生きてる？」それが彼女が最初に発した質問で、ギデオンは一度、まばたきをした。チャニングは最後に足首のテープをはがした。「ありがとう、本当にありがとう。きみは大丈夫？」

「わかんないんだ、ほんとに」

「ほら、ここに横になって。あまり動かないほうがいいよ。ずいぶん血が出てるみたいだし」彼女はブルーシートで枕をつくり、床に寝かせてくれた。彼女の手が触れるのがわかったが、遠くでさわられているような感じだった。「あいつになんて言ったの？　ほら、あいつが目を覚ますのを待ってたでしょ。あたし、見てたんだから。ねえ、なんて言ったの？」

「言ったってわかんないよ、きっと」

「いいから教えて」

ギデオンはまたまばたきすると、チャニングの顔をじっと見つめた。いい人そうだった。喜ばせてあげたいと思った。「こう言ったんだ。〝ぼくの母さんを殺したな。これでも食らって苦しめ〟って」

チャニングはあらためて少年にじっと横になっているようにと言い置き、リズのもとに急いだ。リズは息はあったが、ひどい状態だった。首は腫れあがってどす黒く、呼吸が弱々しかった。「リズ？」チャニングは顔に触れた。「ねえ、聞こえる？」

反応がない。

生気のない目は、なにも見ていなかった。

チャニングはリズを動けなくしている結び目をほどきにかかったが、かえってきつくしてしまい、かなりの時間がかかった。ほどき終えるころ、ようやくチャニングの声が届いたようだ。リズの唇が動いた。

「なあに？」チャニングは顔を近づけた。

「あいつを縛って」

牧師が生きているのか死んでいるのかわからなかったが、たしかにそうしたほうがよさそうだ。そこでできるだけきつく縛りあげた。

「あとはなにをしたらいい？」チャニングはリズの顔に触れた。「リズ、ねえ。なにをしたらいいのかわかんないよ」

エリザベスは深い穴の底に押しこめられていた。この穴は墓かもしれない。角張ったところがなく、大きさもちょうどそのくらいで、真っ暗だった。壁面はごつごつしていて黒く、穴の口は小さすぎて、外がほとんど見とおせない。父がどこかそのへんにいるようだけれど、こんなにも大きな傷を負わされ、こんなにもひどく裏切られるとは信じられなかった。影と黒い風と尖った石。自分では行くことができなかった場所だった。父と子ども時代と自分を殺そうとする父の顔しかない場所。殺されるくらいなら、この穴を壊してやる。大地も岩も、そしてすべての感情の源も破壊してやる。もしかしたら死にたいのかもしれない。そんなのは自分らしくないけれど、だったらどうすれば、自分らしいの？　目を血走らせる？　失意のどん底に落ちる？

　穴が暗く、深くなった。

　上から父が見おろしている。その向こうに質問がひとつ。

　息を吸いこむと、喉から肺まで焼けるような痛みが走った。その質問が妙に気になった。気になるのは質問のほうじゃない。答えだ。人はみな、危険にさらされると警察を呼ぶ。それが問題だ。警察を呼ぶことが。

　なぜそれがいけないの？

　答えはわかっていたが、闇のどこかに消えてしまった。もう一度見つけ、今度はしっかり心に刻んだ。チャニングにこの危険をわかってもらわないといけない。きっと予期していないに決まっている。

「チャニング……」

　唇は動いたはずなのに、チャニングには聞こえなかったようだ。彼女の顔は地上にあって、さっと色を刷いたようにしか、凧《たこ》のようにしか見えない。

「警察は呼ばないで……」あるかなきかの声でささやいた。

　少女が顔をぐっと近づけた。「いま、警察を呼ぶなって言った？」

　エリザベスは頭を動かそうとしたが、できなかった。「ベケット……」彼女は墓のなかで痛みに苦しんでいた。

「ベケットを呼んで」

エリザベスは目を覚ますと、薄暗くはあったが教会にベケットがいるのに気がついた。ぬっと浮かびあがる、その巨体でわかった。「チャーリー？」

「意識が戻ってよかった。心配したんだぞ」

「お墓が見えた……」

「なにを言ってるんだ。墓なんかないじゃないか」

「父が……」

「シーッ。親父さんは生きてる。どこにも行きやしないよ」

ベケットはエリザベスから見える場所に移動した。いつもと同じ顔とスーツ。いつもの心配そうな顔。

「チャニングから話は聞いた？」

「まずはおまえの話からだ」ベケットは彼女が体を起こさないよう、両肩に手を置いた。「しばらくゆっくり深呼吸を繰り返してみろ。まだ痛みが残ってるからな。それにひどいショック状態だし。心臓が列車のように脈打ってるのがわかるぞ」

たしかに自分でも地を揺るがすような震動を感じていた。「気持ちが悪くて吐きそう」

「すぐによくなるって。いいから深呼吸してみろ」

「よくならないわ」パニックが胸を一撃した。「ちっともよくなってこない」とても立てそうな状態ではなく、おまけに寒気がした。手が震えていた。

「もうやつに危害をくわえられることはないんだよ、リズ。やつが誰かに危害をくわえることもない」

おそるおそる目を向けると、父は床に倒れていた。縛りあげられたうえに手錠をされ、まだ意識が戻らないその姿は、父であることに変わりなかった。そのとき、吐き気がこみあげた。胆汁が逆流し、熱い嘔吐物が迫りあがってくる。顔を左に向けると、信念と思いやりと人生を吐き出すように、一気にぶちまけた。体を丸めて氷のボールのようになったエリザベスを、ベケットはまだやさしくさすっていた。彼の手。押しあてられる頬。声もするが、打ち寄せる波のような聞こえかただった。チャニングとギデオンが心配だった。体を動かしたいのに、どうしても動かない。彼女は墓に閉じこめられ、ひたすら咳きこんでいた。

「深呼吸をするんだ……」ベケットの声は水平線の彼方の海のようだった。「頼む、リズ。深呼吸してくれよ」

しかし、胸を圧迫する力がすべてを押しつぶした。世界ができて、彼女は突き落とされ、やがて引っ張りあげられたが、それでもベケットはまだそこにいた。

彼は抱き起こしてすわらせてくれた。「リズ、おれを見てくれ」

まばたきをすると、ごつごつしたものが目の前に現われた。彼の顔と、彼の手が見えた。

「大丈夫か？」

「大丈夫よ」

「立てそうか？」

「少し待って」

喉に手をやると、全体が腫れた感じで、父の指の跡がついて、ごつごつしていた。目を細くして教会を見まわすと、子どもたちと父以外、誰の姿も見えない。

「みんなはどこ？」警官や救急隊員の意味で訊いた。

「もっと人がいるはずでしょうに」

「おまえはいまもお尋ね者なんだぞ。忘れたのか？」

エリザベスはうなずいたが、なにもかもぼんやりしていた。服を着ているということは、チャニングが着せてくれたか、あるいはチャーリーか。「ちょっとどいて。お願い」

「いいのか？」

彼女が手をあげたので、ベケットは少しさがった。次になにをやるにせよ、自分ひとりでやりたかったし、できるのを確認しておきたかった。祭壇のへりから脚をたらしたところで、喉が詰まるほど激しく咳きこん

「リズ！」

エリザベスはさっきと同じように手をあげて制した。胸に手をあて、ゆっくりと浅い息をするよう心がけた。ベケットが近づいた。「だめ。いいから……手を出さないで」

祭壇を滑りおり、少しよろめきながらも、どうにか立った。父は床に横たわったままだ。エリザベスは肋骨を抱えるようにした。

「チャニングから全部聞いたよ。残念だったな、リズ。なんと言っていいか、正直言ってわからない」

「わたしもよ」

「なんとか折り合いをつけるしかないよな。きっと時間がかかるだろう。セラピーにかからなきゃいけないかもしれない」

「わたしは父親に殺されかけたのよ、チャーリー。どうすれば折り合いがつけられるっていうの？」

ベケットは反応できなかった。自分ならどう折り合いをつける？

「チャニング？　ねえ、大丈夫？」

「あたしなら大丈夫」

「ギデオンの様子はどう？」

「血が出てる。あたしじゃわかんないよ。その人が救急車を呼ばせてくれないんだ」

エリザベスは最下段におりた。ギデオンは床に横になり、チャニングが付き添っている。彼は目をあけたが、出血がひどいらしく表情が険しかった。エリザベスは教会を端から端までながめ、あまりに様子が変だと気がついた。ずいぶん時間がたっているはずなのに、静かすぎるのだ。チャニングが目を大きくひらき、怯えた様子で頭を小さく振っている。その表情ならよく知っている。「ほかの人はどこなの、チャーリー？」

ベケットは両のてのひらを見せた。「だから言ったろ……」

「あなたが言ったのは警官がひとりも来てない理由でしょうに。救急隊員はどうしたの？　男の子のほうは怪我をしてるのよ。チャニングだってそう。救急隊員がいなきゃおかしいわ。そのくらいの手配は内密にできるでしょう」

エリザベスは子どもたちのほうに行こうとしたが、ベケットがあいだに立ちはだかった。まだ両のてのひらを見せてほほえんでいるが、その目にはうそが浮かんでいた。「先に話をしようじゃないか」エリザベスの足が最下段をおりたところでとまった。「おいおい、リズ。そんな目でおれを見るなよ」彼は無理にほほえもうとしたが、失敗に終わった。エリザベスはもともと心の内を隠すのがうまくなく、このときも、不信感と疑念と怒りが顔にしっかりと出ていた。「そんな顔するなって、リズ。おれは助けに来たんだぜ。そこの女の子から電話をもらったから来たんだ。ほかにそんなことができるやつがいるか？　なにも訊かず、なにも疑わずにだぞ」

「どういうことなの、チャーリー？」

「この一週間、誰がおまえの味方であり友だちだった？　このおれだろ？　おれだけだろ？　だったら、おまえも友だちとしてふるまってくれよ」

エリザベスはベケットの立ち方を確認した。顎を引き、脚を広げている。逃げようとしたら捕まえてやるぞといわんばかりに両手を前に出している。これからなにがあるにせよ、彼は本気だ。「本当にわたしをその子たちのところに行かせない気？」

「ふたりでちょっと話をしたいだけだ。二分でいい。話がついたら、救急車を呼んで、一件落着ってことにしようぜ」

エリザベスはベケットの腰の拳銃に目を落とした。彼は射撃の名手だ。しかも体重は二百五十ポンドの重量級ときている。とてもじゃないがかなわない。

「とにかくすわってくれ」

エリザベスは横に一歩動いた。父がうめき声をあげた。

「頼むよ、リズ。すわってくれ」

エリザベスは少しずつ動きつづけた。すわるつもりはさらさらなく、ベケットもわかったようだ。うなずき、ため息をついたとたん、偽りの表情が剝がれ落ちた。「エイドリアンの居場所はわかるか？」

思ってもいない質問だった。

「エイドリアン・ウォールだよ。居場所を知りたい」

「これとエイドリアンがどう関係するわけ？」

「みんなのためなんだって。おまえ。そこのふたり。なあ、おれを信頼してくれよ」

「だったら説明してもらわないと」

「いいから言えって」

「いやよ」

「いいかげんにしろ！　さっさとやつの居場所を教えればいいんだ！」

「そうとも、さっさと教えてやってもらえないか」

教会の入り口のほうから聞こえた大声には聞き覚えがあった。ベケットの顔にふいに絶望の色が浮かび、オリヴェット、ジャックス、ウッズを引き連れ、刑務所長が現われた。あけはなした扉のところに四人並んで立ち、そのうしろで空が赤々と燃えていた。

「ギデオン。チャニング」

エリザベスが呼び寄せるとふたりは従った。チャニングはしっかりと立ち、少年はよろよろしていた。ふたりはベケットのわきを通ったが、彼はとめようともしなかった。うなだれていた。肩をがっくり落としていた。エリザベスはふたりを背中にかくまった。するとまわりの動きがゆっくりになり、すべてがはっきりと像を結ぶようになった。喉の奥でこすれる息、ベケットの汗と恐怖と突然の絶望感。「だからおれに話せばよかったんだ」ベケットのその言葉は耳に届きはしたが、まともに聞いていなかった。所長が部下を引き連れて側廊を歩いてくるのを見て、エリザベスは大事なことに神経を集中させた。自動装塡式の銃が二挺。リボルバーが二挺。オリヴェットは怯えているようだ。

「やつが求めてる情報を差し出せ」

「うるさいわね、チャーリー」

「頼むよ、リズ。おまえはやつがわかってないからそんなことが言えるんだ」

「ちゃんとわかってるわ」

刑務所長はかなり近くまで来ていた。あと十五フィート、そして十フィート。エリザベスは相手が最後の会衆席のところまで来ると口をひらいた。「あなたたちふたりは、わたしが思ってた以上によく知った関係みたいね」

「そうとも」所長は言った。「ベケット刑事とわたしは長いつき合いなのでね。何年になるかな、チャーリー？　十五年か？　十六年か？」

「友だちのふりなんかするな」

ベケットが吐き捨てるように言うと、所長は手のなかの拳銃をかまえた。「友人。知人」

傲慢な態度をこれまでになく前面に出し、鷹揚《おうよう》にゆったりとほほえんでいる。見ているうち、エリザベスは胸がむかついてきた。所長はサマースーツ姿で、うしろの部下たちも私服だ。エリザベスは所長から目を離さなかった。「ベケットはあなたがエイドリアンにどんな仕打ちをしたか知ってるの？」よくとおるよう、声を高くした。「拷問したり虐待したことを知ってるの？　あなたの部下が彼を殺そうとしたことは知ってるの？」そう言いながら祭壇のほうに後退し、子どもたちもそれにつれてさがり、階段を二段、そして三段とあがった。

所長と部下は少し前進した。「わたしはヴェガスが好きなんだがね」所長は言った。「よく言われるフレーズがあるだろう？」彼は銃で円を描き、それから両手で劇場のひさしをフレームにおさめるまねをした。

「〝ヴェガスで起こったことはヴェガスに置いていけ〟というやつだ。わたしの刑務所もそれと同じでね」

彼の刑務所。

たしかにそうとも言える。それに反論する者などいるだろうか？ 看守？ 囚人？ こんなに冷酷無情で、悪意に満ちた人が相手ではとても無理だ。

「ねえ、知ってた？」エリザベスはベケットに訊いた。

「この人たちがエイドリアンを拷問してたのを知ってた？ 彼の同房者を殺したことは？」

「おれがなにを知っていようが関係ないよ」

「よくもそんなことが言えるわね」

「切羽詰まった男というのはありがたいものだ」所長が割って入った。「わたしは日々、こういう連中がいるのを神に感謝しているんだよ」

「お金ならないわよ」エリザベスは所長に向かって言った。「あなたの貧相な虹の先には、大金が詰まったつぼなんか埋まってない」

「もう、それはどうでもよくなったと、前にも説明したと思うが。これはわたしの大事な友人だったウィリアム・プレストンのためなんだよ。報復であり、決着であり、物事の自然な秩序をわからせるのが目的だ。囚人はわたしの看守たちにけっして触れてはならない。塀のなかでも、外でも。あってはならないことなんだよ」銃身があがった。「ベケット刑事、その者たちの前からどいてもらえないか」

「外で待っているという約束だったじゃないか」ベケットは所長の隣に立ち、顎を引いた。「あんたたちは外で待ち、おれだけがなかに入る。そう決めたはずだ」

「わたしはせっかちな性分でね。そこが欠点なんだ」

「おれはちゃんとやると言っただろうが」

「そうは言っても、きみを信頼する理由はないんでね」

「理由ならちゃんとあるだろうに！　わかってくれよ」ベケットは懇願していた。こんな下手《したて》に出るベケットなどはじめて見た。「望みのものはちゃんと手に入れるって。こいつらには手を出さないでくれ。二分でいい。やつの居場所を聞き出すから。誰も怪我する必要なんかないんだよ。誰も死ぬ必要なんかないんだって」

「わたしが誰かを殺すと思っているわけか」

「そういう意味じゃないって。頼むよ……」

「その男は生きているのか？」

所長は縛られて床に転がされたブラック牧師を銃で示した。エリザベスは口をひらきかけたが、なにか言う間もなく、所長は牧師の心臓を撃ち抜いた。弾は小さな穴をあけて入り、出るときには大きな穴をあけた。

牧師はぴくりとも動かなくなった。

「これで、本気になってもらえたかな」

エリザベスは呆然と父を見つめた。

チャニングが吐いた。

「エイドリアン・ウォールを捕まえたいんだよ」銃は四五口径で撃鉄は起こしてあった。所長はそれをギデオンに向けた。「ずいぶんいい子みたいじゃないか」

「やめて！」

エリザベスは銃の前に躍り出て、手を大きく広げた。体を折り、小さくなって必死に懇願した。

「なにするんだ、ばかやろう！」ベケットが怒鳴った。

「話がぜんぜんちがうぞ！」

「もう、あの話はなしだ」所長はベケットの腹を撃った。大男は一瞬、突っ立ったままでいたが、すぐにその場に倒れこんだ。

「チャーリー！」エリザベスは隣にかがみこんだ。

「ああ、なんてこと。チャーリー」

彼女は腹部の射入口に触れ、それから背中の射出口を手探りした。大きな穴で、ぎざぎざしている。その下に拳銃があった。ベケットの目には痛みがちらついていたが、彼は口だけ動かして、ひとこと伝えた。

よせ……。

エリザベスは所長と部下に目を向けた。全員が銃をしっかりかまえている。「この卑怯者《ひきょうもの》」

「腹を撃たれるととんでもなく痛くてね」所長は言った。「だが、一命をとりとめる可能性はある」

「どうして……？」

「乱暴なまねをするかって？ こんなふうに？」所長は死者と死にかけている男のほうに腕を振った。「そうすればきみも、こちらの言うことをまじめに受け取り、わたしが求めているものを差し出すと思うからだ」

「チャーリー。ああ、なんてこと……」

ベケットの血がエリザベスの膝のまわりにたまりはじめた。ふたりは手を取り合った。「こんなふうになるはずじゃなかった」エリザベスはベケットの意識が遠のいていくのを感じた。「リズ、すまない……」

ベケットが目を閉じると、エリザベスは彼の喉に指をあてた。危険な状態だが、息はある。「ベケットのどんな弱みを握ってるの？」彼女はきつい調子で言うと、毅然と立ちあがった。「彼がこんなまねをするには、なにか理由があるはずだわ」

「わたしを連れてきたことを言っているのかね？ 理由などないとも。だが、そこの女の子が電話してきたとき、たまたま一緒にいたものでね」所長は銃身でまた円を描いた。「彼はきみを守ろうとしてね。自分ならわたしが求めているものを手に入れられると言ったんだよ。どうやら、それもはったりだったようだな。ま、そういうわけだ」

「お医者さんに診せないと」

「ウィリアム・プレストンも医者に診せなくてはいけなかったはずだがね」刑務所長はじっとにらんできた。

エリザベスは言い返せなかった。「おかしなものだな、まったく」所長は会衆席に腰をおろし、世間話でもする口ぶりで言った。「はじめて会ったとき、きみを知っているような気がしてね。きみが大事にしているもの。きみの人間性」彼は煙草に火をつけ、拳銃をギデオンの胸に向けた。「エイドリアン・ウォールはどこだ？」

「やめて」

彼は銃のねらいをチャニングに振り向けた。「どういうことかわかってるね」銃がいったりきたりする。「少年。少女。「あの男に電話をかけてもらいたい。ここに来るよう言うんだ。一時間したら子どもたちを殺しはじめると」

「いま彼は一時間では来られない場所にいるわ」

「わたしはせっかちな人間だが、理不尽というほどでもない。では九十分で妥協しよう」

エリザベスはにらんだ。所長はほほえんだ。

ふたりの足もとでは、ベケットが死にかけていた。

36

電話が鳴ったとき、エイドリアンは窓のそばにいた。ここにいるのを知っているのはリズだけだから、受話器を取って「リズ？」と呼びかけた。

「エイドリアン、よかった」愛想がなく、声が緊張している。「聞いて、よく聞いて。あまり時間がないの。父の教会はわかるわよね。古いほう」

もちろんわかる。採石場でエリザベスを見つけた一カ月後、そこの信者になったのだから。そこでジュリアと結婚し、新しい生活を始めたいと思ったのだから。実際、しばらくのあいだは、よりよい生活という夢が実現した。

「どうしたんだ、リズ？」

「そこに来てほしいの。それもいますぐ」

「どうして？」

「いいから来て。大事なことなんだから」

「なにか問題に巻きこまれたのかい？」

「最後にわたしが言ったことを覚えてる？　この前の電話で」

「もちろんだとも」

「あの気持ちはいまも変わってないから」

エイドリアンはもっとくわしい話を聞きたかった。質問したかった。

電話が切れた。

刑務所長はエリザベスの手から電話を取りあげ、自分のポケットに入れた。いまの通話はスピーカーホンでおこなわれた。彼が強く求めたからだ。「なにかたくらんでいるわけじゃないだろうね？」

「まさか」

所長がぐっと体を近づけてきたので、体臭が、整髪料のにおいがはっきりわかった。ひげは一本の剃り残しもなく、茶色の目は、こんな男とは思えないほど穏やかだ。エリザベスは目をそらしたが、髪をさわられ、膝を銃で軽く叩かれた。

「やつに最後に言った、あれはなんだ？」

「あなたが彼を呼べと言うから、確実に来てもらえるよう、念を押しただけ」

「その答えでは不充分だな」

エリザベスは子どもたちに目をやり、それからベケットのほうを見た。目があいていた。こっちを見ている。「最後に言ったのは、愛しているという言葉。だから彼はきっと来る」

所長はその答えを、エリザベスの顔を、吟味した。

「うそをついているんじゃなかろうな？」

「この子たちの命を助けることしか考えてないわ」

「あと八十九分」

わたしに近づいちゃだめ。こっちに来ちゃだめよ。

それが、エリザベスが最後に言った言葉だった。近づかないでほしいという言葉は本気だろうか。そうとは思えない。でなければ、あんな電話をかけてくるはずがないからだ。きっと事情が変わったのだ。それもよくないほうに。

警察？

それは考えにくい。

刑務所長？

その可能性のほうが高いが、なんだろうと同じだ。彼を必要としていなければ、電話をかけてくるはずがないのだから。すばらしいことに、ようやくはっきりと見えた。なにをすべきか、いつすべきかがわかった。

同じ部屋にいるようにイーライの声が聞こえた。

あれは、そんな程度なんだよ、若いの。

六百万ドル、とエイドリアンは心のなかでつぶやいた。

リズの価値はそれ以上だ。


教会のなかは暑苦しく、ひっそりしていた。ベケットは生きてはいるものの、ここまで死に瀕した状態を見るのはエリザベスもはじめてだった。彼女は七回めになる同じ質問をした。「ねえ、手当てをしてあげてもいいでしょう？」

ギデオンとチャニングはエリザベスの右と左にそれぞれすわり、三人は祭壇下の階段のところで銃を向けられていた。オリヴェットはドアのところにいる。刑務所長はステンドグラスを見あげていた。

「このままじゃ死んじゃうわ」エリザベスは言った。

「あと二分」所長は腕時計を示した。「時間内に現われるといいがな」

「言われたとおりにしたじゃない。ほかの人は死ななくてもいいはずよ」

本心から思っているように訴えたが、心の奥ではわかっていた。所長のやり方でいけば、誰も生きてここを出られない。目撃者。リスク。この男がそのふたつを放置するはずがない。すでにひとりが死に、もうひとりが死にかけている状態なのだから。エイドリアンが捕らえられたらおしまいだ。

「ねえ、答えて」エリザベスは言った。「なにか方法を考えましょう」

「その口を閉じていろ」

「本気で言ってるのよ。きっとなんらかの――」

「その女をここに連れてこい」所長が身振りを交えて命令すると、看守のひとりがエリザベスを乱暴に立たせた。「そこにすわらせろ。会衆席に手錠でつないでおけ」

「なぜこんなことをするの？」

「こうすれば、障害物なしに子どもたちを撃てる」

エリザベスは腕を振りほどこうとしたが、看守に押さえつけられ、両手をうしろにまわされ、会衆席の脚に手錠でつながれた。「そんなこと、絶対にさせるもんですか」

「わたしもできればそういうことはしたくないんだよ」所長はエリザベスの隣で腰を曲げた。「それでも、感じるだろう？」そう言いながら彼女の頬のラインをなぞる。「不安な気持ちを」所長が言っているのはエイドリアンのことで、言葉の裏には自信があふれていた。「あと六十秒だ」

「わたしたちを生かすつもりでいるふりなんかしないで」

「子どもも含めてかね？」

その笑顔はぞっとするほど真に迫っていたが、目がすべてを語っていた。ひとりの心臓を撃ち抜き、警官の腹に銃弾を撃ちこむような男だ。決着のつけ方はひとつしかない。所長はそれをわかっているし、エリザベスもわかっていた。

「なにか来ました」あいた扉のところにいたオリヴェットが言った。そのうしろは暮色に染まっていた。紫色の空。草むらからはセミの声。「車が入ってきます。緑色のワゴン車のようです」

所長は腕時計に目をやると、立ちあがる前に、エリザベスが一生忘れないようなウインクをした。彼女は首をのばした。扉のところに三人が集まり、ひとりが子どもたちを監視している。チャニングと目を合わせると、それに気づいた看守がチャニングの頭に銃を押しつけた。「みんな、おとなしくしてろ」看守は言った。

しかしそれは無理な注文だった。

あまりに無理な注文だった。

丘の上に見えた教会は、エイドリアンにとってガラスと石と鉄でできた建造物以上の意味があった。過去、青春、そして一生背負っていく後悔を意味していた。あの教会で婚姻の契《ちぎ》りを交わし、本来結婚すべきだった女性との生活を始められたらと願っていた。古くて頑丈な建物だ。あの教会が持つ雰囲気も、永遠に存在しつづけると思わせるたたずまいも気に入っていたし、誕生や希望や赦しにまつわる牧師の講話も好きだった。結婚生活が破綻すると、教会のことをぼんやり考えることが多くなった。ときには、教会まで車を飛ばし、丘の上に建つその姿をながめていたこともある。自分の気持ちに正直になれるときが来れば、と考えながら。

しかしそうはならず、ジュリア殺害の容疑で裁判にかけられたエイドリアンは、後悔や償いの言葉をひとことも口にしなかった。彼は十三年間、失った人生の夢を見つづけたが、その夢に高くそびえる教会が出てくると決まって、命乞いをしながらひとり死んでいくジュリアの姿が見えたものだ。彼女が呼ぶのは神でもなく、夫でもない。来る夜も来る夜もその唇にのぼるのは、エイドリアンの名前だった。彼女が怯えながら死んでいくというのに、夢のなかですら、彼はそばにいてやれなかった。次に悪夢を見るときには、妻が同じようにされるところを見るのだろうか。それともリズか。そんなことを考えるといたたまれなくなり、本線をはずれて、タイヤの下で砂利が動くような道を走りながら、彼は心に誓った。

なんとしてでも阻止する。

同じことは二度とごめんだ。

丘をのぼりきると、扉のところに立つ男たちと、とまっている車が見えた。エイドリアンは花崗岩《かこうがん》の階段の二十フィート手前で車をとめた。刑務所長がオリヴエットとジャックスとともに扉の外に立っていた。ウッズはリズを見張っているのだろう。エイドリアンはエンジンを切り、ポケットにキーをおさめた。外は暑かった。

「逃げて逃げて逃げまくればよかったんじゃないのか」

所長が花崗岩を靴でこするようにして前に進み出た。頭上の木々は暗く葉が生い茂っている。

「あんたを殺しておくべきだったかもな。出所したその日に。その夜のうちに」

「そんな度胸などないくせに」

「そいつはおれを甘く見すぎてるよ。まあ、それは昔から変わらないか」

「その口ぶりからすると、やはりずっと隠していたようだな。いまにいたるまで。なかなか信じがたいことではあるが」

エイドリアンはポケットから金貨を一枚出し、階段にあたって音がするよう投げた。所長はエイドリアンから目を離さずに拾いあげ、目の前に掲げた。「そのへんの質屋に行けば、同じものが買えるぞ」

エイドリアンは十枚ほどをまとめて投げた。

「なるほど、話は本当だったか」このときはかがまなかった。親指で金貨の表面をさすり、ジャックスに見せた。「何枚ある?」

「五千枚。彼女を解放するなら、全部あんたにやる」

所長はこれまでとはちがう目でエイドリアンをながめた。尊敬の念とともに、わずかながら恐怖も浮かんでいる。終始一貫して沈黙をつらぬいた男。あれだけの苦痛に耐えた男。「ウィリアム・プレストンの件はまたべつだ」

「全部で六百万ドルあるんだぞ」エイドリアンは言った。ここで重要なのはそれだけだ。所長の顔にも、ジャックスが足を踏み替えた動きにも、それがうかがえる。友情もたしかに大事だが、それよりは金だ。

「持ってきたのか?」

「おれもそんなばかじゃないんでね」

「では、取引はどのようにして?」

「リズの無事を確認したら、金貨がある場所に連れていく。彼女はここに残す」

「だめだと言ったら?」


「またおれを拷問すればいい。まあ、それでどうにかなるとも思えないけどな」

「ならば、かわりに女のほうを拷問するという手もある」

「死は死だ」エイドリアンは言った。「全員で勝ちを分け合うか、全員がなにも得られないかのどっちかだ」

所長は顎をさすりながら考えた。「あの女がここでのことを話したらどうなる?」

「奥さんを愛してるかい?」

「そうでもないな」

「なにしろ、六百万ドルだ。しかも足がつく恐れはないときてる。トランクにつめて、どこでも好きなところに行けばいいじゃないか。明日の朝にはまったく新しい人生が始められるぞ」

所長がほほえんだのを見て、エイドリアンは不安になった。「拷問をちらつかせれば、ブラック刑事はきなど安閑《あんかん》とはしていられないのではないかな」

「彼女はそこまで考えたうえで、おれに電話したはずだ」

「彼女はきみが銃をバンバン撃ちまくりながらやってくるのを期待したんじゃないのかな」

「おれは英雄でもなんでもない。それは彼女もわかっている」

所長はまたも金貨の表面を親指でさすった。「ジャックスがボディチェックをする」所長が身振りで指示し、ジャックスが階段をおりた。

ボディチェックは乱暴で念入りだった。「武器は持っていません」

「けっこうだ。さてと」所長はほかの金貨を拾いあげ、てのひらのなかではずませた。じゃらじゃらと軽い音がした。「なかに入って、具体的に話し合うとしよう」

エイドリアンが所長につづくと、そのすぐあとをオリヴェットとジャックスがぴったりくっついてきた。計画がうまくいく自信はまったくないが、なにしろ手持ちのカードは金貨と男たちの強欲さとエイドリアン自身の死ぬ覚悟だけだ。刑務所長のことは知りぬいている。六十を目前にひかえ、仕事には飽きがきている。六百万ドルはけっこうな額だ。だからやってみる価値はある。

しかし、子どもたちの姿が見えたとたん、計画はついえた。

そうでなくても、もともと一《いち》か八《ばち》かの賭けだったのだ。うまくいくかいかないか、ふたつにひとつだった。リズが死んだら、エイドリアンも死ぬ。それは同意の上であり、リズが選んだことだ。そして彼が選んだことでもある。

だが、子どもたちにはなんの関係もない。

ふたりは祭壇の下で縮こまっていた。怯えているだけでなく、傷も負っている。もちろん、ギデオンのこととは知っていた。心から愛した女性ともっとも血のつながりが濃い存在だ。少女のほうは新聞に出ていたチャニングという子だろう。床で男がひとり死んでいる。リズの父親のようだ。もうひとりはベケットで、こちらも死んでいるか、ほとんど死にかけている。リズは最前列の会衆席につながれていた。「彼女を解放しろ。いますぐに」

「エイドリアン――」

「ちょっと待ってもらおうか」所長が割って入った。「主導権を握っているのはいまもわたしだ。もう一度最初からやり直すぞ」彼は拳銃を抜き、リズの膝に押しあてた。「あれをどこに隠した？」

「ちゃんと連れていくよ」

「そんなことはわかっている」

「一台の車に五人乗っていく」エイドリアンは言った。「裏道を使って東へ向かおう。それなら警察に見つかる心配も、誰かに目撃される心配もない。二時間後には、あんたは金持ちになっているという寸法だ」

「わたしの切り札はここにあるんだがね」

「ばかだな。六百万ドルだぞ」

「男の子のほうをここへ」

「やめて！」エリザベスは手錠をはずそうとした。「この人でなし！　くず野郎！」彼女は所長を一回蹴った。

所長は彼女の頭を殴り、叩きのめした。「男のガキだ。早くしろ」

ギデオンは抵抗したが、看守のほうが数段強かった。階段を無理やりおろされ、腐食したカーペットの上を引きずられた。所長の足もとに転がされて大声を出すと、喉を足で押さえつけられ、撃たれた場所に銃口を押しつけられた。「引き金を引くとどうなるかは知ってるな」所長は銃に体重をかけ、左右にひねった。「まわりには誰もいない。時間ならいくらでもある」

「よせ」エイドリアンが言った。

「イーライの金貨はどこだ？　さっさと言ったらどうだ、エイドリアン」またも銃を右に左にひねる。所長の顔にかすかな笑顔が刻まれた。「われわれのやり方はわかっているだろう？」

エイドリアンは少年から目をそむけた。看守が三人。銃が三挺。

「次は女のガキ」所長は言った。「その次が彼女の番だ」

所長は銃をさらに強く押しつけ、ギデオンがまた悲鳴をあげた。この古い教会で歌った少年聖歌隊員の誰よりも、甲高く、よくとおる声だった。

ベケットはあらゆる痛みに苦しんでいたが、自分がとんでもないへまをやったのがわかる程度の頭は働いていた。所長。リズ。牧師……。

死んだ男は目をあけていた。

リズを探しあて、つづいて目をしばたたいてキャロルに思いをはせた。

おれの自慢の女房……。

ふたりとも彼の人生そのものだ。パートナーと妻。どちらも大事だが、どちらかひとりと言われて迷ったことは一度もない。

妻だ。

どんなときでも妻を選ぶ。

しかし今度ばかりは……。

死と子どもたちとベケットを見るリズの目。選択の余地などないが、くそ、こいつは最悪だ。子どもたちの存在。ベケットの腹にあいた穴。しかも死にかけている。死にかけているはずだ。理解できない言葉が飛び交い、かびくさいにおいと、色をぶちまけたように見える動き。ベケットは意識を失いかけていた。死の瀬戸際にいた。

なのに痛みもひどい。

いいか、ちくしょう……。

まばたきをすると、それだけで全身を噛み砕かれ、意識が朦朧とし、ガラス瓶を石に叩きつけたように体が粉々になりそうになる。いまはちょうど、意識がはっきりしているときだった。少年が悲鳴をあげ、看守たちの視線はエイドリアンに向いている。

残るはチャニングだ。

ベケットは声を出そうとしたが、だめだった。動こうとしたが、脚が言うことを聞かなかった。片腕は体の下に入ったままだが、もう片方は自由だ。かろうじて指が動く程度ではあったが、上着の一部をどうにか握り、すそをめくっていった。一インチがやがて五インチになった。背中に差した銃があらわになったところで、チャニングの名前を呼ぼうとしたが、ここでも声が出なかった。痛みが走る。なにをしても、いちいち地獄のように痛む。だが、それもこれも自分のせいだ。死にかけている愚かな役立たずにどうかご慈悲をと神に祈った。力をおあたえくださいと祈ってから、肺に息を入れ、もう一度、チャニングの名を呼んだ。かすれた、蚊の鳴くような声にしかならなかった。しかし、チャニングはそれを聞きつけ、銃に目を向けた。

いま彼女はベケットの上にかがみこんでいる。

見事な射撃の腕前を持つチャニングが。

最初に気づいたのはオリヴェットだった。華奢な少女が、小さすぎる手に不釣り合いなほど大きな銃を持っていた。なんの危惧《きぐ》も感じなかった。彼女は立つのもやっとのようだし、ふたりのあいだには三十フィートもカーペットがのびている。ひらいた手をのばし、〝気をつけな、お嬢ちゃん〟と声をかければいいはずだった。しかし、実際には「所長」と言っていた。

所長はあざやかな色の目をした、ひどく出血している少年から目をあげた。少女は腕が銃に引っ張られているのか、体が右に傾いていた。目はわずかにあいている程度だ。要するに、いまにも倒れそうだった。

「そのいかれた娘を撃て」所長が言ったとき、オリヴェットがまず思ったのは〝冗談じゃねえ〟だった。彼の娘と背丈はたいして変わらないし、顔はまあまあかわいい。どうせ勇敢ぶろうとしているだけだ。銃を取りあげ、もとの場所にすわらせておけばよかった。しかし所長に逆らうわけにはいかない。

オリヴェットはエイドリアンにさだめたねらいをはずしたが、ジャックスのほうが一瞬早く、銃をいったんおろしてからべつの向きにさっとあげて、ねらいをつけた。見ると少女は、銃が自分に向けられたとたん、ぴくりとも動かなくなった。ほんの一瞬、その体が前のめりに倒れたように見えたが、倒れたのではなかった。腰を落とし、完璧なスタンスを取ると、オリヴェットが見たこともないような、てきぱきとした無駄のない動作で三発撃った。ジャックスの頭が血しぶきをあげ、ウッズと所長の頭にも同じことが起こった。わずか二秒。三発。オリヴェットは銃を少女に向けてはいたが、迷っていた。彼女はすばやいうえに腕もたしかで、おまけに彼の娘にそっくりだ。彼がこの世で最後に考えたのは、ここまで見事な腕前に育てた父親はすごいということだった。次の瞬間、彼女の銃の先端で明るい光がはじけ、世界は完全な闇に沈んだ。

すべてが終わったとき、エイドリアンは信じられない思いで立っていた。所長の頭があったのはギデオンの頭のわずか一フィート上だった。看守のひとりはエイドリアンの真うしろ、それもすぐ近くに立っていたから、弾が耳もとをかすめる際に空気が切り裂かれるのを感じたほどだった。敵が全員いなくなり、教会は墓場のように静まり返り、少女は声を殺して泣いていた。エイドリアンの頭にまず浮かんだのは、自分の体を調べ、次にリズと少年の様子を確認しなくてはということだった。しかし、実際にはそのいずれもせず、死体のあいだをゆっくりと歩いていき、小柄な少女を見おろすように立った。その手から銃を取りあげ、祭壇に置いた。

「殺しちゃった」少女は言った。

「そうだね」

「あたし、いったいどうしちゃったの?」

見てわかる以上のことは言えなかったから、エイドリアンはそれを伝えた。「きみはおれたちの命を救ったんだよ」そう言うと両腕を広げ、そこに倒れこんできた彼女を抱きとめた。

その後、これからのことを決めるには少し時間がかかった。手錠をはずしてやったとき、エリザベスは気を失っていた。彼女が意識を取り戻すと、ふたりで話し合った。「チャーリーはいますぐ治療を受けさせないと」エリザベスが言った。「それにギデオンも」

「それについては異論はないよ」

「ふたりの無事を見届けるまで、わたしはここを離れない」

あんな惨事があってもなお、彼女は他人の身を真剣に案じ、正しいことを守り抜こうとしていた。チャニングが連れていってと言ったとき、エイドリアンはかまわないと思った。しかしリズは救急車が教会に到着するまでこの場を離れないと言って聞かなかった。

「おれは警察が来るまでここにいるわけにはいかない」エイドリアンは言った。「きみもだ。ふたりとも刑務所行きだからな。殺人。殺人の事後従犯。まだ逮捕状が出たままなんだから」

「ベケットは脊椎《せきつい》を損傷してるのよ。動かすわけにはいかないわ」

「ああ、それはわかってる。それに、ギデオンは内出血もしているようだ。だが、きみとおれは行かないと。それに、そっちの女の子も」

チャニングのほうを見ると、小柄な体をさらに丸めているせいで、十歳より上には見えなかった。エリザベスは彼女の手を取って、膝をついた。「誰もあなたの行動を責めはしないわ、スイートハート。あなたは被害者なんだもの。ここに残りなさい」

チャニングは首を左右に振った。「いや」

「ここがあなたの住む場所――」

「いられるわけないじゃない」虚脱感からか、声が弱々しかった。「これから一生、うしろ指を差されるんだよ。一日半もレイプされた変態だって、男ふたりを殺しただけじゃ飽き足らず、また四人も殺した頭のおかしな娘だって言われつづけるんだよ」彼女はそこで声を詰まらせ、それを見るうち、エイドリアンの心のなかのとげとげしたものが、ひとつ残らず溶けてなくなった。「刑事さんと一緒にいたいよ。友だちだもん。ねえ、お願い」

「ご両親はどうするの？」

「あたしは十八よ。もう子どもじゃない」

エリザベスが顔を近づけ、少女の額に自分の額をつけたのを見て、エイドリアンは彼女が納得したのを察した。「どうやって後始末をつける？」彼は訊いた。

エリザベスは自分の考えを説明した。同意と理解を得られると、彼女は最後にもう一度、父の遺体を見おろした。その心の内はエイドリアンにはわかりようもなかったが、彼女は名残惜しそうな様子は見せず、父に触れることも、言葉をかけることもなかった。緊急事態を知らせるための911にダイヤルし、計画どおりに物事を運ばせる言葉を告げた。「警官が撃たれました」それからベケットのそばに膝をついて額に触れた。「けっきょくわたしにはわからなかったし、わかるときが来るとも思えない。でも、助けが到着するまで生きのびて、いつかあなたの口から説明してほしい」

その言葉はベケットの耳に届いたかもしれないし、届かなかったかもしれない。彼は目を閉じ、浅い息を繰り返していた。

あふれんばかりの愛。

胸が張り裂けるほどの悲しみ。

外に出ると、夕闇のなか、サイレンの音がしだいに大きくなるのが聞こえた。「ふたりはきっと大丈夫」リズは言ったが、誰も答えなかった。彼女のひとりごとだった。

「もう出発しないと」

エリザベスは、たしかにそうねと言うようにうなずいた。「運転してくれる?」

「ああ、もちろん」

エリザベスはチャニングをうしろの席に乗せ、自分は助手席にすわった。「わたしたちはきっと大丈夫」そう言ったが、このときも誰も反応しなかった。エイドリアンはヘッドライトをつけず、勘を頼りにアプローチを進んだ。「ここで待ちましょう」リズの言葉に、三人は車のライトが遠くの丘の頂上に達するまで待ち、それで確信した。救急車。警察の車。ギデオンは大丈夫なのかと尋ねたが、それには答えなかった。ギデオンは大丈夫だった。


「リズ」

「うん。時間がないんでしょ」

しかしギデオンはかたくなだった。自分も一緒に行くと言い張った。必死にせがんだ。「お願いだよ、リズ。ぼくを残して行かないで」

「あなたはお医者さんに診てもらわなきゃだめなのよ」

「でも一緒に行きたい! お願いだから置いてかないで! ねえったら!」

「あったことを素直に話せばいいから。あなたはなにもまちがったことはしてないんだもの」エリザベスはギデオンの顔にキスをした。とても強く。「いつか迎えに戻ってくる。約束する」

三人は、エリザベスの名を呼ぶギデオンを残し、その場をあとにした。そのときエイドリアンはふと思った。心にとげが生えてくることは、もう二度とないかもしれないと。

夫だし、ベケットも助かるかもしれない。「もういいわ」彼女は言った。「出発よ」

エイドリアンはサイレンとヘッドライトとは反対方向に車を向けた。見つかる心配がなくなったところでヘッドライトをつけた。「どこに行く？」

「西へ」エリザベスは言った。「うんと西へ」

エイドリアンもチャニングもうなずいた。

「一カ所だけ寄るところがある」エイドリアンは言い、最初にタイミングが合ったところで、東に進路を取った。

エピローグ

七カ月後

砂漠の丘の上からのながめは桁はずれに美しかった。周囲一帯にそびえる山々は、古い山のように茶色く、山頂がぎざぎざに切り立っている。それと同じ色をした家は築九十年になる日干し煉瓦造りで、まわりの巨大なハシラサボテンやユーカリ、パロベルデの木にカメのように溶けこんでいた。壁は二フィートもの厚みがあり、床はスペインタイルを敷きつめてある。裏は周囲を壁で囲った庭で、プールをそなえていた。正面側の屋根つきのポーチでは、はるかなながめと朝のコーヒーが楽しめる。エリザベスが二杯めを飲んでいると、エイドリアンが家のなかから現われた。靴は履いてなく、色あせてほとんど白くなったジーンズ姿だ。陽に焼けたせいで傷痕がよけいに白く目立つが、それは歯も同じだった。「チャニングは？」

彼はエリザベスが示したもう一脚のロッキングチェアに腰をおろした。チャニングの姿が谷底に小さく見え、その下にぶちの灰色の馬の姿があった。北の山で雨が降ると水があふれかえる涸れ川《アロヨ》に沿って、ゆっくりしたスピードで進んでいる。チャニングの顔は見えないが、にこにこしているはずだ。それがあの馬のいいところだ。

「彼女はどんな具合？」エイドリアンが訊いた。

「あの子は強いもの」

「それじゃ答えになってないよ」

「セラピーが効いてきてるみたいね」

エイドリアンは土埃をかぶってアプローチに鎮座しているトラックに目をやった。週に二度、リズとチャニングはあれに乗って町へ行く。エイドリアンにはくわしい話はしないものの、ふたりともそこのセラピストは有能だと思っているようだ。帰ってくるとふたりとも肩の力が抜けているし、笑顔も穏やかになっている。

「あなたもたまには一緒に来ればいいのに」エリザベスは言った。「人と話をすると気持ちがやわらぐわ」

「それならもうやってるさ」

「イーライは数に入らないってば」

エイドリアンはほほえみ、コーヒーをひとくち飲んだ。イーライに関しては彼女と意見が一致しないが、理解してもらえるとも思っていない。「それできみのほうは？」彼は訊いた。

「答えはさっきと同じ」彼女はそう言ったが、エイドリアンはだまされなかった。彼女はときどき自分の悲鳴で目を覚ますし、朝の三時に外にいることもしょっちゅうだ。いちいち声はかけないが、コヨーテやクーガーに襲われないように見張っている。そんなときに彼女が向かう先は決まって、涸れ川の岸の同じ場所、一日の熱をためこんだ、幅の狭いたいらな岩の上だ。そこに薄いナイトガウン一枚で、あるいは毛布を肩からはおった姿でまっすぐに立ち、星を見あげ、母のこと、ギデオンのこと、あるいは父がおこなったおぞましい行為について考える。もちろんあくまでエイドリアンの想像でしかなく、本人に問いただしたことはない。彼の役目はポーチに立ち、家に引きあげてきた彼女が、ありがとうの意味で彼の肩に指を這わせるときに無言でうなずくことだ。

「やっぱりきょう出かけるのか？」彼は訊いた。

「そろそろだと思って。そうじゃない？」

「きみの気持ちが固まってるんならね」

「固まってる」

そのあとはふたりとも、心地のいい沈黙に包まれていた。ふたりはこんなふうに、ともにゆったりくつろいで過ごすのが好きだった。誰からも急かされず、誰にも邪魔されず。しかし、この数週間で変わったことがあり、ふたりともそれを感じていた。いままでなかった場所にエネルギーが満ち、たがいの肌が軽く触れ合うだけで火花が散るようになっていた。いまのところふたりとも、それについて話したことはないが——あまりに小さく、いまにも壊れてしまいそうだからだ——その時期は刻々と近づいており、おたがいにそれを意識していた。

エリザベスは回復しつつあった。

全員が回復しつつあった。

「本当に気は変わらないんだね？」エイドリアンは彼女が自分のほうを向くまで待った。彼女も彼と同じくらい真っ黒に陽に焼け、顔が引き締まり、目のまわりのしわがいくらか深くなっていた。「おれも一緒に行ってもいいんだよ」

「危険すぎるわ」彼女は彼の手を軽くなでた。触れたのもほとんどわからぬほど軽いタッチで。「みんなで帰っても大丈夫か確認してくるから」

彼女の手は離れたが、ひりひりした感じはまだ残っていた。「いつ出発するんだい？」

エリザベスはチャニングをじっと見つめながら答えた。「このコーヒーを飲み終えたら」

彼女はゆっくりと飲み、エイドリアンは、この家に最初からあった古い椅子を揺らす彼女をじっと見ていた。肩にはおった毛布のように、のどかさをまとっている。いまでもつらくないわけがない。なにしろ実の父親が極悪非道な殺人犯だとわかり、事件の詳細が広く世間に知られたのだから。あのあとどうなったかについては、ふたりともニュースでチェックしていた。ダイヤー警部は古い車のダッシュボードから見つかった血まみれの指紋ふたつから、ブラック牧師と殺害された女性とを結びつけた。指紋はラモーナ・モーガンのもので、人里離れた寂しい場所から逃げ出そうとして手に裂傷を負い、それでついたのだろうと記者たちは推理していた。いまのところ、ほかの被害者と牧師を結びつける証拠は出ていないが、公式見解か否かにかかわらず、疑問の余地はほとんどなさそうだった。エリザベスはときどき、向こうに帰って捜査に協力したほうがいいのではないかと悩み、眠れなくなることがあった。しかし、そういう夜もしだいに減ってきている。彼女にどんな指摘ができるというのか。被害者が帰ってくるわけではない。遺族が恨む相手が変わるわけでもない。

それに、父は死んでしまった。

刑務所長と腐敗した看守にまつわる話は、しばらく尾を引いた。彼らが教会で死んでいた理由をめぐって世間は騒然となったが、それはやがてもっと大きな疑問に取って代わられた。そもそも、彼らはあんなところでなにをしていたのか？　なぜ死んだのか？　数日後、ひとりの老人が名乗り出た。元囚人だったというその男は、一度、拷問を受けた経験があること、そして囚人仲間のなかには所長の手にかかってむごい死に方をした者が何人かいるという、およそ信じがたい話を語ったのだった。もっとも彼は、たいへん信頼のおける人物というわけではなく、そのときはそれで終わった。しかし、さらにふたりの囚人が名乗り出たのにくわえ、もっと早く告白すべきだった出来事を目撃したという看守まで現われた。それがきっかけとなり、さまざまなことが明るみに出た。

拷問。殺人。

州検事総長は全面的な調査を命じた。

エイドリアンに対する容疑はいまだ取りさげられておらず、当局に見つかったら逮捕されることに変わりはない。リズに対する容疑も同様だが、彼女のほうはとくに手配はされていないようだ。彼女はこの砂漠以外の場所で暮らすつもりは毛頭なかった。ここの暑さが好きだと彼女は言った。なにもなく、変わることのない自然の風景が。それに、チャニングとエイドリアンもこの砂漠にいる。誰も口に出しては言わないが、陽炎のように言葉が谷底のほうまでたゆたっている。

家族。

未来。

エイドリアンは立ちあがり、手すりにもたれた。運転しながら思い出してもらえるよう、彼女に自分の顔を見てもらいたかったのだ。「あの子がノーと言っても、落ちこんだりしない?」

「ギデオンのこと?」エリザベスのまなざしはやさしく、笑顔はゆったりと穏やかだった。「そんなことになるわけないじゃない」

エリザベスはトラックに乗り、十時間ぶっつづけで運転した。サングラスで目を隠す。頭には白いカウボーイハット。安価なモーテルに泊まったが、それは金の問題ではなかった。車の旅も三日めに入り八時間がたったころ、郡の境界線を越えて故郷に戻った。なにも変わっていなかったが、おまえはよそ者だとでもいうように逆風が吹きつけ、郡内にいるすべての生物が彼女の帰郷を察知した。

わき道を走って実家に着くと、最初に板で囲われた教会の前で車をとめた。下見板は汚れ、ペンキがはがれてきていた。窓ガラスは壊れ、黒いペンキで壁に落書きがされていた。〝人殺し〟だの〝罪人〟だの〝悪魔〟といった単語が並んでいた。裏にまわると、牧師館のほうも教会と変わりなかった。粉々に砕けた窓ガラス。同じような落書き。ドアは鍵がかかっていたが、トラックからタイヤレバーを出してきて、こじあけた。家のなかは敷物のない床と埃とつらい記憶だけになっていた。エリザベスはしばらくキッチンの窓辺にたたずみ、ここで母と最後に飲んだときのことを思い返した。あのときの母は、夫の闇の深さに気づいていたのだろうか。感じていたのだろうか。答えはがらんとした居間の小さな暖炉の上で見つかった。封筒は黄ばみ、かさかさしていた。母の字でエリザベスの名前が書いてあった。

大切な娘のリズへ。父親の心のなかにあのような悪が巣くっているのに気づき、何年ものあいだ、あんなにも多くの人に死と苦痛をもたらしたのを知るのが、娘にとってどれほどつらいか、わたしには想像もつきません。でも、どうかわかってほしい。わたしにとっても降ってわいたような話だったことを。あなたからの手紙にはとても力づけられ、実際、前向きになれましたが、あなたがどこか秘密の場所に住んでいて、わたしには返事も書けないし、訪ねてもいけないのだと思うと心が痛みます。いつかまた会えるというあなたの約束を疑っているわけではないの。でも、これ以上ここに住むわけにはいきません。お父さんに対する憎しみに押しつぶされ、わたしはすっかり気力を失ってしまいました。いつかあなたが、もう戻っても大丈夫と思ったときに見つけてもらえるよう、この手紙を置いていきます。北部に住む古いお友だちのところに身を寄せることにしました。大学の同窓で、あなたも会ったことがある人です。理由はわかると思うけど、その人の名前も住所もここには書きませんが、きっと探しあててくれると信じています。いとしいわが子、あなたのことをいつもいつも思っています。どうか、このことで自信を失ったり、闇のなかへと落ちていったりしないで。心を強く持って、前向きに生きてほしい。わたしはいつまでもあなたを待っています。友人であり信頼できる仲間であり、永遠にあなたの母親より。

エリザベスは置き手紙を二度読み、ていねいにたたんだ。母に会いたくて来たのだが、ほっとした部分もあった。いくら親子の愛が強いとはいえ、みんなで暮らしたこの場所に、父のもたらした恐怖がいまも残っていないとも言い切れない。数え切れないほど見交わした目と目、共通の思い出、子ども時代と休暇、そして何千もの夜。まずはそれぞれの道を見つけ、長きにわたった無知の罪に溺れることなく目を合わせられるようにならなくては。その時はいずれ訪れるだろうが、そう近いことではなく、そうたやすいことでもないだろう。それまでは、また手紙を書き、母からの手紙を見つけたことを知らせよう。少なくともその時間は、ふたりにとっての友人であることに変わりない。

次はベケットの番で、これはつらいものになると予想できた。エリザベスはこれまで、彼がなぜあんな行動を取ったのか、あれこれ考えながら長い夜を過ごしてきた。ひとつ、ふたつ思いついたものの、いくら仮説を立てたところで答えにはならず、知りたいことはあまりに多かった。

彼の自宅近くに車をとめると、ベケットは車椅子でポーチに出ていた。彼はこの先ずっと歩けず、いまは警官ではなくなっている。コミュニティカレッジで犯罪学を教えており、インターネットで見つけた写真を見た感じではとても元気そうだが、どこか悲しそうでもあった。しばらく車のなかから彼をながめるうち、あれだけいろいろあったとはいえ、なつかしい気持ちがこみあげた。彼とは四年間パートナーを組み、命を救われたことも一度ではない。彼がどんな間違いをおかしたにせよ、車椅子生活は代償として大きすぎるのではないだろうか？　いまの時点ではイエスともノーとも断言できず、きょうはそれをはっきりさせるつもりだった。

彼はエリザベスに気づいても動かなかった。ほほえみすら浮かべなかった。「毎日」彼はうなずきながら言った。「毎日、おまえが来るのを待っていた」愁いを帯びた目は不安そうで、キルトの下の脚はずいぶんとやせていた。

エリザベスはポーチにあがった。「いままでずっと、あなたを憎まないようにと必死に気持ちを抑えてきたわ」

「少なくとも憎む気持ちはあるわけだ」

「なんであんなことをしたの、チャーリー？」

「人が死ぬことになるなんて考えもしなかった」その目が潤んでいた。「信じてくれ、本当だ」

「ええ、信じる。だから、わかるように話して。あの男にどんな弱みを握られていたの？」

「エリザベス……」

「あの子たちとわたしを危険にさらしてまで守りたかったものがなんなのか、知りたいの。つまらない言い訳はなしよ、チャーリー。せめて本当のことを話してくれてもいいじゃない」

ベケットは大きく息を吐き、通りを見やった。「話すが、二度と同じ話はしないぞ。おまえにも、ほかの誰にも」

「こっちは同じ約束をできないけど」エリザベスはどうしても気持ちを隠すことができなかった。いま彼女は怒り、苛立っていた。

ベケットはそれで納得したようだった。「女房は実はけっこうなインテリでね。学士と、修士の学位を持ってる。昔から髪を切ってたわけじゃないんだよ」

「そう」

「若いころは郡の職員だったんだ」ベケットはキルトのしわをなでつけた。「具体的に言うと、会計検査官のもとで働いていた」

「簿記係だったの？」

「会計係だ」ベケットは言った。「ギデオンの父親も郡の職員だった。信じられないだろうが、彼は郡管理官補佐だった。妻が死ぬ前のあいつは別人だったんだよ。若くて、野心があった。酒は飲んでいなかったし、煙草も吸っていなかった」

「彼はエイドリアンとダイヤー警部に協力していたと記憶してるけど」

「郡の金庫から二十三万ドルがなくなった事件だ。ギデオンの父親はエイドリアンとフランシスの捜査に協力してた。解決まであと少しのところまで迫ってたんだ。あと一週間もすれば、彼女にたどり着いたはずだ」

エリザベスは合点がいった。「あなたの奥さんね」

「女房を刑務所に入れるわけにはいかないと思ったんだ。たしかに当時は問題を抱えてたが、いまはすっぱり縁を切っている。人目を忍んでのギャンブル。目にとまったどうでもいいような品。女房は悪い人間じゃない。おまえだって彼女のことは知ってるだろ。わかってくれよ」

「彼女は郡のお金を盗み、エイドリアンは解決寸前まで迫っていた」

「おれはただ、やつの気をそらしたかった。それだけなんだよ。ビールの缶が現場で見つかれば、少しはあやしまれるんじゃないかと思ったんだ。やつの集中をほんの少しそぐだけのつもりだった。リズ、頼む……」

しかしエリザベスはいったんその場を離れずにはいられなかった。ポーチをおり、そして戻った。「殺人事件で証拠を捏造するなんて。ほかの警官に罪を着せるなんて」

「皮膚片が見つかるとか、DNAが一致するなんて知らなかったんだ。おれだって、あれでエイドリアンが刑務所行きになるとは思っていなかった。DNAが一致したという結果が出たとき、やつが犯人だったのかと胸をなでおろしたよ。おれのやったことが役にたったじゃないかと」

「でも、そうじゃなかった」

「わかってる」

「真犯人を捕まえることができたのに――」

「あのときは真犯人を捕まえたと思ったんだって！それがどれだけおぞましいか、おまえにわかるか？自分勝手な理由であんなことをしたのに、ツキに恵まれた。だからあれは神の摂理だと思いこんだ」

エリザベスは通りを見やり、いまの話の重みを感じていた。缶がエイドリアンにつながり、それが血液サンプルとDNAの一致へとつながった。それが彼の有罪へ、拷問へとつながり、さらには刑務所長によってエリザベスの人生にもたらされた災厄へとつながった。

「あの缶がなければ、十三年前に父は逮捕されていたかもしれない。ローレン・レスター、ラモーナ・モーガン、エイドリアンの奥さん。彼女たちはいまも生きていたかもしれない。十一人よ、チャーリー。阻止できたかもしれないのよ」

「そうかもな」

「そう自分に言い聞かせながら、夜、眠りにつくわけ？」

「謝ってすむ話なら、いくらだって謝るさ」

しかし、エリザベスは謝罪の言葉も言い訳も聞きたくなかった。もうはっきりした。愚かな犯罪とケチな偽装、刑務所と無意味な死、どこか遠くの岸辺に寄せるさざ波。「所長とのことを説明して」

「あいつの本性を知るまでは友だちだった。一度、酔っ払って話しちまったんだ。女房のこと。ビール缶のこと。以来、あいつはことあるごとにそれをちらつかせてきた」

「なにを要求されたの？」

「エイドリアンの居場所だ。それを知りたがったのと、あとはおまえを近寄らせないこと。それだけだ。それだけだったんだよ」

「でも、あの男はギデオンを痛めつけ、父を殺したわ」

「リズ――」

「モーテルの部屋にいた、無辜の市民も」

ベケットはうなだれた。返す言葉が見つからなかった。

「キャロルは知ってるの？」

「なにも。話せるわけがないだろ。死ぬほどつらい思いをするに決まってる」

エリザベスはポーチの手すりにもたれ、腕を組んだ。

「どうするつもりだ？」ベケットは訊いた。

「あなたのこと？　それはエイドリアンが決めることだから」

「リズ、聞いてくれ……」

耳を貸すつもりはなかった。怒りが激しく燃えあがっていた。なにもかもが愚かで不必要で破壊的だった。心の底ではチャーリーへの愛を感じていたが、いまは心臓に映る影も同然になっていた。父の犯行は十三年前にとめられるべきだった。十一人の女性は死ぬべきでなかったし、エイドリアンは刑務所に入らなくてすんだはずだ。それに対してどんな言い訳ができるというのか。赦しへの道など存在するのか。

　もうなにも言わずにこの場を去ろう、くるりと背を向け、二度と振り返るまい。そう思ったとき、あいたドアにチャーリーの妻が、キャロルが、すべての発端となった女性が現われた。

「リズ、いらっしゃい」そう言うと、温かみのある目とあけっぴろげな笑顔をした、ふくよかな体つきのキャロルがポーチにおりてきた。「会えてとてもうれしいよ」

「そう?」

　エリザベスは体がこわばり、冷たくなっていくのを感じたが、キャロルは気づかなかったようだ。大股でポーチを横切ってくると、エリザベスに腕をまわし、やわらかな体に引き寄せた。「大変だったね。ずいぶん苦しんだんだろ。もう気の毒でさ」エリザベスは隙を見せないようにしていたが、キャロルの親愛の情はとどまるところを知らなかった。「チャーリーから聞いたけど、あなたが命を救ってくれたんだってね。あなたがいなかったら死んでたって。ありがとう。チャーリーを助けてくれて」

　キャロルが体を離し、エリザベスはチャーリーはどうしてそんなうそをついたのかと気になった。彼とキャロルは深く愛し合っており、おそらくそれがうその理由だろう。だから、エリザベスもうその一部になったのかもしれない。確信があるわけではないが、キャロルのほがらかな笑顔を見るうち、そんなことはどうでもよくなった。過去は過去、前に進むしかない。

「これだけは言えるわ」エリザベスは言った。「チャーリーはあなたのためならなんでもする」そう言って、キャロルと見つめ合った。「どんなことでもね。それほど彼はあなたを愛してるのよ」

　キャロルはますます顔を輝かせた。それがエリザベスからの最後の贈り物だった。赦しではなく沈黙、自分が去ったあとも大事な存在がひとつ残る可能性。

「じゃあね、チャーリー」エリザベスはふたりを残してポーチをおりた。「車椅子のことは残念だわ」

「リズ――」

「おたがいを大切にね」

「リズ、待てよ」

しかし、エリザベスは待たなかった。そのまま歩きつづけ、トラックに乗ってから最後に一瞥した。ベケットは車椅子にすわったまま動かず、広げた両手をキルトにのせている。妻はそんな彼ににこにこと顔を近づけ、頬にキスをした。ベケットの裏切り行為とキャロルの原罪を知ったら、エイドリアンはどうするだろう。はっきりとしたことは言えないが、ここ何週間もエイドリアンは平静をたもっているし、人生が自分のまわりで波のように砕けていくのを手出しもせずに見守るのに熱心だ。エリザベスと同じで、彼も過去よりは未来、怒りよりは希望を重視するようになっていた。

チャーリーもなんとかやっていくだろう。

トラックのエンジンをかけると、手入れをされていない植物の前を通りすぎ、治安が悪い地域にある長い坂をくだった。小川沿いに進んでいくとギデオンの自宅が見えてきた。さっき立ち寄った下見板張りの教会に負けず劣らず、見捨てられてぼろぼろだった。差し押さえの通告書がドア枠にとめてあったが、銀行はこの家にはたいして興味がないらしい。ドアがあけっぱなしだった。入り口付近で落ち葉が舞っている。エリザベスはしばらく車をとめたまま、少年はどうなったかと案じた。エリザベスがいなくなったいま、あの子にはこの家しかない。哀れで貧相な家と哀れで貧相な父親しかない。でこぼこの道を引き返し、リストの四番めの場所に向かったところ、フェアクロスはりっぱなお屋敷の正面ポーチにいた。毛布にくるまれ、陽気な性格のまんまるな顔をした看護師にかしずかれていた。「ジョーンズさんに会いにいらしたの？　まあ、なんてすてきなんでしょう」看護師は急ぎ足でポーチをやってくると、最上段にいたエリザベスの前に立った。「お客さまはめったにいらっしゃらなくて」

エリザベスは彼女のあとについてフェアクロスのそばへと行った。口もとが垂れ、左目がふさがっている。右にあるテーブルには紙とペン、それにオールドファッションドが入ったグラスが置いてある。グラスに挿したストローは曲げてあり、なかが濡れ、グラスの底のチェリーのように真っ赤だった。「声が出せないんです」看護師が言った。「でも、頭はいままでどおりはたらいていますから」

エリザベスは腰かけ、老人をつぶさに観察した。以前よりもやせて老けたようだが、目はあいかわらず輝いている。彼は震える手で書いた。「とてもうれしい」

「わたしもうれしいわ、フェアクロス。あなたに会えて本当にうれしい」

「だが、危険だ」彼は書いた。

エリザベスは指の曲がった老人の左手を取り、両手で包みこんだ。「ちゃんと用心してるから。本当よ。共通のお友だちも元気にしてる。遠くにいるから安全だし。チャニングも一緒なの」

フェアクロスの体がわずかに震えはじめた。涙で顔のしわが光る。「よろしく言ってくれ」と書いた。

「そのために訪ねてきたの。あなたの部屋もあるのよ。場所も時間も、看護師さんを雇うお金もある。わたしと一緒に行きましょう」老人は首を振るかのように頭を動かした。「迷惑でもなんでもない。わたしたち、何カ月もかけて話し合ったんだから」

フェアクロスは紙に目を向けた。彼の手が動く。「ここで生き、ここで死ぬ」

「ひとりぼっちでいなくたっていいのに」

彼がふたたび書いた。「美人の看護師さん。やわらかい手」エリザベスが紙から目をあげると、彼の目はほほえんでいた。「ベルヴェデール？」と書く。

「フェアクロス……」

「お持ちしますね」看護師が立ちあがった。「この時間になると、いつも誘われるんですよ。でも、わたしはアルコールも積極的な男性も苦手でね」

フェアクロスが書いた。「いじわるなやつめ」看護師は彼の額にキスをすると、エリザベスの飲み物を用意しに引っこんだ。彼女がいなくなると、フェアクロスは書いた。「ギデオンは？」

「ここに来たのはそれもあるの」

彼は住所を書いてくれ、それから「里親」と書き足した。

「里親のもとにいるのね」

「いいことじゃない」彼の目から光が消えた。

エリザベスはもう一度、手を握った。「必ず見つける。責任を持って」

看護師が戻ってきて、エリザベスに飲み物を渡した。

「これから夕食の仕度にかかるので、しばらくついていてもらえませんか？」

「喜んで」エリザベスは看護師がいなくなるまで待ち、それからオールドファッションドのグラスを持ちあげて、フェアクロスに少し飲ませた。

「きみとエイドリアンは？」彼が書いた。

「彼は強い人だから、ずいぶんよくなってきてる。仲良くやってるわ」

「どのくらい？」

その目がきらりと光ったのを見て、エリザベスはフェアクロスの意図したとおりに質問を受けとめた。

「次にキスをする相手とはずっと一緒にいる。エイドリアンもそれはわかってると思う」

「ならば彼にキスをするといい」

「そのうちにね」エリザベスは自分のグラスを持ち、老人の隣にすわった。

「幸せだ」彼は書いた。「思い残すことなく死ねる」

エリザベスがギデオンを見つけたのは、彼の里親が所有する家から三軒先にある近所の公園だった。ひとりブランコに乗る姿を、彼女は帽子のつばの下から見つめた。ほかの子どもは誰も声をかけないし、彼のほうを見ようともしない。ギデオンはプラスチックのシートにすわって、地面を掃くようにスニーカーの足を動かしていた。エリザベスは、自分の心臓がこの殺風景な公園のなかで鼓動しているかのように、長いこと眺めていた。

ギデオンはなかなか顔をあげなかった。

ほとんど動かなかった。

エリザベスの影が脚にまでかかっても、彼はおざなりにしか興味を示さなかった。それが変わったのは、彼が顔をあげ、彼女が帽子を脱いだときだった。

「ひさしぶり、ギデオン」

彼はひとことも発しなかったが、脚をもつれさせながらブランコを降りた。こわばった顔をほてらせ、エリザベスに抱きついた。

彼女はシャツに涙が染みこんでくるのを感じた。

「大丈夫?」

ギデオンが抱きついた手にさらに力をこめてくると、エリザベスは親や警官の姿はないかと公園内を見まわした。自分たちをしげしげ見ている人は誰もいなかった。「少し歩きましょう」手を取ると、少年はおとなしくわきに立った。「大きくなったわね」少年が前腕で顔をこするのを見て、エリザベスは彼が照れているのを察した。「ちゃんと食べさせてもらってる?」

「まあね」

それがきっかけだった。エリザベスは少年の手をぎゅっと握りしめた。「お父さんはどうしてるの?」

「ホームレスだよ。あいかわらず飲んだくれてる」

「ごめんね、ギデオン。本当なら、ちゃんと更生させなきゃいけないところなんだけど」

「もう七カ月もたったんだよ」少年は乱暴に手を振りほどいた。「迎えに来るって言ったくせに」

「わかってる。ごめん。あなたには少し時間が必要だと思ったの」

「なんの時間？」

「決めるための時間よ」エリザベスはベンチに腰をおろした。もう一度、少年の手を握りたかったが、両方ともポケットに深く突っこまれていた。「とにかく、こうして来たじゃない」

彼の目は血走ってぎらぎらしていたが、どこかちがってもいた。いくらか大人びている。それに警戒しているようでもある。そのうしろで太陽が沈みかけていた。「決めるってなにを？」

「この街に残るか、わたしと一緒に行くか。大事な決断よ。だから、ちゃんと決めてほしかったの」

少年は通りを見やった。「ぼくは三週間、入院してた」

「知ってる」

「ぼくの近くにいた人はみんな死んだか、いなくなった。父さんは一度しか見舞いにこなかった」怒り。ぎらぎらした目。

「わたしたちを見つけようと必死になってる人が大勢いたのよ。警察。FBI。いまもまだ捜しているかもしれない」

その答えを推し量るような少年の姿に、エリザベスはふたりのあいだの距離を感じ、それをうらめしく思った。

「里親の方のことは好き？」

「あれをやったのはあなたのお父さんだったんだね」

少年はまた鼻をぬぐった。「教会で。あの人がぼくの母さんを殺した」

「そうよ、スイートハート」

「あのときウォールさんを殺してたら、どうなってたんだろう？」

「でも、殺さなかった」

少年がまた通りに目を向けたのを見て、エリザベスは里親の家を見ているのだと気がついた。「あの人はいま、あなたと一緒にいるんでしょう？」

「ええ、そうよ」

「あの人、ぼくを嫌ってるかな」

「そんなことないわ」

「いい人なの？」

「ええ、いい人よ。それに頭がよくて、辛抱強くて、馬や牛や砂漠のことをなんでも知ってる。あの人はあなたのお母さんをとてもとても愛していたの。だから、あなたのこともきっと愛してくれるはず」

「ぼくが行ったらってこと？」

「ええ、あなたが来たら」ギデオンは足もとの地面をじっと見つめた。「あそこにあるのがわたしの車」エリザベスは指を差した。「車で三日かかる。ふたりだけのドライブよ」

少年はトラックに目を向けた。埃をかぶって、いかにも長旅をしてきた感じがする。「ぼくのものはどうすればいいの？　だってほら……」

「里親の方にはわたしから無事を伝えておく。そうしてほしいなら、お父さんにもね。それでも、あなたの行方を追う人がいるかもしれないけど、必要ならばなんとかできる。あなたのものだけど、新しいのを買いましょう。服。遊び道具。望むなら新しい名前も用意できる。チャニングも一緒に暮らしてるのよ。彼女もあなたに来てほしいんですって」

ギデオンはもう一度、家のほうに顔を向け、それからほぼ無人となった公園を見た。「いま住んでるのはいいところ？」

「ものすごく」

少年は強がってみせようと、大人ぶって見せようとした。でも、みるみるうちに顔がくしゃくしゃになった。「ずっとずっと会いたかった」そう言って、寄りかかった。

エリザベスはその体を抱きしめたが、いいかげんにやめなくてはいけなかった。「じゃあ、いいわね？」

少年はうなずいた。

「どっちが西かわかる？」

彼は黄色に染まった空を指差した。

「おなかはすいてる？」

「もちろんだよ」彼は言った。「ものすごく」


帰りは来るときよりもゆっくりと、ていねいな運転だった。車のなかでふたりはたくさん話をした。サボテンやタランチュラのこと、ぶちの灰色の馬のこと、その馬にはきょうだいがいて、谷をふたつ分南に行ったところで買えること。三月にしては暑く、日は長かった。少年はしばしば、ウィンドウごしに外をじっと見つめていた。エリザベスは彼の頭のなかを想像し、おそらくは、二度と会うことのない父親と、これから姉になるかもしれない女の子のことを考えているのだろうと結論づけた。緑が遠ざかり、蛇行する川が見えてくるにつれ、少年は口数が少なくなっていった。しかし、沈黙は悪いことではないし、幼いなりに賢い彼は、ちゃんとわかっているはずだ。だから、エリザベスは考えにひたる時間をあたえ、砂漠に向けて車を走らせた。新しい一日の始まり。新しい人生の始まり。あの山の向こうで家族が待っている。

訳者あとがき

ジョン・ハートの第五作、『終わりなき道』をお届けする。前作『アイアン・ハウス』がアメリカで出版されたのが二〇一一年だから、丸五年が経過したことになる。『アイアン・ハウス』ではタフで冷静な犯罪者を主人公に据え、組織犯罪や解離性障害といった要素を盛りこんで、ストーリーテラーとして大きな成長を見せたハートだが、『終わりなき道』では女性を主人公にするという試みにチャレンジし、さらにスケールアップした世界を展開している。

舞台となるのはノース・カロライナ州のどこかの街。〝市街地の人口が十万人、郊外にはその倍の住民が暮らしている〟という、そこそこの規模で、十年におよぶ不景気のせいでシャッターをおろしたままの店舗が見受けられるようになり、すさんだ地域が増えてきている。エリザベス・ブラックはそんな街で刑事として働いているが、いまは停職中の身。拉致された少女を救出する際、犯人ふたりを射殺したことが問題視されているからだ。

いっぽう、エリザベスの先輩で、かつては署のスター的存在だったエイドリアン・ウォールが刑務所を出所した。彼は捜査の過程で知り合ったジュリア・ストレンジという女性を殺害した容疑で有罪となっていた。そして彼が出所したとたん、ジュリア殺害の状況とよく似た殺人事件が発生し、関係者にショックをあたえる。

とにかく壮大な物語だ。ジュリア・ストレンジ殺害事件の真相をめぐる物語を縦糸に、エリザベスの発砲、出所後のエイドリアンをつけねらう刑務所長、エリザベスに救出された少女チャニング、ジュリアのひとり息子でエイドリアンを憎んでいる少年ギデオンらが横糸として複雑にからみ、それが最後にひとつに収束していく様子は実にみごとだ。

しかし、本書は謎解きがメインの話ではなく、事件は物語を動かすための車輪のひとつでしかない。事件の進行とともに、エリザベス、エイドリアン、チャニング、ギデオン、その他何人もの登場人物が心に抱えているものや過去がていねいに描かれ、それが物語に厚みと深みをあたえ、いかにも南部らしい味わいがつまった小説になっている。

満を持してという言葉がふさわしい大作、どうぞぞんぶんにお楽しみいただきたい。

二〇一六年七月

HAYAKAWA POCKET MYSTERY BOOKS No. 1910

東《ひがし》野《の》さやか

上智大学外国語学部英語学科卒,
英米文学翻訳家
訳書
『川は静かに流れ』『ラスト・チャイルド』ジョン・ハート
『パインズ』ブレイク・クラウチ
『ジェイコブを守るため』ウィリアム・ランデイ
（以上早川書房刊）他多数

この本の型は，縦18.4センチ，横10.6センチのポケット・ブック判です.

〔終《お》わりなき道《みち》〕

2016年8月10日印刷　2016年8月15日発行

著　者　ジョン・ハート
訳　者　東野さやか
発行者　早川浩
印刷所　星野精版印刷株式会社
表紙印刷　株式会社文化カラー印刷
製本所　株式会社川島製本所

発行所　株式会社　**早川書房**
東京都千代田区神田多町2－2
電話　03-3252-3111（大代表）
振替　00160-3-47799
http://www.hayakawa-online.co.jp

（乱丁・落丁本は小社制作部宛お送り下さい
送料小社負担にてお取りかえいたします）

ISBN978-4-15-001910-5 C0297
Printed and bound in Japan

ハヤカワ・ミステリ〈話題作〉

1893 **ザ・ドロップ**

デニス・ルヘイン
加賀山卓朗訳

バーテンダーのボブは弱々しい声の子犬を拾う。その時、負け犬だった自分を変える決意をした。しかし、バーに強盗が押し入り……。

1894 **他人の墓の中に立ち**

イアン・ランキン
延原泰子訳

警察を定年で辞してなお捜査員として署に残る元警部リーバス。捜査権限も減じた身ながらリーバスは果敢に迷宮入り事件の謎に挑む。

1895 **ブエノスアイレスに消えた**

グスタボ・マラホビッチ
宮﨑真紀訳

建築家ファビアンの愛娘とそのベビーシッターが突如姿を消した。妻との関係が悪化する中、彼は娘を見つけだすことができるのか？

1896 **エンジェルメイカー**

ニック・ハーカウェイ
黒原敏行訳

大物ギャングだった亡父の跡を継がず、時計職人として暮らすジョー。しかし謎の機械を修理したことをきっかけに人生は一変する。

1897 **出口のない農場**

サイモン・ベケット
坂本あおい訳

男が迷い込んだ農場には、優しく謎めいた女性、小悪魔的なその妹、猪豚を飼う凶暴な父親がいた。一家にはなにか秘密があり……。

ハヤカワ・ミステリ〈話題作〉

1898 **街への鍵** ルース・レンデル 山本やよい訳

骨髄の提供相手の男性に惹かれるメアリ。しかし、それが悲劇のはじまりだった――そのころ、街では路上生活者を狙った殺人が……

1899 **カルニヴィア3 密謀** ジョナサン・ホルト 奥村章子訳

喉を切られ舌を抜かれた遺体の謎。世界的SNSの運営問題。軍人を陥れた陰謀の真相。三つの闘いの末に待つのは？ 三部作最終巻

1900 **アルファベット・ハウス** ユッシ・エーズラ・オールスン 鈴木恵訳

【ポケミス1900番記念作品】撃墜された英国軍パイロットの二人が搬送された先。そこは人体実験を施す〈アルファベット・ハウス〉。

1901 **特捜部Q ―吊された少女―** ユッシ・エーズラ・オールスン 吉田奈保子訳

未解決事件の専門部署に舞いこんだのは、十七年前の轢き逃げ事件。少女は撥ね飛ばされ、木に逆さ吊りで絶命し……シリーズ第六弾。

1902 **世界の終わりの七日間** ベン・H・ウィンタース 上野元美訳

小惑星が地球に衝突するとされる日まであと一週間。元刑事パレスは、地下活動グループと行動をともにする妹を捜す。三部作完結篇

ハヤカワ・ミステリ〈話題作〉

1903
ジャック・リッチーのびっくりパレード
ジャック・リッチー
小鷹信光・編訳

（亡くなるその時まで執筆していた）貴重な遺作短篇を含む、全二十五篇を収録。《このミス》第一位作家の日本オリジナル短篇集。

1904
人（ひとがた）形
モー・ヘイダー
北野寿美枝訳

不審死が相次ぐ医療施設には、不気味な亡霊が出没するという噂が広がっていた。エドガー賞受賞作『喪失』に続いて放つ戦慄の傑作

1905
夏に凍える舟
ヨハン・テオリン
三角和代訳

美しい夏を迎えてにぎわうエーランド島。しかし島を訪れた人々の中には、暗い決意を秘めた人物もいて……。四部作、感動の最終巻

1906
過ぎ去りし世界
デニス・ルヘイン
加賀山卓朗訳

戦雲がフロリダを覆う中、勢力拡大と生き残りをかけて男たちの闘いが幕を開ける。『運命の日』『夜に生きる』に続く、三部作完結篇

1907
アックスマンのジャズ
レイ・セレスティン
北野寿美枝訳

〈英国推理作家協会賞最優秀新人賞受賞〉「ジャズを聞いていない者は斧で殺す」と宣言した実在の殺人鬼を題材にした衝撃のミステリ